SCRATCH

MIX
Papier
FSC® C083411

UMWELTHINWEIS
Gedruckt auf chlor- und säurefreiem Papier.

Überarbeitete Neuauflage
2. Auflage

Printed in Germany 2013
Umschlag: Jessica May Dean
Layout und Satz: Christian Günther, Wetter & Simon Czaplok, Hamburg
Lektorat: Marion Heister & Marta Ehmcke
Druck und Bindung: CPI – Clausen & Bosse, Leck

ISBN 978-3-940928-10-8

http://www.der-erbe-der-zeit.de
http://www.scratch-verlag.de

Christoph Schneider

Der Erbe der Zeit

Der letzte Krieg - die letzte Liebe

Phantastischer Roman

SCRATCH Verlag Simon Czaplok

Ihr haltet soeben die klassische Buchversion des „Erben der Zeit“ in euren Händen. Parallel dazu ist der Roman auch als multimediale App für iPhone, iPad und Android erschienen. Um ein ähnliches Lese- und Klangerlebnis wie in der digitalen Variante zu erreichen, empfehle ich euch eine der folgenden Bands beim Lesen zu hören:

L'Âme Immortelle
Letzte Instanz
Nightwish
Xandria

Viel Lesespaß!

Euer
Christoph Schneider

Das Erwachen

LBM 2015

Schwärze, Stille ... grell aufleuchtendes, blendendes Licht, auf das ein Klirren folgte. Ein Klirren von zersplitternden Schwertern. Ein extrem lautes Geräusch, sich vermischend mit dem schweren Atem derer, die diese Schwerter schwangen. Ein Moment, der nur wenige Sekunden andauerte, bis er von erneuter Dunkelheit und absoluter Stille abgelöst wurde.

Keiner der Streitenden rührte sich. Allesamt verharrten sie in ihrer Bewegung und zählten die letzten Atemzüge ihres verrinnenden Lebens. Ein Blitz schoss vom Himmel und läutete ihr aller Untergang ein. Trügerisches Zwielicht erhellte die Schatten, in denen sich die Kämpfenden verborgen hielten. Und alles ward rot, blutrot, sämtliche Schwerter, sämtliche Körper, alles in Blut getränkt. Entsetzliche Schreie waren zu vernehmen. Umrisse von Kreaturen erschienen immer deutlicher. Ein einzelner Schwerthieb, alle Sinne auf diesen gerichtet, nichts anderes schien mehr vorhanden zu sein. Erneut dieses Klirren, lauter und deutlicher als zuvor. Der Lauf der Welt verlangsamte sich, alles lief in Zeitlupe ab. Ein Riss im Schwert, dessen Klinge langsam zu Boden sank. Ein letztes Mal dieses Klirren und das Zerbrechen tausender Schwerter, immer und immer wieder, immer schneller werdend, bis die Ereignisse und Bilder sich derart überschlugen, dass nichts mehr deutbar war, außer einem stetig lauter werdenden Herzklopfen.

Plötzlich schreckte er auf ... seine Augen öffneten sich. Die Strahlen der Sonne wurden goldener und sanfter. Der Erwachte vernahm seinen eigenen Atem und seinen rasenden Pulsschlag, ehe er sich nach einer Weile erschöpft und schweißgebadet zurückfallen ließ. Er roch das saftige Grün der Bäume und hörte das Zwitschern der Vögel. Alles wirkte so friedlich. Die letzten abendlichen Sonnenstrahlen wärmten ihn, während der Wind leise durch das Geäst des Waldes und über die Wiese blies.

Lange blieb der jungenhafte Mann liegen und genoss den Moment in vollen Zügen. Doch ein mulmiges Gefühl, eine innere Zerrissenheit störte seine gefundene Ruhe. Eine entsetzliche Leere suchte ihn heim und ließ ihn innerlich aufschrecken. *W...Wo bin ich? Und was mache ich hier?* Unentschlossen stand er auf und schaute sich um.

Neben ihm lag etwas im Gras. Er zögerte, hob es dann aber eilig auf und zuckte zusammen: Es war das Handstück eines zerbrochenen Schwertes. „War das etwa kein Traum?", flüsterte er unsicher. Fast wollte er das Schwert, samt all dessen, wofür es stand, fortschleudern, doch etwas in ihm weigerte sich. Unwillkürlich fuhr er mit der kaputten Klinge durch die Luft.

Ihm war der Umgang mit dem Schwert vertraut, aber warum erinnerte er sich nicht daran jemals das Schwertkämpfen erlernt zu haben? Dann hielt er inne. „W... Wer?" Er geriet ins Stocken. „Wer bin ich? Wie heiße ich? Ich erinnere mich an nichts!"

Alles vergessen, alles! Wände, überall Wände, steinern und unzerstörbar ragten sie in dem Labyrinth seiner Gedanken schier endlos empor. Keinen einzigen Ausweg bot der Irrgarten dem ruhelosen Wanderer in seiner Mitte. Überall offenbarten sich ihm nur endlos verschlungene Pfade.

Hilfe suchend sah er sich um. Abgesehen von dem Schwertstück in seinen Händen gab es nichts, das auf eine erst kürzlich ausgetragene Schlacht hinwies. Selbst die Wiese war völlig unberührt, nicht ein Grashalm schien unter schweren Füßen zertrampelt oder durch schweres Gerät zermalmt worden zu sein.

Unzufrieden ließ der Krieger sein Haupt sinken. Sein Blick streifte die malträtierte Rüstung, die eng an seinem Körper lag. Es war die Rüstung eines Soldaten, wohl ehemals vollständig von einem schwarzen Stoff umgeben, unter dem nun silbern glänzendes Metall durchschimmerte. Blaue Verzierungen aus Seide befanden sich auf der Schulter und an allen Gelenken, bestickt mit einem geschwungenen Symbol der Unendlichkeit aus Gold. Der Kern der Rüstung war äußerst massiv, dennoch ließ sie sich aufgrund zusätzlicher Polsterungen bequem tragen. *Mir wird sie aber wohl keine guten Dienste mehr erweisen,* dachte der junge Krieger, als er ein faustgroßes Loch in der Brustplatte entdeckte. Es glich einem Wunder, dass die Rüstung bei all den Rissen überhaupt noch an seinem Körper haftete und nicht schon bei der kleinsten Erschütterung herabzufallen drohte.

Die Sonne stand nah am Horizont und zauberte Spiele aus Licht und Schatten zwischen Wald und Wiese. Mit der einbrechenden Dämmerung fing der Soldat allmählich an, sich Sorgen zu machen. *Hier ist es zu gefährlich.* Er entschied sich, lieber schnell aufzubrechen. Schließlich streiften von Zeit zu Zeit Nirwase durch diese Gegend.

Nirwase? Der Krieger stutzte. Er fragte sich, aus welchem dunklen, von Nebelschleiern umhüllten Winkel seines Verstandes er dieses Wissen geborgen haben mochte. Erleichtert atmete er auf. Immerhin erinnerte er sich noch an irgendetwas, obgleich es nur allgemeiner Natur war und nicht ihn selbst betraf. Doch was nützte ihm dies, wenn er zwar nicht unwissend, aber dennoch sterben würde, sobald er einem einzigen dieser wütenden Ungeheuer, dieser Nirwase, über den Weg liefe.

Seltsam, dachte der Soldat, *die Vögel haben aufgehört zu zwitschern!*

Als hätte er es heraufbeschworen, erblickte er in einiger Entfernung zwischen sich wiegenden Gräsern etwas, das sich bewegte. Unscheinbar erhob es sich aus dem Erdboden und wuchs allmählich zu beängstigender Größe heran. Ein durch und durch behaarter, filzig zerzauster Kopf, gefolgt von einem breiten, mit schwerem Metall umhängten Wanst, quälte sich aus den dunklen Tiefen des Erdreiches empor. Der Modder hatte seine Spuren hinterlassen. Würmer und Maden besiedelten den Leib des Wesens, eine eigenwillige, fast schon ekelerregende Symbiose: Nahrung für den einen und ein Biotop, das seinesgleichen suchte, für den anderen.

Es gab viele verschiedene Nirwase. Bei diesem handelte es sich aber eindeutig um einen Nirwaz, der aus der Rasse der Zwerge hervorgegangen war. Diese Kreaturen waren das Sinnbild für Mordlust und Brutalität und schreckten nicht einmal davor zurück, sich gegenseitig zu zerfleischen.

Unsicher schweifte der Blick des Soldaten zu dem zerbrochenen Schwert im Gras, dann zu einem der Bäume in seinem Rücken. Sollte er kämpfen oder davonlaufen? Ihm blieb nicht viel Zeit, sich zu entscheiden. Zwar machte der sinkende Sonnenstand dem Nirwaz, dessen Sehkraft sich kaum von der eines Maulwurfs unterschied, schwer zu schaffen, dennoch hielt dies das Ungeheuer nicht davon ab, seine Umgebung genauer zu erkunden. Fast bis zum Genickbruch verrenkte das Wesen seinen Kopf, bis es endlich das entdeckte, weshalb es an die Oberfläche gekrochen war. Das dröhnende Schnaufen des Ungetüms schwoll schier maßlos an. Alles wirkte noch ein wenig verschwommen, dennoch konnte der Nirwaz vor sich eine zitternde und zappelnde Gestalt ausmachen. Das Metall der Ritterrüstung schimmerte verräterisch im abendlichen Sonnenlicht.

Das Untier brüllte aus seinem tiefsten Inneren und schürte seine Wut ins Unermessliche. Sein Schrei durchbrach die Stille des Waldes. Er musste noch in weiter Ferne zu vernehmen sein. Plötzlich sprang dieses Wesen mit einer Geschwindigkeit, die seine massige Gestalt Lügen strafte, auf sein Ziel zu. Es donnerte mit dem Kopf nach unten auf dem Boden auf, doch statt durch den Aufprall eine Verletzung davonzutragen, rollte es weiter vorwärts.

Einer Lawine gleich, schoss das Monstrum seinem erschrockenen Widersacher entgegen.

Unter seiner Masse zermalmte es Steine und Geröll. Alles, was sich ihm in den Weg stellte, wurde zerstückelt. Schlacke und Schlamm, die das Wesen aus seinem unterirdischen Gefilde mitgeschleppt hatte, lösten sich von seinem Körper und offenbarten darunter noch mehr Dreck. Faustgroße, eiserne Zähne kamen zum Vorschein, die überall auf seinem wuchtigen Körper angebracht waren und sich schaufelartig durch den Untergrund pflügten. Nichts war imstande, diese rollende Lawine aufzuhalten.

Sein Opfer war wie gelähmt, machte noch nicht einmal Anstalten davonzulaufen. So mochte sich der Nirwaz seine Gegner gefallen lassen: Von Größenwahn beseelt, aber durchaus kampfeswillig.

Polternd erreichte der Nirwaz seinen Kontrahenten. Die eisernen Zähne stachen geradewegs durch das Loch im Harnisch. Statt eines Hilfeschreies war nur das metallene Stöhnen der Rüstung zu vernehmen, die auf Handflächenbreite zusammengedrückt wurde. Unglaublich rasch hatte der Nirwaz seinem Kontrahenten den Tod gebracht. Dieser hatte nicht einmal die Gelegenheit gehabt, sich zur Wehr zu setzen. Ein recht kurzes Leben, wenn man bedachte, dass sich die Erinnerungen des Soldaten gerade erst herauszubilden begannen.

Ohne dass ihm ein Hindernis im Weg gestanden hätte, schoss das Ungetüm geradeaus weiter auf einen Baum zu. Erst dieser brachte den Nirwaz schließlich unsanft zum Stehen. Unter einem lauten Krachen gab die zwanzig Schritt hohe Eiche nach und stürzte auf die Lichtung zu. Noch ehe das Wesen von dem Baum erschlagen werden würde, rollte es zur Seite und richtete sich neben dem gefällten Stamm auf. Ein paar Mal schüttelte es den Kopf, um wieder sein Gleichgewicht zu erlangen, und blickte zufrieden auf sein vollbrachtes Werk.

Dieser schwächliche Soldat, den es da erwischt hatte, bewegte sich nicht einmal mehr. Stolz trat der Nirwaz auf sein in den Boden gerammtes Opfer zu und betrachtete es aus der Nähe. Doch mit dem, was das Ungetüm da entdeckte, hatte es ganz sicher nicht gerechnet, denn die Rüstung war vollkommen leer: kein Leichnam, kein zermalmter Soldat. Einfach nichts fand dieses Monstrum nun vor. Eine Tatsache, die es schier wahnsinnig vor Wut werden ließ.

Der Soldat war im letzten Moment vor dem Nirwaz geflohen und versteckte sich nun hinter dem Stumpf der gefällten Eiche. Sein Puls raste wie wild. Er konnte kaum glauben, dass sein Ablenkungsmanöver mit der zurückgelassenen Rüstung geglückt war. So viel hätte schiefgehen können. Doch die Schnallen seines Harnischs waren trotz der Beschädigung rasch genug aufgesprungen, und auch die Sonne stand günstig. Sie blendete das lichtscheue Wesen so stark, dass er unbemerkt flüchten konnte. Nun musste er lediglich noch darauf hoffen, dass dieses hirnlose Monstrum die Täuschung nicht zu früh durchschaute.

In gebückter Haltung arbeitete sich der Soldat tiefer in den Wald vor. Ein Ast zerbrach unter seinen Knien. Nervös hielt er inne. In seinem Geiste hallte der Schmerzensschrei des Geästs noch ein zweites und drittes Mal laut wider, als würde ihn das Stück Holz auslachen. *Bitte lass das Ungeheuer dieses Geräusch nicht gehört haben … Bitte!* Doch seine Befürchtungen waren unbegründet, der Nirwaz tobte noch immer entsetzlich und schleuderte den Harnisch, oder das, was noch davon übrig war, quer über die Lichtung, um zu einer erneuten Kugelattacke anzusetzen.

Erleichtert erhob sich der Soldat und ließ das Ungetüm mit seinem Spielzeug allein zurück. Selbst in weiter Ferne vernahm er noch dessen dumpfe Schreie. Er kam nicht umhin, über diese grotesken Wesen nachzudenken. „Nirwa**s**“ stand stellvertretend für viele verschiedene Kreaturen. Neben Nirw**oblins** und Nirw**orcs** zählten auch die Nirwa**z**e dazu. Letztere besaßen zumindest äußerlich eine unverwechselbare Ähnlichkeit mit ihren Namensgebern, den Zwergen. Jedoch konnte niemand mit Sicherheit sagen, ob tatsächlich eine verwandtschaftliche Beziehung zwischen beiden existierte. Der Soldat hielt es zumindest für äußerst abwegig, immerhin verfügten die Nirwaze, anders als die Zwerge, über keinerlei magisches Können. Sie waren lediglich dazu imstande, wild um sich zu schlagen und alles und jeden zu meucheln, der ihnen über den Weg lief.

Dennoch war es dem Soldaten gelungen, einem dieser Wesen zu entkommen. Er wunderte sich immer mehr darüber, was ihm sein Gedächtnis – das ihm nicht einmal seinen Namen zu verraten imstande war – doch noch alles an Informationen preisgab. Ein Glück, denn Unwissenheit konnte in diesen Wäldern nicht nur des Nachts schnell zum Tode führen.

Tief in seine Gedanken versunken, verging die Zeit wie im Flug. Der Namenlose gelangte an einen quer verlaufenden Waldweg. **Nach links, geh nach links!** Ohne sich dessen bewusst zu sein, gehorchte der Soldat.

Das Versprechen

Liz' Handflächen lagen übereinander. Sie übte einen sanften Druck auf das aus, was sich darin verbarg. Es war, als behüte sie etwas Kostbares, dass sie nicht verlieren durfte und das sehr zerbrechlich war. Sie wirkte wie ein Kind, das einen Falter gefangen hatte, dessen Farbenpracht gar zu leicht unter unbeholfenen Fingern zu vergehen drohte. Die ganze Zeit über hielt sie ihre Augen geschlossen, ihren Geist auf ihre Hände fokussiert.

Ein schwacher Wind umschmeichelte ihr schulterlanges Haar. Die Geister des Waldes flüsterten ihr etwas ins Ohr und hießen die zarte Elfe an diesem Ort willkommen. Sie aber ließ sich durch nichts in ihrer Konzentration stören.

Die Elfe zögerte lange. Sie wusste nicht, ob der gewobene Zauber bereits verflogen war und ob sie ihre tiefgrünen Augen schon öffnen durfte. Erst nach einer ganzen Weile vermochte Liz sich von diesem Moment loszureißen. Langsam und unendlich vorsichtig öffnete sie ihre Fingerspitzen einen Spalt breit, um einen Blick ins Innere zu werfen. Was ihre Augen erblickten, war jedoch kein flinker, davonflatternder Schmetterling, sondern ein fein geschliffener Kristall, dessen Oberfläche gar farbenprächtig im Mondlicht schillerte.

„Es ist geglückt", atmete Liz erleichtert auf. „Der Schmetterlingsflug ist gelungen." Sie küsste den dreieckigen Stein aus Dankbarkeit dafür, dass dieser ihr seine Energien für den Transportzauber geliehen hatte. Kaum hatten ihre zarten Lippen die kalte Oberfläche des Objektes berührt, begann sich das Artefakt auch schon aufzulösen. Der Stein verschwand im Nichts. Die Elfe störte sich jedoch nicht weiter daran. *Er wird zurückkehren, sobald ich ihn benötige.*

Der Engelskristall war wie ein flüchtiger Gedanke, der mit dem Wind verwehte. Er ging, wenn man sich anderem zuwandte, und kehrte wieder ein, wenn der Geist seine entsprechenden Bahnen zog. Jenes Artefakt, das sie aus dem Gemach ihres Meisters entwendet hatte, würde sie noch für eine sehr lange Zeit auf ihrer Suche begleiten. Weit länger, als es ihr lieb sein konnte.

Die Elfe kauerte auf einem dünnen Ast. Eine laue Nacht empfing sie. Zartes Mondlicht schimmerte durch das Geäst der Bäume und tauchte die karge Umgebung in einen silbernen Schein.

Es hatte funktioniert, sie war im Freien. Verwundert musste Liz jedoch feststellen, dass niemand in der Nähe war. Allein das Gezirpe einer Grille durchbrach die unheimliche Stille. Auf der Suche nach einem Balzpartner sang das Insekt ohne Unterlass sein ewiges Lied der Einsamkeit. Und auch Liz fand nicht das, wonach sie verzweifelt gesucht hatte.

Weder ein Haus noch ein Lagerfeuer war in der Nähe auszumachen. Sie war allein in der Dunkelheit. Nicht dass ihr das etwas ausmachte – als Elfe kam sie in der Dunkelheit gut zurecht, und auch dem Wald fühlte sie sich schon immer verbunden – aber es war nicht das, was sie erwartet hatte. Irgendetwas musste schiefgegangen sein, gewaltig schief!

Sie war hierher gekommen, um Milly zu finden, ihre jüngere Schwester. Zumindest betrachteten sie sich als Schwestern und hingen dementsprechend innig aneinander. Was nicht verwunderlich war, schließlich unternahmen sie seit jeher alles gemeinsam – auch wenn es nicht immer sehr einfach war. Hatte man sie als Kinder noch völlig ungestört ihren Interessen nachgehen lassen und ihnen so manch kleineren Streich verziehen, so änderte sich dies, als Liz das Alter des Schweigens erreichte. Man begann damit, sie intensiver in den elfischen Künsten zu unterrichten. Mit Misstrauen beobachteten ihre Lehrer, dass sie dennoch keine Gelegenheit ausließ, mit ihrer Freundin zusammen zu sein.

Milly war eine Seraphim, und dass sich diese zwei so unterschiedlichen Wesen derart gut verstanden, passte vielen nicht, sowohl unter den engelsgleichen Wesen, als auch in den Reihen der Elfen. Die beiden bekamen dies bald zu spüren. Doch das Pärchen ließ sich nicht durch die Sticheleien gleichaltriger Artgenossen oder die herablassenden Blicke Älterer auseinanderbringen. Im Gegenteil, all dies schweißte die kleine Geflügelte und die Elfe nur noch mehr zusammen.

Liz lernte gern etwas Neues. Während ihrer Ausbildung übte sie den Umgang mit der Magie und das Kämpfen mit einer Frostklinge, wobei sie sich in beidem als unerwartet begabt herausstellte. Ihre Mentoren beschrieben sie stets als sehr selbstbewusst, was es ihnen umso mehr erschwerte, ihr den Kontakt mit der Seraphim auszureden.

Alles, was Liz in ihrer Ausbildung beigebracht wurde, zeigte sie ihrer jüngeren Schwester, die sich immer riesig über einen neuen Trick freute. Die Seraphim lernte sogar einige der leichteren Zauber zu beherrschen, obwohl sie einen ganz anderen Zugang zur Magie besaß als die Elfen.

Besonders großen Spaß machte es Milly, die Luft zu beeinflussen und stark abzukühlen. Liz musste ihr den Frostzauber immer und immer wieder vorführen und erklären, bis die Seraphim ihn ebenfalls beherrschte. Liz kam sich dann fast schon selber wie eine Lehrerin vor, was ihr jedes Mal ein gutes Gefühl vermittelte. Außerdem war es besonders lustig, mit anzusehen, wie sich auf Millys Stirn kleine Fältchen bildeten, wenn sie sich zu sehr konzentrierte. Aber wehe, wenn sie Milly darauf ansprach – was sie natürlich häufig genug tat. Milly ging dann immer mit ihrer Sternenscheibe auf Liz los, und die beiden jagten einander quer durch den Wald.

Jede Seraphim besaß solch eine Sternenscheibe von Geburt an, die wie ein verlängerter Arm agierte, der zugleich aber keinerlei physische Verbindung mit ihrem eigentlichen Körper benötigte. Sogar als tödliche Waffen waren diese kreisrunden Scheiben einsetzbar. Natürlich nutzte sie Milly nicht zu diesem Zweck, wenn sie Liz nachjagte. Dazu war sie aufgrund ihres Alters sowieso noch nicht imstande. Bisher gelang es ihr lediglich, die Scheibe – die sie zumeist unter ihre Flügel geklemmt hatte – zu entfalten. Nach der Entfaltung wurde aus dem etwa zwei Handflächen breiten Teller ein Sternenkranz, der Milly, wenn sie ihn abstellte, bis zur Hüfte reichte. Er bestand wie die Flügel der Seraphim aus milchig gläsernen Kristallen, welche flauschig weich wie Federn waren.

Milly war schließlich diejenige, die als Erste den Kältezauber dazu nutzte, um aus Wasser kleine Eiskügelchen zu formen, mit denen sie spontan zu jonglieren anfing. Vermutlich war allein dies der Grund gewesen, weshalb Liz ihr ausgerechnet diesen Zauber beibringen sollte. Bei dem Versuch, das Kunststück nachzuahmen, versagte die Elfe kläglich. Zwar waren ihre Kugeln deutlich größer als die von Milly, jedoch fielen ihr diese oft zu Boden oder trafen sie mitten ins Gesicht. Ihre Unbeholfenheit versuchte Liz dann immer damit zu vertuschen, dass sie die Eisklumpen unfairerweise schweben ließ, was die kleine Zaubernovizin einfach nur als „Beschiss“ abtat.

Doch die unbeschwerte Zeit der beiden ging einem jähen Ende entgegen, als sich herumsprach, dass Liz ihr Wissen an Nicht-Elfen weitergab. Millys Eltern waren entsetzt. Sie waren der Meinung, eine Seraphim solle sich von derartiger Teufelsmagie fernhalten. Sie solle lieber ihre Energien darauf verwenden, ihre Sternenscheibe besser zu beherrschen, denn ihr gelang es immer noch nicht, die kristallene Federstruktur zu einer massiven, sägeblattähnlichen Waffe zu formen. Sie konfrontierten ihre Tochter damit, dass sie noch nicht einmal fliegen könne, und waren zutiefst enttäuscht von ihr.

Als sie sich verteidigen wollte und meinte, dass niemand in ihrem Alter des Fliegens fähig sei und dass sie ihre Sternenkristalle, dank Liz' Hilfe, immerhin schon leicht härten könne, bereute sie das Gesagte unmittelbar darauf. Denn im nächsten Moment verbot man ihr, die Elfe jemals wiederzusehen.

Sie war die Jüngere von beiden, weshalb ihr der Verlust der größeren Schwester deutlich mehr zu schaffen machte. Ab und an weinte sie des Nachts. Sie verstand nicht, warum sie sich nicht mehr sehen durften. Sie wusste nichts von den stillen Konflikten, die schon seit Jahrhunderten zwischen ihren, ja im Grunde zwischen fast allen Völkern der Welt Magelas herrschten.

Liz erging es ähnlich, auch ihr wurde verboten, die Seraphim jemals wiederzusehen. Als wäre dies nicht Strafe genug, wurde allein ihretwegen eine elfische Versammlung einberufen. Mehrere Tage dauerten die Gespräche. Gerüchten zufolge waren sogar einige Altehrwürdige darunter, die den Exodus der Vereinigungszeit überlebt hatten. Dabei verließen diese ihre geheiligen Stätten eigentlich niemals.

Liz dagegen musste sich nur selten blicken lassen, um sich zu verteidigen. Sie empfand all den Wirbel um ihre Person als übertrieben und hörte bei den Treffen mittlerweile kaum mehr zu. Soweit sie mitbekommen hatte, ging es oft nicht einmal um sie, einige redeten vom Krieg, der zu gewinnen sei und davon, dass man sich solche Streitigkeiten nicht leisten könne.

Selbst ein Dunkelelf war bei den Besprechungen zugegen. Aufgrund seiner silbern glänzenden Augen würde Liz ihn so schnell nicht wieder vergessen. Er dagegen schien sich nicht einmal den Namen jener Elfe merken zu können, deretwegen all dieser Trubel veranstaltet wurde und über die man sich die Mäuler zerriss. Für ihn, der auf den Namen Quie'rasil hörte, schien die Versammlung lediglich ein willkommener Anlass um neue

Krieger für seine Zwecke zu rekrutieren. Leider gingen nicht viele derart gelassen an die Sache heran wie er.

Viele empörten sich zutiefst über die Taten der Elfe. Sie rezitierten immer wieder die Geschichte und flehten die anderen an, dass man Sairines Erbe nicht derart beschmutzen und weiterreichen dürfe. Einige von ihnen forderten sogar, die Ausbildung dieser vermaledeiten Elfe sofort einzustellen.

Liz selber erkannte, dass sie nur der Auslöser für die Diskussionen vieler Probleme war, die hier auf den Tisch kamen, und so wartete sie in Ruhe das Ergebnis der Auseinandersetzungen ab. Am dritten Tage wurde sie ein letztes Mal zu der Versammlung gebeten. Auf dem Weg dahin kamen ihr viele der zuvor Anwesenden entgegen. Sie fing einige ziemlich wütende Blicke auf. Letztendlich sollte sie trotz allem weiter in den elfischen Künsten ausgebildet werden. Es hieß, jemand mit Einfluss hätte ein Wort für sie eingelegt. In Falmier – ihrem jetzigen Zuhause – dürfe sie allerdings nicht bleiben. Stattdessen sollte sie in die Welt der Menschen verbannt werden, die hinter dem Tor der Gezeiten lag. Dort würde sich ein alter Elfenmeister ihrer annehmen und sie weiter unterrichten. Ihr war jedoch schleierhaft, wie ein Elf sein Quartier in einer derart lebensfeindlichen Umgebung beziehen konnte, geschweige denn, wie er ihr, fernab der magischen Strömungen, neue Fähigkeiten beibringen sollte. Sie wusste weder ein noch aus. Ihr blieb keine andere Wahl, als sich ihrem Schicksal zu ergeben.

Vor ihrer Abreise wollte sie sich aber unbedingt noch von Milly verabschieden. Allein der Gedanke daran machte sie traurig. Die Elfe hatte bereits seit Längerem befürchtet, dass sie und Milly irgendwann dazu gezwungen sein würden, getrennte Wege zu gehen. Allerdings hätte sie nie erwartet, dass dies so bald, geschweige denn auf solch eine Weise geschehen würde. Sie wusste, dass niemand ihr erlauben würde, die Seraphim noch einmal zu sehen. Sollte man sie bei ihrem Vorhaben ertappen, würde ihre bisher noch recht milde Bestrafung sicherlich weitaus härter ausfallen.

Dennoch schlich sie sich bei Einbruch der Dämmerung hinaus. Sie suchte eine Grotte auf, die nur sie und Milly kannten. Der Zugang zur Höhle lag gut verborgen zwischen den Wurzeln einer alten Eiche, nahe einem steilen Abhang. Liz hegte die leise Hoffnung, dass auch Milly auf diese Idee käme.

Sie wurde nicht enttäuscht. Milly schlief verträumt auf dem kargen Höhlenboden. Liz bückte sich zu ihr nieder, strich ihr vorsichtig eine Strähne aus dem Gesicht und betrachtete sie aus der Nähe. Sie musste schon sehr lange hier auf die Elfe gewartet haben. Neben ihr verglühte bereits die letzte Asche eines Feuers.

Liz weckte die Seraphim vorsichtig und riss sie aus ihren Träumen. Milly wirkte noch völlig verschlafen. Es dauerte eine ganze Weile, bis sie ihre Schwester erkannte. Kurz darauf sprang sie ihr überglücklich um den Hals und drückte sie ganz fest an sich.

Liz erwiderte ihre freudige Umarmung, wobei sie darauf achtete, Millys Flügel, die zusammengefaltet entlang ihres Rückens verliefen, nicht zu sehr zu zerdrücken. Die Elfe wusste schließlich, wie empfindlich ihr Gefieder war. „Ist ja gut, was hast du denn? Wir haben uns doch gerade mal vier Tage nicht gesehen."

„Sie haben mir verboten, dich jemals wiederzusehen", schluchzte die Seraphim. „Liz, sie wollen uns voneinander trennen, aber ich will nicht von dir getrennt werden. Ich will nicht! Wieso können sie das mit uns tun? Ich will nicht, ich will das nicht!"

Liz strich ihr zärtlich über ihre Schwingen und versuchte sie so zu beruhigen. Sie bemerkte, ein blaues Schimmern, das über Millys Stirnkristall huschte. Sie wusste, dass dieser zur Nase hin spitz zulaufende Kristall Millys Gefühle offenbarte. Andere Wesen ihres Volkes unterdrückten dieses verräterische Leuchten, Milly dagegen dachte nicht daran ihr Innenleben nach außen hin zu verbergen. Eine blaue Färbung war Liz aber noch nie zuvor aufgefallen. Er hatte bisher immer in einem hellen Grün geschimmert oder rot geglänzt, wenn sie sich mal wieder einander neckten. Blau dagegen war er noch nie zuvor gewesen.

Aber auch so vermochte die Elfe Millys Gefühle spielend zu lesen. Ihre Tränen sagten alles. Der Elfe ging es nicht anders. Leider gab es nichts, was sie beide an ihrer Situation hätten ändern können. Liz musste einfach tapfer bleiben, Milly zuliebe, sie durfte ihrer Schwester die Trennung nicht noch mehr erschweren.

„Hey, ich wusste gar nicht, dass du so sehr an mir hängst", säuselte Liz mit einem verspielten Lächeln.

„Was?", reagierte Milly verdutzt, woraufhin Liz fortfuhr, sie zu ärgern.

„Jetzt ist es zu spät, du kannst dein Geständnis nicht mehr zurücknehmen!"

„Das war gar nicht so gemeint, du hast mich falsch verstanden."

„Ich mag dich doch auch, meine Kleine."

„Wie bitte?" In Millys Augen blitzte es auf, und auf ihrer Stirn zeigte sich endlich wieder das grüne Leuchten, das Liz schon so sehr vermisst hatte.

„Du hast mich richtig verstanden, ich hab dich als klein bezeichnet", neckte Liz sie weiter.

„Nein, nicht das! Du sagtest, du würdest mich mögen … *wie bitte?* Ich bin nicht klein!"

So ging es ein ganzes Weilchen zwischen beiden hin und her. Doch als es draußen hell wurde, musste Liz gehen, schließlich sollte sie noch am selben Tag abreisen.

Beide standen in der Nähe eines Wasserfalls außerhalb der Höhle. Die Luft war feucht und kalt. In dem Augenblick, als Milly begriff, dass sich Liz verabschieden wollte, wurde der Kristall auf ihrer Stirn erneut saphirblau.

„Komm schon, sei tapfer, schließlich bist du doch schon groß … Wir werden uns ganz sicher wiedersehen, ich lasse mir etwas einfallen, versprochen."

Milly schwieg. Sie schien über etwas nachzudenken. Abrupt streckte sie ihren rechten Arm aus. „Hier, wenn du gehst, dann will ich, dass du das mit dir nimmst."

Doch Liz begriff nicht, was die Kleine meinte.

„Nimm es bitte mit, so werde ich immer bei dir sein und wissen, wo du bist."

Erstaunt erkannte Liz, dass sie von ihrer Sternenscheibe sprach. Doch ein solches Geschenk konnte sie unmöglich annehmen. *Eine Seraphim ohne Sternenscheibe?*

„Das geht doch nicht! Wie würden deine Eltern darauf reagieren?"

„Du darfst nicht ablehnen, ich schenke sie dir ja nicht, du musst sie mir irgendwann zurückbringen. So kann ich sichergehen, dass du dein Versprechen auch einhältst."

Liz versuchte vergeblich, die Kleine von ihrem Vorhaben abzubringen. Doch Milly blieb hartnäckig. Liz nahm die Scheibe schließlich an sich.

Zum Abschied umarmte die Seraphim ihre Schwester. Sie breitete dazu ganz allmählich ihre Schwingen aus. Nie zuvor hatte Liz ihre kleine Schwester mit geöffneten Flügeln gesehen, jedenfalls konnte sie sich nicht daran erinnern, dass sie diese jemals zuvor benutzt hätte. Die anfänglich klein und zierlich wirkenden Schwingen entfalteten sich und wuchsen zu einer beeindruckenden Spannweite an. Das Morgenlicht reflektierte sich auf der gläsernen Oberfläche und bot ein beeindruckendes Schauspiel.

Millys Flügel umschlossen Liz, als würde eine Umarmung mit bloßen Händen ihr nicht genügen. Glitzernder Sternenstaub löste sich von Millys Schwingen und rieselte auf die Elfe nieder. Liz dachte nicht weiter darüber nach, vermutlich war dies völlig normal für eine Seraphim, die ihre Flügel zum ersten Mal benutzte. Noch bevor die Elfe die Umarmung erwidern konnte, zogen sich Millys Schwingen eilig zurück. Die Seraphim lief in den Wald hinein, als würde sie vor Liz fliehen.

Die Elfe blieb noch eine Weile am Hang stehen. Bis zuletzt hatte sie sich beherrscht, doch nach dieser Umarmung flossen auch bei ihr Tränen. Sie drückte die Sternenscheibe fest an sich. „Wir werden uns wieder sehen Milly, das schwöre ich. Doch deinen dritten Flügel kann ich unmöglich mitnehmen“, flüsterte sie leise und ließ die Waffe in der Höhle zurück.

Die Reise zu ihrem Lehrmeister sollte vierundzwanzig Tage dauern. Sie wurde von einem Elf auf ihrem Weg dahin begleitet. Ihr Reisegefährte wirkte äußerst steif. Obwohl Liz ihn mehrfach zu überreden versuchte, gestattete dieser ihr nicht einmal, wenigstens eine der altertümlichen Stätten zu besuchen, an denen sie vorbeikamen. Im Gegenteil, zu Liz’ Unmut lief der Trapper sogar jedes Mal schneller, wenn in der Entfernung eine dieser gigantischen, gen Himmel ragenden Turmruinen auftauchte. Sie dagegen blieb dann immer wie angewurzelt stehen. Diese steinernen, mit Ranken bewachsenen Giganten ähnelten in vielerlei Hinsicht der Weltesche Yggdrasil. Für die Elfe war es jedoch unbegreiflich, wie es den Menschen möglich gewesen war, derart beeindruckende Monumente, ganz ohne die Nutzung von Magie, zu erschaffen. Noch dazu waren diese Orte seit Jahrhunderten ausgestorben, was Liz' Neugier nur noch mehr entfachte.

Ihr Begleiter beantwortete ihr jedoch keine einzige der vielen Fragen, die sie quälten. Dadurch empfand Liz die Reise als weitaus länger, als sie eh schon war. Ihr Ziel befand sich in der Welt der Menschen, so viel wusste sie bereits. Um von Magela aus dahin zu gelangen, mussten sie das Tor durchqueren, welches beide Welten miteinander verband.

Sie selbst hatte bisher nur davon gehört. Zu ihrem Erstaunen handelte es sich dabei nicht um ein massives Tor, wie sie es aufgrund der Bezeichnung erwartet hätte. Nein, wie sie erst viel später aus einem Buch erfahren sollte, war das Portal, welches man auch als den Übergang bezeichnete, viel mehr als das. Es war ein riesiges Gebiet, mehrere Hektar im Durchmesser, das man, abhängig vom eigenen Willen, in die eine oder in die andere Welt verlassen konnte. Ohne die Abschwächung der magischen Strömungen, die sie deutlich spürte, hätte sie nicht einmal bemerkt, dass sie auf der anderen Seite angelangt waren.

Gerade als sie sich der Tatsache bewusst wurde, dass sie Magela so schnell nicht wiedersehen würde, umspülte sie ein weißes Leuchten. Ein seltsames Gefühl stieg in ihr auf. Nervös sah sie sich um, doch ihr Begleiter war bereits vorangegangen. Sie bereute es mittlerweile, dass sie absichtlich Abstand zu ihm gehalten hatte. Doch was geschah soeben mit ihr? Ihr Puls raste wie wild. Das gleißende Objekt näherte sich ihr mit einem ungeheuren Tempo und flog geradewegs auf sie zu. Nach Hilfe rufen war zwecklos, ihr Begleiter würde sie niemals rechtzeitig erreichen.

Das weiße Licht ergriff von ihrem Körper Besitz. Sie stand inmitten eines Tornados aus kristallinem Staub, der immer schneller um sie herum wirbelte. Das Geschoss beschleunigte weiter. Schon bald würde es ihr den Kopf vom Körper abtrennen.

„Es ist ein Sternenkranz", schrie Liz überglücklich und lächelte dabei frech. Das Geschoss stoppte unmittelbar vor ihr. Die kristalline Waffe drehte sich noch ein paar Mal um ihre eigene Achse und faltete sich schließlich vor ihren Augen zusammen. Geschwind nahm Liz die Scheibe an sich und verbarg sie eilig unter ihrem Rock. Vorsichtig strich sie den Stoff wieder glatt.

Die Seraphim hatte sie reingelegt. Der kristalline Staub rieselte zu Boden und löste sich auf. Deshalb hatte Milly sie also vor ihrer Abreise mit ihren Flügeln umarmt. Irgendwie hatte sie eine Verbindung zwischen ihr und der Scheibe hergestellt. *Nun gut, dann muss ich dir die Sternenscheibe eben persönlich zurückbringen.* Sie schaute sich kurz um und beeilte sich, zu ihrem Begleiter wieder aufzuschließen, der zu ihrer Erleichterung nichts von dem Geschehen bemerkt hatte. *Toller Beschützer*, dachte sie.

Nach mehreren Tagen waren sie endlich an ihrem Ziel angekommen. Beide standen vor einer künstlich erbauten steinernen Halbkugel. Liz klopfte an der Tür, oder zumindest an dem, was sie dafür hielt. Als sich nichts tat und sie auch von innen keinen Laut vernahm, versuchte sie es erneut – immer noch nichts. Sie musste es wohl mit etwas mehr Kraft versuchen. Aber noch ehe ihre Faust die Tür ein weiteres Mal traf, öffnete sich diese unter einem langen, elenden Quietschen.

Doch niemand war zu sehen. Zaghaft traten Liz und ihr Begleiter ein. Sie standen inmitten eines riesigen ausgehöhlten Raumes, der nur über sehr wenige und winzige Fenster verfügte. Bücherschränke und technische Gerätschaften füllten das kuppelförmige Gewölbe bis zur halben Höhe. Von den meisten Utensilien kannte Liz noch nicht einmal die Namen.

Sogar die Tische und Stühle waren derart überfüllt mit Pergamenten und dicken Wälzern, dass unmöglich noch jemand darauf hätte Platz nehmen können. Hinter einem der Schränke kam eine Hand zum Vorschein, die den beiden Ankömmlingen zuwinkte und damit wohl zu erkennen geben wollte, dass sie sich zu setzen und zu warten hatten.

Mit dem Ansatz eines Kopfschüttelns blickte Liz erneut zu den Stühlen. Erstaunt erkannte sie, dass diese nun frei waren. Der Tisch war nun ebenfalls zur Hälfte aufgeräumt. Selbst durch die Fenster, die zuvor noch mit einer dicken Staubschicht überzogen waren, drang auf einmal viel mehr Licht. Ihr neuer Meister hielt offensichtlich nicht allzu viel von Ordnung solange er alleine war. Noch dazu ließ er ganz schön auf sich warten, wodurch Liz genug Zeit blieb, sich noch weiter in seiner steinernen Behausung umzusehen. Sie fragte sich, wieso ein Elf ein solches Kuppelgewölbe den luftigen Höhen eines Baumhauses vorzog.

Gerade als sie ihre Gedanken weiter schweifen lassen wollte, trat ihr zukünftiger Meister zwischen den Schränken hervor. Als hätte er seine Gäste noch nicht einmal bemerkt und als wären sie ihm völlig gleichgültig, blätterte er in einem alten, vergilbten Buch. Die Elfe konnte nicht viel von ihm erhaschen. Der Fremde trug einen zerfetzten Mantel, der sicherlich schon bessere Tage erlebt haben mochte. Besonders an den Ärmeln und am Rücken sah dieser ziemlich ramponiert aus. Sein Gesicht verbarg er zu Liz' Verwunderung unter einer breiten ebenfalls löchrigen Kapuze. Weiße Haare lugten zwischen den Fasern des Stoffes hervor sowie ein einzelnes spitzes Ohr, das eindeutig auf sein elfisches Wesen hindeutete.

Erst nach einer weiteren endlos anmutenden Zeitspanne bequemte sich der Gelehrte dazu, seine Aufmerksamkeit von dem Buch ab und zu den Störenfrieden hinzuwenden. Geduldig musterte er die Elfe und ihren Begleiter.

„Ich bin Liz und komme aus den Wäldern Falmiers, um hier..."

Noch ehe sie weiter reden konnte, unterbrach er sie. „Wer du bist und was du hier willst, weiß ich bereits. Und wer DU bist, muss ich nicht wissen!“, stoppte er den Versuch von Liz’ Wächter, sich ihm ebenfalls vorzustellen. „Nun gut, bringen wir das Ganze schnell hinter uns. Mein Name ist Kagul, und ihr befindet euch in meinem Observatorium. Ein Baumhaus oder etwas Ähnliches wirst du hier nicht finden. Ich hoffe, dich verlangt es nicht nach derlei unbedeutsamen Dingen. Selbst wenn, so ist es deine Sorge, nicht die meine.“

Liz fühlte sich ertappt, als hätte er ihre Gedanken gelesen. Dabei empfand sie diesen Ort als gar nicht so schlimm. Sie konnte sich durchaus vorstellen, in diesem – wie nannte er es noch gleich? – *Observatorium* Unterkunft zu beziehen. Seine Art, wie er mit ihr umsprang, verunsicherte sie dagegen schon eher.

„So, nachdem wir nun also die Förmlichkeiten hinter uns gebracht hätten, kommen wir nun zu den wichtigen Dingen: Berichte mir von dem, was euch auf dem Weg zu mir alles geschehen und begegnet ist!“

Stille kehrte in die Dreierversammlung ein. Die Frage war direkt an Liz gerichtet, aber was sollte sie ihm schon zu erzählen haben, sie waren ja an allem schnurstracks vorbeimarschiert.

Das dicke Buch, das Kagul bis eben gehalten hatte, landete unter einem lauten Krachen auf dem Tisch. „Ihr habt eine Reise von, ich schätze mal, einem Monat hinter euch, und nichts zu berichten? Ich bezweifle, dass jemand, der mit derartigem Desinteresse durchs Leben schreitet, es wert ist, von mir unterrichtet zu werden!“

Liz wusste nicht so recht, was sie darauf entgegnen sollte. Sie fühlte sich völlig missverstanden.

„Was ist mit den Wolkenkratzerschluchten? Ihr müsstet an mindestens zwei zerstörten Metropolen der Terraner vorbeigekommen sein. Habt ihr diese etwa einfach links liegen gelassen?“

Liz dachte an die grünen rankenbewachsenen Riesen, die sie nur aus der Ferne betrachten durfte. Flüchtig verirrte sich ihr Blick dabei zu ihrem Begleiter, der sie hergebracht hatte und den all das offensichtlich gleichgültig ließ.

Kagul schien der kurze Blickwechsel nicht entgangen zu sein, denn er stoppte seine Rede und hielt kurz inne. „Verstehe!“, begann er wieder „Mach, dass du rauskommst, deine Anwesenheit wird nicht länger benötigt!“ Seine rechte Hand zeigte zur Tür, die noch im selben Moment aufsprang.

Der Trapper zögerte kurz, als wolle er etwas erwidern. Er entschied sich jedoch dagegen und ging. Kaum hatte er einen Schritt aus der Tür gemacht, knallte sie auch schon hinter ihm zu. Liz war nun ganz auf sich allein gestellt. Nervös kratzte sie an der Tischkante und überlegte, wie es ihr wohl die nächsten Jahre in diesem Observatorium ergehen würde.

„Also gut, ich gebe dir die Gelegenheit dich zu beweisen. Lies dir das Buch auf dem Tisch durch, darin wirst du mehr über den Übergang erfahren, der diese Welt mit Magela verbindet. Ich will, dass du es auswendig lernst. Sobald du damit fertig bist, kannst du mit den Werken im Regal hinter mir fortfahren. Damit müsstest du für eine Weile beschäftigt sein. Falls du Fragen hast, kannst du sie mir gerne stellen, vorausgesetzt dass du in keinem der Bücher fündig geworden bist. Was, wie ich anmerken darf, äußerst unwahrscheinlich ist. Wage es nicht, das Observatorium zu verlassen. Wir befinden uns nahe dem terranischen Territorium. Solltest du nicht versehentlich einem ihrer Soldaten über den Weg laufen, dann frisst dich womöglich einer der Nirwase, die regelmäßig in dieser Gegend umherstreifen. Allein in meinem Observatorium schützt dich ein diamantener Zauber vor ihnen.“

Ihren Versuch, eine Frage zur Herkunft und Wirkung dieses Schutzzaubers zu stellen, würgte er mit dem Hinweis auf eine der vielen Fibeln ab. „Halte dich von meinen technischen Gerätschaften fern." Drohend zeigte ihr Mentor auf ein langes gewundenes Rohr, das durch das Dach des Observatoriums stieß. Anschließend hielt er ihr einen gläsernen Stein vor die Nase, von dem Liz glaubte, ihn schon einmal irgendwo gesehen zu haben. „Dieser Kristall und meine terranischen Spielzeuge sind tabu für dich."

Mit diesen Worten überließ er die Elfe sich selbst und widmete sich wieder seinen eigenen Studien. Kagul schaute durch das Rohr, von dem er noch kurz zuvor gesprochen hatte, und hielt dabei die ganze Zeit über den Seelenstein in der rechten Hand. Dieser Tätigkeit, so sollte die Elfe im Laufe ihrer Zeit noch erfahren, ging Kagul mit viel Beharrlichkeit und jeden Tag aufs Neue nach.

Sie schlug eines der vielen Bücher auf, die auf dem Tisch lagen, und informierte sich darüber, was es mit dem langen Eisenrohr auf sich hatte, das im Zentrum des Observatoriums hing. Sie fand heraus, dass es sich dabei um ein Teleskop handelte, mit dem man die Sterne beobachten konnte. Eine Antwort darauf, warum er es dann nur tagsüber und nicht des Nachts nutzte, bekam sie allerdings nicht. Vielmehr wäre sie fast erblindet bei dem Versuch, ebenfalls hindurchzulinsen. Verwundert musste sie feststellen, dass das Objektiv immer direkt auf die lodernde Sonne gerichtet war.

Kagul ließ Liz all ihre Studien selbstständig durchführen und behelligte sie nicht dabei. Auf der anderen Seite erhielt sie aber auch keinerlei Unterstützung von ihm. Da sie es aus ihrer Zeit in Falmier gewohnt war, dass man ihr einen Zauber vorführte, brauchte sie eine Weile, um sich umzustellen. Immerhin hatte sie so die Möglichkeit, ungestört nach einem Weg zu suchen, um Milly wiederzusehen und ihr Versprechen einzuhalten. Ihrer Meinung nach hätte ein einfacher Transportzauber reichen müssen. Mit dessen Hilfe wollte sie schnell genug nach Falmier und wieder zurück gelangen, ohne dass ihr Fehlen bemerkt würde.

Leider musste sie feststellen, dass ihre kindliche Sicht bezüglich der Wirkungsweise von Zaubern nicht der Realität entsprach. Je mehr von Kaguls Büchern sie durchstöberte, desto frustrierter wurde sie. Ihr Ziel rückte immer weiter in die Ferne. Ein jeder Zauber, auf den sie stieß, erforderte entweder Utensilien, über die sie nicht verfügte, oder so viel magische Kraft, dass es den Ausübenden töten konnte. Noch dazu befand sich ihr Ziel in einer anderen Welt und niemand wusste, wie weit entfernt ihre beiden Planeten wirklich voneinander waren, geschweige denn, wo diese wirklich lagen. Weder in den magelanischen Büchern noch in denen der Terraner – welche Kagul trotz des Verbots besaß – fand sie hierzu hilfreiche Informationen. Nur irgendwelche fragwürdigen Gerüchte und nebulöse Sagen. Aus keinem von beidem vermochte sie die genaue Lage Neu Terras – so nannten die Menschen ihre Welt – zu ermitteln. Kurz kam ihr der Gedanke, dass ihr Meister vielleicht mehr darüber wissen könnte, doch letztlich verwarf sie ihn wieder. So vergingen die Monate, und Liz lernte viel, nur in Bezug auf ihr eigentliches Ziel stellten sich trotz ihrer Mühen keinerlei Erfolge ein.

Obwohl beide jeden Tag gemeinsam aßen, wechselten sie kaum ein Wort miteinander. Dabei sehnte sich die Elfe nach ein wenig Abwechslung von ihren Büchern. Viele Nächte lang lag Liz wach in ihrem Bett, welches in einem von fünf gesonderten Zimmern stand. Sie konnte oft nicht einschlafen und wälzte sich lange hin und her. Zumeist dachte sie dabei an Milly und die unbeschwerten Tage. Die Sternenscheibe lag dabei stets auf dem Nachttisch neben ihr.

Eines Abends, es waren schon fast zwei Jahre vergangen, bemerkte Liz ein seltsames Leuchten. Die Elfe schreckte erwartungsvoll auf. Sie wusste, dass die Seraphim mit ihrer Scheibe verbunden war. Sollte Milly in der Nähe sein, würde diese sicherlich darauf reagieren. Liz freute sich unglaublich darüber, die kleine Geflügelte endlich wiederzusehen. *Milly, bist du es? Bist du wahrhaftig h…i…e…r?*

Ihre Hoffnung erlosch, genauso schnell, wie sie aufgeflammt war. Die Scheibe wand sich, als plagten sie unglaubliche Schmerzen. Das Zucken der Sternenscheibe wurde immer stärker. Sie brachte sogar den Tisch ins Wanken, auf dem sie lag. Die Elfe zögerte, nahm die Scheibe dann aber umso eiliger an sich und drückte sie an ihren zarten Busen. Die Scheibe beruhigte sich für einen kurzen Moment, fing daraufhin aber umso stärker an zu zittern. Eine dunkelschwarze Färbung durchzog die Oberfläche der Scheibe, die mit einem Mal schrill aufzuschreien begann. Liz fürchtete, dass irgendetwas Schlimmes mit ihrer Schwester passiert war – nur was sollte sie dagegen unternehmen?

Vor ihren Augen entfaltete sich der Diskus. Er änderte unentwegt sein Aussehen. Ständig entstand eine neue schreckliche Figur. Zeitweise glaubte die Elfe, ein schmerzverzerrtes Gesicht darin zu erkennen.

„Milly, halt durch, was auch immer du durchmachst, ich werde kommen und dir helfen", flehte sie aus tiefstem Herzen, und abrupt erstarrte das Gebilde in ihren Händen. Eiskalt lief es der Elfe den Rücken herunter. Die Scheibe war vollständig schwarz geworden. Nichts bewegte sich mehr, sie war wie tot. „Nein, das kann nicht sein!"

Noch in dieser Nacht ging Liz wieder an ihre Bücher. Sie würde herausfinden, was eben geschehen war! Selbst wenn dies erforderte, dass sie gegen eine oder gar gegen alle Regeln ihres Meisters verstoßen musste.

Kaguls Schritte hallten ungehört durch die Mauern des Observatoriums. Er kam an Liz' Zimmer vorbei, doch die Elfe war nicht da. Derart unordentlich wie die Laken waren, musste sie offensichtlich in aller Eile aufgestanden sein.

In aller Ruhe betrat der Elfenmeister das Zimmer und hob das grotesk verformte Gebilde auf, das auf dem Boden lag. Behutsam strich er mit seiner Hand darüber und flüsterte Worte, die er schon seit Ewigkeiten nicht mehr gesprochen hatte und die ihm fast fremd geworden waren. „Angelis seraphis sedativus." Die Silben rannen über seine Lippen, als hätte er niemals dieser Kräfte entsagt, und im Nu reagierte Millys Scheibe darauf. Ihre kristalline Struktur entspannte sich, und aus dunkelstem Schwarz wurde wieder mattes Weiß. Vorsichtig legte der Gelehrte die Scheibe auf den Nachttisch zurück, bevor er sich weiter daran machte, die restlichen Räume des Observatoriums zu erkunden.

Endlich fand er diejenige, die seine Nachtruhe gestört hatte. Sie war über einem Stapel alter Bücher entschlummert. „Die Jugend von heute. Keinen Respekt mehr vor guter Literatur", schnaufte der Elf beleidigt. Trotz allem dachte er nicht daran, seine Schülerin zu wecken. Er interessierte sich einzig für die Fibel, die Liz im Halbschlaf vollsabberte.

Zum ersten Mal seit ihrer Ankunft lächelte Kagul. „Ich bin beeindruckt, sie hat sich schneller durch die Bibliothek gearbeitet als erwartet." Endlich war alles so gekommen, wie er es vorgesehen hatte. Sie hatte sein Buch gefunden, an dessen Fertigstellung er seit Jahrzehnten schrieb. Alles Weitere würde sich nun von selbst ergeben, mehr war nicht vonnöten.

Am darauffolgenden Tag erwachte Liz mit Rückenschmerzen und Tintenflecken im Gesicht. Sie studierte jeden Tag bis zur Erschöpfung weiter und hoffte inständig, dass sie nicht zu spät käme. Allein die Tatsache, dass die Sternenscheibe wieder ihre alte Form angenommen hatte, beruhigte sie ein wenig. Sie benötigte noch weitere neun Tage, bis sie endlich den erforderlichen Zauber vorbereitet hatte.

Zu ihrem Leidwesen erforderte der Schmetterlingsflug, wie der Transportzauber auch genannt wurde, ein ganz bestimmtes Artefakt um gewirkt zu werden. Laut der handgeschriebenen Fibel handelte es sich dabei um einen dreieckigen weißen Kristall mit unglaublicher magischer Kraft. Bereits beim bloßen Überfliegen dieser Zeilen war ihr Kaguls Stein in den Sinn gekommen, den dieser wie seinen Augapfel hütete.

Die Elfe quälten entsetzliche Gewissensbisse, doch die Sorge um ihre Schwester ließ sie jegliche Obacht vergessen. Am zehnten Tag nahm sie all ihren Mut zusammen und schlich sich des Nachts in Kaguls Gemach.

Unfreiwillige Begleitung

Ein lautes Brüllen durchzog den Wald und riss Liz aus ihren Gedanken und Erinnerungen. Kaguls Stein, mit dessen Hilfe sie hierher gelangt war, geriet in Vergessenheit. Wer auch immer da schrie, war eindeutig heiser.

Sie wusste nicht, warum sie der Zauber ausgerechnet an diesen Ort geführt hatte, vermutlich war er schlichtweg schiefgegangen. Doch noch wollte sie nicht aufgeben. Manche Zauber, zu denen auch dieser zählte, besaßen ihren eigenen Willen und machten oft nur indirekt das, was ihre Erschaffer wollten. Liz entschied sich, der Sache auf den Grund zu gehen.

Die Elfe folgte dem heiseren Schrei zu einer einsamen Lichtung. Sie presste ihren Leib mit aller Kraft gegen eine junge Birke und wagte einen vorsichtigen Blick. Die Elfe erschrak. Nur mit Mühe konnte sie einen verräterischen Aufschrei unterdrücken. Vor sich erblickte sie einen wilden Nirwaz, der seine Zähne an einer Metallkugel wetzte. In unmittelbarer Nähe lag eine alte Eiche. Sie war mehr als eintausend Jahre alt, hatte den Aufstieg und den Niedergang ganzer Königreiche miterlebt, Wind und Wetter getrotzt, um nun binnen weniger Augenblicke von einem wütenden Ungeheuer gefällt zu werden. Irgendwie stimmte Liz das traurig. „Zerfalle, alter Wächter, werde zur Erde, aus der du gekommen bist, und ermögliche einem jungen Samen, durch deine Energien zu wachsen und zu gedeihen.“ Zaghaft berührte sie den knöchernen Eichenstamm und entzog dem Gehölz eine geringe Menge seiner Lebensenergie. Glühwürmchen umkreisten ihre Handflächen. Tanzten zu der Melodie des Lebens, während Harz wie Blut aus der Wunde im Holz rann. Die alte Eiche erzählte der Elfe die Geschichte ihres Lebens. Liz durchflossen die Bilder vieler Jahrhunderte binnen von Sekundenbruchteilen. Sie konnte keines davon genauer erhaschen. Stattdessen erregte ein zerbrochener Ast ihre Aufmerksamkeit, über dem ein einzelnes Glühwürmchen kreiste. *Jemand hat also vor einiger Zeit die Lichtung verlassen. Vielen Dank für deine Hilfe, Hüter des Waldes.*

Liz folgte der Spur. Mit einem beherzten Sprung katapultierte sie sich in die Baumwipfel, von wo aus sie ihren Weg fortsetzte. Auf diese Weise kam sie weit schneller voran, als auf dem Waldboden. Außerdem wollte sie es nicht riskieren, demjenigen ungeschützt über den Weg zu laufen, der diesen Nirwaz derart in Rage versetzt hatte. Zumal es vermutlich mehrere Personen waren.

Mit erstaunlichem Tempo lief und sprang sie von einem Ast zum nächsten. Immer dann, wenn die Äste zu weit auseinander standen, hüpfte sie ins Leere. Noch im Sprung formte sie ihre linke Hand zu einer Hohlfaust und übte leichten Druck auf den Gegenstand darin aus. Wispernd beschwor sie die Kraft von Kaguls Artefakt, woraufhin sich ihr Leib kurze Zeit später auf einem weit entfernten Ast materialisierte, von dem aus sie ohne Unterlass weiterhetzte.

Fallende Blätter wiesen ihr leise ihren Weg. An einem quer verlaufenden Trampelpfad landete eines davon auf ihrer linken Schulter und gab ihr so zu verstehen, wohin die Reise weitergehen sollte. Ehe sie dem Flüstern der Bäume weiter nachging, legte sie jedoch eine flüchtige Pause ein.

Sie sprang auf den Pfad und schaute sich um. Irgendetwas stimmte hier nicht. Deutlich spürte Liz die magische Aura, die noch in der Luft lag. Sie war ungewöhnlich stark und rein, obwohl es schon eine Weile her sein musste, dass jemand hier gewesen war.

Wie kann das sein? Sie glaubte, einer Gruppe Terranern auf der Spur zu sein. Alles deutete jedenfalls daraufhin. *Aber Menschen können doch keine Magie wirken, schließlich haben sie ihre Wissenschaft.*

Neugierig setzte die Elfe ihren Weg fort. Sie beschleunigte ihre Sprünge drastisch, ohne ihrem Ziel merklich näher zu kommen. Gerade als sie aufgeben wollte, wurden ihre Mühen belohnt.

Inmitten der Finsternis tauchte eine dunkle Gestalt auf, die erst allmählich Kontur und Tiefe annahm. Die Elfe gab sich redlich Mühe, nicht zu sehr aufzufallen. Sie sprang so behutsam wie möglich von einem Ast zum nächsten.

Liz näherte sich dem Fremden bis auf zehn Schritt und versuchte sich immer wieder damit zu beruhigen, dass Menschen bei Nacht nicht so gut sahen wie Elfen.

Ihre Sinne hafteten unentwegt an ihm. Er trug weder eine Waffe noch eine Rüstung am Leib. Seine Sachen waren vollkommen zerfetzt. Zweifellos war das der ungewöhnlichste Soldat, den Liz je gesehen hatte – wenn es denn überhaupt einer war. „So sieht also ein Terraner in natura aus", hauchte sie sanft, während sie ihm noch näher kam. Ihre Neugier obsiegte gegenüber ihrer Furcht. Sie fragte sich, warum der Zauber sie ausgerechnet auf seine Spuren geführt hatte. *Ob es wohl eine Verbindung zwischen ihm und Milly gibt?*

Irgendwie faszinierte sie der Unbekannte. Er entsprach so gar nicht dem, was Liz erwartet hatte. In ihrer Vorstellungskraft wirkten die Menschen stets weit bedrohlicher. Sie waren schließlich die Feinde Magelas! Zwischen Magela und Neu Terra herrschte seit jeher Krieg. Die Menschen trugen die Schuld an dem Tod von Tausenden. Angeblich war es ihnen sogar gelungen, die stärksten Zauberer der Vorvereinigungszeit zu bezwingen, zumindest falls das stimmte, was in Kaguls Büchern stand.

Doch obwohl die Wesen der Magiewelt mittlerweile einen Großteil Neu Terras erobert hatten, leisteten die Terraner noch immer regen Widerstand, was die Angst vor ihnen keinesfalls schmälerte. Liz hatte als Kind früh gelehrt bekommen, dass die Menschen ihre Feinde waren und dass man ihnen auf keinen Fall trauen durfte. Unzählige Gruselgeschichten, in denen die Menschen das absolut Böse verkörperten, legten davon Zeugnis ab.

Aber dieser Terraner schien ihr gar nicht so böse zu sein. Er hatte kurzes schwarzes Haar. Seine Augen waren – soweit sie es in der Dunkelheit erkennen konnte – saphirblau, und er schaute ihr soeben direkt ins Antlitz!

Er hatte ein leicht längliches Gesicht, das der Elfe gefiel. Nach seinem jugendlichen Äußeren zu urteilen, war er etwa zwanzig Jahre alt. Seine Größe entsprach der von Liz, demnach war er für einen Menschen alles andere als klein, da diese, soweit sie wusste, nicht an Elfen heranreichten. Lediglich eine Narbe, die quer an seiner linken Halsseite verlief, ließ ihn ein wenig furchterregend erscheinen.

Er schaut mich an! Die Elfe erschrak, ihr blieb förmlich das Herz stehen. *Er schaut direkt in meine Richtung! Er hat mich entdeckt! Wie ist das möglich?* Liz war wie versteinert, sie wusste nicht, was sie machen sollte. Regungslos blieb sie auf ihrem wippenden Ast sitzen. Sie verstand einfach nicht, wie er sie bemerkt hatte. Der Soldat schaute jedoch noch immer in ihre Richtung und bewegte sich kein Stück. *Auf was wartet er. Überlegt er etwa, wie er mich umbringen kann?*

Ihre Hand zitterte. Sie verstand noch immer nicht, warum sie aufgeflogen war. Aber eines war sicher, sollte dieser Terraner sich mit ihr anlegen wollen, so war sie gewappnet. Zögerlich fuhr sie mit ihrer Hand unter ihren Rock und umfasste die Sternenscheibe. Sie schöpfte Kraft aus der federweichen Oberfläche, die sich allmählich zu einer Waffe zu verhärten begann.

Sie ließ ihren Gegner nicht aus den Augen. Er rührte sich einfach nicht. Es war, als suchte er nach etwas, doch seine forschenden Augen schienen es nicht zu entdecken. Ein Moment der Stille verging, dann drehte sich der Soldat plötzlich um und lief weiter – als wäre nichts vorgefallen.

Liz dagegen blieb verdutzt auf ihrem Ast hocken. Was sollte das eben? War sie etwa doch nicht aufgeflogen? *Aber er hat mir doch direkt in die Augen geschaut, ich hab mir das doch unmöglich eingebildet?*

Sie haderte. Konnte Liz es nach diesem Vorfall wirklich riskieren, ihm weiter auf den Fersen zu bleiben? *Ich bin ihm schon so weit gefolgt, ich kann jetzt unmöglich umkehren. Nur noch ein kleines Weilchen, nur noch ein paar Schritte,* redete sie sich ein. Ehe sie ihm allerdings weiter nachstellte, wollte sie zumindest gewisse Vorsichtsmaßnahmen ergreifen.

Sie wartete ab, bis der Soldat sich etwas entfernt hatte, und wisperte: „Silentium diée algadium es misu“, während sie gleichzeitig, mit ausgestreckten Armen und sich auf der Stelle drehend, eine Kuppel nachahmte.

Plötzlich brach Liz auf dem Baum zusammen. Sie schrie unter quälenden Schmerzen auf. Die Elfe spürte, wie ein Großteil ihrer Magie für immer dahinschwand. Es fühlte sich so an, als würde ihr ein Teil ihrer Seele entrissen. Nur mit Mühe gelang es Liz, das Gleichgewicht zu wahren.

Liz lehnte sich in luftiger Höhe an einen Baumstamm und atmete tief durch. Sie wartete so lange ab, bis endlich das wilde Pochen in ihrer Brust nachgelassen hatte.

Der Soldat! Oh nein! Er hat sicherlich meinen Schrei gehört! Fiebrig blickte sie sich um. Er musste sie einfach gehört haben, derart eindringlich und laut, wie sie gewesen war. Doch der Soldat war weitergezogen, ohne sie zu beachten. „Puh“, atmete sie erleichtert auf und strich sich mit dem Handrücken den Schweiß von der Stirn. *Der Silentium-Zauber hat also noch rechtzeitig gewirkt.* Die magische Formel, die sie soeben gesprochen hatte, bewirkte, dass kein einziger Ton einen gewissen Radius um sie herum verlassen konnte. Jegliches Geräusch verhallte ungehört innerhalb dieser unsichtbaren Blase. Zwar hatte sie nicht vorgehabt, das Funktionieren ihres Zaubers derart schnell auf die Probe zu stellen, doch daran konnte sie nun nichts mehr ändern.

Was war da eigentlich gerade mit ihr geschehen? Sie spürte bereits seit einer ganzen Weile, dass ihre magischen Fähigkeiten schwächer wurden. Etwas, dem sie sich näherte, griff ihren magischen Kern an. *Wenn ich noch einen Zauber wirke, überstehe ich das womöglich nicht.*

Je länger sie sich in dieser Region aufhielt, desto schlimmer wurde es. *Das könnte meinen Tod bedeuten.* Dennoch weigerte sie sich, aufzugeben. Liz war nicht so weit gekommen, um nun unerfüllter Dinge umzukehren. Sie musste es riskieren, Milly zuliebe. Außerdem wollte sie mehr über diesen Soldaten erfahren und darüber, was er hier tat.

Die Elfe konzentrierte sich auf ihr Innerstes und versuchte, ihre Energien zu ordnen. Sie hoffte, auf diese Weise ein wenig Zeit zu gewinnen. Schließlich setzte sie ihre Verfolgung fort.

Als sie endlich wieder zu dem Soldaten aufgeschlossen hatte, stellte sie sich erneut die Frage, ob er sie nicht vielleicht doch bemerkt hatte. Was, wenn er nur so tat, als wäre er unwissend, um sie geradewegs in eine Falle zu locken? *Da! Schon wieder!* Er blickte über seine Schulter, und Liz hätte schwören können, dass er direkt in ihre Richtung sah. *Nein, das rede ich mir nur ein.*

Diesmal konnte er sie wirklich nicht entdeckt haben, es war immer noch stockduster, und ihr Zauber unterband jegliches verräterische Geräusch. *Ich bilde mir das ein, ganz sicher.*

Der Soldat ging weiter seines Weges, unaufhörlich verfolgt von seinem ungebetenen Anhängsel. Er blickte noch oft zurück.

Stets zuckte die Elfe zusammen. Sie musste sich jedes Mal stärker einreden, dass es wieder nur ein Zufall oder bloße Einbildung war. Dabei schien er immer genau zu wissen, wo sie gerade war, ob sie nun auf einem Baum zu seiner Linken hockte oder hinter ihm war – er starrte stets in ihre Richtung.

Sie liefen die ganze Nacht durch. Der Soldat machte keine einzige Pause und zeigte auch keinerlei Anzeichen von Müdigkeit. Wo auch immer er hin wollte, er wollte schnell dorthin. Liz dagegen machte die verrinnende Zeit schwer zu schaffen. Zum einen fühlte sie sich innerlich zunehmend schwächer, je weiter sie vorankamen. Sie hoffte nur, dass sie noch über genügend Energie verfügte, um notfalls rechtzeitig diese magiefeindliche Gegend verlassen zu können. Zum anderen machte sie sich aufgrund der schon bald aufgehenden Sonne Sorgen. Es würde ihr erheblich schwerer fallen, sich vor ihm zu verbergen, wenn erst der Morgen dämmerte.

Ehe die Elfe weiter darüber nachsinnen konnte, gelangten beide an eine Menschensiedlung. Beide zögerten – beide? *Wieso geht er nicht weiter,* wunderte sich die Elfe. Dass *sie* als Magelanerin nicht einfach in eines ihrer Dörfer spazieren konnte, war klar. Sie wollte sich nicht einmal vorstellen, was man alles mit ihr anstellen würde. Allein der Gedanke, dass Milly möglicherweise in die Fänge der Menschen geraten sein könnte, bereitete ihr Unbehagen. Doch warum zögerte der Terraner?

Genau wie die Elfe war sich auch der Soldat nicht sicher, was ihn erwarten würde. Ein mulmiges Gefühl überkam ihn. Er ballte seine Finger zur Faust und marschierte mit allem Mut, den er aufzubringen vermochte, los, direkt durch die von Holzpalisaden verstärkte Anlage hindurch.

Tatenlos musste Liz mit ansehen, wie er ihr entglitt. Sie war frustriert. Sollte es das gewesen sein? Sollte sie ihm völlig umsonst gefolgt sein? *Nein, so schnell gebe ich mich nicht geschlagen*, entschied sie sturköpfig.

Sie wollte nicht mithilfe eines Zaubers hinter die Palisaden vordringen. Ihr war das Risiko, erneut unter Schmerzen zusammenzubrechen – und das mitten in Feindesgebiet –, zu hoch.

Vorläufig begnügte sie sich damit, die Mauer des Dorfes genauer in Augenschein zu nehmen. Es war kein besonders verlässlicher Schutz, den die Bewohner da errichtet hatten. Für sie sah das aus Holz und alten Kisten zusammengeschusterte Bollwerk eher nach einer provisorisch aufgezogenen Notlösung aus, die nie und nimmer einem Angriff magelanischer Truppen standhalten würde. Zu Liz' Unmut hielt diese Mauer aber zumindest sie erfolgreich draußen.

Das Dorf grenzte auf der einen Seite an den Waldrand und auf der anderen an ein Getreidefeld, das sich bis zum Horizont erstreckte. Die Saat war vollständig niedergetrampelt, als hätten dort Tausende von Barbaren gehaust. Im Zentrum des Feldes brannte ein Lagerfeuer, von dem ein widerlicher Gestank herüberwehte.

Der Wachposten auf dem nördlichen Turm hatte dadurch alles gut im Blick. Liz musste demnach auf der bewaldeten Seite einen Zugang ins Dorf finden. Endlich, nach langer Suche, entdeckte sie einen Baum, dessen Äste an die Mauer heranreichten. Als der Wachmann nicht hinsah, schwang sie sich in einem Zug über die befestigte Anlage. Gekonnt federte sie ihren Sturz mit einer Rolle ab und versteckte sich hinter einer Strohhütte.

Sie blinzelte vorsichtig hinter einer Hauswand hervor und fand ihren Soldaten. Eine Meute von Dorfbewohnern und Wachen hielt ihn umstellt. Ihre Lanzen und Speere waren auf seinen Hals gerichtet. *Was geht denn da vor?*, wunderte sich die Elfe und verzog schmollend ihr Gesicht. *Das ist meiner! Stecht mir den bloß nicht einfach so ab!* Sie spitzte neugierig die Ohren, doch trotz ihrer elfischen Sinne stand die Wachmannschaft zu weit weg, als dass Liz etwas von deren Gemurmel hätte verstehen können. Hoffentlich würde ihr all der Trubel zumindest dazu verhelfen, weiterhin unbemerkt zu bleiben.

Zu ihrem Leidwesen bewegte sich einer der Wächter jedoch geradewegs auf sie zu. Er trug eine lederne Rüstung und führte eine Lanze mit sich, die er als Gehstock missbrauchte. Zwar hatte er die Elfe noch nicht bemerkt, dennoch hielt er schnurstracks auf den Spalt zwischen Hütte und Palisade zu.

Der Wachmann genoss seinen Rundgang, der ihn einmal komplett ums Dorf führte. Selbst von dem Unbekannten, der am Haupttor stand, ließ er sich das nicht nehmen. Sollten sich doch die anderen um diesen Pechvogel kümmern, Hauptsache er hatte seine Ruhe und konnte auf diese Weise ein Weilchen vor seiner Frau und dem Neugeborenen entfliehen. Ihr gegenüber behauptete er selbstverständlich, dass er diese gefährliche Aufgabe nur auf sich nahm, um sie vor fiesen Eindringlingen zu beschützen.

Nie hätte er aber damit gerechnet, tatsächlich jemandem auf seiner Patrouille zu begegnen, geschweige denn, dass sein Näherkommen bereits mit wachsender Sorge beobachtet werden würde. Für ihn waren sämtliche Feinde weit weg. Gut, die Front war in letzter Zeit immer näher gerückt, aber er hatte bisher dennoch nie einen Magelaner zu Gesicht bekommen und hatte sich auch über den Krieg nie irgendwelche Gedanken gemacht. Warum auch, ihn betraf es ja nicht.

Die Elfe wurde immer unruhiger. Nach hinten konnte sie nicht ausweichen, dort herrschte ebenso reger Betrieb wie am Tor. Offensichtlich waren die Dorfbewohner gerade damit beschäftigt, Marktvorbereitungen zu treffen. Blieb also nur der offene Kampf. Gegen einen konnte sie bestehen, das traute sich Liz zu, aber anschließend das ganze aufgeschreckte Dorf bekämpfen, war dann doch zu viel des Guten. Zumal sie niemandem unnötig Schaden zufügen wollte.

Ehe Liz weiter darüber nachsinnen konnte, stand der Wächter bereits vor ihr. Es dauerte eine Weile, bis dieser begriff, wen er da vor sich hatte. Er begann, am ganzen Leib zu zittern, und stand kurz davor, seine Waffe fallen zu lassen. Ihm versagte der Atem. Erst nach einer Weile brachte der Mann einen Ton heraus: „Alaaarm, Eindringling, Verstärkung!" Kaum hatte der Wachmann seine Freunde alarmiert, war er plötzlich wie ausgewechselt. Ohne weitere Umschweife richtete er die Spitze seiner Lanze auf die Elfe. Was wohl seine Frau dazu sagen würde, wenn er als Retter des Dorfes heimkehren würde. Ein erwartungsvolles Schmunzeln zeichnete sich in seinen Zügen ab.

Da begann ihm die Elfe, ebenfalls mit einem Lächeln, etwas zuzuflüstern. „Na, wo bleibt denn deine Verstärkung?"

„Was? Bist du lebensmüde, du kannst es wohl nicht erwarten, von uns eingekerkert zu werden!"

Doch die Elfe blieb hartnäckig. „Tut mir leid. Aber gefangen nehmen lasse ich mich ganz sicher nicht. Vorher habe ich hier noch etwas Wichtiges zu erledigen. Solltest du mich aber dennoch festsetzen wollen, dann musst du dies leider alleine bewerkstelligen, denn deine Kameraden scheinen dich im Stich zu lassen. Sei unbesorgt, ich werde ganz sanft mit dir umspringen."

Nicht mehr ganz so sicher schrie der Wächter erneut: „Hey Leute, was braucht ihr so lange?! Ich habe einen Eindringling gestellt!" Spätestens jetzt mussten sie ihn doch gehört haben. So weit war das Stadttor schließlich nicht entfernt, und sein Brüllen musste noch am anderen Ende des Dorfes zu hören gewesen sein.

Die Elfe hatte trotz der Lanze im Gesicht noch immer ein breites Grinsen auf den Lippen. „Nun komm schon, wie lange wollen wir beide denn noch hier rumstehen und auf deine angebliche Verstärkung warten?"

Nervös blickte der Wachmann sich um. Niemand war zu seiner Unterstützung geeilt. Die anderen standen alle noch bei dem Soldaten und hielten ihn umstellt, um seine Gefangene scherte sich dagegen niemand. Es schaute noch nicht einmal jemand in seine Richtung. „Was soll der Sch…", fluchte der Mann und wandte sich wieder der Elfe zu. Statt ihres Antlitzes bekam er jedoch nur eine flache Handfläche zu Gesicht. Die letzten Worte, die er vernahm, waren: „Sieé balsium es duos", woraufhin er wie ein schwerer Stein zu Boden stürzte und in einen tiefen Schlaf fiel.

Die Elfe sank ebenfalls neben ihm zusammen. Im Gegensatz zu dem Wachmann, der einfach nur in einen tiefen Schlaf gefallen war, plagten sie jedoch entsetzliche Schmerzen. Ein Großteil ihrer magischen Energien strömte aus ihrem Körper. Liz verbrannte innerlich und schrie sich die Kehle aus dem Leib. Sie versuchte ihren Schrei zu dämpfen, doch es gelang ihr nicht. Sie betete zu Sairine, dass der Stillezauber ihren Ruf noch ein wenig länger unterdrücken solle.

Doch die Zone des absoluten Schweigens schrumpfte zusehends zusammen. Aus ihrem Schrei wurde ein herzzerreißendes Wimmern. *Ich will noch nicht sterben, ich will noch nicht sterben*, wiederholte sie benommen, während sie das Bewusstsein verlor. Sie hatte die Kraft unterschätzt, die ihr Inneres zu zersetzen drohte.

Die Schlacht um Livius

Torwai schritt über den spärlichen Markt von Heilbrunn, direkt auf die Stadtmauer zu. Etwas hatte seine Aufmerksamkeit erregt und ihn von seinen Schriftrollen losgerissen. Es war nur sehr schwach von seinem Quartier im Gasthaus auf der anderen Dorfseite aus zu spüren gewesen, aber er hatte sie gespürt, die Störung der magischen Atmosphäre, die ein Zauber immer zur Folge hatte.

Die Schriftrollen, die vor mehr als einer Woche eigens für ihn von der Armee hierher gebracht worden waren, mussten daher für eine Weile ruhen. Seiner Einschätzung nach würden sie ihm sowieso keine brauchbaren Hinweise bezüglich der jüngsten Vorfälle liefern. Dabei musste er unbedingt mehr über das erfahren, was Wissenschaft und Magie zu gleichen Teilen bedrohte. Insbesondere da er befürchtete, dass auch seine eigenen geborgten magischen Fähigkeiten davon betroffen sein könnten.

„Pah, dieses elende Pack", der Magier musste hämisch lachen, während er über den Marktplatz schlenderte und die Dorfbewohner bei ihren alltäglichen immer gleichen Tätigkeiten beobachtete. „Sie ahnen noch nicht einmal, was ihnen bevorsteht. Dumm und leichtgläubig wie jeher! Lange werden sie wohl nicht mehr durchhalten."

Die Bauern und Mägde starrten den Magier an, doch der störte sich nicht weiter daran. Ihm war es gleichgültig, was diese armselig herumwuselnden Seelen von ihm hielten.

Zweifellos begriff er als Einziger das Ausmaß der Veränderung, die in dieser Welt vor sich ging. Doch auch er, der meinte, alles zu wissen, war ratlos, was den Ursprung dieser verheerenden Entwicklung betraf.

Er verließ den Schotterweg und hielt auf den Spalt zwischen Hütte und Dorfwall zu. Seine Hände begannen feuerrot zu glühen. Der Magier war bis aufs Äußerste gespannt, wer es wagte, in seiner Gegenwart dieses Dorf zu infiltrieren. Mit jedem Schritt, den er zurücklegte, sprang das Feuer auf einen anderen Teil seines Körpers über. Sein blutroter Mantel loderte lichterloh.

„Auxillator Torwai! Auxillator Torwai!"

Binnen eines Atemzugs erstickten die Flammen. Anstelle einer Feuersbrunst entfuhr Torwai bloß ein genervtes: „Hmpf. Ich hätte dem Jungspund niemals meinen Titel nennen sollen."

„Herr Auxillator. Gut, dass Ihr da seid. Es gibt da eine Angelegenheit, derer Ihr Euch annehmen solltet."

Der Lehrlingsbursche wich dem Magier seit seiner Ankunft nicht von der Seite, was dieser alles andere als schätzte. Noch dazu wurde er nicht besonders gerne bei seinem Titel – Auxillator – gerufen. Zwar hatte sich Torwai diesen vor langer Zeit selbst gegeben, als er noch auf derartige Dinge Wert gelegt hatte. Heutzutage nervte ihn dieser Zusatz aber bloß noch, denn immer wenn er ihn vernahm, wusste er, dass mal wieder irgendjemand etwas von ihm wollte. Er war es leid, doch er lebte nun mal unter Menschen und stand, wie fast alle auf diesem verdammten Planeten, in den Diensten des Teos, des Terranischen Endlos Ordens, und solange er seine hohe Position und die damit verbundenen Vorteile behalten wollte, musste er zumindest ab und an das tun, was man von ihm verlangte.

Oft hatte er sich gefragt, wie viel er sich noch herausnehmen konnte. *Ich bin schließlich der einzige Magier, den die Menschheit besitzt.* Kein zweiter Mensch war so wie er. So leicht würde selbst der Teos nicht auf ihn verzichten können, obgleich es viele in der Führungsebene gab, die ihn wegen seiner Fähigkeiten gerne beseitigt hätten. Solange man ihm aber seine Freiheiten ließ, würde er deren Spiel mitspielen.

Torwai drehte sich unwillig zu dem Störenfried um.

„Auxillator, bitte geleiten Sie mich zum Tor, jemand ist eingetroffen …“ Der Junge verfiel in einen seltsamen Flüsterton. „…, und zwar lebend. … Schnell, die Wache, … Ihr wisst doch …“ Seine Lautstärke senkte sich noch einmal deutlich. „Sie wird seit den letzten Vorfällen schnell unruhig und reagiert leicht über, na ja, Ihr wisst schon.“

„Was verstehst du unter: Er lebt noch? Die neun Ankömmlinge vor ihm haben auch alle noch gelebt!“

„Ja schon, doch jener Soldat …“ Er überlegte, wie er es ausdrücken sollte. „… lebt wirklich noch. Er sagt kein einziges Wort, doch davon abgesehen scheint er noch völlig bei Sinnen zu sein.“

Ein Soldat, vielleicht vom dreizehnten Regiment? Die standen doch alle an vorderster Front, wie soll der ohne Schaden davongekommen sein? Unmöglich! Torwai musste sich mit eigenen Augen davon überzeugen.

Er begleitete den Burschen zum Toreingang. Sicherlich war derjenige, dessen Energien er hinter der Mauer gespürt hatte, sowieso nicht mehr dort und für eine lange Suche war ihm seine Zeit viel zu kostbar.

Den Magier belustigte die Szene, die er vorfand. Fünf schwer bewaffnete Wachen hielten einen einzigen zerlumpten Soldaten umstellt. Dieser stand zwischen ihnen und wartete seelenruhig und gelassen ab, was weiter geschehen würde. Der Hauptmann fuchtelte mit seiner Speerspitze direkt vor dem Hals des Soldaten herum, doch den zerlumpten Krieger ließ das anscheinend völlig kalt, als scherte er sich kein bisschen um sein Leben.

Der Wachoffizier wirkte im Gegensatz dazu deutlich überfordert. Ihm tropfte bereits der Schweiß von der Stirn, und seine Männer warteten ungeduldig auf den Befehl, zustechen zu können, um anschließend die Leiche ins Feuer zu werfen. Genau so, wie sie es die letzten Tage bereits mit unzähligen anderen Eindringlingen gemacht hatten. Dieses Ritual war für sie zu einer erschreckenden Routine geworden.

„Senkt die Waffen!“, befahl Torwai.

Aber die Wachen zögerten. Sollten sie ihn tatsächlich am Leben lassen? Den Ersten von zehn?

„Senkt die Waffen!“, befahl der Magier erneut. Er wandte sich diesmal direkt an den Hauptmann, der lediglich ein: „Aber …“ heraus bekam.

„Du siehst doch, dass er bei klarem Verstand ist, oder? Selbst das Kind hier war imstande, dies zu erkennen.“

„Ich heiße Fritz, Herr Auxillator Torwai!“, warf dieser ein.

„Ja, das schon …“, verteidigte sich der Hauptmann. „… aber niemand kehrt aus Livius lebendig zurück, geschweige denn vom Schlachtfeld, es sei denn …“

„Es sei denn, was?“ Torwai musterte den Fremden genauer. „So, du willst also ein Spion der Magelaner sein?“ Der Magier grölte lauthals los. Er wartete noch nicht einmal die Antwort des Soldaten ab und war offenbar der Einzige, der seinen Witz belustigend fand. „Nun, dann hast du dich aber ganz schön verlaufen, mein Junge. In diesem elenden Kaff gibt es nichts, was irgendwie von Belang wäre. Von meiner Person natürlich abgesehen. Doch ich selbst gedenke, nicht mehr allzu lange hier zu bleiben.“ Er machte an Ort und Stelle eine Kehrtwende und bedachte den Hauptmann mit neuen Befehlen. „Lass dich und deine Leute endlich ablösen, euer nächster wandelnder Toter wird noch früh genug eintreffen. Ich kümmere mich derweil um diesen, wie war noch gleich sein Name, … ach ja, um diesen *Spion*!“

„Verstanden!“ Zähneknirschend gab der Hauptmann der Bitte des Auxillators nach und gab seinen Männern den Befehl zum Abrücken. Er entfernte sich jedoch nicht allzu weit.

„Entschuldige diesen rüden Empfang. Als die Armee nach Livius weitergezogen ist, hat sie sämtliche fähigen Männer mitgenommen. Sie ließen lediglich zwangsrekrutierte Bauern und diesen Taugenichts von einem Hauptmann zurück."

Der Magier wollte ein für alle Mal klarstellen, wer hier das Sagen hatte. Seine Augen begannen gläsern zu werden. An der Stelle, wo zuvor seine Pupillen gewesen waren, loderten nun zwei vor Hitze flirrende Flammen. Ein furchterregender Anblick, der durch die rote Haarpracht des Magiers noch verstärkt wurde. Eilig wich der Hauptmann zurück.

„Nun, wo waren wir", fuhr der Auxillator an den Soldaten gewandt fort. „Ach ja, du bist der einzige Überlebende. Alle anderen, die zurückgekehrt sind, waren, nun ja, wie soll ich sagen, nicht mehr ganz bei Sinnen." Torwai erläuterte nicht genauer, was er darunter verstand. So ruhig, wie sein Gegenüber auf ihn wirkte, fragte er sich stattdessen, ob denn dieser überhaupt noch bei Verstand war oder ob er nicht doch einen geistigen Schaden erlitten haben mochte. Hoffentlich würde er wenigstens noch ein paar Informationen aus ihm herausquetschen können.

Der Soldat lauschte aufmerksam und saugte alles auf, was ihm später vielleicht noch von Nutzen sein könnte. Ihm fehlten vielleicht die Erinnerungen, doch wenn er nur ein wenig mehr in Erfahrung bringen konnte, würde ihm vielleicht das ein oder andere aus seiner Vergangenheit wieder einfallen. Dass all jene, die vor ihm das Dorf erreicht hatten – *wie sagte der Rotschopf: nicht mehr bei Sinnen seien*, war jedoch kein gutes Omen. Der Soldat hoffte inständig, dass er nicht auch bald zu jenen gehören würde, über die man hier anscheinend nur ungern sprach. Vielleicht hatte das Schicksal ihm nur eine letzte Frist gewährt.

„Gut, aber warum erzähle ich dir das überhaupt, du gehörst doch sicher zu dem Regiment, das jenes Dorf passiert hat. Sicher weißt du weit mehr über die Vorkommnisse als ich!“

„Leider nein“, antwortete der Soldat dem Magier nach einer kurzen Zeit des Überlegens. „Es gibt nichts, was ich Euch mitzuteilen hätte. Nichts, was Ihr nicht bereits wüsstet.“ Er spürte jedoch deutlich, dass sich sein Gegenüber damit kaum zufriedengeben würde. Das verspielte Lächeln des Magiers erstarrte mit jeder Silbe, die der Soldat von sich gab, mehr: „Ich bin hier, weil ich selber nach Antworten suche. Ich versuche, Licht ins Dunkel meiner Erinnerungen zu bringen.“

„Wie bitte?!“, war alles, was Torwai nach dieser Ansprache noch hervorbrachte. Der Soldat sah dem Magier förmlich an, dass dieser es bereits bereute, sich für den Fremden eingesetzt zu haben. Doch so sehr er dem Magier auch behilflich sein wollte, er konnte es nicht.

Die Stimmung des Magiers schlug von einem Moment auf den nächsten um. „Du willst mir also weismachen, du hättest absolut nichts zu berichten?!“ Unauffällig begann Torwai, die Arme hinter seinem Rücken zu verschränken. *Dieser Soldat erdreistet sich tatsächlich! ... Nun gut, wenn es nicht auf diese Weise geht, dann eben anders!*

Binnen von Sekundenbruchteilen reagierte die Vorrichtung an seinem Unterarm auf die Muskelkontraktion ihres Besitzers und pumpte eine klebrig grüne Substanz in dessen Adern. Etwas davon floss seinen Ellenbogen hinab und tropfte zu Boden. Der Soldat bemerkte nichts davon.

Torwai spürte, wie sich die Flüssigkeit mit seinem Blut verband. Er genoss das kribbelnde und belebende Gefühl, das dabei seinen gesamten Körper durchströmte. *Noch ein wenig mehr und du wirst mir alles erzählen, was du weißt!*

Transfusionssets wurden für gewöhnlich nur von Söldnern benutzt, die dadurch im Kampf für kurze Zeit ungeheure Kräfte erhielten, meist verbunden mit einigen unerwünschten Nebenwirkungen, zu denen nicht selten auch Impotenz zählte.

Torwai nutzte es aber auf eine ganz andere, viel bedachtere Weise. Sein Körper besaß, im Gegensatz zu jenen der Magelaner, keinen magischen Kern. Er war ein Mensch, ein Angehöriger Neu Terras, der Wissenschaftswelt. Aus seinem Volk war niemand dazu imstande, Magie zu wirken. Daher musste er auf andere Möglichkeiten zurückgreifen, und von allen, die er kannte, war diese am effektivsten. Kaum hatte sich der Äther mit seinem Blut vermengt, meldete ihm jede einzelne seiner Nervenzellen einen drastischen Anstieg seiner astralen Kräfte.

Der Soldat bekam nur indirekt etwas von den Veränderungen mit, die in dem Magier vor sich gingen. Die Züge seines Gegenübers verdunkelten sich, etwas Fieses haftete ihm an.

Torwais rechte Hand schnellte vorwärts, direkt auf den Torso des Soldaten zu. Der reagierte hastig und versuchte, die Hand des Auxillators beiseite zu stoßen. Doch vergeblich, viel zu unerwartet hatte Torwai ihn angegriffen. Die flache Hand des Magiers zerfetzte den Stoff an seinem Oberkörper und drang ungehindert in seinen Leib ein. Der Soldat fühlte einen stechenden Schmerz in seiner Brust. Sein Körper krümmte sich nach vorn. Ihm wurde schwindlig, während sich die Welt um ihn herum schwarz zu verfärben begann.

Die Wachen wollten eingreifen, doch der Hauptmann pfiff sie zurück. „Lasst den Auxillator nur machen! Er wollte nicht, dass wir uns einmischen. Soll er doch selber sehen, wie er zurechtkommt."

„Aber was, wenn er unterliegt?", fragte einer der Männer besorgt.

Doch der Hauptmann winkte gelangweilt ab. *Soll der Magier halt verrecken, das geschähe ihm nur recht. Er wird es noch bereuen, mich vor meinen Männern bloßgestellt zu haben.* Beinahe sah es so aus, als würde dieser Wunsch tatsächlich in Erfüllung gehen. Torwai und der Soldat waren beide wie versteinert und rührten sich nicht.

Das Stechen in der Brust des Soldaten veränderte sich. Sein Körper fühlte sich taub und seine Umgebung feucht an. Ihm war, als schwebte er durch die Nacht. Um ihn herum war nichts als endlose Dunkelheit und gähnende Schwärze. Nur von Zeit zu Zeit konnte er undeutliche Konturen und vorbeihuschende Schemen erkennen.

Sein Geist war in einen dämmerähnlichen Zustand gefallen. Es war jedoch mehr als ein bloßer Traum, das spürte der Soldat deutlich. Allmählich begann er wieder etwas von seiner Umgebung wahrzunehmen. Über sich erblickte er den Mond und die Sterne. Der Abendhimmel war jedoch alles andere als klar und schön. Die Sterne strahlten trotz des wolkenlosen Nachthimmels nur matt. Sie hingen wie verschmiert am Firmament. Das war jedenfalls das einzige Wort, mit dem er die unklaren Linien, die von ihnen ausgingen, beschreiben konnte. Der Anblick gruselte ihn, es war fast so, als würden die Sterne Tränen vergießen, weil sie wussten, was unmittelbar bevorstand.

Schließlich richtete der Soldat seinen Blick zu Boden und erschauderte. Zu seinen Füßen schritt eine Armee sabbernder und nach Blut lechzender Kreaturen voran.

Der Soldat wollte umdrehen, weg von dieser Gefahr, ihr entfliehen, so weit, wie es nur ging, doch sein Körper gehorchte ihm nicht. Egal wie sehr er sich auch anstrengte, ihm blieb nichts anderes übrig, als sich hilflos dem hinzugeben, was nun geschah.

Er betrachtete einige der Monster genauer und erkannte allmählich, worum es sich bei all diesen Schatten handelte. *Nirwase! Tausende, nein Millionen von ihnen.* Neben den Zwergenabkömmlingen, denen er bereits begegnet war, befanden sich unter ihnen auch Nirworcs, unverkennbar Nachfahren der Orcs: wütende, mit ihren Waffen zusammengewachsene grünhäutige Bestien, die es nur nach einem dürstete, dem Blut der anderen. Dann waren da noch die Nirwoblins, Abkömmlinge der kleinen, nervtötenden Goblins. Unzählige noch fremdartigere Wesen befanden sich unter ihnen.

Sie bewegten sich vereint voran, und obwohl sie ihn sehen mussten, ignorierten sie ihn. Die meisten dieser Kreaturen waren von ihrem Instinkt her Einzelgänger. Solange sie nicht gerade den offenen Kampf suchten, würden sie sich niemals freiwillig einem ihrer Artgenossen nähern. Was hielt sie also davon ab, sich hier auf der Stelle gegenseitig zu zerfleischen? Sie standen zwar kurz davor, doch irgendetwas hielt sie im Zaum.

Vereinzelt erblickte der Soldat zwischen all den Nirwasen echte Magelaner. Sowohl Dunkelelfen als auch Orcs, Feen und andere magische Wesen befanden sich unter ihnen, doch im Vergleich zu den sabbernden Ungeheuern waren diese bei Weitem in der Unterzahl. Im Gegensatz zu den Nirwasen erkannte er in ihren Augen Intelligenz. Manche von ihnen schienen sogar Zweifel an dem zu haben, was sie hier taten. Ebenso wie der Soldat mussten auch sie die verhängnisvolle Botschaft der Nacht begriffen haben, dennoch trieben sie die Armee unentwegt vorwärts, geradewegs dem Untergang entgegen.

Das Heer erstreckte sich endlos, der Soldat flog immer schneller über die Kreaturen hinweg, dennoch tauchten am Horizont immer mehr der Ungeheuer auf. Etwas lenkte seine Aufmerksamkeit von der Kolonne ab. Jemand war bei ihm, während er durch seine Erinnerungen glitt! Der Soldat spürte dessen Anwesenheit plötzlich klar und deutlich. Der Eindringling beobachtete die gleiche erschreckende Kriegskulisse. Dieser Unbekannte schien seine Gedanken, seine Zweifel, ja sogar seine Hoffnungen zu lesen. Dabei wusste er noch nicht einmal selbst, wer er war. Sollte dieser schemenhafte Fremde letztendlich mehr über ihn erfahren, als er selbst über sich wusste?

Die Präsenz rückte dem Soldaten immer näher, sie wollte mehr wissen, mehr erfahren! „Das ergibt keinen Sinn, hör auf dich zu wehren und zeig mir die Wahrheit!“ Torwai wurde ungeduldig, weshalb er zu immer drastischeren Mitteln griff und den Schmerz in der Brust des Soldaten verstärkte. „Ich lasse mich nicht mit Lügenmärchen abspeisen. Zeig mir, was wirklich geschehen ist, und nicht diese Farce.“

Der Magier jagte seine Hände gewaltsam in das Gedächtnis des Soldaten. Er förderte einen Erinnerungsfetzen nach dem anderen ans Tageslicht. Dennoch war Torwai nicht zufrieden mit dem, was er erfuhr. „Das kann nicht stimmen, niemals.“ Der Magier rammte seine Krallen noch tiefer in den Soldaten. Immer schneller rasten die Bilder an ihnen vorbei.

Sein Flug über die Ebenen nahe der Stadt Livius beschleunigte sich rapide. Ihm gelang es lediglich noch, einzelne Fragmente wahrzunehmen. Die Eindrücke hämmerten derart in seinem Kopf, dass er es nicht mehr aushielt.

Der Soldat schrie, während die Bilder weiter auf ihn einprasselten. Anstelle von Monstern erblickte er ein endloses Heer von Terranern. Ein menschlicher Krieger reihte sich an den nächsten. Frauen und Männer waren bis an die Zähne bewaffnet und schrien und grölten in einem einheitlichen Chor. Noch glaubten sie siegreich aus der Schlacht hervorzugehen, so wie die Magelaner auf der Gegenseite. Dass nach dem Gefecht jedoch nicht ein

Einziger von ihnen mehr aufrecht stehen würde, davon ahnten sie alle nichts.

Da war sie wieder, die Präsenz, die ihn weiter vorantrieb. „Das kann so unmöglich stimmen, hör auf, mich zu belügen!" Die Bilder überschlugen sich in seinem Kopf. Alles um ihn herum wurde schwarz. Plötzlich stritt er mitten unter ihnen. Sein Tod rückte näher. Die Schwärze wich. Seine Umgebung erstrahlte in einem Meer von gleißendem Licht. Ein Blitz schlug neben ihm ein. Gefolgt von einem unbarmherzigen Klirren, das derart anwuchs, dass er sich wünschte, sein Trommelfell würde platzen.

Er wollte fliehen, dem Zersplittern tausender Schwerter entrinnen, doch seine Füße gehorchten ihm nicht. Auf dem Höhepunkt seiner Verzweiflung folgten eine endlose Dunkelheit und gähnende Stille, die einzig von dem Stöhnen seiner verwundeten und erschöpften Kameraden unterbrochen wurde. Alles war wie in seinem Traum, und das Wissen darüber, was als Nächstes folgen würde, ließ ihn schier wahnsinnig werden. Er sah Bäche aus Blut die Hänge hinabströmen. Das Ende allen intelligenten und magischen Lebens. Eine Stille, die ewig währen würde.

Das reicht jetzt! Eine erlösende Stimme hallte durch seine Gedanken. Binnen weniger Augenblicke wurde Torwais Präsenz schwächer. Dabei wollte der Auxillator nicht gehen. Jedenfalls nicht freiwillig. Etwas drängte ihn jedoch davon, hinaus aus den Erinnerungen des Kriegers. **Du hast nicht das Recht, hier zu sein. Geh!** Der Magier wurde gewaltsam der Seele des Soldaten verwiesen.

Der Soldat war wieder allein, ohne seinen mysteriösen Begleiter. Doch bei dem, was er sah, wollte er nicht allein sein, allein zwischen diesen Menschenmassen, allein unter diesen Monstern. **Du bist nicht allein, ich bin bei dir.** Er beruhigte sich. Nur so überstand er das, was folgte.

Alle um ihn herum waren tot, Tausende von Leben binnen eines Wimpernschlags ausgelöscht, und ein roter Fluss ergoss sich zwischen den Leichen. Etwas sog ihn aus seinem Körper, er stieg empor und betrachtete die Ebene des Gemetzels aus luftiger Höhe. Er sah seinen Körper neben anderen regungslos am Boden liegen. Ein faustgroßes Loch klaffte in seiner Brust.

Seinen Kameraden war es ähnlich ergangen. Manchen hatte man den Kopf abgeschlagen, bei anderen war der Brustkorb von innen heraus explodiert. Aber auch die Magelaner waren von schweren Hieb- und Stichwunden gezeichnet. Bei einigen vermochte man nicht einmal mehr zu sagen, ob sie einst Elf, Orc oder sonst was gewesen waren. Im Tod waren sie alle gleich. Kein Leid würde ihnen mehr widerfahren.

Ein dunkler Schleier legte sich über die weite Flur. Alles, was der Soldat sah, wirkte so unwirklich, fern jeglicher Realität. Die letzten Umrisse verschwammen, doch er wollte noch nicht gehen. „Was ist hier geschehen?“ So schrecklich die Szene auch anmuten mochte und so sehr er sich auch vor seiner Vergangenheit fürchtete, er musste es einfach genauer wissen. Warum gab es keinen Sieger, es konnten doch nicht beide Armeen bis auf den letzten Mann ausgelöscht sein? Es gab so viel, was er nicht verstand. *Schon gut, du wirst noch früh genug alles erfahren.*

Der Soldat kam wieder zu sich, Torwai kniete jammernd vor ihm auf dem Boden und hielt sich seinen schmerzenden Arm.

Gegen den Willen des Hauptmanns trat einer der Wachen näher. Mehrmals tippte dieser mit dem Zeigefinger gegen den Schaft seines Speers und gab dem Soldaten damit zu verstehen, dass er die Situation auf keinen Fall ausnutzen sollte. Der Wachmann verstand zwar nicht, was soeben vorgefallen war und wieso sich beide derart lange ungerührt gegenüberstanden, doch eines war sicher: Wenn er jetzt nicht eingriff, konnte es dem Magier an den Kragen gehen.

Torwai zwang sich aufzustehen. Er begriff nicht, was soeben vorgefallen war. Jemand hatte ihn aus dem Geist des Soldaten verdrängt, nur wer? *Welch unglaubliche Kraft.* Und was hatte er eigentlich gesehen? Es ergab für ihn keinen Sinn.

Er war zusammen mit dem Soldaten über die Armeen beider Heere hinweggeschwebt. Das Ausmaß des Kampfes war überwältigend. Doch warum hatte er alles von oben aus betrachtet? Der Zauber, den er gewirkt hatte, konnte etwas Derartiges gar nicht vollbringen. Er hätte alles sehen und erleben sollen, was der Soldat gesehen und erlebt hatte, und zwar direkt aus seiner Perspektive: Die bei einem dummen menschlichen Soldaten gewöhnlich die eines Zweibeiners war, der sich durch das Gestrüpp kämpfte. Aber so war es nicht gewesen. Nur warum nicht?

Der Magier wollte das Versagen seines Zaubers auf die Veränderung schieben, die in beiden Welten vonstatten ging und die auch sein magisches Wirken in andere Bahnen lenkte. Doch so einfach konnte er es sich nicht machen. Er selber war kein magisches Wesen, die Veränderung griff nicht ihn an, sondern nur die Energien, die er nutzte. Magelaner konnten dadurch den Tod erleiden, aber nicht er, er benötigte lediglich eine höhere Dosis, um das Auflösen einiger Teilenergien auszugleichen.

Er bemühte sich Haltung zu wahren und musterte den Soldaten genauer. Der Krieger trug weder ein Rangabzeichen noch eine Waffe bei sich. Die Vermutung lag daher nahe, dass er nicht einmal bei der Schlacht dabei gewesen war. Er war ein Deserteur! *Ja, so und nicht anders muss es sein!* Das, was Torwai in dessen Gedanken gesehen hatte, hatte also nicht wirklich stattgefunden, es war nur eine Spinnerei, eine Phantasie oder ein Albtraum dieses feigen Flüchtlings gewesen. Nur so hatte er das Ganze überleben können. Alles andere war viel zu abwegig.

Für einen Moment kam dem Magier der Gedanke, den Soldaten wegen seiner Fahnenflucht auszuliefern, doch er verwarf ihn wieder. Torwai sah diesen Soldaten nun in einem anderen Licht, er war immerhin schlau genug gewesen, nicht wie seine Kameraden freiwillig in den Tod zu marschieren. Für ein wenig gesunden Menschenverstand wollte er ihn nicht bestrafen. Aber das half Torwai alles nicht weiter. *Ich muss mich also selbst um die Angelegenheit kümmern, typisch.* „Fritz, geleite unseren Besucher doch zum Gasthaus und beantworte ihm all seine Fragen."

Der junge Bursche salutierte, und Torwai fuhr fort: „Mach es dir aber nicht zu bequem, du stehst in diesem Dorf unter den Fittichen des Hauptmanns. Ich bin mir ziemlich sicher, der wird dir das so oft er nur kann unter die Nase reiben und dir Feuer unterm Hintern machen."

Der Soldat blickte zu dem Hauptmann hinüber, der grimmig dreinschaute. Der Krieger wusste einfach nicht, was er von diesem düsteren Zeitgenossen halten sollte. Der Magier schritt unterdessen zum Tor hinaus.

„Auxillator, wo wollt Ihr hin?", rief Fritz ihm hinterher. „Geht Ihr etwa nach Livius? Dahin, wo der Fremde hergekommen ist?"

Der Lehrlingsbursche war wie ausgewechselt. Er wollte dem Magier auf der Stelle folgen. Doch gerade, als er zu ihm aufgeschlossen hatte, entstand vor ihm eine Luftspiegelung, durch die die Umgebung ungewöhnlich stark verzerrt wirkte. Es war fast so, als schaute man durch eine Wasserblase, die sich ohne jede Vorwarnung auszubreiten begann. Sie erfasste den Lehrlingsburschen und wuchs weiter an. Je größer sie wurde, desto schwächer erschien sie zugleich. Sie bog das Licht immer weniger, bis sie komplett verschwunden war.

Fritz schleuderte es durch die Druckwelle direkt vor die Füße des Soldaten.

„Du bleibst gefälligst hier und tust das, was ich dir aufgetragen habe", blaffte der Magier den Burschen an. „Für diese Reise bist du zu jung." Ganz davon zu schweigen, dass Torwai lieber allein war. Auf die Gesellschaft anderer konnte er gut und gerne verzichten. Ganz gleich wie gefährlich seine Reise nach Livius auch sein mochte, er würde sie allein antreten. Alleingelassen mit sich und seinen Gedanken.

Da ihm die Schockwelle soeben anstandslos gelungen war, konnte er sich auch seiner eigenen Fähigkeiten wieder gewiss sein. Er hatte sich dazu nicht einmal eine erneute Infusion setzen müssen. Seine Magie war also doch nicht eingestaubt. Sicherlich war ihm bei dem Soldaten bloß irgendein Missgeschick unterlaufen. *Egal.* Ohne sich zu verabschieden schritt der Magier zum Tor hinaus.

Trotz des harten Aufpralls stand der Bursche auf einmal kerzengerade und weitestgehend unverletzt vor dem Soldaten.

„Pah, schmeckt nicht wirklich." Fritz spuckte etwas Erde aus und wischte sich mit einer beiläufigen Handbewegung Gras aus dem Gesicht. Unbeeindruckt quasselte der Bursche drauf los. „So ein Mist, der Auxillator ist mir entwischt, und dabei hätte ich so viel von ihm lernen können." Nachdem er den zerlumpten Soldaten genauer begutachtet und als geeignet befunden hatte, lichtete sich sein enttäuschter Gesichtsausdruck. „Nun gut, in der Not frisst der Teufel Fliegen. Ich soll mich also um dich kümmern. Wir haben wirklich eine Menge Sehenswürdigkeiten hier. Wo willst du beginnen, beim Gasthaus, beim Mechanikus oder … hmmm gut, das wär's dann eigentlich auch schon gewesen."

„Ins Gasthaus!", antwortete der Soldat knapp, wobei ihm sein Magen offenbar zustimmte.

„Oh, eine gute Wahl. Die Tochter des Wirtes bedient dort, und ich kann dir sagen, die ist wirklich 'ne Wucht. Überzeug dich am besten selbst davon.“ Fritz lief an dem Soldaten vorbei und bemerkte, dass Blut an dessen Hals klebte. „Wow, was ist dir denn da zugestoßen“, fragte er ganz aufgeregt.

„Wie, was meinst du?“

Der Bursche tastete im Gehen mit seiner Hand an die entsprechende Stelle, und der Soldat tat es ihm gleich. Erst jetzt bemerkte er die breite Narbe, die quer über die linke Hälfte seines Halses verlief. Sie war während der Konfrontation mit dem Magier aufgeplatzt. *Das hat mich wohl mehr mitgenommen, als ich dachte.* Flüchtig berührte er die Narbe mit seinen Fingerspitzen und bereute es auf der Stelle. Das Bild eines gepeinigten Engels blitzte vor seinem inneren Auge auf und verlor sich zugleich wieder in den Untiefen, aus denen es gekommen war. Ein eiskalter Schauer lief ihm den Rücken hinunter und ihm wurde speiübel. Nur mit Mühe gelang es dem Soldaten, sich zu beherrschen. Eines war sicher, so schnell würde er diese Wunde nicht erneut berühren.

„Welches Monster hat dir denn diese riesige Narbe zugefügt? Hast du dich gerächt, lebt es noch? Nun sag schon, wo hast du sie her?“

Das wüsste ich auch gerne, dachte sich der Soldat, stattdessen sagte er: „Ein Nirwaz hat mich unvorbereitet auf einer Lichtung überrascht.“

„Was, ein echter Nirwaz, und er ist dir derart nah gekommen?“

„Kannst du mir etwas über die Schlacht von Livius sagen?“, unterbrach der Soldat den Burschen eilig. Diese Frage lag ihm schon eine Weile auf den Lippen, und er hoffte, damit vom aktuellen Thema ablenken zu können. Er versuchte sich zwar an das zu erinnern, was vor seinem Erwachen auf der Lichtung geschehen war, doch es bereitete ihm noch immer starke Kopfschmerzen.

„Die Schlacht, ja, das war wirklich extrem. Livius liegt circa sechzig Meilen von hier entfernt, trotzdem haben wir die Schreie bis hierher gehört. Verrate es bloß nicht dem Hauptmann, aber in der Nacht, in der es geschah, habe ich alles vom Wachturm aus beobachtet. Ich hab eigentlich nicht geglaubt, dass ich wirklich was sehen würde, aber einige der Zauber, die gewirkt wurden, waren richtig mächtig. Es hat rot und blau am Horizont geleuchtet, und sogar einen Blitz konnte ich sehen, der zum Himmel aufgestiegen ist. Kannst du dir das vorstellen, total verkehrte Welt! Das Spektakel hat tatsächlich die ganze Nacht angedauert. Kein Wunder, schließlich war mehr als die halbe Armee des Teos beteiligt. Sogar einige neutrale Städte weit entfernt der Frontlinie haben ihre Söhne und Töchter zum Schutz der Handelsstadt Livius ausgesandt. Glaub mir. Hätte man mehr Zeit gehabt, dann wären die Armeen ganz Neu Terras zusammengekommen. Na ja, die halbe Armee hätte reichen sollen. Zumindest glaubten wir das, als die Bataillone mehrere Tage lang durch dieses Dorf marschierten. Sämtliche Felder haben sie leer gefressen. So wie es aussieht, waren es dennoch nicht genug Krieger."

Sein fröhlicher Gesichtsausdruck verdunkelte sich. „Wie gesagt, das Lärmen hat die ganze Nacht angedauert, einige Dorfbewohner sind deswegen fast durchgedreht. Kein Wunder, die meisten von ihnen haben nahestehende Verwandte und Freunde unter den Kämpfenden. Zwar haben wir keinerlei Schreie gehört, doch jeder konnte sich gut ausmalen, was dort vor sich ging. Die Schlacht dauerte derart lang, dass die Armeen zwischendurch sogar eine Pause eingelegt haben. Stell dir das mal vor, unsere Armee und die der Magelaner, zwei bis aufs Blut verfeindete Parteien, lassen mitten im Kampf die Waffen ruhen. Jedenfalls ist das die einzige mögliche Erklärung dafür, dass der Lärm für fast eine halbe Stunde abgeschwollen ist und danach wieder von

Neuem begann. Ich sag dir, ich konnte auf dem Wachturm vor Spannung kaum still sitzen. Was hätte ich nicht alles dafür gegeben, dabei zu sein. Das kannst du doch sicherlich nachvollziehen, oder?“

Der Soldat sagte nichts. Er versuchte die Bilder aus seinem Traum mit dem in Einklang zu bringen, was Fritz ihm eben erzählt hatte. Bestimmt würde er anders über den Krieg denken, wenn er dasselbe gesehen hätte, wie er.

„Mit Einbruch der Dämmerung endete die Pause. Die Schlachtgeräusche und das Blitzgewitter begannen erneut, doch was ich und niemand hier verstehen kann, ist die Tatsache, dass es, gerade als der Lärm seinen Höhepunkt erreichte, absolut still wurde. Ich bin extra aufs Dach des Wachturms geklettert, aber von diesem Zeitpunkt an habe ich wirklich nichts mehr sehen können, noch nicht einmal das kleinste Flackern. Hast du vielleicht eine Erklärung dafür?“

Tot, alles um ihn herum war tot, Tausende von Leben binnen eines Augenblicks ausgelöscht. Der Soldat sah vor seinem inneren Auge einen Fluss aus Blut, der sich zwischen den Leichen seiner Feinde und seiner Kameraden ergoss.

„In dieser Nacht hat niemand in diesem Dorf auch nur ein Auge zugemacht. Alle warteten gebannt darauf, dass der Lärm, der sie so gequält hatte, wieder einsetzte. Derselbe Lärm, von dem sie sich die ganze Zeit gewünscht hatten, dass er aufhören möge. Unglaublich, oder? Tagelang warteten wir darauf, dass ein Teil der Armee wieder siegreich zurückkehren würde. Einige hoffen immer noch darauf. Mittlerweile hege ich daran meine Zweifel. Statt der Soldaten treffen hier diese Nirwams ein. Diese Kreaturen sind erst nach der Schlacht von Livius aufgetaucht. Keiner weiß wirklich, wie sie heißen, aber ich nenne sie einfach so. Das M am Ende steht natürlich für Menschen.“

Mittlerweile waren beide am Gasthaus angelangt. Fritz bemühte sich um ein Zimmer für den Soldaten, während dieser eine ausgiebige Mahlzeit zu sich nahm und sich ganz beiläufig davon überzeugen konnte, dass der Lehrling bezüglich der Kellnerin nicht zu viel versprochen hatte. Sie war sehr höflich und servierte das Essen prompt. Doch irgendwie hatte er das Gefühl, dass sie ihm gegenüber sehr kühl und reserviert war. Zudem bediente sie ihn mit einer Eile, die ihm deutlich zu verstehen gab, dass sie nicht mehr Zeit als nötig in seiner Gegenwart verbringen wollte.

Als es ans Bezahlen ging und sie ihn mit Rehäuglein anschaute, fiel ihm ein, dass er gar kein Geld besaß … oder doch? In seinen Hoseninnentaschen fand er unerwartet mehrere Goldmünzen – ein beträchtliches Vermögen für einen gewöhnlichen Soldaten. Immerhin würde er damit einige Tage oder gar Monate auskommen. Er gab der Bedienung reichlich Trinkgeld und schaute sich anschließend auf dem Markt um.

Dort reagierten die Leute ähnlich befremdet auf ihn. Selbst diejenigen, die ihm nicht direkt aus dem Weg gingen, waren zwar höflich, aber dennoch äußerst reserviert. Sämtliche Fragen, die der Soldat den Bewohnern stellen wollte, blieben daher unbeantwortet. Die ganze Zeit über folgten ihm die Wachen auf Schritt und Tritt.

Auf seinem Weg zurück ins Gasthaus kam ihm der Hauptmann entgegen. Mit einem flüchtigen Fingerzeig schickte er zwei seiner Männer hinfort.

„So, du hast dich also im Dorf umgesehen. Ich hoffe, du hast dir alles gut eingeprägt, denn du wirst es so schnell nicht wieder sehen. Ich weiß nicht, was für einen Stein du bei dem Magier im Brett hast, aber er ist nicht länger hier. Daher stehst du jetzt unter meinem Kommando. Sicherlich hast du schon bemerkt, dass du in diesem Dorf nicht wirklich willkommen bist. Niemand hier kann dich ausstehen. Ganz besonders ich nicht. Ich befehle dir daher, dass Dorf auf der Stelle zu verlassen. Melde dich unverzüglich in Teósix zurück, um dort auf weitere Befehle zu warten. Auf einen wie dich können wir hier gerne verzichten."

„Unverzüglich?"

„Ja, hörst du etwa schwer? Das heißt sofort! Da ist das Tor, marsch, marsch!"

Der Soldat ignorierte den Fingerzeig des Hauptmanns. „Ich werde dem Befehl Folge leisten." Er machte eine kurze Pause. „Aber erst morgen." Ungewohnt selbstsicher klang seine Stimme. „Ich habe bereits das Zimmer bezahlt und will es diesen Abend auf keinen Fall ungenutzt lassen."

Der Soldat lief geradewegs an dem Hauptmann vorbei. Er wusste, dass man nicht mit dem Wachoffizier reden konnte, und so beließ er es einfach dabei und hoffte darauf, dass dieser ihn wenigstens für diese Nacht in Ruhe lassen und es nicht auf eine Konfrontation anlegen würde. Der Hauptmann spie Gift und Galle, während der Soldat im Gasthaus verschwand.

Das Zimmer war genauso winzig und beschaulich wie das Dorf selbst. Hätte man ihm nicht derart viel Verachtung und Ablehnung entgegengebracht, so hätte er es als gemütlich empfunden. So jedoch fühlte er sich fehl am Platz. Ob man ihn in Teósix genauso empfangen würde? Doch darüber wollte er sich heute noch keine Gedanken machen. Er legte sich ins Bett und fiel in einen tiefen Schlaf.

Morgendämmerung

Erschöpft hielt der Soldat sein zerbrochenes Schwert in der Hand. Er umklammerte es mit eisernem Griff, als hinge sein Leben davon ab. Seine Kameraden lagen zerstückelt und blutüberströmt neben ihm. Unzählige Bestien umringten ihn. Niemand stand ihm bei. Sein Leben war verwirkt.

In seiner Verzweiflung warf er die kaputte Klinge nach der erstbesten Kreatur und stürzte sich laut schreiend auf sie. Doch zu spät! Sein Licht erlosch, und alles ward nichts.

Über dir, erwache … Erwache! Der Soldat wälzte sich im Bett hin und her. Die Sonne war noch nicht aufgegangen, es war noch viel zu früh zum Aufstehen. Doch es gelang ihm nicht, wieder einzuschlafen. Irgendetwas hielt ihn wach. **Am Fenster, sieh zum Fenster.**Zögerlich rappelte sich der Soldat auf. Er war bisher immer gut damit gefahren, auf seine innere Stimme zu vertrauen – so auch dieses Mal.

Eine schwarze Gestalt stand vor dem Fenster. „Was zum …“, fluchte der Soldat, woraufhin der Schatten nervös zusammenzuckte und zur Seite huschte. *Dieser vermaledeite Hauptmann übertreibt es mit seinen Vorsichtsmaßnahmen,* dachte der Soldat, während er eilig den Riegel beiseite schob und das Fenster öffnete. Die Scharniere quietschten verräterisch. Kühle Morgenluft empfing ihn, während er nach draußen sah. Zu seinem Unmut konnte er die Gestalt nirgends entdecken. Resigniert ließ er sich aufs Bett zurückfallen.

Auf dem Hocker lagen neue Kleider, die ihm Fritz am Abend hingelegt hatte. Es handelte sich um dieselben genormten Hosen und Hemden, die er bereits am Leibe trug. Aber immerhin wiesen sie weniger Löcher auf, als seine Sachen. Er beschloss, sein Quartier zu verlassen.

Draußen war es dunkel und kühl. Nur ein paar Wachen waren zu sehen. Der Soldat genoss die Ruhe und Einsamkeit und spazierte entspannt durchs Dorf, bis ihn ein seltsam blechernes Klackern aufschrecken ließ. Keine der Wachen reagierte darauf, sie kannten dieses Geräusch wohl zur Genüge, ihn allerdings packte die Neugier.

Der Lärm führte ihn bis zu einem Haus, das am äußersten Dorfrand stand. Seltsames Licht strahlte von diesem aus gen Himmel. Blaues und lilafarbenes Scheinwerferlicht verhüllte das Gebäude vollständig. Ein Schild prangte an der Eingangstür, an dem mit Neonröhren die Aufschrift „Mechanikus" angebracht war. Zwei gekreuzte Holzschwerter deuteten zudem auf einen Waffenladen hin.

Der Soldat staunte nicht schlecht. Er hatte mit vielem gerechnet, aber nicht damit, dass man in diesem Dorf über eine funktionierende Stromversorgung verfügte. Das regelmäßige Flackern des Lichtkegels bereitete dem Soldaten Kopfschmerzen. Mit jeder Spannungsspitze schwang das Eingangsschild stärker hin und her.

Vorsichtig tastete der Soldat nach der Türklinke und betrat den Laden.

„Das muss hierhin, das dorthin … hmm, aber was zum Fünfzähneausreißen ist das? Versuchen wir's einfach mal da!"

Obwohl der Soldat eine seltsam schrille Stimme vernahm, entdeckte er niemanden. In den Regalen und auf den Tischen lagen die verschiedensten Waffen. An der Wand rechts von ihm hing eine Uhr. Links von ihm erblickte er dagegen eine mannshohe ratternde Blechkonstruktion, die aussah, als wäre sie aus Töpfen und Pfannen zusammengeschustert. Aber auch wertvollere Utensilien waren darin verarbeitet worden. Unter anderem verrichtete ein Bildschirm seinen stetig blinkenden Dienst. Sicherlich das einzig funktionierende Exemplar im Umkreis von hundert Kilometern.

„Wo ist nun wieder diese verschnierkste Kugel?“

Der Soldat überquerte die Holzdielen auf der Suche nach dem Ursprung dieser schrillen Stimme, als eine kleine verkrüppelte Gestalt auf ihn zusprang, die sich bis eben noch hinter der Apparatur versteckt hatte. Ein langer schrumpeliger Finger mit spitzen Nägeln zeigte auf den verwirrten Soldaten. Das Wesen reichte ihm gerade mal bis zu den Knöcheln, dennoch schien es sich seiner ziemlich sicher zu sein. „Fort! Fort mit dir. Du störst gerade gewaltig. Verschwinde, auf der Stelle!“

Ein lauter Knall ließ den Wicht innehalten. Rauch stieg von der Maschine auf, und der Goblin begann vor Wut zu kreischen.

„Ah, siehst du, du Schnierks, du hast mich von meiner Arbeit abgehalten, du vermaledeiter Schnierks!“ Das Gerät stieß Unmengen von Qualm aus. Vorsichtshalber schritt der Soldat einen Schritt zurück und trat dabei auf etwas. „Alles deine Schuld, alles deine Schuld!“ Der Winzling sprang hektisch hin und her, ehe er sich eilig an einen großen Hebel klammerte und diesen fluchend umlegte. „Schnierks, alles zunichte. Meine ganze schöne Arbeit, wegen solch einem elenden Schnierks!“

Plötzlich herrschte Ruhe. Es war nur ein leises Knirschen zu vernehmen. „Ups“, kommentierte der Soldat, als er unter seinen Schuhen eine Wölbung spürte.

Der Goblin wirkte wenig erfreut. Ganz langsam wandte sich der Wicht dem Störenfried zu. Mit endloser Beharrlichkeit und ohne ein Wort zu sagen, tippelte der Gnom auf Händen und Füßen um den Terraner herum.

Er entdeckte eine kleine ramponierte Eisenkugel, die einsam und verbeult auf dem Fußboden lag. Der Goblin betrachtete sie mit großen kullernden Augen. Mehrere Drähte hingen heraus. Er musste bei diesem Anblick weinen.

„Tut mir leid, war keine Absicht“, entschuldigte sich der Soldat beschämt.

„Erst meine Maschine und jetzt noch meine über alles geliebte Technokugel, schnierks. Das soll keine Absicht sein? Vermaledeiter Schnierks, du machst mir das Leben schwer. Du wirst schon sehen, was du davon hast!“

Die eben noch kullernd großen Augen des Gnoms wurden schmaler. „Da wird dir auch deine dusselige Unschuldsmiene nichts nützen.“ Der Goblin öffnete sein Maul und zeigte Zähne. Die winzigen Hauer wurden immer länger und scharfkantiger. Seine schmächtigen und gageligen Ärmchen schwollen rapide an. Sein gesamter Körper wuchs sowohl in die Breite als auch in die Höhe. Schon bald überragte der Wicht den Soldaten. Wütend bückte er sich zu ihm hernieder. Ein beißender Gestank stob dem Soldaten ins Gesicht. Mehrfach ließ der Goblin seine scharfkantigen Zähne auf- und zuschnappen.

Draußen schlich eine zerlumpte Gestalt um den Laden. Ihre Kleidung hing unordentlich herab, und auch sonst machte sie nicht den besten Eindruck. Sie verfolgte den Soldaten nun schon seit geraumer Zeit auf Schritt und Tritt und war ihrem Ziel dennoch kein Stück näher gekommen. Hektisch zog sie die Kappe tiefer ins Gesicht, die viel zu groß für sie war. Überhaupt wirkten sämtliche Kleidungsstücke, die sie am Leib trug, in Anbetracht ihrer zarten fraulichen Konturen überdimensioniert. Mehrfach sah sie sich nervös um, ehe sie einen Weg einschlug, der nur sehr schwer von den anderen Wachen einzusehen war.

Lange würde sie dem Soldaten nicht mehr folgen können, dazu fehlte ihr die Kraft. Doch noch hatte sie nicht das erfahren, wozu sie hergekommen war. Sie musste weitermachen, ihretwegen und wegen ...

An der Rückseite des Gebäudes entdeckte sie ein offenes Fenster. Vorsichtig linste sie an einer Handvoll Reagenzgläsern vorbei und zuckte erschrocken zusammen. Sie konnte kaum glauben, was sie da sah. Ein riesiges Ungetüm baute sich zähnefletschend vor dem Soldaten auf, dem sie die ganze Zeit über nachgestellt hatte.

Ein Goblin? Aber wie ist das möglich? Sie wusste nicht, was sie davon halten sollte. *Wie kann ein Wesen Magelas an solch einem magiefeindlichen Ort und unter Menschen überleben?* Immerhin spürte sie am eigenen Leib, was es hieß, nicht hierher zu gehören.

„Hey Gorgo, was ist los, arbeitest du noch an dem Technokugeldekodierer?" Sie hörte die Stimme eines älteren Mannes. „Ich hör den Generator gar nicht mehr rattern."

Unmittelbar nachdem der Mann den Raum betreten hatte, schrumpfte der Goblin zu seiner früheren Liliputanergestalt zusammen. Sämtliche Muskeln an seinem Körper falteten sich in sich zusammen. Eilig rannte der Wicht dem älteren Mann entgegen, der offensichtlich der Besitzer des Ladens war. Hektisch versteckte sich die schrumpelige Gestalt hinter dessen Beinen.

„Hey, mein Kleiner, was ist denn, hat dir der Fremde etwa Angst eingejagt?"

Der Gnom wimmerte fürchterlich: „Jaaa! Dieser Schnierks ist böse, gaaaanz bööööse!"

An den Soldaten gewandt sagte der Besitzer: „Ich hoffe es stört dich nicht, das ich meinen Hausgoblin im Laden frei rumlaufen lasse."

„Was heißt hier Hausgoblin!", schimpfte es leise von unten.

„Keine Sorge, ohne mich ist er total hilflos und tut keinem was!"

Total hilflos nennt der diesen mit messerscharfen Zähnen bestückten Riesen? Herrje, ab wann ist denn ein Ungeheuer dann seines

Erachtens gefährlich? So wie der Kleine im Moment zitterte, wirkte er tatsächlich erstaunlich harmlos. *Was für ein Wicht. Hinterhältig hoch zehn,* dachte der Soldat, antwortete aber: „Nein, nein, der stört nicht."

„Das ist gut, die meisten reagieren leider nicht gerade freundlich darauf, dass ich ein Wesen Magelas halte. Ich habe dadurch schon einige Kunden vergrault, und auch die Wachen haben mir schon oft gedroht. Würde ich sie nicht mit meinen Waren beliefern, gäbe es den Kleinen hier wohl längst nicht mehr, dabei ist er so süß. Ach, entschuldige, wo sind meine Manieren, ich habe mich ja noch gar nicht vorgestellt. Ich bin der Mechanikus. Bevor du fragst: Ja so heiße ich wirklich! Und das ist mein Freund Gorgo."

Der Kleine machte einen Knicks und griente dem Soldaten gehässig zu.

„Und wer bist du?", fragte er freundlich.

„Ich? Ich … bin … ich bin …" Der Soldat stammelte. Die Frage hatte ihn überrascht. Er wusste nicht, was er darauf antworten sollte. Dieser ältere Herr war der Erste, der ihn nach seinem Namen fragte.

Bevor er etwas entgegnen konnte, wälzte sich Gorgo schon vor Lachen auf dem Boden und krächzte: „Ichbin, pah was für ein Name! Ichbin, dieser Schnierks heißt Ichbin, pah haha."

Der Mechanikus stieß ihn mit seinem Fuß an. Er wollte ihm offenbar einbläuen, dass er sich nicht über seinen Kunden lustig machen solle – obgleich sich der Ladenbesitzer eingestehen musste, dass *Ichbin* ein wirklich eigenartiger Name war.

Gorgo riss sich daraufhin zusammen und sagte freundlich, aber weiterhin hartnäckig ironisch: „Herr Ichbin, was wünscht Ihr denn zu kaufen? Ich bin Herrn Ichbin gerne zu Diensten! Alles was Herr Ichbin wünschen, sei mir Befehl."

Die schrumpelige Gestalt griente bis über beide Ohren. Der Soldat stand kurz davor, dem Gnom an die Gurgel zu gehen. Aber eigentlich musste er ihm dankbar sein. Immerhin musste er nun niemandem erklären, warum er seinen eigenen Namen nicht kannte.

Der Gnom wirkte trotz seiner zur Schau getragenen Freude merkwürdig schlapp. Sein Zittern war nicht länger bloß gespielt.

Sorgenvoll sah der Mechanikus sein Schoßtier an. „Hey Kleiner, du siehst nicht gut aus! Was ist los? Deine letzte Ladung hattest du doch erst vor einer knappen Stunde. Ist die etwa schon wieder aufgebraucht?"

Der Gnom nickte verlegen, die Verwandlung von eben hatte stark an seinen Kräften gezehrt.

„Warst du etwa wieder verschwenderisch?"

Beschämt wandte Gorgo seinen Blick ab.

Der Mechanikus schnaufte resigniert: „Na, dann verpass dir halt noch eine Ladung."

Genau darauf hatte Gorgo mit nervöser Ungeduld gewartet. Er erklomm einen der Tische und legte sichtlich geschwächt einen der unzähligen Hebel um. Neben ihm fuhren zwei Metallplatten auseinander, die unter Strom standen. Mehrfach sprangen Funken.

„Was macht er da?", fragte der Soldat.

„Ach nichts weiter. Seit etwa einer Woche braucht er das einfach. Ich weiß leider auch nicht warum. Schau lieber weg, nicht jeder verträgt das."

Gorgo schritt geradewegs zwischen die Apparatur. Anfänglich stellte sich nur sein Haarkamm auf, doch dann bewegten sich die Platten wieder aufeinander zu. Die elektrischen Blitze drangen in den Körper des Goblins ein. Seine Glieder zuckten unkontrolliert, und das Licht im Zimmer begann wie wild zu flackern.

Nach einer Weile fiel der zuckende Leib des Gnoms vornüber vom Tisch.

Der Soldat begutachtete das Ganze mit Entsetzen, aber der Kleine stand unverzüglich wieder auf. Sein Bein zitterte, und seine Haut war verkohlt und dampfte, dennoch konnte er sprechen. „Mann, das hat vielleicht gewatscht. Ah, ich sag euch, das tat wirklich gut!" Der Geruch frisch verkohlten Fleisches stieg den Anwesenden in die Nase. „Hm lecker, scheint gut durch zu sein, hab Hunger."

„Nix da, du hast gerade erst gefrühstückt", stoppte der Mechanikus seinen Hausgoblin. „Erklär lieber unserem Gast, warum du gerade meinen Stromverbrauch in die Höhe getrieben hast. Möglicherweise verstehe auch ich es dann endlich, wenn ich es mir ein zweites Mal anhöre."

„Warum sollte ich? Dem Schnierks ist das doch völlig gleichgültig."

„Nein, erzähl ruhig!", bestätigte der Soldat seinerseits und nickte dabei mit dem Kopf.

Auch die Gestalt, die das Ganze fassungslos vom Fenster aus mitverfolgt hatte, brannte darauf, zu erfahren, was es mit Gorgos Vorliebe für Strom auf sich hatte. Möglicherweise konnte ihr dies einige Antworten darauf liefern, warum auch sie sich derzeit so erschöpft fühlte.

„Ich schätze mal die Tatsache, dass ich Strom einfach toll finde und gerne unter Spannung stehe, genügt euch nicht?!" Gorgo machte eine verstohlene Pause und fuhr dann genervt fort. „Schnierks, also gut, die Veränderung ist daran schuld. So jedenfalls nannte sie der hochnäsige Magier, der vor Kurzem hier war. Ich würde diese neuartige Kraft eher als *Gleichgewicht* bezeichnen, aber mich fragt ja sowieso keiner."

„Welches Gleichgewicht?", wollte der Soldat wissen, doch der Mechanikus fiel ihm ins Wort: „Dasselbe habe ich ihn auch gefragt. Leider erhielt ich darauf keine befriedigende Antwort, dabei kommt das eigentlich Ominöse erst noch!"

„Das Gleichgewicht eben! Sagt nicht, ihr Schnierkse kennt das Gleichgewicht nicht? Dummes Menschenpack, pah. Unwissend hoch zehn!"

„Ja, ja, nun mach schon weiter und hör auf rumzuzicken", schalt ihn der Alte.

„Es ist überall!" Mit seinen knochigen Fingern formte der Goblin einen Planeten über seinem Kopf. „Da, wo Magie und Wissenschaft aufeinandertreffen, ist auch das Gleichgewicht. Es existiert schon seit Ewigkeiten, doch seit der Schlacht von Livius scheint es völlig verrückt zu spielen. Ich frage mich wirklich, was diese verschnierksten Soldaten dort angestellt haben, diese Narren, Idioten, Oberschnierkse, diese."

„Reg dich ab und erzähl weiter."

„Unterbrich mich nicht immer!", würgte der Goblin seinen Besitzer genervt ab. Er pulte sich in der Nase und förderte einen Rotzfleck hervor. Eilig steckte er den Finger in den Mund, um dann einmal quer über den Tisch zu spucken, geradewegs zum Fenster hinaus. Die Gestalt, die dort lauschte, huschte nervös zur Seite. Glücklicherweise schien sie keiner bemerkt zu haben. Der Mechanikus räusperte sich und bat seinen Gast um Verzeihung.

„Jedenfalls greift das Gleichgewicht seither alles Magische an, was sich zu weit von Magela entfernt aufhält. Es duldet nichts an den falschen Orten, leider auch mich nicht, was ich extrem unschnierksisch finde. Zum Glück habe ich dieses wirklich stimulierende Gerät hier, willst du es auch mal austesten?"

„Nein, will er nicht, los weiter!"

„Weiter, weiter – ich bin doch kein Märchenerzähler, was hab ich denn davon, euch schnierksenden Kreaturen meine Kenntnisse zu offenbaren?"

„Du bekommst ’nen Broiler und kannst dich bis heute Abend elektroschocken, so viel du willst. Genügt das? Nun fahr schon fort.“

„Schnierks! Na gut, na gut. Also, Strom ist etwas so extrem Wissenschaftliches, dass mich das Gleichgewicht an diesem Ort verweilen lässt, wenn ich nur genug davon durch meinen Körper fließen lasse. Ich, der kleine Gorgo, überliste auf diese Weise die alles umfassende Kraft des Gleichgewichts – oder eben der Veränderung. Ich spiele ihr damit vor, ein Wesen der Wissenschaft zu sein. Ohne diese Schocktherapie würde ich bei jeglicher Anwendung von Magie unglaubliche Schmerzen erleiden. Mal ganz davon abgesehen, dass ich bereits nach einem Tag in dieser Gegend erledigt wäre. Ich sag nur vollständiger Exitus des armen kleinen Gorgo. Schnief, welch unglaublicher Verlust für die Welt.“ Der Goblin schien auf eine Art Bestätigung seiner letzten Bemerkung zu warten. Als diese aber ausblieb, hakte er sichtlich beleidigt beim Soldaten nach. „Na? Hast du alles verstanden?“

Die Gestalt vor dem Fenster verstand den Goblin nur allzu gut. Der Soldat wusste dagegen nicht so recht, was er davon halten sollte.

„Falls das wahr ist“, schlussfolgerte der Soldat, „… würde dies das Ende des Krieges bedeuten, denn dann könnte kein Magelaner mehr Neu Terra betreten, geschweige denn dieses Dorf überfallen.“

„Wie bitte? Was soll das heißen, falls es *wahr* ist? Ich sage immer die Wahrheit … schnierks, na ja meistens“, korrigierte der Goblin eilig.

Dem Alten gab das Gesagte zu denken. „Das könnte natürlich erklären, warum Heilbrunn noch nicht ausgelöscht wurde. Ehrlich gesagt habe ich nach der vermeintlichen Niederlage von Livius jeden Tag mit einem Angriff gerechnet. Soll das heißen, wir sind hier doch sicher? ...Toll, da haben wir ja noch mal Glück gehabt."

Gorgo stoppte den Freudentaumel des Mechanikus: „So einfach ist das auch wieder nicht, das Gleichgewicht richtet sich genauso gegen die Wissenschaftswelt. Auf meinem letzten Streifzug habe ich das deutlich ..."

„Wie bitte? Auf deinem letzten Streifzug? Aber du sollst doch das Haus nicht verlassen", schimpfte der Mechanikus. „Du weißt, wie gefährlich das für dich ist. Was, wenn der Hauptmann dich dabei ertappt hätte."

„Er hat mich aber nicht erwischt. Jedenfalls habe ich gesehen, dass auch alle Menschen, die Magela zu nahe kommen, davon betroffen sind. Die meisten klappen entweder einfach tot um oder werden zu den schlimmsten Schnierksen, die ich je gesehen habe. Die Grenze des Gleichgewichtes liegt nur ein paar Kilometer vom Dorf entfernt, und ich bezweifle, dass sie auf Dauer dort stagnieren wird."

Das wiederum verwunderte den Soldaten. „Ich komme direkt aus der Umgebung von Livius und habe nichts dergleichen bemerkt."

„Na, mein Kleiner, da haben wir doch den Gegenbeweis. Du mit deiner überschwänglichen Phantasie! War aber trotzdem 'ne tolle Gruselgeschichte", meinte der Mechanikus und tätschelte besänftigend Gorgos Kopf.

Der Goblin sog viel Luft ein und plusterte sich voller Empörung auf. „Unmöglich, du kannst nicht von dort kommen. Das Gleichgewicht hätte dich richten sollen, ich lüge nicht! ... Schnierks, schnief." Es machte ihm sichtlich zu schaffen, dass der Mechanikus ihm nicht glauben wollte.

„Komm schon her, mein Kleiner, so wichtig ist es doch auch wieder nicht."

Nach einem beherzten Sprung schmiegte sich Gorgo an den Hals des alten Mannes. „Doch, es ist wichtig, sogar sehr."

„Hach, du musst auch immer das letzte Wort haben." Er wandte sich dem Soldaten zu. „So, Herr Ichbin, kommen wir doch nun zu Eurem Anliegen."

„Eigentlich bin ich wegen einer Waffe hier", erklärte der Soldat.

Der Mechanikus zeigte ihm alle möglichen Gerätschaften, die dazu dienten, Monster entweder zu töten, zu fangen oder schwer zu verwunden. Der Soldat erblickte Armbrüste jeglicher Klasse und Größe, mit den extravagantesten konnte ein geübter Schütze problemlos mehrere Bolzen auf einmal abfeuern. Andere verfügten über einen eingebauten Köcher und luden selbstständig nach. Auch an den entsprechenden Geschossen mangelte es nicht. Zu jeder Monsterhaut gab es die entsprechenden Pfeilspitzen.

Der Mechanikus kommentierte alles, was der Soldat unter die Lupe nahm. „Wirklich beeindruckend, oder? So etwas findest du in keinem anderen Laden, höchstens noch in Teósix, das Meiste davon stammt noch aus der Vereinigungszeit. Ich sage dir, ich musste eine Menge Ruinen durchforsten und Schrotthaufen durchstöbern, um das alles zusammenzutragen. In meinem Alter bin ich dazu leider nicht mehr in der Lage." Er fing an von seiner Vergangenheit zu schwärmen. So schnell würde der Soldat hier wohl nicht wieder rauskommen. „Bei den ergiebigsten Ruinen ist leider die Strahlung zu hoch."

„Super, deswegen muss *ich* diese immer durchkämmen. Ich kann dir sagen, diese verschnierkste Strahlung juckt ganz schön." Mit seinem rechten Bein kratzte sich Gorgo am Rücken.

Der Soldat ließ seine Blicke weiter über die Bögen schweifen. Diese waren, so erfuhr er, leichter als Armbrüste, außerdem viel eleganter und wurden deshalb meist von Frauen geführt.

Zudem erblickte er Transfusionssets, Wurfmesser samt einer dazugehörigen Messerwurfmaschine – wohl für die ganz Faulen – sowie Dolche, einen Sägeblatthandschuh und …

„Oh, darauf bin ich besonders stolz: eine Pistole. Leider mangelt es mir an der passenden Munition. Ich sehe schon, das ist alles nichts für dich, vielleicht dieser Elektrohammer oder eine einfache Axt." Ganz gleich, wie praktisch ein jeder dieser Gegenstände auch war, so richtig gefallen wollte dem Soldaten nichts davon.

„Hm, warte, jetzt habe ich das Passende für dich, den Klassiker unter den Waffen, das Schwert. Es ist zwar nichts Besonderes, aber es ist immer noch die zuverlässigste und handlichste aller Waffen. Leider fiel mir für diese Waffengattung bisher noch kein technisches Schmankerl ein, was ich hätte einbauen können. Von daher kann ich dir nur die Standardausgabe anbieten."

Der Mechanikus zog ein Schubfach auf, in dem er die Schwerter aufbewahrte. Als der Soldat seine Hand darüberfahren ließ, brachen alle entzwei. Auf einer jeden Klinge bildeten sich Risse, die sich endlos ausbreiteten. Sämtliche Schwerter zerfielen zu Staub, ganz so, wie er es in seinen Träumen erlebt hatte. Doch der Soldat ließ sich von dem, was ihm seine Phantasie vorgaukelte, nicht beirren. Er fasste all seinen Mut zusammen und griff nach einem der Schwerter. Erleichtert stellte er fest, dass es noch heil war. Er hatte intuitiv das Schwert ausgewählt, das am besten in seiner Hand lag. Selbst das Gewicht der Waffe war perfekt ausbalanciert. Ein blaues Juwel verzierte das Schwertkreuz, in dessen schillernder Oberfläche der Soldat sein Spiegelbild erkennen konnte. Sein Blick haftete wie in Trance an seiner Halsnarbe. Warum nur konnte er sich nicht mehr daran erinnern, wer ihm diese tiefe Verletzung zugefügt hatte? So etwas vergaß man doch nicht einfach, oder etwa doch?

„Eine gute Wahl, die du da getroffen hast! Ein besseres Schwert wirst du nirgends finden“, beendete der Mechanikus seinen Vortrag.

Dankbar zahlte der Soldat den Verkäufer aus und ließ sich die dazugehörige blaue Schwertscheide reichen. Mit steigender Nervosität beobachtete die Gestalt vor dem Fenster, wie er sich zur Tür wandte.

Die grausame Wahrheit

Der Soldat wollte sich gerade vom Mechanikus verabschieden, als er die Technokugel erblickte, die noch immer auf dem Fußboden lag. *Stammt die Kerbe etwa von mir?*, fragte er sich verwundert. Es sah eher so aus, als hätte ein massives Geschoss darin eingeschlagen.

„Wie viel kostet die Sphäre?", fragte der Soldat und wollte sich danach bücken.

„Halt! Auf keinen Fall anfassen!", schrie der Mechanikus panisch. „Die Kugel ist leider nicht verkäuflich."

„Schnierks, jedenfalls noch nicht."

„Sei still!", zischte der Alte den Gnom beschwörend an. „Sie ist viel zu wertvoll, du könntest sie dir sowieso nicht leisten. Zumal sie dir nichts nützen würde. Diese Technokugeln waren der Höhepunkt der Vorvereinigungszeit. Es sind riesige Datenspeicher, gefüllt mit Milliarden von Informationen. Es existieren maximal noch fünf von diesen Sphären. Nur die höchsten Mitglieder des Teos besitzen welche."

„Warum hast du dann eine dieser Kugeln?"

„Sie gehört ihm nicht!", warf Gorgo grinsend ein. „Jedenfalls noch nicht."

Der Mechanikus schien wenig erfreut über die Worte des Gnoms zu sein. „Musst du immer alles ausplaudern?"

„Schnierks, ähm … ja."

„Er hat recht, ich bewahre sie für einen Kommandanten auf. Er hat sie mir anvertraut, bevor er in die Schlacht gezogen ist."

„Aber nun sind alle tot?"

„Schau, schau, der Herr Ichbin ist ja richtig schlau", warf der Gnom ein.

„Leider wurde die Technokugel auf einen festen Besitzer geeicht. Für mich ist sie daher völlig nutzlos."

Endlich verstand der Soldat. „Deshalb bastelt der Goblin an

dieser, wie nanntest du sie gleich, Technokugeldekodiermaschine? Du versuchst, trotzdem an die Daten zu gelangen!“

Der Mechanikus griff sich an den Kopf. „Warum kann ich nur meine Klappe nicht halten. Ja, ich will versuchen, die Kugel auf mich umzuschreiben. Du erzählst das doch hoffentlich niemandem, oder? Vor allem nicht dem Hauptmann!“

„Ich würde gerne dafür sorgen, dass dieser Schnierks für immer schweigt, Meister.“

„Nein, nein“, wedelte der Soldat nervös mit den Armen. „Keine Sorge, von mir erfährt niemand etwas.“

Der alte Mann war ihm sympathisch, es gab keinen Grund, ihn zu verpfeifen, erst recht nicht an den Hauptmann. Gedankenverloren hob der Soldat die Kugel auf. Seine Finger kribbelten, als er die Metallkugel berührte. Er ignorierte jedoch das seltsame Gefühl und legte die Sphäre vorsichtig auf dem Tisch ab. Anschließend drehte er sich um und wollte Richtung Ausgang gehen.

„Warte!“, hielt ihn der Mechanikus aufgeregt zurück. „Was hast du da gerade gemacht?“

Der Soldat verstand nicht, was der Alte jetzt noch von ihm wollte.

„Die Kugel, sieh sie dir an!“

Unzählige Blitze zuckten über die Oberfläche der Technokugel. Zur Verwunderung aller projizierte sie einen holografischen Text in den Raum.

„Die Kugel reagiert auf diesen Schnierks, pah, die hat auch keinen Geschmack.“

Der Soldat las derweil den halbdurchsichtigen Schriftzug vor: „Zuletzt verwendete Datei: MILLY, wollen Sie diese bearbeiten oder anderweitig fortfahren. … Datei: MILLY? Was soll das denn bitte bedeuten?“ Er sprach den Namen schon zum zweiten

Mal laut aus, und jedes Mal zuckte die Gestalt vor dem Fenster zusammen.

Der Goblin schien neugierig geworden zu sein. Er berührte die Kugel und stand noch im selben Moment unter Strom. Erschrocken schaute der Soldat zum Mechanikus hinüber.

„Was macht die Kugel denn da! Wieso attackiert sie Gorgo?"

„Er ist nicht der rechtmäßige Besitzer, deshalb bestraft sie seinen Versuch, sie zu benutzen." Der Soldat suchte nach etwas, mit dem er den Goblin befreien konnte, doch er fand nichts. Nach einer Weile hörte Gorgo von selbst auf zu zappeln und fiel rücklings um. Besorgt schüttelte ihn der Mechanikus. „Das war Starkstrom. Die Technokugel muss auf Töten eingestellt sein. Aus welchem Grund macht jemand so etwas, und wieso ist sie überhaupt angesprungen?" Er war völlig aufgebracht. „Komm schon, mein Kleiner, wach endlich auf."

Der Gnom war wie paralysiert. Zumindest sein Maul konnte er aber noch bewegen. „Boah, was für ein Trip. Schnierks, wo nimmt das Teil nur so viel Energie her? Wow, was man damit alles anstellen könnte."

Der Soldat griff nun ebenfalls nach der Sphäre. Der Mechanikus war außer sich.

„Spinnst du! Gorgo mag zwar mit dem Schrecken davongekommen sein, dich dagegen wird es auf Anhieb umhauen. Du bist schließlich kein Goblin. Hörst du mir überhaupt zu?"

„Lass Herrn Ichbin doch, solange er uns vorher seine Staubreste und Wertsachen vermacht, ist doch alles in Butter."

Der Soldat wusste selber, wie unüberlegt sein Handeln gewesen war. Er spürte jedoch, dass dies vermutlich seine einzige Chance sein würde, etwas über seine Vergangenheit und diese Welt zu erfahren. Er musste es einfach riskieren.

„Ich muss wissen, was es mit jener Milly auf sich hat!"

Er umfasste die Kugel mit beiden Händen und zuckte zusammen.

Aber nichts geschah! Gorgo und der Mechanikus schauten ihn nur fassungslos an. Keiner von beiden verstand, warum der Soldat noch am Leben war.

„Starte Zugriff auf: MILLY", befahl der Soldat an die Kugel gewandt, die unmittelbar darauf emporschwebte und auf den Mechanikus zuschoss. Nur mit Mühe gelang es dem alten Mann auszuweichen. Er sah genauso überrascht aus wie der Soldat.

„Schnierks, sie scheint sich mithilfe magnetischer Felder in der Luft zu halten", erklärte Gorgo erstaunt.

Damit war der Spuk jedoch noch lange nicht vorbei. Dunkelrote Laserstrahlen schossen plötzlich aus dem Inneren des Objekts. Sie tasteten den gesamten Raum ab und hinterließen dabei ein rötliches Leuchten. Selbst die drei Zuschauer wurden davon gestreift, auch auf ihren Körpern lag nun dieser helle Nebel. Die Luft um sie herum wurde kühler. Der Soldat trat einen Schritt zurück, woraufhin sein lichtgewordenes Abbild in sich zusammenfiel. Der Mechanikus und der Goblin befreiten sich auf ähnliche Weise von ihren nebligen Ebenbildern.

Die Strahlen verschwanden, dafür leuchtete die Kugel nun in allen Farben des Regenbogens. Der gesamte Raum begann sich um den Soldaten herum zu drehen. Er stand unbewegt an Ort und Stelle, doch der Holzboden und die Tische entfernten sich von ihm. Sie flohen aus dem Rauminneren, bis sie nicht mehr zu sehen waren. Stattdessen breitete sich Gras unter seinen Füßen aus. Alles veränderte sich derart rapide, dass ihm schwindlig dabei wurde.

Die Sphäre schaltete in die nächste Stufe. Senkrecht unter der Kugel erschienen Bäume und Sträucher, die sich einer nach dem anderen an ihre vorbestimmten Plätze bewegten und dabei zu

Lebensgröße heranwuchsen. Zum Schluss entstand ein rostiger Stahlkäfig, der fast den gesamten Raum ausfüllte, in dem sie sich bis eben noch aufgehalten hatten.

„Unglaublich, wir befinden uns in einer perfekten virtuellen Umgebung, einfach erstaunlich!“ Der Mechanikus wollte noch weiter ausholen, verstummte dann aber abrupt.

Sie waren nicht länger alleine. An eine der Käfigstangen war ein Mädchen gekettet. Der Soldat musste schlucken. Ihr Blick wirkte trüb und ihr Gesicht war dreckverschmiert. Er mochte sich gar nicht ausmalen, was das arme Kind alles durchgemacht hatte. Er überlegte, wie er ihr helfen konnte, doch irgendetwas lähmte seinen Körper. Er zögerte.

Plötzlich stand eine Frau neben ihm. Den Soldaten verwirrte ihr unerwartetes Erscheinen. Sie trug dieselbe Kleidung wie die Wachen aus Heilbrunn. Aufgewühlt blickte sie zu dem Mädchen im Käfig. Der Anblick setzte ihr sichtlich zu. Sie streckte ihre Hand nach der Kleinen aus. Doch genauso wie er, zog sie diese zaghaft wieder zurück.

Nervös wich die Elfe den Blicken des Soldaten aus. Liz zitterte am ganzen Leib. Sie konnte nicht glauben, dass sie soeben derart töricht gewesen war, die Trugbilder für echt zu halten. Sie kannte viele Zauber, die dazu dienten Schemen und Abbilder zu erschaffen, keiner davon war jedoch derart täuschend echt wie dieser. Das Mädchen im Käfig sah eins zu eins wie Milly aus. Nicht für eine Sekunde hegte Liz irgendwelche Zweifel daran, dass sie ihrer Schwester gegenüberstand. Ohne zu zögern war die Elfe durch das offene Fenster gesprungen. Sie wollte sogar mit dem Soldaten kämpfen, um dann zusammen mit Milly zu fliehen. Selbst dass der Transportzauber sie nicht direkt zu Milly, sondern auf die Spur dieses Terraners geführt hatte, schien auf einmal einen Sinn zu ergeben.

Und nun das! Liz versuchte, das Beste aus der Situation zu machen. *Ich habe meine Milly für echt gehalten. Mit etwas Glück hält mich jetzt der Soldat stattdessen für eine Täuschung.* Sie verhielt sich so ruhig wie möglich. *Das ist meine einzige Chance, herauszufinden, was Milly widerfahren ist. Die darf ich mir nicht verderben.* Sicherheitshalber ließ sie ihre Hand unter ihren Rock gleiten, dahin, wo sich die Sternenscheibe hauchzart an ihren Körper schmiegte.

Es dauerte eine Weile, bis der Soldat wieder wegsah. Erleichtert atmete Liz auf. Sie fragte sich verzweifelt, ob das, was ihrer Schwester soeben widerfuhr, schon längst der Vergangenheit angehörte oder ob sie vielleicht gerade jetzt, genau in diesem Moment, irgendwo gefesselt und einsam in einem Käfig lag. Die Trauer übermannte sie. Liz verlor sich ganz und gar in dem zarten Blau von Millys Stirnkristall.

Vorsicht, die Wache! Da war es wieder, dieses seltsame Gefühl, das den Soldaten immer wieder überkam und das ihn vor einer Gefahr warnen wollte. Irgendetwas an der Wächterin ließ ihn stutzen. *Ach was, sie ist wie das arme Mädchen gewiss nur eine holografische Projektion … oder etwa doch nicht?*

Er hatte keine Zeit, sich weiter darüber den Kopf zu zerbrechen. Bis jetzt war es in dieser virtuellen Umgebung taghell gewesen, doch das änderte sich abrupt. Es wurde dunkel, die Nacht brach schnell herein. Ein direkt vor die Technokugel projizierter Text zeigte die aktuelle Uhrzeit an: 18:00, 18:32, 19:07, 19:40, 20:12 … die Zeit schien davonzufliegen, und mit ihr veränderte sich das, was die vier sahen. Ein Mann in einer Rüstung betrat die Szene. Er bewegte sich derart schnell, dass der Soldat ihm kaum folgen konnte.

Der Mann befand sich mittlerweile im Inneren des Käfigs und bewegte sich zügig auf das Mädchen zu. Die Kleine schreckte zusammen. Sie sprachen miteinander. Doch alles geschah wie im Zeitraffer, sodass nichts Genaueres zu erkennen war. Sowohl die Wächterin als auch der Soldat wurden unruhig.

„Stopp!", rief der Soldat, als er sich nicht mehr beherrschen konnte. Auf seinen Befehl hin verlangsamte sich die Szene auf Normalgeschwindigkeit. Die Uhr pendelte sich bei 22:59 ein. Der Mann verschloss bereits wieder den Käfig von außen. Voller Abscheu erkannte der Soldat, dass es sich dabei um den Hauptmann aus Heilbrunn handelte. Er hatte das Mädchen geschlagen. Ihre Wange war deutlich gerötet. Die Wasserschale, die der Hauptmann ihr gebracht hatte, stand viel zu weit weg, als dass das Mädchen sie erreichen konnte.

Liz wollte dem Hauptmann am liebsten dasselbe antun. Ehe sie jedoch sein holografisches Ebenbild in die Mangel nehmen konnte, trat ein weiterer Mann zu der Szene hinzu, der einen silbernen Helm trug.

„Oh, Herr General. Verzeihung, ich wusste nicht, dass Ihr die Gefangene auch noch verhören wolltet, ich schließe sofort wieder auf."

Zum ersten Mal sprach einer der virtuellen Menschen. Hätten sie nicht eben noch den Hauptmann dabei beobachtet, wie dieser sich in einer unmenschlichen Geschwindigkeit hin und her bewegte, sie hätten ihn nun nicht mehr von dem echten unterscheiden können.

Sie folgten weiterhin dem, was ihnen die Kugel offenbarte.

Der General entgegnete grob: „Das schaffe ich auch allein. Berichte mir lieber, wie es um mein Regiment bestellt ist."

„Alles erledigt, Herr General. Die Armee hat wie befohlen auf dem Feld Quartier für die Nacht bezogen. Die Dorfbewohner beschweren sich jedoch wegen der zerstörten Ernte."

„Sollen sie ruhig meckern. Schließlich sind wir es, die für sie in den Krieg ziehen, als Ausgleich können sie ruhig ein paar Entbehrungen auf sich nehmen."

„Außerdem steht der Schutzwall kurz vor der Fertigstellung. Gibt es weitere Befehle?"

„Ja, erklär mir auf der Stelle, was du mit der Gefangenen angestellt hast! Meine Anweisungen lauteten ausdrücklich, dass niemand sie anrühren darf!"

„A... Aber ..." Der Hauptmann geriet ins Stocken.

„Nichts aber! ... Nun gut, das lässt sich jetzt wohl eh nicht mehr ändern. Treib alle Frauen und Männer aus dem Dorf zusammen, die zum Kämpfen imstande sind, wir ziehen bald weiter. Ach, ehe ich es vergesse: Du bleibst übrigens hier!"

„Ich verstehe nicht?"

„Du bist deines Postens enthoben. Ich kann in der kommenden Schlacht nur Männer gebrauchen, die auch Befehle befolgen können. Übergib dein Schwert jemand anderem. Du wirst hier im Dorf bei den Bauern bleiben, das sollte Ehre genug für dich sein."

„Alles bloß, weil ich die Seraphim geschlagen habe?"

Liz freute sich darüber, dass der Hauptmann derart ins Schwitzen kam.

„Habe ich mich irgendwie unverständlich ausgedrückt?"

„Nein, Sir!"

„Dann mach endlich, dass du Land gewinnst!"

Unmittelbar nachdem der Hauptmann in der Dunkelheit verschwunden war, wandte sich der General der Gefangenen zu. Er öffnete den Käfig und schritt direkt an dem Soldaten vorbei, der ihn aufs Genaueste musterte. Irgendetwas stimmte mit dem Offizier nicht. Beide trugen dieselben Sachen, angefangen von dem goldenen Symbol der Unendlichkeit, über die schwarzen Hosen, bis hinunter zu den fein polierten Schuhen. An dem

General wirkte alles jedoch ein wenig prunkvoller. Dennoch war dem Soldaten sein Gegenüber einfach nicht geheuer. Der Offizier jagte ihm allein durch seine bloße Anwesenheit eine Heidenangst ein. Der Soldat wollte am liebsten vor ihm davonlaufen, stattdessen nahm er all seinen Mut zusammen und griff nach dem Helm des Fremden. Er wollte ihn herunterreißen, doch seine Hände glitten durch ihn hindurch.

„Du kannst in dieser Aufzeichnung nichts berühren", erklärte der Mechanikus dem Soldaten. Der aber reagierte nicht darauf. „Ich hätte die Technokugel niemals anfassen sollen. Es war ein Fehler, die Aufzeichnung abzuspielen." Dennoch ergab er sich resignierend seinem Schicksal.

„Na Kleine, ich bin Kastriot, und du?", säuselte der General mit verspielt freundlicher Stimme. Hinter seinem schützenden Helm zeichnete sich jedoch eine völlig andere Fratze ab.

Das Mädchen zögerte, antwortete aber schließlich: „Ich heiße Milly. Lässt du mich frei? Ich tue auch keinem etwas, versprochen."

Ihre Stimme wirkte angeschlagen. Sie war schwach und sehr müde.

Kastriot setzte ein freundliches Lächeln auf. „Das hängt ganz von dir ab. Warte, ich mache es dir etwas bequemer."

Der General schob die Wasserschale näher heran und löste ihre Fesseln. Anschließend ging er zu der Stelle, an der die Technokugel in der Luft schwebte, und kramte eine andere, völlig identische Kugel aus seiner Tasche. Die Sphäre, die der General in den Händen hielt, war im Gegensatz zu derjenigen in der Luft allerdings noch ohne jeglichen Makel und ohne jegliche Kerbe.

„Aufzeichnung fortsetzen. Bildschärfe vergrößern." Er positionierte seine Kugel genau da, wo sich auch die Sphäre des

Mechanikus befand, wodurch beide Sphären zu einer einzigen verschmolzen.

Alles war plötzlich viel hochauflösender. Der Soldat glaubte beinahe, durch das Helmvisier des Generals dessen Identität erahnen zu können. Noch stand er aber nicht in der richtigen Position.

Der Mann kniete sich vor die Seraphim.

„Zeig mir deine Handgelenke." Vorsichtig rieb er sie. „Das hilft, das Taubheitsgefühl loszuwerden. Sei unbesorgt, der Hauptmann wird dir nie wieder zu nahe kommen."

Rasch wechselte der General das Thema. All diese Phrasen und Höflichkeiten widerten ihn an. Er wollte endlich nach dem fragen, was ihn wirklich interessierte.

„Da, wo wir dich aufgegriffen haben, befindet sich laut unseren Informationen ein Observatorium. Dennoch konnten wir es nicht finden. Kannst du uns vielleicht sagen, wo wir genau suchen müssen?"

Das Mädchen schüttelte zaghaft ihren Kopf. „Tut mir leid, aber was ist überhaupt ein Observatorium? Davon habe ich noch nie etwas gehört. Ich war auf der Suche nach einer Freundin."

Sie log! Das spürte nicht nur der General, sondern auch Liz deutlich. Ihre Aussage enthielt dennoch so viel Wahres, dass die Elfe kreidebleich wurde. Allein ihretwegen war Milly nun in dieser Lage. Ihre kleine Schwester musste sie derart vermisst haben, dass sie sich selbstständig zu ihr auf den Weg gemacht hatte.

Liz machte sich schreckliche Vorwürfe. Sie malte sich in ihren Gedanken aus, wie Milly direkt vor dem Observatorium gestanden hatte und verzweifelt nach ihr rief, während die Soldaten sie davonschleiften. Der Suchtrupp des Generals hatte das Observatorium sicherlich aufgrund von Kaguls Schutzzaubern nicht finden können. Es musste für sie vollständig unsichtbar gewesen sein. Doch was, wenn es ihrer Schwester ähnlich ergangen war? Nein, das wollte sie sich einfach nicht vorstellen. Liz quälte sich entsetzlich. Es war alles ihre Schuld. Sie hätte viel früher die Formel für den Transportzauber finden müssen, nach besagtem Abend war es ihr doch auch erstaunlich schnell gelungen.

Die Sternenscheibe! Nein! Bitte nicht. Liz erinnerte sich an die Nacht zurück, als diese sich obskur verformt hatte, an das schreckliche Gesicht, das sie glaubte, darin zu erkennen, und an das regungslose schwarze Gebilde, zu dem die Scheibe letztendlich erstarrt war. Sie hielt sich vor Schreck die Hände vors Gesicht. Sie wollte das alles nicht noch einmal erleben.

Der Soldat bemerkte die abrupten Bewegungen der Wächterin und schöpfte Hoffnung daraus. Es erleichterte ihn, dass er offensichtlich nicht der Einzige war, der das, was hier vor sich ging, voller Unbehagen mitverfolgte. Vielleicht würde sie ja sogar eingreifen, wenn der General etwas Schlimmes mit dem Mädchen anstellte. Da er keine holografische Projektion war, konnte er leider nicht selbst etwas unternehmen, aber vielleicht war sie ja dazu imstande.

Nein, das darf nicht sein. Liz dachte immer noch an die Nacht vor elf Tagen zurück. Es war zwei Tage vor Vollmond gewesen. Sie versuchte, sich an weitere Details zu erinnern. *Verflucht, ich weiß einfach nicht mehr, wie spät es in dieser Nacht war.* Sie kam zu dem Schluss, dass es auf jeden Fall nach 23:31 passiert sein musste. Ausgerechnet diese Zeit zeigte die Technokugel soeben an.

Die Elfe wagte sich nicht vorzustellen, was damals wirklich geschehen war. Was, wenn sich ausgerechnet *das* heute hier und jetzt wiederholte? Liz würde es ganz sicher nicht ertragen.

Kastriot verhörte das Mädchen weiter. Er war höflich, aber direkt. Ihre Antworten dagegen waren kurz, knapp und nichtssagend oder aber schlichtweg gelogen. Der General aber blieb hartnäckig. Eigentlich hatte er sich die Sache viel leichter vorgestellt. Er freute sich jedoch sichtlich über die Herausforderung. „Ich sehe schon, du bist keinesfalls so naiv, wie du aussiehst. Trotz deines noch zarten Alters bist du schlau genug, dich und deine Freunde nicht zu verraten. Du bist dir aber hoffentlich dennoch bewusst, in welch einer gefährlichen Lage du soeben schwebst?“

Milly nickte. Ihr Lächeln, das sie während der Unterhaltung wiedergefunden hatte, schwand rasch dahin.

„Ich habe dich wohl tatsächlich unterschätzt. Nun gut, so kann ich wenigstens meinen Spaß mit dir haben. Lass uns also zum amüsanteren Teil des Verhörs kommen.“

Kastriot schlug die Seraphim mit seinem gepanzerten Handschuh. Er traf sie direkt an der Stelle, die bereits von den Schlägen des Hauptmanns gerötet war. Der General holte mit derart viel Wucht aus, dass Milly mit dem Kopf auf den Eisenboden donnerte. Die Kleine war daraufhin für eine ganze Weile weggetreten. Erst nachdem Kastriot des Wartens müde geworden war, weckte er sie, indem er ihr etwas Wasser aus der Trinkschale ins Gesicht spritzte.

Zaghaft richtete sich Milly wieder auf und entschuldigte sich bei dem General: „Es tut mir leid, aber ich kann dir nicht weiter helfen. Mehr weiß ich leider wirklich nicht.“

Erneut traf sie seine Faust ins Gesicht. Diesmal achtete Kastriot jedoch darauf, sie nicht sofort ins Nirwana zu schicken.

Bei jedem Schlag zuckte Liz zusammen. Sie sah ihre Befürchtungen bestätigt und konnte kaum noch hinsehen. Sie wusste, wie aufmüpfig und hartnäckig ihre kleine Schwester sein konnte, so schnell würde sie ihm nicht nachgeben. Und genau so geschah es auch, ein drittes und viertes Mal richtete sich Milly auf und entschuldigte sich freundlich bei dem General. Der Elfe stockte bei dem Anblick der Atem. Sie saß nur wenige Schritte von ihr entfernt auf dem Boden, dennoch konnte Liz nur dastehen und zusehen.

„Müssen wir uns das wirklich bis zum Ende antun?"

Der Soldat antwortete nicht auf die Frage, die ihm der Mechanikus gestellt hatte.

Der Handschuh des Generals war mit kleinen spitzen Kanten bestückt. Jedes Mal, wenn er zuschlug, blutete Millys Wange stärker.

„Interessant", sagte der General, als er die rote Flüssigkeit bemerkte. „Ich habe bereits viele Magelaner gefoltert. Selbst ihre Herzen habe ich ihnen mit bloßer Hand rausgerissen. Dabei habe ich die unterschiedlichsten Farben von Blut gesehen. Begonnen bei Grün, über Orange, bis hin zu dunklem Lila. Ausgerechnet ihr Seraphim besitzt genau wie wir rotes Blut." Es widerte ihn an. „Meines Erachtens würde ein dunkles Schwarz viel eher zu euren abgrundtief bösen Seelen passen." Ohne Vorwarnung trat der General ihr in den Bauch, woraufhin sich Milly nach vorn krümmte und ihren Rücken offenbarte.

Sie besitzt Flügel? Der Soldat hatte bis eben noch nicht einmal bemerkt, dass es sich bei dem Mädchen um eine Seraphim handelte. Jetzt erst ergab das, was der General gesagt hatte, für ihn einen Sinn. Sie war demnach gar kein Mensch, sondern eine Magelanerin. Für ihn änderte sich dadurch jedoch nichts. Er litt dennoch mit der Kleinen mit und sorgte sich noch viel mehr um sie, da er sich sicher war, dass Kastriot sich nicht damit zufrieden geben würde, sie bloß zu misshandeln.

Der General legte dem Mädchen wieder die Handschellen an, packte ihren rechten Flügel und zog mit aller Kraft daran. Die Seraphim schrie laut auf. Sie versuchte verzweifelt auf den General zuzugehen, um den Schmerz zu mindern, doch die Handschellen hielten sie zurück. Kastriot zog dennoch unentwegt weiter an ihr.

„Nein, nicht ihre Schwingen!“, schrie die Elfe, die wusste, wie empfindlich Milly an dieser Stelle war. Unbeabsichtigt zog sie dabei die Blicke des Mechanikus und des Soldaten auf sich.

Kastriot hatte Millys Flügel mittlerweile auf volle Größe entfaltet.

„Beeindruckend, wirklich“, befand der General. „Ich komme mir in deiner Gegenwart auf einmal richtig winzig vor, welch eine Pracht. Kein Wunder, dass es einst eine Zeit gab, in der wir Menschen zu euch aufgeschaut haben.“

„Bitte, lass los, ich lasse meine Schwinge auch ausgestreckt“, keuchte Milly hilflos, während der Terraner ihren Flügel weiter fest im Griff hielt.

„Also gut, aber untersteh dich, ihn auch nur einen Zentimeter zu bewegen!“

Kastriot ließ sie wie versprochen los, nicht jedoch, ohne ihr vorher einige der kristallinen Federn herauszureißen.

„Hör auf, so bemitleidenswert auszusehen, mich täuschst du nicht. Du bist garantiert kein übernatürliches Wesen, das die Menschen beschützt.“

Verzweifelt versuchte die Seraphim zu verstehen, was er von ihr wollte.

„Nun tu nicht so, als wüsstest du von nichts. Stell dir vor, was für ein Leben das damals gewesen sein muss.“ Die Augen des Generals glänzten. Er sprach von längst vergessenen Märchen, die Milly unmöglich kennen konnte. „Früher habt ihr nur in unseren Legenden existiert, man konnte euch in Wirklichkeit weder sehen …“, er musterte die Seraphim von oben bis unten, ohne einen einzigen Ton von sich zu geben, „… noch berühren …“, er schlug sie, „… noch hören …“, er ergötzte sich an ihrem Schmerzensschrei, „… noch musste man diesen furchtbaren Gestank ertragen …“, angeekelt rümpfte der General seine Nase, „… weder konnte man euch schmecken …", der General leckte die Wunden an ihrer Wange sauber, „… noch war es möglich, eine Legende wie euch zu töten", er blickte sie kurz an, zückte sein Schwert und ließ es durch die Luft sausen.

Haarscharf schabte die Klinge an Millys Schläfe vorbei. „Keine Sorge, so leicht erlöse ich dich nicht von deinem Leid." Kastriot lachte hämisch. „Zuvor will ich dir noch von all den anderen Dingen berichten, von denen ich durch die Technokugel erfuhr. Sie hat mir eine Welt des Friedens gezeigt. Eine Welt, in der wir Menschen uns ausschließlich untereinander bekriegt haben. Eine Welt, in der Fabelwesen wie ihr einzig unserer Unterhaltung gedient habt. Man las von euch in Büchern oder betrachtete euch auf riesigen Leinwänden, ähnlich unserer heutigen Laterna Magica. Unzählige Geschichten existierten über euch, ihr selbst aber wart reine Fiktion. Hirngespinste irgendwelcher Autoren und Barden. Es genügte, das Buch einfach zuzuschlagen oder einen Knopf zu betätigen, um wieder in die Realität überzuwechseln. Fernab allen Leids und jeglicher Schlachten. Das Makabre an der Sache ist jedoch, dass die Menschen von euch schwärmten." Der General wirkte angewidert. „Sie wollten sein wie ihr. Sich an ausgewählten Tagen wie ein Elf oder ein Engel verkleiden. Oder gar in virtuelle Realitäten abtauchen – ich weiß noch immer nicht, was das eigentlich ist. Ihr habt sie inspiriert. In den Legenden habt ihr stets das Gute verkörpert. Die Elfen waren edelmütige Wesen. Nymphen dagegen verkörperten die Schönheit. Und ihr Engel …" Er konnte es kaum aussprechen. „… wart das Maß aller Dinge. Pah, welch Ironie. Ausgerechnet ihr mit euren weiß glänzenden Flügeln galtet als Boten des Lichts und als absolut reine Wesen." Er stach ihr mit dem Schwert in den Oberschenkel. „Jetzt sieh dich an." Ihr Schrei hallte durch den Wald und ebbte über das Feld hinweg. „Ich kann nichts Erhabenes an dir erkennen. Ausgerechnet ihr solltet von Gott gesandt und unsere Schutzengel sein? Dass ich nicht lache! Klar, eure Flügel sind beeindruckend, aber das war es dann auch schon. Sag schon, ist wenigstens irgendjemand in deiner Nähe, der dich in dieser ausweglosen Situation beschützt?“ Er beugte sich zu der Seraphim herunter und zog dabei das blutgetränkte Schwert aus ihrem Bein. „Siehst du irgendeine Lichtgestalt?“

Milly schluckte den Schmerz herunter und formte mit ihren Lippen lautlos drei Buchstaben eines Namens. L…i...z.

„*Nein?* Keiner steht dir bei?“ Keiner der Anwesenden schien es bemerkt zu haben, doch die Elfe hatte die stille Botschaft verstanden.

„Dachte ich es mir doch, den Menschen von damals half ebenfalls niemand in ihrer schlimmsten Stunde. Ich mag mir gar nicht vorstellen, was sie wohl empfunden haben mochten, als sich all die Fantasiegestalten plötzlich als real herausstellten.“ Was auch immer sich in dem General aufgestaut hatte, es war viel, und er ließ alles an seinem Opfer aus. „Einige haben vermutlich bis zuletzt geglaubt, dass die Engel ihre Freunde wären. Spätestens im Jenseits werden sie ihren Fehler aber eingesehen haben. Angeblich wurde der Übergang zwischen den Welten von den Menschen erschaffen, doch das halte ich für ein Gerücht. Nur eins ist absolut sicher, von einem Moment zum nächsten veränderte sich alles. Legenden wurden zu realen Monstern, und das Grauen brach über die Menschheit herein. Millionen starben in den ersten drei Tagen der Vereinigungszeit und Milliarden innerhalb der ersten drei Jahre.“ Der General redete sich immer mehr in Rage. „Die Beschreibungen aus den Büchern stimmten erschreckend genau mit der heutigen Realität überein. Obgleich niemand wusste, woher die Geschichtenerzähler damals das Wissen über eure Welt besaßen. Immerhin lagen sie richtig, was euer

Aussehen und magisches Können anbelangte. Alles andere, was man euch bis dato zugute gehalten hatte, stellte sich dagegen als Lug und Trug heraus. Ihr seid weder gutherzig noch edelmütig, sondern entsetzliche Bestien, die sich einzig nach unserem Blut verzehren. Statt des prophezeiten Lichts brachtet ihr Engel die Finsternis über die Menschheit. Zusammen mit den Drachen habt ihr unsere Welt in den Untergang gestürzt. Der Erzengel Luzifer wäre sicherlich stolz auf euch."

Der General tobte. Er konnte nicht einmal mehr still stehen. Unaufhörlich lief er im Käfig auf und ab, wobei ihn sein Weg geradewegs in die Arme des Soldaten – und mitten durch ihn hindurch – führte.

Beide verschmolzen für einen flüchtigen Augenblick, wodurch der Soldat einen kurzen Blick auf das Gesicht seines Gegenübers werfen konnte. *Nein, das ist nicht wahr!* Der Soldat wollte nicht wahrhaben, was er da sah. Er begann am ganzen Körper zu zittern, während er vergeblich nach einer Erklärung für das suchte, was soeben geschehen war. *Nichts davon ist echt!* Alles um ihn herum begann sich zu drehen. *Jemand versucht mich reinzulegen.* Panisch zog er sein Schwert und ließ es durch die Luft sausen.

Die Elfe und der Mechanikus sprangen verwirrt nach hinten.

„Schnierks, spinnst du? Ist mit dir noch alles in Ordnung?"

Erst nach einer Weile erkannten sie, dass der Soldat in Wirklichkeit versucht hatte, den General zu zerteilen.

„Nichts ist in Ordnung!" Er schrie wie besessen. „Die Bilder der Kugel sind eine Fälschung, nichts davon ist wahr. Das ist alles eine Lüge!"

„Schnierks, der tickt nicht mehr ganz richtig."

Beruhige dich.

Der Soldat aber wollte sich nicht beruhigen, er wollte vielmehr eine Erklärung für das, was er nicht akzeptieren konnte. Noch zweimal versuchte er Kastriot zu vierteilen, ehe er erschöpft sein Schwert sinken ließ. *Es war ganz gewiss eine Sinnestäuschung.* Der General war ihm derart nahe gewesen, dass er alles in dessen Antlitz hätte hineindeuten können.

„Sag schon, wie viele Fliegen haste abgestochen?"

„Sei still, Gorgo!" Der Mechanikus schien zumindest ansatzweise zu verstehen, was in dem Soldaten vor sich ging. Bei dem, was Kastriot der Seraphim antat, hätte ihn schon längst jemand stoppen müssen.

Der Soldat war jedoch nicht allein deswegen ausgetickt. Selbst jetzt war er noch immer nicht völlig bei klarem Verstand. Er hätte sich nur erneut Kastriot in den Weg stellen müssen, um das Gesehene entweder bestätigt oder widerlegt zu bekommen, doch er wagte es nicht. Ihm jagte das Erlebte eine derartige Angst ein, dass er es lieber vorzog, es zu leugnen, statt sich mit der Realität auseinanderzusetzen.

Lieber wohnte er weiterhin der Folter aus der Entfernung bei, als noch einmal in das Antlitz dieses Mannes zu blicken. Seine Schwerthiebe hatten den Körper des Generals zwar verschwimmen lassen, an dem eigentlichen Ablauf der Aufzeichnung änderte sich dadurch jedoch nichts.

Kastriot stolzierte noch immer von einer Seite des Käfigs auf die andere und kam sich dabei offenbar unglaublich toll vor.

„Stell dir das mal vor, ein Junge von, sagen wir, sieben Jahren, sieht einen solchen Engel wie dich. Ein Engel von deiner anmutigen Gestalt, und das Kind glaubt, in seiner jugendlichen Naivität, ihm trauen zu können. Stell dir weiterhin vor, dass dieser Engel direkt neben seinem Bett erst seine Mutter und dann seinen Vater mit einer runden Scheibe aufschlitzt."

„Das will ich mir nicht vorstellen." Die Worte des Generals wühlten Milly mehr auf, als das, was er ihr bis jetzt angetan hatte.

„Du willst nicht?!" Er kam ihr entsetzlich nah und ritzte ihr mit seiner Klinge die Wange auf. „Du brauchst es dir auch nicht vorzustellen, denn dies ist die schreckliche Realität. Es geschieht heute wie damals, und überall ist es dasselbe."

„Nein, das ist nicht wahr, du lügst!" Die Seraphim sah ihn mit traurigen Augen an. Sie wollte, dass er ihr die Wahrheit sagte.

„Oh Mann, du musst vielleicht ein behütetes Leben geführt haben, wenn du noch nicht einmal weißt, zu welchen Gräueltaten dein eigenes Volk imstande ist."

Liz sah, wie Milly aus Reue ihr Haupt senkte. Die Elfe musste sich leider eingestehen, dass nicht alles gelogen war, was der General sagte. In Kaguls Aufzeichnungen war noch von weit schlimmeren Kriegsverbrechen die Rede. Liz hätte es ihrer Schwester am liebsten erklärt.

Der General hörte jedoch nicht auf mit seinem furchtbaren Spiel. „Ihr seid wirklich erbärmliche Wesen. All die Jahre schlachtet ihr uns wie die Lämmer ab, und dann, nachdem wir schon fast ausgerottet wurden und uns endlich gegen euch zur Wehr setzen, da verschanzt ihr euch plötzlich hinter euren Linien irgendwo weitab in Falmier und hetzt uns stattdessen diese Nirwase auf den Hals." Seine Worte trafen genau ins Schwarze. „Nur Feiglinge lassen andere ihre Schlachten schlagen. Ich war wirklich überrascht, als wir dich allein im Wald aufgegriffen haben. Glaub mir, es macht viel mehr Spaß, einen echten Magelaner zu foltern als diese schmerzunempfindlichen Nirwase."

Kastriot unterstrich seine Aussage, indem er der Seraphim das rechte Ohr abschlug. Ihr weißes Haar färbte sich rot. Sie war wie benommen und vermochte es kaum noch seinen Worten zu folgen.

„Ist schon gut, du brauchst mir nichts mehr zu gestehen. Dank der Technokugel besitze ich auch andere Mittel und Wege, dich und deine geheimsten Gedanken zu durchleuchten." Er wischte die Klinge seines Schwertes an ihrer Kleidung sauber und trat eilig zurück. Auf seinen Fingerzeig hin schoss die Sphäre gleißende Blitze auf die Seraphim ab. Diese ähnelten in vielerlei Hinsicht denen, die Gorgo zuvor geröstet hatten, weshalb auch die Zuschauenden erschraken. Ein bestialischer Gestank breitete sich im Inneren des Käfigs aus.

Die Uhr auf der Kugel zeigte 2:19 an, und es sollte 2:50 werden, bis der General seinen Finger senkte, und die Blitze verebbten. Ein jeder schwieg, während dieser endlos währenden Zeitspanne. Niemand getraute sich, auch nur ein Wort zu sprechen. Selbst Liz hielt sich vor Übelkeit und aus Angst, sich zu verraten, die Hand vor den Mund.

Dem Soldaten war der General zuwider. *Kastriot, ich rate dir, mir niemals über den Weg zu laufen, du würdest es sonst bereuen!* Ihm war allerdings nicht bewusst, wie schnell es dazu kommen sollte, denn im nächsten Moment nahm der General seinen Helm ab.

Kastriot ließ seinen Schaller geschmeidig emporgleiten. Er zelebrierte diesen Moment mit andächtiger Sorgfalt, schließlich besaß er allein durch diesen Generalshelm das Recht, über Tausende von Frauen und Männer befehligen zu können. Jede Bewegung musste sitzen. Es war für ihn wie ein Ritual, das ihm einen unbeschreiblichen Kick verschaffte.

Hätte Kastriot gewusst, welche Reaktionen er mit dieser Showeinlage bei den Zuschauern der Aufzeichnung erzielen würde, er hätte keine größere Befriedigung empfinden können.

Der Mechanikus verstand die Welt nicht mehr. Der Soldat driftete völlig in eine Scheinwelt ab, und Liz ließ ohne Rücksicht auf ihre Tarnung die Sternenscheibe unter ihrem Lederwams hervorgleiten. Selbst Gorgo fiel diesmal kein spöttischer Spruch mehr ein.

„Der Herr Ichbin und Kastriot sind ein und dieselbe Person?“

Der Mechanikus erreichte den Soldaten als Erster. Der alte Mann versuchte ihn wachzurütteln und flehte ihn eindringlich nach einer Erklärung für all das an, was sie soeben gesehen hatten. In seinem Gesicht spiegelten sich schiere Verständnislosigkeit und Panik. Nichts war mehr von seiner Freundlichkeit und Hilfsbereitschaft zu erkennen. Dabei war er der Einzige gewesen, der ihn in diesem Dorf gut behandelt hatte.

Doch den Soldaten kümmerte all das nicht länger. Die Worte des Mechanikus drangen nur noch dumpf zu ihm hindurch. Das Einzige, was er noch immer vor sich sah, war das Gesicht des Generals und dessen hämisches, alles verzehrendes Lachen.

Der Soldat stand sich selbst gegenüber. Die saphirblauen Augen und der kurze Haarschnitt stimmten bis aufs Letzte überein, selbst die markanten, aber zarten Gesichtszüge zeugten von einer unverkennbaren Ähnlichkeit. Lediglich die Narbe fehlte an Kastriots Hals, doch der Soldat war viel zu sehr mit sich selbst beschäftigt, als dass er dieses unwesentliche Detail jetzt noch bemerken würde.

Er verlor sich ganz und gar in seinen Schuldgefühlen und nahm alles nur noch verschwommen wahr. Irgendetwas geschah in seinem Umfeld. Die Wächterin wurde auf einmal real, sie schwang eine kristalline Waffe, die unmöglich menschlicher Herkunft sein konnte. Zugleich schrie sie ihn in einer fremden Sprache an und verlangte seinen Tod. „Zeifos stirb!“

Im Affekt stieß der Soldat den Mechanikus zur Seite und erhob sein Schwert zur Parade. Es floss Blut. In seinem dämmerähnlichen Zustand vermochte der Soldat jedoch nicht zu erkennen, wessen Blut es war. Er bemerkte lediglich, dass seine Widersacherin weinte. Sie sah ihn mit demselben starren Blick an, den er zuvor Kastriot entgegengebracht hatte. Sie wollte ihn nun an seiner statt umbringen, und er konnte es ihr noch nicht einmal verübeln.

„Ich verdiene den Tod." Er sprach offen und ungeschönt das aus, was ihm auf der Seele brannte. „Ich habe genug von meiner Vergangenheit gesehen, bring es zu Ende."

Die Reaktionen, die der Soldat in der Elfe hervorrief, waren heftig. Sie drängte ihn mitsamt ihrer Scheibe nach hinten, bis er mit einer der Käfigstangen zusammenstieß.

„Hör auf solch einen Blödsinn zu reden. Auf diese Weise kannst du dich nicht von deiner Schuld freisprechen."

Anstelle von Käfigstangen verspürte er eine Wand in seinem Rücken. Die virtuellen und realen Bilder verschwammen auf beängstigende Weise. Ähnlich musste es sich mit der Wächterin verhalten. Sie durfte in Wirklichkeit gar nicht hier sein. Sie war schließlich nichts weiter als eine holografische Aufzeichnung. Mit ihrer Waffe konnte sie ihm daher unmöglich ein Leid zufügen. Im Grunde hätte sie ihn weder sehen, noch mit ihm kämpfen dürfen. Dass sie es dennoch tat, war für ihn nur ein Beweis dafür, dass nichts von dem, was soeben geschah, echt war.

All das ist nur ein Traum! Nichts von alledem ist wirklich. Möglicherweise schlief er noch immer in seinem Bett im Gasthaus. Seine Gedanken überschlugen sich. *Genau so muss es sein!* Auf diese Weise ergab für ihn alles viel mehr Sinn.

Zum einen war da diese Stimme, die er immer dann hörte, wenn ihm von irgendwoher eine Gefahr drohte. Zum anderen die Wächterin, die sich gegen ihr Holobilddasein auflehnte, und zuletzt sein verächtlich lachendes Ebenbild. All das war derart absurd, dass es ohne Zweifel nur seiner kranken Phantasie entspringen konnte. Aber warum erwachte er dann nicht endlich aus diesem Albtraum? Er ließ seiner Verzweiflung freien Lauf und schrie sich die Kehle aus dem Leib: „Wach auf, verdammt, wach endlich auf!"

Er erwachte tatsächlich, aber nicht auf die Weise, wie er es sich erhofft hatte. Sein Bett im Gasthaus war leer. Kein aufgeschreckter durchgeschwitzter Soldat lag mehr darin. Es war stattdessen bereits vor Stunden verlassen worden.

Er stand weiterhin im Laden des Mechanikus und hielt sich inmitten der virtuellen Bilder auf, die diese starke Wirkung auf alle im Raum ausübten. Sein Geist wurde wieder klarer. Direkt vor seinem Auge entfaltete sich die Sternenscheibe zu einem sägeblattartigen Diskus. Er versuchte die Wächterin mit seinem Schwert wegzustoßen, doch es gelang ihm nicht. Stetig schob die Frau ihn weiter nach hinten.

„Sie kann unmöglich so stark sein!", stöhnte er vor Verzweiflung.

Seine Kontrahentin wirkte dagegen noch nicht einmal erschöpft. Zwar führte sie die Waffe, doch der Sternenkranz selbst übte den stärksten Druck auf ihn aus. Beide zusammen versuchten ihn zu töten, und er war drauf und dran, es geschehen zu lassen. Ihr Lederhelm war im Handgemenge verrutscht, wodurch eines ihrer spitzen Ohren zum Vorschein kam.

„Du bist eine Elfe!" Der Soldat wirkte verwundert. „Jetzt, verstehe ich, was dich antreibt, du kennst die Seraphim."

Ihre Stimme klang traurig. „Sie ist meine Schwester, und du wirst dafür büßen, was du ihr angetan hast."

Liz verstärkte ihren Druck noch einmal um ein Vielfaches. Sie hatte noch nie zuvor jemanden getötet, doch in seinem Fall gab es keinen anderen Ausweg.

Je länger der Soldat der Elfe in die Augen sah, desto entsetzlicher fühlte er sich. Allein durch seine Schuld raubten Wut und Trauer ihr jegliche Schönheit. Dabei besaß sie so ein weiches Gesicht.

Eilig ließ er sein Schwert sinken und schloss seine Augen. „Nun mach schon, räche deine Freundin!"

Der Sternenkranz schnitt ihm ins Hemd. Blut floss über die kristalline Struktur bis zu Liz Fingern, die sich entsetzlich verkrampften.

Der Soldat stöhnte, dennoch ließ er es tatenlos geschehen, dass sie ihn umbrachte.

Liz war außer sich. „Wehr dich gefälligst!“

Aber nichts geschah. Der Soldat – nein – der General stand noch immer regungslos vor ihr und wartete auf sein Ende. „Was soll das, was bezweckst du damit?“

Ganz gleich, wie sehr die Elfe es auch versuchte, sie verstand den General einfach nicht. Auf ihrer unfreiwilligen gemeinsamen Reise war der Fremde ihr auf seltsame Art und Weise sympathisch geworden. Sie hatte in ihm jedenfalls nichts von diesem Monster erkennen können, das imstande war, ihrer Schwester derart grässliche Dinge anzutun.

Im Gegenteil, sie hätte schwören können, dass er beim Anblick der Folter bis eben noch mitgelitten hatte. Waren die Menschen tatsächlich zu solchen Dingen fähig? Konnten sie ohne ein Anzeichen von Reue derartige Gefühle einfach vortäuschen? Und warum hatte er sich die Aufzeichnung überhaupt noch einmal angesehen? Wollte er sich etwa an seiner feigen Tat ergötzen?

Egal, alles, was sie jetzt noch für ihre Schwester tun konnte, war, zuzustoßen.

„Jetzt oder nie! Stirb, Kastriot!“

Genau in dem Augenblick, als die Elfe es zu Ende bringen wollte, vergaß der Soldat alle Nachsicht. Sie sprach ihn als Kastriot und nicht als Soldat oder Herr Ichbin an, womit sie das Fass endgültig zum Überlaufen brachte. Im Affekt ließ er sein Schwert wieder nach oben schnellen und stieß die unvorbereitete Elfe zu Boden. Sie landete direkt neben ihrer Schwester und spürte die Klinge eines Schwertes an ihrer Kehle.

Liz musste schlucken. „Also doch, alles nur gespielt!" Die Sternenscheibe war ihr aus der Hand gerutscht. Es gab für sie keine Chance mehr, ihm zu entkommen. „Du hast mich reingelegt, deine Trauer, einfach alles war vorgetäuscht." Sie war fassungslos. *Milly, es tut mir leid, ich bin völlig unnütz. Es wäre besser gewesen, wenn wir uns nie gekannt hätten.* In höchster Wut schrie sie den Soldaten an: „Ich hoffe, du bist stolz auf dich, *Zeifos*."

Da war es wieder, das Wort, mit dem sie ihn schon beschimpft hatte, als er sie nur durch einen Schleier wahrgenommen hatte. Es war Teil einer uralten Sprache, die selbst unter Elfen nur äußerst selten benutzt wurde. In dieser Situation fand Liz einfach kein passenderes Schimpfwort als dieses eine. Es sprach Bände.

„Zeifos!" Diese Bezeichnung stand für einen hinterhältigen Betrüger, Mistkerl, Bastard und für noch vieles mehr, einfach für den schlimmsten vorstellbaren Menschen.

„Es gibt da noch etwas, das ich unbedingt erfahren muss, ehe ich meinem Leben selbst ein Ende setze. Oder willst du etwa nicht wissen, was ich mit deiner Freundin noch alles angestellt habe?"

Die Bilder waren während ihrer kleinen Auseinandersetzung stehen geblieben. Milly wirkte schwächlich, und der General stand bereits Gewehr bei Fuß, um sie dafür zu bestrafen, dass sie ihren Flügel nicht mehr wie befohlen ausgestreckt halten konnte.

„Musst du mir das wirklich noch antun?", fragte die Elfe voller Trauer.

„Ja! So leid es mir auch tut"

„Irgendwann wirst du all das bereuen, versprochen." Es war nicht zu überhören, wie ernst es ihr damit war.

„Nein, nicht irgendwann, ich bereue es bereits jetzt. Aber nun sei endlich still."

Er wollte sehen, was für ein Sadist er wirklich war. Die Szene begann ohne Unterbrechung fortzufahren, so als wäre sie niemals stehen geblieben.

Milly senkte kraftlos ihren Flügel, und ihr holografischer Gegenpart begann hämisch zu lachen. „Ich habe übrigens noch etwas Interessantes aus den Legenden erfahren“, fuhr der General fort. „Eine davon besagt, dass Engel zu Menschen werden, wenn man ihre Flügel abschlägt. Lass uns doch gemeinsam herausfinden, ob an dem Gerücht etwas dran ist.“

Kastriot holte mit seinem Schwert aus und ließ es geschmeidig durch Millys kristallines Gefieder gleiten. Er schlug ihr den ersten Flügel ab.

Sichtlich zufrieden beobachtete der General, wie die Schwinge langsam zu Boden sank. Der Stummel an ihrem Rücken zuckte noch ein wenig. Millys Blut war auf die am Boden liegende Schwinge gespritzt. Die Seraphim gab keinen Laut von sich, ihre Augen starrten ins Leere. Das Dreieck auf ihrer Stirn war nicht länger blau, sondern schwarz wie die Nacht, so wie der Kummer, den Liz in diesem Moment empfand.

Der General hatte jedoch längst noch nicht genug. Eilig griff er nach dem anderen Flügel und stach mit seinem Schwert zu. Erneut zuckte die Seraphim zusammen. Der Schmerz war so intensiv, dass Kastriot ihn kaum mehr zu steigern vermochte. Er schlug den zweiten Flügel nicht ab, sondern verstümmelte ihn.

„Vergiss es. Ich werde mich hüten, dich zu einem Menschen zu machen. Eine solche Ehre lasse ich dir nicht zuteil werden.“ Er zuckte mit den Schultern. „Das macht langsam keinen Spaß mehr. Ein gut gemeinter Rat: Verrecke an deinen Wunden! Oder dich wird ein langes und qualvolles Leben erwarten.“ Angewidert wischte sich der General seine blutigen Hände ab. „Meine

Technokugel sollte nun genügend Informationen über dich und alle deiner Art gesammelt haben." Er wandte sich von ihr ab und marschierte in die Mitte des Raumes.

Milly starrte ins Leere. Ihre Augen waren pechschwarz. Sie sah etwas, das allein sie sehen konnte und das ihr weder der General noch irgendein anderer nehmen konnte. Leise säuselte sie den Namen ihrer Schwester.

Liz blutete das Herz dabei. Es war soeben 3:24, genau wie damals, als sie im Observatorium in ihrem Bett gesessen und sich die Scheibe grässlich verformt hatte. Selbst die Datumsanzeige stimmte überein. Nach den unerwarteten Regungen der Seraphim zu urteilen, erreichten die aufmunternden Worte, die Liz damals zu der Scheibe gesprochen hatte, Milly just in diesem Moment. Auf magischem Wege hatte die Sternenscheibe alles an ihre wahre Besitzerin weitergeleitet und zwar mitsamt der wallenden Gefühle, die Liz dabei empfunden hatte. *„Milly, halt durch! Was auch immer du durchmachst, ich werde kommen und dir helfen!"*

Für einen flüchtigen Augenblick erstrahlte Millys Stirnkristall in einem schillernden Grün. Sie spürte sogar die innige Umarmung, mit der ihre Schwester die Scheibe an sich presste. Aus beidem schöpfte sie neue Hoffnung.

Liz musste schluchzen. Nie und nimmer hätte sie damals geahnt, welche Konsequenzen ihre Worte haben würden. Dem General schmeckte es dagegen überhaupt nicht, dass die Seraphim auf einmal wieder lächelte.

„Hast du etwa noch nicht genug?"

Milly aber ließ sich nicht länger von ihm einschüchtern. „Bleib weg, oder du bereust es."

„Du bist wohl von Sinnen?" Er ignorierte ihren Rat. „Du tropfst aus allen Nähten und wagst es trotz allem, mir zu drohen!"

„Ich habe dich gewarnt." Die Seraphim konzentrierte sich auf die Wasserschale, wodurch die Flüssigkeit darin emporschwebte. Gleichzeitig sank die Temperatur im Inneren des Käfigs auf Minusgrade ab. Nur Sekunden später flog dem General ein massives Geschoss entgegen.

Liz war beeindruckt von dem Können ihrer Schwester. Die Kleine musste in der Vergangenheit viel trainiert haben. Milly wollte der Elfe bei ihrem nächsten Wiedersehen einige neue Tricks vorführen, in der Hoffnung, dass diese dann stolz auf sie sein würde – und genau so verhielt es sich auch. Liz hätte diesen Zauber selbst nicht besser hinbekommen. Das Geschoss raste auf Kastriots Kehle zu und beschleunigte sein Tempo noch. Knapp vor dessen Hals blieb der Eispflock jedoch starr in der Luft stehen.

„Feigling!", beschwerte sich die Elfe. „Jetzt, wo es dir auf einmal an den Kragen geht, willst du nicht mehr zusehen. Lass die Szene endlich fortfahren. Ich will sehen, wie es dir den Kopf abschlägt."

Liz war sich durchaus bewusst, dass es kein gutes Omen war, dass der General soeben lebend vor ihr stand, dennoch hoffte sie auf ein Wunder. Sie wollte unbedingt wissen, ob ihrer Freundin die verzweifelte Befreiungstat nicht doch irgendwie geglückt war.

Der Soldat aber ließ sich davon nicht beirren. „Du weißt aber schon, dass sich gerade draußen vor dem Gebäude die Wachen des Dorfs versammeln? Sicherlich ist darunter auch jemand, der seine Sachen gerne wieder haben möchte."

Erst jetzt hörte auch Liz die Stimmen vor der Tür. „Dies … das letzte Haus … noch nicht durchsucht … Eindringling … sicher noch hier. ... Umstellen!"

Allmählich bekam es die Elfe mit der Angst zu tun. Aber warum sollte sie das eigentlich kümmern, der General hatte sie niedergestreckt, viel schlimmer konnte es für die Elfe nicht mehr werden.

„Bist du dir sicher, dass ich mit der Aufzeichnung fortfahren soll?", fragte der Soldat erneut, woraufhin die Elfe nickte.

„Also gut, es ist dein Leben."

Mit voller Geschwindigkeit flog der Eiszapfen weiter auf die Kehle des Generals zu, so als wäre er nie gestoppt wurden. Tief schnitt er sich in seinen Hals. Die Eiskristalle färbten sich rot, und Kastriots Helm fiel scheppernd zu Boden. Panisch verdeckte er die klaffende Wunde mit seiner Hand, während sich Milly erschöpft an die Käfigstangen zurücksinken ließ.

Auch der Soldat berührte nun die Wunde an seinem Hals.

Kastriot zitterte vor Wut. „Das war alles?" Der General hatte sich nicht länger unter Kontrolle. Er erhob sein Schwert und stürmte tobend auf die Seraphim zu. „Eine derartige Gelegenheit erhältst du nie wieder", schrie er. „Nie wieder! Das garantier ich dir!" Er wollte sie zweiteilen, doch noch ehe sich sein Schwert durch ihren Leib bohren konnte, war ein ohrenbetäubender Knall zu hören. Der Eiszapfen hatte in seinem Flug die Technokugel gestreift, die in einem Blitzgestöber zu Boden krachte.

Der Einschlag hinterließ eine tiefe Kerbe in der Sphäre. Die Uhr zeigte 3:27 an und obwohl die Sekunden weiter zählten, bewegte sich plötzlich nichts mehr vorwärts. Stattdessen begann der Käfig und die gesamte Kulisse unkontrolliert zu flackern. Ohne Unterlass wechselten der Soldat und die Elfe den Schauplatz. Sie sprangen mehrfach zwischen dem Käfig und dem Haus des Mechanikus hin und her, während sich die letzte Drohung des Generals wie in einer Endlosschleife wiederholte. „Eine derart…t…t…tige Gelegenheit…heit erhältst…hältst du nie…ie…ie… wieder…wieder, nie wieder!"

Die Tür zum Laden öffnete sich, und fünf schwer bewaffnete Bauern rückten ein. Keiner von ihnen begriff, was soeben vor sich ging. Sie waren von den Bildern wie gelähmt und wussten nicht einmal, wo sie zuerst hinsehen sollten. Zwei der Männer übergaben sich beim Anblick des geschundenen Mädchens. Erst allmählich erkannten sie, dass es sich dabei um eine Seraphim handelte, der man das Ohr und einen Flügel abgeschlagen hatte. Überall auf dem Käfigboden war ihr Gefieder verstreut. Mit grausamer Faszination hafteten ihre Sinne an der schwarzen Schwinge, die abgeschlagen neben ihr lag, während die andere zwar noch in Ansätzen weiß, aber vor rotem Blut nur so triefte. Sie versuchten zu begreifen, warum der General, der auf das Mädchen einschlagen wollte, zugleich die Elfe in Schach hielt, doch es gelang ihnen nicht. Das, was sie sahen, war so phantastisch und tragisch zugleich, dass es sie an allem zweifeln ließ.

Statt die Zuschauer von all dem Leid zu erlösen, wiederholte die Technokugel immer wieder dieselben Eindrücke. Ganz gleich, wie sehr sich Liz auch an die verzweifelte Hoffnung klammerte, dass ihre Schwester der Wut des Generals vielleicht doch noch entkommen war, so änderte es doch nichts daran, dass die Seraphim vermutlich tot war. *Nein, daran will ich nicht denken.* Die Elfe war wie erstarrt. Sie versank ganz und gar in dem unendlichen Blau von Millys Stirnkristall, während ein Bach aus Tränen über ihre Wangen floss.

„Milly, ich werde dir schon bald ins Jenseits folgen", flüsterte sie leise und wartete gebannt darauf, dass der Soldat sie nun ebenfalls umbrachte.

Soldat oder General?

Liz konnte ihr Glück kaum fassen. Der Soldat senkte sein Schwert und wandte sich dem Goblin zu. *Er hat mich völlig vergessen. Na warte! Deine Überheblichkeit wirst du noch bereuen.* Unauffällig nahm die Elfe wieder die Sternenscheibe an sich und verfolgte das weitere Geschehen.

Gorgo lag unter dem Leib des Mechanikus und schielte verdächtig zu der Technokugel hinüber. Sein Meister war vor Erschöpfung zusammengebrochen. Übereifrig streckte Gorgo seine Finger nach der Kugel aus, woraufhin der Soldat sein Schwert direkt vor dessen Nase in den Boden rammte.

„Na, na, nicht so raffgierig. Sie gehört dir schließlich nicht."

„Schnierks", schniefte Gorgo enttäuscht.

„Du musst sie dir erst verdienen."

„Hoi", sofort horchte der Goblin auf.

„Wie wär's? Hast du nicht Lust, die Wachen ein wenig aufzumischen? Als Gegenleistung überlasse ich dir auch die Kugel."

Der Goblin war verwirrt. Er konnte sein Glück kaum fassen.

„Abgemacht, aber warum verlangst du das eigentlich von mir?", hakte Gorgo noch einmal nach.

„Willst du das wirklich wissen? Du erhältst die Kugel, genügt dir das denn nicht als Antwort? Ach und ehe ich es vergesse: Spring nicht zu hart mit ihnen um, verstanden?"

„Roger!" So genau wollte es Gorgo wirklich nicht wissen. Menschen waren ihm sowieso suspekt. Unverzüglich kam der Gnom seinem Teil der Vereinbarung nach. So als wolle er einen Luftballon aufblasen, steckte er einen Finger in den Mund und pustete. Statt des imaginären Luftballons ploppte jedoch sein eigener Leib auf. Zu seinem Leidwesen war er aber noch immer kleiner als die Wachen.

„Schnierks, irgendetwas scheint kaputt zu sein." Er prustete noch ein zweites und drittes Mal und stieß nun fast mit der Decke zusammen. „So, das sollte genügen."

Der Goblin warf sich wie befohlen zwischen die Elfe und die Wachen, die kaum wussten, wie ihnen geschah. Mit ihren Lanzen vermochten sie nichts gegen ihn auszurichten. Gorgo nutzte eine davon mittlerweile sogar als Zahnstocher, während er die Wächter einen nach dem anderen zur Tür hinausschob. Draußen stürzten die Männer den restlichen Bauern in die Arme, die bis eben noch am Fenster gestanden hatten.

Nun war der Weg für Liz frei.

„Verschwinde endlich!", schrie der Soldat sie an. Die Elfe aber begriff überhaupt nichts. Sicherlich führte er irgendetwas im Schilde.

„Wir sehen uns wieder!" Liz ließ ihre Worte wie eine Drohung klingen. Im nächsten Augenblick sprintete sie los, geradewegs auf das offene Fenster zu. Sie hielt es nicht für nötig, sich bei dem General zu bedanken. *Der kann froh sein, dass ich ihm nicht auf der Stelle den Kopf abschlage.* Mit einem beherzten Sprung war sie im Freien.

Einen Moment lang wurde ihr schwummrig vor Augen. Irgendetwas stimmte nicht.

Ich bin dem Gleichgewicht schon viel zu lange ausgesetzt. Ich hätte viel früher aufbrechen müssen. … Egal! Sie musste einfach versuchen, in ihrem Zustand so weit wie möglich zu kommen. *Bitte lieber Goblin, halte die Wachen noch ein wenig länger in Schach.* Nach einer kurzen Verschnaufpause würde es ihr sicherlich wieder besser gehen, so glaubte sie jedenfalls.

Um den zähnefletschenden Riesen musste sie sich jedoch keinerlei Sorgen machen. Genüsslich nagte Gorgo an einer Lanze und lobte mit vollem Munde die Qualität des Holzes. Lediglich an der Farbe, mit der diese bestrichen war, hatte er einiges auszusetzen, was der Hochgewachsene unter Verwendung des Wortes „Schnierks" mehrfach betonte.

Die Wachen kamen stark ins Schwitzen und wollten gerade nach Verstärkung rufen, als ihnen jemand zuvorkam.

„Hierher schnell." Unzählige Schreie schallten vom Stadttor herüber. „Zwei wandelnde Tote sind eingetroffen. Es sind zu viele, das schaffen wir nicht allein. Verstärkung, schnell!"

„Hey, was soll der Blödsinn, wir sind hier selbst noch beschäftigt", maulte der jüngste, dessen Lanze gerade von Gorgo verspachtelt worden war.

„Hab ich richtig gehört? Dass gleich zwei wandelnde Tote auf einmal eingetroffen sind?"

„Das kann unmöglich sein. Es ist bis jetzt doch immer nur einer gewesen!", erwiderte der Wächter nervös, dessen Lanze der Goblin zu Spänen verarbeitet hatte.

Kein Wunder, dass die Wachen am Tor Hilfe brauchten. Selbst mit voller Besatzung waren sie in der Regel mit einem Widersacher überfordert gewesen. Zwei Entseelte bedeuteten für sie den sicheren Tod.

„Macht endlich, dass ihr zum Tor kommt, oder habt ihr den Ruf nicht vernommen!", befahl ihnen der General, der mit erhobener Waffe aus dem Geschäft geschritten kam und diese auf den voller Abscheu spuckenden Goblin richtete.

Einer der fünf wollte protestieren, doch der Soldat wies ihn mit einem gebieterischen: „Los jetzt!", in die Schranken. „Macht, dass ihr endlich fort kommt! Ich kümmere mich allein um den hier. Der Stahl meines Schwertes ist weitaus effektiver als eure jämmerlichen Zahnstocher."

Keiner von ihnen kannte den Fremden, doch seine Stimme klang derart selbstbewusst, dass kein Zweifel mehr an seiner Autorität bestehen konnte. Sein Tonfall und seine Art zu sprechen waren die eines Befehlshabers. Er war ohne Zweifel zum Führen geboren. Prompt rückten die Männer ab.

Selbst der Goblin kam bei diesen Worten ins Schwitzen. Als er sich zu dem Soldaten umdrehte, blickte er nicht länger in das Gesicht des Mannes, den er unter dem Namen Ichbin kennengelernt hatte. Seine Züge waren nun viel härter, keine Freundlichkeit ruhte mehr darin.

Zu seiner Erleichterung ließ der Soldat das Schwert in die Scheide wandern, bevor er sich mit unnachgiebiger Stimme an ihn wandte.

„Genug jetzt, das reicht! Verwandle dich zurück."

„Schnierks, ein einfaches Danke hätte es auch getan." Der Riese ploppte rasch wieder auf Abfalleimergröße zusammen. „Puh, Schwein gehabt! Lange hätte ich das nicht mehr durchgestanden."

Im Gehen fragte der Soldat ihn, ob er Probleme wegen seines Auftritts bekommen würde.

„I'wo, ich hab die schon oft geärgert, trotzdem wissen sie nichts von meiner …" Er betonte es mit viel Gefühl. „… erhabenen Gestalt." Der Gnom räusperte sich. „Machs gut, Herr Ichbin." Eilig verschwand er wieder im Haus. „So, Kügelchen, jetzt bist du an der Reihe. Sei so lieb und gib Klein-Gorgo einen liebevollen hochenergetischen Kuss." Seine ledernen Lippen reckten sich nach der Sphäre. „Hach, wenn ich nur daran denke, steh ich schon unter Strom."

Der Soldat sah sich um. Die Elfe war nicht mehr da. Ihr musste die Flucht also gelungen sein. *Doch was kümmert's mich.* Unbewusst legte er eine Hand an seine hämmernde Schläfe. Er war Kastriot, ein General! Sie dagegen war nichts weiter als eine elende Elfe. Er hatte sich gefälligst einen Dreck darum zu scheren, ob sie noch am Leben war oder ob man sie womöglich längst gestellt, gepfählt und ihren Körper in tausend Stücke zerteilt hatte.

All das stellte er sich bildlich vor, während ihn seine Schritte zum Tor führten. Der Lärm des Krieges und die Schreie der Sterbenden zogen ihn förmlich in den Bann. Zaghaft glitt seine Hand über die Narbe an seinem Hals. Jedes Mal, wenn er sie berührte, zuckten grelle Blitze vor seinem inneren Auge auf. Die Wunde, die ihm die Seraphim zugefügt hatte, war der allerletzte Beweis, den er gebraucht hatte, um einzusehen, dass er Kastriot und kein namenloser Soldat war.

In seinen Gedanken sah er den Eissplitter erneut auf sich zufliegen. Der General rekonstruierte den Augenblick, in dem er beinahe gestorben wäre. Er suchte nach Angst, die er dabei womöglich empfunden haben mochte, doch alles, was er fand, war Hass. Hass gegenüber allen Völkern, die nicht menschlichen Ursprungs waren, sowie eine überwältigende Wut gegenüber dieser elenden Seraphim, die es gewagt hatte, gegen ihn aufzubegehren. Aber waren das wirklich seine Gefühle? Wollte er wirklich zu dem zurückkehren, was er vergessen, ja vielleicht sogar bewusst verdrängt hatte? Ihm blieb nicht mehr viel Zeit, darüber nachzusinnen.

Er beobachtete die Wachmänner dabei, wie sie zwei Kreise um die Eindringlinge bildeten und sie auf diese Weise zu trennen versuchten. Die Strategie der Männer war gut durchdacht. Offensichtlich hatte sie sich während der letzten Tage schon oft bewährt. Leider besaß ihre Taktik einen entscheidenden Haken: Sie funktionierte nur bei einem einzelnen Gegner.

Die untrainierten Wachen bemerkten davon allerdings nichts. Sie brauchten zweifellos eine führende Hand, jemanden, der sie festen Griffes lenkte und ihnen ihre Fehler verdeutlichte. Der Hauptmann war dazu offensichtlich nicht in der Lage. Er stand tatenlos mit der Armbrust im sicheren Abseits und wartete darauf, dass seine Männer die Situation alleine lösten. Kastriot traute diesem Halunken einiges zu, sogar dass er durch das Gedränge seiner Untergebenen feuern würde, wenn er damit nur besser dastünde.

Kastriot entschied, dass er die Situation selbst in die Hand nehmen musste. Doch zuvor benötigte er noch ein wenig Zeit, um diese neuen Feinde genauestens zu studieren.

Obwohl er von Fritz vorgewarnt worden war, überraschte es ihn, dass es sich bei den wandelnden Toten tatsächlich um menschenähnliche Wesen handelte. Die Bezeichnung Nirwam, die der Lehrlingsbursche benutzt hatte, war demnach nicht ganz von der Hand zu weisen. Nach den Kleidungsfetzen zu urteilen, die die Kreaturen am Leib trugen, waren sie früher einfache Soldaten gewesen, die durch irgendetwas verflucht worden waren, um nun als stumme metzelnde Wesen, ohne Sinn und Verstand, durchs Land zu streifen.

Ihre Körper waren völlig entstellt. Was auch immer sie zu dem gemacht hatte, was sie nun waren, es verlieh ihnen neben dem langsamen Reaktionsvermögen leider auch extreme Kräfte und eine unglaubliche Zähigkeit. Eine Lanze steckte in der Lunge des einen Kämpfers, doch obwohl diese seine ohnehin schon gehemmte Bewegungsfreiheit noch weiter einschränkte, störte er sich nicht weiter daran. Er kam nicht einmal auf die Idee zu sterben, wie es sich für jeden Terraner mit einer solch tiefen Fleischwunde gehörte. Röchelnd schlug er weiter auf die Wachen ein.

Die Haut der beiden war zu Teilen abgerissen und hing stückweise herab. Das, was darunter hervorquoll, wirkte alles andere als gesund. Besonders derjenige, in dessen Brust die Lanze stak, sah extrem angefressen aus. Genau das war es, wonach der Soldat gesucht hatte. Dies war ihre Schwachstelle und erklärte zugleich, warum sie für gewöhnlich allein durch die Lande streiften.

Einer der Wachmänner war in die Fänge des Stärkeren der beiden geraten, was er sogleich mit seinem Leben büßte. Ohne einen Hauch von Mitgefühl jagte der Nirwam seine bloße Hand durch den Körper des Mannes und leckte sich die blutigen Finger.

„Jetzt reicht's! Niemand wird mehr sterben!" Kastriot hatte lange genug zugesehen. „Rückt näher zusammen, verbindet beide Kreise und eröffnet eine Schneise zwischen den Nirwams."

Die Wachen waren verwirrt, der Hauptmann hatte ihnen zuvor den gegenteiligen Befehl gegeben, und nun kam dieser Soldat ohne jeden Rang, aber mit einer derart befehlsgewohnten und gebieterischen Stimme, und forderte sie dazu auf, sich dem Hauptmann zu widersetzen.

„Tut, was ich euch sage, wenn ihr überleben wollt!" Ohne zu zögern stürzte sich Kastriot mit gezücktem Schwert auf das stärkere der beiden Ungetüme, woraufhin die Männer es ihm gleichtaten. Sein waghalsiges Vorgehen entfachte ihren Kampfgeist.

Da half auch der fassungslose Ruf des Hauptmanns nichts mehr. „Was fällt dir ein, ich habe hier das Sagen. Das kann doch nicht wahr sein! Wachen sofort auseinanderrücken. Trennt die wandelnden Leiber voneinander, sofort … sofort hab ich gesagt!"

Der Hauptmann tobte und stampfte mit den Füßen auf den Boden, um gefährlicher zu wirken, doch es war zu spät. Die Wächter gehorchten bereits dem Unbekannten, sie vertrauten ihm und legten ihr Leben in seine Hände, denn er kämpfte an ihrer Seite, das war mehr, als der Hauptmann je für sie getan hatte.

Kastriot trieb den Gegner vor ihm näher an den anderen heran. Seine Leute folgten ihm auf Schritt und Tritt und führten jeden seiner Befehle unverzüglich aus.

„Du weiter nach links! Ihr da, treibt den anderen näher." So wie er es verlangt hatte, wurde die Schneise zwischen beiden hergestellt. Zur Verwunderung aller betrachteten sich die Ungetüme ausgiebig und gingen anschließend aufeinander los.

„So und nicht anders habe ich es erwartet“, sprach Kastriot, der die Situation richtig eingeschätzt hatte. Die beiden Nirwams waren zu zweit im Dorf eingetroffen, weil der eine dem anderen an die Kehle wollte. Diese Monster zerfleischten sich mit Vorliebe gegenseitig, was die Wunden an ihren Körpern deutlich bewiesen. *Kein Zweifel! Ich bin zum Führen geboren, ich bin ein General!* Er ging in seiner Rolle förmlich auf, gab seinen Untergebenen weiterhin Befehle. „Ignoriert den mit der Lanze, konzentriert euch auf den Stärkeren.“

Er wusste nun endlich, wer er war, aber warum wollte er dann alles wieder vergessen? Doch er konnte nicht, nein, er durfte es einfach nicht vergessen.

Einen Tag zuvor hatte er schließlich noch alles über seine Vergangenheit erfahren wollen, und nun da er wieder alles wusste, wollte er es nicht mehr wahrhaben? Sich wie ein Kind verkriechen? *Nein!* Das war eines Generals nicht würdig.

Mit aller Kraft schlug er auf seinen Widersacher ein. Je mehr Blut floss, desto besser konnte Kastriot entspannen. *Ich bin ein General! Mit dieser Bürde muss ich mich abfinden.* Das Wesen, das einst ein Mensch gewesen war, brüllte vor Schmerzen, während er aufs Neue immer und immer wieder ausholte und sein Schwert in die fleischigen Gedärme seines Widersachers stieß. Kastriot konnte nicht aufhören. Sein Feind war längst nicht mehr imstande, sich zu verteidigen. Dennoch verstärkte er die Wucht seiner Schwerthiebe noch einmal um ein Vielfaches. Er trennte ihm erst die Finger, dann einen ganzen Arm ab. Schließlich folgte das linke Bein, das schon seit einer Weile widerwärtig zur Seite hin abstand. Das Blut spritzte in Strömen, während er weiter auf den Gegner eindrosch. Erst als er die fassungslosen Blicke seiner

Mitstreiter bemerkte, fing er sich wieder. Mit einem Male war er wie ausgewechselt.

„Ich werde dich arme Seele von deinem Leid erlösen."

Er ließ seinen Gegner die Gnade eines Generals spüren. Für ihn war es eine Ehre und eine Selbstverständlichkeit, dem Leiden dieses Kriegers, der in Livius vermutlich unter ihm gedient hatte, hier und jetzt ein Ende zu setzen. Er erlöste die unglückselige Gestalt, indem er ihr mit all seiner Kraft den Kopf abschlug.

Den anderen Nirwam, in dessen Leib mittlerweile zwei Lanzen steckten, überließ er den Dorfwachen. Er hatte sein Werk vollbracht. All das, was man von einem General verlangen würde, hatte er erfüllt. Doch noch immer ging es ihm schlecht. Dabei war das doch sein Leben, das, wonach er gesucht und was er gefunden hatte.

Hinter ihm stand der Hauptmann, dem bewusst sein musste, welche Leistung der Soldat soeben vollbracht hatte. Doch weder konnte, noch wollte er sich dies eingestehen.

„Was fällt dir ein? Wegen deiner falschen Strategie ist einer meiner Männer gestorben." Mit dem Finger zeigte er auf den Wachmann, in dessen Brust ein tiefes Loch klaffte.

Kastriot warf dem Hauptmann nur einen zornigen Blick zu, woraufhin dieser rasch einlenkte. „Also gut, ich sehe noch einmal über deine Verfehlungen hinweg. ...Oh, wen haben wir denn da?" Der Hauptmann blickte geradewegs an Kastriot vorbei. „Na, das wäre doch gelacht, wenn wir diese Elfe so einfach entkommen lassen würden."

Ohne zu zögern nahm der Hauptmann sein Ziel mit der Armbrust aufs Korn. Ein Feind, der sich nicht zur Wehr setzen konnte, war genau das, was er jetzt brauchte, um sein angeschlagenes Selbstbewusstsein wieder zu stärken. Die Elfe wollte offensichtlich gerade an derselben Stelle über die Dorfmauer klettern, wo man zuvor den entkleideten Wachmann gefunden hatte.

Kastriot bedauerte sie nicht sonderlich. *Sie konnte also doch nicht schnell genug fliehen, schade. Na ja, eine Elfe mehr oder weniger, wen stört's.* Ihn, ihn störte es! Auch wenn er es sich nicht eingestehen wollte.

Die Elfe wirkte sichtlich erschöpft und krank. Nachdem sie von einem Häuserdach auf die Dorfmauer gesprungen war, zog sie sich unter großer Anstrengung das restliche Stück hinüber.

In einem solchen Zustand würde sie nicht weit kommen. Selbst der unfähige Hauptmann würde sie in dieser Situation nicht verfehlen können. Doch was kümmerte es ihn, wenn ihr Leib durchbohrt und sie stöhnend zu Boden stürzen würde. **Besinn dich! Willst du wirklich dieses Leben wählen? Willst du wirklich ihren Tod auf dich nehmen? Falls ja, dann gehe diesen Weg weiter, ansonsten …**

Ansonsten? Ansonsten was? Und was heißt bitte schön „wähle", ich habe längst eine Unschuldige auf dem Gewissen, von einer Wahl kann da nicht die Rede sein.

Innerlich versteinert beobachtete der Soldat, wie der Hauptmann sein Ziel erfasste und sich sein Finger um den Abzug legte. Kurze Zeit später sauste das Geschoss davon. Ein schrilles Pfeifen hallte durch die Luft. Der abgeschossene Bolzen bohrte sich tief in den Rücken der Elfe, die sich entsetzlich krümmte. Dem General entging keine ihrer Regungen, angespannt verfolgte er die Schönheit ihres Todeskampfes. Sie spuckte Blut, während sie rücklings von der Mauer stürzte. Ihr Leib zuckte unkontrolliert, ehe sie schließlich völlig regungslos liegen blieb. Die Vollkommenheit ihres Todeskampfes wurde einzig von dem Loch in ihrer Brust getrübt. Doch obwohl sich all dies nur vor seinem gedanklichen Auge abgespielt hatte, verspürte der Soldat einen tiefen Schmerz in der Brust. Seine sorgsam aufgebaute Scheinwelt brach mit einem Mal in sich zusammen.

Nein, das darf nicht geschehen!, schrie er innerlich auf. Sämtliche Erstarrung löste sich von seinem Körper. „Sie lebt noch!“

Erleichtert stellte der Soldat fest, dass nichts von dem, was er soeben gesehen hatte, real war. Die Elfe war gerade erst dabei, die Mauer zu überwinden, während der Hauptmann mehrere Bolzen in die Waffe lud. In seiner Phantasie hatte der Soldat bereits vorhergesehen, was nun zur entsetzlichen Realität zu werden drohte. In Windeseile ließ er seinen Ellbogen hochschnellen und jagte ihn dem Hauptmann mitten in seine grässliche Fratze. Brüllend ging dieser zu Boden. Doch es war bereits zu spät. Die selbst nachladende Armbrust hatte bereits ihre Salven abgefeuert. Einer der Bolzen schlug ins Erdreich, ein anderer bohrte sich in die Dorfmauer, während der dritte direkt auf den Kopf der Elfe zuhielt.

Die Zeit, in der das Geschoss die Luft durchpflügte, schien quälend lang. Statt ihr den Schädel zu spalten, riss ihr der Pfeil jedoch nur den Lederhelm vom Kopf. Beruhigt atmete der Soldat auf und bückte sich, um die Armbrust an sich zu nehmen. Er wollte sicherstellen, dass der Hauptmann nicht erneut auf dumme Gedanken kam.

Reflexartig drehte sich Liz zu dem feigen Angreifer um. Sie erblickte Kastriot, der die Armbrust in seinen Händen hielt. Es verwunderte sie nicht, dass dieser nicht einmal davor zurückschreckte, einem Gegner geradewegs in den Rücken zu schießen. Wer eine hilflose Gefangene folterte, konnte im Sumpf der Niedertracht unmöglich noch tiefer sinken. Eine bessere Treffsicherheit hatte sie von einem General jedoch erwartet. Das Geflecht der Wut, welches in ihrem Inneren bereits seine Fäden spannte, verdichtete sich zusehends. Diesem Menschen konnte man lediglich Verachtung entgegenbringen.

Erschöpft schleppte sich die Elfe über die Mauer. Ihr fehlte die Kraft, sich festzuhalten, und so stürzte sie auf der anderen Seite ungebremst zu Boden. Liz landete inmitten eines Dornengewächs, das ihr tiefe Wunden schlug. Hauchzarte rote Bäche liefen über ihre Schenkel und düngten die Erde. Mit dem Lebenssaft, der aus ihrem Leib rann, schwanden zugleich die letzten magischen Energien ihres astralen Kerns dahin.

Die sanfte Umarmung der Blätter und Äste des Efeus fühlte sich wohlig warm auf ihrer Haut an und vermittelten ihrem geschundenen Körper ein trügerisches Gefühl der Geborgenheit. Liz wollte am liebsten ihre Augen schließen und an Ort und Stelle einschlafen.

Sie war dem Gleichgewicht bereits viel zu lange ausgesetzt gewesen. Der Goblin hatte sie gewarnt, doch trotz seiner Worte war sie der Meinung gewesen, noch ein, zwei Stunden länger in der Welt der Menschen zubringen zu können. Das war nun die Strafe für ihre Hochmütigkeit. Ein Schälchen Wasser inmitten der Mittagshitze der Sahara hatte bessere Chancen, den Tag zu überstehen, als sie die nächsten Minuten. Das Blut der Elfe begann in ihren Adern zu verdunsten. So wie der Nordwind die Blätter des Waldes in Unruhe versetzte, verrichtete auch das Gleichgewicht seine stetig währende Arbeit.

Liz ballte ihre Hand zu einer Faust, woraufhin der weiße Stein, den sie aus Kaguls Gemach entwendet hatte, Gestalt annahm. Liz hatte ihn die ganze Zeit über bei sich getragen. Der Kristall hatte ihr letzter Ausweg sein sollen – er war ihr rettendes Seil, das mit dem Ort ihres Aufbruchs, dem Observatorium, verbunden war – doch selbst dafür fehlte ihr nun die Kraft. Sie war viel zu geschwächt, als dass sie in ihrem Zustand noch einen Transportzauber hätte wirken können. Alles schien aussichtslos.

Nein, noch wollte sie nicht sterben. Wenn schon nicht mit Magie, so musste sie sich eben anders behelfen. Zu ihrem Leidwesen lag die Scheidelinie zwischen Magela und Neu Terra mehrere Kilometer entfernt. Nie und nimmer würde sie es noch zu Fuß bis dahin schaffen. Dennoch raffte sie sich immer wieder auf. Solange sie keinen Zauber wirkte und ihre Energien unter Kontrolle hielt, würde sie zumindest noch drei oder vierhundert Meter schaffen. „Besser als nichts. Hauptsache weg von diesem Soldaten!"

Das Blut in ihren Adern kochte und verbrannte sie von innen heraus. Ihre Stunden an diesem Ort waren gezählt, die letzten Krümel in der Sanduhr ihres Lebens rieselten dahin. Doch einige wenige Sandkörner blieben ihr noch, sie würde es Sairines lockendem Ruf nicht leicht machen. Sie raffte sich auf und schleppte sich durch den Wald. Ohne wirkliches Ziel vor Augen kämpfte sie sich vorwärts.

Erschöpft ließ sie ihre Lederrüstung ins Gras sinken. Dennoch fühlte sie sich nicht leichter. Die Geister des Waldes hatten sich gegen sie verschworen. Ein Ast nach dem anderen schlug ihr ins Gesicht. Es war wie ein makabrer Spießrutenlauf. Seit einer Weile spürte die Elfe jedoch nichts mehr. Ihr gesamter Körper fühlte sich taub an. Ihre Beine wurden bleischwer. Sie stolperte. Ihre Füße knickten unnatürlich ein. Sie konnte nicht mehr. Erschöpft bettete sie sich auf einem Bett aus Moos zur Ruhe.

Bereits vier Mal war sie wieder aufgestanden, nun jedoch gehorchten ihr ihre Beine und Arme nicht länger. Sie blieb erschöpft liegen. Der letzte Widerstand verflog, die Geister des Waldes, Kastriot, einfach alle hatten obsiegt. Nur sie nicht. Sie schloss ihre Augen, im sicheren Wissen, sie wohl nie wieder zu öffnen. Ein schwarzer Schleier legte sich über ihr hernieder. Das Letzte, was sie sah, war Milly, gepeinigt in ihrem Käfig.

Jasmin

Der Dunkelelf war alleine in seinem Zelt, das ihm die Bäume des Waldes aus Blättern und Ästen geformt hatten. Es war noch helllichter Tag, doch kein einziger Sonnenstrahl, noch nicht einmal ein leichtes goldenes Schimmern drang in das Blattwerk ein. Wofür Quie'rasil äußerst dankbar war, denn wie jeder andere seines Volkes mochte er das Sonnenlicht nicht sonderlich. Allein deshalb rastete er mit seiner Truppe während der Mittagssonne. Ruhe, geschweige denn Schlaf, fand er jedoch keinen. Zu viel Lärm drang in seinen Zufluchtsort. Die Monster, die seiner Armee angehörten, kannten, im Gegensatz zu ihm, keinen Schlaf. Sie tobten bei Tag und bei Nacht, und obwohl er die vollständige Macht über den winzigen Rest ihres kargen Verstandes übertragen bekommen hatte, vermochte er es dennoch nicht, sie vollständig zu bändigen.

Dem dunklen, fast grauhäutigen Anführer war im Augenblick aber sowieso nicht nach Schlafen zumute. In einen dicken Baumstamm hatte er durch das bloße Darüberstreichen mit seiner Hand eine Karte geritzt. Drei markante Punkte waren zu erkennen. Einer davon markierte seine aktuelle Position, die beiden anderen stellten seine nächsten Ziele dar. Ehe er seine Armee jedoch dahin beorderte, galt es, Antworten auf einige seiner dringlichsten Fragen zu finden. Vorher konnte er seinen Streifzug nicht fortführen. Zudem würde er sich vor einer höheren Macht sicher schon bald dafür rechtfertigen müssen, warum seine Offensive ins Stocken geraten war. Genau dieser Moment sollte früher kommen, als er es erwartete.

In der Mitte seiner Unterkunft brannte ein einzelnes Blatt und sorgte dadurch für ein wenig Licht. Es brannte schon seit Stunden, und so sehr die Flammen auch daran nagten, es gelang ihnen nicht, das saftige Grün zu verschlingen. Quie'rasils Sinne schärften sich, als das flackernde Licht weiter nachließ.

Die Energien, die er dann verspürte, waren ihm wohl bekannt. Sie jagten ihm jedes Mal aufs Neue einen eiskalten Schauer über den Rücken. In der gegenüberliegenden Ecke seines Zeltes erschien derjenige, dessen Ankunft der Dunkelelf schon seit einer Weile befürchtet hatte. Quie'rasil beeindruckte der stille Auftritt dieses Wesens immer wieder aufs Neue. Er hatte einige Vorkehrungen getroffen, um rechtzeitig vor dessen Eintreffen gewarnt zu werden, doch erneut hatte es nichts geholfen.

Mit dem Erscheinen des Wesens, das er nur unter dem rätselhaften Namen Schenigma kannte, verstummte die Armee plötzlich.

Quie'rasil musterte seinen Gegenüber lange, dennoch konnte er nichts Genaues erkennen. Er sah lediglich grobe muskelbepackte Umrisse sowie eine vernarbte grünliche Haut. Fast hätte er einen Orc hinter dieser Gestalt vermutet, doch er wusste, dass dies nicht von Dauer war. Verzweifelt versuchte er die Dunkelheit zu durchdringen, die jene Gestalt umgab. Quie'rasils Nachtsichtvermögen war im Vergleich zu normalen Elfen viel ausgeprägter, dennoch gelang es ihm nicht, mehr zu erhaschen. Nur grobe nichtssagende Konturen. Es war fast so, als würde dieses Wesen jeden Lichtstrahl verschlingen, der sich ihm näherte, nur um zu verhindern, dass jemand dessen Geheimnis erfuhr.

Schließlich, nach einer Ewigkeit des Wartens, sprach Schenigma endlich zu ihm. „Welche Städte sind, seitdem ich dich das letzte Mal konsultiert habe, gefallen?“ Die Stimme des Wesens klang fordernd.

Quie'rasil war sich sicher, dass dieser mysteriöse Herrscher vor ihm genau wusste, wie es aktuell um die Welt stand, doch er wollte es offensichtlich erneut aus seinem Munde hören, also blieb ihm nichts anderes übrig, als ihm alles detailliert mitzuteilen.

„Mein Vormarsch kam ins Stocken. Ich habe jedoch die Ehre, dir die gefallene Stadt Livius zu übergeben."

„Welche Städte noch."

Was heißt hier welche noch?, fragte sich der Dunkelelf empört und entgegnete: „Wir haben nur Livius niederringen können, aber diese Stadt war eine der größten der gesamten Menschheit. Es war ihre Handelsmetropole und ein Jahrzehnte währendes Bollwerk gegen uns Magelaner. Sie haben es eisern verteidigt, doch wir haben gesiegt."

Das schattenhafte Wesen zeigte keinerlei Regung, noch nicht einmal ein winziger Freudenschimmer über das Vollbrachte zeichnete sich an der Stelle ab, an der vermutlich sein Gesicht war. Es wollte nur noch mehr hören. „Erzähle weiter! Du hast also Livius niederringen können. Warum fährst du dann nicht mit den umliegenden Dörfern fort und radierst die dort ansässige Bevölkerung aus? Niemand sollte dir mehr im Weg stehen!"

Die Gestalt vor ihm hatte leider recht, sie war nicht zu täuschen. Quie'rasil würde nicht umhin kommen, seinen Fehler einzugestehen. „Die Stürmung der Metropole verlief leider nicht ganz nach Plan. Ich hatte falsche Informationen gestreut, um die Menschen von unserem eigentlichen Ziel abzulenken. Selbst die Positionen unwichtiger Magelanersiedlungen hatte ich ihnen zugespielt. Ja, sogar den Standort von zwei Zwergentunneln und den eines knittrigen alten Gelehrten, samt seines Observatoriums, habe ich ihnen mitgeteilt. Trotz der Ablenkung haben sie all ihre Truppen mobilisiert und zur Verteidigung von Livius abgestellt."

Dem Dunkelelfen war es ein Rätsel, wie sie ein solches logistisches Wunder hatten vollbringen können. Noch weniger verstand er, wie sie von dem Angriff überhaupt Wind bekommen konnten, er war schließlich der Einzige, der davon wusste. Niemand außer ihm wäre derart wahnsinnig gewesen, die ehrwürdige Stadt Livius anzugreifen. Davon erwähnte er vor Schenigma jedoch nichts, stattdessen sagte er stolz: „Ihre und unsere Truppen waren beim Schlachtbeginn ebenbürtig, trotzdem lebt nun keine Seele mehr in dieser riesigen Stadt."

Auf das Gesagte hin breitete sich ein übelster Gestank aus, es roch nach Tod und Verwesung. Quie'rasil versuchte, diesen modrigen Geruch, der von Schenigma ausging, zu ignorieren. Leider vergebens. Dessen zuvor athletisches und muskulöses Äußeres veränderte sich, sein Körper waberte kurzzeitig silbern, dann trat eine knochige, magere Gestalt an dessen Stelle. Der Gestank des Todes verstärkte sich weiter, kaum da die scheinbare Metamorphose des Wesens abgeschlossen war.

Ohne sich von dem Dunkelelfen täuschen zu lassen, hakte die untote Gestalt mit einem Röcheln in der Stimme nach. „Was ist mit meiner Armee geschehen?"

Genau diese Frage hatte Quie'rasil gefürchtet, dass er nun mit dem Tod persönlich sprach, beruhigte ihn keinesfalls. „Nun …" Er lockerte den Kragen seiner purpurnen Rüstung, die mit wertvollen eigens erbeuteten Smaragden verziert war, ehe er zögerlich weitersprach. „Nun, nicht nur ihre Truppen wurden vernichtend geschlagen, von uns hat ebenfalls niemand überlebt. Alle unsere Männer sind tot, bis auf den letzten Goblin!"

Mehr zu sich selbst sprach das stinkende Wesen. „In diesem Kampf gab es demnach keinen Sieger? Nun, dann wird es zweifelsohne eine weitere Schlacht geben müssen, wie schade." Abrupt wandte es sich dem Dunkelelfen zu. „Wieso lebst du eigentlich noch?"

Quie'rasil musste bei dieser Frage schlucken. Den Untoten störte es anscheinend kein bisschen, dass seine komplette Armee ausgerottet worden war. Stattdessen sorgte sich das Wesen allein darum, dass er selbst offensichtlich noch lebte. *War klar, es würde dir so passen, wenn ich einfach abtrete, aber so leicht wirst du mich nicht los.* Er verteidigte sich so gut es ging. „Ich selbst habe nicht bei der Schlacht mitgekämpft, ich hatte zu der Zeit versucht, die Menschen mithilfe eines kleineren Stoßtrupps hinter ihren Linien in die Irre zu führen."

„Ohne Erfolg, wie mir scheint! Und? Was hast du nun die letzten Tage unternommen, um dein Versagen zu korrigieren?"

Dem Dunkelelfen gefiel nicht, was er hörte, doch in seiner Situation blieb ihm nichts anderes übrig, als dem Wesen vor sich Rede und Antwort zu stehen. „Ich habe versucht, in Falmier um Verstärkung zu bitten, mit der ich dann weiter vorrücken wollte. Leider sind dieser Aufforderung nur wenige gefolgt. Mir fehlt es also an Kämpfern."

„Was ist mit Sairines Anhängern?"

„Ja, ich habe unter anderem zum Kampf im Namen der toten Sairine aufgefordert! Wie immer sind mir darauf einige gefolgt. Allein ihr Name wühlt die Gefühle aller Magelaner auf. Dennoch genügen meine Truppen bei Weitem nicht. Die Schlachten werden zu weit weg von diesen Ignoranten in Magela geschlagen, als dass sie die Gefahr, die von den Menschen ausgeht, erkennen könnten."

Tatsächlich hatten sich viele geweigert, Quie'rasil zu unterstützen, da es kein Geheimnis war, dass er Schenigma persönlich diente. Man hatte zuvor in ganz Magela noch nie etwas von diesem rätselhaften Wesen gehört, und sein unerwartetes Auftauchen aus dem Nichts sorgte für viel Verwirrung unter den Ältesten. Besonders die Tatsache, dass er die Kraft besaß, die unzähmbaren Boten des Nirwanas zu bändigen, und vor allem, dass er diese auch nutzte, jagte vielen eine Heidenangst ein.

Schenigma war der unbestrittene Herrscher über alle Nirwase, und allem Anschein nach hatte er vor, seine Macht zu nutzen, um sein eigenes Reich zu errichten. Solange er dies in Neu Terra tat, ließ man ihn gewähren und bewahrte Stillschweigen über das Geschehene. Dieses Mysterium aber zu unterstützen, kam keinem in den Sinn. Sollte er nur in Ruhe ihre Schlachten schlagen, aber ohne ihresgleichen dabei zu opfern.

Nichts davon getraute sich der Dunkelelf seinem Gegenüber mitzuteilen, er hatte selber seine eigene Meinung über dieses Wesen, die er nie offen äußern würde.

Die Worte des Dunkelelfen gaben Schenigma schwer zu denken. Der Untote wiederholte sie und ließ sie sich auf der Zunge zergehen. „Die Schlachten werden zu weit weg von diesen Ignoranten geschlagen!“ Und er sagte es erneut, diesmal mit einer wirklich abartig, besessenen Stimme. Als ob er genau in diesem Augenblick einen neuen, abscheulichen Plan geschmiedet hätte. Quie’rasil wurde unwohl bei diesem Gedanken.

Schließlich sprach der Untote weiter. „Kümmere dich nicht um die Anzahl deiner Leute, ich werde dir demnächst neue Kämpfer schicken. Es werden mehr als genug sein, damit du unverzüglich mit der Eroberung ganz Neu Terras fortfahren kannst, dann wird diese elende Farce endlich ein Ende finden.“

Mehr Kämpfer konnte Quie’rasil gut gebrauchen, doch sofort in die nächste Schlacht zu ziehen, kam nicht infrage. „Wir können das Gebiet der Menschen seit geraumer Zeit nicht mehr betreten. Sie werden durch eine mächtige Kraft beschützt, die alle magischen Wesen angreift, die ihnen zu nahe kommen. Ich habe schon einige Patrouillen deswegen verloren. Ich würde nur ungern eine ganze Armee opfern. Vorher muss ich mehr darüber erfahren. Diese Kraft ist erst aufgetreten, seit wir in Livius kämpften. Ich gedenke nun, dort mehr herauszufinden.“

„Das wirst du nicht! Vergiss das auf der Stelle! Du hältst dich von Livius fern, verstanden!“ Der Gestank der Verwesung wurde stärker, stechend, ja sogar beißend. Schenigmas Stimme klang aufgebracht und wütend. Adern stachen aus der geleeartigen Haut hervor. Ein kalter Schauer lief Quie'rasil bei diesem Anblick über den Rücken.

Gevatter Tod sprach persönlich zu ihm. „Das Gleichgewicht ist der Mühe nicht wert“, seine Stimme klang kehlig. „Die Menschen sind genauso davon betroffen wie deine Leute, aber den Boten des Nirwanas kann es nichts anhaben. Darin liegt unsere Chance, einen Überraschungsangriff in einen Sieg zu verwandeln. Nutze diese, solange der Schrecken von Livius sie noch lähmt.“

„Die Boten sind vielleicht vor der Kraft des Gleichgewichts gefeit, aber nicht diejenigen, die sie befehligen. Was mich mit einschließt! Nur die stärksten Magelaner überleben zwei, vielleicht drei Tage in dieser magiefeindlichen Gegend. Sobald wir kämpfen, verkürzt sich unsere Lebensspanne drastisch.“

Quie'rasil versuchte dem Untoten zu erklären, wie ausweglos die Lage war. Diesen ließ das Gesagte jedoch völlig kalt. Ohne eine erkennbare Regung warf der wandelnde Leichnam ein, dass Verluste niemals auszuschließen seien: „Ich werde sie durch weitere Nirwase ersetzen. Tu gefälligst das, was ich dir sage.“

Doch der Dunkelelf ließ sich nicht so einfach einschüchtern. „Vergiss dabei bitte eins nicht, ohne denkende Anführer sind deine Sklaven nichts als sich gegenseitig zerfleischende Bestien. Mit ihnen allein lässt sich die Menschheit nicht besiegen.“

Der Untote antwortete nicht sofort darauf. Quie'rasil sprach leider die Wahrheit, für den Plan, den der Verwesende verfolgte, war dies allerdings nicht weiter von Belang. Schenigma hatte sich keinen Dummkopf als seinen Untergebenen ausgesucht, er sollte schließlich sein Heer anführen, und dafür war er mit seiner Intelligenz und vor allem mit seinem Charakter prädestiniert. Doch genau in diesem Augenblick waren es diese Eigenschaften, die Quie'rasil dazu brachten, gegen den Lord der Unterwelt aufzubegehren.

Dem Untoten kam bereits der Gedanke, sich eine neue Marionette anzuschaffen, doch dafür hatte er zu viel Zeit in diese eine investiert. Mit Gewalt und Einschüchterung erreichte er nichts, das wurde Schenigma soeben bewusst. Doch er musste dringend dafür sorgen, dass der Dunkelelf seine Recherchen nach dem Gleichgewicht einstellte. Nach längerem Überlegen passte Schenigma sein Vorgehen der Situation entsprechend an.

Der Gestank verzog sich. Ein wohlig sanfter Duft von Jasmin breitete sich im Zeltinneren aus. Schenigmas Hülle glitzerte silbern. Die verwesten und schimmeligen Gliedmaßen begannen sich zu verjüngen. An die Stelle des Untoten trat eine neue, weit grazilere Gestalt. Ihre Haut war makellos. Lange elegante Beine und wohlgeformte Rundungen kamen zum Vorschein. Allein durch ihre bloße Anwesenheit raubte diese Frau dem Dunkelelfen den Atem. Noch dazu trug sie keinen einzigen Stofffetzen am Leib.

Quie'rasils Blick haftete an delikaten Stellen.

„Na, na. Es ist aber nicht nett, eine Dame derart anzustarren."

Der Dunkelelf war nicht imstande, seine Sinne von ihr abzuwenden. Die aufreizende Mistress verließ ihre dunkle Ecke und trat hinaus ins Licht. Sie schritt geradewegs auf den Dunkelelfen zu, legte ihre Arme um ihn und flüsterte ihm das ins Ohr, wonach er sich am meisten sehnte. „Ich schlafe mit dir, wenn es dich danach gelüstet!"

Er war ihr ein willenloser Diener. „Du darfst auch alles mit mir anstellen." Deutlich spürte er ihren heißen Atem an seiner

Wange. Sie presste ihren Busen gegen seinen Oberkörper, doch als er ihr näher kommen wollte, wich sie eilig zurück. „Nicht hier und nicht jetzt!“ Sie wollte spielen. „Zuvor musst du mir noch einen Wunsch erfüllen. Mein Dank sei dir gewiss.“

Vergeblich hatte Schenigma versucht, den Dunkelelfen mithilfe von Drohungen und Einschüchterungen auf seine Seite zu ziehen. Stets hatte dieser Paroli geboten, doch gegen die Waffen einer Frau war er nicht gefeit. Er war ihr ganz und gar erlegen. All seine strategischen Bedenken waren mit einem Male vergessen.

„Ich erfülle dir jeden Wunsch! Was verlangst du, ich mache alles für dich! Alles, was du willst.“

Sie hauchte ihm ihren Auftrag ins Ohr: „Vernichte die Menschheit, egal was es kostet.“

„Es wird mir eine Ehre sein, und wenn ich selbst dabei umkomme, ich werde mich unverzüglich darum kümmern!“

Mit einem intriganten Lächeln entfernte sie sich von ihm. Jede ihrer Bewegungen vollführte sie mit vollendeter Geschmeidigkeit. „Genau das wollte ich von dir hören. Wenn du erfolgreich warst, treffen wir uns in Teósix wieder. Ich warte dort auf dich.“

Der Dunkelelf sehnte sich schon jetzt nach diesem Moment und musste mit ansehen, wie seine Schenigma im Schatten verschwand. Bis zuletzt ließ er seine Augen über ihren wundervollen Körper wandern. Er sog noch den letzten verwehenden Duft von Jasmin ein und machte sich dann unverzüglich daran, den nächsten Überfall auf Neu Terra zu planen. *Ach, wieso planen! Es sind nur noch schwache Dörfer in dieser Gegend übrig, bis zum Abend könnte ich sie alle ausradiert haben. Dafür würde sich Schenigma sicher erkenntlich zeigen.* Er malte sich äußerst detailliert aus, auf welche Weise sie ihm danken würde. Seit Schenigmas Verschwinden war die Horde vor seinem Zelt unruhig geworden. Sie spürten, dass sie bald gebraucht wurden.

Beiläufig strich Quie'rasil mit seiner Hand über die Einkerbungen, die jemand in den Stamm geritzt hatte. Abrupt hielt er inne und betrachtete die Zeichnung genauer. *Wieso sind darauf Livius und Heilbrunn eingezeichnet? Sollte ich diese Orte kennen?* Etwas in seinem Inneren rührte sich. Seine magischen Energien kamen in Wallung, sie kämpften gegen das an, was ihn kontrollierte, eine andere starke Kraft, die in ihn eingedrungen war.

Der Dunkelelf hustete schwer. Er hörte nicht eher auf, bevor der wohlig süße Duft in seinen Lungen vollends hinaus ins Freie geströmt war. Allmählich erinnerte er sich wieder an das, was sein eigentliches Ziel gewesen war, bevor ihn dieses Weib in seinen Bann gezogen hatte. *Wer oder was bist du Schenigma?*, fluchte der Dunkelelf und rief sich dabei ihren lockenden Schoß und ihre verheißungsvollen Worte ins Gedächtnis. *Eine Minute länger und ich wäre dir auf ewig ein höriges Spielzeug gewesen.*

Eine Gänsehaut lief ihm über den Rücken. Es bedurfte erstaunlicher Fähigkeiten, um jemanden zu beherrschen. Die Kontrolle über andere zu übernehmen war eine der höchsten Künste. Insbesondere wenn dieser jemand selbst von magischem Können nur so strotzte. Selbst auf dem Höhepunkt Magelas war nur eine Handvoll Persönlichkeiten dazu in der Lage. Quie'rasils Befürchtungen, dass Schenigma eine Überlebende der Vorvereinigungszeit war, verhärteten sich zusehends.

Nur warum wollte dieses mächtige Wesen verhindern, dass Quie'rasil mehr über das Gleichgewicht in Erfahrung brachte? Ganz gleich warum, Schenigma hatte jedenfalls das absolute Gegenteil bewirkt. Er würde nun erst recht nach Livius aufbrechen. Er musste unbedingt herausfinden, ob seine Vermutungen über das Gleichgewicht stimmten, falls ja würden sich seine und Schenigmas Wege bald voneinander trennen. Solange er sich jedoch nicht sicher war, würde er die Hilfe dieser aufreizenden Mistress noch für eine ganze Weile benötigen, und er hoffte inständig, dass auch sie noch Verwendung für ihn besaß.

Das Blatt im Zelt brannte noch immer. Quie'rasil positionierte sich direkt davor, sodass sein Körper einen langen Schatten warf. Der Dunkelelf zeigte mit einer Hand auf den am weitesten rechts befindlichen Punkt im Stamm. Ein Befehl, auf den hin sein Schatten reagierte. Ruckartig löste sich dieser von seinen Beinen. Das flache Abbild nickte seinem Ursprungskörper flüchtig zu und schnellte eilig davon.

Sein Schatten würde nicht allzu lange brauchen, um Heilbrunn zu erreichen. Er dagegen konnte sich nun ungestört Livius zuwenden. Eilig verließ Quie'rasil seine Unterkunft. Eine unruhige, zähnefletschende Monsterhorde empfing ihn. Die Nirwase schubsten sich gegenseitig und gingen einander an die Gurgel. Im Gegensatz zu ihren wilden Artgenossen vermieden sie jedoch stärkere Verletzungen.

Quie'rasil wählte die Hälfte von ihnen aus, ihm zu folgen, während er die restlichen zurücklassen wollte. Schließlich entschied er sich jedoch anders. Er zitierte einen Orc zu sich und trug ihm auf die terranische Siedlung im Südosten zu überfallen. „Es ist nur ein Dorf voller Bauern. Vernichtet es! Lasst keinen am Leben! Aber lasst euch nicht zu viel Zeit damit. Versucht die Verluste durch das Gleichgewicht gering zu halten."

Hätte er diesen Befehl einem anderen Magelaner aufgetragen, er wäre sicherlich auf Einwände gestoßen. Doch der Orc, der sich genau wie die Boten nach jedem Kampf sehnte, ließ sich nicht zweimal bitten. Quie'rasils Armee teilte sich in zwei Stoßtrupps auf, wobei der Dunkelelf mit seiner Kolonne Richtung Westen marschierte.

Quie'rasil bemerkte nicht einmal, wie gehorsam er die Befehle Schenigmas ausführte. Entgegen seiner strategischen Finesse entsandt er die Hälfte seiner Streitmacht in den sicheren Tod. Alles nur um Schenigma in Sicherheit zu wiegen und trotz allem nach Livius aufzubrechen. Die Vernichtung der Terranersiedlung nahm er dafür gerne in Kauf.

„Hey, wo gehen wir denn hin!", unterbrach ihn eine zierliche Stimme.

„Verflucht, was machst du denn hier?", beschwerte sich der Dunkelelf und legte eine Hand an seine Stirn. „Felizia, was hast du hier verloren? Du solltest doch zusammen mit den anderen das Dorf einnehmen."

Die Dunkelelfe, die Quie'rasil unter silbernen Augenlidern anblinzelte, hüpfte neben ihm her. „So du wolltest dich also einfach so verdrücken, ohne dich bei mir zu verabschieden. Das könnte dir so passen." Ihr langes wallendes Haar war genauso lila wie das seine. Sie sah ihm in vielerlei Hinsicht sehr ähnlich, was unter anderem daran lag, dass sie sich gerne wie er kleidete. Mit einer eingeschnappten Miene versuchte sie ihn zu überreden, sie mitzunehmen.

„Also gut, dann komm halt eben mit, aber misch dich in keine meiner Angelegenheiten ein, verstanden!"

Genau das war es, was Felizia hören wollte. Seit sich ihre Wege vor einiger Zeit zufällig kreuzten, war sie nicht ein einziges Mal von seiner Seite gewichen. Er wollte nicht, dass sie in seiner Armee kämpfte, mit der Begründung, dass sie noch zu jung sei. Sie dagegen versuchte ihm stets das Gegenteil zu beweisen. Mehr oder minder hatte er sich damit abgefunden.

Dass sie ihm auf ihrer gemeinsamen Reise Richtung Westen immer wieder näher rückte und er sie stets zur Seite schubsen musste, daran hatte er sich mittlerweile gewöhnt.

Als sie sich zum wiederholten Male an ihn schmiegte, ließ er es zu.

Felizia war verwirrt. „Da stimmt doch etwas nicht."

Geschwind schob sie sich vor ihn. Sofort erkannte sie den Grund für seine Wehrlosigkeit. Quie'rasils Pupillen verrollten sich derartig stark, bis nur noch das Weiße darin zu erkennen war. Felizias Miene verzog sich.

„Wie ekelig, nicht schon wieder." Rasch verstummte die Dunkelelfe. Sie wusste, dass sie nun eigentlich mucksmäuschenstill sein musste. Bereits einmal hatte sie ihn in seiner Meditation gestört, woraufhin er sie entsetzlich angeschrien hatte. Etwas derartiges wollte sie nicht noch einmal erleben.

Es musste etwas Wichtiges geschehen sein, wenn er ohne jegliche Vorwarnung in diese Starre fiel. Sein Geist driftete in eine andere Seinsebene ab. So sehr Felizia ihm auch nachfolgen wollte, es gelang ihr nicht. Denn sie verfügte nicht über dieselben Kräfte wie er.

Lasst sie brennen!

Quie'rasil und Felizia liefen ohne anzuhalten durch das Dickicht des Waldes. Nur vereinzelt musste die Dunkelelfe den Weg ihres Gefährten korrigieren, ansonsten lief sein Körper ganz von alleine. Sein Geist dagegen weilte an einem weit entfernten Ort. Er befand sich im Inneren einer Holzhütte, umzingelt von bewaffneten Männern. Sein Schatten bewegte sich unbemerkt unter ihnen, er versteckte sich so gut es ging in dunklen Ecken und dreckigen Nischen und beobachtete und belauschte alles, was sich in seinem Umfeld abspielte.

In der Mitte des Gebäudes stand ein Tisch, an dem sich einer der Wächter besoff. Er hatte schon einiges intus und griff erneut zum Krug, um seinen Frust zu ertränken. Er lallte fortwährend: „Ihr seid meine Männer! *Meine*! Verdammt noch eins. Ich sollte euch alle auf der Stelle hinrichten lassen, wie konntet ihr diesen Soldaten nur entkommen lassen, nachdem es dieser Deserteur gewagt hat, seine Hand gegen mich zu richten." Sein Krug landete schwungvoll auf dem Tisch.

„Er hat Euch mit dem Ellbogen geschlagen", korrigierte ihn einer seiner Männer besserwisserisch.

Der Hauptmann aber war zu besoffen, um ihn zu verstehen. Er sprach und rülpste bloß fortwährend. „Warum hat der Suchtrupp mir noch nicht seinen Kopf gebracht?"

„Wir konnten ihm nicht nacheilen, uns fehlen die Männer."

Die Untergebenen des Hauptmanns begannen zu tuscheln. „Wie oft müssen wir ihm das eigentlich noch sagen."

„Keine Ahnung, der steht eh nicht mehr lange auf den Beinen."

„Was! Wie könnt ihr es wagen." Völlig aufgebracht erhob sich der Hauptmann schwankend. „Was ist mit der Elfe? Habt ihr wenigstens deren Leichnam auffinden können? Schließlich habe ich sie mit meiner Armbrust durchsiebt."

Der angesprochene Wachmann schluckte nervös und log: „Die haben wir samt der zwei Nirwase und unserem verstorbenen Kameraden verbrannt."

„Fein gemacht, immerhin dafür seid ihr nütze." Nach diesen Worten klappten die Beine des Hauptmannes zusammen. Er fiel wie ein nasser Sack zu Boden. Keiner der Anwesenden machte sich die Mühe, ihn zu stützen.

Der Schatten, der das Drama mit angesehen hatte, ärgerte sich darüber, dass er hier offensichtlich seine Zeit vergeudete. Menschen waren zwar allesamt Abschaum, aber dieser hier war ein besonders bemitleidenswertes Exemplar jener Spezies. Normalerweise waren Bespitzelungen bei deren Führungsschicht ergiebiger, doch hier würde er wohl nichts in Erfahrung bringen. Es blieb ihm also nichts anderes übrig, als sich an seinen speziellen Informanten zu wenden. Dabei hätte er sich eine Konversation mit diesem kleinen nervtötenden Zeitgenossen gerne erspart.

Der dunkle Fleck verließ das Zimmer durch eines der Fenster, das zur beschatteten Hausseite hin zeigte. Im Wald war er es ihm leicht gefallen, sich fortzubewegen, doch hier, mitten im Dorf, beschien die Sonne jeglichen freien Quadratzentimeter Erde. Behutsam eilte die schwarze Gestalt von einem schattenhaften Fleck zum nächsten. Zeitweise heftete sich das Phantom an die Fersen der Dorfbewohner, um das Sonnenlicht zu meiden. Einer jungen Frau rückte Quie'rasil dabei versehentlich zu nahe. Sie fing auf der Stelle an zu kreischen.

Hektisch huschte Quie'rasil davon und verbarg sich im Schatten eines Krämerladens. Der Dunkelelf ärgerte sich entsetzlich über seine Unachtsamkeit. Eine Flut an Flüchen entwich dem schwarzen Schatten. Sein Tuscheln wurde jedoch übertönt von dem entsetzlichen Geschrei der hübschen Kellnerin aus dem Gasthaus.

Sie war völlig außer sich. Sie schrie, als würde das Ende der Welt bevorstehen. Ein jeder sah nervös zu ihr hinüber, doch niemandem gelang es, sie zu beruhigen. Erst Fritz vermochte sie schließlich zur Vernunft zu bringen. Er nahm ihr Gesicht zwischen seine Hände und redete auf sie ein.

„Ganz ruhig. Du bist in Sicherheit, dir wird nichts passieren."

„Ei ... ein Mann m..mit lila Haaren und langen Ohren", stotterte sie drauf los. „Er wird uns alle vernichten. Fritz, du musst mir glauben. Ich hab diese Stadt mit all ihren Bewohnern brennen sehen. Wir müssen hier verschwinden! Wir müssen Heilbrunn verlassen!"

Die aufgeschreckten Einwohner lauschten zwar geduldig ihrer erschreckend detaillierten Geschichte, jedoch taten sie es als bloße Einbildung ab. Es kam häufiger vor, dass in dem Dorf jemand durchdrehte. Die Nähe zur Frontlinie und die Angst davor, am nächsten Tag vielleicht nicht mehr am Leben zu sein, machte selbst den Hartgesottensten zu schaffen.

Vorsichtig setzte sich der Schatten wieder in Bewegung. „Ich muss sorgsamer sein", tuschelte er unentwegt. „Aufgrund meiner tiefenlosen Gestalt kann ich meine Gedanken nicht für mich behalten. Jeder, der mir zu nahe kommt, vermag sie zu lesen. Das muss ich unterbinden." Er bemerkte nicht einmal, dass er noch immer alles preisgab. „Egal, ich werde dieses Dorf noch früh genug niederbrennen und mit ihm alle Bewohner auslöschen, die es wagen, in meinen Gedanken zu lesen. Sie werden schon sehen, was sie davon haben."

Sein Schatten huschte hinüber zu einem alten Werkzeugschuppen, in dem allerlei technische Gerätschaften standen. Er quetschte sich zwischen zwei Holzbrettern hindurch und drang in das Zimmer dahinter ein.

Deutlich war das Krächzen und Fluchen einer kleinen dürren Gestalt zu vernehmen, die mit Schraubenzieher und Lötkolben an einer überdimensionierten Blechkonstruktion rumwerkelte. Der Dunkelelf positionierte sich in der gegenüberliegenden Ecke und plusterte sich in erschreckender Weise auf. Sein Schatten vereinnahmte beinahe den gesamten Raum, doch die kleine quirlige Gestalt schien sich kein bisschen darum zu scheren. Dabei musste er die Dunkelheit bereits kalt in seinem Nacken spüren.

Quie'rasil kochte innerlich vor Wut. Er fragte sich, was er falsch machte, Schenigma hatte ihm mit einer ähnlichen Show das Fürchten gelehrt, warum funktionierte es dann nicht, wenn er das Spektakel gleichermaßen nachzuahmen versuchte. Mit einer grässlich verstellten Stimme verschaffte sich Quie'rasil Gehör.

„Du Gnom weißt genau, dass ich hier bin. Also dreh dich gefälligst zu mir um und erweise mir den Respekt, der mir zusteht."

Der Goblin aber popelte nur gelangweilt in seiner Nase, ehe er sich seelenruhig umblickte und in die ewige Dunkelheit starrte. „Schnierks. Natürlich hab ich dich bemerkt. Ich hab dir allerdings schon tausend Mal gesagt, dass ich mich nicht mit einer kahlen Wand unterhalte, das ist mir einfach zu albern. Davon abgesehen war dein Erscheinen ja so was von unauffällig. Du scheinst seit Neuestem ja an ziemlichen Minderwertigkeitskomplexen zu leiden, wenn du solch eine Chose abziehen musst. Deine Stimme klang auch schon mal besser, haste Schnupfen oder was? Und was soll eigentlich dieser breite Schatten, zugenommen oder wie? Ich empfehle 'ne Diät, aber zack zack, sonst sieht dich deine kleine Dunkelelfe nicht mal mehr von hinten an."

Wutentbrannt warf Quie'rasil einen Tisch zur Seite. Die Reagenzgläser darauf zerstoben in einem ewigen Scherbengewitter. Die Geduld, die der Dunkelelf dem Winzling gegenüber aufbrachte, war begrenzt. Er wollte ihm zu gern sein Schandmaul stopfen, doch noch brauchte er ihn, und der dunkle Heerführer wusste, dass er in seiner Ecke versauern würde, wenn er dem Gnom nicht ein wenig entgegenkäme.

Langsam begann er sich aus den Dielen herauszuschälen. Sein zweidimensionaler Schatten stieg empor und nahm allmählich dreidimensionale Konturen an. Der Dunkelelf erhob sich aus dem Boden. Zuerst löste sich sein Kopf aus den Holzplanken, dann folgten seine Arme, mit deren Hilfe er sich ins Freie zog.

Mühsam folgte sein restlicher Leib. Quie'rasil stand auf und reckte sich zu seiner normalen Größe empor, bis er wieder ganz er selbst war. Lediglich dem geübten Blick des Goblins fiel auf, dass dessen stiller Begleiter – sein Schatten – abkömmlich war. Dieser musste ihn soeben andernorts vertreten.

Das was sich im Hause des Mechanikus ereignete, vollzog sich in umgekehrter Weise mitten im Wald. Quie'rasil zerschmolz direkt vor Felizias Augen dahin. Schwarze Tropfen rannen wie siedendes Öl von seinem Körper, bis nur noch eine wabernde Pfütze übrig war.

Keines der Wesen in seinem Umfeld störte sich daran. Für die Boten des Nirwanas zählte nur eines, dass er sie weiter vorwärtstrieb, geradewegs in eine hoffentlich bald bevorstehende Schlacht.

Allein Felizia ärgerte sich darüber, dass Quie'rasil auf derart rüpelhafte Weise ihren Armen entglitten war. *Frechheit, unhöflicher Mistkerl,* rümpfte die Dunkelelfe ihre Nase, während sie seinem Schatten weiterhin auf Schritt und Tritt folgte.

Quie'rasils verrollte Pupillen kamen langsam wieder zum Vorschein. Starr fasste er den Goblin ins Visier und fragte mit Bedacht: „Bist du dir sicher, dass uns dein Gastgeber auch nicht stören wird?“

Gorgo aber zog bloß eine buschige Augenbraue hoch. „Schisshase: Der Mechanikus ist mit seinen eigenen Studien beschäftigt. Im Gegensatz zu manch anderem Schnierks hat er keine Zeit, mich laufend zu belästigen."

„Ach, wie schade", lachte der Dunkelelf hämisch. „Dann wirst du wohl doch nicht in die Bredouille kommen, einen großen roten Fleck vom Boden wegwischen zu müssen. Dabei hatte ich mich schon so sehr darauf gefreut." Eine erneute spitzzüngige Erwiderung des Gnoms wiegelte der Dunkelelf eilig ab. „Genug der Komplimente. Ich bin ganz sicher nicht hergekommen, um mir Honig ums Maul schmieren zu lassen. Berichte mir stattdessen lieber, was in letzter Zeit bei den Terranern alles vorgefallen ist."

Gorgo grübelte einen Moment lang. „Hmm, die Schnierkse essen und atmen so wie immer, stehen morgens auf und gehen abends zu Bett."

„Du weißt genau, was ich wissen will! Also bring es endlich auf den Punkt", fauchte der Dunkelelf den Wicht an.

Der grübelte jedoch einzig darüber nach, welche Spitzfindigkeit er seinem Gegenüber noch auftischen konnte. Leider fiel ihm ausnahmsweise bloß die langweilige Wahrheit ein.

„Die Terraner sind noch zur Genüge damit beschäftigt, sich gegen die Rückkehrer aus Livius zur Wehr zu setzen. Einen nach dem anderen haben sie schon abgeschlachtet und der Hitze des Feuers übergeben. Die Schnierkse glauben doch wahrhaftig, dass die Pest hinter den seltsamen Vorkommnissen steckt. Vom Gleichgewicht ahnen sie noch nicht einmal etwas. Aber wir stochern mit unseren Spekulationen ja schließlich auch bloß im Dunkeln. Im *Dunkeln* habe ich gesagt. Hörst du Schnierks mir überhaupt zu? Echt keinen Sinn für Humor."

Doch Quie'rasil ließ sich nicht so einfach reizen. All das, was Gorgo ihm bisher erzählt hatte, wusste der Dunkelelf bereits.

Daher ließ er ihn ohne Unterlass weiterreden. Irgendetwas musste der nervtötende Gnom doch wissen.

„Als Goblin habe ich es nicht gerade leicht, so weit weg von Magela. Du könntest auch mal ein wenig Mitgefühl zeigen."

Demonstrativ wartete der Gnom darauf, dass der Dunkelelf in gebührender Weise reagierte. „Na schön", erbarmte sich Quie'rasil. *Ich werde dir noch früh genug das Fell über die Ohren ziehen.* „Rück schon damit raus. Wie hast du es geschafft, hier trotz des Gleichgewichtes derart lange zu überleben?"

Stolz präsentierte der Kleine ihm zwei Kabel und rückte dem Dunkelelfen damit auf die Pelle. Der Gnom pfiff dabei frohlockend. „Ich demonstriere es dir gern."

Quie'rasil wich eilig zurück. Er verlangte von ihm, dass er es einfach nur erklären solle.

Gorgo wirkte traurig. Statt sich aber davon unterbuttern zu lassen, führte er es einfach an sich selbst vor. Die Show, die Quie'rasil daraufhin präsentiert bekam, würde er so schnell nicht vergessen. Noch nie zuvor hatte er etwas derart obskures, wie einen verkohlten und unter Strom stehenden Goblin gesehen. Er sann bereits über einen taktischen Nutzen dieser Methode nach. Leider wollte ihm partout nicht einfallen, wie er seine Truppen auf diese Weise vor den Auswirkungen des Gleichgewichts schützen konnte.

Dem Winzling offenbarte er nichts von seinen Überlegungen. Er wollte es nicht riskieren, dass dieser eine Posse nach der anderen über eine durch den Wald zitternde und zuckende Armee riss, die sich ohne Unterlass stromschockte. Bei dieser Vorstellung musste der Dunkelelf allerdings selbst unweigerlich schmunzeln.

Als Gorgo mit wissenschaftlichen Berechnungen und Erklärungen zu dem Phänomen anfing, unterbrach ihn Quie'rasil genervt. „Ist ja schon gut, hör endlich damit auf! Die Aussage, Unkraut vergeht nicht, genügt mir vollkommen. Dass du untötbar bist, habe ich leider ja schon feststellen müssen."

Dem Goblin gefiel es absolut nicht, mit Unkraut verglichen zu werden, und noch mehr verstimmte es ihn, dass der Dunkelelf ihn andauernd in seinen Ausführungen unterbrach. „Schnierks, du bist ein lausiger Zuhörer. Der *General* hat sich deutlich mehr für meine Story interessiert. Erst sagst du, ich soll dir alles erzählen, und dann auf einmal nicht mehr. Schnierks, entscheide dich endlich!"

Mit einem einzigen Wort hatte sich Gorgo plötzlich Quie'rasils volle Aufmerksamkeit gesichert. Der Dunkelelf konnte allerdings kaum glauben, was er da hörte.

„Welcher General?", fragte Quie'rasil nervös.

Gorgo verstand nicht, warum sein Gegenüber auf einmal derart aufgewühlt war. „Na welcher wohl, natürlich unserer."

Quie'rasil stand nur regungslos da.

„Schnierks, hast du ein kurzes Gedächtnis, du weißt schon, der General, dem ich in deinem Auftrag 'ne ganze Menge Informationen zustecken musste. Na, klingelt's endlich bei dir?"

„Kastriot ist noch am Leben?", hakte der Dunkelelf zögerlich nach und erntete ein breites Grinsen als Reaktion. „Wieso sagst du mir so etwas Wichtiges erst jetzt?"

„Ups. Hätt'st de ma gefragt. Na, jetzt weißt du's ja."

Der Dunkelelf konnte dennoch nicht glauben, was er da hörte. „Wie in Sairines Namen hat er das Gleichgewicht überlebt? Das kann unmöglich stimmen!"

Der Goblin war bereits zu ähnlichen Schlussfolgerungen gekommen. „Ha! Dasselbe hab ich mich auch schon gefragt. Ich wette, der war nicht mal bei der Schlacht dabei, ganz gleich wie hartnäckig er auch das Gegenteil behauptet hat."

„Das glaubst auch nur du", entgegnete Quie'rasil selbstsicher. „Ich kenne Kastriot besser als jeder andere. Nichts, aber auch gar nichts hätte ihn von einem solchen Massaker und einer solch bedeutsamen Schlacht fernhalten können."

Gorgo winkte nur ungläubig ab. „Nun, wie dem auch sei. Was ist eigentlich mit meinem Auftrag? Soll ich diesem Schnierks noch immer Informationen zuspielen? Oder kann ich mich gemütlich zurücklehnen?"

„Du hast ausgedient", bestätigte ihm der Dunkelelf und ließ die Worte wie eine Drohung klingen. Er machte keinen Hehl daraus, dass er dem Goblin nicht länger über den Weg traute. Irgendjemand musste in der Vergangenheit geplaudert haben. Anders konnte er sich die Niederlage von Livius nicht erklären.

Eingeschnappt verschränkte Gorgo die Arme. „Hey, gib dem Goblin nicht die Schuld für deinen unvollkommenen, vermaledeiten Plan. Bezichtige gefälligst einen anderen des Verrats, aber nicht mich. Ich habe alles, was du mir aufgetragen hast, artig ausgeführt. Nicht ein einziges Mal hat Kastriot mich bei der Übergabe der Schriftrollen ertappt. Meines Wissens habt ihr die Terraner bei Livius doch vernichtend geschlagen, die Höhe der Verluste kannst du mir unmöglich anlasten." Der Winzling erhob schnaufend seinen Zinken. „Das Einzige, was zählt, ist, dass ich meinen Auftrag damit erfüllt habe. Jetzt halte du gefälligst deinen Teil der Vereinbarung ein und mach um mich und Heilbrunn einen großen Bogen."

Vor seinem Auge sah Quie'rasil das Dorf erneut lichterloh brennen. Vielleicht hatte ihn der Goblin tatsächlich nicht verraten, das änderte jedoch nichts daran, dass er dieses Dorf ausradieren musste. Es stand schlichtweg am falschen Ort. Seine Vereinbarung mit dem Wicht würde er durchaus einhalten. Denn nicht er, sondern seine Armee würde mit den Bewohnern kurzen Prozess machen.

Zu seiner Verwunderung standen seine Truppen bereits direkt vor den Toren des Dorfes. Deutlich nahm er deren stille Versuche wahr, mit ihm Kontakt aufzunehmen. Damit, dass sie derart rasch vorankämen, hatte der Dunkelelf nicht gerechnet. Einer von ihnen musste einen Beschleunigungszauber gewirkt haben. Einen äußerst fähigen Diener besaß Quie'rasil da. Dadurch blieb ihm allerdings nicht mehr allzu viel Zeit, um den Goblin weiter auszuhorchen.

Gorgo ahnte nichts von dem Verrat und sprach unbekümmert weiter. „Ich hoffe, du Schnierks bist nicht allzu traurig darüber, dass wir ab heute getrennte Wege gehen. Ich muss ehrlich gestehen, dass ich deine albernen und kindischen Schattenspiele sehr vermissen werde", feixte der Gnom frech, doch die Beleidigung perlte an dem Dunkelelfen einfach ab.

„Keine Sorge, dich werden schon bald ganz andere Sorgen plagen."

„Schnierks, das versteh ich nicht."

Wie sollte er auch? Während sich Quie'rasils Fratze zu einer Grimasse verzog, plauderte der Gnom noch immer munter aus dem Nähkästchen. „Du glaubst doch hoffentlich nicht, mich durch Kastriot ersetzen zu können. Denn falls doch, so muss ich dich leider enttäuschen. Der wird kaum noch für irgendetwas nütze sein!"

Schon beim bloßen Erwähnen des Namens wurde Quie'rasil hellhörig. Er hoffte inständig, dass seine Armee nur noch ein klein wenig mit der Offensive wartete.

Auf seinen fragenden Ausdruck hin fuhr der Goblin fort: „Ich weiß leider nicht, wohin der General so eilig aufgebrochen ist. Doch eines kann ich dir mit Sicherheit sagen: Der Schnierks ist nicht mehr derselbe. Er ist weich und schwach geworden. Einer Elfe hat er sogar das Leben gerettet, statt ihr den Kopf abzuschlagen. Ich muss zugeben, dass er mir regelrecht sympathisch geworden ist, der Herr Ichbin."

„Unmöglich!“, fauchte der Dunkelelf wirsch. „Du verarschst mich doch. Als ob Kastriot dazu in der Lage wäre, auch nur einen Magelaner zu verschonen. Steck dir deine Märchen doch sonst wohin.“

„Ach, glaub doch, was du willst“, zeterte der Gnom beleidigt.

Quie'rasil aber gab das Gesagte zu denken. Sollte es tatsächlich einer Elfe gelungen sein, dem sadistischen General lebend zu entkommen? Oder ihn gar umzukrempeln? *Nie und nimmer.* Falls doch, würde es Quie'rasils Aufgabe erheblich erschweren. Denn dann müsste er neben den Terranern auch noch alle Magelaner in dieser Gegend erledigen.

Er hatte eigentlich nicht vorgehabt, sich seine Hände in derartiger Weise schmutzig zu machen. Ihm sollte jedoch kaum eine andere Wahl bleiben.

„Was ist mit der Technokugel? Du hattest sie doch und warst sicher nicht so dumm sie dem General zurückzugeben.“

Gorgo blickte flüchtig zum Tisch zu seiner Linken, dorthin, wo die Kugel halb verdeckt hinter den Platten eines Kondensators lag. Der Wicht ärgerte sich darüber, dass er sie nicht besser versteckt hatte. Mit einem breiten verschämten Grinsen log er Quie'rasil ins Gesicht. Seine Furcht vor dem Dunkelelfen schluckte er als dicken fetten Klumpen hinunter.

„Oh doch, ich war so dumm. Sogar schnierksisch dumm, Kastriot hat die Technokugel dankend zurückgenommen. Hätte ich sie ihm etwa nicht geben sollen?“, zwitscherte er so unschuldig wie möglich. „Dann hätte er doch sofort Verdacht geschöpft? Gerade das wolltest du doch vermeiden, oder?“

Der Dunkelelf schüttelte verständnislos den Kopf und blickte sich im Zimmer um, doch, wie der aufgeregte Goblin zu seiner Erleichterung feststellen musste, übersah er dabei die Kugel. Einen Schweißtropfen, der ihm über die schrumpelige Haut glitt, schleckte der Gnom einfach mit seiner eitrigen Zunge ab.

Quie'rasil wusste, wie wertvoll die Technokugel für die Menschen war. Wie konnte der Kleine also dieses technische Wunderwerk aus seinen Krallen geben? Das war zu viel an Unverfrorenheit, zudem spürte er, dass seine Truppen längst die Mauern erklommen und in das Dorf eingefallen waren.

„Gerade rechtzeitig", säuselte er zu sich selbst und offenbarte dem Gnom sein wahres Antlitz. „Die Zeit der Höflichkeiten ist nun endgültig vorbei."

Ein Wirrwarr an Stimmen mischte sich unter die Rede des Dunkelelfen. „Alaaaarm! Magelaner! Nirwase! Sie überrennen uns. Alle auf ihre Posten … schnell!"

Die Wachen versammelten sich.

Ehe sie sich versahen, begann draußen im Dorf der ungleiche Kampf.

„Hilfe! Arghhh!"

„Es sind zu viele!"

„Schafft die Kinder fort."

Die Schreie wurden zunehmend chaotischer. Mehrere Detonationen waren zu vernehmen.

Der Goblin schüttelte sein Haupt. Er war wütend und dass nicht bloß auf Quie'rasil, sondern auch auf sich selbst. Seine innere Stimme hatte ihm längst prophezeit, dass sich sein intriganter Freund nicht an seinen Teil der Vereinbarung halten würde. Er hatte jedoch nicht darauf hören wollen. Zudem überraschte es ihn, dass der Dunkelelf meinte, jetzt schon auf ihn verzichten zu können.

Statt ihm jedoch aufmüpfig die Stirn zu bieten, tat der Gnom etwas, das für seine Verhältnisse völlig ungewöhnlich war. Verzweifelt flehte er den Verräter an: „Bitte lass den Schnierks, verschone dieses Dorf und den Mechanikus. Diese wenigen unbedeutenden Menschen stellen doch keine Gefahr für dich und Magela dar. Überleg es dir doch noch mal, bitte."

Quie'rasil genoss den Anblick des nun nicht mehr so unverschämt grinsenden Gnoms. Er hatte so lange dessen Neckereien über sich ergehen lassen müssen. Endlich war sein Tag gekommen, nicht eine Sekunde lang dachte er daran, das Dorf zu verschonen.

Abschätzig blickte er auf den Goblin hernieder: „Hör auf zu jammern. Was findest du eigentlich an diesen Terranern? Ihre Haut ist viel zu hell, und ihre Knochen sind derart leicht zerbrechlich. Warum willst du sie schützen? Sie sind doch der Mühe nicht wert. Sie tragen die Schuld am Tod unserer geliebten Sairine. Als sich der Übergang zwischen unseren Welten formte, da haben sie unsere Abgesandten schonungslos niedergeschlachtet. Nun, da wir uns für all das rächen können, willst du einen Rückzug machen. Sie behandeln dich doch hier auch bloß wie Abschaum. Hab ich nicht recht?"

Unerwartet trat der Mechanikus ins Zimmer. Er musste die Schreie von draußen vernommen haben und trug nun einen eisernen Ganzkörperanzug am Leib. Der Dunkelelf aber beachtete ihn nicht weiter.

„Ich gebe dir eine letzte Gelegenheit, dich meinem Kampf anzuschließen. Beweis mir, dass du ein Magelaner bist. Alles, was du tun musst, ist deinen Freund hier zu töten, dann verschone ich dich."

Traurig blickte Gorgo zu seinem einstigen Meister hinüber. Der Mechanikus war von einer dunklen Wolke umgeben und konnte sich trotz seines mechanischen Apparates keinen Schritt vorwärts bewegen. Einmal mehr begriff der Wicht, dass man sich lieber nicht mit dem Dunkelelfen anlegte. Resignierend schüttelte der Goblin seinen kleinen knorrigen Kopf.

„Du wirst nie verstehen, warum ich unter den Menschen lebe. Ich bin kein Angehöriger von Sairines Rächern, mich kümmert auch nicht das, was vor Jahrtausenden geschehen ist, und ja, viele Menschen behandeln mich wie Abschaum. Aber eben nicht alle, und deshalb pfeife ich auf dein verlogenes Angebot. Dieses Dorf wird vielleicht untergehen, aber glaube mir, du wirst es noch bereuen, mich dir zum Feind gemacht zu haben." Der Wicht wuchs zu einer enormen Größe heran. Er setzte sichtlich an Muskelmasse zu. Schon bald überragte er sein Gegenüber und sah nun seinerseits auf den Dunkelelfen hernieder. Der jedoch ließ sich davon wenig beeindrucken.

Eine Axt durchschlug das Fenster zu seiner Linken.

„Hörst du die Meute toben? Was glaubst du eigentlich, was du gegen mich auszurichten vermagst. Hast du etwa vergessen, wem du gegenüberstehst? Gegen mich hast du doch nicht den Hauch einer Chance, ganz gleich, wie widerlich dein Mundgeruch auch sein mag."

Gorgo aber blieb eisern. „Vielleicht magst du damit recht haben. Mich deucht allerdings, dass du etwas Wesentliches vergessen hast. Denn ich trete überhaupt nicht gegen den ach so großen und starken Quie'rasil an!", er verhöhnte den Dunkelelfen. „Schließlich bist du Schnierks trotz deines Erscheinungsbildes nur ein Schatten deiner selbst."

Langsam begriff der Dunkelelf, worauf der Gnom hinaus wollte, und es gefiel ihm absolut nicht. „Was hast du vor?" Seine Stimme wirkte deutlich unsicherer als noch zuvor.

Unerwartet rannte der Goblin drauf los. Statt sich mitsamt seinem massigen Körper auf seinen dürren Widersacher zu stürzen, hetzte der Goblin in die entgegengesetzte Richtung, nämlich auf das Fenster zu seiner Rechten zu.

„Vergiss es, du entkommst mir nicht“, lästerte der Dunkelelf und schleuderte dem Gargantua eine Schattenkugel hinterher. Diese zerplatzte beim Auftreffen auf dessen Körper zu einer Wolke aus Rauch, die sämtliche Bewegungen des Goblins auf der Stelle lähmte.

„Ich weiß nicht, was du vorhast, aber damit ist jetzt Schluss, gib endlich auf, ich hab dich und deinen Meister ein für alle Mal lahmgelegt.“

Zum Leidwesen des Goblins waren auch seine Mundwinkel gelähmt. Gerne hätte er dem Dunkelelfen entgegnet, wie sehr er sich irrte. Denn obgleich der Riese nicht einmal mehr einen Finger zu rühren vermochte, genügte ihm doch allein der bereits aufgenommene Schwung, um sein angepeiltes Ziel zu erreichen. Der Riese fiel unter lautem Getöse durch einen der massiven Holztische hindurch und stürzte geradewegs auf einen darunter montierten Schalter.

Deutlich war das Einrasten einer Vorrichtung zu vernehmen. Ein großer breiter Würfel fuhr daraufhin in der Mitte des Raumes nach oben. Verwirrt beobachtete Quie’rasil, wie dieser zu rotieren anfing.

„Was soll das werden?“, fragte der Dunkelelf sichtlich nervös. Nur noch mit Mühe vermochte er die ursprüngliche Form des Quaders zu erahnen, derart schnell drehte er sich.

Unzählige Lichtkegel strahlten plötzlich von dem Objekt aus. Sie erleuchteten alles und jeden im Innern des Raumes. Die Strahlen fegten sämtliche Schatten und Rauchschwaden hinfort und verdrängten sie in die hintersten Winkel und dunkelsten Ecken.

Mit einem Schlag war der Goblin wieder frei. Sämtliche Gliedmaßen und auch sein Schandmaul vermochte er wieder zu bewegen.

„Na wie schmeckt dir das, du vermaledeiter Schattengänger? Ich hoffe, du genießt es, auf der Sonnenseite des Lebens zu stehen.“

Der Dunkelelf hielt sich furchtsam die Hände vors Gesicht. Sein Mund war zu einem schmerzerfüllten Schrei geöffnet, doch kein Laut drang ins Freie. Sein Körper begann zu zerfließen. Quie’rasil suchte verzweifelt nach einem Halbschatten, in dem er sich hätte verbergen können, doch der Würfel im Zentrum leuchtete derart grell, dass er nirgendwo mehr Schutz zu finden vermochte.

„Dir mag es vielleicht gelungen sein, mich zu bezwingen, doch meine Armee wirst du nicht von ihrem zerstörerischen Feldzug abhalten können.“ Quie’rasils Stimme klang seltsam gurgelnd. „Sie werden niemanden am Leben lassen.“

Von dem dunklen Heerführer blieb nur ein glänzender Ölfleck übrig.

„Mag sein“, pflichtete ihm der Goblin traurig bei. „Doch immerhin wirst du dich nun nicht länger an dem Massaker weiden können. Zudem bin ich mal gespannt, wie hoch deine Verluste ausfallen werden, wenn du nicht mehr da bist, um deine Armee anzuführen. Ich komme hier lebend raus, und dann wirst du Schnierks schon sehen, was du davon hast.“ Mit seinem Fuß trat der Goblin auf den Rest des verflüssigten Dunkelelfen ein: „Bah, dat klebt ja, wie eklig.“

Der Ölfleck war kurze Zeit später vollends verschwunden. Quie’rasils Geist schnellte fort von diesem Ort. Der Dunkelelf musste dringend wieder mit seinem ursprünglichen Körper verschmelzen, wenn er es nicht riskieren wollte, einen geistigen Schaden zu erleiden.

Außerhalb des Ladens loderte die Welt feuerrot. Das Dorf stand in Flammen. Entsetzliche Schreie hallten aus allen Richtungen.

Quie'rasil konnte stolz auf seine Armee sein. Doch der Schein trog. Es waren überhaupt nicht seine Männer, die die Flammen gelegt hatten. Die Terraner lockten die Nirwase in ihre Häuser und steckten sie dann selber in Brand.

Mehr als die Hälfte seiner Diener war auf diese Weise bereits lichterloh in Flammen aufgegangen.

„Wie kann das sein?", fluchte der Dunkelelf, während seine Seele quer über den Dorfplatz gezogen wurde. „Wo sind die Magelaner, die sie im Zaum halten sollen?" Ganz gleich, wo er auch hinstarrte, überall sah er bloß hirnlose Boten, doch niemanden, der sie befehligte.

Nahe der Dorfmauer, die komplett in Treibsand versickert war, wurde Quie'rasil fündig. Sämtliche seiner Befehlshaber lagen am Boden hingestreckt. Das Gleichgewicht hatte sie alle in dem Moment dahingerafft, als sie ihre Zauber wirkten.

Die Leiche des Seraphim, der den Beschleunigungszauber auf die Armee gewirkt hatte, lag tausend Meter außerhalb des Dorfes. Das engelsgleiche Wesen wurde aufgrund des verschwenderischen Einsatzes seiner Magie von einer fremden Kraft dahingerafft, ohne dass es jemals auch nur einem einzigen Terraner gegenüber gestanden hätte.

Quie'rasil bereute es zutiefst, auf Schenigma gehört zu haben. Das Dorf besaß für ihn keinerlei strategischen Wert. Entsprechend stand der Nutzen dieser Aktion in keinem Verhältnis zu den Verlusten, die er nun zu verbuchen hatte.

Zwei Niederlagen an einem Tag, das war zu viel für den Dunkelelfen. Sein Geist huschte unkoordiniert durch den Wald und über Sträucher und Wiesen. Nichts von Belang geschah in seinem Sichtfeld. Oder etwa doch?

Plötzlich war der Dunkelelf hellwach. Direkt auf dem Weg nach Livius streiften seine Sinne eine unscheinbare Gestalt. Nach der Kleidung zu urteilen, war es ein Soldat. Zu seinem Leidwesen hatte der Dunkelelf das Gesicht aber nicht genau erkennen können. Dennoch beschlich ihn eine leise Ahnung, um wen es sich dabei handeln musste.

„Irgendjemand war bei ihm", rekapitulierte der Dunkelelf das, was er gerade gesehen hatte. „Nur wer?"

Einige Kilometer weiter verschmolz sein Geist wieder mit seinem Körper. Der Dunkelelf streckte sich. Seine Gliedmaßen schmerzten, der Lichtstrahl hatte ihm sichtlich zugesetzt.

„Dein Schatten ist so hell und wirkt seltsam dürr", stellte Felizia voller Sorge fest. „Geht es dir gut? Soll ich dich stützen?"

Doch der Dunkelelf stieß die Dunkelelfe bloß zur Seite.

Felizia war enttäuscht. Jedoch versuchte sie sich nichts anmerken zu lassen. Steten Schrittes lief sie weiter, als Quie'rasil abrupt innehielt.

„Wir drehen um."

Sämtliche Nirwase machten auf der Stelle kehrt. Niemand aus der tobenden Meute stellte seinen Befehl infrage. Lediglich Felizia blieb zurück. Selbst auf ihr Nachfragen hin, was denn plötzlich los sei, ließ der Dunkelelf sie im Unklaren.

Die Tür zum Hause des Mechanikus schwang auf, und ein mit einer Lanze und einer Fackel bewaffneter Wachmann stürmte herein, verfolgt von zwei Boten des Nirwanas. Es war Fritz. Der Bursche spielte den Lockvogel für die Ungeheuer. Drei Häuser und insgesamt sieben Nirwase hatte er auf diese Weise bereits niedergebrannt und zum Teufel geschickt. Nun wollte er offensichtlich mit der Werkstatt des Mechanikus fortfahren.

Da dessen Labor am äußersten Dorfrand stand, mussten ihn die Wesen bereits durchs halbe Dorf gescheucht haben.

„Lauft! Niemand ist mehr sicher“, rief der Knabe dem Mechanikus zu, der in Anbetracht der Bedrohung erstaunlich gelassen blieb.

Fritz dagegen ging auf die Knie. Er war umzingelt. Hinter ihm stürmten zwei Nirwase durch die Tür, während frontal vor ihm ein abscheulich sabbernder Riese stand.

Fritz hatte vorgehabt, geradewegs durch den Raum zu rennen und durch das gegenüberliegende Fenster zu hechten. Er hatte nicht damit gerechnet, dass bereits ein Monstrum im Inneren des Gebäudes war. Er bemerkte zwar eine gewisse Ähnlichkeit zwischen dem Monster und Gorgo, dem Dorfmaskottchen, da er ihn aber nur als Wicht kannte, ergab er sich seinem Schicksal.

„Bringt es schon hinter euch“, zischte er und vernahm hinter sich das wütende Grollen eines Nirworcs, der gerade dazu ansetzte, seinen Kopf wie eine überreife Tomate zu zerquetschen.

Der Nirworc hatte seine Rechnung jedoch ohne den Mechanikus gemacht.

„In meinem Domizil wird niemand platt gemacht“, zischte der alte Mann, der sich geradewegs zwischen Fritz und dem Orc-Abkömmling positionierte. Mit aller Kraft, die der Greis aufzubringen vermochte, stemmte er sich gegen den wabernden Muskelberg. „Eh ich es vergesse! Gekokelt wird hier drin ebenfalls nicht“, sprach Gorgos Mentor und löschte das Fackelfeuer mit einer Löschvorrichtung, die an seinem Rücken angebracht war.

„All diese Gerätschaften sind mein Lebenswerk, weder Mensch noch Magelaner darf sich daran vergreifen. Habt ihr das verstanden?“ Eilig wandte sich der Mechanikus wieder seinem vor Kraft strotzenden Kontrahenten zu. Mühelos schob er diesen samt dem dahinter lauernden zweiten Nirwas zur Tür hinaus. Die Grünhaut wusste nicht, wie ihr geschah. Ganz gleich wie sehr das Monstrum sich auch anstrengte, es war dem

Alten auf ganzer Linie unterlegen. Dem Ungeheuer gelang es gerade mal, dem eisernen Anzug ein leises Klicken und Klacken zu entlocken.

Mit aller Wucht schlug das Wesen auf den Mechanikus ein, doch der verzog nicht einmal das Gesicht. Hydraulische Kolben federten jeden der Schläge sanft ab.

Fritz, der zwar nicht verstand, wie der Alte dies vollbrachte, war von dem Mechanikus sichtlich beeindruckt. Da sich dieser der Nirwase an der Tür entledigte, musste sich Fritz lediglich um den Riesen im Inneren der Werkstatt kümmern. Eilig rückte Fritz Gorgo mit der Lanze auf den Pelz.

„Hey Schnierks, lass den Unsinn, komm mir mit deinem Zahnstocher bloß nicht zu nahe", protestierte der Riese energisch.

Ehe der Bursche sich versah, hatte er ihm bereits die Lanze aus der Hand geschlagen. Kurze Zeit später nahm er ihn unter den Arm und zerrte ihn auf dieselbe Weise zur Tür hinaus, wie es vor ihm der Mechanikus mit den beiden Nirwasen gemacht hatte. Beim Hinausgehen nahm Gorgo noch geschwind die Technokugel an sich.

„Keine Sorge du armes Kügelchen, dich lasse ich hier bestimmt nicht allein zurück. Ich werde gut auf dich aufpassen und dich vor allerlei schnierksischen Gefahren beschützen."

Der Gnom konnte die Sphäre mittlerweile ohne Gefahr anfassen, da es ihm gelungen war, deren Verteidigungssystem mit der Dekodiermaschine zu deaktivieren.

Als sie ins Freie traten, erkannten sie das Ausmaß der Vernichtung. Alles stand in Flammen. Es war unglaublich heiß. Sie standen inmitten sengender Rauchschwaden und ihnen fiel das Atmen schwer. Der Boden war mit verkohlten Leichen gepflastert. Abgerissene Gliedmaßen lagen überall herum, vereinzelt befanden sich auch ausgeweitete Ungeheuer darunter. Diejenigen, die noch halbwegs aufrecht standen, ganz gleich ob Freund oder Feind, streiften ohne Orientierung durchs Dorf und fielen entweder voller Hass übereinander her oder wurden selbst zum Opfer.

Lediglich einer kleinen Schar Bauern war es gelungen, sich mit Lanzen und Mistgabeln ihre Angreifer vom Leib zu halten. Lange würden sie aber nicht mehr durchhalten, da bereits ein Nirwoblin von Norden durch ihre Reihen hindurchbrach.

„Verschwinde schleunigst", befahl der Mechanikus Gorgo. „Und nimm Fritz mit, der Bursche ist noch zu jung, um bereits ins Gras zu beißen."

„Beine in die Hand nehmen, aye aye Chef, klein Gorgo hat verstanden. Ich geh allerdings nicht ohne dich. Alter vor Schönheit, sag ich da nur."

In diesem Punkt ließ der Mechanikus zu Gorgos Unmut leider keine Diskussion zu. „Ich bin gerührt, doch das ist nicht nötig. Du wirst alleine gehen müssen. Ich sagte doch bereits, dass dies hier … ", der Mechanikus zeigte zur Hütte und klopfte anschließend auf das Metall seines Anzugs. „… mein Lebenswerk ist. An diesem Prototyp habe ich die letzten zehn Jahre gearbeitet, schade, dass er nicht vollständig fertig geworden ist."

Voller Bedauern sah sich der Mentor noch einmal um. „Ich will mit meiner Werkstatt und meinen Erfindungen zusammen untergehen. Mein Leben lang habe ich versucht, mit meinen Ideen all jene zu beschützen und ihnen eine Chance zu geben, die keine Privilegierten des Teos sind, es wird Zeit, dass ich damit vor meiner eigenen Haustür beginne. Außerdem bin ich zu alt, um irgendwo anders neu anzufangen. Du dagegen hast gerade mal deine sieben Jahre auf dem Buckel."

„Hey, ich bin schon neun", zeterte der drei Meter Riese. „Das ist verdammt erwachsen für einen Goblin. Schließlich habe ich bereits Nachwuchs."

„Wie dem auch sei. Ich habe dir all mein Wissen vermittelt. Solange du überlebst, wird mein Erbe fortbestehen“, der alte Mann ging in sich. „Genug gejammert. Verschwinde und lass mich gefälligst allein. Ich will endlich mein Spielzeug austesten, dabei störst du bloß.“

Um seinem Gesagten Nachdruck zu verleihen, schaltete er mit einem kurzen Nicken seinen Kampfanzug auf die nächste Stufe. Die Klickgeräusche wurden zunehmend lauter, zusätzliche Pumpen sprangen an. Der Mechanikus hob den Orc, der die ganze Zeit über auf ihn eingehämmert hatte, nun problemlos empor und schleuderte ihn auf die Meute, die dabei war, die bereits auf zwei Mann dezimierten Verteidiger zu überrennen.

Gorgo zögerte sichtlich, ehe er zähneknirschend dem Befehl seines Meisters Folge leistete. Er flüchtete aus der Siedlung, die zu seinem Zuhause geworden war. Die Tatsache, dass die Dorfmauer zu großen Teilen – durch erdbebengleiche Zaubersprüche – in ihre Bestandteile zerlegt worden war, half ihm ungemein bei der Flucht.

Einige Meter vor sich erblickte der Goblin unverhofft den Hauptmann des Dorfes. Dieser musste sich schon seit geraumer Zeit aus dem Staub gemacht haben, so groß, wie dessen Vorsprung bereits war. Zum Kämpfen war er zu betrunken, doch das Weglaufen beherrschte er offensichtlich trotz seines Zustandes wie kein Zweiter, während die ihm zum Schutz befohlenen Bewohner reihenweise starben.

„Halt, bleib stehen!“ Fritz prügelte auf Gorgo ein. „Lass mich sofort runter, du Ungeheuer. Nicht! Ihr dürft Elis nichts antun, bitte verschont sie.“ Außer sich schrie er den Goblin an. „Lass mich auf der Stelle runter, du dreckige Lederhaut.“

Gorgo kam der Bitte jedoch nicht nach. Mit großen Schritten hatte er bereits das Lagerfeuer erreicht, in dessen verzehrenden

Flammen die Bewohner während der letzten Tage ihre Leichen entsorgt hatten. Es wäre Irrsinn gewesen, jetzt noch umzukehren. Nervös blieb der Goblin jedoch stehen und sah noch einmal zurück.

Diesen Anblick sollte er so schnell nicht mehr vergessen. Elis, die Tochter des Wirtes, hockte inmitten einer dreckigen Pfütze direkt vor dem Gasthaus. Gorgo erinnerte sich daran, dass Fritz schon seit Längerem für das Mädchen schwärmte. Im ganzen Dorf hatte man sich darüber bereits das Maul zerrissen.

„Sie hat es vorausgesehen", sprach Fritz wie im Delirium. „Sie hat gewusst, dass die Stadt brennen würde, und ich habe ihr eingeredet, dass sie sich irren würde, und sie ins Gasthaus gebracht, damit sie sich dort ausruhen kann. Ich muss zu ihr, ich kann sie dort unmöglich alleine lassen." Doch der Goblin ließ ihn nicht herunter.

Elis war unsanft aus ihrem Schlaf gerissen worden. Entsetzliche Schreie drangen an ihr Ohr. Geradewegs war sie daraufhin hinaus ins Freie gestürmt. Verzweifelt hatte sie versucht, sich einzureden, dass sie sich alles nur einbilde, was sich um sie herum ereignete. Das war es schließlich, was Fritz ihr voller Sorge eingebläut hatte, und sie wollte ihm so gerne Glauben schenken.

Fritz vernahm deutlich, wie sie seinen Namen rief. Sie hoffte, erneut Trost in seinen Armen zu finden. Doch so sehr der Bursche auch strampelte und den Gnom in die Schulter biss, dieser ließ ihn einfach nicht los.

Eine Gruppe von Nirwasen umzingelte die Magd. Mit vereinten Kräften wollten sie über Elis herfallen, doch ein Animalus hielt sie zurück. Mit falkenartigem Blick belauerte er sie. „So, du glaubst also nicht, dass wir echt sind? Soll ich dir vielleicht zeigen, wie real wir sind." Sein Gefieder bildete sich zurück und wurde durch schwarzes Fell ersetzt. Die Krallen an seinen Füßen wurden zu Pfoten. Er wollte ihr offensichtlich nicht die Augen auskratzen, sondern seine Krallen in ihr schwaches Fleisch rammen, und so wählte er seine neue Tiergestalt entsprechend. Der Animalus verwandelte sich ganz und gar in eine Raubkatze.

Gorgo überlegte mittlerweile, ob er nicht doch eingreifen sollte. Nervös suchte er nach dem Mechanikus. Zu seinem Bedauern konnte er ihn jedoch nirgends entdecken. Da, wo er sich aufhalten sollte, erblickte er bloß einen Berg voller Nirwase. Erst nach genauerem Hinsehen, erkannte der Goblin, dass diese den Mechanikus lebendigen Leibes unter sich begraben hatten.

Der alte Mann war geistig weggetreten. Sein mechanischer Anzug kämpfte jedoch eigenständig weiter. Der Prototyp schaltete automatisch in die vierte Stufe. Das Transfusionsset, das in einen der gepanzerten Ärmel integriert war, pumpte den Mechanikus mit Medikamenten voll. Allein dadurch vermochte er es, die freigesetzten Kräfte des Kampfanzuges zu kontrollieren.

Die Gelenke der Rüstung setzten sich unglaublich laut, fast ohrenbetäubend in Bewegung. Binnen von Sekundenbruchteilen hatte sich die kybernetische Maschine aus der Umklammerung ihrer Feinde befreit. Die Nirwase vermochten der Kraft des Exoskeletts nichts entgegenzusetzen. Jeder Bote des Nirwanas, der dem Mechanikus zu nahe kam, wurde von dessen mechanischen Fäusten zermalmt. Ihre Knochen zerbrachen, als wären sie bloße Spielzeuge.

Dennoch blieb auch der Mechanikus nicht verschont. Das Exoskelett schädigte seinen eigenen Träger. Aus den Augen und Ohren des Mechanikus quoll Blut. Seine Schmerzen mussten unerträglich sein, doch er war so betäubt, dass er nicht einmal bemerkte, wie verletzt er war. Er konzentrierte sich nur noch darauf, einen Feind nach dem anderen zu erledigen.

Ein Nirwaphim, der eher die Gestalt eines Dämons als die eines Engels besaß, wollte vor ihm flüchten. Der Abkömmling eines Seraphim flog direkt auf Gorgo zu, der wie versteinert am Feldrand stehen geblieben war.

Als der Mechanikus dies erkannte, schnellte eine Pistole aus seinem Ärmel, es war dieselbe, zu der er angeblich keine Munition mehr besaß. Er drückte ab, und die Waffe sprengte sich selbst in die Luft. Der Mechanikus verlor dabei zwei Finger.

Das abgefeuerte Geschoss erzielte dennoch seine Wirkung. Die Kugel, die für ein ganz anderes Kaliber gefertigt worden war, schlug ein enormes Loch in den Torso des geflügelten Wesens. Direkt vor den Füßen des Goblins schlug der Nirwaphim mit dem Kopf voran auf.

„Verschwindet doch endlich, los!", schrie der Mechanikus heiser.

Zögerlich kam Gorgo dem Befehl nach. Tatenlos wandte er sich von der Szene des Schreckens ab. Schockiert musste Fritz mit ansehen, wie der Animalus in der Gestalt eines Pumas zum Sprung auf die am Boden kauernde Elis ansetzte.

Verächtlich beobachtete ein Troll den Goblin dabei, wie dieser über das Feld flüchtete. Der Magelaner versteckte sich im sicheren Schatten des Waldrandes. Er hatte es sich zur Aufgabe gemacht, jedem Flüchtenden den Rückweg abzuschneiden, und nun konnte er endlich seiner unrühmlichen Aufgabe nachkommen.

Dass sein erstes Opfer ausgerechnet ein Magelaner war, störte das blauhäutige Wesen nicht im Geringsten. Immerhin trug dieser einen Terraner auf dem Rücken, weshalb es sich bei ihm nur um einen Verräter handeln konnte.

Die Nirwase, die sich hinter ihm im Gestrüpp verbargen, wurden unruhig. Der Troll dachte jedoch nicht daran, sie in den Kampf zu schicken.

„Darum kümmere ich mich allein.“ Mit einem einzigen seiner magischen Wurfgeschosse wollte er den Goblin zu Boden werfen.

Der Troll riss sich einen der vielen Stachel, die ihm aus dem Unterarm wuchsen, heraus und setzte zu einem präzisen Wurf an. Obwohl er mit seiner Stachelfrisur vielleicht nicht so aussah, so war er doch ein exzellenter Schütze. Seine Augen waren besser als die eines jeden Luchses. Der Troll verfolgte jede einzelne Bewegung seines Zielobjektes aufs Genauste. Jede Muskelkontraktion prägte er sich ein. Vor seinem inneren Auge sah der Punker bereits, wo der Goblin sich in naher Zukunft aufhalten würde, noch bevor dieser selbst davon wusste. Doch ausgerechnet zu dem Zeitpunkt, da er sein Geschoss abfeuern wollte, wurde der Troll in seiner Meditation gestört.

Die Nirwase in seinem Rücken wurden immer wilder und unruhiger. Irgendetwas brachte sie gewaltig auf.

Eine dunkle Stimme drang an seine gepiercten Ohren. „Lass das lieber, der Mensch wird noch gebraucht.“

Der Troll wusste nicht, welcher seiner Kameraden sich derart erdreistete, ihn abzulenken. Es war ihm aber sowieso egal. Er ließ sich nicht mehr aufhalten. Mit einer unglaublichen Präzision und einer irren Wucht warf er sein spitzes, mit Drüsengift getränktes Geschoss.

Kaum da der Stachel seine Hand verlassen hatte, stürzten sich die Boten des Nirwanas auf ihn. Sie zerfetzten den Leib ihres Befehlshabers und zerlegten ihn in Hunderte von Einzelteilen. Lediglich ein roter Rotzfleck blieb auf dem Boden zurück. Abrupt beruhigten sich die Nirwase, als die dunkle Gestalt aus dem Hintergrund nach vorn trat.

Das Wesen verströmte einen ekelerregenden Geruch, der dem Gestank von frisch geflossenem Blut, der vom Dorf herüberwehte, in nichts nachstand.

„Warum hast du ihn nicht einfach ziehen lassen?", zischte eine kehlige Stimme. „Dann wäre dir ein Dasein als *Bote des Nichts* erspart geblieben, so dagegen wirst du ein schreckliches Schicksal zu erleiden haben."

Die Ungeheuer in seiner Umgebung vernahmen die grässliche Stimme und verbeugten sich in Ehrfurcht vor ihrem Gebieter. Zum allerersten Mal zeigte sich Schenigma ihnen in seiner untoten Leibeshülle. Ihrer uneingeschränkten Loyalität tat dies jedoch kein Abbruch, denn sie würden ihn in jeglicher Gestalt erkennen.

Der Untote beobachtete das Geschoss des Trolls dabei, wie es geradewegs auf das Herz des Goblins zusteuerte. „Ich bin beeindruckt", krakeelte die verweste Gestalt. „Schade nur, dass der Stachel niemals sein Ziel erreichen wird."

Die Hand des Fürsten der Finsternis schnellte empor, woraufhin der Dorn mitten im Flug zu Staub und Asche zerfiel. Kurz darauf zerbröselte auch der Untote. Er ging derart spektakulär und mysteriös, wie er gekommen war, und hinterließ den Wald in herbstlich verfaulender Farbenpracht. Zuvor saftig grüne Bäume warfen ihr Blattwerk ab. Alles wirkte plötzlich wie ausgestorben.

„Sammelt die Leichen ein und bringt sie mir", hallte sein letzter düsterer Befehl durchs Gestrüpp.

Nicht ein Mensch war mehr am Leben, und so erfüllten die Nirwase den stillen Befehl ihres Meisters. Die Monsterhorden schleppten einen Gefallenen nach dem anderen aus dem Dorf.

Auch ein Terraner in seinem Exoskelett befand sich unter ihnen. Die Boten des Nirwanas schleiften den Leichnam des Mechanikus über weite Distanzen ihrem geheimen Bestimmungsort entgegen. Selbst die Überreste des zerstückelten Trolls führten sie in ihren Mäulern mit sich.

Ruh in Ewigkeit

Liz erwachte mit wild pochendem Herzen. Sie lag auf etwas Weichem. Die Nacht war sternenklar. Die Elfe genoss das silberne Mondlicht auf ihrer Haut und den Wind, der ihr durchs Haar streichelte.

Wo bin ich?, fragte sie sich und neigte zögerlich ihren Kopf zur Seite. Sie lag mitten im Wald am Ufer eines Sees. Leichte Wellen zeichneten sich auf der Wasseroberfläche ab. *Wie bin ich hierher gekommen?* Sie erinnerte sich nur noch daran, dass sie völlig kraftlos zusammengebrochen war. Keinen Schritt war sie mehr zum Gehen imstande gewesen, doch nun fühlte sie sich wieder besser.

Die magischen Energien aus Magela erfüllten ihren Körper wieder mit Kraft. Sie hielt sich demnach nicht länger auf terranischem Territorium auf, sondern irgendwo im Grenzgebiet zu ihrer Heimat. Sie war also vor dem Gleichgewicht in Sicherheit.

Dennoch stimmte etwas nicht. Unerwartet zuckte die Elfe zusammen. Sie war nicht allein! Jemand atmete in ihrer Nähe. Liz blieb absolut steif liegen und versuchte, möglichst keinen Laut von sich zu geben.

Wem würde sie wohl ins Angesicht blicken, wenn sie sich nun umdrehte, ihrem Retter oder ihrem Peiniger? Ihre Handgelenke waren nicht gefesselt, sie hoffte daher auf Ersteres.

Anfänglich gelang es ihr lediglich, seine Konturen zu erahnen, dann aber realisierte sie, wer da wirklich neben ihr lag. Sie vermochte keinen klaren Gedanken mehr zu fassen. Liz hatte mit allem gerechnet, aber nicht damit, nicht mit ihm! Lieber wäre sie das Frühstücksfilet für einen hungrigen Nirwas, als dass sie Kastriot ausgeliefert war.

Der Soldat schlief neben ihr, seinen Kopf in ihre Richtung gewandt. Sämtliche Gräueltaten, die er begangen hatte, rief sich die Elfe in Erinnerung. Es machte sie wütend, wie konnte er es wagen, derart unschuldig auszusehen.

Sie richtete sich vorsichtig auf, darauf bedacht, ihn keine Sekunde aus den Augen zu verlieren. Kastriot schlief trotz des kühlen nächtlichen Windes mit nacktem Oberkörper. Sein Schwert lag neben ihm, lose, aber dennoch außerhalb von Liz Reichweite. Die Elfe holte die Sternenscheibe unter ihrem Rock hervor. Sie war innerlich derart aufgewühlt, dass sie sich noch nicht einmal darüber wunderte, warum Kastriot ihr die Scheibe nicht abgenommen hatte. Ihr war nur eines wichtig, dass sie bewaffnet war und dass Kastriot völlig wehrlos vor ihr lag. „Na, wer ist jetzt wem ausgeliefert", zischte Liz leise.

Sein Brustkorb hob und senkte sich mit jedem Atemzug. Vereinzelt schnellten seine Pupillen unter den geschlossenen Augenlidern hin und her. Ob er wirklich schlief? Wie konnte der General nur so unvorsichtig sein? *Du wirst es noch bereuen, derart überzeugt von dir selbst zu sein!*

Sie beugte sich mitsamt ihrer Scheibe über ihn und versuchte mit der freien Hand sein Schwert zu erreichen. Sie streckte sich so weit es ging, doch ihr Arm war nicht lang genug. Liz weigerte sich aufzugeben. Breitbeinig lehnte sich die Elfe über ihn und griff eilig nach seiner Waffe.

Ihr Herz raste wie wild. Sie spürte seine Schenkel zwischen ihren, wie sie sich sanft bewegten, doch er schien noch immer zu schlafen. Mit zitternder Hand richtete sie die Sternenscheibe auf seinen Hals, während sie sich mit dem Ellbogen vom Boden abstützte. Sein warmer Atem glitt über ihre Waffenhand. Sie zuckte nervös zurück. Nie zuvor hatten ihre Sinne derart intensiv auf ihre Umgebung reagiert. Die Nahtoterfahrung haftete ihr noch an. Anders vermochte sie sich ihre Erregung nicht zu erklären.

Sie richtete das Schwert auf seinen nackten Oberkörper. Sollte der Soldat nur einen falschen Schritt wagen, wäre es um ihn geschehen. Seine Waffe wog schwer in Liz' Hand. Allein das stählerne Gewicht würde genügen, Kastriot zu durchbohren. Liz musste dazu noch nicht einmal Kraft aufwenden. Zur Not konnte sie ihm immer noch die Kehle mit der scharfkantigen Schneide der Sternenscheibe aufschlitzen. Der General würde sie nicht erneut reinlegen können. *Nicht dieses Mal!* Sie würde ihm all das heimzahlen, was er ihr und Milly angetan hatte.

Der Soldat war erschöpft. Viele Kilometer hatte er zurückgelegt. Nichts war jetzt noch imstande, ihn aus seinen Träumen zu reisen. Nicht einmal die Stimme, die ihn verzweifelt zu wecken versuchte. Denn das Chaos in seinem Kopf suchte nach Ordnung, und nur im Schlaf fand er die nötige Ruhe. Allein in seinen Träumen konnte er der Realität für eine Weile entfliehen. Er bemerkte nicht, dass die Elfe neben ihm erwacht war und sich langsam seinem Schlafplatz genähert hatte. Kastriot war vollkommen in seinen Traum versunken.

Er hatte Heilbrunn als gewöhnlicher Soldat betreten und als General verlassen. Der Hauptmann hatte ihn nach Teósix beordern wollen. In jene Stadt führte ihn sein Traum nun. Er war umgeben von jubelnden und schreienden Menschenmengen, die sich zwischen gigantischen Wolkenkratzern versammelt hatten. Gardisten marschierten in polierten Rüstungen an ihm vorbei, und es regnete Konfetti in allen Farben. Man jubelte nicht irgendjemandem, sondern ihm zu. Ihm allein: dem General Kastriot!

Der Soldat fühlte sich jedoch nicht wohl in seiner Rolle. Auf keinen Fall wollte er dieses entsetzliche Erbe antreten, ganz gleich, wie viel Ruhm ihn dort erwarten sollte. Nur wohin sollte er stattdessen gehen? *Vielleicht nach Livius?* Zurück zu dem Schlachtfeld, wo das Schicksal seinen Lauf genommen hatte? Nein, dahin wollte er auf keinen Fall!

Plötzlich war der Soldat wieder im Wald. Sein Traum, der ihm noch einige Streiche spielen sollte, fuhr erst einmal mit dem fort, was er tatsächlich nach dem Verlassen von Heilbrunn getan hatte. Er war einer auffälligen Spur durch den Wald gefolgt, ein zerdrückter Dornenbusch und zwei zerbrochene Äste wiesen ihm den Weg.

Er musste sich durch dichtes Gestrüpp kämpfen, ehe er schließlich jenes Wesen erblickte, das ihm den Traum versüßte. Die Elfe wirkte sichtlich erschöpft. Sie atmete kaum noch. Eilig half er ihr hoch und wischte ihr den Schlamm von der Wange. Darunter kam ein zartes Gesicht zum Vorschein. Ihre Haut wirkte ungewöhnlich blass. Dennoch trübte es ihre Schönheit kein bisschen. Verträumt verlor er sich in ihrem Antlitz. Erinnerungen schossen durch seinen Kopf. Diesmal waren es jedoch nicht die eines vermeintlich Fremden, sondern seine eigenen. Trotz seines erstaunlich kurzen Lebens waren es viele Erinnerungen.

Bereits im Gasthaus hatte die Elfe über ihn gewacht, das begriff der Soldat jetzt. Sie hatte ihn mehr aus Ungeschicktheit, als mit Absicht, aus seinen Albträumen geweckt. Er musste bei diesem Gedanken schmunzeln. Ihn wunderte es, dass ihm das nicht schon viel früher aufgefallen war. Die sanften Linien ihres Antlitzes waren doch derart unverwechselbar, ganz gleich, hinter wie vielen zu groß geratenen Lederhelmen sie sich zu verbergen versuchte.

Selbst als er mit seiner Vergangenheit konfrontiert wurde und aus den holografischen Aufzeichnungen der Technokugel die Wahrheit über seine Vergangenheit erfuhr, weilte sie an seiner Seite. Sie teilte seinen Schmerz mit ihm. Seinem Selbsthass verlieh die Elfe Ausdruck. Er wollte sterben, und sie hätte ihm diesen Wunsch beinahe erfüllt.

Er bildete sich mittlerweile sogar ein, ihre Anwesenheit bereits viel früher gespürt zu haben. Die ganze Zeit über, während er allein durch den Wald gelaufen war, hatte er gespürt, dass ihn jemand verfolgte, obgleich er es nie mit absoluter Sicherheit wusste. Dennoch fühlte er sich von Anbeginn an sicher in ihrer Nähe. Sicher und weniger einsam.

Seit er denken konnte, begleitete ihn die Elfe auf Schritt und Tritt, dabei kannte er noch nicht einmal ihren Namen, und nun schlief sie sanft und wohlbehütet in seinen Armen. Dass sie sich niemals freiwillig in eine solche Situation begeben hätte, trübte den Frieden nur unwesentlich. Zwar waren sie der Umstände wegen Feinde, dennoch konnte er ihr nichts antun, erst recht nicht, während sie sanft schlummerte und dabei so unschuldig wirkte. Er würde ihr kein Leid zufügen, niemals mehr und niemals wieder. Vorsichtig strich er ihr eine Strähne aus dem Gesicht, woraufhin der Traum plötzlich eine unerwartete Wendung nahm.

Der Soldat verspürte ein scharfes Stechen in seiner Brust und bäumte sich auf.

„Was geschieht hier?"

Die Elfe durchbohrte seine Brust mit seinem eigenen Schwert. Voller Hass starrte sie ihm in die Augen. Er sollte fühlen, was sie fühlte, und empfinden, was sie empfand. Mit aller Kraft jagte sie die Klinge noch tiefer in seinen Leib. Die stählerne Waffe wühlte in seinen Gedärmen herum, bis das Blut nur so spritzte.

„Wie kann das sein?", keuchte der Soldat elendig. „Wie bist du an meine Waffe gekommen? Das Schwert hing doch bis eben noch an meinem Rücken. Du konntest dich doch kaum mehr rühren."

Nichts davon traf allerdings auf die Person zu, die dem Soldaten soeben das Leben zu nehmen versuchte. Ihr ging es gut! Sie war wütend, aber ihr ging es gut. *Ein Glück, sie lebt.*

Sein Körper war wie betäubt. Er spürte die Schnittwunde nicht mehr. Für ihn zählte nur noch eins, dass die Elfe am Leben war. Doch gerade, als er sich mit seinem Tod abgefunden hatte, verblassten die Bilder wieder.

Liz lag erneut in seinen Armen und hatte ihre Augen geschlossen. Sein Schwert hing wieder an seinem Rücken, so als wäre nichts dergleichen vorgefallen.

Der Soldat löste seine Waffe aus der Halterung und befestigte sie an seiner rechten Hüfte. Die Elfe würde nicht mehr allzu lange zu leben haben, wenn sie weiter hier blieb. Sie hatte sich zwar erstaunlich weit von Heilbrunn entfernen können, doch falls die Wachen sie hier nicht finden sollten, so würde sie ganz sicher das Gleichgewicht dahinraffen.

Vorsichtig hievte er sie auf seinen Rücken. Er umfasste ihre Schenkel, wobei seine Hand etwas Weiches streifte. „Oh nein, ihr Höschen!“, schnell fasste seine Hand um, doch zu seiner Erleichterung erkannte er, dass er nur die weiße Scheibe berührt hatte, die unter ihrem kurzen Rock dezent hervorlinste.

Bei dem Anblick dieses kristallinen Objektes manifestierte sich vor seinem geistigen Auge das Bild eines gepeinigten Engels, der an einen Stahlkäfig gekettet war. Die Kehle der Seraphim war gewaltsam geöffnet worden. Ihr Kopf lehnte nach hinten, während sie knietief in einer Blutlache badete.

Der Soldat verdrängte jedoch diese abscheuliche Erinnerung und setzte sich samt der Elfe auf dem Rücken in Bewegung. Er hoffte inständig, dass es ihr besser ginge, sobald er nur weit genug Richtung Magela lief. Sollte der Goblin recht behalten, konnte dies allerdings seinen Tod bedeuten, da das Gleichgewicht, das die Elfe dahinraffte, nun umgekehrt ihn angreifen würde, wenn er es wagte, sich als Mensch zu weit von Neu Terra zu entfernen.

Doch entsprach das überhaupt der Wahrheit? Als er auf der Lichtung erwacht war, hatte er nichts dergleichen gespürt, dabei hatte er sich dort in relativer Nähe zu Livius und somit im Hoheitsgebiet Magelas befunden. *Egal!* Er musste es einfach riskieren. Es störte ihn nicht einmal, dass sie sich vermutlich an ihm rächen würde, sobald es ihr wieder besser ging. Lieber starb er durch ihre Hand, als umgekehrt.

Der Soldat vernahm ein Plätschern, während er durch Flora und Fauna wanderte. Alles verschwamm für eine flüchtige Sekunde, es war, als würde er seine Umgebung durch die Reflexion eines Teiches wahrnehmen. Ein Stein war in dessen Mitte gefallen, nun gingen kreisrunde Wellen von dessen Eintauchpunkt aus.

Nach einer Weile war der Teich jedoch wieder glatt und eben, so als wäre nichts vorgefallen. Nur auf seiner Wange befand sich noch immer ein Wassertropfen, fast einer Träne gleich, die zuvor nicht da gewesen war. Doch woher war dieser Tropfen gekommen, den er nicht wegzuwischen vermochte? Seine Augen waren trocken, und die Sonne schien hell, keine einzige Regenwolke stand am Himmel.

Die Rundungen der Elfe im Rücken spürend und immer wieder zu sich selbst sagend: „Reiß dich gefälligst am Riemen!“, marschierte der Soldat weiter.

Die Stunden vergingen rasch. Er legte keine einzige Pause ein. Die Sonne hatte bereits den höchsten Punkt überschritten. Die Elfe war federleicht, dennoch übermannte ihn allmählich die Müdigkeit. Er musste jedoch nur in das liebliche Antlitz von Liz blicken, um sich wieder vollends bei Kräften zu fühlen. Sicherlich musste sie viel schlimmere Schmerzen durchstehen als er.

Bei Einbruch der Dämmerung begann sich die Elfe allmählich besser zu fühlen. Ihre Arme legten sich sanft um seinen

Hals. Der Soldat war erleichtert: Endlich bewegte sie sich wieder selbstständig. Den wirren Traum, in dem sie ihn erstach, hatte er längst verdrängt.

Sie schmiegte sich an ihn, ihre Wange direkt neben der seinen. Sie war warm und längst nicht mehr so blass wie zuvor. Nun da sie sich im Schlaf von selbst auf seinem Rücken hielt, ging es gleich viel einfacher voran. Von Zeit zu Zeit säuselte sie ihm sogar leise Worte ins Ohr. „Nicht so grob." Nur hauchzarte Fragmente davon konnte er verstehen. „Versprochen! Ich bring sie dir zurück." Zudem kuschelte sie sich immer stärker an ihn. Er genoss ihre Nähe, obwohl er wusste, dass ihre Zärtlichkeit sicher ein jähes Ende finden würde, sobald sie erst wieder vollständig zu sich käme. Bis dahin wollte er den Augenblick aber noch ein wenig auskosten.

Noch immer lief ein einzelner Wassertropfen über seine Wange. Bis zu seinen Lippen hatte dieser sich vorgearbeitet und genau in dem Augenblick, da er ihn mit seiner Zungenspitze berührte, begann sich seine Umgebung aufzulösen. Die Elfe und der Wald verschwanden im Nichts, das einzige was zurückblieb, war ein salziger Beigeschmack des Erlebten.

Liz richtete das Schwert noch immer geradewegs auf seine Brust. Sie hockte über ihm, bereit, auf diesen schrecklichen Menschen einzustechen, der ihr so viel Leid zugefügt hatte. *Töten! Töten? Ich muss ihn töten, solange ich die Gelegenheit dazu habe.* Sie hatte noch nie jemanden umgebracht, sie wusste noch nicht einmal, ob sie überhaupt dazu imstande war. Dass er schlief, erschwerte es ihr umso mehr.

Obwohl, oder gerade weil diese Bilder Liz so sehr quälten, führte sie sich all das noch einmal vor Augen, was Kastriot Milly angetan hatte. Jede einzelne Szene und jedes einzelne Bild ging sie im Geiste durch. Sie verlor sich darin und vergaß, in welcher Gefahr sie schwebte. Halb in Gedanken ließ sie das Schwert sinken. Kastriots Körper zuckte merklich. Liz spürte, wie sein Knie an ihrem Bein rieb. Eilig zog die Elfe die Waffe zurück, an deren Spitze Blut klebte.

Liz war sichtlich durch den Wind. Kastriot hatte seinen Kopf im Schlaf gedreht. Sie sah ihm nun direkt ins Antlitz. Trotz der Schnittwunde, die sie ihm zugefügt hatte, war er nicht erwacht.

In seinem Traum spürte der Soldat die Kälte der Klinge dagegen klar und deutlich. Diese flüchtige Berührung hatte in ihm die albtraumhafte Sequenz hervorgerufen, in der er sich einbildete, dass die Elfe ihn tatsächlich erstach. Nachdem sie das Schwert jedoch angehoben hatte, war der Schmerz in seiner Brust so schnell verebbt, wie er aufgekommen war.

Ihre Augen füllten sich mit Tränen. Die Trauer war stärker als ihre Wut, die sie versucht hatte, durch die Erinnerungen an ihre Schwester anzufachen. *Er wollte mich von hinten mit der Armbrust erschießen, es ist also nur gerechtfertigt, wenn ich ihn nun im Schlaf umbringe. Er würde sicher keine Sekunde lang zögern, wenn er an meiner Stelle wäre.* So sehr sie sich das auch einzureden versuchte, es gelang ihr einfach nicht, sich selbst von der Rechtmäßigkeit ihres Vorhabens zu überzeugen.

Eine Träne löste sich von ihrer Wange und schwebte auf das Gesicht des Soldaten hernieder, wo sie still und leise ihren Weg fortsetzte. Bis hinab zu den sanften Konturen seiner Lippen tänzelte der Tropfen. Als er im Halbschlaf seine Lippen anfeuchtete, schmeckte er dessen salzige Nuancen auf seiner Zungenspitze. Seine Augen öffneten sich.

Der Soldat blieb regungslos liegen und ließ seinen Blick über das Antlitz der Elfe wandern. In natura gefiel sie ihm noch besser als in seinen Träumen. Ihre smaragdgrünen Haare schimmerten im Mondlicht silbern. Spitze Ohren linsten darunter hervor. Sie hatte sich zu ihm hinunter gebeugt. Eine einzelne Strähne hing ihr im Gesicht und endete an ihrem süßen Näschen.

Der Soldat spürte deutlich, wie ihm die Sternenscheibe in den Hals schnitt und dass die Elfe sein eigenes Schwert auf ihn richtete, dennoch rührte er sich nicht. Er sorgte sich mehr um die Elfe als um sich selbst. *Warum weint sie?* Ihr müsste es doch nach all dem Schlaf deutlich besser gehen.

Liz hatte vom Erwachen des Soldaten nichts mitbekommen. Sie driftete in ihren Erinnerungen ab. Diese scherten sich zu ihrem Leid nicht darum, dass es gerade nicht der richtige Augenblick dafür war. *Milly, ich hätte dich niemals allein lassen sollen.* Die Elfe spürte eine Bewegung zwischen ihren Schenkeln. Abrupt versiegte der Fluss ihrer Tränen. Ihre Augen strahlten eine unnachgiebige Härte aus, jedwede Freude hatte ihr Antlitz verlassen.

„Du bist also endlich wach." *Na, schön.* Auf diese Weise würde es ihr deutlich leichter fallen, Kastriot zu erledigen. Doch wieso blieb er so ruhig? Sie hatte erwartet, dass er sie aufgebracht anschreien oder sich zur Wehr setzen würde, doch nichts dergleichen geschah. Er lag genau so seelenruhig unter ihr wie zu dem Zeitpunkt, als er noch schlief. Verhöhnte Kastriot sie etwa? *Glaubt er tatsächlich, mir noch entrinnen zu können. Derart größenwahnsinnig kann er doch unmöglich sein?* Sie suchte nach einem Hauch von Hass und Wahnsinn in seinen klaren blauen Augen, doch fand sie nichts als Ruhe, Gelassenheit und Trauer darin.

Kastriot verhielt sich vollkommen anders, als sie es erwartet hatte. Dennoch vermochte sie es nicht, das Bild von Millys abgeschlagenem und blutüberströmtem Flügel aus ihrem Geiste zu verdrängen, das ihr die Technokugel aufgezeigt hatte. Sie glaubte beinahe, dass er nur darauf wartete, dass sie ihm endlich die

Frage stellte, die ihr schon die ganze Zeit über auf den Lippen lag. Die Elfe versuchte so hart wie möglich zu klingen, dennoch schwang in ihrer Stimme eine gewisse Zärtlichkeit.

„Bevor dein Ende naht, will ich noch eines wissen. Was hast du noch alles mit Milly angestellt, nachdem sie dir Versager diese entsetzliche Narbe zugefügt hat?"

Liz hatte ihre Frage klug gestellt. Hätte der Soldat sich nicht längst von seinem Generalsdasein verabschiedet, er wäre ausgerastet, bei der Behauptung, der Seraphim sei es gelungen, gegen ihn aufzubegehren.

Jetzt hingegen traf ihn das, was Liz sagte, schwer. Genau das wollte er selbst auch wissen. Was sollte er der Elfe darauf antworten? Er überlegte, doch ihm fiel nichts ein. Er musste etwas sagen, sie wartete schließlich zu Recht auf eine Antwort, während sich das Damoklesschwert über seiner nackten Haut hernieder senkte.

Die Elfe schrie Kastriot an. „Verflucht! Sag mir endlich, wie lange du sie zu Tode gequält hast!"

Der Soldat konnte ihr nicht mehr in die Augen sehen. Sein Blick wich dem ihren aus. Vergeblich suchte er in seinen Erinnerungen nach einer Antwort. Als die Elfe ihn erneut anschrie, sprach er den erstbesten Gedanken, der ihm kam, laut aus.

„Ich weiß es nicht!" Er schrie es aus sich heraus: „Ich weiß es nicht!"

„Ich weiß … es … einfach … nicht", flüsterte er abermals zu sich selbst.

Beide schwiegen für lange Zeit. Dann erst sprach der Soldat weiter. „Hättest du mich das vor einigen Stunden gefragt, ich hätte dir, nur um dich leiden zu sehen, die schrecklichsten Dinge erzählt. Dass ich ihre Kehle aufgeschlitzt und sie habe ausbluten lassen. Doch ich kann dir nicht sagen, ob dies wahr ist, vermutlich ja … doch ich bin mir nicht sicher." Beschämt wendete er seinen Kopf zur Seite. „Ich kann dir noch nicht einmal sagen, ob deine Freundin überhaupt wirklich tot ist."

Was sagte er da? Liz glaubte ihm nicht. Was sollte das nun wieder, was bezweckte er damit? Von allen Dingen, die er ihr sagen konnte, war dies das Schlimmste. Falls er ihr falsche Hoffnungen machen wollte, hatte er keinen Erfolg damit.

Die Elfe traute ihm nicht. Noch einmal würde sie nicht auf den General hereinfallen, doch ein Teil von ihr wollte dem Gesagten Gehör schenken.

„Lügner! Lass dir gefälligst etwas Besseres einfallen."

Völlig außer sich holte die Elfe mit ihrer Sternenscheibe aus. Der Soldat erschrak, als sie mit dieser quer über sein gesamtes Gesicht fuhr. Anstelle von Blut war jedoch nur eine große Schramme auf seinem Antlitz zu erkennen. Die scharfkantigen Ränder der Scheibe mussten sich aus einem unerfindlichen Grund eingezogen haben. Zwar war die Waffe damit noch immer hart wie ein Knüppel aber zumindest nicht mehr unmittelbar tödlich. Auch als die Elfe zum zweiten Mal auf ihn einschlug, blieb lediglich eine kleine Wunde zurück, die irgendwann wieder verheilen würde.

Mit tränenüberfluteten Augen ließ die Elfe immer wieder die Waffe auf seinen Oberkörper einprasseln, ein jeder Schlag schwächer als der davor.

„Dir scheint es endlich wieder gut zu gehen." Ihre Schläge steckte der Soldat problemlos weg. Statt darauf einzugehen, sprach er weiter, als wäre nichts geschehen: „Ich hatte schon befürchtet, du würdest den Tag nicht überstehen. Doch nach deiner Kraft zu urteilen …" Er verzerrte sein Gesicht ein wenig, um seine Aussage zu verdeutlichen. „… hab ich mich wohl in dir geirrt, wie schön", lächelte er sie an.

Liz war erneut verwirrt. Sie begriff erst jetzt, dass Kastriot sie an diesen See gebracht und sie auf diese Weise gerettet hatte. *Nein, nicht gerettet, er hat mich entführt!* Doch ganz gleich, wie sie es auch zu drehen und wenden versuchte, ohne ihn wäre sie nicht mehr am Leben. Die Elfe verstand diesen Menschen einfach nicht, nichts, was er tat, ergab für sie einen Sinn.

Liz traf eine folgenschwere Entscheidung. „Ich werde es ganz sicher bereuen. Doch ich will einem Terraner wie dir nichts schuldig bleiben." Eilig sprang sie auf und warf ihm die Waffe vor die Füße. „Mach schon! Heb dein Schwert auf und lass uns kämpfen!"

Kampfspiele #1

Der Soldat richtete sich auf. ohne das Schwert auch nur eines Blickes zu würdigen. „Was hast du vor?“, fragte er verwundert.

„Du hast mein Leben zerstört!“, brüllte die Elfe wütend. „Das werde ich dir niemals verzeihen. Heb endlich dein Schwert auf und lass uns kämpfen. Komm schon! Greif mich an!“ *Entweder ich oder du! Einer wird an diesem See den Tod finden.*

Es schmerzte ihn, derart harsche Worte aus ihrem Munde zu vernehmen.

„Was ist, warum zögerst du?“, forderte Liz ihn unentwegt auf. „Damit, dass ich dir meinen entblößten Rücken offenbare, kann ich dir leider nicht dienen.“

Der Soldat wirkte unsicher, dennoch gehorchte er. „Ich sehe schon, das hat alles keinen Sinn.“ Er hob das Schwert auf und nahm eine kampfbereite Haltung ein. „Wir sind offenbar grundverschieden, denn für mich bist du der einzige Lichtblick im Leben. Doch wenn es das ist, was du willst, dann sei es so.“

Liz griff ihn zuerst an. Als Kastriot ihren Schlag parierte, sprühten die Funken. Die Elfe machte ernst. Sie drängte sofort weiter vorwärts.

„Ist das etwa alles?“, stachelte der Soldat sie weiter an. Ihm begann der Zweikampf zu gefallen.

Doch er hatte das zarte Wesen unterschätzt. Mit jedem Schlag rang sie ihm Meter um Meter ab und drängte ihn zurück. Hinter ihm stand ein Kirschbaum, der ihm schon bald zum Verhängnis werden sollte. Sie zögerte keine Sekunde lang. Auf diese Art und Weise fühlte sie sich nicht schuldig, so konnte sie ihn töten. „Das ist dein Ende!“

Ihre Scheibe schnitt von rechts nach links durch die Luft. Sie schlug geradewegs ins Leere, oder zumindest glaubte der Soldat das. Doch plötzlich wuchs die Waffe um ein Vielfaches. Sie entfaltete sich zu einem Sternenkranz, der beinahe so lang war wie sein Schwert und ihm spielend den Kopf abzuschlagen vermochte.

„Das wird knapp!“, japste der Soldat nervös und warf sich im selben Atemzug auf den Boden. Der Kranz schnitt in die Rinde des Baumes in seinem Rücken. Nur mit Mühe gelang es ihm, seinen Sturz abzufedern. Sie hatte ihn an der Schläfe getroffen.

Der Angriff der Elfe war damit jedoch längst nicht beendet. Sie stoppte den Sternenkranz auf halber Strecke und ließ ihn senkrecht auf ihren Gegner niedersausen.

Der Soldat sprang zur Seite und rollte sich ab. Liz derweil zog ihre Waffe aus dem Erdboden. Beide verharrten in ihren Bewegungen und vernahmen ein hölzernes Knirschen. Der Stamm des Baumes zersplitterte, und Späne stoben durch die Luft. In voller Länge krachte der Hüter des Waldes auf beide zu. Liz sprang zackig zur Seite, der Soldat dagegen verharrte weiter regungslos an Ort und Stelle. Er lag mitten in der Einfallschneise. Zersplitternd donnerte das Ungetüm auf ihn hernieder.

Von da an vernahm die Elfe nur noch das leise wiegende Geräusch der Äste. Der Baumriese war zum Erliegen gekommen und hatte die Elfe um die Chance zur Rache beraubt. Es regnete Kirschblüten, die sich in ihrem Haar verfingen. Liz untersuchte das Blattwerk. *Ist das etwa wirklich schon alles gewesen.* Sie war beinahe ein wenig enttäuscht.

Der Soldat schien sich allerdings nicht mit seinem frühzeitigen Tod abfinden zu wollen. Vielmehr meldete er sich aus dem Jenseits – oder dem Unterholz – zurück: „Ein Tipp, verrate deinem Kontrahenten niemals, dass es bald um ihn geschehen ist. Damit warnst du ihn bloß vor und gibst ihm die Gelegenheit, sich eine sichere Deckung zu suchen.“

Liz suchte vergeblich nach dem Ursprung dieser Stimme. Das Blattwerk war viel zu dicht, um irgendetwas dazwischen erkennen zu können. Oder doch! „Da bist du also!“

Der Soldat stand auf dem höchsten Ast des umgestürzten Riesen und sprang mit dem Schwert voran auf die Elfe hernieder. Liz erhob eilig ihren Kranz zur Parade und erwiderte ihm ihrerseits mit einem gut gemeinten Rat: „Sprechende Bäume sind alles andere als unauffällig, wenn du also unbedingt blöde Tipps geben musst, warte damit gefälligst, bis die richtige Gelegenheit gekommen ist. Ganz davon zu schweigen, dass sich nur Feiglinge im Gestrüpp verstecken.“

„Vielleicht wollte ich dich ja absichtlich vorwarnen“, gab er ihr verspielt zu verstehen, wodurch er sie nur noch mehr verschreckte.

Der Schlagabtausch ging weiter. Auf ein Kling folgte ein Klong. Beide waren ebenbürtige Gegner, doch die Elfe behielt dennoch die Oberhand und drängte den Soldaten weiter zurück. Erst allmählich bemerkte Liz, dass er sich einige gute Möglichkeiten zum Kontern entgehen ließ.

Wütend und enttäuscht ging sie stärker zur Offensive über, erneut sprühten Funken, und Liz verschaffte sich Luft. „*Kastriot*, lass das! Wehre dich gefälligst.“

„Nein!“, schrie der Soldat unerwartet auf, wobei seine Schläge zunehmend härter wurden. Plötzlich war er es, der sie Meter um Meter zurückdrängte, während es ihr immer schwerer fiel, sich ihm entgegenzustemmen.

Liz stand kurz davor, ihre Waffe zu strecken. Die Wucht seiner Schläge war so groß, dass sie ihren Sternenkranz kaum mehr halten konnte. Stets musste sie ihn erneut zu ihrem Schutz erheben. *Scheibe, was ist los mit dir? Als wir das letzte Mal gegen diesen Mistkerl gekämpft haben, hast du doch beinahe alles alleine gemacht, wieso unterstützt du mich jetzt nicht mehr.* Liz stand mit einem Bein bereits in den Fluten des Sees, und der Soldat trieb sie mit jedem Schlag, den sie erschöpft abzuwehren versuchte, tiefer hinein.

„Ich … bin … nicht … Kastriot!", verschaffte sich der Soldat Luft. „Jedenfalls … nicht mehr. … verstanden! Nenn mich daher nicht länger so. Nie mehr!" Seine Schläge ließen wieder nach.

Liz verwunderte mittlerweile nichts mehr an dem Terraner. „Ganz wie du willst. Lange wirst du sowieso nicht mehr leben. Doch wie soll ich dich in der Zwischenzeit nennen?"

Den Soldaten gab die Frage zu denken. Eine Gelegenheit, die die Elfe zu ihren Gunsten nutzte. Sie lockte ihn noch tiefer ins seichte Wasser. Der See war kühl, dennoch folgte ihr der Soldat gedankenabwesend.

Endlich besaß er eine Antwort: „Zeifos. Nenn mich Zeifos! Du erinnerst dich doch noch? So hast du mich in Heilbrunn zum ersten Mal genannt."

„Zeifos? Du willst tatsächlich diesen Namen annehmen? Bist du dir sicher? Weißt du denn überhaupt, wofür dieser Name steht und welcher Fluch damit einhergeht?"

Welch lieblicher Klang. … Welch wirklich gute Wahl und ein äußerst interessanter Zufall zugleich.

Die Elfe beantwortete ihre Frage einfach selbst. „Der Name stammt aus einer unserer ältesten Legenden. Sie ist mehr als einhunderttausend Jahre alt und handelt von einer Elfe und einem Terraner. Ein jedes Kind bei uns kennt diese Geschichte, ihr scheint davon jedoch noch nie etwas gehört zu haben. Denn sonst würdest du wissen, dass Zeifos in diesem Märchen der Übeltäter ist. Er stahl der Elfe das Herz, nur um sich dann gegen sie zu wenden. Er trieb sie in den Tod und zerstörte all das Gute, was sie durch ihre reine Art bewirkt hatte."

Liz fiel es schwer, weiter zu sprechen. Sie hatte der Legende dereinst zusammen mit Milly gelauscht. Zwei Tage lang hatten die beiden Mädchen danach nicht mehr einschlafen können. „Seitdem ist Zeifos ein Schimpfwort, und du willst dich ausgerechnet nach diesem Betrüger nennen? Passend erscheint es mir ja, das muss ich zugeben!"

Dem Soldaten war jeder Name recht, solange es ein anderer als der des Generals war. Noch dazu hatte die Elfe ihm jenen Namen gegeben, er konnte sich kaum ein wohlklingenderes Wort vorstellen. Dies war seine Art, seinem früheren Leben abzuschwören. All die entsetzlichen Taten, die er begangen hatte, durfte er aber dennoch nicht in Vergessenheit geraten lassen. Nicht solange die Gefahr bestand, jemals wieder so gewalttätig zu werden.

Den bitteren Beigeschmack, der seinem neuen Namen ‚Zeifos' anhaftete, nahm er da gerne in Kauf. Er musste seine frühere Schuld irgendwie wieder gut machen. *Ich fürchte nur, das Meiste wird unverzeihlich bleiben.*

„Ja, Zeifos klingt gut." Als würde er die Elfe zum ersten Mal treffen, begann er ein Gespräch mit ihr: „Darf ich mich vorstellen: Ich bin Zeifos. Und wie darf ich dich nennen, kämpferische Elfe?"

Sie zog fragend eine Augenbraue hoch, mitten im Kampf so etwas! Sie musste sich jedoch eingestehen, dass Kastriot – oder besser Zeifos – nicht ganz falsch damit lag. Sie hatte ihm bisher nicht einmal ihren Namen genannt, dabei würde er schon bald durch ihre Hand den Tod finden. „Ich heiße Liz und bin die Freundin der Seraphim, der du so viel Leid angetan hast."

Liz, also. Zeifos wiederholte den Namen in seinen Gedanken.

„Es tut mir schrecklich leid. Für alles, was ich dir und Milly angetan habe, bitte ich dich und deine Freundin um Entschuldigung."

Die Elfe war außer sich. „Hör endlich auf damit!“ Sie fuhr mit dem Sternenkranz durchs Wasser. *Wieso sagt er so etwas?* Abrupt ließ sie die Waffe nach oben schnellen. Wassertropfen lösten sich von der kristallinen Oberfläche, die dem Soldaten entgegenstoben. Dieser begriff erst jetzt, in welche Gefahr er sich von Liz hatte locken lassen.

Die Stimme der Elfe klang auf einmal düster. Sie sprach magische Worte, die Zeifos schon bald zum Verhängnis werden sollten.

„Enig'termos es frisu“

Seine Umgebung begann drastisch abzukühlen. Statt Wassertropfen schossen dem Soldaten erfrorene Eissplitter entgegen. Die größten und gefährlichsten Splitter zerteilte Zeifos mit dem Schwert, wobei er sich stark konzentrieren musste, um keinen der spitzen Stacheln zu übersehen. Kleinere Eissplitter trafen ihn dagegen ungebremst. Diese schlugen klaffende Wunden in seinen nackten Oberkörper. Ein frostiger Nebel hüllte den Soldaten ein, der ein Nebenprodukt aus zersplitterten Eiszapfen und kleinster Wasserteilchen war.

Die Elfe bereitete bereits eine weitere, härtere Salve vor.

„Luminos du lavitas es aquos.“ Neben und hinter Liz stiegen vier Wassersäulen auf. Sie überragten die Elfe. Hinter dem eisigen Nebelschleier bemerkte Zeifos davon allerdings nichts. Das Einzige, was er erkennen konnte, waren durch die Luft flirrende Eiskristalle. Aber auch ohne etwas zu sehen, wusste der Soldat, dass Liz in den magischen Künsten bewandert war.

Sie hatte ihn bereits mit ihren Kampfkünsten beeindruckt. Die Elfe hatte mit dieser, für ihr Volk untypischen, Waffe offenbar in den letzten Wochen und Jahren häufig trainiert. Dennoch war er ihr in puncto Stärke und Kampfkunst noch immer deutlich überlegen. Sollte sie ihm dagegen zusätzlich mit ihren magischen Fähigkeiten entgegentreten, wäre er chancenlos.

Einem Kampf im Wasser musste er daher unbedingt aus dem Weg gehen. Eilig flüchtete er an Land, was Liz jedoch wenig gefiel.

„Hey, was soll das!“, protestierte sie. „Bist du etwa wasserscheu, komm gefälligst zurück.“

Der Soldat nahm auf dem gefällten Baumstamm platz und wiegelte dankend ab. „Ach lass mal. Du wolltest doch unbedingt kämpfen, nicht ich. Wenn du also fortfahren willst, dann musst *du* zu mir kommen und nicht umgekehrt. Ich bin so frei und warte lieber hier am Ufer auf dich.“

Liz, deren Konturen noch immer von vier gigantischen Wassersäulen umrahmt wurden, verschränkte die Arme und setzte einen beleidigten Gesichtsausdruck auf. Sie vergaß für kurze Zeit sogar, warum sie eigentlich kämpfte, und genoss die Auseinandersetzung mit dem Fremden.

Sie versuchte ihren Kontrahenten anzustacheln. „Bist du dir ganz sicher, dass du nicht bloß Angst vorm Ertrinken hast?“

„Kommst du nun raus oder soll ich gehen?“

Eingeschnappt näherte sich die Elfe dem Seeufer, wobei die Wassersäulen hinter ihr in sich zusammenfielen. Liz verfing sich mit den Füßen in einer Schlingpflanze und fiel vornüber ins Wasser. Auf allen Vieren tauchte sie wieder auf. Sie war pitschnass. Der Soldat wirkte amüsiert. Nur mit Mühe vermochte er ein Lächeln zu unterdrücken.

Von ihrem Missgeschick ließ sich Liz jedoch nicht unterkriegen. Sie hielt ihre Waffe frontal vor sich und näherte sich schrittweise dem Soldaten. Ihre andere Hand verbarg sie gekonnt hinter ihrem Rücken.

Dem Soldaten fiel es unter diesen Umständen immer schwerer, sich auf den Kampf zu konzentrieren. Die Kleider der Elfe waren durchnässt und lagen hauteng an. Deutlich zeichneten sich ihre Rundungen darunter ab. Das Wasser floss über jeden Teil ihres Körpers und bahnte sich einen Weg ihr Dekolleté und ihre Schenkel hinab zurück in den glasklaren See.

Liz' Antlitz schien sich vollends verändert zu haben, selbst ihre Haare wirkten nun viel dunkler, irgendetwas hatte sie an sich.

Ehe sich die Elfe erneut auf den Soldaten stürzen konnte, hielt dieser sie zurück. „Stopp, Auszeit. Da neben dir! Damit kannst du dich abtrocknen."

„Was?", ihr verdutzter Blick wirkte äußerst reizvoll.

„Mach schon, bevor du dich erkältest."

Liz stand kurz davor auszurasten. „Wen stört's! Das hier ist ein Kampf auf Leben und Tod, verdammt noch eins." Sie verstummte abrupt. An der Stelle, zu der Zeifos zeigte, erblickte sie ein schwarzes Hemd. Es war sein Hemd!

Sie bückte sich und hob es mit der noch freien Hand auf. Die Sternenscheibe hielt sie dabei weiterhin waagerecht. Mit den Fingern befühlte sie den weichen Stoff. Das Hemd lag an der Stelle, an der sie geruht hatte, ihr Kopfabdruck zeichnete sich noch immer darauf ab. Als sie erwacht war, hatte sie auf etwas Weichem gelegen. *Das war es also? Aber warum hat er mir sein Hemd ...* Sie betrachtete seinen nackten Oberkörper und die tiefen Wunden, die ihre eisigen Geschosse geschlagen hatten. Hätte er seine Kleidung angehabt, wären einige der Schnittwunden gar nicht erst entstanden.

Auch die perlenden Tropfen auf seinem Körper entgingen ihr nicht, errötend wendete sie ihren Blick ab. *Das ändert nichts! Ich schlafe gerne auf festem Untergrund! Zeifos bleibt mein Feind, er hat mir das Hemd im Schlaf aufgezwungen. Ich konnte mich nicht gegen ihn wehren.*

Der Soldat nieste. „Hatschi!"

„Mir scheint, du kannst das Hemd weit eher gebrauchen." Sie warf ihm sein Oberteil zu. Aufmerksam beobachtete sie ihn, wie er das Hemd überstreifte.

„Es ist ganz schön kühl in deiner Nähe, da kann man sich schon mal erkälten."

Sofort verfinsterte sich Liz' Laune. Sie nahm seinen Scherz persönlich, dabei wollte er ihr lediglich zu erkennen geben, wie sehr er sie um ihre magischen Fähigkeiten bewunderte. Sie aber verstand es falsch. Keinesfalls würde sie Kastriot gegenüber Schwäche zeigen. Wütend griff sie ihn an. Der Soldat wusste jedoch bereits, wo sie hinschlagen wollte, spielend parierte er ihre Attacke.

„Pause schon vorbei? Schade!"

Sie reagierte jedoch nicht auf seine kokette Bemerkung, stattdessen säuselte sie magische Worte: „Enig'termos es frisu."

Mit seinem Schwert vermochte der Soldat zwar den Sternenkranz zu stoppen, die dünne Eisschicht, die sich darauf gebildet hatte, flog jedoch weiter geradewegs auf ihn zu. Mit seiner Klinge zerteilte er das eisige Geschoss entzwei. Er versuchte die beiden Teile auseinander zu treiben, dennoch streiften sie seine Schultern. Erst hinter ihm torkelte sie zu Boden.

Der Soldat schluckte den Schmerz hinunter und biss die Zähne zusammen. „Nicht schlecht, darauf war ich nicht gefasst. Ich dachte mir schon, dass du nicht absichtlich hingefallen bist. Den Trick mit der Eisschicht auf der Sternenscheibe habe ich jedoch nicht durchschaut. Ich dachte eher, dass du etwas in deiner Hand verstecken würdest."

„So ist das also. Du hast mir das Hemd also nur angeboten, damit ich danach greifen muss. Ich bin enttäuscht!"

Den Soldaten stimmte die Unterstellung traurig: „Ich habe mich wirklich um dich gesorgt. Aber nur weil du es nicht anziehen wolltest, musstest du es nicht gleich kaputtmachen." Der

Soldat zeigte ihr seinen linken Ärmel, in dem ein riesiger Schlitz klaffte. Die Haut darunter war allerdings unverletzt.

Selbst Liz lächelte nun: „Wart's nur ab, wenn ich mit dir fertig bin, dann liegt dein Hemd hier überall in Fetzen verstreut."

Die Elfe erhob ihre Scheibe, und der Soldat parierte den Angriff. Der Kampf nahm kein Ende. Mehr und mehr gewann die Elfe die Oberhand, ihr Gegner parierte jeden ihrer Schläge und holte auch ab und an zum Gegenangriff aus, doch seinen Schwerthieben fehlte es an Kraft. Nach einer Weile fiel ihr auf, dass Zeifos nur noch mit der linken Hand angriff und dass er lediglich Bewegungen vollführte, bei denen sie seinen rechten Arm nicht sehen konnte.

„Was hast du vor!", schrie sie ihn an. „Wenn du glaubst, mich ebenfalls mit einer Finte täuschen zu können, irrst du dich aber gewaltig." *Oder ist er womöglich schwer verwundet?* Liz überkam ein schlimmer Verdacht. *Habe ich ihn etwa doch getroffen?*

Sie musste es genauer wissen. Sie drehte sich einmal im Kreis und ließ die Scheibe mit aller Wucht auf ihn eindreschen. Statt jedoch ihren Schlag abzufedern und einen Konter auszuführen, stemmte er sich ihr mit aller Macht entgegen. Er unternahm alles, um ihr nicht seinen rechten Arm zu offenbaren.

Vorsicht. Der Soldat wirkte abgelenkt.

Erneut drehte sich die Elfe. Sicherlich würde er genauso wie zuvor reagieren. Entsprechend verwundert war sie, als es ihr plötzlich spielend gelang, ihn zur Seite zu drehen. Sie erschrak, als sie seinen herabhängenden Arm erblickte. *Was habe ich nur getan?* Das Gras war voll dunkler Flecken, und an seinem aufgeschlitzten Ärmel hingen große herausgeschlagene Fleischklumpen. Ein Splitter der eisigen Scheibe stak noch immer in seiner Schulter. Liz wurde bei dem Anblick übel. Es stand schlecht um den Soldaten, er musste schon viel Blut verloren haben. Es glich einem Wunder, dass er überhaupt noch auf den Beinen stand und nicht schon längst unter Schmerzen zusammengebrochen war.

Zeifos, du und die Elfe, ihr müsst hier verschwinden. Sofort!

Der Soldat hatte sich schon gewundert, dass sein Gefahreninstinkt die ganze Zeit über, während er mit Liz stritt, verstummt war. Erst jetzt, da sich eine weitere Bedrohung näherte, kehrte seine innere Stimme wieder ein.

Eilig verhüllte er seinen Arm und ging zum Gegenangriff über.

„Zeifos?", säuselte Liz leise: „Was ist mit dir? Wieso lächelst du, obwohl es dir derart schlecht geht."

Den Soldaten verwunderte die Frage. Eilig stieß er mit seinem Schwert zu. „Wieso fragst du? Das glaubst du mir doch sowieso nicht."

„Doch, sag schon."

„Ich habe einfach nur Spaß und genieße den Kampf mit dir." Nach einer kurzen Pause fügte er noch hinzu. „Ich sagte doch, dass du mir das nicht glauben wirst! Aber sei unbesorgt, ich nehme es dir nicht übel."

Liz dachte bisher, dass der Soldat sie lediglich verhöhnte. Mittlerweile war sie sich da jedoch nicht mehr ganz so sicher. Sie hatte ihm schließlich schon mehrfach bewiesen, das sie ihm ebenbürtig war. Doch wenn er nicht aus falschem Stolz lächelte, warum dann?

„Sieh mich gefälligst nicht so an. Ich habe dich schwer verwundet, nun hasse mich endlich." Vergeblich suchte sie in seinen klaren blauen Augen nach einem versteckten Schimmer von Zwietracht und Blutrünstigkeit, doch das Einzige was sie fand war ehrliche Zuneigung. „Du kannst unmöglich glauben, dass ich dir derart leicht verzeihe. Stirb Kastriot!"

Zeifos senkte seine Waffe, und Liz schlug mit aller Kraft zu. Der Soldat glaubte schon, die letzten Sekunden seines verrinnenden Lebens seien gekommen. Er wartete gebannt darauf, dass sich die Sternenscheibe in seinen Leib bohrte. Doch nichts dergleichen geschah.

Die Elfe stemmte sich mit aller Kraft gegen die kristalline Waffe, dennoch bewegte sich diese keinen einzigen Spaltbreit weiter vorwärts. Millys Scheibe schwebte direkt vor ihm in der Luft. Die Elfe verzweifelte: „Wieso verwehrst du mir den Dienst! Bring ihn endlich um. Ich tu das hier doch einzig für Milly. Nun mach schon endlich, bring es zu Ende."

Der Sternenkranz verweigerte sich seiner Besitzerin jedoch nicht wirklich. Er beschützte Liz vielmehr vor sich selbst. Je stärker die aufgewühlte Elfe nach seinem Tod schrie, desto weicher wurde Millys dritter Flügel, bis dieser sich vollständig wieder zusammengefaltet hatte.

Zeifos nutzte die unerwartete Gelegenheit. Er packte Liz' Waffenhand und drückte diese mit seiner verletzten Rechten an ihren zarten Busen. Gleichzeitig drehte er die Elfe mit Gewalt zur Seite, mit der anderen Hand griff er um ihre Hüfte und drückte ihren linken Arm nach unten.

Liz bekam am eigenen Leib zu spüren, dass er trotz seiner schweren Verletzung noch äußerst kraftvoll zupacken konnte. Ihr Handgelenk schmerzte. Erst als er seinen Griff wieder lockerte, konnte sie ein wenig aufatmen. Sie wehrte sich mit allen Mitteln gegen ihn und stieß dabei mehrfach gegen seine verletzte Schulter. Statt ihr jedoch gewaltsam in den Bauch zu treten, bat er sie nur inständig, damit aufzuhören.

Durch ihr Zappeln geriet das Schwert unkontrolliert in Schwingungen. Dieses schmiegte sich auf gefährliche Weise an ihren Busen. Liz scherte sich jedoch im Augenblick nicht um derartige Details. *Ich habe schon wieder versagt,* war das Einzige, an was sie jetzt noch denken konnte.

Zeifos sah sich nervös um. Sein Blick blieb an einer Schneise im Wald hängen. Liz konnte dort jedoch trotz ihres Nachtsichtvermögens nichts Auffälliges erkennen. Ohne Vorwarnung presste er die Elfe noch stärker an sich und hob sie empor. Zielgerichtet zerrte er sie in die dicht gewachsenen Sträucher hinter sich. Dort angekommen hockten sich beide nieder. Erst nach erneutem Zwang fand sich die Elfe mit ihrem Schicksal ab.

Der Soldat hielt seinen Arm weiterhin um ihre Hüfte geschlungen. Lediglich den festen Griff seines Waffenarms lockerte er etwas. Der Gedanke, dass er dies womöglich aus Fürsorge und nicht aus Erschöpfung tat, lag ihr fern.

„Verhalte dich ruhig, wenn du überleben willst."

Genau das war der Tonfall, den Liz von ihm gewohnt war. Erst jetzt, als sie ihm erneut ausgeliefert war, offenbarte Kastriot sein wahres Antlitz. Widerwillig verhielt sich die Elfe ruhig. Sie vernahm nichts außer einem einzelnen pochenden Herzen und zählte die verrinnenden Schläge. Es war nicht ihres, sondern das von Zeifos, der sich an sie gelehnt hatte.

Gerade als der Soldat das Schweigen unterbrechen wollte, zuckte die Ohrspitze der Elfe. Diese Bewegung ließ ihn schmunzeln. Bald darauf vernahm jedoch auch er ein Geräusch, das allmählich lauter wurde. Ein grässlicher Chor näherte sich den beiden. Der Lärm kam aus mehreren Richtungen zugleich. Die Meute bewegte sich in breiter Front auf sie zu.

„Für einen solchen Aufmarsch gibt es nur eine Erklärung", bemerkte der Soldat. „Sie suchen jemanden. Doch wer außer uns soll sich noch an diesem See aufhalten? Wer ist so wichtig, dass man derart viele Boten des Nirwanas nach ihm suchen lässt."

Zwei der Monster waren mittlerweile in unmittelbarer Sichtweite.

„Es sind alles Nirwase!“ Die Elfe zuckte nervös zusammen. „Woher hast du gewusst, dass sie kommen würden? Sie waren vorhin doch noch nicht einmal in Hörweite.“

„Ich wusste es einfach“, gab der Soldat ihr im Flüsterton zu verstehen.

In der Dunkelheit waren anfangs nur ihre Umrisse zu erkennen gewesen, doch allmählich nahmen sie Gestalt an. Immer mehr von ihnen strömten hinter den Bäumen hervor. Sie hielten geradewegs auf das Seeufer zu.

Alles war wie in seinem Traum von der Schlacht bei Livius. Die Nirwase, die sich für gewöhnlich gegenseitig zerfleischten, schritten friedfertig und gemeinsam in den Krieg. „Warum bekämpfen sie sich nicht, was hält sie im Zaum?“

„Wo warst du denn die letzten Jahre?“, säuselte Liz verständnislos: „Wir kontrollieren die Streuner doch schon seit einer ganzen Weile.“

„Wir?“

„Wir Magelaner natürlich. … Also gut, ich erzähle dir davon.“ Sie seufzte. „Nur wenige sind in der Lage, die Nirwase zu kontrollieren. Lediglich Schenigma weiß ganz genau, wie das funktioniert. Er ist erst vor einigen Jahren auf der Bühne des Lebens aufgetaucht. Leider ist nichts Genaues über seine Motive bekannt. Für die Menschen hat er jedoch nicht sehr viel übrig, das kann ich dir versprechen.“ Liz war verwundert. „Das sind aber alles Dinge, über die ein General eigentlich Bescheid wissen müsste? … Ich rate dir, mich gehen zu lassen, dann kann ich vielleicht ein gutes Wort für dich einlegen.“

Zeifos hatte zwar während der letzten beiden Tage viel über sich selbst und seine entsetzliche Vergangenheit erfahren, doch was die Elfe ihm soeben erzählte, bewies ihm aufs Neue, dass es noch viel gab, was er lernen musste. Die Nirwase kamen unaufhörlich näher.

Ein Nirwanimal schlug mit seinen Klauen tiefe Kerben in die Rinde der Bäume. Der Animalus-Abkömmling war auf ewig dazu verdammt, in seiner Lieblingstiergestalt, einem Wolf, durchs Leben zu wandeln. Sein Fell war vollkommen ergraut, und mit seiner Schnauze roch das Tier an einem jeden Strauch. Unaufhaltsam kam er dem Versteck der beiden näher.

Doch Zeifos' Sinne waren auf den Anführer jener wild durcheinander gewürfelten Streitmacht fokussiert.

Der Dunkelelf sprang von der Krone eines Baumes zu Boden und federte seinen Sturz einzig mit seinem Daumen und Zeigefinger ab. Offenbar sorgte allein dessen Anwesenheit dafür, dass die ihm unterstellten Nirwase alles noch gewissenhafter absuchten.

Zeifos hatte ein ungutes Gefühl bei diesem Magelaner. Doch woher kam es? Er konnte sich nicht erklären, was ihn an diesem Anführer störte. Er versuchte sich zu erinnern, woher er dessen Gesicht kannte, doch es fiel ihm partout nicht ein. Ein weiteres Wesen landete neben dem Dunkelelfen, dieses blickte weniger perfide und eher neugierig drein. Bei ihr handelte es sich ebenfalls um eine Dunkelelfe, die ihm auf Schritt und Tritt folgte und immer in seinem Schatten blieb.

Der Nirwanimal jaulte nervös auf. Er stand direkt am Ufer des Sees, an dem sich Liz und Zeifos derart verbittert bekämpft hatten. Er hatte bereits den Baum beschnuppert und nahm nun deutlich den Geruch saftigen Blutes wahr. Dem Wolfsmenschen lief der Speichel im Maul zusammen, die Spur war eindeutig frisch.

Im Gegensatz zu Zeifos wollte Liz entdeckt werden. Der finstere Heerführer und seine dunkelelfische Begleiterin waren schließlich ihre einzige Chance, den Fängen des Generals lebend zu entrinnen. Jedenfalls glaubte die Elfe das.

Als hätte der Soldat ihre Gedanken gelesen, spürte Liz im selben Moment dessen Atem an ihrem Ohr. „Trau dem Dunkelelfen lieber nicht. Er mag zwar deiner Welt angehören, doch er ist dir keinesfalls friedlich gesinnt. Halte dich lieber fern von ihm. Ich werde dir nichts antun. Du hast nichts von mir zu befürchten. Das hattest du nie! Harre solange hier aus, bis die beiden weg sind, und ich verspreche dir, dass ich dich dann gehen lasse. Ich schwöre dir, dass ich alles unternehmen werde, um Milly zu finden. Sicherlich hält man sie in Teósix gefangen oder weiß dort zumindest, wo sie ist. Du musst dich nur noch ein wenig länger ruhig verhalten."

Zum Beweis senkte der Soldat sein Schwert.

„Ich würde dir gerne glauben, ganz ehrlich." Ihre Stimme wurde ein wenig lauter. „Selbst wenn ich schweige, wird dir das aber nichts nützen, dieser wandelnde Flohbeutel da drüben wird schließlich von deiner Schulter angezogen wie Meister Petz vom Honig, um es einmal in eurer bildhaften Sprache auszudrücken."

Lediglich zwei Blutlachen trennten den Wolf von seinem leckeren Happen.

„Lass den Hund mal meine Sorge sein."

Nervös suchte Zeifos zwischen seinen Füßen nach einem dicken Stock.

„Du glaubst doch nicht, ihn damit ablenken zu können. Da musst du schon etwas Besseres auffahren." Der Soldat war jedoch bereits einen Schritt weiter. Ohne zu zögern rammte er sich den Ast in seine blutende Schulter.

„Igitt, das musste nun auch wieder nicht sein." Aus ihren Augenwinkeln beobachtete sie das Ganze mit Abscheu. Ein stetes Plitsch Platsch erklang, während er den Stock tiefer in sein Fleisch bohrte. Sein Arm zuckte unkontrolliert, dennoch schrie er nicht ein einziges Mal dabei.

Zeifos wartete eine geeignete Gelegenheit ab, und warf den Ast, so weit er nur konnte. Sein Wurf misslang, doch sein Ablenkungsmanöver glückte. Das Tier rannte eilig der neuen Fährte nach und biss auf dem mit Blut besudelten Ast herum.

Rasch wurde der Dunkelelf auf den Nirwanimal aufmerksam. Quie'rasil wirkte erbost und schrie das dumme Tier an. „Aus! Lass das, du elender Köter. Du sollst nicht mit Stöcken spielen, sondern den General finden. Such weiter, und zwar auf der Stelle! Los!" Dem Vierbeiner entfuhr ein gequältes Jaulen. „Finde endlich General Kastriot, er muss hier sein!", brüllte Quie'rasil das Untier weiter an. „Diese hirnlosen Wesen, dass ich mit denen überhaupt so weit gekommen bin, gleicht einem Wunder."

Felizia zupfte am Ärmel von Quie'rasil. „Lass ihn doch, vielleicht hat er ja irgendetwas entdeckt."

Der Dunkelelf winkte aber nur gelangweilt ab. Das wolfsähnliche Wesen ließ enttäuscht von dem zerbissenen Ast ab und trabte deprimiert davon.

„All diese Monster sind nur meinetwegen hier, unmöglich", stieß der General aus.

„Schön, dass wir uns da einig sind. Meines Erachtens bist du einen solchen Aufwand wirklich nicht wert", entgegnete die Elfe. „Du wirst aber vermutlich noch anderen in der Vergangenheit auf die Füße getreten sein. Mir soll es recht sein. Ich verabschiede mich nun von dir. Bring mich ruhig um, während du von so vielen Feinden umgeben bist, und unterschreibe damit dein eigenes Todesurteil", sie stockte, fügte dann aber eilig hinzu: „Sei unbesorgt, ich verrate dich schon nicht. Schließlich will ich dich mit meinen eigenen Händen töten, statt dich von den Ungeheuern zerfetzen zu lassen. Ich hoffe inständig für dich, dass du nicht gelogen hast. Sollte Milly tatsächlich noch am Leben sein, so werden wir uns vielleicht bald schon wiedersehen. Ich gedenke aber, sie noch vor dir zu finden. Bis dahin komm mir lieber nicht mehr unter die Augen."

Die Elfe hatte ihr Antlitz direkt dem Soldaten zugewandt. Nur eine Handbreit trennte die beiden voneinander. Aus seinen Regungen versuchte sie zu erkennen, ob sie in wenigen Augenblicken noch am Leben sein würde. Mit einem beherzten Sprung entfernte sie sich aus seiner Umklammerung. Sie atmete erleichtert auf.

Ihr nasses Haar streifte sein Gesicht. Der Soldat hätte Liz leicht aufhalten können, dennoch ließ er sie entkommen. Er hoffte inständig, dass die Elfe ihre Entscheidung nicht bereuen würde. Mit ihrem Verschwinden klappte der Soldat zusammen, erst jetzt gab er seiner Erschöpfung und den marternden Schmerzen in seiner Schulter nach.

Liz hielt ihr Versprechen. Sie verriet weder ihn noch seinen Aufenthaltsort und näherte sich dem Dunkelelfen absichtlich aus nördlicher statt östlicher Richtung.

Quie'rasil traute seinen dunkelelfischen Augen nicht. Jene grazile Elfe begab sich freiwillig in seine Obhut. Die Nirwase ließen sie passieren. Hinter ihr schlossen sie allerdings den Kreis und umstellten die Magelanerin. Zwei der Nirwase schwärmten aus und erkundeten auf Quie'rasils Geheiß hin die Gegend, aus der sie gekommen war.

„Was macht denn ein derart liebreizendes Wesen wie du in dieser Gegend? Darf ich mich vorstellen, Quie'rasil, im Dienste der großen Schenigma."

Die Elfe wusste durchaus, dass er von dem Herrscher der Nirwase sprach. Sie wunderte sich allerdings, dass er ihn offenbar für ein weibliches Wesen hielt.

Felizia wusste ebenfalls nicht, was sie davon halten sollte. Sie warf der Elfe einen vernichtenden Blick zu und schmiegte sich demonstrativ an Quie'rasil. „Ich bin Felizia und begleite Quie'rasil schon seit vielen Monden. Er erzählt mir alles. Versprich dir also nicht zu viel." Die Dunkelelfe duldete keine Nebenbuhlerin, so viel war sicher. *Der Dunkelelf gehört mir.* Ihre Mimik war klar und deutlich. *Mir allein!*

Liz aber ging darauf nicht weiter ein. Sie beantwortete lediglich die Frage des dunklen Heerführers: „Ich bin Liz, ich war auf dem Weg zu Kaguls Observatorium. Vielleicht wisst ihr zufällig, wo ich es finden kann, denn ich habe mich verlaufen."

„Ach wie tragisch", erklärte der Dunkelelf. „Meines Wissens nach haben die Terraner das Observatorium längst dem Erdboden gleichgemacht."

„Nicht dass ich wüsste!", antwortete die Elfe eilig. „Vor wenigen Tagen war ich noch bei ihm gewesen."

„Verdammt!" Der Dunkelelf ballte die Fäuste. *Kastriot hat bei seiner Aufgabe vollständig versagt. Kein Wunder, dass die Schlacht bei Livius derart jämmerlich ausgegangen war.* Musste er sich denn um alles selbst kümmern?

Der Dunkelelf legte ein verspieltes Lächeln auf. „So, du hast dich also verlaufen und weißt ganz sicher nicht, wo du dich soeben befindest." Sie gingen ein Stück zu dritt, während sie sich unterhielten. „Ich fürchte, den Aufenthaltsort deines Freundes willst du mir demnach auch nicht verraten?"

„Was … welcher Freund." Quie'rasil hatte Liz sichtlich durcheinandergebracht. Ihre Antwort wirkte alles andere als spontan. *Der Dunkelelf kann unmöglich wissen, dass ich nicht alleine war. Zeifos und ich ein Paar, das fehlte mir gerade noch.*

„Ach, du hast einen Freund!" Felizias Stimme klang plötzlich viel weniger feindselig. Ja fast schon liebenswürdig. „Wie heißt er denn, sieht er gut aus?", hakte sie neugierig nach. Quie'rasil brachte sie jedoch mit einem eisernen Blick zum Schweigen. Er wollte sich der Elfe ganz in Ruhe und ungestört widmen. Liz bemerkte erst jetzt, dass sie nun unmittelbar neben dem Versteck des Soldaten standen. Eilig stellte sie sich zwischen Quie'rasil und das Gestrüpp. Dabei konnte es ihr doch im Grunde egal sein, ob er aufflog oder nicht.

„Überleg dir noch einmal ganz genau, was du sagen willst, es geht hier um das Wohl Magelas. Der General ist ein Kriegsverbrecher, er muss unbedingt gefasst werden."

Liz war sich nicht ganz sicher, ob es dem Dunkelelfen wahrhaftig um das Wohl Magelas oder doch eher um sein eigenes ging. Dennoch verriet sie den Soldaten nicht. Sie hatte ihm schließlich ihr Wort gegeben, und das wollte sie auf keinen Fall brechen. Selbst einem derartigen Schuft gegenüber würde sie sich loyal verhalten.

„Tut mir leid, ich weiß leider nicht, von wem du sprichst." Sie versuchte, ihre Stimme so gut es ging zu verstellen, um so naiv wie möglich zu klingen. „In dieser Gegend habe ich keine Freunde. Ich wurde hierher verbannt, und außer meinem Lehrmeister kenne ich hier niemanden."

Doch der Dunkelelf glaubte ihr nicht. Er löste sich aus Felizias Umklammerung und trat derart nah an Liz heran, dass nicht einmal mehr ein Spalt zwischen ihnen frei blieb. „Was für eine traurige Geschichte! Ein junges Ding wie du, so ganz allein in einer solch schlimmen Gegend, umgeben von lauter Gefahren." In seinen Worten schwang neben Hohn auch ein Hauch von Begierde mit.

Dem Soldaten gefiel es nicht, wie der Dunkelelf Liz anstarrte. Er konnte jedoch nichts dagegen unternehmen. Sobald er dazwischen gehen würde, wären sie beide geliefert. Sicherlich war es für die Elfe besser, nicht mit ihm in Verbindung gebracht zu werden. Dass sich der Dunkelelf jedoch an ihr vergreifen wollte, strapazierte die Geduld des Soldaten aufs Höchste. Felizia erging es ähnlich, sie kaute nervös an ihren Fingernägeln, während Quie'rasil sein Verhör fortsetzte.

„Du bist also ganz allein? Es hält sich demnach noch eine andere Elfe mit grünem Haar in dieser abgeschiedenen Region auf, die mit meinem General durch die Gegend reist. Versuchst du mir das wirklich weiszumachen?"

Liz wollte ihr Gesicht abwenden, der dunkle Heerführer drehte ihr Kinn jedoch gewaltsam zu sich.

„Wie bedauernswert. Einem derart zarten Wesen wie dir würde ich nur ungern etwas antun. Du befindest dich übrigens auf halber Strecke zwischen Livius und Heilbrunn. Beide Städte wurden von meinen Truppen niedergemäht. Die eine vor Wochen, die andere vor wenigen Stunden. Ich hoffe, das zeigt dir, wie entschlossen ich sein kann."

Quie'rasil stieß Liz von sich und drehte sie zur Seite. Ohne es zu wollen, sah sie dabei Zeifos in die Augen, der nur einen halben Meter von ihr entfernt im Gebüsch hockte. Beide dachten sie soeben an den Mechanikus und seinen chaotischen kleinen Freund sowie an die vielen unschuldigen Bewohner, die nicht länger am Leben weilten.

Die Elfe vermochte ihre Gedanken nicht länger für sich zu behalten. Sie sagte dem Dunkelelfen klar und deutlich, was sie von ihm hielt. Dieser lachte sie nur aus. Derart naives Gewäsch hatte er schon lange nicht mehr vernommen.

„Es gibt keine unschuldigen Menschen. Sie müssen ein für alle Mal ausgerottet werden. Ohne Ausnahme. Wir kämpfen schon lange gegen sie, doch mithilfe des Gleichgewichts stehen wir nun endlich kurz vor der Erfüllung unserer Ziele."

Felizia mochte es nicht, wenn der Dunkelelf derart gefühlskalt redete. Sie hatte eine ganz andere Seite an ihm lieben und schätzen gelernt. Wenn er wollte, konnte er viel netter, ja sogar liebevoll sein. Zumeist war er aber so wie jetzt. Das Einzige, was sie in solch einer Situation tun konnte, war, weiter zu ihm zu halten, komme, was wolle.

Quie'rasil bemerkte selbst, dass er zu viel preisgab. Rasch lenkte er ein. „Statt um die Menschen solltest du dich lieber um dein eigenes Wohlbefinden kümmern. Das hier ist Sperrgebiet. Weder Terraner noch Magelaner dürfen sich hier ungestraft aufhalten."

„Tut mir leid, das wusste ich nicht, ich verschwinde sofort von hier", warf die Elfe hastig ein. Der Dunkelelf ließ jedoch nicht von ihr ab.

„Du verstehst mich falsch, ich kann dich nicht einfach so gehen lassen. Es ist nichts Persönliches. Du und dein Meister, ihr wohnt einfach nur am falschen Ort. Mir bleibt daher keine andere Wahl, ich werde dich töten müssen. Ich hoffe, du verstehst mein Dilemma. Felizia, du hast doch sicher nichts dagegen?"

Die Dunkelelfe erschrak. Sie begegnete der Elfe zwar von Anfang an mit Argwohn. Ihren Tod hatte sie dennoch nicht gewollt. Allerdings wagte sie es nicht, dies gegenüber Quie'rasil zu erwähnen.

„Niemand darf davon erfahren, was hier und heute an diesem See passiert. Hast du das verstanden Felizia! Ich kann dir in dieser Angelegenheit doch vertrauen, oder?"

Zaghaft nickte sie. Der Dunkelelf erhob seine Hand und gab das Zeichen zur Vollstreckung. Die Boten des Nirwanas jauchzten vor Freude. Ein Nirwa'troll riss sich eine seiner Stacheln aus dem Unterarm und schleuderte der Elfe das spitze Geschoss entgegen.

In ihrer Not stieß Liz die Worte aus, die ihr das Leben retten sollten: „Exaestuare ventus de ani." Sie lispelte, dennoch gelang der Zauber. Der Splitter geriet in einen unsichtbaren Strudel und wurde in die Richtung des Dunkelelfen abgelenkt. Dieser wich ihm mit einem einzigen Schritt zur Seite hin aus. Beide beobachteten, wie das Geschoss irgendwo weit draußen auf dem See in den Fluten untertauchte.

„Du sprichst deine magischen Formeln laut aus. Du bist doch nicht etwa noch eine Schülerin?“ Diese Erkenntnis amüsierte Quie’rasil mehr als alles Bisherige. „Du hast demnach noch nicht einmal das Alter des Schweigens erreicht? Wer hätte gedacht, dass eine derart elegante Elfe noch so jung ist!“

Liz ging auf seine Bemerkung nicht ein. „Warum tust du das, du bist Magelaner wie ich, was also versprichst du dir davon?“ Selbst Felizia wollte darauf gerne eine Antwort haben. Sie wusste jedoch, dass sie darauf vergeblich hoffte.

„Ich habe es nicht nötig, mich gegenüber einer Schülerin zu rechtfertigen. Schweig!“ Ein dichter Nebel umschloss den Leib der Elfe. Jede Faser ihres Körpers war wie erstarrt. Der Rauch drang selbst in ihren Mund ein. Liz musste regungslos mit ansehen, wie sich die Meute zähnefletschender Ungeheuer auf sie zu bewegte. Keinen einzigen Laut vermochte sie mehr hervorzubringen.

„Tja, damit hat es sich wohl ausgezaubert.“

Der Nirwa’troll schlurfte auf zwei Beinen und einem eingeknickten Wurfarm der Elfe entgegen. Er wollte das zu Ende bringen, was er zuvor mit seinem Geschoss angefangen hatte. Mit seiner absurden Frisur sah das Ungeheuer noch mehr wie ein Punker aus, als alle existierenden Trolle zusammen. Seine scharfkantigen Wurfgeschosse steckten wie Piercings in seinem Körper, und die Gliedmaßen seiner Feinde verzierten seine klebrige vor Gift triefende Außenhaut.

Das Ungetüm sprang unerwartet gelenkig auf die Elfe zu. Die Stacheln an seinem Körper stellten sich senkrecht auf. Liz starrte dem Tod ins Angesicht und war unfähig um Hilfe zu schreien.

Felizia ertrug den Anblick nicht. Sie wollte nicht sehen, wie die Elfe hingerichtet wurde. Verstört wendete sie ihren Blick ab.

Die Stacheln näherten sich Liz bis auf Haarrissbreite, doch nicht der Elfe, sondern dem Ungeheuer wurden beide Arme fein säuberlich abgetrennt.

„Ierks", kreischte der Nirwa'troll, der sich vor Schmerzen krümmte. Liz wusste nicht, ob sie sich freuen oder weinen sollte.

Der Soldat war aus seiner Deckung getreten, hatte sich schützend zwischen sie und den Angreifer gestellt und ihm blitzschnell mit dem Schwert beide Arme abgetrennt.

Quie'rasil war fassungslos und Liz völlig aufgewühlt. *Du hättest dein Versteck nicht verlassen sollen! Das bedeutet dein Ende! Was versprichst du dir davon? Willst du mich etwa retten? Gegen so viele hast du doch niemals eine Chance.* Unzählige Gedanken schossen ihr durch den Kopf. Sie musste dem Tod erst derart nahe stehen, um zu erkennen, was es bedeutete am Leben zu sein. Doch so sehr sie ihre Worte auch hinauszuschreien versuchte, es gelang ihr einfach nicht. Der schwarze Nebel unterdrückte noch immer einen jeden ihrer Laute.

Zeifos hatte es nicht länger in seinem Versteck ausgehalten. Ihm war es bereits zu weit gegangen, dass der Dunkelelf es gewagt hatte, Liz zu berühren. Er musste einfach irgendetwas unternehmen. Ganz gleich wie schlecht es um ihn stand.

Sein unerwartetes Auftauchen hatte alle Anwesenden überrascht. Selbst die Nirwase schreckten ängstlich zurück. Quie'rasil musste gebannt mit ansehen, wie Kastriot seinem Diener zum Abschluss den Schädel spaltete. Felizia dagegen wirkte sichtlich erleichtert und verzückt zugleich. Zwar widerte es sie an, was mit dem Troll-Abkömmling geschah. Ihr gefiel es jedoch, dass der Terraner sich schützend vor die Elfe warf.

Niemand außer Zeifos vernahm jedoch das leise Stöhnen, das sein Schwert ausstieß, als es in den Schädel des Ungetüms eindrang. Ganz gleich wie leise das Klirren auch war, er würde es überall wieder erkennen. Es übertönte selbst das laute Pochen in seiner rechten Schulter, das ihn dafür bestrafte, dass er für diesen Schwertstreich beide Hände genutzt hatte.

Etwas Seltsames ging in Zeifos vor. Er sah den mikroskopischen Riss, der in der Waffe entstanden war, tausendfach vergrößert. Es war jedoch keine Einbildung, sondern die ungeschönte Realität. Für gewöhnlich war solch ein Haarriss im Stahl mit bloßem Auge nicht zu erkennen. Dazu bedurfte es spezieller technischer Gerätschaften oder besonderer magischer Analysezauber. Zeifos erkannte den Riss jedoch rein intuitiv.

Er wendete seinen Blick von dem stetig wachsenden Spalt ab. Zeifos hoffte vergeblich, ihn allein dadurch aufzuhalten. Stattdessen sah der Soldat die Schwerter tausender Kämpfer zerbrechen, die zusammen mit ihm inmitten des Schlachtfeldes von Livius stritten und sich den Horden von Monstern entgegenwarfen.

Blitze schlugen in der Umgebung des Soldaten ein. Er wusste, dass er bloß fantasierte, dennoch gab er sich dem ganz und gar hin. Zwei Blitze schlugen neben ihm ein, doch als Zeifos zum Himmel starrte, entdeckte er nicht eine Wolke am Firmament. Die Sternbilder wirkten seltsam verschmiert. Gerade als der Soldat sich wieder gefangen hatte, hallte ein ohrenbetäubendes Klirren über die weite Flur. Eine entsetzliche Panik brach aus. Die Schreie der Sterbenden waren allgegenwärtig.

Eine eindringliche Stimme riss den Soldaten aus seinen Erinnerungen. „… ich wusste es. Du bist tatsächlich hier. Du hast Livius wahrhaftig überlebt!“

Der Dunkelelf lief auf und ab und musterte sein Gegenüber durch zwei hauchdünne Augenschlitze. „Verrätst du mir, wie du es schaffst, trotz des Gleichgewichts am Leben zu bleiben? Du befindest dich hier schließlich auf magelanischem Grund und Boden ... Nun gut, du willst dein Geheimnis wohl für dich behalten. Ich bin dennoch erfreut, dich wiederzusehen, ehrwürdiger General Kastriot!“

Felizia zog sich zurück. Sie war bereits bei genügend Treffen zwischen dem Dunkelelfen und dem General zugegen gewesen, um zu wissen, dass sie sich besser nicht einmischte. Sie mochte diesen unsympathischen Zeitgenossen sowieso nicht sonderlich.

Der Soldat versuchte sich vergeblich an die zwei zwielichtigen Gestalten mit den lila Haaren zu erinnern, doch es gelang ihm nicht. Seinem Gegenüber würde Zeifos das aber ganz bestimmt nicht auf die Nase binden. „Die Freude ist ganz deinerseits.“

„Jetzt kränkst du mich aber“, entgegnete der Dunkelelf. „Du trägst es mir doch hoffentlich nicht nach, dass ich bezüglich der Stürmung von Livius nicht ganz ehrlich mit dir gewesen bin. Du musst schließlich zugeben, dass der Ausgang der Schlacht uns beiden nützt. Unsere Vision steht kurz vor der Erfüllung. Selbstverständlich habe ich nicht für eine Sekunde daran gezweifelt, dass du den Kampf überleben würdest.“

Derartige Wortscharmützel waren typisch für die Treffen zwischen Quie'rasil und Kastriot. Beide belauerten einander wie die Aasgeier, stets bereit, zuzuschlagen. Felizia wunderte sich jedoch darüber, dass sich der General derart zurückhielt. Er war doch sonst nicht so wortkarg. Etwas stimmte nicht mit ihm.

Quie'rasil schien davon jedoch nichts zu bemerken. „So nun geh mir endlich aus dem Weg, damit ich mich um die Elfe kümmern kann. Danach können wir gerne weiter über unsere nächsten Schritte nachsinnen. Oder willst du sie lieber selbst erledigen? Ich kann verstehen, dass es dir Genuss bereitet, dein Schwert in eine solch junge Elfe zu bohren."

Der Dunkelelf wollte nicht länger warten. Geduld war noch nie seine Stärke gewesen. „Nun sag schon, soll ich mich um sie kümmern, oder übernimmst du das?"

„Weder noch!", schützend hielt Zeifos sein Schwert vor die Elfe. „Liz steht unter meinem Schutz, ich lasse nicht zu, dass du ihr etwas antust."

Die Elfe vermochte sich noch immer nicht zu rühren. Sie vernahm Zeifos' Worte dennoch klar und deutlich. Sie begriff jedoch nicht, wie er so etwas sagen konnte. Was hatte der Soldat davon sich für sie – eine Magelanerin – einzusetzen? All ihre Gedanken kreisten nur noch um seine Person. Ob sie es nun wollte oder nicht, ihr Leben lag ganz und gar in seinen Händen.

„Das ist nicht dein Ernst?", krakeelte der Dunkelelf verständnislos. „Das Gleichgewicht mag dich zwar körperlich verschont haben, doch deinem Geist hat es offensichtlich gravierenden Schaden zugefügt."

Quie'rasils Worte zeigten ihre Wirkung bei Kastriot.

Kann das sein, bin ich vielleicht einfach nur krank? Der Soldat fürchtete sich davor, was geschehen würde, wenn ihn jemand heilen oder er von selbst genesen sollte. *Werde ich dann wieder zu dem, was ich derart verabscheue? Wird es dann noch in meiner Macht liegen, zu entscheiden, wen ich beschütze und wen ich töte?*

Felizia, die sich immer wieder sagte: *Ich darf nicht stören, ich darf nicht stören!,* wurde richtig hibbelig und sprach dann doch aus, was ihr schon seit einer Weile auf der Zunge lag: „Das ist nicht Kastriot!“

Sie besaß ein gutes Gespür für Menschen und deren Charakter, selbst kleinste Gefühlsregungen vermochte sie richtig zu deuten, und derzeit sprach die Mimik und Gestik des Generals wahre Bände. Sein prüfender Blick, ob es der Elfe noch gut ging, verriet ihn in ihren Augen. Sie hatte sein Verhalten von Anfang an verdächtig gefunden.

„Dieser Soldat und der General von damals sind nie und nimmer ein und dieselbe Person. Kastriot hasst alles und jeden. Dieser Terraner hegte dagegen wahre Gefühle für die Elfe, das sieht man ihm deutlich an.“

Ihre Worte drangen nicht zu Quie'rasil durch. Der Dunkelelf brachte sie mit blitzenden Augen zum Schweigen. Felizia hatte bereits befürchtet, dass er ihr kein Gehör schenken würde, mit einer derart abwehrenden Haltung hatte sie dagegen nicht gerechnet.

„Gratuliere, du hast das geschafft, was noch nie jemand vor dir vollbracht hat. Du hast den Unbekehrbaren bekehrt.“ Der Dunkelelf richtete seine verhöhnenden Worte direkt an Liz. „Wirklich erstaunlich, du hast aus ihm, dem großen General Kastriot, der uns aus tiefstem Inneren verabscheut, ein zahmes Lamm gemacht. Eines, das zur Schlachtbank geführt werden sollte. Er, der uns zu Recht hasst, beschützt nun das, was er unter Einsatz seines Lebens versucht hat auszulöschen. Er beschützt tatsächlich dich, eine Elfe. Hätte ich es nicht mit eigenen Augen gesehen, ich würde es nicht für möglich halten. Zu meinem Bedauern macht dich das nun noch mehr zu einem Störfaktor.“ Angewidert wendete der Dunkelelf seinen Blick von der Elfe ab. „Kastriot, du verstehst sicherlich, dass ich dich ebenfalls töten muss. In diesem Zustand bist du mir leider nicht länger von Nutzen. Sei so nett und ergib dich deinem Schicksal, damit machst du es uns beiden leichter.“

Zeifos' Schulter pochte wie wild. Voller Sorge fing der Soldat den Blick der Elfe auf. Zu gern hätte er ihr Trost gespendet, doch auch ihm fiel es schwer, angesichts der zahlenmäßigen Überlegenheit seiner Feinde zuversichtlich zu bleiben. Allein in der vordersten Reihe zählte er mehr als zwei Dutzend Nirwase. Dennoch bereute er es nicht für eine Sekunde, seine schützende Deckung verlassen zu haben.

Doch so leicht würde er sich nicht unterkriegen lassen. Er begegnete Quie'rasil voller Trotz. „Komm schon, lass es uns hinter uns bringen. Deinen Freund hier ..." Er zeigte auf den zerteilten Troll-Boten. „... habe ich schließlich schon zur letzten Ruhe gebettet. Wollen wir doch mal sehen, wie viele bis zum Morgengrauen neben ihm liegen."

Dem Dunkelelfen gefiel die Wette. Er hielt drei Finger empor: „Drei! Ich wette, du wirst genau drei von meinen Dienern bezwingen können, ehe du selbst zu Boden gehst."

Felizia erstaunte es, wie gelassen Quie'rasil mit Kastriot umsprang. Das war sonst nicht seine Art. Sie streichelte einem der Wölfe über die Mähne. Das Tier reckte seine Schnauze zum Himmel und sog wie in Trance den Duft des Blutes mit seinen Nüstern ein. Der Nirwanimal konnte sich kaum mehr zurückhalten. Er wollte unbedingt als Erster einen Bissen von der Schulter des Soldaten abhaben, um daran zu nagen. Auf leisen Pfoten näherte sich das Tier dem Krieger.

„Ja, drei traue ich dir durchaus zu. Wobei, wenn ich deine Wunden und all das Blut sehe, bin ich mir da nicht mehr ganz so sicher. Mich würde wirklich brennend interessieren, was du mit dem Mistkerl angestellt hast, der es gewagt hat, dich derart zuzurichten."

Liz wendete beschämt ihren Blick ab.

Quie'rasil entging diese flüchtige Reaktion nicht. „Soll das heißen *sie* hat dir diese Wunde zugefügt?" Der dunkle Heerführer wusste nicht, ob er lachen oder weinen sollte. „Dennoch beschützt du sie. Ist das wirklich euer Ernst?“

Liz war sich der vertrackten Situation durchaus bewusst. Sie ertappte sich dabei, wie sie auf die fleischige und suppende Schnittverletzung stierte. Indem der Dunkelelf sie direkt auf ihre Schuld ansprach und den Finger in die Wunde legte, machte er es ihr nicht gerade leichter.

„Egal, ich bleibe bei drei“, bekräftigte dieser erneut seine Wette. „Lassen wir also den Kampf beginnen. Streng dich an, du willst mich doch nicht enttäuschen, oder?“

Ohne zu zögern sprang der Wolfsmensch auf sein Opfer zu. Zeifos hatte das Tier bereits kommen sehen und erhob eilig sein Schwert zum Schutz.

Geschmeidig drang die Klinge in den Unterleib des Wesens. Der Soldat wollte erleichtert aufatmen. Doch der Riss im Schwert wuchs weiter. Mit einem schrillen Klirren zersprang die Klinge in zwei Teile. Das vordere Ende blieb in dem Wolf stecken, nur wenige Zentimeter vom Herzen des Tiers entfernt, während Zeifos das kaputte Handstück in den Händen hielt.

Liz stieß einen entsetzten Seufzer aus. Dies war die einzige Reaktion, zu der sie inmitten des schwarzen Nebels imstande war.

Das bilde ich mir bloß ein! Zeifos’ Wunsch ging jedoch nicht in Erfüllung. Spätestens als der Soldat durch das Gewicht des Wolfes zu Boden gedrückt wurde, begriff er, dass es alles andere als ein Traum war, was hier soeben vonstatten ging. Aus dieser Situation gab es kein Entrinnen für ihn. Mit beiden Tatzen drückte der sabbernde Vierbeiner die Schultern des Soldaten nieder. Er blickte zu der Elfe hinüber. Der Soldat wollte in ihrer Gegenwart keine Schwäche zeigen, doch der Schmerz übermannte ihn.

Zeifos schrie sich die Seele aus dem Leib.

Geister der Vergangenheit

Torwai schritt durch die Dunkelheit. Die Nacht war kühl. Allein das leise Knistern der Äste unter seinen Füßen und das Wiegen der Bäume im Wind durchbrach die unheimliche Stille. Der Lichtzauber, den der Magier gewirkt hatte, erlosch. Er musste sparsam mit seinen Kräften sein.

Voller Sorge starrte der Auxillator auf die Füllstandsanzeige seines Transfusionssets. Nur noch eine Ampulle war übrig. Wenn er nicht bald eine Möglichkeit fand, seinen Fiolenbestand aufzufüllen, würde er nicht mehr lange zu leben haben.

Der unsichtbare Schutzschild, der ihn umgab, bekam erste Risse. Torwai hatte gehofft, mithilfe seiner geborgten magischen Fähigkeiten vor den Auswirkungen des Gleichgewichtes sicher zu sein, doch die Veränderung ließ sich nicht täuschen. Trotz seiner magischen Begabung und seiner arroganten Art war er nur ein Mensch. Er unterschied sich kein bisschen von den Bewohnern des Dorfes Heilbrunn.

Verstimmt fragte sich der Magier, woher die Veränderung wusste, dass er trotz seiner Magie ein Terraner und kein Magelaner war. Gerne hätte er die Regeln, die sich hinter dem Gleichgewicht verbargen, genauer ergründet, doch ihm fehlte die Zeit dafür. Er war viel zu weit in magelanisches Gebiet vorgedrungen und konnte nun nicht mehr umkehren.

Ihm blieb nichts anderes übrig, als weiter vorwärts zu laufen und sich darauf zu konzentrieren sein mentales Schutzschild aufrecht zu halten. Abrupt blieb Torwai stehen.

„Endlich! Ich bin angekommen. Hier werde ich wieder zu Kräften kommen."

Direkt vor seinen Füßen klaffte ein tiefer Abgrund. Ein Kiesel rollte über die Klippe und verlor sich in der endlosen Schwärze. Der Magier war schon einmal hier gewesen, daher wusste er, welche Gefahr von diesem verlassenen Bergwerk ausging. Niemand außer ihm hatte bisher jemals diesen Friedhof rostiger alter Maschinen lebendig verlassen.

Torwai machte sich an den Abstieg. Direkt am ersten Felsvorsprung empfingen ihn die vier Skelette einstiger Schatzsucher. Der Magier bedeckte seinen Mund und die Nase mit einem Tuch. Ihre Beutel und Taschen waren mit glitzernden Rubinen, Smaragden und Diamanten gefüllt. Ein jeder von ihnen besaß Reichtümer, die selbst Pharaonen ins Staunen versetzt hätten. Zwanzig Meter weiter wuchsen saftige Beeren an Sträuchern, dennoch hatte sie alle der Hungertod ereilt.

Der Magier stieg über die stinkenden Kadaver hinweg. Eine Frau, die offensichtlich nicht zu der Gruppe gehörte und schon länger hier lag, zerfiel zu Staub. Sie hatte sich die Pulsadern mit einem rostigen Stück Eisen aufgeschlitzt und den Boden mit ihrem Blut getränkt. Je tiefer Torwai hinabstieg, desto vielseitiger wurden die Todesursachen. Ganz gleich, wo er auch hinschaute, überall hingen oder lagen Skelette oder frisch Verstorbene. Er fror unter seinem dicken Mantel.

Der Magier musste sich ducken, um nicht mit den herabbaumelnden Gebeinen eines Dunkelelfen zusammenzustoßen, der sich an einem der Felsvorsprünge erhängt hatte. Das Seil riss, und der Leichnam stürzte den Hang hinab. Nur mit Mühe konnte sich der Magier an einer Wurzel und den Knochen eines Terraners festhalten, der mit dem Schädel voran in einer Pfütze lag. *Tod durch Ertrinken,* schoss es dem Magier durch den Kopf. Er konnte sich wahrhaftig bessere Arten zum Abdanken vorstellen. An dem Gleichgewicht zugrunde zu gehen war aber auch nicht weit besser. Er musste schneller vorankommen, wenn er diesem unseligen Schicksal entgehen wollte. Mit Mühe zog er sich wieder hoch.

„Eines muss man den Magelanern lassen, sie treten wenigstens mit Stil ab. Im Gegensatz zu uns einfallslosen Terranern springen sie nicht einfach von der Klippe oder jagen sich mit Dynamitstangen samt der Stollen in die Luft. Sie rammen sich viel lieber die eigene Axt in die Brust oder verschmelzen gar mit dem Felsen und werden eins mit der Natur."

Zehn versteinerte Fratzen sahen den Magier an und streckten flehend ihre Arme nach ihm aus.

„Beeindruckend! Die Geister der Schlucht scheren sich wahrhaftig nicht um den ewigen Krieg zwischen Terranern und Magelanern. Für sie gilt schlichtweg jeder als Eindringling, der es wagt, ihre geheiligten Stätten zu betreten."

Dass Torwai Selbstgespräche führte, lag einzig daran, dass er immer unruhiger wurde. Er würde niemals den Lebenswillen verlieren und Selbstmord begehen, wie all diese elenden Versager hier. Dennoch fiel es ihm schwer, seine Gelassenheit angesichts all der Leichen zu wahren.

Torwai hatte den Grund der Schlucht erreicht und schritt nun zwischen den stählernen Zeugen der Vergangenheit und den verfaulenden Überresten Ahnungsloser entlang. Der Magier wusste, dass niemand der hier Ruhenden vor seinem Ableben die Wesen zu Gesicht bekam, die ihr jähes Ende herbeiführten, denn sie waren unsichtbar und wendeten auch keinerlei erkennbare körperliche Gewalt an.

Stattdessen riefen die Geister in allen, die ihnen zu nahe kamen, Bilder und Gedanken aus deren Vergangenheit hervor. Sie konfrontierten jeden mit seinen eigenen Ängsten und Erinnerungen. Jeder ihrer Opfer durfte seine eigenen Schlussfolgerungen daraus ziehen. Die Leichen bewiesen jedoch, dass die wenigsten von ihnen über ein reines Gewissen verfügten.

Selbst Torwai, der von Mal zu Mal unruhiger wurde, war vor der listigen Art jener Wesen nicht gefeit. In seiner Arroganz scherte er sich aber nicht darum. Er schritt immer schneller voran, rannte mal hierhin mal dorthin. Es gab keine einzige dunkle Ecke, die er nicht genauer in Augenschein nahm.

In seiner Verzweiflung reaktivierte er sogar den Lichtzauber. Durch ein einziges Schnippen seiner Finger erstrahlte sein Umfeld in gleißend hellem Licht. Mittlerweile war ihm alles egal. Falls er nicht das finden würde, weswegen er hergekommen war, würde der verschwenderische Umgang mit seiner kargen Restenergie auch keine Rolle mehr spielen.

„Wo seid ihr, wo?“ Als er das letzte Mal hier gewesen war, hatte es an diesem Ort nur so von Geistern gewimmelt, alle zehn Schritte hätte er auf einen von ihnen stoßen müssen. Ja, sogar über ihm sollten sie schweben und den Nachthimmel verfinstern, doch da war nichts als Nebel.

Da drüben! Mehr als einmal gaukelte ihm das Zwielicht die Anwesenheit eines fremden Wesens vor, doch sobald er näher kam, stellten sich die schemenhaften Umrisse als verschrottete Stahlkonstruktionen heraus. Der Magier wurde zunehmend paranoider. Das magische Leuchten folgte ihm überall hin. Mit jedem seiner Richtungswechsel zuckten die Schatten zwischen den Felsen unkoordiniert hin und her.

„Luminosa Aria!“ In seiner Ungeduld sprach er den Enttarnungszauber, der dazu diente, die Geister für seine Sinne sichtbar zu machen, laut aus. Er nutzte dazu die Worte eines Schülers. Eine größere Schmach konnte sich der Magier nicht vorstellen. Doch die Furcht davor, dass sein Zauber fehlgeschlagen sein könnte, ließ ihn verzweifeln. „Der Zauber kann unmöglich schiefgegangen sein, nicht schon wieder!“

Aber wo waren dann die Geister, die diesen Ort seit Äonen behüteten? Allein ihretwegen hatte er diesen Umweg gemacht, allein sie konnten ihn noch retten! Die Nacht war kalt und außer seinem Ruf: „Hier bin ich, hier auf eurem Grund. Zeigt euch gefälligst, wo auch immer ihr seid!" und seinem mehrfach widerhallenden Echo war nichts zu vernehmen.

Noch nie hatte sich der Magier seiner Umwelt derart ausgeliefert gefühlt. Dabei hatte er im Laufe seines unnatürlich langen Lebens schon viel erlebt. Ganze Drachenschwärme waren über seinen Kopf hinweggeflogen. Selbst dem Ende der Vereinigungszeit und dem Niedergang ganzer Empire hatte er beigewohnt, und nun sollte er ausgerechnet durch eine immaterielle, nicht mit Händen zu greifende Kraft, das Gleichgewicht, zugrunde gehen, bloß weil ihm entgangen war, dass die Geister anscheinend schon vor Tagen die Schlucht verlassen hatten. Das konnte unmöglich wahr sein!

Das Transfusionsset spritzte die letzte Ampulle in seine ausgelaugten Venen. In seiner Ungeduld sprengte der Magier eine der Barrieren fort, die den Eingang zu einem der Stollen blockierten. Blech und Gesteinsbrocken regneten hernieder. Er scherte sich längst nicht mehr darum, wie wenig Energie ihm noch zum Überleben blieb. Wenn er schon sterben musste, so wollte er wenigstens pompös abtreten.

Der Stollen endete bereits nach wenigen Schritten. Resigniert nahm der Magier an einer der Felswände Platz. Neben ihm saß ein einzelnes klappriges Skelett, dem wie zum freundlichen Gruße das Kinn herabfiel.

Ein Ruf hallte in Torwais Ohren. „Hier bin ich, hier auf meinem Grund." Der Magier schenkte diesem eisigen Schrei jedoch keine Beachtung. Er vermutete, dass es sich dabei bloß um das Echo seines eigenen Rufes handelte. Dass die Stimme keineswegs menschlichen Ursprungs war, realisierte er nicht.

„Hier bin ich, hier … hier", verklang der Ruf von Neuem.

Erst jetzt nahm sich Torwai die Zeit, seine Umgebung genauer in Augenschein zu nehmen. Er befand sich inmitten einer

Grotte. Die kristallklare Oberfläche des unterirdischen Sees, an dessen Ufern er saß, schimmerte saphirblau. Stalaktiten hingen von der Decke, und an den Wänden glitzerten Edelsteine in den schillerndsten Farben. Der Magier vermochte sich daran allerdings nicht zu erfreuen. Zu oft hatte er derlei Wunder bereits gesehen, als dass er sich noch dafür zu begeistern vermochte. Außer an seiner eigenen Macht konnte er sich längst an nichts anderem mehr berauschen.

Erneut hallte der verzerrte Ruf von der anderen Seite des Gewässers herüber: „Hier bin ich, hier, und du verschwinde gefälligst." Der Magier aber hörte längst nicht mehr hin.

Die Zeit vergeht viel zu schnell. Seine Gedanken kreisten. *Heute erinnert sich niemand mehr an meine Verfehlungen von dereinst. Es ist erstaunlich, was die Menschen alles vergessen können. Pah, unglaublich!*

Torwais Lachen klang gequält. Er kramte eine kleine unscheinbare Kugel aus der Innentasche seines Mantels. Vorsichtig legte er sie auf seinem Schoß ab. Einige Schrammen wies die Allroundkugel auf, und obwohl sie im Gegensatz zu der Technokugel einzig der zivilen Nutzung diente, hatte Torwai sie all die Jahre lang wie seinen Augapfel gehütet.

Ein leises Plätschern war zu vernehmen. Ihrer Aufgabe getreu unterlegte die Allroundkugel die traurig melancholische Stimmung des Auxillators mit einem gleichermaßen besinnlichen Lied. Mit jeder erklingenden Strophe zogen seine Gedanken neue verheerende Bahnen.

Ich trage die Schuld an dem Untergang der menschlichen Zivilisation! Doch außer mir weiß heute niemand mehr etwas davon. Doch wenn die Menschheit selbst derartig bedeutende Dinge vergisst, wie lange werden sie dann wohl meinem Ableben gedenken? Vermutlich nicht einmal die Zeit, die es währte.

Auf das stille Geheiß des Magiers hin projizierte die Allroundkugel das zweidimensionale Portrait einer Frau in den Raum. Sie war noch jung. Ihr schwarzes Haar war zu einem Zopf zusammengebunden, und sie trug eine Brille, deren Gestell kaum merklich eingedellt war. *Lilia. Ich war so ein Narr, dir derart schlimme Dinge anzutun. Du hattest mit allem Recht. Ich hätte früher auf dich hören sollen und nichts von alledem wäre jemals passiert. Warum nur hast du mir nicht gesagt, dass du all das in deinen Visionen vorhergesehen hast?* Er stockte. *Falsch! Ich erinnere mich, du hast es mir auf deine Weise mehr als nur einmal mitgeteilt. Ich habe dir nur nie geglaubt.*

Torwai strafte sich dafür, dass er alles so lange verdrängt hatte. Erst jetzt, in der Stille dieser Höhle, kamen die Erinnerungen wieder in ihm hoch. Dass jedoch nicht der klare Bergsee, sondern eine andere Macht daran schuld war, das erkannte er in seinem Delirium nicht. Im Gegenteil, die Spirale, die sein Ende bedeutete, drehte sich weiter und weiter.

Ein Knistern mischte sich zwischen die Strophen des Liedes, das sich mittlerweile wiederholte. Der Magier fürchtete, dass das Gleichgewicht die Allroundkugel schädigen könnte. Ungeachtet der Tatsache, dass er selbst kaum mehr über genügend magische Energien verfügte, erweiterte er seinen mentalen Schutzschild um die eiserne Sphäre.

„Verschwinde von meinem Grund. Verschwinde."

Torwai zweifelte an allem und jedem. Er fragte sich, warum er überhaupt hierher gekommen war und was er hier wollte. *Anstatt aufzuhören, labe ich mich weiter und weiter an anderen. Verzweifelt bin ich auf der Suche nach Magie, die der von damals gleich käme. Dabei weiß ich doch, dass nichts Derartiges mehr existiert. Warum sollte ich mich dann überhaupt noch bemühen … Zeit, komm und nimm dir, was du dir schon seit Langem hättest holen sollen!*

Direkt neben dem Magier schwebte der letzte Geist, der als einziger Wächter in der Schlucht zurückgeblieben war. Trotz Torwais Zauber blieb er von ihm ungesehen, da er, nicht wie sonst, offen umherwandelte, sondern sich hinter einem zersprengten Stalagmiten verborgen hielt.

Der Geist bestand lediglich aus dem Kopf einer Frauengestalt. Sie war vollständig ergraut und dennoch jung. Tiefe Schatten zeichneten ihre Züge. Ihr Äußeres war durchscheinend. Leicht hätte man sie für die Arbeit eines begabten Künstlers halten und mit einer steinernen Skulptur verwechseln können. Doch ihr langes Haar wog sich wallend mit jeder ihrer Auf- und Abbewegungen.

Ihr Gesichtsausdruck zeugte von tiefer Trauer. Sie weinte weiße Tränen, die jedoch nie den Boden unter ihr erreichten. Ein Geist besaß keine Gefühle, zumindest hatte noch nie einer von ihnen jemandem gegenüber diese offenbart, und auch Torwai hätte dieser Anblick sehr verwundert. Der Magier würde sie jedoch nicht einmal bemerken, wenn sie direkt vor ihm schweben würde, derart stark schwelgte er in seinen Erinnerungen.

Selbst als er vor Monaten schon einmal durch diese Schlucht wütete, hatten die Geister keine Regung gezeigt, er labte sich an ihnen, nahm all ihre Magie in sich auf, doch ihre Gesichtszüge blieben dabei stets kalt und leer. So als würde es ihnen nichts ausmachen, von ihm absorbiert zu werden.

Auch jetzt fürchtete sich die weiße Frauengestalt nicht vor dem Fremden oder vor dem, was er imstande war, ihr anzutun. Sie bedauerte lediglich das Ende allen Seins. Zusammen mit ihren Artgenossen hatte sie seit dem ersten Aufkommen des Gleichgewichts diesen Ort behütet und beschützt. Allein in dieser Schlucht war die geteilte Welt noch eins. Viele Seelen waren hier zusammengekommen. All jene, die nach dem Ableben ihrer körperlichen Leibeshülle noch nicht bereit waren, ins Jenseits überzutreten, fanden sich in diesem alten Bergwerk ein. Einige von ihnen hatten selbst einen grausamen Tod erlitten. Aufgrund ihrer immateriellen Gestalt war es ihnen zwar verboten, in die Geschicke der Welt einzugreifen, zumindest aber konnten sie auf diese Weise noch ein wenig länger dem Lauf der Geschichte beiwohnen und aus der Ferne alles beobachten.

Dass sie mittlerweile als Einzige noch an diesem Ort weilte, lag daran, dass sie im Vergleich zu ihren schemenhaften Artgenossen noch relativ jung war. Ihr Tod lag gerade mal ein knappes Jahrtausend zurück. Entsprechend unerfahren war sie.

Die geisterhafte Frau suchte nach Hoffnung, wo nichts dergleichen mehr existierte. Die Welt steuerte sehenden Auges in den Untergang. Aus diesem Grund waren die anderen Geister bereits voraus gegangen. Nur sie war zurückgeblieben. Das, was sie in den Erinnerungen des Magiers sah, bestätigte ihr, dass die anderen Schemen recht behalten sollten. Dieser Terraner war einer der wenigen Akteure, die noch Einfluss auf den Lauf der Geschichte nehmen konnten. Doch er würde wie all die anderen auch die falsche Entscheidung treffen. Er sollte eine Zukunft wählen, in der die Geister und mit ihnen viele andere keinen Platz mehr fänden. Er war nicht besser als all die anderen.

Solange er noch lebte, würde sie keine Ruhe finden. Geduldig harrte sie weiter an Torwais Seite aus und zeigte ihm die schmerzhaften Bilder, die er all die Jahre über verdrängt und geleugnet hatte. Sie war sein Echo gewesen, während er durch die Schlucht wandelte, und sie würde schon bald auch Zeugnis von seinem Tod ablegen.

„Hier bin ich, hier direkt hinter dir!“

Der Magier nahm nichts mehr von seiner Umgebung wahr. All seine Gedanken kreisten um die Strophen des Liedes und um die Sängerin, die es sang. Er bemerkte nicht einmal mehr, dass das Skelett an seiner Seite nach vorn kippte. Der Schädel rollte in den saphirblauen See. Torwais mentales Schild schrumpfte rapide zusammen. Das Knacksen, das sich in die Strophen mischte, nahm stetig zu. Zumindest die markanten hohen Töne vermochte der Magier aber noch zwischen den Störgeräuschen herauszuhören. Sein Lichtzauber erlosch, und auch sein Schutzschild fiel nun endgültig in sich zusammen. Finsternis breitete sich in seiner Umgebung und in seinem Herzen aus, während Torwai in den Fehlern seiner Vergangenheit schwelgte und auf sein Ende wartete.

Kampfspiele #2

Zeifos blickte in den Rachen des Nirwanimals. Der Kiefer des Ungetüms schnappte zu. Doch das Wesen biss ins Leere. Nur mit Mühe war es dem Soldaten gelungen, den Kopf seines Widersachers mit dem Ellbogen zur Seite zu stoßen.

Zeifos rang schon sehr lange mit dem Ungeheuer. Es hatte zwischenzeitlich angefangen zu regnen. Längst hatte er aufgehört mitzuzählen, wie oft er auf diese Weise schon dem Tod entronnen war. Durchnässt stank das Fell des Animalus-Abkömmlings noch weit schlimmer als zuvor. Von seiner Umgebung nahm Zeifos kaum etwas wahr. Er wunderte sich lediglich, dass sich die anderen Monster nicht gleichfalls zähnefletschend auf ihn stürzten.

„Verfluchtes Schwert", schimpfte der Soldat und versuchte so darüber hinwegzutäuschen, dass der Adrenalinschub, der seine Venen durchströmte, abzuebben begann. Zunehmend fiel es ihm schwerer, sich den übergroßen Wolf fernzuhalten. Das Pochen in seiner verletzten Schulter schwoll höllisch an.

Es war nicht abzusehen, wer von beiden letztendlich als Sieger aus dem Kampf hervorgehen würde. Auch die Ausdauer des Nirwanimals schwand langsam dahin. Der Wolf dachte jedoch nicht daran, von seinem Opfer abzulassen. Er wollte seiner Beute keine Gelegenheit geben, zu entkommen, oder gar riskieren, seinen Fang mit den anderen Ungetümen teilen zu müssen. Alles lief darauf hinaus, wer von beiden über den längeren Atem verfügte.

„Komm schon, erlös ihn doch endlich", bettelte Felizia, die sein Leid kaum noch mit ansehen konnte. Hartnäckig zog sie an Quie'rasils Ärmel. „Bitte! Ich mag mir gar nicht ausmalen, was er für entsetzliche Schmerzen durchstehen muss."

Der Dunkelelf beachtete ihr eindringliches Flehen jedoch nicht, und auch Zeifos gefiel es nicht sonderlich, was er da vernahm, obgleich es die zarte weibliche Stimme wohl nur gut mit ihm meinte.

Als das Schwert zerbrochen war, wusste der dunkle Heerführer anfänglich nicht, was er sagen sollte. Nun dagegen fielen ihm endlich die Worte ein, die solch einer schrägen Situation angemessen waren: „Ich muss zugeben, du hast mich damit beeindruckt, dass du Livius überlebt hast. Mir ist es unbegreiflich, wieso dich das Gleichgewicht verschont, obwohl du dich auf magelanischem Boden aufhältst. Einen kleinen Knacks scheinst du ja aber trotz allem erlitten zu haben."

Zeifos quälten momentan ganz andere Sorgen. „Das spielt doch sowieso keine Rolle mehr, also wenn du mir etwas zu sagen hast, dann komm endlich zu Potte! Ansonsten lass ich mich gleich freiwillig von deinem Schoßhündchen fressen, nur um deinem Gequatsche zu entfliehen. … Ach, und was deine Freundin anbelangt, ich bin kein Haustier, dem man einfach den Gnadenstoß versetzt, verstanden!"

„Hey, hey, nur nicht hetzen und lass Felizia aus dem Spiel."

Die Dunkelelfe erfreute der Tonfall, der in Quie'rasils Stimme mitschwang. Der dunkle Heerführer klang genauso wie Zeifos, der seinerseits versuchte, die Elfe zu beschützen.

„Gut, dann lass auch du Liz raus aus der Sache, das ist allein etwas zwischen dir und mir."

„Punkt für dich!", gestand Quie'rasil sich ein. „Doch leider kann ich dir den Gefallen nicht tun. Davon mal abgesehen musst doch auch du die Ironie zu schätzen wissen? Begreif doch: Obwohl die Veränderung dich verschont hat, wird sie letztendlich dein Ende bedeuten."

Mit aller Kraft drückte der Soldat die Schnauze des Wolfs zur Seite, ehe er unter einem lauten Stöhnen und sichtlich erregt nachfragte: „Na schön, worauf willst du jetzt schon wieder hinaus?"

Zweifelnd fuhr der Dunkelelf fort. „Ich meine dein Schwert, ohne es bist du ein Nichts! Ein Niemand! Indem das Gleichgewicht dieses Stück der Wissenschaft entzweibrach, unterschrieb es zugleich dein Todesurteil. Ich weiß nicht, was an dir so Besonderes ist, dass du von der Veränderung verschont bleibst. Aber so wie es aussieht, nützt *dir* Kastriot, dieser Wink des Schicksals nun absolut nichts mehr."

Zeifos hatte sich bisher noch keine Gedanken darüber gemacht, dass es etwas Besonderes war, dass er als Mensch an dem See überlebte. Er empfand sein Schicksal eher als Fluch und nicht als Gabe. Sollte es ihm jetzt nicht gelingen, zumindest Liz zu retten, so wären all die Erfahrungen, die er während der letzten zwei Tage seines Lebens gemacht hatte, nutzlos und sein Überleben tatsächlich bloße Ironie gewesen. In dem Fall hätte es auch keinen Unterschied gemacht, wenn er stattdessen auf dem Schlachtfeld von Livius krepiert wäre.

Seine Kraft ließ stetig nach, während das Pochen in seiner Schulter stetig zunahm.

Quie'rasil wurde ungeduldig. „Das dauert mir nun doch zu lange, ich denke, ich sollte mir in der Zwischenzeit die Zeit mit deiner Elfe vertreiben. Keine Sorge, Lizi, ich mach es auch kurz und schmerzlos."

Mit aller Kraft drückte der Soldat den Wolf von sich und schrie seine Wut über den Dunkelelfen hinaus. „Lass das! Verdammt, du Langohr hast mit mir genug zu tun. Lass sie gefälligst in Ruhe!"

Liz versuchte gegen den schwarzen Nebel anzukämpfen. Jede Faser ihres Körpers spannte sie an, dennoch rührte sie sich kein Stück. Nicht einmal ein zierlicher Schrei drang ihre zarte Kehle empor. Verzweifelt sah sie zu dem Soldaten hinüber, der mit dem Ungetüm rang. Sein Gesicht konnte sie nicht erkennen, dafür aber die große klaffende Schulterwunde. *Bitte, wenn du noch irgendeinen Trick im Ärmel hast, dann halte ihn nicht länger zurück.* Ihr Herz verkrampfte sich bei dem Gedanken, dass sie denjenigen um Hilfe anflehte, der Milly gefoltert hatte. Doch sie wollte nicht sterben. Nicht jetzt.

„Hast du gehört, Dunkelhaut! Wenn du Liz nur ein Haar krümmst, dann ...!"

„Dann was? Hast du etwa schon vergessen, dass du mir noch drei tote Boten des Nirwanas schuldig bist? Kümmere dich also erst einmal um deinen eigenen Kram, ehe du dich in anderer Leute Angelegenheit einmischst. Ich hab die anderen Nirwase extra zurückgepfiffen, damit du zumindest den Hauch einer Chance hast. Also sei jetzt bloß nicht undankbar."

Der Soldat zauderte. Das war also der einzige Grund, warum er noch am Leben war. *Egal*, darüber konnte er sich keine Gedanken machen. Er musste den Dunkelelfen weiter in ein Gespräch verwickeln, um ihn von der Elfe abzulenken.

„Soll das heißen, du willst mich erst umbringen, nachdem ich drei deiner Diener erledigt habe? Du willst sie opfern, nur ..."

„Nur um meine Wette zu gewinnen, richtig! In solchen Angelegenheiten bin ich eitel. Deine Empörung ist übrigens unangebracht. Und versuch gar nicht erst, meine Diener gegen mich aufzubringen. Die Nirwase verstehen nicht, was du sagst. Selbst wenn, so würden sie dennoch nicht gegen mich aufbegehren. Sieh dort hinüber!" Quie'rasil befahl zweien seiner Diener, sich gegenseitig zu zerfleischen, und sie taten es.

Ein Nirwoblin jagte seine Krallen in die schwarzen Schwingen eines Nirwaphims. Das Blut spritzte nur so in Strömen. Selbst als beide zu Boden gingen, hörten sie nicht auf, sondern fuhren ungehemmt mit ihrem ekelerregenden Werk fort. Die umherstehenden Nirwase wirkten sichtlich berauscht von dem Schauspiel.

Voller Erwartung schielten sie zu dem Soldaten und der Elfe hinüber. Das Mahl war angerichtet.

„Schade, dass dein Schwert zerbrochen ist, so macht mir die Sache keinen Spaß mehr. Genug geplaudert, ich kümmere mich jetzt um die Elfe."

Vergeblich redete der Soldat auf Quie'rasil ein. Felizia bat den Dunkelelfen ebenfalls darum, es sich doch noch einmal anders zu überlegen, dieser dachte aber nicht daran. Die Nirwase setzten sich einer nach dem anderen in Bewegung. Zeifos vernahm deutlich ihre Schritte im Morast.

Verdammt, ich muss etwas unternehmen, irgendetwas! Der Soldat hielt noch immer das Handstück seines Schwertes in Händen. Er verfluchte die Waffe dafür, dass sie zerbrochen war. Dann prügelte er mit aller Gewalt auf den Unterleib des Wolfes ein. Durch sein dickes Fell verspürte der Animalus jedoch kaum etwas davon. Durch das ständige Auf und Ab näherten sich die scharfkantigen Zähne dem Gesicht des Soldaten. Das Auf- und Zuschnappen des Kiefers ertönte in einem monotonen Takt.

Ein Nirwaz schritt direkt neben dem am Boden liegenden Zeifos vorbei. Die Eisensplitter, die an dem wuchtigen Körper und den Fersen angebracht waren, gruben Furchen in die durchnässte Erde. In Kürze würde das Ungetüm die Elfe erreichen.

„Liz!" Inbrünstig rief der Soldat ihren Namen, während er die kaputte Waffe in seinen Händen fester umklammerte. „Liz!" Die Elfe zuckte innerlich zusammen, doch so sehr sie auch eingreifen wollte. Sie konnte es nicht.

Zeifos war ganz auf sich allein gestellt. Dennoch fand er Trost darin, ihren Namen zu rufen. Etwas Seltsames ging mit ihm vor. **Konzentrier dich!**, befahl ihm eine innere Stimme. Zögerlich gehorchte der Soldat den Worten.

Alles um ihn herum verstummte. Das Zusammenschnappen von Zähnen, das schleifende, quälende Geräusch von Eisenplatten durch den Morast, ja sogar das stille Plätschern des Regens rückte in die Ferne, kaum da Zeifos seine Augen schloss. Sämtlicher Lärm verkam zu einem dumpfen Rauschen. Alles, was vorher derart präsent gewesen war, war auf einmal nicht mehr wichtig.

Zeifos fühlte, wie sein Körper von Magie umspült wurde. Er schwamm inmitten eines tiefen Gewässers, dessen Strömung ihn fest im Griff hielt. Jeden Teil seines Körpers, jede Ader, jede Zelle nahm er mit einer derartigen Klarheit wahr, dass ihm schwindlig wurde. Die ganze Welt präsentierte sich ihm plötzlich in den unterschiedlichsten Farben. Die Pflanzen in seinem Umfeld strahlten in dem hellsten Grün, das er jemals zuvor gesehen hatte. Die Luft dagegen war erfüllt von einem schillernden Blau. Der Soldat konnte die arkanen Strömungen förmlich mit seinen Händen ergreifen, die aus Magela herüberflossen. Am liebsten wollte er sich ewig diesem berauschenden Gefühl hingeben, doch ihm blieb keine Zeit.

„Was muss ich tun? Wie kann ich Liz retten?", fragte er voller Ungeduld, wobei sich seine Worte in Gestalt farbiger Schwingungen fortbewegten.

Eine Lichtgestalt gab ihm schließlich die erhoffte Antwort. **Das Schwert besitzt keine Macht, solange du ihm nichts von deiner zukommen lässt.**

Das zerbrochene Handstück seines Schwertes leuchtete golden. Der Soldat sah zur Seite. Neben ihm lag der Rest der Klinge im Schlamm. Dennoch konnte er nicht einfach danach greifen, ohne von dem Wolf gefressen zu werden. Die Worte: **Konzentrier dich!** zeigten mit einem Male ihre Wirkung. Die stählerne Spitze erhob sich allmählich aus dem Morast. Wirbelnd vereinigten sich beide Waffenteile. Der Riss im Schwert schloss sich, und selbst der schlichte Saphir im Schwertkreuz begann schillernd zu leuchten. Zeifos wurde eins mit der Waffe. Er ließ all seine Kraft darin hineinfließen.

Noch immer sah er die Welt in schillernden Farben. Deutlich sah er das Herz des Wolfes vor Augen, wie es kraftvoll pumpte.

Stich zu! Mit aller Wucht rammte Zeifos dem Nirwanimal das Schwert in den Wanst. Das Tier jaulte entsetzlich auf, als die Klinge in seinem Rücken wieder austrat.

„Das ist unmöglich! Das Schwert war vollständig zersplittert." Quie'rasil traute seinen Augen nicht. „Das ist eine Sinnestäuschung, ganz sicher!"

Triumphierend erhob sich der Soldat. Seine Sinne wurden wieder klar, und das Hintergrundrauschen löste sich auf. Sein toter Gegner rutschte den Stahl seiner Klinge hinab und stürzte regungslos zu Boden.

Schützend stellte sich Quie'rasil vor Felizia. Zeifos dachte jedoch nicht daran, der Dunkelelfe ein Leid zuzufügen. Er sorgte sich einzig um Liz.

Die Elfe hatte noch nicht einmal mitbekommen, was in den letzten Sekunden alles geschehen war. Alles was sie sah, war die massige Gestalt des Nirwaz, der sich vor ihr aufbäumte. Das Wesen sprang mit dem Kopf voran zu Boden und setzte zu seiner Kugelattacke an. Die metallenen Zähne auf seinem Wanst wühlten den schlammigen Boden um. Die scharfkantigen Messer kamen dem Leib der Elfe stetig näher. Hinter ihr bewegten sich zudem zwei weitere Boten des Nirwanas schlurfend auf sie zu. Sie schloss die Augen und bereitete sich darauf vor, überrollt zu werden.

Sie spürte deutlich, wie jemand sie zu Boden warf. Zu ihrer Verwunderung war sein Körper warm und weich. Liz fühlte sich sicher in seiner Umklammerung. Mit aufgewühltem Herzen erkannte sie, dass der Soldat sie gerettet hatte – schon wieder.

Der Nirwaz schoss geradewegs an beiden vorbei und zerstückelte die zwei Diener, die sich von hinten an die Elfe angeschlichen hatten.

„Danke“, flüsterte die Elfe, die erst jetzt realisierte, dass sie wieder zum Sprechen imstande war. Einen ihrer Arme hatte sie um seinen Hals geschlungen. Sie berührte ihn äußerst sanft, dennoch verzog sich sein Gesicht auf unnatürliche Weise. Er hatte ihren Sturz mit seiner rechten Hand abgefedert. Ein dicker Schwall Blut war aus seiner Wunde gespritzt, und alles, was Liz zu seiner Erleichterung unternehmen konnte, war, ihm Trost zu spenden. „Alles wird gut, wir kommen hier raus.“

In seinem Rücken sah sie die metallene Schneide einer Axt aufblitzen.

„Pass auf! Hinter dir! Ein …“, die Worte, die Liz dem Soldaten unbedingt noch hatte sagen wollen, erstickten im Keim. Dadurch, dass Zeifos sie zu Boden geworfen hatte, war der schwarze Nebel kurzzeitig verschwunden. Er war ihrer Bewegung jedoch gefolgt und umspülte mittlerweile wieder jede Faser ihres Körpers.

Zeifos schluckte seinen Schmerz hinunter. Direkt unter ihm lag Liz. Er fragte sich, was die Elfe ihm hatte sagen wollen. Als er den Nebel, der auf ihren zarten Lippen lag, bemerkte, wusste er, dass sie nicht länger sprechen konnte. Den Orc-Abkömmling, der in seinem Rücken die Axt schwang, bemerkte er dagegen nicht.

Felizia konnte nicht mehr hinsehen. Sie linste zaghaft zwischen ihren Fingern hindurch. Es rührte sie, auf welche Art und Weise sich dieser Terraner für die Elfe einsetzte. Er riskierte sein eigenes Leben für sie. Sie wünschte sich, dass Quie’rasil sie auch einmal derart innig umarmen würde. Die Dunkelelfe bedauerte es, dass dieses hübsche Pärchen nun gleich durch die Axt des Orcs entzweigerissen würde.

Zeifos sah in die smaragdgrünen Augen der Elfe. Er wollte sichergehen, dass es ihr gut ging. Sie schien sich bei dem Sturz nichts getan zu haben, dennoch wirkte sie aufgewühlt. Ihre Pupillen huschten aufgeregt hin und her.

Das Blut spritzte.

Zeifos hatte sich umgedreht und dem Nirworc die Klinge in den Leib gerammt. Sein ganzes Gewicht ruhte nun auf dem Arm mit der verletzten Schulter. Er schrie sich die Kehle aus dem Leib. Allein das Adrenalin in seinen Venen verlieh ihm Flügel. Zeifos zog die Waffe aus dem Oberkörper seines Widersachers, der zur Seite hin umstürzte.

Eilig erhob sich der Soldat und ging auf einen weiteren Gegner los. Er umfasste den Griff seines Schwertes fester und schlug dem Ungetüm den Kopf ab. Nichts von dem Blut, das er verspritzte, blieb auf der stählernen Klinge zurück. Rote, grüne und blaue Flecken – von den unterschiedlichsten Wesen – brannten sich in seine Kleidung ein. Seine Waffe dagegen blieb unbefleckt. An der silbernen Oberfläche des Schwertes perlte ein jeder Blutstropfen wie an den Blättern einer Lotuspflanze ab. Zeifos' Waffe war nicht nur unzerstörbar, sondern zugleich glatter und schärfer geworden.

Selbst Liz fragte sich mittlerweile, wieso die Klinge wieder ganz war und weshalb der Saphir in dem Schwertkreuz derart leuchtete. Sie erkannte als Einzige, dass sein Brüllen nicht von purer Wut herrührte. Er litt unter schrecklichen Schmerzen. Solange die Monster sich aber davon einschüchtern ließen, dachte sie nicht daran, irgendjemanden einzuweihen.

Quie'rasil war außer sich. Schimpfte und tobte. Seine Boten waren nutzlos, einer nach dem anderen nutzlos! Sie stürzten sich ohne jeden Plan auf ihren Kontrahenten. Obwohl sie in der Überzahl waren, kämpften sie einzeln gegen ihn. Sicherlich würde Kastriot selbst bei dieser Taktik irgendwann vor Erschöpfung zusammenbrechen, doch so weit wollte er es nicht kommen lassen.

„Alle auf Abstand gehen, sofort!", brüllte der Dunkelelf vor Wut.

Zeifos stolperte rückwärts. Ihm wurde schwindlig. Seine Umgebung nahm er nur noch schemenhaft wahr. Felizia erkannte, dass er im Augenblick wehrlos war, dennoch sagte sie dem Dunkelelfen nichts davon.

Allmählich kam der Soldat wieder zu sich. „Das war Nummer drei, wenn ich mich nicht irre, hätte ich damit dein Pensum erfüllt", er wurde allmählich übermütig. „Komm schon, lass mich endlich den Vierten um die Ecke bringen. Oder kneifst du etwa? Willst du deine Wette vielleicht nach oben korrigieren, Langohr?"

Mit säuerlichem Gesichtsausdruck formulierte Quie'rasil seine Antwort. „Pah, du amüsierst mich. Ich gebe zu, der Trick mit dem Schwert war ganz nett, bei Gelegenheit musst du mir erklären, wie du das gemacht hast. Oh, ich vergaß, es wird kein nächstes Mal geben."

Auf einen schrillen Pfiff des Dunkelelfen hin versammelten sich die Nirwase auf dem Kriegsschauplatz. Sie strömten in Massen zwischen den Bäumen und Sträuchern hervor und stellten sich in einem Kreis, ein paar Meter entfernt von dem Soldaten und der Elfe, auf. Fünf gigantische Schlangen schlängelten sich von dem See aus ans Ufer. Die Animali-Abkömmlinge zischten wie wild, bereit zuzubeißen.

Quie'rasil machte ernst. „Komm schon! Zeig mir, welchen Zaubertrick du noch auf Lager hast."

Dem Dunkelelfen war die magische Aura durchaus aufgefallen, die Zeifos' Leibeshülle zu dem Zeitpunkt umspült hatte, als dieser sein Schwert instand setzte und es dem Wolf in den Bauch rammte. Dennoch zweifelte der Dunkelelf das Geschehene an. Menschen verfügten über keinerlei magische Fähigkeiten! Das war alles bloß ein Trick. Eine Sinnestäuschung. *Nichts davon ist real! Kastriot versucht bloß mich zu verwirren.*

„Genug der Sperenzchen. Ich werde mich nun selbst deiner annehmen." Dem Ritual der Menschen folgend, ahmte der Dunkelelf ein Kreuz vor der Brust nach und erwies dem General damit die letzte Ehre. „Ich werde stets deiner gedenken. Einen General wie dich wird es ganz sicher kein zweites Mal geben."

Dass ihn der Dunkelelf bereits für tot erklärte, nervte Zeifos gewaltig. „Na, dann bring es endlich hinter dich und hör auf, Reden zu schwingen. Noch bin ich, Zeifos, am Leben! Dein sogenannter Kastriot kann mir gestohlen bleiben!"

Der Soldat taumelte, dennoch stellte er sich schützend vor die Elfe. Quie'rasil ballte die Hände zur Faust. Zwischen seinen Fingern floss schwarzer Nebel zusammen. Die Beschwerde von Felizia: „Aber das ist doch unfair", ignorierte der dunkle Heerführer getrost. Er streckte seine Arme aus und ließ den Fluch der Starre auf Zeifos los.

Flieh! Verdammt, flieh doch endlich!, schrie die Elfe innerlich. Doch der Soldat dachte nicht daran, von ihrer Seite zu weichen. Entsetzt musste Liz mit ansehen, wie Zeifos erstarrte.

Torwai lief durch den Regen. Seine Augen glühten, und sein Mantel brannte lichterloh.

Der Magier konnte keinen klaren Gedanken mehr fassen. Die Energie all der Geister, die er in sich aufgesaugt hatte, wütete in seinem Inneren und versuchte nach außen zu strömen. Der Auxillator begriff noch immer nicht, was in der Schlucht eigentlich vorgefallen war.

Gerade als er mit seinem Leben abschließen wollte, tauchten aus dem Nichts Hunderte von Geistern auf. Sie schwebten über dem unterirdischen See und sahen den Terraner aus ihren leblosen Augenhöhlen an. Die blassen Skulpturen lasen seine Gedanken und durchforsteten seine Erinnerungen nach irgendetwas oder irgendjemandem. Im Besonderen waren sie daran interessiert, was der Magier in Heilbrunn erlebt hatte, als er dem Soldaten begegnet war und sich seinerseits in dessen Erinnerungen eingeklinkt hatte.

„Ein neuer Akteur ist auf der Bühne des Lebens erschienen!", schrien Tausende verlorener Seelen in einem einheitlichen Takt. „Wer ist dieser Krieger? Wie ist sein Name?" Die Schallwellen ihrer Gedanken ergossen sich in den Schlund der Grotte. „Wieso ist er noch am Leben?"

Torwai vermochte in seinem benebelten Zustand nur einen Teil der Worte zu verstehen, die durch fremde Zungen und in längst ausgestorbenen Sprachen gesprochen wurden. „War er jemals am Leben? Seine Wahl stand fest! Sein Tod ebenso! Ihm war es vorherbestimmt, in Livius zu sterben. Dennoch ist er keiner von uns, sondern einer von ihnen."

Immer mehr der Wesen fanden sich in der Höhle ein. Sie alle wollten sich von der Realität des Irrealen überzeugen. „Der Tod eines Akteurs bedeutet zugleich die Geburt eines neuen! Eines neuen und eines alten!" Ihre Worte wurden derart schrill, dass sie die Wände zum Vibrieren brachten. „Der Ausgang der Geschichte ist nun wieder offen."

Torwais Ohren bluteten, selbst durch seine verschränkten Arme hindurch vernahm er die entstellten Rufe noch immer: „Offen und unbeschlossen."

Torwai ertrug es nicht länger. „Hört damit auf. Lasst mich gefälligst in Ruhe sterben!“ In seiner Verzweiflung erhob sich der Magier und streckte seine Hände aus. „Hört sofort damit auf.“

Ein gleißender Blitz schoss aus seinen Fingern, der von einem Schemen auf den anderen übersprang und sie gefangen hielt. Die blassen Gestalten verwandelten sich zu purer Energie, die sich der Magier einverleibte. Die Grotte stürzte über Torwai zusammen und begrub ihn unter sich.

Mithilfe all der Magie, die er soeben in sich aufgesaugt hatte, war es für Torwai jedoch ein Leichtes, sich den Weg unter all den Schuttbergen wieder frei zu sprengen. Der Magier setzte seinen Zerstörungsfeldzug innerhalb der Schlucht fort. Er traute seinen Augen nicht, über ihm, neben ihm, in den Katakomben unter ihm, einfach überall schwebten die Geister. Sie alle sahen ihn mit leblosen und trauernden Augen an.

„Hört damit auf, sagte ich! Es steht euch nicht zu, über mein Leben zu richten.“ Das Bild von Lilia blitzte vor seinem inneren Auge auf. Er aber ertränkte die Erinnerung an sie in dem belebenden Saft seiner Opfer. Keines der Wesen wehrte sich. Sie alle ließen das Schicksal seinen Lauf nehmen. Selbst als kein Geist mehr in der Schlucht übrig war, dürstete es Torwai noch immer nach Magie.

Seine magischen Sinne erforschten jeden Grashalm, jeden Fluss und jeden See im näheren Umkreis. Mit dem, was Torwai fand, hatte er allerdings nicht gerechnet. In unmittelbarer Nähe wurden die verschiedensten Zauber gewirkt. Einer davon war elfischen Ursprungs, ein anderer stammte von einem Dunkelelfen, doch da war noch etwas. Er konnte es nicht genau beschreiben, die Kraft von einem der Anwesenden war ungewöhnlich stark und rein. Sie unterschied sich von allem, was der Magier jemals zuvor gespürt hatte. Dabei lebte er bereits seit einer knappen

Ewigkeit. Er musste unbedingt in Erfahrung bringen, wer außer ihm noch über eine solche Macht verfügte.

Der Magier zog eine Schneise der Verwüstung hinter sich her, während er in Richtung Uferböschung aufbrach. Fremdartige Wesen versuchten ihn daran zu hindern, das ihm vorbestimmte Ziel zu erreichen.

Ein schwarzer Engel flog geradewegs auf ihn zu. Das Wesen lechzte danach, ihn zu töten. Es stürzte im Senkrechtflug auf den Magier hernieder und versuchte, ihn zwischen den messerscharfen Rändern seiner Schwingen zu zerquetschen. Diese prallten jedoch nur auf die astrale Kuppel des Magiers. Ein schrilles Scheppern hallte daraufhin durch den Wald.

Torwai schaute dem dämonischen Wesen in die wutentstellte Fratze. Die fremdartige Gestalt faszinierte ihn: „Du besitzt erstaunliche Ähnlichkeit mit einem Seraphim", seine Worte klangen kehlig und roh. „Das Zeichen auf deiner Stirn kommt mir bekannt vor. Es kündet von Unheil." Pure ungebundene Energie entströmte seinem Mund. „Kann es sein, dass dir das Pentagramm mit einem Fingernagel hineingeritzt wurde! Ist ja widerlich. Da gefällt mir der dreieckige Stein, den die Seraphen an dieser Stelle haben, doch deutlich besser."

Der Nirwaphim zappelte wie wild, während der Magier ihn mit brennendem Körper festhielt. *Wie kannst du schwächliches Individuum es wagen, dich mir in den Weg zu stellen!* Torwai senkte seinen Schutzschild. Das Ungetüm wollte vor lauter Erregung schadenfroh jauchzen, doch der Magier stoppte seinen Freudentaumel. „Du täuschst dich, wenn du glaubst, dass diese Kuppel *mich* vor dir beschützt hat. Sie hielt lediglich meine geballte Macht zurück."

Die Flammen in Torwais Pupillen loderten unbändig. Er betrachtete das schwarze Gefieder seines geflügelten Freundes.

Unmittelbar fingen die Schwingen Feuer. Selbst die Bäume in seinem Umfeld brannten nun lichterloh.

„Oh, was ist das? Ein solch bemitleidenswertes Wesen wie du verfügt über eigene magische Energien? Oder halt! Ich habe mich getäuscht.“ Ein grüner Nebel löste sich von dem Boten des Nirwanas. Die Essenzen eines Zaubers schwebten durch die Luft. Sämtliche Energie saugte der Magier in sich auf. Nichts von dem kostbaren Saft wollte er sich entgehen lassen. Der Nirwaphim mochte vielleicht frei von jeglichem magischen Können und bar jedweden Intellektes sein. Derjenige, der sich diese Bestie mithilfe eines Zaubers untertänig gemacht hatte, verstand dagegen zweifelsohne etwas von seinem Werk.

„Gegen mich solltest du bessere Geschütze auffahren als diese seelenlosen Puppen.“ Torwai schleuderte den Nirwaphim mit einem Kopfnicken zur Seite. Er war noch längst nicht satt. Eine unerklärliche Wut und Enttäuschung wallte in ihm auf. Sein ganzer Leib schrie vor unbändiger Kraft, dennoch genügte es ihm nicht.

Dem Nirwaphim gelang es, seine brennenden Flügel abzustreifen. Die halb verbrannte Gestalt unterschied sich äußerlich mittlerweile kaum mehr von einem Menschen. Ohne Sinn und Verstand rannte das Wesen dem Magier hinterher, bereit, seine Krallen in dessen Fleisch zu rammen.

„Überleg dir das gut. Ich habe dich von dem Fluch der Unterdrückung befreit. Du kannst nun für dich selbst entscheiden.“

Den Nirwaphim aber dürstete es einzig nach Rache. Ohne sich auch nur einmal nach seinem Kontrahenten umzusehen, zersprengte der Magier das Wesen von innen heraus. Es regnete Fleischfetzen.

Je näher Torwai dem See kam, desto mehr Boten des Nirwanas stellten sich ihm entgegen. Es machte jedoch keinen Unterschied, ob sich nun zwei, drei oder vier Gegner auf einmal auf ihn stürzten. Er absorbierte die magischen Essenzen, die auf jedem von ihnen lagen, und verstreute anschließend ihre Innereien in der Botanik. Seine Zauber wurden dadurch immer stärker. Sein Lichtzauber strahlte mit einer derartigen Intensität, dass er den gesamten Wald in Brand steckte. Sein Verlangen vermochte der Magier damit jedoch immer noch nicht zu stillen. Immer mehr Zerstörung richtete er in seinem Umfeld an.

„Schon bald, bald bin ich da." Seine Stimme klang unmenschlich.

Quie'rasil spürte deutlich, wie ihm ein Diener nach dem anderen unter der Hand wegstarb. „Wer wagt es, mich bei meiner Hinrichtung zu stören!" Der Dunkelelf versuchte wütend zu klingen. Nur mit Mühe vermochte er seine Furcht Felizia gegenüber zu verbergen.

„Uns nähert sich jemand!"

„Ich weiß, ich habe es auch gespürt. Soll ich mich um ihn kümmern?"

Ein flüchtiges Nicken von Quie'rasil genügte, und Felizia lief los. Den dunklen Heerführer beeindruckte die pfiffige Dunkelelfe immer wieder aufs Neue. Sie wusste stets, was er von ihr verlangen würde, noch ehe er sich selbst darüber im Klaren war. Dies bedeutete zwar nicht unbedingt, dass sie seinem Befehl auch wirklich nachkam, dennoch konnte er sich kaum eine bessere Begleiterin vorstellen.

Sie war schon fast im Wald verschwunden, als Quie'rasil ihr noch etwas nachrief: „Sei aber vorsichtig, ja!" Mit einem Nicken und einem Lächeln, an das sich der Dunkelelf noch lange erinnern würde, verschwand sie zwischen den Ästen und ließ einen zum ersten Mal besorgten Quie'rasil zurück.

Unterdessen setzte der Nirwaz zu seiner Kugelattacke auf die Elfe und den Soldaten an. Polternd näherte er sich den beiden.

Zeifos stand nur regungslos da. Der schwarze Nebel war in alle seine Poren gedrungen. Ganz gleich, wie stark er sich auch zu wehren versuchte und wie sehr er seine Muskeln anspannte, sein Körper rührte sich kein Stück vorwärts. Nicht einmal zum Sprechen war er mehr imstande. *Beweg dich endlich!,* brüllte er innerlich, während er die Lawine auf sich zurollen sah und deutlich Liz' Präsenz in seinem Rücken spürte. *So darf es nicht zu Ende gehen. Ich muss etwas unternehmen – für sie!*

Konzentrier dich! Die Kraft, die dich im Bann hält, ist auch die deinige. Zu Zeifos' Bedauern halfen ihm diese Worte kein bisschen weiter. Kurzzeitig tauchte er erneut in die Tiefen des blauen Sees hinab. Die Farben der Welt wandelten sich. Doch er war nicht dazu in der Lage, diesen Zustand aufrecht zu halten, geschweige denn sich auf diese Weise aus Quie'rasils Bann zu befreien.

Zwischen seinen magischen Fähigkeiten – von denen er bisher nicht einmal etwas ahnte – und denen des Dunkelelfen lagen Welten. **Du irrst dich, du bist zu so viel mehr imstande!*,* versuchte die Stimme ihm Mut zuzusprechen. Doch sie verlangte zu viel von ihm. Lediglich zwei Schritte trennten das rollende Ungetüm davon, Zeifos unter sich zu zerquetschen. Nur einen Augenblick später würde die Elfe dran glauben müssen.

Also gut, ich werde dir helfen. Zuvor muss ich jedoch unbedingt noch etwas von dir wissen. Vermutlich ist es für diese Frage noch viel zu früh, doch mir bleibt keine andere Wahl. Wie viel bedeutet dir jene Elfe? … Stille … **Wie wichtig ist sie dir? Sie ist hübsch, ohne Zweifel, doch hängst du auch an ihrem kämpferischen Gemüt? Genießt du ihr energisches Auftreten? Ist dir ihre Gesellschaft wichtiger, als die jedes anderen? Fühlst du dich ohne ihre Anwesenheit leer?*

*Derart leer, dass sich dein Herz verkrampft? Wenn sie traurig ist, leidest du dann mit ihr, weil ein Lebewesen leidet, oder leidest du, weil SIE leidet?**

So ehrbar es auch ist, sich zu opfern, so verdient doch nur ein einziger Mensch, ein einziges Wesen diese Tat, die mit der Aufgabe des eigenen Lebens einhergeht. Deshalb sei bitte egoistisch, denke allein an dich, vergiss in dieser Gefahr nur dieses eine einzige Mal Moral und Anstand und sag mir nun: Würdest du dich immer noch für sie, für Liz opfern? Ist sie für dich wirklich so wichtig? Ist sie alles für dich, ist diese Elfe all das, was du willst und nach was es tief in dir verlangt? … Stille … Stille …

Diese Antwort hatte ich befürchtet. Innerliche Aufgewühltheit! Einer besseren Antwort bedarf es nicht. Also gut, du hast dich entschieden, und ich werde mich dem fügen. Du wirst dich von nun an allein in dieser Welt zurechtfinden müssen.

Der Soldat verspürte die sanfte und liebevolle Umarmung einer Frau. Die Stimme nahm Gestalt an. Mit langem wallenden Haar stand sie direkt hinter ihm, die Arme um ihn geschwungen. Ihr sanftes Gesicht direkt an seine Wange gelehnt sprach sie. „Zeifos! Lebe wohl." Ihre Worte waren tief empfunden und aufrichtig.

Die rollende Lawine unterdessen war in der Zeit eingefroren. Liz' Gefühle begannen aufzuwallen, sie wusste nicht ob sie vor Freude jubeln oder aus tiefster Trauer weinen sollte. Die Aura, die jene anmutige Frau umgab, war mit nichts vergleichbar, was jemals auf Erden wandelte. Die Wärme, die sie ausstrahlte, war überwältigend, sie hinterließ einen bleibenden Eindruck auf Liz.

Selbst Quie'rasil war wie ausgewechselt. Der dunkle Heerführer fiel voller Ehrerbietung auf die Knie und senkte bedauernd sein Haupt. Zwar konnte er ihre Gestalt inmitten all des flutenden Lichtes nicht erkennen, dennoch wusste er auf Anhieb, wer da vor ihm stand. Einer derartigen Kraft hatte er nichts entgegenzusetzen. Sie war das Licht des Lebens.

Voller Entsetzen erkannte der Dunkelelf, wie sie seinen Bann auflöste und auf diese Weise Kastriot befreite. Quie'rasil war fassungslos.

„Er ist ein Terraner", schrie er außer sich. „Er verdient deine Segnung nicht. Mir, mir allein sollte deine Aufmerksamkeit zuteil werden", beschämt sah der Dunkelelf zu Boden. „Bestraf mich nicht für meine Blasphemie! All die Lügen in deinem Namen dienten nur dem Wohle Magelas. Tausende sind für dich gestorben, und wenn es sein muss, werde ich folgen. Bitte stell dich nicht gegen mich. Ich bin viel zu weit gegangen, um jetzt noch umzukehren."

Quie'rasil war niemals einer ihrer Anhänger gewesen. Nun, nachdem er die Wärme ihres Lichtes auf seiner Haut gespürt hatte, verstand er jedoch, warum ihr noch immer so viele folgten.

„Noch bist du dazu in der Lage einzulenken", säuselte die Lichtgestalt. „Noch kannst du Felizia nachlaufen. Geh, oder du wirst alles verlieren!" Der Dunkelelf war wie gelähmt. Sie hatte sich dazu herabgelassen, zu ihm zu sprechen.

In seinem Taumel von Glückseligkeit ignorierte er allerdings die Prophezeiung jener Frau. Er missdeutete ihr göttliches Wirken vielmehr als eine Bestätigung seines Handelns und nicht als eine mitfühlende Warnung. Unwiderruflich löste sich die Lichtgestalt auf.

Ihre Essenzen drangen allesamt in den Leib der Elfe ein. **Von nun an werde ich bei dir verbleiben.** Liz bemerkte davon jedoch nichts. Ihre Kehle war noch immer von dem Nebel des Dunkelelfen wie zugeschnürt, keinen Schritt konnte sie sich mehr bewegen. **Du musst leider noch ein wenig länger zusehen. Aber auch deine Zeit wird kommen.**

Die Starre des Nirwaz begann sich zu lösen. Geradewegs schoss das Ungetüm auf Zeifos zu, der sich endlich wieder selbstständig bewegen konnte. Ein schrilles Scheppern war zu vernehmen. Die Kugel rotierte unaufhaltsam weiter, während sich der Soldat ihr mit aller Kraft entgegenstellte. Seine Klinge schabte über die Außenhülle des Zwergenabkömmlings. Geräusche von stöhnendem Metall waren zu vernehmen. Seine Schulter pochte wie wild, und das Blut spritzte. Dennoch versuchte er der stetigen Vorwärtsbewegung des Nirwaz Einhalt zu gebieten, indem er seine Füße im Morast vergrub und sich mit aller Macht weiter gegen ihn stemmte.

Felizia wäre gerne noch ein wenig länger am See geblieben. Sie wollte unbedingt wissen, welchen Verlauf die Geschichte zwischen Zeifos und der Elfe noch nehmen würde. Sie war fasziniert von dem General. Sie wünschte sich, dass Quie'rasil auch ein klein wenig wie er wäre. Insgeheim hoffte sie, dass beide den Nirwasen lebend entkamen.

Die Dunkelelfe rannte durch den Wald. Mit etwas Glück wäre sie vielleicht rechtzeitig zurück, um den Ausgang des Kampfes mitzuerleben. Ihre Hoffnung wurde allerdings jäh zunichtegemacht.

Der Horizont brannte lichterloh. Ein Mammutbaum stürzte auf die Dunkelelfe zu, dahinter erblickte sie einen Mann, der sich ihr mit loderndem Haar näherte. Seine Züge waren verzerrt. Ungebundene astrale Energie strömte aus seinen Augenhöhlen und seinem Rachen. Er nahm auf nichts und niemanden Rücksicht. Sein Weg war mit Leichen gepflastert. Die Luft schwelte in seinem Umfeld, und die Welt stand in Flammen.

Der Magier fühlte sich redlich wohl in seinem Element. Er hielt sich für einen Künstler, der die Welt als Leinwand missbrauchte und ein Gemälde der Zerstörung und des Wahnsinns erschuf.

Gebannt ließ Felizia die Rede des pinselschwingenden Magiers über sich ergehen.

„Na endlich! Nach all diesen hirnlosen Boten treffe ich zur Abwechslung auf ein intelligentes selbstdenkendes Wesen. Sei so lieb und geh mir doch bitte aus dem Weg, ich würde ein junges Ding wie dich nämlich nur ungern in die Luft sprengen." Je stärker Torwai seine Stimme erhob, desto heißer wurde es. Die Flammen sprangen unkontrolliert von einem Baum zum nächsten. Selbst der Magier beherrschte diese freigesetzte Naturgewalt nicht länger.

Felizia schluckte. „Mir wurde aufgetragen, hier niemanden durchzulassen. Und ich pflege meine Versprechen einzuhalten. Daher seid doch bitte so lieb und nehmt einen anderen Weg zu Eurem Ziel, um welches es sich dabei auch immer handeln möge. Ihr scheint jedenfalls kein Problem damit zu haben, irgendwo eine freie Schneise im Wald zu finden. Wo keine ist, wird eben eine gemacht, oder? Seid daher doch bitte so nett und geht außen entlang." Sie lachte, um das feurige Eis zu brechen.

Ihr Gegenüber wirkte wenig belustigt: „Unglücklicherweise liegt mein Ziel genau da, wo du hergekommen bist!"

Felizia versteinerte.

„Ich muss unbedingt erfahren, wer sich noch alles an dem See aufhält. Geh mir also endlich aus dem Weg, ich werde dich nicht noch einmal darum bitten!"

Natürlich will er zum See! Felizias Gedanken überschlugen sich. Ihre Hände schwitzten. *Er hat schließlich nicht ohne Grund all die Diener dahingemetzelt.* Die Dunkelelfe versuchte sich zu besinnen. *Es hängt jetzt alles von mir ab. Ich muss Quie'rasil mehr Zeit verschaffen.*

Sie betete zu Sairine, dass sein Können nichts weiter als heiße Luft wäre. Die Feuerkugel, die aus dem Himmel auf sie herabregnete und unter einem tosenden Krachen explodierte, bewies ihr jedoch, dass sie sich irrte. Der Magier war noch weit gefährlicher, als sie angenommen hatte, denn trotz seines Zustandes konnte er noch erstaunlich gut zielen.

Sie dagegen vertraute auf ihre Schnelligkeit. Rasch wich Felizia dem Meteoriten aus und verschwand dabei vollständig aus Torwais Sichtfeld. Bei der Detonation flogen Splitter umher, von denen einige die Dunkelelfe trafen. Vergeblich versuchte sie einen leisen Aufschrei zu unterdrücken. Unmittelbar senkte sich ein weiterer Felsbrocken auf sie herab. Sie wich erneut aus und wurde statt von dem tonnenschweren Geschoss von dessen winzigen Schrapnellen getroffen. Diese bohrten sich durch ihre Kleidung und brannten sich in ihr Fleisch.

Der Kampf hatte eben erst begonnen, dennoch wollte Felizia das Katz- und Mausspiel am liebsten auf der Stelle beenden. Sie kämpfte verbissen und bewies erstaunliche Nehmerqualitäten. Mehrfach kam sie Torwai nahe und tauchte dann wieder im Nichts ab. Es glich einem Wunder, dass der Magier sich sowohl auf sie als auch auf das Beschwören derartig mächtiger Meteoriten konzentrieren konnte.

Zu ihrem Leidwesen vollführte er jedoch keinerlei unnötige Gesten. Er sagte noch nicht einmal einen Spruch auf, der ihn hätte verraten können. Die Magie gehorchte ihm vielmehr sofort und ohne jegliches Beiwerk.

Egal, so kann es nicht weiter gehen! Sie musste auf der Stelle etwas unternehmen, ehe sie aufgrund all der Brandverletzungen dazu nicht mehr imstande wäre. Sie näherte sich dem Magier von hinten. In ihren Handflächen hatte sich ein grünlicher Nebel gebildet. Der Zauber, den sie von Quie'rasil gelernt hatte, diente nicht einfach nur dazu, jemanden zu lähmen, er sollte dem Gegenüber stattdessen die Seele aushauchen, sodass einzig eine leere Hülle zurückbliebe.

Nur ungern setzte Felizia einen derartigen Zauber ein, doch ihr blieb keine andere Wahl.

Zu ihrem Schrecken musste sie jedoch feststellen, dass Torwai sich bereits zu ihr umgedreht hatte. Er packte ihren Arm und brach ihn. Ihr Zauber löste sich im Nichts auf.

Felizia fühlte sich zunehmend schwächer, je länger der Magier sie festhielt. Der Fremde aß ihre Seele. Er beraubte sie ihrer Magie und ihrer Lebenskraft. Zunehmend fühlte sie sich träger. *Das bedeutet meinen Untergang?* „Neeein!" Sie musste sich zur Wehr setzen, wenn sie Quie'rasil noch einmal wiedersehen wollte.

Nur was sollte sie unternehmen? Wenn sie noch einen Zauber sprach, würde ihr Innerstes umso rascher dahinschwinden. Der Magier war so sehr damit beschäftigt, sich die wohlriechenden Essenzen der Dunkelelfe auf der Zunge zergehen zu lassen, dass er es nicht einmal mehr für nötig erachtete, sie dabei anzusehen.

Das war ihre Chance! Mit der noch unverletzten Hand tastete sie sich langsam zu ihren Schuhen vor. Sie förderte einen Dolch hervor und stach auf den Magier ein.

Der Terraner erwachte blitzartig aus seiner Starre. Beide wurden von einer Druckwelle erfasst und nach hinten geschleudert. Anschließend löste sich die Blase wieder auf. Felizia landete rücklings in der heißen Asche eines verbrannten Leichnams. Vielleicht konnte sie es ja doch mit ihm aufnehmen. Sie hatte ihm zwar nur eine unbedeutende Schnittwunde zugefügt, doch allein sein Taumeln bewies ihr, dass er nicht unverwundbar war.

Dass er neben dem Element Feuer auch noch das Wasser beherrschte, war allerdings kein gutes Omen. Selbst unter ihresgleichen war eine derartige Begabung selten. Eine magische Schule war schon schwer zu meistern, aber gleich beide? Dazu bedurfte es einer Lebensspanne, die mindestens der von zwei Elfen entsprach.

Felizia kümmerte sich nicht weiter darum. Sie umfasste ihren Dolch fester, nicht ahnend, dass dieser bei der kleinsten Erschütterung aufgrund des Gleichgewichtes zerbersten würde. „Den Terranern sei Dank. Ihre Waffen sind doch zu etwas zu gebrauchen." Sie hatte den Dolch mit der eingeprägten römischen Zahl darin während ihres letzten Vernichtungsfeldzugs von dem Altar eines Priesterordens mitgehen lassen.

Im Vergleich zu den magielosen Boten des Nirwanas war diese Elfe ein wahrer Leckerbissen. Doch mit diesem Angriff hatte sie sich einfach zu viel rausgenommen. Ihr Rumgehüpfe mochte Torwai zwar eine Zeit lang belustigend empfunden haben, doch damit war nun endgültig Schluss.

Mit seinen rotglühenden Augen betrachtete er die Dunkelelfe. Rasch huschte diese davon, woraufhin der Baum in ihrem Rücken in Flammen aufging. Unter sprühenden Funken stürzte die Eiche auf den Magier zu, der sie spielend fortschleuderte.

Aufgrund ihrer Erschöpfung war Felizia mittlerweile deutlich langsamer geworden. Obwohl sie sich noch immer unglaublich schnell bewegte, konnte Torwai sie ab und an sehen. Sie kam ihm mit ihrem Messer häufig sehr nah, dennoch zögerte sie stets.

„Nun mach schon, ich hab nicht ewig Zeit!" Ihn ärgerte dieses Rumgehüpfe.

Die Dunkelelfe näherte sich ihm erst von links, feuerte einen Seelenfluch auf ihn ab und stürzte sich anschließend direkt von oben auf ihn, mit dem Dolch voran.

„Für dich, Quie'rasil!", schrie sie mit all ihrem Herzblut.

Doch Torwai ließ sich davon nicht beirren. Der Magier stoppte seinen Meteoritenschauer und ging zu einer weit endgültigeren Lösung über. Er verwandelte seinen eigenen Leib zu Lava. Eine feurige Explosionswelle breitete sich kreisrund um seinen Körper aus und wuchs stetig weiter an.

Felizia konnte eine derartige Hitze unmöglich durchdringen. Mitten im Vorpreschen versuchte sie umzukehren. Sie wendete alle Kraft auf, um wieder an Höhe zu gewinnen und sich weiter emporzuschrauben. Sie gewann dadurch ein paar Sekunden, doch die sonnengleiche Oberfläche breitete sich viel zu schnell aus. Der Gestank von verbrannter Haut stieg ihr in die Nase. Dieses grelle Licht sollte also das Letzte sein, was sie in ihrem Leben sah.

„Quie'rasil, ein größeres Opfer kann ich für dich nicht erbringen." *Mein Leben, für ein wenig Zeit. Hoffentlich war es das wert.*

Sie wollte tapfer bleiben, doch der Schmerz übermannte sie. „Es tut so weh. Quie'rasil bitte hilf mir doch!" Stück für Stück verleibte sich die solare Sphäre die Dunkelelfe ein.

Lediglich ein gigantischer Krater blieb an dem Ort zurück. Zufrieden setzte Torwai seinen Weg fort.

Quie'rasil verhöhnte den Soldaten. „Du hast dein Schwert wieder instand gesetzt. Du hast dich meinem Zauber widersetzt, und jetzt sieh dich an! Du tropfst aus allen Nähten und stehst immer noch wie angewurzelt an derselben Stelle. Geh einfach zur Seite, das würde jeder in deiner Situation tun. Lass die Elfe sterben, sie ist der Mühe nicht wert."

Zeifos aber beachtete den Dunkelelfen nicht weiter. Sein Schwert schabte über den Wanst des Nirwaz. Mehrere metallene Zähne fielen dabei von dem rotierenden Scheusal ab. Die Klinge dagegen blieb makellos und rein. Sie war unzerstörbar.

Zeifos dagegen war nur ein Mensch aus Fleisch und Blut. Ihm wurde schwindlig. Er versuchte sich zu konzentrieren, doch es fiel ihm immer schwerer. Er bemerkte noch nicht einmal, dass der Dunkelelf einen neuen Erstarrungszauber vorbereitet hatte, den er ihm entgegenschleuderte.

Pass auf!, flehte die Elfe eindringlich. Mit Schrecken musste sie mit ansehen, wie der Nebel von dem Soldaten Besitz ergriff. Sie fürchtete das Schlimmste, doch der schwarze Rauch erzielte keinerlei Wirkung. Quie'rasils Geschosse prallten ungeachtet an Zeifos ab.

„Stirb endlich!" Der Dunkelelf tobte vor Wut. Er beschwor einen Zauber nach dem anderen, doch nichts zeigte bei dem Soldaten Wirkung. Die Zeit war allerdings auf Quie'rasils Seite. „Du wirst schon noch auf die Knie gehen, ganz sicher!"

Der Körper einer Frau fiel vom Himmel. Sie schwebte still und leise zu Boden. Sanft umströmte der Wind ihre zarten Konturen. Es war Felizia. Sie war wunderschön. Der Dunkelelf glaubte, seine Gefährtin würde schlafen, doch als sie auf einem Stein aufschlug und sich noch immer nicht rührte, erkannte er die entsetzliche Wahrheit. Geschockt ging Quie'rasil vor ihr auf die Knie. Ihre Brandwunden waren zahlreich. Ihre Beine waren bloße Stümpfe. Alles darüber war verkohlt. Sie musste in ihren letzten Augenblicken entsetzliche Qualen durchlitten haben.

„Wer hat dir das angetan!" Quie'rasil schrie seine Wut hinaus. Pechschwarze Tränen quollen ihm aus den Augen.

Zeifos empfand Mitleid mit dem Dunkelelfen. Sie mochten zwar verbitterte Feinde sein, doch einen derart schrecklichen Tod hatte Felizia nicht verdient. Sie war viel zu unbedarft und unschuldig gewesen.

Zeifos' Verstand setzte aus. Unkontrolliert wankte er zur Seite. Sein Gleichgewichtssinn war getrübt. Der Nirwaz stieß ihn nach hinten. Sein Fuß geriet unter die rotierende Sphäre. Mit dem anderen Bein stieß der Soldat gegen die Elfe. Statt Felizia sah er Liz vor Augen. Rasch fing er sich wieder. Er durfte noch nicht abtreten. Vorher musste er noch etwas erledigen.

Der Dunkelelf war abgelenkt. Eine bessere Gelegenheit würde er sicherlich nicht so schnell wieder bekommen.

„Es war schön, dich kennenzulernen. Das Einzige, was ich jetzt noch für dich tun kann, ist, dir ein wenig Luft zu verschaffen. Nutze die Chance!"

Liz bemerkte, wie schwer ihm das Sprechen fiel. Seine Stimme klang seltsam, als wolle er sich für immer von ihr verabschieden.

„Solltest du irgendeine Möglichkeit haben, von hier zu entkommen, einen Zauber oder dergleichen, dann nutze sie. Zögere keine Sekunde lang!" Mit einem Lächeln wendete er sich von der Elfe ab.

Lass den Unsinn, ich kann mich sowieso nicht bewegen, beschwerte sich die Elfe: „Dir geht es viel schlechter als mir. Flieh du lieber und lass mich endlich hier zurück! Ich will nicht, dass dir etwas passiert." Hastig legte sie eine Hand auf ihren Mund. Sie wirkte peinlich berührt, hatte sie doch soeben offen zugegeben, dass sie sich sorgte.

Erst allmählich begriff Liz, dass der Nebel sie nicht mehr gefangen hielt. Der Dunkelelf kauerte benommen vor Felizias Leichnam. Nichts anderes war mehr für ihn wichtig. Er vergaß alles um sich herum. All seine Zauber lösten sich im Nichts auf. Ein sanfter Wind wehte über Liz' Körper und vertrieb die letzte schwarze Dunstwolke.

Der Soldat musste schnell handeln. Er trat eilig zur Seite und ließ die Kugel an sich vorbei geradewegs auf Liz zurollen. Der Elfe stockte der Atem, doch die rotierende Walze stoppte eine Hand breit vor ihr. Der Soldat rammte sein Schwert von der Seite in den Nirwaz, mitten ins Zentrum, da wo sich der Ruhepol befand. Einzig an dieser einen Stelle war das Ungeheuer verletzbar. Denn nur an diesem einen Punkt war seine Rotationsgeschwindigkeit gleich null.

Trotz der tiefen Verletzung rollte das Monstrum unaufhaltsam weiter vorwärts, geradewegs auf die Elfe zu. Zeifos' Kleider waren von seinem eigenen Blut und dem des Nirwazes durchtränkt. Seine ganze Umgebung färbte sich rot. Der Soldat war müde. Er wollte nur noch sterben. Sein Verstand kehrte jedoch stets für einen flüchtigen Moment zu ihm zurück. Eilig riss er seine Augen auf, nur um mitzuerleben, wie sie ihm erneut zufielen. Er hielt seinen Schwertgriff fest umklammert und nutzte ihn als Hebel. Mit aller Kraft schlug er dagegen und drehte den Nirwaz in eine andere Richtung.

Ein leises Knirschen war zu vernehmen. Liz konnte nicht hinsehen. Zeifos' Arm stand unnatürlich ab. Er war an mehreren Stellen gebrochen, sein gesamtes Schultergelenk war nach außen verdreht. Deutlich war der Knochen darunter zu erkennen, dennoch verspürte er keinerlei Schmerz. Sein gesamter Körper war taub. Der Schleier der Finsternis empfing ihn. Seine Gliedmaßen erschlafften. Er hing über sein Schwert gebeugt und wurde von der rollenden Lawine mitgeschleift.

Ein Schwert ist nur so gut, wie der Arm der es führt, schoss es ihm durch den Kopf. *An diesem Punkt ist für mich endgültig Schluss. Ich steige aus,* versuchte er sich selbst zu trösten. Aber dafür war es noch zu früh. Immer wieder schlug der Soldat mit dem Kopf auf dem Boden auf. Stets holten ihn diese Erschütterungen wieder ins Leben zurück.

Auch Quie'rasil kam allmählich wieder zu Sinnen. Er wollte seine Wut und Verzweiflung an Liz ausleben, als er erschrocken feststellen musste, dass der Nirwaz auf ihn zurollte. Hektisch sprang der Dunkelelf zur Seite. Zeifos bekam ihn jedoch am Kragen zu packen und schleifte ihn mit sich. Sie schossen geradewegs auf eine Meute Nirwase zu und zerquetschten zwei der Ungeheuer unter sich.

„Verflucht, was versprichst du dir davon!“, maulte der Dunkelelf ungehalten. Der Soldat aber hörte seine Worte nicht. Er brachte lediglich noch einen Satz heraus: „Das war Nummer vier und fünf!“, ehe er vollständig in Ohnmacht fiel.

Das wird dir nun auch nichts mehr nützen! Quie'rasil befreite sich aus Zeifos' Umklammerung. „Keine Sorge. Wenn du glaubst, ich habe Liz vergessen, dann irrst du dich! So leicht lasse ich mich von dir nicht an der Nase herumführen. Dazu musst du dir schon etwas Besseres einfallen lassen.“ Mit einem kräftigen Sprung kehrte der Dunkelelf dahin zurück, wo Zeifos ihn aufgelesen hatte. Erfreut stellte er fest, dass Liz noch nicht verschwunden war.

Die Elfe stand regungslos da.

Sie starrte ohne Unterlass auf das Loch inmitten der Reihen der Monster, in dem Zeifos verschwunden war. Sie konnte doch nicht einfach fliehen, jetzt noch weniger als zuvor. Der Soldat, für dessen Verletzung sie verantwortlich war, hatte zu viel für sie getan. Zeifos hatte zwar gesagt, dass sie nicht zögern solle, dennoch wollte sie ihn nun nicht im Stich lassen. Irgendwie hoffte sie noch immer, dass er aufrecht zwischen den Boten des Nirwanas hervortreten würde. Statt seiner erschien Quie'rasil.

„Genug gespielt! Du wirst für Felizia bezahlen!“ Liz versuchte erst gar nicht, dem aufgebrachten Dunkelelfen zu erklären, dass sie absolut nichts für das konnte, was seiner Freundin widerfahren war. Das wusste er vermutlich selber. Sie wehrte sich vielmehr auf andere Weise: Sie streckte ihre Arme von sich, öffnete ihre Handflächen und sprach: „Exaestuare ventus de ani.“ Nie zuvor hatte sie einen mächtigeren Sturm entfacht. Quie'rasil peitschten entsetzliche Winde entgegen, Laubblätter schnitten sich in seine dunkelelfische Haut und hinterließen tiefe Striemen. Doch der Dunkelelf blieb nicht untätig! In einem weiten Bogen warf er ihr einen grünen Seuchennebel zu. Als dieser auf Liz' Körper traf, hörte ihr Unwetter abrupt auf und verpuffte zu zarten Winden.

Quie'rasil machte ernst. Sein Zauber zeigte schnell Wirkung. Über Nase und Mund drang der Giftnebel in sie ein, genau wie der schwarze Qualm zuvor, doch dieser lähmte nicht ihren Körper, sondern ihren Geist. Es bedurfte nur noch weniger Atemzüge, bis von ihr nichts weiter als eine leere Hülle zurückbliebe. Ihr Augenlicht schwand allmählich dahin, und ihre Pupillen wurden gläsern.

Die Nirwase stürzten sich auf den am Boden liegenden Soldaten. Sie schlugen ihre Krallen und Pranken schonungslos in seinen Leib und rissen herabhängende Fleischfetzen aus seiner Schulterwunde. Eines der Schlangenwesen verbiss sich in seinem Bein. Sein Leib zuckte unkontrolliert. Das Schwert des Soldaten hob und senkte sich, doch die Meute beachtete es längst nicht mehr. Für sie zählte nur eines, wer von ihnen das größere Stück von der Beute abbekäme.

Ohrenbetäubende Explosionen mischten sich zwischen das Stöhnen und Schmatzen. Eine Detonation folgte der nächsten. Quie'rasil blickte in die Richtung, in der der Nachthimmel rot erleuchtet war. Mehr als ein Dutzend der Nirwase schleuderte es durch die Luft. Gigantische Felsbrocken regneten vom Himmel und richteten eine verheerende Verwüstung an. Die Reihen waren bereits auf die Hälfte dezimiert, und unaufhörlich stürzten weitere Geschosse herab. Ein Krater nach dem anderen füllte sich mit Leichen.

Voller Hass starrte der Dunkelelf den Mantelträger an, der inmitten der infernalischen Feuerkulisse auf ihn zukam. „Ihr verfluchten Terraner! Warum könnt ihr plötzlich alle zaubern? Haltet euch gefälligst an die Regeln dieses Universums! Euch gehört die Wissenschaft, die Magie ist unser Metier."

Ungerührt von seiner Rede ließ der Magier seine Hand nach vorn schnellen. Ein silbernes Geschoss flog durch die Luft und bohrte sich direkt vor Quie'rasils Füßen in den Boden. Der Dunkelelf bückte sich danach und hob den verzierten Dolch auf. Seine Oberfläche war glühend heiß, dennoch umfasste Quie'rasil ihn fester und sog den Schmerz, den Felizia während ihrer letzten Atemzüge empfunden haben musste, in sich auf.

„Wenn ich auf meine Magie verzichten soll, dann sag du gefälligst deinen Untergebenen, dass sie nicht von den Waffen der Wissenschaft Gebrauch machen dürfen." Der Magier grinste. „Doch warum sollte sich irgendjemand freiwillig seiner Möglichkeiten berauben? Möglichkeiten, die es einem erlauben, seine eigenen Kräfte ins Unermessliche zu steigern. Das Beste aus zwei Welten, das ist es, was zählt. Deine hübsche Dienerin scheint das im Gegensatz zu dir begriffen zu haben, ich habe ihr Licht nur ungern erlöschen lassen, doch mit ihrem elenden Herumgefuchtel ist sie mir allmählich auf die Nerven gegangen."

Quie'rasil betrachtete die verzierte Oberfläche des Dolches ausgiebig, etwas irritierte ihn. „Du hast meiner Felizia das also angetan." Seine Zähne knirschten, und seine Augen verengten sich. „Glaub mir, du wirst deine Tat bereuen."

Dem Magier schien das Gesagte zu gefallen. Auf seinen Lippen breitete sich ein breites Grinsen aus. „Nur zu! Ich bin bereit." Endlich stand er einem Gegner gegenüber, der ihm annähernd ebenwürdig war. „Es wird mir eine Freude sein, an dir meine neuen magischen Fähigkeiten auszutesten." In seinen Händen brannten gleißende Feuerbälle. „Ich bin zwar nicht deinetwegen hier, sondern wegen der Magie eines anderen.

Doch jener wird sicherlich noch ein wenig auf mich warten können." Sein Blick streifte zu einem Pulk Nirwase hinüber, die ihre Zähne an einer zusammengesunkenen Gestalt schärften. „Lass uns beginnen!"

Noch ehe der Magier zu Ende gesprochen hatte, beschwor Quie'rasil einen pechschwarzen Adler. Das Getier krächzte und flog auf den Magier zu, der ihm seinerseits seine Feuerbälle entgegenwarf.

Beide Zauber kollidierten unter einer gewaltigen Explosion. Als wären sie gegen eine unsichtbare Barriere geprallt, breiteten sich die frei werdenden Energien in alle Richtungen aus. Auf Torwais Seite erstrahlte die Welt gleißend rot, auf Quie'rasils Seite herrschte dagegen grenzenlose Finsternis. Sämtliche Farben waren aus der Umgebung gewichen, alles wirkte nur noch schwarz-weiß. Jedem von ihnen schoss die eigene Druckwelle um die Ohren. Erst in diesem Augenblick begriffen beide, wie mächtig der jeweils andere auf seinem Gebiet war.

Sie beachteten die herumstehenden Nirwase nicht mehr. Im Angesicht der soeben freiwerdenden Kräfte, verkamen diese grobschlächtigen Raufbolde zur bloßen Bedeutungslosigkeit. Einer nach dem anderen zerfielen sie entweder zu Asche oder sackten regungslos in sich zusammen.

Im Umfeld des Magiers stürzten weiterhin unaufhörlich Meteoriten vom Himmel. Einer davon flog geradewegs auf Zeifos zu, der reihum von Boten des Nirwanas umstellt war. Der unglückselige Krieger weilte in einer absurden Scheinwelt. Sein Sichtfeld war vollständig getrübt. Lediglich verzerrte Umrisse irgendwelcher Schemen nahm er noch wahr. Jemand zog und zerrte an seinem Körper. Er ertrug das Stöhnen und Schmatzen nicht länger. Es war so widerlich. Es schien, als ob er unter der Erde läge, während Millionen von Maden an ihm nagten. Sein

Zeitgefühl hatte ihn verlassen. Möglicherweise war er ja tatsächlich längst tot und lag in seinem eigenen Grab.

Nein! Noch war es zu früh dafür. Der Gestank von Mundfäule und nicht von Verwesung stob ihm ins Gesicht. Nur Nirwase stanken so. Er war also noch immer am Leben. Nur wo war dann Liz? Er wusste nicht, ob sie bereits in Sicherheit war. Doch für den Fall, dass sie noch ein wenig Zeit benötigte, würde er alles unternehmen, um ihr diese zu verschaffen.

Mit allerletzter Kraft erhob er sein Schwert und rammte es einer der Bestien in den Wanst. Mit der Rechten wollte er der Kreatur ins Gesicht schlagen, oder zumindest in das, was er dafür hielt. Doch er spürte seinen Arm nicht mehr. Ein tiefes Loch klaffte in seinem Oberschenkel. Unkontrolliert fuchtelte er mit dem Schwert durch die Luft. Er ließ es in jede Richtung sausen, aus der er glaubte, ein Geräusch zu vernehmen. Hinter ihm ein Brüllen, vor ihm ein tiefes Schnaufen, dann ein Schrei.

Er konnte nicht einmal sagen, ob es der von Liz oder sein eigener war. Sein Schwert wog schwer. Kalter Angstschweiß bedeckte seinen Körper. Seine Umgebung wurde hell erleuchtet. Er stand im Zentrum einer mächtigen Detonation. Sein Leib wurde durch die Luft gewirbelt. Gar gekochte Körperteile regneten auf ihn hernieder und erdrückten ihn unter sich. Auf einem Berg voller Leichen bettete sich Zeifos zur Ruhe. Sein Schwert senkte sich kraftlos zu Boden.

Kastriot ist tot, durchfuhr es Liz, die all das mit angesehen hatte. *Er ist endlich tot.* Der Seelenfluch war in sie eingedrungen. Die Elfe hockte auf den Knien und durchlitt entsetzliche Qualen. Ihre Lider zuckten, trotz allem erkannte sie den durch die Luft fliegenden Torso des Soldaten klar und deutlich. *Kastriot ist endlich tot!* Sie wiederholte diese Worte ununterbrochen und empfand dennoch keinerlei Genugtuung. Stattdessen war sie in

Trauer. Quie'rasils Fluch arbeitete sich durch ihre Gehirnwindungen bis zu ihrem Nervenzentrum vor.

Ihr Kopf schnellte nach hinten und das milchige Weiß ihrer Augen kam zum Vorschein. Sie schrie vor Schmerzen. „Kastriot ist tot! Zeifos ist tot!“, sie wusste nicht, was von beidem sie mehr aufwühlte. Ihre Verwirrung ermöglichte es dem Seelenfluch, ihre Gedanken noch schneller unter Kontrolle zu bringen. Ihre Haut fiel in sich zusammen. *Ich kann nichts für seinen Tod. Er ist selbst schuld, wenn er sein Leben für mich opfert. Er hatte seine Chance, zu entkommen, und jetzt ist er … er ist …* Sie vermochte es nicht einmal auszusprechen. *Er hat sich für mich geopfert.* Sie führte sich die Realität vor Augen. *Für mich!* Sie lehnte sich gegen den Seelenfluch auf und drehte ihren Kopf zur Seite. Sie wollte sein totes Antlitz unbedingt noch einmal sehen, um sich über ihre aufgewühlten Gefühle klar zu werden.

Lediglich sein Schwert ragte aus dem Leichenberg hervor. Irgendwo dazwischen musste er liegen. Bald schon würde sie ihm Gesellschaft leisten. Unbewusst griff die Elfe nach ihrer Sternenscheibe. Sie führte sie langsam an ihre Kehle. *Nein, was geschieht hier.* Nicht sie, sondern Quie'rasil befehligte über ihren Körper.

„Keine Sorge, ich habe dich nicht vergessen“, zischte der Dunkelelf, der plötzlich hinter ihr stand. „Kastriot habe ich bereits erledigt. Jetzt fehlst nur noch du, und anschließend ist der Magier an der Reihe. Ich sagte dir doch, dass du mir unmöglich entkommen kannst.“

Torwai suchte den Dunkelelfen und fand ihn schließlich hinter einer am Boden kauernden Elfe. Ihre Augen waren entsetzlich geweitet. Ein Zauber lag auf ihr, der sie kontrollierte und dahinsiechen ließ. Ohne Zweifel war sie gleich in mehrfacher Hinsicht dem Tod geweiht. Der Magier aber scherte sich nicht um sie, er war nur an dem Dunkelelfen interessiert.

„Versteckst du dich nun schon hinter einer Schülerin."

Quie'rasil wollte gar nicht erst wissen, woher Torwai derart schnell die Fähigkeiten der Elfe einzuschätzen vermochte. „Lass mich das nur noch schnell zu Ende bringen, dann kümmere ich mich wieder um dich."

Liz' Arm beschrieb eine Kreisbewegung, der Sternenkranz kam ihrem Hals stetig näher und … faltete sich direkt vor ihr zu einer federweichen Scheibe zusammen. Liz' Herz schlug vor Glück. *Milly, du willst also nicht, dass ich sterbe. Obwohl ich dir solch eine schlechte Freundin gewesen bin.*

Sie begriff endlich, dass sie alles unternehmen musste, um hier lebend rauszukommen. Auch für Zeifos. Das war sie ihm und Milly einfach schuldig. Selbstbewusst begehrte sie gegen den Seelenfluch auf und erhob sich. Ein Meteorit nach dem anderen stürzte neben ihr herab, sie aber ließ sich von dieser entsetzlichen Kakofonie an Detonationen nicht beirren.

Sie hielt beide Handflächen vor sich und wartete geduldig ab, bis Kaguls Stein darin Gestalt annahm. Mit diesem kleinen dreieckigen Objekt hatte alles begonnen. Er hatte sie auf die Spuren des Soldaten geführt, und nun hoffte sie, mit seiner Hilfe von hier zu entkommen.

Torwai blieb wie versteinert stehen, als er den Kristall in ihren Händen erkannte. „So ist das also! Auch du mischst hier mit? Ich bin erstaunt. Hat es also jemand geschafft, dich in deinem Exil wachzurütteln."

Liz' Lippen formten die ersten Zeilen des Zauberspruchs nach, der sie von hier fortbringen sollte. „Vectorius sias volare…"

Der Dunkelelf aber ließ es nicht zu, er ließ den Seelenfluch von ihrem Schmerz- in ihr Sprachzentrum wandern. „Vergiss es, du bleibst hier." Quie'rasil war außer sich, einer nach dem anderen begehrte gegen ihn auf. Nun würde damit aber endgültig Schluss sein. Er zückte Felizias Dolch und näherte sich der Elfe.

Sag es endlich! Sprich die Formel zu Ende, oder es ist alles aus! Die Welt stand in Flammen, sowohl Quie'rasil als auch Torwai näherten sich ihr unaufhaltsam. Der eine wollte ihr die Klinge ins Herz rammen, der andere würde sie allein durch seine bloße Anwesenheit lebendigen Leibes verbrennen. Liz aber war nicht mehr imstande zu sprechen. Sie wollte die letzten Zeilen aufsagen, sie in die Welt hinausschreien, doch kein einziger Ton drang aus ihrer Kehle.

Es glich einem Wunder, dass sie überhaupt noch aufrecht stehen konnte. Jeder andere wäre längst unter den verheerenden Auswirkungen des Seelenfluches zusammengebrochen, doch irgendetwas holte sie immer wieder ins Leben zurück.

Denk die Zeilen laut, ich werde sie dann für dich beenden, das ist deine einzige Chance! Ein Felsbrocken detonierte direkt neben Liz. Ihr Haar stob von der Explosion in die Höhe. Ihre Sinne schwanden langsam. Dennoch kam sie der Aufforderung nach. *Fortitudinis de ala lapidea…fortitudinis de ala lapidea…fortitudinis de ala lapidea.*

Sie wiederholte die Zeilen, sooft sie nur konnte, ohne recht zu wissen, warum sie das tat. **Also gut. Ich kenne nun den Spruch. Es sind die Worte eines Seraphim, die du zu sprechen versuchst. Ich werde sie für dich aufsagen, doch danach wirst du noch nicht in Sicherheit sein. Denn von dem Seelenfluch kannst du dich nur selbst befreien.**

Quie'rasil stand nun direkt in ihrem Rücken, bereit zuzustechen, als er zu seinem Entsetzen feststellen musste, dass die Elfe ihren Zauberspruch doch zu Ende aufzusagen vermochte. „Vectorius sias volare fortitudinis de ala lapidea." Obwohl die Worte aus ihrer Kehle stammten, waren es nicht die ihrigen. Ihre Stimme war die einer völlig anderen, weit heller und eindringlicher. Torwai und Quie'rasil stolperten rückwärts und hielten sich die Ohren zu. Sie ertrugen die Emotionen nicht, die allein der Klang ihrer Worte in ihnen heraufbeschwor. Liz dagegen schöpfte daraus Hoffnung, sie glaubte beinahe, die Gefühle dieser Frau verstehen zu können.

Der Stein in ihren Händen entfaltete seine Kraft. Es hörte auf zu regnen. Stattdessen rieselte kristalliner Staub auf die Elfe hernieder, in deren Rücken sich zwei weiße Schwingen entfalteten. Immer mehr des glitzernden Sternenstaubes rieselte auf sie hernieder, bis ihr Körper vollständig davon bedeckt war.

Quie'rasil vermochte sie nicht einmal mehr anzusehen. Torwai dagegen störte das grelle Licht kein bisschen. Der Magier wurde davon förmlich in den Bann gezogen. „Also doch. Du bist es wirklich."

Die Flügel lösten sich auf, und Liz' leuchtender Körper fiel in sich zusammen.

Die Elfe entglitt Quie'rasils Händen. Er hatte schon wieder versagt. „Sie wird so oder so sterben. Ganz gleich, wohin sie flieht, dem Seelenfluch kann sie unmöglich entkommen", beruhigte er sich.

Nun da die Elfe weg war, stand er dem Magier direkt gegenüber. Dem Dunkelelfen gefiel es gar nicht, mit welch feurigen Augen ihn sein Gegenüber ansah. Torwai stank förmlich vor unbändiger Macht. „Na, können wir nun endlich mit unserem Duell fortfahren."

Torwai grinste ihn nur abschätzig an. Sein Atem, seine Worte, einfach alles an ihm triefte nur so vor Magie. Quie'rasils Lage sah nicht gerade rosig aus. Der Fremde war kein gewöhnlicher Terraner.

Der Dunkelelf hatte bereits von ihm gehört. Die Geschichten über ihn reichten Jahrhunderte zurück. Sie handelten von einem Auxillator, der zwar selbst über keinerlei magische Energien verfügte, sie sich aber gewaltsam untertänig machte. Allem Anschein nach war es Torwai aber nicht gelungen zu verhindern, dass die Kontrolle beiderseits bestand, denn das Gesicht des Wahnsinns in das der Dunkelelf soeben starrte, war alles andere als menschlich. In diesem Zustand wollte er dem Magier lieber nicht entgegentreten.

„Ich fürchte, wir müssen unsere Auseinandersetzung auf ein andermal verschieben."

Torwai passte dieser Vorschlag überhaupt nicht. Er wollte weiterkämpfen. Der Meteoritenschauer nahm noch einmal mächtig zu. Doch Quie'rasil kümmerte sich nicht länger darum. Er lief los. In Windeseile stand er neben Felizias Leichnam und bückte sich zu ihr hernieder. Quie'rasil strich ihr über das verkohlte Gesicht. Zum ersten Mal bemerkte er, wie hübsch sie doch war. Selbst der Tod vermochte ihrer Schönheit nichts anzuhaben. *Erst jetzt, da es zu spät ist, begreife ich, was ich an dir hatte.* Eine Zukunft, ein Leben, das er hätte wählen können, blieb ihm nun für immer verwehrt.

Behutsam hob er die Dunkelelfe auf und hielt sie in den Armen. „Ich sagte dir doch, dass du vorsichtig sein sollst und auf dich achtgeben musst. Doch du hörst ja nie auf mich. Das hast du nun davon." Früher hatte er sie mit diesen Worten ermahnt, nun verabschiedete er sich auf diese Weise von ihr.

Mit einem kräftigen Sprung verschwand er, samt Felizia in seinen Armen, in der Dunkelheit.

Irgendwann würde er dem Magier erneut über den Weg laufen und sich für all das revanchieren, was er Felizia angetan hatte.

Wütend starrte der Magier dem Dunkelelfen nach. Seine Sinne hafteten lange an dem Punkt des Himmels, wo sein Widersacher derart feige entschwunden war. Der Wahn des Magiers war noch lange nicht verebbt. All die Nirwase, die er ins Nirwana befördert hatte, vermochten seine Mordlust nicht zu lindern oder seine Erregung zu besänftigen.

Die Geister hatten ihn mit seiner Sterblichkeit konfrontiert und damit, wie unbedeutend sein gesamtes Leben war, und obwohl er wusste, dass all die Zerstörung, die er anrichtete, daran nichts änderte, so lenkte es ihn zumindest ein wenig von der ernüchternden Wirklichkeit ab. *Ob gewollt oder nicht, ob gut oder schlecht, wenn die völlige Vernichtung der menschlichen Zivilisation nicht als Lebensgrund genügte, was dann?*

Solange die Energien, die er in sich aufsaugte, ihm unmenschliche Kräfte verliehen, spielte es keine Rolle, ob sie ungebunden oder böse waren. Seit Langem hatte er sich nicht mehr derart gehen lassen. Er genoss das Gefühl der Macht, obgleich es nur ein Bruchteil dessen war, was er vor Jahrhunderten verspürt hatte. Umso schwerer fiel es ihm nun, dieser zu entsagen. Sein Körper wehrte sich, doch sein Verstand übernahm allmählich wieder die Oberhand.

Mit einer flüchtigen Muskelkontraktion aktivierte er den Apparat an seinem Oberarm. Begleitet von einem leisen Klacken ging das Transfusionsset seiner ihm vorbestimmten Aufgabe nach. Jeglicher Blutstropfen strömte aus seinem Körper, durchfloss den technischen Apparat und wurde dann gefiltert in seinen Körper zurückgepumpt. Eine Prozedur, die jeder andere als widerlich empfunden hätte, ihm jedoch machte das schon lange nichts mehr aus. Für den Magier war es so normal wie das Atmen selbst. Ohne dies glaubte er nicht mehr leben zu können. Mit jedem gefilterten Tropfen kehrte die Leere und Tristheit wieder in sein Leben ein. Nur für kurze Zeit war er der Melancholie des Seins entronnen.

Der grüne Balken des Transfusionssets füllte sich allmählich, und die Meteoriteneinschläge in seiner Umgebung kamen zum Erliegen. Schon bald gedachte Torwai die verwüstete Uferböschung hinter sich zu lassen, doch vorher bückte er sich noch gemächlich zu einem der Leichenberge hernieder. Der Magier zersprengte den aufgetürmten Hügel und barg den Körper desjenigen, der ihm für die ganze Aufregung noch eine Erklärung schuldig war.

Zeugin der Zeit

Niemand an dem See war länger am Leben. Keiner war mehr übrig, der die morgendlichen Sonnenstrahlen dabei beobachten konnte, wie sie sich zwischen den Ästen der Bäume hindurch einen Weg zu den Leichen suchten. Der See war zu einem Hort des Friedens und der Andacht geworden. Lediglich ein zarter Nieselregen sorgte noch für einen Hauch von Unruhe auf der blutroten Wasseroberfläche. Das sanfte Plätschern des Sees wirkte auf den stillen Beobachter der Szenerie wie eine beklemmende Stille vor dem aufkeimenden und unabwendbaren Sturm.

Die Welt war nicht gewappnet gegen ein derartiges Unwetter, dessen war sich die leblose Gestalt sicher. Dabei sollte sie es gar nicht kümmern, schließlich hatte ihre eigene Existenz schon vor Jahrtausenden geendet. Ungeachtet dessen schwebte die geisterhafte Frau nun über der Stelle, an der Liz zuvor verschwunden war. Ihr Gesicht war von Jahrtausenden des Kummers gezeichnet. Ein Schimmer Hoffnung keimte jedoch in ihrem Inneren auf, der ihr bis dahin völlig fremd geworden war.

In der Abgeschiedenheit der Schlucht hatte sie jegliches Vertrauen in die Welt verloren. Sie wollte mit dem Magier zusammen zu ihrer letzten Reise aufbrechen. Die Person jedoch, die sie in dessen Erinnerungen gesehen hatte, ließ sie ihr Dasein neu überdenken. Torwai hätte die Begebenheit mit dem Soldaten vielleicht als äußerst unwichtig empfunden und sie rasch wieder vertan, die durchsichtige Frau dagegen erkannte sofort, was ihm in seiner Arroganz verborgen geblieben war. Sie spürte, dass die Wahrheit in diesem Moment keine Lüge war! Torwais Zauber, den er gesprochen hatte, um in Zeifos' Erinnerungen einzudringen, war nicht fehlgeschlagen. Im Gegenteil, die geisterhafte Frau sah all das, was er nicht sah, und sie begriff, dass es alles verändern würde. Eine Erkenntnis, die sie mit Abertausenden teilte.

Die Geister waren auf eine Weise miteinander verbunden, die absolut einzigartig war. Alle sahen und hörten dasselbe, was auch sie sah und hörte. Zusammen mit dem Magier und dem Soldaten flogen Tausende von Geistern über das Schlachtfeld von Livius hinweg. Sie erlebten alles, was er erlebte. Selbst die Stimme vernahmen sie, die den Magier aus dem Gedächtnis des Fremden verwies. Unerwarteterweise war die Frauenstimme für die Geister keine Unbekannte. Ganz im Gegenteil die Geister wussten mehr als jeder andere, dass sie dereinst ein entscheidender Bestandteil der Geschichte gewesen war - Akteure der Vergangenheit. Doch ganz egal, wie bedeutsam sie dereinst gewesen war, so interessierten sich die Geister doch einzig für ihren Schützling. Für denjenigen, der ihnen so wohlbekannt und fremd zugleich war. Obwohl jene Wesen glaubten, alles zu wissen und zu kennen, was sich im Diesseits und Jenseits abspielte, so verhielt es sich bei jenem Soldaten völlig anders. Er war nicht derjenige, den sie erwarteten, und allein das vermochte es, sie wach zu rütteln.

Sämtliche Geister kehrten unverzüglich in die Schlucht zurück. Dass sie dabei in Massen vor dem Magier auftauchten, der sie einer nach dem anderen ihrer Lebenskraft und ihrer Magie beraubte, störte die schwebenden Wesen nicht im Geringsten. Nur eines zählte, die winzige Hoffnung, die selbst für sie nicht vorhersehbar und aus dem Nichts erschienen war. Dieser zarte Kerzenschein im unendlichen Dunkel war es, der ein weiteres Ausharren bis zum bitteren Ende für sie rechtfertigte.

Die langhaarige Frau hatte von da an mit ansehen müssen, wie der Magier, der bis eben noch seinem eigenen Leben ein Ende hatte setzen wollen, sich kein zweites Mal bitten ließ und einen Geist nach dem anderen verschlang. Doch solange noch ein Einziger von ihnen überleben würde, spielte es keine Rolle, nur ein Zeuge war für das Kommende von Nöten. Egoismus und den

Selbstbezug hatten die Geister schon lange in ihren ursprünglichen Körpern zurückgelassen. Ein Einzelner von ihnen zählte nicht.

Dennoch musste sich die schwebende Frauenbüste mit eigenen Augen überzeugen. Aus diesem Grund war sie Torwai unbemerkt auf seinem unnötigen Zerstörungsfeldzug bis zum See gefolgt.

Die Welt hatte sich nicht verändert, dies hatte sie auf dem Weg hierher begriffen. In ihrem Tränenmeer würde daher wohl niemals Ebbe herrschen. Am See jedoch erblickte sie endlich denjenigen, der das tragische Ende vielleicht doch noch abwenden könnte: *Der Tod eines Akteurs ist zugleich die Geburt eines Neuen!,* sprachen tausende vergessener Seelen in erschreckendem Einklang, als sie Zeifos erblickten, wie er unter den Boten des Nirwanas begraben lag. *Der Tod eines Akteurs ist zugleich die Geburt eines Neuen!,* wiederholten sie. … *eines Neuen, eines Alten! Ein Satz, der sich schon so oft bewahrheitet hat. Doch nie zuvor hat die Geschichte* – deren stille Beobachter sie waren – *ihn derart wörtlich genommen, wie auf diese erstaunliche Art und Weise. Noch nie war die Hülle sich derart ähnlich und der Charakter zugleich so verschieden. Wahrhaftig, einer allein macht den Unterschied! Seine Wahl stand in Stein gemeißelt, ohne jeglichen Zweifel sollte er sich als Letzter für das Schlimmste entscheiden. Doch die Wahl des jetzigen Akteurs steht noch nicht fest, sie ist nun wieder offen. Vielleicht, nur vielleicht, vermag seine Stimme, sein Wille etwas zu bewirken, etwas zu verändern.*

Der stete Strom ihrer Tränen, die wie in einer Sanduhr unaufhaltsam die Wangen der geisterhaften Frau herabflossen, hielt für einen winzigen Moment inne. Deutlich spürte sie das Kribbeln auf ihrer Haut. *Ich fühle? Ich fühle es, jede einzelne Träne!* Sie hatte die Wunder, die mit diesem Sinn in Verbindung standen, längst vergessen, doch nun erhielt sie ihn zurück und gab sich der Empfindung hin. Zum ersten Mal fühlte sie etwas, und sie wusste nun, dass sie nur für das Erleben dieses Momentes die Existenz im Jenseits gewählt hatte und dass ihr Sein, das erst jetzt wieder in den Genuss von etwas Freude kam, nun unweigerlich dem Ende entgegenging.

Sie genoss die Strahlen der Sonne auf ihrer Haut. Ihr blondes Haar wehte im Wind. Sie trug ein weißes Kleid mit gelben Bändchen und schritt barfüßig zwischen den blutenden Toten entlang. Bis zu ihren Knöcheln lief sie in den See hinein, dessen stille Wasser eine Gänsehaut auf ihrem Körper hinterließen. Es hörte auf zu regnen. Sie breitete ihre Arme aus, schloss die Augen und genoss die stärker werdende Brise. Die Blässe war aus ihren Zügen gewichen. Sie hatte noch nie lebendiger ausgesehen, und genau so fühlte sie sich. Durch den Wind spürte sie alles von sich. Sie war nun wieder mehr als ihre bloße Büste und gab sich ganz ihrer dahinschwindenden Existenz hin.

Sie löste sich vom Rücken an beginnend in unzählige gelbe Lichtpunkte auf, die von einer Böe erfasst und davongerissen wurden. Nur ein einzelnes Staubkorn verweilte ein wenig länger an diesem Ort, bevor auch dieser allerletzte Beweis ihres Daseins vom Wind verweht und in die Welt hinaus getragen wurde.

Teósix

Das namenlose Mädchen hetzte durch das Dickicht des Dämmerwalds. Die Kleine stürzte schwer. Ihr Gesicht war dreckverschmiert und ihre Beine standen kurz davor, ihr endgültig den Dienst zu versagen, dennoch rappelte sie sich auf und rannte unablässig weiter. Spinnweben verfingen sich in ihren zerzausten Haaren. Die raue Natur schien sie am Weiterlaufen hindern zu wollen, doch das Peitschen der Äste verspürte sie längst nicht mehr. Ihr Körper fühlte sich endlos taub und klamm an.

Mehrere Männer waren ihr auf den Fersen. Sie vernahm deutlich das Einschlagen von Äxten und die wilden Rufe der Meute. Ihr Herz schlug ihr bis zum Hals. Sie wusste, dass sie nicht entkommen konnte, dennoch rannte sie weiter.

Sie sprang zwischen herabhängenden Ästen hindurch und stellte erstaunt fest, dass sie am Waldrand angelangt war. Sie hatte das Dorf erreicht. Vor ihr lag die lang ersehnte Freiheit. Viele Menschen standen auf der Straße, sie alle waren auf dem Weg zum Dorfplatz. Sie musste ihre Eltern, Onkel, Tanten und Freunde unbedingt warnen. Zu groß war die Gefahr, in der sie alle schwebten.

„Flieht!“, schrie sie sich die Kehle aus dem Leib. „Sie kommen! Sie sind bereits hier. Lauft!“

Verwirrt schauten die Bewohner in ihre Richtung. Anfänglich glaubte sie, dass man sie für verrückt hielt. Als sich die Kleine jedoch umdrehte, begriff sie, warum die Blicke der Dorfbewohner vor Schreck geweitet waren. Hinter ihr stand ein uniformierter Soldat. Er trug das Emblem des Teos auf seiner Schulter. Zu seiner Rechten und Linken traten weitere Männer aus dem Dickicht. Einer von ihnen schwang eine Streitaxt. Das helle Haar des Mädchens sauste durch die Luft, gefolgt von ihrem abgeschlagenen Haupt.

Benommen erwachte der König auf seinem steinernen Thron und versuchte sich den Schlaf aus dem Gesicht zu streichen. Doch er fühlte sich noch immer sterbensmüde. Immer wenn er seine Augen schloss, sah er das Antlitz des Mädchens vor Augen. Seit seinem dreizehnten Lebensjahr verfolgte es ihn in seinen Träumen, alle seine Entscheidungen wurden von den Erinnerungen an sie überschattet. Doch der alte Mann hatte gelernt, damit zu leben.

Ebenso wie mit der Bürde, dass er über ganz Teos regierte und über das Fortbestehen oder den Niedergang der Menschheit zu entscheiden hatte. Angsterfüllt sah sich der Greis in den weiten Hallen seines Palastes um. Seit fast einem Jahrhundert hatte er den Thronsaal nicht mehr verlassen.

Regungslos saß Sixtus auf seinem aus schwerem Stein gehauenen Sessel und lenkte von hier aus die Geschicke Neu Terras. Er hatte gegen die Magelaner und die Terraner gleichermaßen Krieg geführt. Sein Lebensziel bestand darin, die Menschheit unter einem einzigen Banner zu vereinen. Mehrere Imperien hatte er dafür niedergerungen und nun stand er endlich kurz vor der Erfüllung all seiner Träume.

Eine jede freie Stadt hatte ihre Truppen seinem Befehl unterstellt, als es darum ging, die Handelsmetropole Livius vor den Magelanern zu beschützen. Es glich einem Pakt unter Wölfen, und Sixtus war das schlimmste Raubtier von allen. Er hatte die Friedensvereinbarung gebrochen und die unabhängigen Herrschaftsgebiete unterworfen, die ihre Männer und Söhne im Vertrauen auf sein Wort zur Verteidigung von Livius abgestellt hatten.

Nun fehlte nur noch die Kundschaft vom Sieg der terranischen Armeen bei Livius. Dennoch war er unzufrieden. Er kam sich winzig und unbedeutend vor inmitten der majestätischen

Marmorsäulen. Alles war noch so wie am ersten Tag, als ihn sein damaliger Mentor in diese Hallen geführt und ihm die Legende von den wehenden Bannern erzählt hatte. Eine Geschichte, die den Jungen damals unglaublich fasziniert hatte. Je stärker die Banner wehten, desto besser ging es dem Teos angeblich. Umso verwunderlicher war es, dass sie in den letzten Tagen – auf dem Höhepunkt von Sixtus' Macht – kaum mehr in Bewegung gerieten.

„Ihr werdet bis zum Schluss an meiner Seite bleiben. Oder? Ihr werdet mich nicht im Stich lassen", flehte der König.

Sein Berater nickte nur flüchtig, wobei er nichts von seinem Antlitz offenbarte, das sich unter einer pechschwarzen Kapuze verbarg.

„Ihr werdet mich nicht verlassen wie mein einstiger Mentor, habe ich recht? Ihr bleibt so lange bei mir, bis meine letzte Stunde geschlagen hat? Bis zu dem Tage, da die Banner in diesen Hallen nicht mehr wehen", wiederholte der Herrscher eindringlich.

Eine Antwort blieb der Berater ihm jedoch schuldig. Unerwartet sprang das aus schwerem Eichenholz gefertigte Eingangstor auf. Ein eisiger Wind wehte zum Tor herein. Die Kälte zog dem König in alle Glieder. Sein Herz stellte für einige Sekunden seine Tätigkeit ein. Das Alter forderte seinen Tribut. Der Tod streckte seine gageligen Finger nach ihm aus.

Sixtus lebte bereits viel zu lange. Er glaubte, endlich von allem Leid erlöst zu werden. Leblos sank der Herrscher auf seinem Thron in sich zusammen.

Ein Trupp Soldaten rückte im Inneren des Palastes ein. Deutlich war das Emblem der Unendlichkeit auf ihren Schultern und den auf Hochglanz polierten Schilden zu erkennen. Zehn der stärksten Männer und Frauen, über die Teósix verfügte, stellten sich in Reih und Glied vor dem altersschwachen König auf.

„König Sixtus, wir stehen Euch zu Diensten."

Lange blieb es still. Erst als nach mehreren Minuten keine Antwort folgte, wurde die Truppe unruhig. Einer nach dem anderen bemerkte, dass mit dem König etwas nicht stimmte.

Auch dem Berater schien dies jetzt klar zu werden. Eilig legte er seine Hand auf des Königs Schulter. Seine Finger jagte er tief in das Fleisch seines Gebieters, wodurch der Leib des Herrschers unkoordiniert zu zittern begann.

Die Soldaten wirkten verstört, *was geschieht hier*, fragte sich ein jeder von ihnen, doch keiner wagte es, dies anzusprechen.

Unter schwerem Stöhnen kam Sixtus wieder zu sich. Seine Lungen füllten sich mit Atemluft. Der Herrscher wirkte sichtlich erschöpft, doch er war wieder bei Bewusstsein.

„Verschließt das Tor!", befahl er heiser.

Eilig kam man seinem Geheiß nach. Erst daraufhin setzte man ihn davon in Kenntnis, dass man noch immer keine Kundschaft aus Livius erhalten hatte.

„Was soll das heißen!", raunte Sixtus wütend. Noch bevor ihm einer der Gesandten darauf antworten konnte, brachte er sie mit erhobener Hand zum Schweigen. Das, was nun folgte, kannten sie alle zur Genüge. Der Herrscher verfiel in einen stummen Monolog, bei dem ihn niemand stören durfte.

Sie können uns in Livius unmöglich bezwungen haben! ... Nie und nimmer rückt die Streitkraft Magelas auf Teósix zu, davon hätten mich meine Späher längst in Kenntnis gesetzt. ... Vergiss es, das kannst du mir unmöglich einreden. Hör auf! ... Ich werde keine Armee entsenden, und ich werde auch keine Invasion Magelas befehligen. ... Was, wenn es das Gleichgewicht wirklich gibt? ... Bist du dir sicher, dass es nichts weiter als Märchen und Hirngespinste sind? ... Ganz sicher? ... Was ist mit den zweihundert gefangenen Magelanern, die uns im Verlies einer nach dem anderen weggestorben sind, das kann doch kein Zufall sein ... Ja, ich kenne die Zustände in unseren Gefängnissen. Ja, es stimmt. Die Seraphim lebt als Einzige noch, aber denkst du nicht, dass sie einfach nur anders ist. ...Vielleicht ist sie eine Ausnahme ... Also gut, du hast mich überzeugt, ich glaube dir, dass es kein Gleichgewicht gibt. Trotz allem werde ich keine Invasion befehlen. Nicht zum jetzigen Zeitpunkt. Zuvor will ich wissen, was in Livius geschehen ist!

„Nun gut, ihr wisst, was eure Aufgabe ist. Ihr dürft abrücken." Dem König war es gleichgültig, wer gen Livius reiste und ihm die Kunde vom Sieg überbrachte. Hauptsache, irgendeiner erfüllte seinen Wunsch.

„Seid Ihr Euch sicher?", hakte derjenige nach, der die Schriftrolle mit dem Siegel des Herrschers entgegennahm. „Verzeiht mein ungebührliche Frage. Doch es sind mittlerweile mehr als zehn Truppenverbände nach Livius aufgebrochen und keiner ist zurückgekehrt. Dabei hätten sie bereits vor Tagen wieder eintreffen müssen. Ist es wirklich weise ...", rasch verstummte der Mann. Er wusste, dass er den Satz besser nicht zu Ende führte. Der Blick des Königs sprach Bände.

„Verzeihung! Ich werde unverzüglich mit meinen Männern aufbrechen." Der Leutnant zog sich in gebückter Haltung zurück.

„Nehmt den Seitenflügel, wenn ihr geht. Den für die Diener", fügte Sixtus hinzu, der die kalte Morgenluft bereits in seinen Knochen spüren konnte.

Der Leutnant wirkte unzufrieden, dennoch würde er dem Befehl nachkommen und in den sicheren Untergang marschieren. Denn niemand wiedersetzte sich dem alten Mann und seinem engsten Berater. Eilig rückten die Männer ab.

Der König blieb allein in seinem überdimensionierten Thronsaal zurück. Selbst der Berater war verschwunden, ohne dass Sixtus sein Gehen bemerkt hätte. Er war als junger Thronanwärter stets einsam gewesen und würde es auch als König auf ewig bleiben. Schonungslos kroch die Kälte des Gemäuers in seine Glieder.

Seelenfluch

Liz wand sich im Fieberwahn. Sie lag in ihrem Bett und glitt von einem Albtraum in den nächsten. Besorgt stand Kagul neben ihr und musste tatenlos mit ansehen, wie ihre Haut zusammenfiel. Trotz seines umfassenden Wissens konnte er ihr nicht helfen. Zu tief war der Seelenfluch bereits in ihr Bewusstsein eingedrungen, als dass er ihn mithilfe eines Zaubers daraus verdrängen konnte. Jedenfalls nicht, ohne dabei ihre Seele gleich mit auszulöschen.

Noch nie zuvor hatte sich der alte Elfenmeister derart hilflos gefühlt.

„Halte durch! Halte bitte durch!“, versuchte er, sowohl ihr als auch sich selbst Mut zuzusprechen. Vorsichtig tupfte er ihr den Schweiß von der Stirn. „Nur weil ich versagt habe, ist es den Terranern gelungen, die Seraphim aufzugreifen. Ich wollte es wiedergutmachen, und nun das! Halte durch! Ich würde es nicht verkraften, auch noch deinen Tod auf meinen Schwingen zu tragen, deshalb, harre bitte weiter aus und kämpf dagegen an!“

In seiner Verzweiflung bemerkte der eingefleischte Elfenmeister nicht einmal, dass er soeben in die Sprachgewohnheiten eines Seraphim verfiel.

Liz’ Leib bäumte sich auf.

„Weich aus, weich doch endlich aus!“, schrie die Elfe im Delirium. Zum wiederholten Male verfolgte sie mit, wie sich ein riesiger Felsbrocken über Zeifos’ hernieder senkte. Sie streckte ihre Hand aus und versuchte, den Soldaten mit aller Kraft unter dem Leichenberg hervorzuziehen. Doch sein Schultergelenk gab nach. Liz’ Augen weiteten sich. Sie hielt seinen abgetrennten Arm in den Händen und ertrug es nicht.

Panisch verfolgte sie mit, wie der Felsbrocken Zeifos’ unter sich begrub. Lodernde Flammen schlugen ihr entgegen und setzten ihr schulterlanges Haar in Brand, Liz aber stand nur regungslos da. Sie beobachtete, wie das Blut aus dem Stumpf schoss. Unwillkürlich erinnerte sich Liz dabei an den Augenblick zurück, als sie ihn mit der Sternenscheibe angeritzt hatte. Der Seelenfluch freute sich hämisch. Die entsetzliche Fratze konnte kaum glauben, wie leicht es war, die Elfe stetig tiefer in den Strudel ihrer Selbstvorwürfe hinabzutreiben. Es fehlte nicht mehr viel, und sie würde seinen Fängen nie mehr entrinnen.

Noch immer hielt die Elfe den Stummel direkt vor sich. Sie rührte sich nicht. Ihre Gedanken kreisten einzig darum, dass dies eigentlich ihr Arm, oder besser noch ihr Kopf, hätte sein müssen. Denn wenn Zeifos ihr nicht zu Hilfe geeilt wäre, hätte der Nirwanimal ihr diesen ganz sicher von den Schultern gerissen. Er hatte sie so oft gerettet, und wie hatte sie es ihm gedankt! Mit nichts als Verachtung und Hass! Sie schämte sich und wollte auf der Stelle sterben.

„Das kann ich arrangieren“, zeterte der hässliche Schädel, während er einmal im Kreis um sie herum schwebte und dabei hämisch frohlockte. „Ich erlöse dich von all deinem Leid, du musst es nur sagen, sprich es aus: ‚Erlöse mich‘, und dein Wunsch wird dir gewährt.“

Erneut führte die groteske Fratze ihr Zeifos’ nahenden Tod vor Augen. Alles wiederholte sich. Anstelle eines Armes hielt sie nun zwei in den Händen.

„Komm schon, noch einmal! Lass es uns ein drittes und viertes Mal erleben“, der Schädel machte sich einen Spaß daraus, Liz leiden zu sehen. Die Elfe stand inmitten eines Berges aus Gliedmaßen. Sie vermochte sich nicht mehr zu bewegen und war vollkommen erstarrt.

Sie versuchte die Worte des Schädels nachzusprechen.

„Erlöse m…“ Statt ihrer Stimme erklang jedoch die einer fremden Frau. **Das ist nicht real. Gib dich diesen Trugbildern nicht hin. Versuch Lüge von Wahrheit zu unterscheiden.**

Der Schädel aber besaß längst Kontrolle über ihre Seele und ließ sich nicht derart einfach verdrängen.

„Erlösung“, säuselte die Elfe und begann zu taumeln. „Welch liebliches Versprechen.“

Resigniert sank Kagul in seinen Stuhl zurück.

„Erlösung“, flüsterte die Elfe erneut. „Komm und ereile m…“

Die Stimme wollte Liz aber auf keinen Fall so schnell aufgeben.

Reiß dich gefälligst zusammen! Ich habe Zeifos nicht im Stich gelassen, um dich nun hier zu verlieren Sie holte die Elfe im Nu zurück. **Er wird überleben! Ich verspreche dir, dass du Zeifos wiedersehen wirst, doch dafür musst du erst einmal diese Nacht überstehen! Also besinne dich gefälligst! Sieh genau hin und unterscheide Wahrheit von Unwahrheit.** Erneut senkte sich der Felsbrocken über Zeifos hernieder. Liz wendete diesesmal jedoch nicht ihren Blick ab, sondern sah bis zuletzt hin. Sie erkannte auf einmal, dass die Gliedmaßen, die ihr um die Ohren flogen, nicht die von Zeifos, sondern die der Nirwase waren. Sie hatten sich über ihn gebeugt, um ihn zu zerfleischen, in Wirklichkeit aber retteten sie ihm dadurch das Leben. Mit ihren Leibern schirmten sie ihn vor der gleißenden Explosion ab.

„Er lebt!“, schrie die Elfe auf und saß daraufhin kerzengerade in ihrem Bett.

Kagul traute seinen Augen nicht. Liz war wach! Er hatte seine Schülerin bereits für verloren geglaubt, und nun geschah ein solches Wunder.

Der Elfenmeister hatte sich jedoch zu früh gefreut. Der Seelenfluch schrie und tobte, seine Fratze zog sich entsetzlich in die

Länge, doch er war nicht bereit, seine Macht über die Elfe aufzugeben. Liz war es zwar gelungen, ihn aus ihrem Inneren zu verbannen, dennoch war sie noch nicht in Sicherheit, denn der Schädel versuchte, in ihre Gedanken zurückzukehren. Entsetzlich zog und zerrte er an ihr.

Je länger die Elfe in die toten Augenhöhlen starrte, desto mehr verlor sie sich darin. Teer floss von den Wänden. Alles um sie herum wurde schwarz wie die Nacht. Selbst Kagul zerrann zu einer zähflüssigen Gestalt, der zwei Flügel aus dem Rücken ragten. Liz musste dabei unweigerlich an Milly denken. Die Trauer übermannte sie. Der Schädel zeichnete eine weiße Kreidelinie auf den Boden und flüsterte erneut seine verheißungsvollen Worte.

„Überschreite diese Linie und du wirst ewigen Frieden erfahren. Du wirst von allem Schmerz und allem Leid erlöst."

Tue es und dein Leben wird enden. Du würdest Zeifos nie mehr wieder sehen.

Zaghaft bewegten sich Liz' Zehen. Kagul aber wollte sich das nicht länger anhören. In seiner Rechten hielt er den Stein, den Liz ihm entwendet hatte, während er mit seiner Linken nach der Fratze griff und sie festhielt. Der Gelehrte sprach Worte in einer Sprache, die keinesfalls elfischer Herkunft waren. „Angelus cornu pacifer."

Mikroskopische Risse breiteten sich auf der Oberfläche des Kristalls aus. Ein helles Leuchten drang aus dessen Innerem hervor und übertrug sich auf den Schädel, dessen Fratze sich daraufhin noch mehr in die Länge zog. Der Teer tropfte von den Wänden, und Liz' Sinne wurden wieder klar. In einem Lichterhagel lösten sich alle Trugbilder gleichzeitig auf. Liz sank nach hinten ins Bett.

Sie atmete schwer, doch ihr ging es gut. Kagul wartete geduldig, bis sie ihn bemerkt hatte und er sich ihrer Aufmerksamkeit sicher war.

„Was hast du dir dabei gedacht? Nicht umsonst habe ich meine Regeln aufgestellt. Das hast du nun davon, dass du das Observatorium ohne meine Einwilligung verlassen und mir den Stein entwendet hast.“ Unauffällig ließ Kagul den Kristall in seiner Mantelinnentasche verschwinden. Liz wollte etwas erwidern, entschloss sich dann aber doch zu schweigen. Sie fragte sich, weshalb Kaguls Stein derart brüchig war. *Bin ich etwa daran schuld, habe ich seine Kraft zu sehr beansprucht?* Liz überkamen furchtbare Gewissensbisse. Kagul sah seine Gelegenheit.

„Du musst noch viel lernen. Die zwei Jahre, die du bei mir zugebracht hast, waren offensichtlich nicht genug. Ich wollte dich eigentlich in drei Monaten aus deinem Exil entlassen, aber das hat sich nun erledigt, du wirst noch mindestens zwei Sommer und Winter hier zubringen müssen, als Strafe für deine Verfehlungen!“

Liz erwiderte nichts darauf, sie griff lediglich nach der Sternenscheibe und drückte sie fest an sich. Kagul drehte sich um und ging.

„Vor dir ist noch niemand einem Seelenfluch lebend entronnen. Selbst die kräftigsten Krieger haben nicht einmal halb so lange durchgehalten wie du am See.“

„Woher weißt du, wo ich gewesen bin?“ Liz’ Stimme wirkte zart und zerbrechlich. Kagul aber reagierte nicht auf die Elfe. Er strafte sie, indem er sie ignorierte.

„Ich weiß nicht, wer dir in dieser Situation geholfen hat, aber du verdankst ihm dein Leben.“ Liz dachte an Zeifos, darauf, dass Kagul womöglich die Stimme meinen könnte, kam sie nicht. „Es ist jedenfalls ein Wunder, dass du überhaupt noch am Leben bist. Jetzt ruh dich erst einmal aus. Deine Reise war sicherlich sehr anstrengend.“

Kagul schloss die Tür und ließ die Kerzen im Zimmer erlöschen.

Die Finsternis stahl sich in Liz' Herz. **Einen interessanten Meister hast du da. Er ist eindeutig nicht das, was er zu sein scheint.** Die Elfe suchte nach Trost in der Umarmung der Sternenscheibe. Liz dachte an Milly und an die Worte von Zeifos. *Man hält sie sicherlich in Teósix gefangen.* Die Elfe wollte dem Soldaten unbedingt glauben. Sie presste die Sternenscheibe noch enger an sich und weinte sich in den Schlaf.

Fairy Tale

Zeifos verspürte unerträgliche Schmerzen. Zögerlich öffnete er die Augen und schloss sie gleich darauf wieder. Irgendetwas stimmte nicht. Alles um ihn herum drehte sich. Die Welt stand Kopf. Er hörte Schritte und vernahm eine bekannte Stimme. „An diesem Ort wurde also die Schlacht zwischen Magie und Wissenschaft ausgetragen." Mit wem derjenige sprach, der da redete, war nicht ersichtlich. Er redete sich endlos in Rage. „Heute wie damals hat die Menschheit auf ganzer Linie versagt. Sicherlich hat die Welt noch nie zuvor eine derart bedauernswerte Spezies gesehen. Auf dem Höhepunkt unserer technischen Errungenschaften waren wir derart arrogant, dass wir glaubten, wahre Götter zu sein. Vielleicht war all die Zerstörung nötig, um uns aufzuzeigen, wie bedeutungslos wir doch sind. Leider hat niemand etwas dazugelernt. Der Krieg tobt fortwährend weiter, selbst jetzt, da wir unseren Gegnern nur noch mit Schwertern und Schilden zu Leibe rücken statt mit automatisiert gelenkten Geschossen."

„Ich empfand die Macht der Technologie schon immer als viel zu beschränkt und einengend. Doch weit beschränkter sind die Menschen in ihrer Verzweiflung und in ihrem sinnlosen Aufbegehren an sich. Sie vergessen alles, was jemals war, und drehen sich endlos im Kreis. Zerstöre ihren Armeisenhügel, und die Armeisen beginnen wenig später damit, ihn eifrig neu zu errichten. Dies könnte in seiner Absurdität ewig so weitergehen, ohne Sinn und Verstand. Aber vielleicht nicht dieses Mal. Nicht, wenn das Gleichgewicht eine erneute Rückkehr der Menschheit in diese Stadt verhindert. Vielleicht ist dann endlich Schluss damit."

Der Soldat wollte unbedingt wissen, wer da sprach. Er riss die Augen auf und versuchte in die Richtung zu blicken, aus der die Stimme kam. Eine magische Kraft hielt ihn jedoch davon ab. Zeifos schwebte knapp über der Erde. Er sah Gräser und Steine an sich vorbeihuschen. Irgendjemand schleifte ihn wie ein Gepäckstück hinter sich her. *Quie'rasil?* Zeifos' Gedanken überschlugen sich. *Hat er vielleicht auch Liz in seiner Gewalt?* Er kämpfte gegen den Zauber an, der ihn in die Schwebe versetzte, und obsiegte. Abrupt fiel er in eine Pfütze.

„Gratuliere, im gesamten Umkreis ist alles vertrocknet und dir gelingt es dennoch, die einzige Lache in voller Länge zu erwischen", hörte er die Stimme seines Entführers, der sich über ihn lustig machte. „Halbe Sachen scheinst du offensichtlich nicht zu machen, so viel steht schon mal fest. Selbst deine Gliedmaßen lässt du dir am liebsten gleich im Ganzen abreißen."

Der Magier stand direkt vor ihm und zeigte mit seinem Finger auf Zeifos' rechten Arm. Erschrocken blickte der Soldat zur Seite. Seine Schulter war komplett offen. Sein Arm hing nur noch an dünnen Hautfetzen an seinem Leib. Ihm stand der Mund vor Entsetzen offen. Erst allmählich realisierte er, dass er keinerlei Schmerzen verspürte. Verwundert zuckte er mit der Schulter und beobachtete, wie seine Rechte hin und her baumelte.

„Warum verblute ich nicht?", fragte er verwirrt.

„Sieh hin und beobachte!", befahl ihm der Magier. Gelbe Lichtpunkte verdeckten die klaffende Wunde. Sie drangen in Zeifos' Fleisch und regten dessen Wachstum an. Seine Zellen regenerierten sich. Es war nur noch eine riesige Narbe übrig.

Fragend starrte er den Magier an. „Muss ich dir dafür danken?"

„Schön wär's. Aber über die Macht der Heilung verfüge ich leider nicht. Jedenfalls noch nicht."

„Ist etwa noch jemand hier?"

„Nein, nur du und ich. Allerdings lag ein Zauber auf dir, der bis zu deinem Erwachen inaktiv war. Jemand hat ihn auf dich gewirkt und dafür gesorgt, dass er erst jetzt seine heilende Kraft entfaltet. Ich nehme nicht an, dass du mir irgendetwas über denjenigen sagen kannst, der dafür verantwortlich ist? Meines Wissens nach lebt heutzutage nämlich niemand mehr, der über die Kraft der Regeneration verfügt, erst recht nicht über eine solch mächtige."

Zeifos erinnerte sich an die zärtlichen Worte, die jene Frau zu ihm an dem See gesprochen hatte. *Ist sie alles für dich, ist diese Elfe all das, was du willst und nach was es tief in dir verlangt?* Damals war er sich der Antwort auf diese Frage sicher gewesen, doch nun, da er die Anwesenheit der Stimme nicht mehr spürte, *du wirst dich von nun an allein in dieser Welt zurechtfinden müssen,* begann er daran zu zweifeln. Er fürchtete sich vor der Einsamkeit.

Plötzlich war der Soldat wie ausgewechselt, um seinen Arm kümmerte er sich nicht mehr. Er packte den Magier stattdessen mit beiden Händen am Kragen.

„Was ist mit Liz geschehen?" Seine Stimme wurde lauter und fordernder. „Die Elfe, die bei mir war, hat sie es geschafft? Nun sag schon!"

Torwai aber dachte nicht daran, ihm darauf zu antworten. „So läuft das nicht! Ich habe dich nicht aus schierer Nächstenliebe Hunderte von Kilometern durch die Gegend geschleift. Ich stand kurz davor, dich samt all der anderen an diesem See umzubringen. Falls du also dem Irrtum erliegen solltest, dass ich hier bin, um deine Fragen zu beantworten, dann tickst du wohl nicht mehr richtig. Die Angelegenheit habe ich mir vielmehr andersherum vorgestellt, du solltest MIR eigentlich Rede und Antwort stehen, alles andere wäre Verschwendung meiner kostbaren Zeit."

Zeifos zog voller Ungeduld sein Schwert und richtete es auf den verdutzten Mantelträger. „Na schön, du hast also etwas gut bei mir. Ich versuche mich bei geeigneter Gelegenheit für deine ach so uneigennützige Gnade zu revanchieren. Zuvor sagst du mir aber, was aus Liz geworden ist, und wehe, du hast ihr ein Haar gekrümmt. Dann gnade dir Gott!" Die Spitze seines Schwertes wippte drohend auf und ab.

„Es gibt keine höhere Instanz über mir." Mit einer ruckartigen Handbewegung beschwor Torwai eine Schockwelle herauf. Die von ihm erzeugte Luftblase sollte den Soldaten von den Beinen werfen, stattdessen kam sie unmittelbar vor dessen Schwert ins Stocken.

Zeifos war wie in Trance. Er verfolgte mit aufmerksamen Sinnen die magischen Fäden, die von dem Zauber des Magiers ausgingen und wild um sich schlugen. Der Soldat glaubte, genau wie an dem See, plötzlich erneut in einem endlos blauen Ozean zu schwimmen und die Welt in grellen Farben wahrzunehmen. Die Energien, die Torwai nutzte, waren grün wie die Pestilenz.

So wie die Stimme es ihm in größter Not befohlen hatte, konzentrierte sich Zeifos auf den leuchtenden Saphir im Herzen der Waffe. Stückchenweise begann sich die Blase daraufhin zu verformen. Sie bog sich um seine Klinge herum. Fassungslos erkannte der Magier, dass der unwürdige Terraner seine eigene Zone der Unantastbarkeit erschaffen hatte.

„Das ist unmöglich, du bist ein Mensch, Menschen können keine Magie wirken!"

Torwai biss sich auf die Lippen. *Ausgerechnet ich muss das sagen.* Seine Stimme wurde durch beide Zauber entsetzlich verzerrt. Stetig wuchs die Schockwelle weiter. Zeifos' Schutz schrumpfte kontinuierlich. Sein Kopf schmerzte, und das Stechen wurde immer unerträglicher. Unbewusst fasste er sich an die Stirn, wodurch sein mentaler Schild zusammenbrach.

Torwai bemerkte die subtile Bewegung. *Das hat die Stimme also gemeint, als sie sagte, dass ich mich seiner annehmen solle.* Er erinnerte sich noch gut an die astrale Botschaft, die jemand direkt in seine Gedanken projiziert hatte, als er den Terraner am See aus dem Leichenberg barg. Jene Nachricht war direkt an ihn gerichtet gewesen. Blieb nur die Frage, woher derjenige überhaupt wissen konnte, dass er und der Soldat aufeinandertreffen würden. *Offensichtlich beherrscht er seine Kräfte nicht. Gut zu wissen. Vielen Dank für die Info. Ich hätte sonst sicherlich länger gebraucht, um festzustellen, wie wehrlos er in Wirklichkeit ist.* Der Magier grinste und verstärkte seine Schockwelle um das Zehnfache. Zeifos vergrub seine Füße im feuchten Boden und ließ die Wucht auf sich einwirken. Für den Bruchteil einer Sekunde glaubte er Liz in seinem Rücken zu spüren, während der Nirwaz frontal über ihn hinwegrollte.

Der Soldat rammte sein Schwert in den Boden und klammerte sich am Griff fest. Er wollte dem Magier keinesfalls die Genugtuung geben, sich von ihm umwerfen zu lassen. Hinter ihm zerteilte die Schockwelle einen Wegweiser auf dem der Schriftzug ‚Livius Zentrum 27 km' zu erkennen war. Der Soldat dagegen blieb bis auf wenige Schnittwunden unverletzt.

Der Zauber verebbte. „Sag mir endlich, wo Liz ist!", schrie Zeifos voller Wut. Statt einer materialisierten sich plötzlich vier Schockwellen. Allesamt schossen sie dem Magier um die Ohren.

Es geschah so plötzlich, dass Torwai nicht mehr rechtzeitig reagieren konnte. Eilig erhob er seine Hände zum Schutz und ließ die Wellen auf sich einwirken. Im nächsten Augenblick spürte der Magier die Klinge des Soldaten an seiner Kehle. Unweigerlich musste er schlucken.

„Ich gestehe, du hast mich überrascht. Aber übertreib es nicht." Es amüsierte Torwai, wie sehr sich dieser Bursche selbst überschätzte. Sein jugendlicher Leichtsinn wirkte ansteckend. Statt ihn auf der Stelle seiner Kräfte zu berauben, entschloss sich der Auxillator, den Soldaten noch eine Weile zu studieren.

„Nun steck schon dein Prügeleisen weg, bevor du dich noch damit verletzt. Deiner komischen Freundin sollte es gut gehen. Sie hat sich in Sternenstaub aufgelöst, noch ehe ich ihr auch nur ein Haar krümmen konnte. “

Zeifos senkte sein Schwert.

„Ich sehe schon, du hast keine Ahnung davon, was ich mit Sternenstaub meine.“ Der Magier verrollte seine Augen. „Es ist das Nebenprodukt des Wirkens von Engeln und ihrer Abgesandten. Immer wenn eine Seraphim ihre magischen Kräfte nutzt, rieselt Sternen- oder Engelsstaub vom Himmel nieder. Deine Freundin ist auf diese Weise geflüchtet.“

„Sie ist also in Sicherheit“, erwiderte der Soldat erleichtert.

„Nicht unbedingt. Ein äußerst mächtiger Bann lag auf ihr. Die Chancen stehen allerdings sehr gut, dass sie an dem Ort, wo sie jetzt ist, von dem Seelenfluch geheilt werden kann. Falls nicht, ist sie spätestens morgen tot. Optimistisch geschätzt.“

Zeifos hoffte das Beste. „Na schön, du hast meine Frage beantwortet, jetzt bin ich an der Reihe. Was willst du wissen?“

Alles! Alles wollte der Magier über ihn erfahren! Torwai überlegte bereits ihm all seine Informationen direkt zu entreißen. Er fürchtete jedoch, dass die Gedankenverschmelzung erneut schief gehen könnte. Nein, dies durfte er nicht riskieren. Viel zu wertvoll waren all die Geheimnisse, die den Soldaten umrankten. Torwai ließ sich dazu herab, ihn auf herkömmlichem Wege auszuhorchen.

„Wer bist du? Das ist eine einfache Frage, darauf hast du doch hoffentlich eine Antwort. Also sag schon, wer oder was bist du?“

Die Reaktion des Burschen war unmissverständlich.

„Ich bin Zeifos, ein einfacher Soldat.“

Torwai begnügte sich damit aber keineswegs. „Ein Terraner der denselben Namen trägt wie ein magelanisches Schimpfwort, wie sonderbar. Steht dieses nicht stellvertretend für Verräter oder menschlichen Abschaum?" Als Gelehrter kannte sich Torwai auch mit magelanischen Märchen aus. „Nett! Ich habe dich aber nicht nach deinem Namen gefragt. Für deine langweilige Lebensgeschichte interessiere ich mich nicht im Geringsten. Ich will noch nicht einmal wissen, was du an dem See zu suchen hattest, oder warum du dich mit jener Elfe eingelassen hast."

Zeifos kam nicht einmal dazu etwas zu sagen.

„Kommen wir also zu dem, was eigentlich wichtig ist. Sag mir endlich, wer oder besser gesagt WAS du bist? Wie ist es möglich, dass du soeben vor mir stehst? Was bemächtigt dich dazu?"

Der Soldat wusste nicht, was er darauf erwidern sollte. „Aus welchem Grund sollte ich denn nicht hier stehen? Oder meinst du etwa ...?"

„Genau das! Ich spreche von dem Gleichgewicht, und zwar von nichts anderem. Mir entzieht es mit jeder vergehenden Sekunde mehr meiner Macht. Es kostet mich sichtliche Anstrengung, ihm zu widerstehen. Du dagegen, ein gewöhnlicher Sterblicher, der noch nicht einmal weiß, was Sternenstaub überhaupt ist, wirst davon verschont. Dich als Einzigen lässt es sowohl in Neu Terra als auch innerhalb der Grenzgebiete zu Magela wandeln. Dabei weißt du diese Gabe offensichtlich noch nicht einmal zu schätzen. Welch eine Farce! Niemand anderem außer mir gebührt diese Fähigkeit. Wie kann es das Schicksal nur wagen, mich auf derartige Weise von der Quelle meiner Macht zu trennen, während es dir gestattet, dich frei zu bewegen?"

Torwai bemerkte Zeifos' verwirrten Blick. Allmählich fing der Magier sich wieder. „Du verstehst nichts von dem, was ich sage, oder? Das hatte ich schon befürchtet. Selbst mit deiner Kooperation erfahre ich nicht das, was ich wissen will. Nun gut, belassen wir es vorerst dabei. Ich verlange allerdings, dass du ab sofort in meiner Nähe bleibst. Du begleitest mich von jetzt an. Ich gehe nämlich davon aus, dass sich des Rätsels Lösung bald von allein offenbaren wird, und wenn es so weit ist, will ich in deiner Nähe sein. Untersteh dich, nein zu sagen, denn dann wärest du für mich nicht mehr von Nutzen, und was das heißt, kannst du dir sicherlich vorstellen."

Der Magier hasste es, abwarten zu müssen. In dieser Situation blieb ihm jedoch kaum eine andere Wahl. Er hoffte inständig, dass der Soldat ihn auf der Reise nicht zu sehr nerven würde.

„Ich soll dich begleiten?" Zeifos begriff allmählich, weshalb es für den Magier etwas Besonderes war, dass er dem Gleichgewicht trotzte. Er selbst spürte diese Kraft zwar nicht, das Zerbrechen seines Schwertes und die Ohnmacht der Elfe in der Nähe von Heilbrunn, ließen sich aber keineswegs leugnen.

Er musste unbedingt mehr darüber in Erfahrung bringen. „Na schön, ich begleite dich nach Livius, danach sehen wir weiter. Du bist doch auf dem Weg dahin, oder?"

„Mir ist es wirklich ein Rätsel, wie jemand wie du die Schlacht als Einziger überlebt haben kann. Sieh nach vorn. Du solltest die Türme der Stadt und die Außenbezirke bereits von hieraus erkennen können, zudem hast du das Ortseingangsschild vorhin eigenhändig zerlegt."

Ohne weitere Umschweife drehte der Magier sich um und lief weiter. Zeifos ließ er einfach stehen.

Der Hauptmann verachtete Zeifos, die Dorfbewohner mieden ihn und Quie'rasil wollte ihn am liebsten tot sehen: Nirgends war er willkommen, doch ausgerechnet dieser hochmütige Magier wollte ihn in seiner Nähe haben. Zeifos verstand die Welt nicht mehr, eilig schloss er zu Torwai auf. Unbemerkt von beiden setzte sich eine dritte Gestalt in Bewegung.

Sie liefen zwischen den Häusern der Außenbezirke entlang. Sämtliche der steinernen Gebäude waren von Pflanzen überwuchert und mit Moos bewachsen. Bäume ragten aus kaputten Dächern empor, während sich Rinnsale in aufgerissenen Asphaltstraßen gebildet hatten. Es gab kaum Straßenlaternen, sie waren von den Schmieden eingeschmolzen und zu Töpfen und Pfannen verarbeitet worden.

„Seit wann sind die Ruinen unbewohnt?“, wollte Zeifos wissen.

„Hört, hört, endlich ein Mensch, der nicht nur plündern, sondern auch etwas über die Vergangenheit erfahren will. Also gut, ich erzähle dir davon. Livius war einst eine Metropole mit mehr als dreißig Millionen Einwohnern. Heutzutage gibt es auf der ganzen Welt kaum mehr genug Terraner, um das gesamte Stadtgebiet mit Leben zu füllen. Es gibt noch viele Städte so wie diese. Die wenigsten davon sind jedoch begehbar. Einige davon liegen in den verbotenen Regionen. Andere wurden komplett dem Erdboden gleich gemacht. Wenn du jedoch mit offenem Auge durch die Welt schreitest, kannst du noch immer ihre gigantischen Bollwerke und einstigen Prachtbauten erkennen. Überall ragen sie majestätisch gen Himmel. Sicherlich könnte ich dir jetzt eine Jahreszahl nennen, doch damit würdest du nicht all zu viel anfangen können. Die damalige Zeitrechnung, die den Moment am ehesten festhält, an dem hier alles in Schutt und Asche zerfiel, geriet längst in Vergessenheit. Von da an verschwammen alle zeitlichen Angaben und mit ihr sämtliche Geschehnisse auf Erden. Sobald der zeitliche Bezug und die Erinnerung an etwas verblassen, verkommt das Leben zu einer Legende und verbleibt höchstens noch als Märchen in den Gedanken der Menschen, bis auch diese auf ewig in Vergessenheit geraten … oder unerwartet wiederkehren.“ Der Magier rechnete kurz nach. „Wir schreiben das Jahr 702 nach Gründung des Teos. Die Vorvereinigungszeit liegt nochmals einige Jahrhunderte zurück. Dies war ein solch besonderer historischer Augenblick, an dem die Legenden wiederkehrten. Du glaubst gar nicht, wie fantastisch das gewesen ist, als Fantasiegestalten, die bis dato nur in den Gedanken der Menschen wandelten, sich auf einmal als wahrhaft existierende Wesen herausstellten. Zum allerersten Mal durchflossen magische Energien diese Welt. Unvorstellbar!"

Torwai schien nach der Kraft greifen zu wollen, die er vor seinem bildlichen Auge sah. „All die Abenteuer, nach denen es Unzählige dürstete und von denen man bis dahin nur lesen konnte, waren plötzlich real, Fiktion wurde Wirklichkeit."

Zeifos lief unentwegt weiter. Er glaubte beinahe die Epoche sehen zu können, von der der Magier sprach. Unter seinen Füßen zeichnete sich unerwartet ein riesiger Schatten ab, der unaufhörlich weiter wuchs und schließlich die Dimension einer Sonnenfinsternis erreichte. Erschrocken sah der Soldat zum Himmel. Nur ein Wesen war imstande, eine derart riesige Fläche zu verdunkeln. Er hoffte inständig, dass er sich irrte, doch dann erblickte er einen Drachen am schwarz verhangenen Himmel.

Das Gebrüll des mächtigen Leviathans, der sich im freien Fall abwärts stürzte, war markerschütternd. Der Soldat wollte stehen bleiben, zur Seite springen oder zumindest irgendetwas unternehmen, aber seine Beine gehorchten ihm nicht. Stattdessen schritt er unbeirrt weiter vorwärts, als ob ihm jemand die Macht über seinen eigenen Körper entrissen hätte. Der bronzefarbene Leviathan riss sein Maul auf. Das Ungetüm vereinnahmte Zeifos' gesamten Sichtbereich und entließ aus dem rot glühenden Rachen einen Feuerstrahl alles verzehrender Hitze.

Fliehen war zwecklos, die wenigen Atemzüge, die Zeifos noch blieben, genügten nicht, um rechtzeitig dem Zerstörungsradius der Flammen zu entkommen.

Die Fassaden der Gebäude brannten lichterloh, und der Asphalt auf der Straße schmolz. Der Leviathan bremste seinen Fall durch gewaltige Flügelschläge, die das Feuer weiter anfachten und höher emporlodern ließen. Unaufhörlich setzte der Drache seinen Zerstörungsfeldzug die Straße hinunter fort. Ein mehrstöckiges Gebäudes fiel unter seinen Feuerstößen und der anhaltenden Hitze in sich zusammen. Unter den Geröllmassen wurden schreiende Menschen begraben. Ein Blitz schoss vom Himmel und schlug in die umstehenden Häuser ein und ließ die Dächer zerbersten.

In den ohrenbetäubenden Lärm mischten sich die Schmerzensschreie der Überlebenden. Einige litten unter starken Verbrennungen, andere wurden von herabregnenden Gebäudeteilen erschlagen. Schiere Panik breitete sich aus. Menschen strömten aus ihren brennenden Behausungen, hinaus auf die Straße, deren geschmolzener Asphalt einem brodelnden Höllenpfuhl glich.

Zeifos stand inmitten eines lichterloh brennenden Flammenmeeres. Er spürte die Hitze. Jedoch wurde er nicht davon verzehrt. Sein gesamtes Umfeld hatte sich von einem Augenblick zum nächsten verändert. Unzählige blecherne Maschinen waren aus dem Nichts aufgetaucht und versperrten die Straßen in ihrer vollen Breite und Länge. Einige der Menschen steuerten ihre seltsamen Vehikel geradewegs in die Häuser oder fuhren anderen Blechgiganten auf. Aus dem größten und schwersten der stählernen Konstrukte floss eine Flüssigkeit aus, die auf der Stelle Feuer fing. Eine Welle von Explosionen wurde dadurch ausgelöst, die sich die Straße hinunter ausbreitete. Die Menschen verbrannten auf den Gehwegen stehend und hinter ihren Lenkrädern sitzend.

Keiner von ihnen begriff, was hier vor sich ging, genau wie Zeifos. Er verstand nicht, woher all die Menschen plötzlich kamen, oder warum die Häuser wie neu errichtet waren. Erst allmählich drängte sich ihm der Verdacht auf, dass es sich dabei um eine Vision aus der Vergangenheit handeln musste. Oder doch eher aus der Zukunft?

Zeifos suchte nach der Stimme, die ihm in solchen Momenten für gewöhnlich beistand und ihm einen Halt bot. Sie blieb ihm jedoch fern, und auch Torwai, der ihn bis eben noch begleitet hatte, war verschwunden. *Mir kann nichts passieren,* versuchte sich der Soldat Mut zuzusprechen, während er weiter dem scheinbaren Weltuntergang beiwohnte.

Erst jetzt bemerkte Zeifos, dass er andere Kleider am Leib trug. Statt eines Schwertes befand sich nur ein Buch mit dem Titel: „Mythologie der zwei Welten“, in seinem Besitz. Ein langer Ledermantel säumte seine Konturen. Er rezitierte irgendwelche magischen Worte, die er aufgrund der Sterbensschreie der Umstehenden jedoch nicht verstehen konnte. Eine immaterielle Kuppel umgab den Soldaten und schützte ihn so vor der Feuersbrunst.

Zeifos erblickte imposante Bauten und Wolkenkratzer an Stellen, an denen zuvor keine oder bloße Ruinen gestanden hatten. Am Horizont stiegen dunkle Rauchschwaden empor und vermittelten einen Vorgeschmack von den wahren Ausmaßen des Krieges. Die ganze Welt stand in Flammen.

Der Himmel über ihm wurde immer belebter, mittlerweile pflügte ein weiterer Drache durch die Luft und jagte direkt zwischen den Wolkenkratzern hindurch. Kurz darauf erblickte Zeifos etwas, das er noch nie zuvor gesehen hatte und das eigentlich nicht mehr existierte. Vier stählerne Vögel bewegten sich auf die Drachen zu und schossen ihre explosiven Ladungen ab. Die mechanischen Geschosse zogen lange Kondensstreifen hinter sich her. Einer der stählernen Adler geriet in die Fänge eines Drachen. Ineinander verschlungen stürzten beide zu Boden.

Die restlichen stählernen Vögel gingen auf den anderen Leviathan los. Ihre explosiven Geschosse schlugen riesige Löcher in seine Schwingen. Der Gestalt auf seinem Rücken gelang es jedoch einige der Salven abzufangen. Der Elf hob sein Szepter, woraufhin die meisten Geschosse in die umstehenden Wolkenkratzerfassaden stürzten und darin detonierten.

Die Erschütterungen breiteten sich kreisrund aus. Der Soldat zuckte zusammen und erwachte aus dem äußerst realen Traum. Der Magier marschierte noch immer neben ihm. Ohne zu ermüden erzählte er Zeifos etwas von seiner Vergangenheit.

Nach diesen Erlebnissen wirkten die rankenbewachsenen Ruinen der Stadt plötzlich noch mysteriöser auf ihn. Die genaue Bedeutung all dessen vermochte der Soldat jedoch nicht zu entschlüsseln. Er fragte sich lediglich, ob die Welt während der Vereinigungszeit tatsächlich so ausgesehen hatte und was das alles für seltsame Kutschen waren.

Torwai bemerkte nichts von der Vision, die den Soldaten in der Zwischenzeit heimgesucht hatte. Der Zauber, der seine Erinnerungen auf Zeifos übertrug, war seiner in Heilbrunn genutzten Gedankenverschmelzung nicht ganz unähnlich. Nur war diesmal der Magier das Opfer gewesen. Obgleich der Wirkende sich nicht einmal selbst darüber bewusst war. Unbeirrt fuhr Torwai mit seiner Erzählung fort.

„Die Vereinigung beider Welten nahm einen verheerenden Lauf. Doch warum erzähle ich dir das überhaupt alles? Solange man nicht dabei war, kann man die Ausmaße all dessen sowieso nicht begreifen. Das was damals genau passierte, ist eines von drei Geheimnissen der Zeit, die es noch zu entschlüsseln gilt. Eines ist sicher, der Übergang, die Höllenpforte, oder wie auch immer man es nennen will, wurde von beiden Seiten geöffnet, von den Magiewesen und von Menschenhand, denn nur so und nicht anders war diese Vereinigung möglich. Der gemeinsame Wille brachte uns zusammen, doch er genügte nicht, um eine neue Ära für beide Welten einzuleiten. So wie wir Legenden über die Feen, Elfen und alle Wesen Magelas besitzen, so haben auch sie ihre Erzählungen über uns Menschen. Auch wir stehen in ihren Annalen, es brannte sich in das Gedächtnis der Magelaner ein und ließ uns nie zu bloßen Märchen, Fantasien oder Hirngespinsten verkommen, wie es sich bei uns begab. Sie vergaßen uns nie. Während auf unserer Seite bei der Vereinigung nur Forscher zugegen waren, ließen sie alle Kampffähigen und Kriegswilligen ihrer Welt auflaufen. Eine recht eigenwillige Maßnahme, die von wenig Vertrauen kündete. Als es zum Kampf zwischen den Welten kam, ging diese Stadt aufgrund ihrer geringen Entfernung zum Übergang als erste ohne nennenswerte Gegenwehr unter."

Torwai sprach völlig kühl ohne jegliche Regung oder Anteilnahme. „Ein Krieg bedarf jedoch stets mindestens zweier verfeindeter Parteien. Obgleich die Menschen dem Neuen unerwartet offen gegenüberstanden und es durchaus Friedensbemühungen gab, machte doch die schiere Ungeduld eines Einzigen alles zunichte. Allein ihm sollte der Hass der Welt gelten."

Torwais Tonfall war mittlerweile noch eisiger geworden. „So steht es in der Historie geschrieben. Ob man dem allerdings Glauben schenken kann, ist eine andere Frage."

Die Vision aus der Vereinigungszeit bestätigte Zeifos jedoch, dass sich alles genauso abgespielt haben musste.

Die zwielichtige Gestalt dagegen, die von einer dunklen Seitengasse aus die beiden belauschte, musste bei dem Wort „Friedensbemühungen" lachen. „Der Übergang war ein fataler Fehler.

Niemals hätte er zugelassen werden dürfen. Ihr werdet schon noch sehen, was ihr davon habt."

Der Magier schloss seinen Bericht, doch Zeifos wollte mehr erfahren. „Was ist danach geschehen?"

„Nun, was glaubst du wohl, wie es weiterging? Die Welt lag in Trümmern, wir haben verloren. Aber selbst nach einer Niederlage denkt die Menschheit nicht daran aufzugeben. Jedenfalls nicht, solange sie noch Waffen besitzt, mit denen selbst ganze Planeten eingeäschert werden können. Mit einer letzten verzweifelten Tat löschten wir die Elite Magelas aus. Alle, die sich am Übergang versammelt hatten, starben. Jene alles vernichtenden Waffen, vor deren Einsatz die Menschheit sich bis zuletzt gescheut hat, bedeuteten zugleich unsere Rettung und unseren Untergang. Ein enormer Schwund der Magie war die Folge, und so starben die Letzten, die noch immer an einen Frieden glaubten. Seiher gibt es niemanden mehr, der über die Gabe der Heilung verfügt." Torwai starrte Zeifos' Schulter an.

„Ganz nebenbei löschten wir unseren eigenen Planeten aus. Mehr als die Hälfte der Kontinentalfläche ist seither unbewohnbar. Du kennst diese Orte nur als die ‚Verbotenen Regionen'. In einigen regeneriert sich das Leben allmählich wieder, doch ein Großteil davon ist noch immer verseucht. Dennoch wandeln die Menschen noch immer auf Erden."

Der Magier schien es beinahe zu bedauern. „Kurzum, das Ende war alles andere als endgültig. Beide Welten waren binnen kürzester Zeit zugrunde gerichtet. Die Wissenschaft wurde ins Mittelalter zurückversetzt, während die hohe Magie in Magela auf Dauer dahinschwand. Wer weiß, was noch alles geschehen wäre. Doch in der schlimmsten Stunde wurde der Übergang versiegelt, und eine lange währende Ruhe kehrte über den Schlachtfeldern und den zerstörten Städten ein. Jahrhunderte sollte sich nichts an dieser Situation ändern, bis sich der Übergang vor einigen Jahrzehnten erneut manifestierte. Nur dieses Mal entstand er ohne jegliches Zutun durch eine der beiden Parteien." Torwai wirkte fassungslos. „Dabei ist dies völlig unmöglich. Das Tor kann eigentlich nur durch Einflussnahme von beiden Seiten geöffnet werden. Dies ist der einzige bekannte Weg. Alles andere verstößt gegen jegliche Regeln."

Der Magier stockte. Er überlegte, ob er nicht zu viel seines Wissens und erst recht seines Unwissens preisgab. Schließlich fuhr er fort.

„Mich stört es nicht, dass sich der Übergang erneut manifestiert hat. Ganz im Gegenteil, ich will aber wissen, wie das möglich sein kann."

Das Zentrum von Livius war nicht mehr allzu fern, sie sahen bereits die ersten Wolkenkratzer der Stadt, die recht deplatziert zwischen der noch immer pflanzenbewachsenen Umgebung wirkten. Ein Geräusch ließ Zeifos sich umdrehen. Hinter ihm war jedoch niemand. Er sah lediglich einen undeutlichen Schatten davonhuschen. Ungehindert lief er weiter. Seit die Stimme nicht mehr bei ihm war, vertraute er nicht länger auf seine Instinkte.

Der Magier war beleidigt. Er glaubte, dass der Soldat sich langweilte und ihm deshalb nicht mehr zuhörte. Tatsächlich hatte Zeifos gewisse Probleme mit dem, was ihm der Magier anvertraute. Gelangweilt war er jedoch bei Weitem nicht. Ihn ärgerte es lediglich, dass es ihm nicht dabei half, sich zu erinnern. All dass lag viel zu weit zurück. Zeifos fühlte dennoch tief in seinem Inneren, dass vieles davon mit ihm in Zusammenhang stehen musste.

In der Hoffnung, der Magier würde fortfahren, zeigte er ihm, dass er aufmerksam zugehört hatte. „Du sprachst von drei historischen Ereignissen und Geheimnissen der Zeit?"

Torwai schien auf die Frage nicht gefasst. „Wie, was meinst du?“

„Du hast drei Fragen erwähnt, auf die du keine Antworten besitzt. Bisher waren es aber nur zwei, wie lautet die dritte?“

„Dass ich keine Antworten besitze, habe ich nie gesagt.“ Der Magier fühlte sich in seiner Ehre gekränkt. „Du hast recht, ich erwähnte drei Mysterien, die unsere beiden Welten betreffen. Zum einen ist da die Frage nach dem Ursprung der Legenden. Zwar hielten wir Feen, Elfen und Goblins für bloße Fiktion, dennoch waren uns all diese Begriffe und ihr spezifisches Äußeres bekannt. Nur woher stammte all das Wissen, welches man niederschrieb oder auf Leinwand bannte, um es später in Technokugeln zu digitalisieren, wenn doch eines mit Sicherheit feststeht, dass es vor der Vereinigungszeit nie einen Übergang gegeben hat!“

Einige Begriffe, die Torwai benutzte, hatte Zeifos tatsächlich noch nie zuvor gehört.

„Das zweite Mysterium rankt sich um die Erschaffung des Übergangs. Niemand weiß wirklich, wer daran beteiligt war und wer ihn letztlich wieder verschloss.“ Der Magier ging rasch über diesen Teil der Geschichte hinweg. „Das dritte ungeklärte Rätsel liegt dagegen nur wenige Jahrzehnte zurück. Es steht die Frage im Raum, weshalb sich der Übergang plötzlich ohne ersichtlichen Grund neu gebildet hat. Denn so wie feststeht, dass es vor der Vereinigungszeit keinen Übergang gab, steht ebenfalls fest, dass weder auf magelanischer Seite noch auf terranischer Bemühungen unternommen worden sind, diesen neu zu erschaffen. Dennoch hat sich das Tor zwischen den Welten scheinbar von allein neu gebildet. Was einfach keinen Sinn ergibt.“

„Nur wenn wir die Vergangenheit ergründen, können wir uns dem vierten Geheimnis, dem Gleichgewicht, stellen.“

Zum ersten Mal vernahm der Soldat einen Hauch von Gefühl in der Stimme des Magiers, es war fast so, als erwarte er das Kommende mit wachsender Sehnsucht.

„Ein weiteres fünftes Ereignis wird nicht mehr folgen, das, was jetzt stattfindet, wird und soll, ohne jeden Zweifel, endgültig sein. Das spüre ich deutlich, mit jeder Faser meines Leibes!"

Plötzlich sah der Soldat ein seltsames Gebilde vor ihnen auf der Straße liegen. Vorsichtig näherten sich die beiden. Das was von Weitem wie ein ausgetrockneter Ast ausgesehen hatte, waren in Wirklichkeit zwei zum Himmel gestreckte Arme, an deren Ende ein lebloser Körper hing. Eine entstellte Fratze starrte dem Soldaten entgegen. Zeifos hatte dem Tod schon oft in die Augen geblickt, doch an diesem Schädel war irgendetwas seltsam. Eine Gänsehaut lief ihm über den Rücken. Nach den lila Haaren zu urteilen, handelte es sich dabei um einen Dunkelelfen. Irritierend war allerdings nicht seine Rasse. Zeifos konnte sich vielmehr des Eindrucks nicht erwehren, dass der Tote hier auf ihn gewartet hatte. Lockend streckte er seine Hände nach Zeifos aus. Viele Tage musste der Leichnam bereits hier liegen, dennoch sah dieser noch immer taufrisch aus.

„Nett", kommentierte der Magier. „Obwohl ihm Pfeile im Rücken stecken und einer seiner Arme längs gespalten ist, kann ich nicht sagen, woran er gestorben ist. Das verwirrt mich." Torwai legte den Kopf schräg. „Als ob der Krieger in der Zeit eingefroren wäre."

Zeifos war jedoch nicht länger ansprechbar. Er sah bereits ganz woanders hin. Eine erschreckende Kulisse zog ihn in den Bann. Direkt vor ihm war die Straße aufgerissen. Sie mündete in eine tiefe Schlucht und verlief unter ihm, inmitten eines gigantischen Kraters weiter gen Horizont. Der Soldat erblickte das atemberaubende Panorama einer zerstörten Stadt. Nachdenklich stellte sich Torwai neben ihn.

Dies war also die glorreiche Welthandelsmetropole Livius, die jeden Besucher prunkvoll empfing und die, so sagte man, einen unvergesslichen Eindruck hinterließ. Zumindest Letzteres besaß unzweifelhaft seine Gültigkeit. Denn die Bäche aus Blut, die sich von den Häuserdächern ergossen, und die herabhängenden Gliedmaßen sollten sich für immer in das Gedächtnis des Soldaten einbrennen.

Der Tod offenbarte sich den beiden ruhelosen Wanderern in vielerlei Hinsicht und in den erschreckendsten Farben. Die Augen der Verstorbenen waren hervorgequollen, und ihre Innereien baumelten im Wind.

Überall lagen kaputte Waffen und Rüstungsteile, kein einziges der Tötungswerkzeuge war mehr intakt. Zeifos meinte inmitten des Windes ein schrilles Klirren zu vernehmen. Es war beängstigend, wie präzise ein jedes der Schwerter mittig zerteilt war. Selbst einige Knüppel, Flegel und Morgensterne waren nicht ausschließlich an der Kette, sondern ebenfalls im Bereich des Kopfes gespalten.

Eilig griff der Soldat nach seiner Waffe. Beruhigt stellte er fest, dass zumindest diese noch in einem Stück war. Er hoffte inständig, dass dies noch für eine ganze Weile so bliebe. Immerhin besaß er als Einziger hier ein intaktes Schwert.

Die Schlacht, die an diesem Ort gewütet hatte, war mit nichts bis dato vergleichbar. Das begriffen die beiden Männer am Rande der Schlucht, jetzt und für allezeit. Millionen mussten binnen weniger Tage hier den Tod gefunden haben. Doch nicht das Ausmaß dieser verheerenden Katastrophe verstörte den Soldaten und den Magier. Es waren vielmehr die kleinen Details, die unmöglich stimmen konnten. Es war das Blut, das weder zu erstarren noch zu versiegen begann. Es war die klare saubere Luft, in der kein Hauch von Verwesung lag. Es war das vollständige Fehlen von Maden und Schmeißfliegen. Alle diese Kleinigkeiten waren mit einem Male derart bedeutend, dass es erschreckend war.

Die ganze Stadt war wie erstarrt. Als wäre kein einziger Tag seit dem Niedergang von Livius vergangen. Als wolle irgendetwas oder irgendjemand diesen Moment festhalten und für die Ewigkeit konservieren. Doch wozu?

Der Schatten in ihrem Rücken nahm allmählich Gestalt an. Quie'rasil erhob sich aus dem Erdreich und beugte sich zu seinem toten Freund hernieder. In einer Geste des Erbarmens schloss er ihm die Augenlider.

„Du hast mir gute Dienste erwiesen."

Ihn trennten nur wenige Meter von Zeifos und Torwai, gemeinsam bestaunten sie die erschreckende Kulisse des Todes.

Zwei Jahre

Liz erwachte mit einem Abdruck der Sternenscheibe auf ihrem Busen. Die Elfe konnte nicht mehr einschlafen. Unruhig wälzte sie sich von einer Seite des Bettes auf die andere, stand dann auf und verließ barfüßig ihr Zimmer. Im Innern des Observatoriums war es kalt. Die Fenster waren verdunkelt. „Ein Glück, Kagul hält seinen Mittagsschlaf." Liz schritt auf Zehenspitzen durch den Raum. *Ich soll noch für zwei weitere Jahre hier bleiben.* Sie war geknickt und wollte ihren Meister im Augenblick nicht sehen.

„Ha…Ha...Hatsch…" Liz hielt sich rasch eine Hand vor die Nase. „Puh", atmete sie auf. „Das war kna…ha, Hatschiiiiii!"

Unüberhörbar echote ihr Nieser von den ovalen Wänden der Sternenwarte wider. Bestimmt war Kagul davon wach geworden. Liz stand völlig angewurzelt im Zentrum des Kuppelgewölbes und lauschte mit gespitzten Ohren, ob sich außer ihr noch jemand regte. Aber … *Nichts!*

„Mist." Liz ärgerte sich über sich selbst. „Das darf doch nicht wahr sein!", schnaubte sie. „Soll das etwa heißen, dass der Soldat recht behalten hat." Sie erinnerte sich noch gut an seine Worte, die er am See zu ihr gesprochen hatte: *Da neben dir, damit kannst du dich abtrocknen. Mach schon, bevor du dich erkältest!* In ihrem Starrsinn hatte sie sein Hemd allerdings abgelehnt, und nun folgte die Erkältung auf dem Fuße. *Unsinn, ich hab mir sicherlich erst hier im Observatorium etwas eingefangen.* Zufrieden über diese, für sie weitaus plausiblere Erklärung, setzte sie sich an ihre Bücher. Alle paar Minuten bahnte sich ein weiterer Nieser an. Jedes Mal hielt sie sich hektisch die Hand vors zarte Näschen und ärgerte sich fürchterlich. *Ich bin nicht krank. Zeifos irrt sich.*

Sie versuchte Ablenkung in ihren Studien zu finden und zog einen dicken Wälzer aus dem Regal. Unkonzentriert blätterte sie darin herum, nur um es anschließend achtlos zur Seite zu legen und nach den nächsten zwei Büchern zu greifen.

Dein Meister war beim Sammeln dieser Werke aber bei Weitem nicht so ungeduldig wie du jetzt.

Na und, das ist allein meine Sache! Ich bin nun mal nicht wie mein Meister. **Stimmt, du bist einfach nur stur.**

Denken bedeutet, mit sich selbst zu diskutieren, eine Tugend die Liz soeben perfektionierte.

Jetzt widerspreche ich mir schon selbst, ich glaub, ich drehe durch. Sie verschwendete keine weitere Zeit damit, diesen wirren Monolog zu entschlüsseln.

Ihr war soeben ein Buch über die terranischen Metropolen in die Hände gefallen. Insbesondere die Städte Livius und Teósix erregten ihre Aufmerksamkeit. „Hatte Zeifos nicht gemeint, dass sie Milly dorthin verschleppt haben könnten?" Auch an seine weiteren Worte erinnerte sie sich. *Ich bringe sie dir zurück, koste es, was es wolle.* Es fuchste sie allmählich, wie oft sie unwillkürlich an ihn denken musste. Die Gefühle, die sie diesem Menschen entgegenbrachte, konnten aufwühlender und verquerer nicht sein. Ihr gelang es einfach nicht, einen Sinn hinter seinen Taten zu erkennen. *Das ist doch zum Verrücktwerden. In einem Moment ist er der Teufel in Person und im anderen ist er so, so …*

Liebenswert.

Nein! Das mit Sicherheit nicht! Sie schüttelte widerspenstig ihren Schopf. Zeifos war für sie ein wahrhaftiges Rätsel, aber eines, über das sie noch so viel erfahren wollte. Es musste irgendeine Erklärung für das geben, was er Milly angetan hatte! Ganz gleich, wie sie es auch drehte oder wendete, sie traute ihm eine solch grausame Tat nicht länger zu.

Ob er die Nacht an dem See wirklich überlebt hat? Irgendwie hoffte sie es sogar. *Schließlich habe ich noch eine offene Rechnung mit ihm zu begleichen.*

Die Auseinandersetzung am See war schließlich frühzeitig unterbrochen wurden. Solange sie jedoch an diesem Ort hier gefangen war, wie ein Singvogel im Käfig, würde sie weder ihn noch Milly jemals wieder sehen. Wütend schleuderte sie die Bücher in die Ecke. *Ihr helft mir kein Stück weiter, während ich hier sitze und lese, geschieht da draußen vermutlich etwas Schlimmes.* Vor wenigen Tagen hätte sie noch geduldig über ihren Folianten gehockt. Nach dem, was geschehen war, ertrug sie das ewige Warten jedoch nicht länger. Am liebsten wollte sie auf der Stelle nach Teósix aufbrechen. Zu ihrem Bedauern hatte sie jedoch nicht einmal zwei volle Tage gegen das Gleichgewicht durchgehalten, auf diese Weise würde sie nie und nimmer rechtzeitig die terranische Hauptstadt erreichen. Außerdem wollte sie ihren Meister nicht schon wieder enttäuschen.

Liz stand kurz davor, ein weiteres Buch quer durch den Raum zu pfeffern, als sie plötzlich innehielt. „Das schwarze Tagebuch!" Dabei erinnerte sie sich gar nicht daran, den Wälzer aus dem Regal genommen zu haben.

Eilig schlug sie das Werk auf der letzten Seite auf. Sie suchte nach dem Zauberspruch, mit dessen Hilfe sie nach Heilbrunn gelangt war. Auf Seite 1074 wurde sie fündig. Zu ihrer Verwunderung folgte nach dem Schmetterlingsflug und den Worten „Vectorius sias volare fortitudinis de ala lapidea" noch ein weiteres Kapitel, das ihr damals überhaupt nicht aufgefallen war. *Seltsam, dabei habe ich doch jede Zeile des Buches in und auswendig gelernt.* Sie war von dem Kapitel: „Der Veränderung trotzen" derart gefesselt, dass sie nicht einmal realisierte, dass ein etwa einhundert Jahre altes Buch etwas so Aktuelles wie das Gleichgewicht eigentlich gar nicht behandeln konnte.

Unter anderem wurde darin erwähnt, wie ein Magelaner seine Aufenthaltsdauer innerhalb Neu Terras trotz der Veränderung erheblich steigern konnte. Genau danach hatte Liz gesucht. Ihre Freude währte jedoch nicht allzu lang. So wie bei dem Schmetterlingsflug benötigte sie auch für diesen Zauber ein ganz bestimmtes Artefakt. Kagul würde ihr den Stein sicherlich nicht noch einmal leihen. Nicht nachdem sie ihn beim ersten Mal kaputt gemacht hatte. Vermutlich trug er das Artefakt von nun an ständig bei sich und hütete es wie seinen Augapfel.

Oder auch nicht! Der Kristall lag direkt neben dem Teleskop – völlig einsam und alleingelassen. Kein Makel war mehr auf der Oberfläche des Steines zu erkennen. Fast schien er die Elfe anzuflehen, ihn doch bitte mitzunehmen.

Zögerlich näherte sie sich dem Tisch, wobei jeder ihrer umtriebigen Schritte von einer zweiten Person aufmerksam beobachtet wurde. Hinter zwei verstaubten Bücherregalen linste ihr Meister hervor. *Habe ich es mir doch gedacht.*

Liz zögerte, sie war sich der vielen Zufälle inzwischen selbst bewusst.

Nun mach doch endlich, trieb Kagul die Elfe lautlos an. Er wollte sie unbedingt auf frischer Tat ertappen. Liz dagegen plagten Schuldgefühle. *Kagul ist dieser Gegenstand doch so wichtig. Beim ersten Mal wollte ich ihn mir nur ausborgen, um ihn später unbemerkt zurückzubringen. Aber jetzt? Er hat mich nicht einmal auf den Diebstahl angesprochen, und nun vergelte ich ihm sein Vertrauen, indem ich ihn erneut entwende. Wie kann ich nur! Was, wenn er mich erwischt oder ich das zierliche Steinchen endgültig kaputt mache? … Zwei Jahre … Milly? … Zeifos?*

Kurz entschlossen griff sie nach dem Stein. Im selben Augenblick, da sie den Beweis für ihre Untat mit ihren zarten Fingern umschloss, trat Kagul aus seinem Versteck hervor. Er war von seiner Schülerin zutiefst enttäuscht. Vorwurfsvoll schritt er auf sie zu.

Liz wirkte durcheinander. Sie wusste weder, was sie sagen, noch, was sie machen sollte. Unentschlossen huschten ihre Blicke von dem Stein in ihren Händen hinauf zu Kagul und schließlich zu dem „Schwarzen Tagebuch" hinüber. Nervös wippte sie auf der Stelle. *Ich habe keine andere Wahl.* Ihre Entscheidung stand jetzt fest. Rasch verbeugte sich Liz vor ihrem Lehrmeister und entschuldigte sich mit kullerndem Augenaufschlag.

„Es tut mir leid. Ich brauche den Kristall noch ein allerletztes Mal. Bitte, ich bringe ihn dir auch unversehrt zurück."

Kagul weigerte sich, ihr auf eine solche Unverfrorenheit irgendetwas zu antworten. Er blickte seiner Schülerin tief in die smaragdgrünen Augen, worauf sie eilig drauflos rannte.

Liz verließ sich lieber auf ihre flinken Beine, statt jetzt schon einen Fluchtzauber zu wirken und die Kräfte des Steines zu früh zu verbrauchen. Auf ihrem Weg nach draußen schnappte sie sich das Buch über Teósix und riss mitten im Spurt eine Landkarte heraus.

Kagul rührte sich nicht. Mit einer derart flinken Flucht hatte er nicht gerechnet. Selbst als die Elfe mit der Zauberformel „Relino dia porta" die Tür des Observatoriums aufspringen ließ, unternahm er nichts dagegen. Er blickte lediglich wütend drein. Erst nachdem sie schon fast aus dem Gebäude geflohen war, verschloss er die Tür mit einer beiläufigen Handbewegung. Sie flog krachend in ihre Angeln.

Kagul setzte ein Siegerlächeln auf. „Du hast es also tatsächlich gewagt, erneut gegen meine Regeln zu verstoßen … ich hab mich nicht in dir getäuscht, du hast genau so gehandelt wie erwartet, du lässt deine Freunde also nicht im Stich, egal wie aussichtslos deren Lage auch sein mag. Heutzutage eine wertvolle und nur selten anzutreffende Eigenschaft. Ich bin wirklich froh dich bei mir aufgenommen zu haben."

Liz war es mit einem beherzten Sprung gerade noch geglückt, durch die sich schließende Tür zu entkommen. Kagul kümmerte es jedoch nicht sonderlich. Er führte weiterhin Selbstgespräche, so wie er es all die Jahre getan hatte, in denen Liz noch nicht seine Schülerin gewesen war.

„Endlich wieder alleine. Ich muss gestehen, dass ich deine Anwesenheit genossen habe. Allerdings ist nichts befreiender, als die endlose Stille. Ob du wohl auch so schnell die Flucht ergriffen hättest, wenn ich dir nicht mit zwei weiteren Jahren Studium gedroht hätte? Oder hast du es nur wegen des Soldaten derart eilig?" Kagul zuckte mit den Schultern. „Egal, einzig das Resultat zählt."

Vorsichtig ließ er sein Gewand nach hinten rutschen. Der seidene Stoff beulte sich in seiner Rückenpartie ungewöhnlich stark aus und war bis zum Zerreißen gespannt. Rizzzz. *Nicht schon wieder! Ich hab doch nur noch zwei Mäntel.* Kristallene Schwingen bohrten sich durch die Fasern des Stoffes hindurch. *Jetzt ist es auch egal.* Mit einer abrupten Bewegung entfaltete Kagul seine Schwingen. Die dabei entfesselten Luftströmungen schleuderten seinen Mantel quer durch den Raum.

Welch befreiendes Gefühl. Kagul genoss den Moment. Jeder kannte ihn nur als Gelehrten und Elfen. Seine zweite Gestalt offenbarte er vor niemandem, und solange es nach ihm ging, würde das auch für ewig so bleiben.

Seine Schwingen füllten bereits den halben Raum aus und wuchsen dennoch unaufhörlich weiter. Sie überragten sämtliche Bücherregale und stießen mit den Wänden des Kuppelgewölbes zusammen. Eine derartige Spannweite war selbst für seinesgleichen ungewöhnlich. Nur wenige Seraphim verfügten über drei

Flügel, er dagegen besaß insgesamt fünf davon. Zusätzlich reckte er beide Hände empor.

Mit einem heftigen Flügelschlag faltete er seine kristallinen Schwingen wieder zusammen und kehrte in sein Gemach zurück.

Totenstille

Torwai und Zeifos hatten sich an den Abstieg gemacht. Es dauerte eine volle Stunde, bis sie am Fuße der Schlucht angekommen waren.

Sie schritten durch eine bizarre Kulisse des Todes. Leichenberge stapelten sich bis zum Himmel. Von einer Straßeneinmündung zur nächsten wurde es immer schlimmer. Zeifos ertrug den Anblick dieser schaurigen Stätte nicht länger. Was war hier nur geschehen und wieso hatte er dieses Massaker als Einziger überlebt? Hätte er nicht wie all die anderen ebenfalls sterben müssen? Stattdessen schritt er über Leichen hinweg. Sein Blick blieb lange an dem blutüberströmten Gesicht einer Fee haften. Ihr Unterleib war abgetrennt, doch was sich am stärksten in sein Gedächtnis brannte, war ihr jugendliches Äußeres und der lose Flügel an ihrem Rücken. Der Soldat rastete aus, schlug mit seinem Schwert wild um sich und schrie.

„Warum das alles? Wieso habe ich überlebt? Wenn einer den Tod verdient, dann bin ich es und nicht diese …", er wollte Fee sagen, doch aus seinem Munde drang: „Seraphim."

Sein Flehen blieb ungehört. Der Magier scherte sich nicht um die Nöte seines Begleiters.

„Kommst du endlich, oder willst du weiter Löcher in den Himmel starren."

Regungslos marschierte der Magier weiter, als würde er von einer unsichtbaren Hand geführt. Geradewegs auf sein Ziel zu, das nur er zu kennen schien. Die geheimen Tunnel waren verschüttet und ganze Straßenzüge zerstört und blockiert, dennoch fand er den Weg durch dieses endlose Labyrinth des Todes. Das Gleichgewicht rief nach ihm, und er folgte gehorsam.

Der Dunkelelf vernahm den lockenden Ruf dieser verheißungsvollen Macht ebenfalls. Seines Erachtens besaß nur er das

Recht ihn zu verspüren. Schließlich gab es außer ihm keinen anderen Magelaner weit und breit. Zu seinem Bedauern manövrierte der Magier sich und seinen durchgeknallten Begleiter jedoch derart zielsicher durch die Ruinen, dass kein Zweifel mehr daran bestehen konnte, dass dieser, obwohl er ein Terraner war, dasselbe fühlte. Ausgerechnet mit ihm sollte er seine Entdeckung teilen müssen. Das fehlte noch! Brodelnder Hass stieg in ihm auf.

Quie'rasil ließ Felizias Dolch um seinen Mittelfinger und Daumen rotieren. Mehrfach schnitt die scharfkantige Klinge ihm dabei ins Fleisch, dennoch hörte er nicht damit auf. Für ihn war es ein lustvolles Ritual, es war seine Art der Peinigung dafür, dass er Felizia nicht beschützen konnte und auf ganzer Linie versagt hatte.

Er war wie hypnotisiert. Ausgiebig betrachtete er den rotierenden Dolch, in dessen Griff ein Neumond und eine römische III eingeprägt waren. Anscheinend hatte die Klinge einst zu einem ganzen Waffenset gehört, dachte der Dunkelelf, der sich im nächsten Moment den kleinen Finger abtrennte.

„Oh sieh an, ich blute. Wie ungeschickt."

Er stöhnte leise auf und genoss den pochenden Schmerz in seinem Finger. Unaufhörlich spritzte das Blut in Schüben daraus hervor. Er fühlte sich erleichtert. Mindestens das war er Felizia schuldig.

Kastriot, Liz und der Magier waren allesamt noch am Leben. „Das lässt sich jedoch rasch ändern!" Vorerst musste er ihnen jedoch weiter wie ein zahmes Lamm auf Schritt und Tritt folgen. Denn trotz der übermächtigen Rachegelüste durfte der Dunkelelf niemals sein größeres Ziel, dem er sich eigentlich verschrieben hatte, aus den Augen verlieren. Allein dafür war Felizia gestorben, und allein deswegen war er hier: um mehr über das Gleichgewicht und dessen Auswirkungen auf die Welt zu erfahren.

Er biss die Zähne zusammen und ergab sich in sein Schicksal als stiller Beobachter.

Quie'rasils Aufmerksamkeit entging dabei jedoch, dass sie sich hier nicht im Zentrum irgendeiner Stadt aufhielten, sondern dass sie sich soeben an einem weit bedeutsameren Ort befanden. An einem Ort, der sich nicht durch geografische Gegebenheiten, sondern allein durch Taten auszeichnete und der durch die Wut tausender gezeichnet worden war.

Zeifos wurde immer unruhiger, je weiter sie vorankamen. Irgendetwas stimmte hier nicht. Er fühlte zwar nicht, was sein Begleiter wahrnahm, jedoch sah er mit eigenen Augen das, was dem anderen in seiner Eile verborgen blieb.

Unter all den Toten befand sich nicht ein einziger, dessen Todesursache nach außen hin ersichtlich gewesen wäre. Bis vor einer Weile hatte er noch Magelaner und Terraner gesehen, deren Gedärme von innen nach außen gewendet waren, denen man den Kopf zertrümmert oder das Herz herausgerissen hatte. Hier dagegen, nahe dem Zentrum, war dies nicht der Fall. *Niemand von ihnen dürfte tot sein.* Es gab keinen erkennbaren Grund für ihr Ableben. Orcs die für gewöhnlich selbst die schwersten Verletzungen spielend überstanden und denen man ganze Speere durch den Leib bohren konnte, ohne dass es sie störte, lagen regungslos zwischen Schutt- und Aschebergen, mit nicht einmal einem Kratzer am Leib.

Der Soldat wollte dem Magier seine Erkenntnisse mitteilen, als dieser plötzlich stehen blieb. Direkt vor ihnen reckte sich ein grauer Riese in die Lüfte. Tiefe Risse klafften in dem steinernen Bollwerk bei dem das Stahlgerüst frei lag. Kleinteile hingen an der Fassade herab und baumelten im Wind.

„Da wollen wir doch nicht etwa reingehen?“, fragte der Soldat zweifelnd.

„Oh doch!“, antwortete Torwai und lief weiter. Er betrat das einsturzgefährdete Bauwerk geradewegs durch ein Loch in der Wand.

Zeifos sah sich nervös um. Zu seiner Linken entdeckte er den Haupteingang, der vollständig verschüttet war. *Aus diesem Grund ist Torwai also geradewegs durch das Loch marschiert.* Es war ihm jedoch ein Rätsel, woher der Magier dies hatte wissen können.

„Etwas stimmt hier nicht, ganz und gar nicht“, wiederholte er.

Sein Kopf wanderte in seinen Nacken, während sein Blick über die zerstörte Fassade hinweg bis zum obersten Stockwerk hinauf glitt. Noch während er empor starrte, sah Zeifos, wie ein weiteres Bollwerk genau an derselben Stelle auftauchte. Beide ähnelten sich auf erschreckende Weise, dennoch waren sie verschieden. Denn das eine Hochhaus war unverkennbar die noch unzerstörte Version des anderen.

Der Soldat rührte sich kein Stück. Torwai war nicht mehr zu sehen.

„Dies ist meine Chance!“ Quie’rasil, der den beiden gefolgt war, fragte sich, ob dies die Gelegenheit war, auf die er die ganze Zeit über gewartet hatte. Sollte er sie nutzen, um Zeifos endgültig den Garaus zu machen?

Der Soldat stand wie auf einem Silbertablett serviert vor ihm. Quie’rasil sah lediglich die zerstörte Version des Gebäudes, Zeifos dagegen bemerkte, wie von dessen unbeschädigter Fassade ein riesiger Brocken abbrach und auf ihn zustürzte. Der Felsen schlug direkt durch Zeifos hindurch und rollte schließlich zur Seite. Scharfkantige Splitter schossen direkt an seiner Wange vorbei. Der Soldat stand jedoch nur regungslos da, als würde ihn all das nichts angehen.

Er wusste, dass ihm von diesen Bildern, die ihm sein Unterbewusstsein vorgaukelte, keine körperliche Gefahr drohte, schließlich war das nicht die erste Vision, der er verfiel. So folgte sein Blick jedem der Steine, die ihn durchbohrten, seelenruhig bis zu der Stelle, an der diese sich mit ihrem echten bereits am Boden liegenden Pendant vereinigten.

Je länger er in seinem Traum steckte, desto mehr wich die Ruhe, die er zu wahren versuchte. Physisch mochte ihm auf diese Weise vielleicht nichts geschehen, er fürchtet jedoch dass seine Psyche Schaden nehmen könnte.

Jäh brach die Nacht über Zeifos herein. Blitze zuckten durch die Atmosphäre. Der Geruch frischen Blutes stieg ihm in die Nase. Entsetzliches Stöhnen und ohrenbetäubende Schreie waren aus allen Richtungen zu vernehmen. Sämtliche Krieger und all die Leichen, an denen Zeifos vorbeigegangen war, standen plötzlich für ihn stramm. Sie warteten kurz ab, ob ihr Zuschauer für die Show bereit war, und fielen anschließend reihenweise mit ihren Äxten, Szeptern und Zauberformeln übereinander her. Sie schwangen ihre Schwerter, die zerbarsten, und spannten ihre Bögen, deren Sehnen schon bald zu zerreißen drohten. Zeifos betrachtete einen jeden von ihnen und fühlte all das, was sie im Angesicht ihres nahenden Todes gefühlt haben mussten: Angst, Wut, Hass, Verzweiflung, Furcht, Erschöpfung, Hoffnungslosigkeit ja sogar Mitleid stürmte auf ihn ein, bis er mit beiden Händen an den Kopf gepresst auf die Knie sank und aufschrie. Sein Schrei versetzte die Luft in Vibration. Genau das war es doch, was er hatte sehen wollen. Allein um Antworten zu erhalten, war er schließlich hergekommen.

Quie'rasil bedauerte den wimmernden General. Seit ihrem letzten Zusammentreffen musste er völlig den Verstand verloren haben.

„Es ist eine Schande, was dir widerfahren ist, Kastriot. Einem General wie dir gebührt ein weit besseres Ende, als ein solches

Dahinsiechen." In seiner Linken, die noch nicht von Schnittwunden übersät war, sammelte Quie'rasil die Energien für seinen *Zauber der Gnade.* „Lass mich dich hier und jetzt von deinem Leid erlösen", zischte er erwartungsvoll.

Zeifos' Hilfeschrei blieb ungehört. Der Soldat sehnte sich nach den Trost spendenden Worten der Stimme zurück und verzehrte sich nach der sanften Umarmung jener Frau. Sie aber antwortete ihm nicht. Er musste den Albtraum allein durchstehen. Die entsetzlichen Bilder des Krieges wurden mit jeder vergehenden Minute schlimmer. Bereits ein Bruchteil davon genügte, um für immer den Verstand zu verlieren, er musste allerdings gleich die ganze Dröhnung über sich ergehen lassen.

Zeifos' Körper bewegte sich von allein. Er schwang ein Schwert, welches nicht das seine war, und durchtrennte damit die Kniescheiben eines Elfen, dessen Schmerzen und Wut Zeifos selbst zu spüren bekam. Ihm fehlten plötzlich beide Beine. Unter Aufbringung seiner letzten Kraftreserven gelang es ihm, seinem Angreifer eine Salve von Eissplittern entgegenzuschleudern. In einem Moment starb er, weil sich ein Bolzen in seine Lunge bohrte, im nächsten lud er selbst die Armbrust nach, durch die er eben noch gepfählt worden war. Er wechselte von einem Körper in den nächsten. Er rächte seine Kameraden, indem er sich selbst umbrachte, oder zumindest jenen, von dem er glaubte, dass dieser bis eben noch er selbst gewesen war.

Hört auf, ich will das nicht sehen. Dem Soldaten blieb jedoch keine andere Wahl. Im Körper einer Frau schwang er eine Axt und spaltete einem Orc den Schädel, nur um kurz darauf durch die verirrte Kanonenkugel eines Kanoniers aus den eigenen Reihen zerstückelt zu werden. Die Druckwelle der Explosion war derart gewaltig, dass es ihn vollständig aus dem Körper jenes Weibsbildes schleuderte. Seine Seele stieg empor. Endlich betrachtete er den Kriegsschauplatz wie all die anderen Male zuvor auch schon, aus luftiger Höhe und sicherer Distanz.

Plötzlich begriff Zeifos gar nichts mehr. Ein Drache drehte zwischen den Wolkenkratzern Feuer speiend seine Runden. Das mächtige Wesen glich einem der Ungetüme, die er glaubte in seiner Vision von Livius vor eintausend Jahren, während der Vereinigungszeit, gesehen zu haben. Konnte dies möglich sein, oder drehte er nun völlig durch, vermischte sein Geist die Träume? All dieses Durcheinander, all das Chaos in seinen Gedanken – unterlag dies noch irgendeiner Ordnung?

Der Drache wirkte viel älter und besaß deutlich mehr Narben auf seiner schuppigen Haut, dennoch erkannte der Soldat ihn wieder. Selbst an dessen zerstörerischer Kraft hatte sich nach all der Zeit nichts geändert. Die zersprengten Fenster des Wolkenkratzers waren zu Schießscharten umfunktioniert worden. Ein Pfeilregen verfinsterte den Himmel, der Leviathan jedoch tauchte einfach darunter hinweg und stürzte sich mit seinen Krallen voran ins Gebäude. Mit seinem Feueratem versengte der Drache ein Dutzend Terraner, noch ehe diese reagieren konnten. Ein glühender Funkenregen ergoss sich über die Häuserfassaden.

„Höhenangst oder was? Wo bleibst du?“ Torwai rief den Soldaten zu sich und die grässlichen Bilder verschwanden mit einem Mal. „Nun mach schon. Steh endlich auf. So viele Stufen sind es nun auch wieder nicht.“ Der Magier hielt es nicht für nötig, seinen Begleiter danach zu fragen, warum dieser am Boden kauerte. „Sich mit zig Nirwasen raufen, aber ein paar Treppchen fürchten, tzz, tzz. Zeig gefälligst mehr Einsatz!“

Zeifos kam zögerlich wieder zu sich. Torwais Stimme war bei Weitem nicht so angenehm wie die jener Frau, aber immerhin war es dem Magier gelungen, ihn wieder wachzurütteln. Allein dafür war der Soldat ihm dankbar. Quie'rasil fühlte sich dagegen durch Torwai um sein verdientes Opfer betrogen. Verärgert pfiff der Dunkelelf den Schattenadler zurück, den er gerade eben noch auf den Soldaten hatte hetzen wollen.

Der Soldat folgte Torwai ins Innere des Gebäudes. Am Eingang schoben die Leichen zweier Terraner Wache. Ihre Körper waren derart stark verkohlt, dass kaum ein Zweifel daran bestehen konnte, wer sie derart zugerichtet hatte.

Die Gänge waren an einigen Stellen sehr schmal, weshalb Zeifos direkt im Rücken des Magiers lief. Umgefallene Möbelstücke und von der Decke bröckelnder Schutt erschwerte ihr Vorankommen zusätzlich. Sie durchquerten verwüstete Säle, lange leere Korridore und stiegen unzählige Treppenstufen hinauf. Überall bot sich dasselbe Bild des Grauens. In jeder Ecke lagen Leichen. Insbesondere an Treppenaufgängen stapelten sich diese teilweise bis zur Decke. Genützt hatte das den Verteidigern jedoch wenig, denn so wie es aussah, waren die Engel und Feen einfach durch die Fenster eingedrungen. Hier und da hatten zudem Zauberkundige einfach Löcher in die Decke gesprengt, ähnlich wie es der Magier soeben mit dem im Weg liegenden Leichenberg tat. Ihn kümmerte es nicht, dass er die letzte Ruhe der Toten störte.

Sie befanden sich zweifellos im Herzen der Handelsmetropole Livius. Nach der Etage für Keramik, Schmuck und Geschmeide folgte nun die Obst- und Gemüseabteilung. Im Vorbeigehen ergriff Zeifos einen Apfel aus den Auslagen und aß ihn hastig. Sein Schmatzen hallte durch die weiten Hallen und Flure des Stockwerks. Der Apfel schmeckte lecker und saftig, als ob er gerade erst frisch vom Baum gepflückt worden wäre.

Beschämt sah der Soldat sich um. Möglicherweise lag der Leichnam des Budenbesitzers nicht weit entfernt. Ob es wirklich richtig war, inmitten einer Ruhestätte etwas zu essen. *Aber ich hab doch Hunger!*, brachte der Soldat es auf den Punkt. Genüsslich biss er ein zweites und drittes Mal in den Apfel.

Sein Appetit war letztendlich doch stärker, als aller Anstand gegenüber den Toten. Zeifos wunderte sich lediglich, dass Torwai absolut keine Anstalten machte, sich auch nur kurz zu ihm umzudrehen, um sich darüber zu informieren, was sein kauender Hintermann gerade anstellte. Der Magier war ganz mit sich selbst beschäftigt. Dem Soldaten konnte das nur recht sein.

Zeifos wusste nicht, was er von dem Auxillator halten sollte. Er hatte nicht vergessen, dass dieser ihn an dem See beinahe unter Tonnen von Meteoritengestein begraben und dabei Liz' Tod billigend in Kauf genommen hätte. Andererseits stünde er nicht hier, wenn Torwai nicht gewesen wäre. *Liz, was ist wohl mit dir geschehen?*, schweifte er in Gedanken ab und fragte sich, wieso er ausgerechnet jetzt an die Elfe denken musste. *Sie ist fort!*, redete er sich ein. *Unsere Wege werden sich wohl nicht noch einmal kreuzen. Finde dich endlich damit ab.*

Leichter gesagt als getan. Schließlich hatte er Liz' Begleitung unfreiwillig gegen die des Magiers eintauschen müssen. „Ein schlechter Tausch“, murrte er. Auf das fragende „Hmmpf“, von Torwai, reagierte der Soldat jedoch nur mit einem raschen: „Ach nichts.“

Dabei hatte er es mit dem Magier alles andere als schlecht getroffen. Schließlich wusste keiner in Neu Terra so viel wie er über das Gleichgewicht. Noch dazu verfolgten beide dasselbe Ziel. Lieber suchte Zeifos zusammen mit Torwai in den Ruinen von Livius nach Antworten, als alleine durch die Gänge zu streifen.

Sie durchquerten einen prunkvoll geschmückten Saal und liefen geradewegs zwischen zwei übermannshohen herabgestürzten Kronleuchtern hindurch, schnurstracks auf die Treppe zu, als Torwai auf halber Höhe plötzlich stoppte.

„Was ist los?“, fragte Zeifos verwirrt. Erst nach einer ganzen Weile stellte der Soldat fest, dass der Magier ein an der Wand hängendes Porträt bestaunte. Noch ehe Zeifos erkennen konnte, um wen es sich dabei handelte, verbrannte Torwai das Gemälde mit einer flüchtigen Handbewegung. Nichts als Asche und Staub blieb davon übrig. „Wer war das?“, wollte der Soldat wissen. Eine Antwort sollte er darauf jedoch niemals erhalten. Nach der Kleidung, die der Mann getragen hatte, musste er sehr mächtig gewesen sein. Womöglich war er sogar ein König gewesen. Zögerlich schloss er zu dem Magier auf.

Die Risse in der Decke und im Boden nahmen auf beängstigende Weise zu. Zeifos musste aufpassen, wo er hintrat.

„Das war knapp“, sagte er sich, während er eine Handvoll Steine dabei beobachtete, wie sie drei Etagen hinab in den prunkvollen Saal stürzten.

Zeifos fiel kein einziger Zauber ein, der solch einen tiefen Spalt erzeugen konnte. Staub fiel ihm ins Genick. Hastig blickte der Soldat empor. „Ist da oben etwa jemand?“ Er starrte über seine Schulter hinweg. Doch außer ein paar dreckigen Möbeln und zerstörten Wänden entdeckte er nichts, was irgendwie verdächtig wirkte. Er versuchte sich einzureden, dass es nur der Wind war, dennoch plagte ihn ein ungutes Gefühl.

Nachdem der Soldat bereits verschwunden war, stürzte ein Teil der oberen Etage in den Raum darunter. Eilig huschte ein pechschwarzer Schatten davon, der hämisch lachte und nach einer anderen Aufstiegsmöglichkeit Ausschau hielt.

„Beeil dich, es sind nur noch zehn Etagen“, hetzte ihn Torwai, und Zeifos folgte. Noch oft sollte er sich umblicken. Sie bogen in einen langen dunklen Gang ein, dessen Ende nicht einmal zu erkennen war. Aschepartikel schwebten durch die stickige Luft. Zeifos fiel es immer schwerer zu atmen, je weiter sie vorankamen. Außerdem war da noch dieses beharrliche Schnaufen und das bassähnliche Dröhnen, das durch den Raum hallte und den Staub auf dem Boden aufwirbelte. Die regelmäßigen Vibrationen spürte Zeifos selbst in seinen Knochen. Wer oder was würde sie wohl auf der obersten Etage erwarten?

Die Fensterscheiben waren vollständig verrußt und der Boden mit einer dicken Ascheschicht überzogen. Mit seinen Füßen stieß der Soldat gegen etwas Festes. Er bückte sich nieder und hob es auf. In seinen Händen zerbröselte ein verkohlter und abgetrennter Oberarm zu Staub. Erschrocken hielt er sich die Nase zu. Die Aschepartikel der Verstorbenen flimmerten durch die Luft.

Zum wiederholten Male bebte der Beton unter seinen Füßen. „Die Vibrationen werden stärker, je näher wir kommen. „Nun sag schon Torwai, was erwartet uns auf dem Dach?“

„Dich erwartet dort überhaupt nichts.“ Der Magier drehte sich zu Zeifos um und fesselte ihn im Nu mithilfe eisiger Ketten an die Wand. „Du bleibst hier, ich gehe alleine nachsehen. Und hör auf, derart empört dreinzuschauen. Ich meine es nur gut mit dir.“

Torwai blickte für einen Moment zu dem Loch in der Decke, durch das Sonnenstrahlen ins Innere des Gebäudes schienen.

„Sämtliche oberen Etagen fehlen komplett. Glaub mir, ich bin der Einzige, der diesem Wesen gewachsen ist. Du würdest nur stören.“ Der Beton bebte wie zur Bestätigung. „Außerdem bist du viel zu kostbar für mich, als dass ich es riskieren könnte, dich mitsamt deinen Geheimnissen zu verlieren.“

Der Magier blickte zu dem angeketteten Soldaten hinüber, der jedoch war verschwunden.

„Das ist unmöglich, meine Ketten sind unzerstörbar!“ Seine Ketten vielleicht, die Mauer im Rücken des Soldaten war dagegen ziemlich brüchig gewesen. Ein großes Loch klaffte nun in der Wand.

Zeifos war vorausgegangen und bereit, sich ganz allein dem schnaufenden Ungetüm zu stellen.

Schwefel

Eine breite Feuerwand schoss dem Soldaten entgegen. Die Hitze war unerträglich. Trotz allem hielt er hinter seiner glühenden Waffe stand und näherte sich dem Ungetüm schrittweise.

In all dem feurigen Rot vermochte er kaum etwas von seiner Umgebung zu erkennen. Er erkannte weder, dass er auf dem Dach des einhundertvierunddreißigsten Stockwerks stand, noch wer überhaupt sein Gegner war. Die Erde erbebte noch stärker als zuvor. Ohne Unterlass stoben ihm Funken entgegen, die vom Wind erfasst und hinab ins Tal geweht wurden.

Der Soldat war gekommen, um Antworten zu erhalten und nicht um irgendwo an eine Wand gefesselt zu werden. Sein Fleisch begann bereits an einigen Stellen zu verbrennen und zu stinken. Zeifos drohte, genau wie der Magier es vorhergesagt hatte, zu unterliegen. Unweigerlich musste er an den Spruch von Gorgo, dem Goblin, denken. *Hmm, leckeres angebratenes Fleisch.* Trotz des nahenden Todes musste er schmunzeln. Nein, so schnell würde er nicht aufgeben.

Er senkte sein Schwert und lief geradewegs dem Feuer speienden Ungetüm entgegen. Die Flammen versuchten ihn zu verzehren. Plötzlich wechselten sie jedoch die Richtung und prallten an einer unsichtbaren Barriere ab. Zeifos wusste weder, woher diese kam, noch kümmerte es ihn, für ihn zählte nur eines, dass er auf diese Weise die Möglichkeit erhielt, dem Wesen näher zu kommen, um ihm sein glühendes Schwert in den Leib zu rammen. Er wollte dem Magier unbedingt zeigen, zu was er fähig war.

Unerwartet erlosch das Inferno.

„Ich bin einer der ältesten meiner Spezies. Trotz allem habe ich bisher noch keine Macht verspürt, die mit deiner zu vergleichen ist. Brch'pfff." Der Drache bäumte sich vor dem Soldaten auf und spreizte seine bronzefarbenen Flügel. Das urzeitliche

Wesen ächzte und schnaubte unkontrolliert. Seine riesige Pumpe kontrahierte, und das bassähnliche Geräusch hallte zum abertausendsten Mal über das Dachgeschoss hinweg. „Sechstausendvierhundertzwölf und es endet noch immer nicht."

Zeifos starrte wie gebannt auf das vibrierende Herz des majestätischen Leviathans. Die Pfeile unzähliger Feinde staken darin. Alle waren sie gescheitert, und nun war der Soldat an der Reihe. Seiner unzerstörbaren Waffe traute er allerdings weit mehr Durchschlagskraft zu, als den hölzernen Geschossen. Allerdings war er sich nicht mehr ganz so sicher, ob er wirklich das Richtige tat. Ihm war nicht sonderlich wohl dabei, ein solch altertümliches Wesen zu bezwingen. Noch dazu stimmte hier etwas nicht. Es schien fast so, als wollte das Ungetüm unbedingt besiegt werden.

„Nun mach endlich. Brchk. Zeig dich würdig oder versenk deine Waffe." Der Husten des Leviathans war unerträglich, und sein Pulsschlag dröhnte in den Ohren des Soldaten. „Pffh. Myriaden von Herzschlägen habe ich ungenutzt an mir vorbeiziehen lassen. Ausgerechnet jetzt, da mir nur noch zehn Kontraktionen verbleiben, tauchst du hier oben auf. Es war dir wohl nicht möglich, früher zu erscheinen. Komm schon, bring es hinter dich, die Zeit wird knapp."

Der Leviathan schnaufte ungeduldig und reckte seine Schnauze empor, um eine erneute Feuersbrunst heraufzubeschwören. Die Glut in seinem Rachen schwoll an, während Zeifos auf das Ungetüm zustürmte. Geschickt wich er dessen Klaue aus und rammte sein Schwert in das Herz des Drachen.

Ein Schwall Blut ergoss sich über Zeifos' Gesicht und zeigte ihm, dass sein Angriff von Erfolg gekrönt war. Seine ganze Umgebung färbte sich rot, und alles an ihm klebte fürchterlich. Die ächzenden Schreie des Wesens brannten sich für alle Zeit in Zeifos' Bewusstsein, mehr, als es dessen versengende Glut vermocht hätte.

Unerwartet setzte sich der Leviathan in Bewegung und schleifte den Soldaten mit sich. Mit seinem sich sträubenden Anhängsel im Schlepptau näherte sich der Drache der Dachkante. Offensichtlich wollte er sich geradewegs von dem Wolkenkratzer stürzen.

Zeifos zog und zerrte an seiner Waffe, jedoch ließ sie sich nicht herausziehen. Der Dachsims rückte näher. Der Soldat nahm allen Mut zusammen und umfasste den Schwertgriff noch fester als bisher. Mit aller Kraft jagte er die Klinge tiefer in den gigantischen Kokon aus Blut. Bis zu seinem Ellbogen verschwand das Schwert in der klebrigen fleischigen Masse.

Letzte Rauchschwaden entstiegen den Nüstern des Leviathans, ehe dieser in voller Länge an der Dachkante zum Erliegen kam. Erschöpft zog Zeifos sein Schwert aus der Pumpe des geflügelten Wesens. Sämtliches Blut perlte an der Klinge ab, die schon bald darauf wieder in neuem Glanz erstrahlte. Von seiner Schuld vermochte er sich jedoch nicht reinzuwaschen. Seine Kleider und sein Antlitz blieben beschmutzt. Er hatte obsiegt, dennoch fühlte er sich schrecklich.

Selbst das applaudierende Klatschen von Torwai, der hinzugeeilt war und den Kampf wie gebannt verfolgt hatte, vermochte daran nichts zu ändern.

„Ich bin wahrlich beeindruckt. Ich dachte schon, ich müsste deine zerschmetterte Leiche am Fuße des Wolkenkratzers auflesen. Stattdessen werde ich dich wohl von nun an Zeifos der Drachenbezwinger nennen müssen! Hör auf, das Gesicht zu verziehen, wir sind endlich da angekommen, wo wir hinwollten!“

Kein Herz schlägt ewig

Zeifos lehnte an dem leblosen Fleischberg und sank erschöpft zu Boden. Er betrachtete seine rußverschmierten Hände, mit denen er das edle Wesen bezwungen hatte. Sein ganzer Körper brannte, und seine Haut war an einigen Stellen aufgeplatzt, dennoch schmerzte es ihn weit weniger, als das Wissen, soeben ein derart edles Wesen umgebracht zu haben.

Beinahe sehnte er sich nach den Tagen zurück, als er noch ein General gewesen war. Nach diesem Sieg hatte er statt dieser ernüchternden Lethargie ein berauschendes Hochgefühl erwartet. So allerdings musste er sich der beengenden Leere in seinem Herzen stellen.

Torwais Applaus klang wie Hohn in seinen Ohren. „Ich muss gestehen, dass ich eigentlich deinen Tod erwartet habe." Der Magier nahm kein Blatt vor den Mund. „Nun gut, ich bin Manns genug, meinen Irrtum einzugestehen. Du musst allerdings zugeben, dass dein Gegner es dir nicht sonderlich schwer gemacht hat. Die Drachen von heute sind offensichtlich auch nicht mehr das, was sie mal waren."

In Zeifos' Hirnwindungen blieb dagegen nur ein Satz hängen. *Der Kampf war viel zu leicht.* Eilig sprang der Soldat auf und sah sich um. Einem bösen Omen gleich, zogen dunkle Wolken auf. Nervös wandte sich der Soldat an Torwai.

„Wie lange ist es her? Wann hat sein Herz zuletzt geschlagen?"

Der Magier aber zuckte nur mit den Schultern. „Wen kümmert 's."

Zeifos blickte zu seiner Waffe nieder, dann zu dem Herzen des Leviathans. Hektisch lief er los und jagte seine Klinge in dessen rechte Herzkammer.

Torwai schüttelte den Kopf. *Er ist verrückt geworden*, dachte sich der Magier. Bald darauf begann jedoch der Stahl zwischen

Zeifos' Händen zu vibrieren, und auch der Boden stimmte in die dröhnenden Schwingungen mit ein.

„Es ist genau eine Minute vergangen und uns bleiben noch weitere neun", schnaufte der Leviathan, der sich langsam wieder erhob.

Zeifos umklammerte sein Schwert fester. Blut spritzte aus der Wunde wie eine Fontäne, dennoch wusste er nicht, was er jetzt noch unternehmen sollte. Nicht für eine einzige Sekunde hatte er das Herz aus dem Takt gebracht.

„Brchhhhk, genug gekuschelt!"

Der Drache machte ernst. Seine Stimme klang angeschlagen und kehlig. Dennoch war das Ungetüm offensichtlich immer noch bei vollen Kräften. Schnaufend verschaffte sich der Leviathan Gehör.

„Brchk. Ich hoffe deine Mordlust ist nun gestillt, und wir können endlich zu dem kommen, weswegen ihr hier seid. Pfh. Zuvor solltest du jedoch dein Schwert aus meinem Herzen ziehen."

Mit einem Prankenhieb entledigte sich der Drache seines Widersachers. Die Waffe stak noch immer in seiner gigantischen Pumpe, Zeifos dagegen schleuderte es rücklings durch die Luft. Erst als er mit seinem Kopf gegen eine abgerissene Steinsäule stieß, endete sein Höhenflug.

Seine Gedanken setzten einen Moment lang aus, derweil stand Torwai dem Drachen allein gegenüber. Der Magier hatte sich derart stark auf seinen Zauber konzentriert, dass er die letzten Worte des Leviathans nicht gehört hatte. In seinen Händen zuckten und tanzten gleißende Blitze.

„Sei unbesorgt alter Leviathan, dein Leben wird gleich enden. Ich bin mir bewusst, dass Feuer gegen dich nichts auszurichten vermag." Daher nutzte Torwai ein anderes Element, das eine ebenso zerstörerische Wirkung besaß.

Der Leviathan riss sich derweil das Schwert aus der Brust und warf es Zeifos entgegen. Scheppernd und klappernd rutschte es über den steinernen Boden und kam direkt vor seinen Füßen zu liegen. Der Soldat schüttelte den Kopf und hob es behände auf.

„Los, greif schon an …“ Der Drache reckte ihm sein Herz entgegen. „Versuch erneut dein Glück oder …“ Er betonte das Bindewort ganz besonders stark. „… *oder* zeig dich endlich würdig.“ Es schien fast so, als wollte der Leviathan damit deutlich machen, dass es sich keineswegs um einen Versprecher handelte. Noch im selben Atemzug ließ das Monstrum vorsichtig seinen schweren Körper auf die Steinplatten hinabsinken, als wartete es ab, wie sein Opfer darauf zu reagieren gedachte.

„Was soll das alles?“, brach es voller Verwirrung aus Zeifos heraus, doch er erhielt keine Antwort. Der Drache musterte in aller Seelenruhe seinen merkwürdigen und runzligen Gegenüber. Er griff den Soldaten nicht länger an, stattdessen folgten seine monströsen Augäpfel ungetrübt jeder seiner Bewegungen.

Zeifos wusste nicht so recht, was er davon halten sollte. Wahrscheinlich wartete das Wesen lediglich ab, bis er einen Fehler beging, nur um ihn dann lebendigen Leibes zu rösten. *Er hätte mich doch aber schon längst fressen können, wenn er es gewollt hätte.* Der Soldat ließ es darauf ankommen. Er ließ sein Schwert in die Scheide gleiten und stellte sich unbewaffnet vor seinen Gegner.

„Brchhhh, ich bin beeindruckt! Ich hielt dich für einen mordlüsternen und rachsüchtigen Raufbold. Anscheinend bist du aber doch ein wenig mehr als das. Möglicherweise besteht doch noch ein wenig Hoffnung für diese Welt. Mit etwas Glück genügt die noch übrige Zeit, damit ich zumindest meine Botschaft, brch'pfh, noch überbringen kann.“ Die mächtigen Stimmbänder des Wesens zitterten, als die obersten Stockwerke des Wolkenkratzers unter seinem schlagenden Herzen zu vibrieren anfingen.

Der Soldat brauchte eine Weile, um sich mit dem Gedanken anzufreunden, dass er soeben friedlich mit einem ausgewachsenen Drachen sprach, dem er noch kurz zuvor sein Schwert ins Herz gerammt hatte.

„Hey, Moment mal!“, beschwerte er sich. „Was heißt hier, wir wären nur aufs Kämpfen aus! Wer wollte denn hier wen zuerst verbrutzeln.“

Der Leviathan blickte beschämt zur Seite. Seine Schulterplatten zuckten abwiegelnd. „Ups. Sairine möge mir verzeihen. Drachennüstern sind nun mal sehr empfindsam, davon habt ihr sicherlich schon gehört. Ich reagiere leider allergisch auf menschliche Ausdünstungen. Entsprechend kann sich schon mal ein feuriger Nieser lösen. Meine Nebenhöhlen sind noch immer ein wenig gereizt. Seid also das nächste Mal einfach etwas achtsamer und wählt euren Aufstieg mit mehr Bedacht, dann müsst ihr euch auch nicht mit den Konsequenzen befassen.“ Der Leviathan musste das gesellige Beisammensein allerdings vorläufig unterbrechen. „Ehe wir mit unserem Kaffeekränzchen in luftiger Höhe fortfahren, solltest du dich vielleicht erst einmal um die brennende Lunte direkt neben dir kümmern. Ich empfehle dir sie zu löschen.“

Der Drache bezog sich zweifellos auf Torwai. Mit seinem roten Haar verdiente er durchaus diese Bezeichnung.

„Ich mein ja nur, pfh. Ich selber könnte nur für noch mehr Zunder sorgen, doch wenn diesen da niemand stoppt, jagt er im Gegensatz zu mir gleich den ganzen Turm in die Luft. Mich würde es nicht sonderlich stören, aber euch wäre damit kaum geholfen. Meine Nachricht, die ich in den Sand geschrieben habe, wird zwar selbst nach diesem verheerenden Sturm noch lesbar sein, da der Inhalt der Botschaft von der Zerstörung selbst kündet. Nur wird dann vermutlich niemand mehr da sein, der von dem

Verwehen der Sandburg am Strand berichten kann. Ich rate dir daher noch einmal inständig, ihn aufzuhalten, ehe es zu spät ist.“

Elektrische Funken schlugen im Betonboden ein. Hektisch suchte der Soldat nach einem Ausweg.

„Brchk, versuch's mal mit kristallklarem Bergwasser, das löscht jedes Feuer.“ Doch der Rat half dem Soldaten nicht sonderlich weiter. „Oder erstick ihn im Keim“, lautete der nächste, gleichermaßen nutzlose Vorschlag.

Torwai konzentrierte all seine Sinne auf den Zauber, den er gerade initiierte. Von seiner Umgebung bekam er deshalb nichts mehr mit. Er verließ sich ausnahmsweise ganz auf Zeifos. Mit etwas Glück würde dieser den Drachen so lange beschäftigen, bis seine magischen Vorbereitungen abgeschlossen waren, damit wäre der Jungspund wenigstens einmal zu etwas nütze.

Bald war es so weit. Die Energien in der von ihm gebildeten Elektrosphäre erreichten allmählich ihre maximale Verdichtung. Mit der noch freien Hand stützte er seinen rechten Arm, in dem die Adern bizarr hervorstanden und ungewöhnlich stark pulsierten. Immer stärker wuchs die Kugel in seiner Handfläche, und immer mehr Blitze zuckten über deren Oberfläche.

„Hör auf, es ist vorbei!“, schrie der Soldat den Magier an. „Stopp den Zauber oder du vernichtest das, weswegen wir hierhergekommen sind.“ Seine Worte drangen jedoch nicht durch das geballte elektrostatische Feld hindurch. Eilig wendete er sich an den Drachen. „Verschwinde, flieg davon! Oder der Blitzstrahl wird ein Loch in deinen Leib brennen, von dem selbst du dich nicht erholen kannst.“

„Ich bin sowieso schon tot. Meine Stunden sind längst gezählt. Die dir verbleibende Redezeit allerdings ebenso.“

Ein unverständlicher Schrei bahnte sich zwischen den Lippen des Magiers den Weg ins Freie. Sein Arm schmerzte aufgrund der zuckenden Blitze. Jetzt oder nie. Mit aller Wucht schleuderte er dem Drachen die pulsierende Sphäre entgegen.

Jedoch stand nicht der Leviathan, sondern Zeifos vor ihm.

„Dieser törichte Tölpel“, fluchte der Magier, der all seine magischen Reserven aufgebraucht hatte und die blitzende Kugel nicht mehr zurückrufen konnte. „Verschwinde, mach, dass du wegkommst!“

Der Blitz schoss geradewegs auf den Soldaten zu. Torwai war sich sicher, dass dieser sowohl Zeifos als auch den Drachen zerreißen würde. Ihm gefiel der Gedanke. Jedoch wollte er auf keinen Fall Zeifos mitsamt den Geheimnissen, die ihn umgaben, opfern. Eilig riss er seinen Arm empor, woraufhin die elektrostatische Sphäre einen Bogen beschrieb und gen Himmel schoss.

Die Luft war derart aufgeladen, dass kleinere Kieselsteine emporschwebten. Kettenblitze sprangen von einer Person zur nächsten, hinüber zu dem Drachen und hinauf zu einem Steinhaufen. Die Muskeln von jedem von ihnen wurden für einen flüchtigen Augenblick gelähmt. Es war, als stünden sie inmitten eines urzeitlichen Gewittersturms.

Es dauerte ein weiteres Schlagen des Drachenherzens, bis der letzte springende Funken verebbt und die elektrostatische Sphäre vollständig von einer Wolke am Himmel verschlungen worden war.

Der Magier fühlte sich ausgelaugt und senkte seine Hand. Er war keineswegs glücklich über das Geschehene.

„Erklär mir dein Verhalten, und zwar auf der Stelle!“, verlangte er von dem Soldaten.

Der Drache fuhr ihm jedoch schnaufend dazwischen. „Brch. Dass ein Gelehrter wie du derart starrsinnig sein kann, ist wirklich beschämend. Bist du wirklich so blind, nicht zu erkennen, dass an diesem Ort bereits viel zu viel Blut geflossen ist.“

Die Finger des Magiers zuckten nervös, dennoch hörte er ihm zu.

„Krchk. Ich habe mich absichtlich von dem Soldaten erstechen lassen, um seine Mordlust zu stillen, dass ich aber auch noch dich überzeugen muss, war mir nicht klar."

„Versuch es doch", forderte ihn Torwai heraus. „Aber beeil dich. Solltest du nämlich annehmen, dass dieser Blitz alles war, zu dem ich imstande bin, dann irrst du dich." Er sah zu den Wolken hinauf, als wären sie die drohenden Vorboten der Hölle – seiner ganz persönlichen Unterwelt. „Dir bleibt noch genau einer deiner Herzschläge, um mir einen guten Grund zu nennen, warum ich dich verschonen soll."

Der Leviathan hatte für seine Drohungen lediglich ein langes verächtliches Schnaufen übrig. „Größenwahn gepaart mit Selbstüberschätzung, das ist eine gefährliche Kombination für alle in deiner Nähe." Müde und verschlafen schüttelte der Leviathan seinen Kopf. „Solltest du meine Botschaft nicht hören wollen, dann vollbringe endlich dein zerstörerisches Werk. Tu, was du nicht lassen kannst! Mir bleiben sowieso nur noch sechs weitere Schläge."

Die Erde erbebte wie angekündigt. Die Zeit, die der Magier dem Drachen gegeben hatte – um ihn zu überzeugen – war damit verflogen. Für Torwai konnte demnach nur noch eines gelten: Seiner Drohung Taten folgen zu lassen.

Unverzüglich erhob der Magier die Arme. Er richtete sie geradewegs auf eine einzelne Wolke am Himmel, aus deren Innerem geballte Blitze zur Erde herunter schossen. *Aus diesem Grund hat er die Kugel vorhin zum Himmel abgelenkt, um eine Gewitterwolke zu erschaffen,* bemerkte der Soldat fassungslos. Eine jede der elektrostatischen Säulen hielt geradewegs auf den Leviathan zu. Eilig duckte sich der Soldat weg. Einem solchen Blitzgewitter konnte selbst er nicht länger Einhalt gebieten.

„Sprich weiter. Du hast mich überzeugt, teil mir mit, was an diesem Ort geschehen ist. Erzähl mir etwas über das Gleichgewicht und lüfte das Geheimnis, dessen Hüter du bist."

Erstaunt stellte der Soldat fest, das Torwai einen Schutzschild über ihren Köpfen gespannt hatte. *Er wollte den Drachen gar nicht erneut angreifen.* Die leuchtende Barriere beschützte die drei Lebewesen auf dem Dach vor dem entsetzlich tobenden Unwetter.

Nachdem er sein letztes Ass ausgespielt hatte, fühlte sich der Magier völlig schutzlos. Er wurde ungeduldig.

„Hör endlich auf Zeit zu schinden und teil uns mit, was du weißt."

„Brchhk. Nein, noch nicht. Wir sind noch nicht vollzählig. Du wirst dich daher noch ein wenig länger gedulden müssen *Torwai.* All die Toten, ob Menschen, Magelaner oder Nirwase warten nun schon seit vielen Tagen auf euer Erscheinen. Gut, den Toten mag das Warten bekanntlich nicht schwer fallen, aber auch ihr werdet euch sicher noch ein paar Sekunden gedulden können, bis auch der Letzte hier eintrifft."

Da mittlerweile deutlich mehr Ruhe eingekehrt war, blieb dem Soldaten nun Zeit, den Leviathan genauer zu betrachten, wobei er erstaunt feststellen musste, dass es sich bei dem Wesen um dasselbe Flammen speiende Ungetüm handelte, das ihn auch in seinen Träumen heimgesucht hatte.

„Haben sich unsere Wege schon einmal gekreuzt?", fragte Zeifos unsicher und fügte schließlich noch hinzu: „Es stimmt doch, dass du bereits während der Kriege der Vereinigungszeit zwischen diesen Wolkenkratzern hindurch geflogen bist? Daher kennst du den Namen des Magiers, habe ich nicht recht?"

Sowohl Torwai als auch der Drache sahen den Soldaten verständnislos an. Gigantische Augäpfel musterten den Soldaten von oben bis unten. Aus den Nüstern des Leviathans drang jedoch nur ein verwirrtes: „Pfh?“

„Der Auxillator hat sich bisher noch nicht vorgestellt, dennoch wusstest du, dass er Torwai heißt“, erklärte sich Zeifos erneut. Er begriff nicht, dass die beiden ihn aus einem ganz anderen Grund fragend anstarrten.

„Woher weißt du so viel über die Kriege der Vereinigungszeit?“, wollte der Magier überrascht wissen. Dass der Drache ihn kannte, irritierte ihn dagegen weit weniger.

Der Leviathan zog kurz seine Augenbrauen hoch. „Nun gut, solange wir darauf warten, dass jener dritte Zuhörer sich endlich offenbart, will ich eure Fragen gerne beantworten. Plaudern wir also ein wenig aus dem Nähkästchen. Lass mich dich dazu ein wenig genauer in Augenschein nehmen. Nenn mir nicht deinen Namen, ich werde dein Totem selbst erraten.“ Aufmerksam musterte der Drache den Soldaten. Verwirrt zog er sein geschupptes Gesicht zurück. Er wirkte beunruhigt. „In all den Jahren ist mir so etwas noch nicht untergekommen. Ich kann dein Stammeszeichen nicht von deiner Stirn ablesen.“

„Diese Gabe besitzen manche Drachen“, warf Torwai beiläufig ein. „Mich selbst beschützt ein Zauber davor, durchleuchtet zu werden. Aus dir müsste er dagegen wie aus einem offenen Buch lesen können. Allerdings wissen wir beide ja zur Genüge, dass an dir nichts normal ist.“ Zeifos fragte sich, ob er dies als Beleidigung auffassen sollte oder nicht.

„Im Gegensatz dazu wird ein Drache dir niemals seinen Namen nennen. Denn wer ihr Totem kennt, ist in der Lage, sich diese untertänig zu machen.“

„Die Zeit der Drachenreiter ist längst vorbei“, wiegelte der Leviathan freimütig ab, während er weiterhin die Seele des Soldaten durchforstete. „Es ist erstaunlich. Ich kann nicht erkennen, wer du bist. Du besitzt so viele Namen, doch keiner trifft auf dich vollständig zu."

„Ich heiße Zeifos", erklärte der Soldat frei heraus.

Die Zweifel des Leviathans lichteten sich und wichen blankem Erstaunen. „Sieh an, du heißt also Zeifos und nicht Kastriot." Der Soldat zuckte zusammen. „Zugegeben, dieser Name passt viel besser zu jemandem, der Sairines Segen erhalten hat. Schon allein deswegen ist es mir eine Ehre, dich kennenzulernen. Jeder meiner Spezies würde ähnlich empfinden. Ich kann dir jedoch versichern, dass wir uns bisher noch nicht getroffen haben. An eine Begegnung mit jemandem, der einen solch geschichtsträchtigen Namen trägt, würde ich mich auf alle Fälle entsinnen. Eigentlich dürftest du gar nicht hier sein. Dein Erscheinen lässt mich dennoch hoffen. Nie zuvor war ein Leben derart eng mit dem Gleichgewicht verflochten wie das deine. Vielleicht vermagst du ja doch etwas auszurichten, wo andere Akteure versagten."

Zeifos wusste nicht recht, was er darauf entgegnen sollte, und so verging seine einzige Chance, den vagen Andeutungen des Drachens auf den Zahn zu fühlen.

„Was dagegen deinen Freund hier anbelangt! Nun, brchk wir sind uns tatsächlich schon einmal begegnet. Obgleich es keinen Einfluss auf die Botschaft hat, die ich euch überbringe, so empfinde ich es doch als einen makabren Scherz des Schicksals, dass ich ausgerechnet hier in meiner letzten Stunde auf ihn stoßen muss. Natürlich erinnert er sich nicht mehr an mich, wie auch. Derart eitel, wie er ist, vergisst er sicher schnell die Wesen, denen er dereinst gegenübergestanden hat, oder die sich infernalisch auf ihn niederstürzten. Wir Drachen vergessen dagegen nie. Es ist bloße Ironie, dass wir uns ausgerechnet in der Stadt wiedersehen, in der ich mein kriegerisches Schaffen begonnen habe und in der es zugleich enden wird. Seine zerstörerische Laufbahn wird dagegen noch lange währen. Trotz Lilias Tod hat er nichts dazu gelernt."

Torwai biss sich auf die Unterlippe und schwieg.

„Das Wissen, das ich über ihn besitze, erschwert es mir zu glauben, dass er der Richtige ist, um meine Botschaft zu vernehmen. Aber das Gleichgewicht will es nun einmal so, genau wie der Zufall, der mit unseren Leben gern seine kleinen Späße treibt. Entsprechend werde ich mich dem Schicksal beugen und ihm alles erzählen, was ich weiß. Ich bin viel zu unbedeutend, brchk, als dass ich gegen das Gleichgewicht aufbegehren würde."

Zeifos erinnerte sich daran, wie das Wesen vor ihm in seinem Traum Feuer speiend niedergestürzt war. Er – oder etwa doch Torwai? – überlebte den Angriff, doch viele andere auf der Straße fanden in ihren stählernen Wracks den Tod. Sprach der Drache etwa von jenem Moment, als der Himmel gülden brannte? Und wann sollten die beiden sich dann getroffen haben? Etwa während der Vorvereinigungszeit? – aber so alt konnte der Magier doch überhaupt nicht sein, oder doch?

„Sechstausendvierhundertzwölf, das ist die Zahl derjenigen, die durch meine Flammen hier und heute in Livius gestorben sind." Der Leviathan sprach beinahe so, als wäre kein Tag seit der Schlacht vergangen. „Im Vergleich zur Vorvereinigungszeit konnte ich meine Zahl noch verdreifachen. Ein beschämender Triumph, findet ihr nicht auch? Mit euren heutigen Waffen habt ihr Terraner uns Drachen kaum mehr etwas entgegenzusetzen. Dieser Krieg wäre längst zu Ende, wenn es nicht nur noch so wenige von uns gäbe." Seine alte Existenz sprach aus ihm. „Aber was hätte das geändert? Ich war genau wie du, Torwai. Mein Hass auf dich und deinesgleichen überwältigte mich. Auf der Suche nach den Schuldigen, die das Vergehen der alten Zeit auf dem Gewissen haben, verirrte ich mich, verirrten sich meine Motive, meine Ziele."

Was wollte dieser Drachen von ihm? Sie beide waren absolut nicht gleich, allein die Tatsache, dass sie während der Vorvereinigungszeit in Livius kämpften, verband sie. Ansonsten hatten sie nichts miteinander gemeinsam, der Auxillator verspürte keinen Hass, im Besonderen nicht auf die Magelaner. Sie waren ihm genauso gleichgültig wie die Terraner. Sollte der Leviathan doch denken, was er wollte. Vielleicht würde Torwai auf diese Weise leichter das erfahren, weswegen er hergekommen war. Ihn trieb allein der Drang nach Wissen. Hass und Rache waren etwas für die Einfältigen.

Nur noch wenige Erinnerungen besaß Torwai an den Abend in der Schlucht der Geister. Allein dort hatte er für einen flüchtigen Augenblick Zweifel an dem von ihm eingeschlagenen Weg empfunden. *Wissen ist das Einzige, was zählt! All diese bedeutungslosen Individuen da draußen vergehen ohne einen einzigen Beweis ihrer Existenz. Selbst jenem mächtigen Leviathan wird es so ergehen, aber mir nicht, niemals!*

Die Frage, ob er lieber die Wahrheit wüsste, auch wenn sie ihm ewige Trauer und Schmerz brächte, oder ob er lieber glücklich, aber unwissend sterben wollte, beantwortete Torwai stets zugunsten der Wahrheit, und so hielt er es auch jetzt.

Das erneute Schlagen des Drachenherzens kündigte sogleich davon, dass der Magier schon bald das erfahren sollte, nach was er begehrte. Die sich radial ausbreitenden Schwingungen verschleierten zugleich das Näherkommen eines dritten Gastes.

Quie'rasil hatte sehr lange für den Aufstieg gebraucht. Er war im Inneren des Gebäudes fast verrückt geworden. Eine magische Aura hatte ihm zwar stets den richtigen Weg gewiesen, jedoch konnte er unmöglich aus demselben Loch kraxeln, welches zuvor noch der Soldat und der Magier genutzt hatten. Selbst in seiner Schattengestalt hätte es schon verdammt viel Glücks bedurft, dabei nicht versehentlich ertappt zu werden. So war er eine Weile umhergeirrt, bis er eine andere Möglichkeit fand, auf das Dach des Hochhauses zu gelangen.

Zwischenzeitlich hatte er hinter einem Steinhaufen Schutz gesucht, doch erst jetzt fand er endlich eine geeignete Position, um die drei Gestalten zu belauschen. Auf einer Ansammlung von Gerüsten stehend und sich hinter einer Säule verbergend blickte er mehrfach nervös zu der Energiebarriere hinauf, die der Magier über ihren Köpfen gespannt hatte. Ganz geheuer war ihm das tobende Gewitter über ihm nicht.

„Brchk. Nun, da je ein Vertreter Neu Terras, ein Vertreter Magelas sowie ein Vertreter Edens anwesend ist, können wir endlich beginnen."

Quie'rasil zuckte bei dieser Eröffnung zusammen. Meinte er etwa auch ihn damit? *Egal,* wenn es sein musste, war er zum Kampf bereit. Torwai war gleichfalls bei dem Wort „Magelaner" hellhörig geworden und sah sich suchend um. *Das kann gar nicht sein! Der Drache halluziniert!* Einzig Zeifos war es aufgefallen, dass der Leviathan neben Neu Terra und Magela noch von einem weiteren Akteur gesprochen hatte, alle anderen waren dagegen zu sehr mit sich selbst beschäftigt.

Mit einem lauten Brüllen verschaffte der Leviathan sich wieder Gehör. Sein Publikum sollte nun besser zuhören.

„Ich sage das nur ein einziges Mal. Selbst wenn ich wollte, könnte ich es nicht wiederholen. Brch'pfh. Eigentlich solltet ihr auf dem Weg hierauf bereits alle Antworten erhalten haben, nach denen ihr sucht. Es war jedoch zu erwarten, dass selbst dieses unermessliche Schlachtfeld nicht genügen würde, um aus Blinden

Sehende zu machen. Immerhin einer unter euch scheint jedoch durch den Kampf an diesem Ort für immer geprägt worden zu sein. Schade, dass er im Geiste noch fast ein Kind ist, aber womöglich ist sein Herz allein dadurch noch derart rein und empfindsam."

Zeifos spürte den Blick des Drachen auf sich ruhen.

„Erinnert euch! Was habt ihr gefühlt, als ihr in die leblosen Augen der hier ruhenden Seelen geblickt habt. Rchk, die Nachricht ist so einfach, so simpel und doch so wichtig."

Alle drei gingen in sich. Sie riefen sich das unbehagliche Gefühl ins Gedächtnis, das sie empfunden hatten, als sie den Tod in seinen vielen Formen bestaunten. Ein Erzittern des Bodens riss sie aus ihren Gedanken.

„Ich sehe schon, selbst all diese Zerstörung in ihrer vollendeten Form vermag es nicht, euch das Offensichtliche aufzuzeigen. Ich hoffe, dass es wenigstens meine Worte können. Falls nicht, so habe ich versagt. In dem Fall war es nutzlos, dass mir das Gleichgewicht jene zusätzliche Lebensspanne gewährte. Mein Herz schlägt noch für genau vier weitere Schläge. Nichts vermag daran etwas zu ändern, weder ein Zauber noch Tausende von Schwertern. Ich werde daher nichts unversucht lassen, um euch zu überzeugen. Möge Sairine mir gnädig sein!"

Endlich beginnt der nicht ganz so emotionale Teil, dachte sich Torwai voller Ungeduld. Quie'rasil begann nun ebenfalls aufzuhorchen. Er hoffte durch den Drachen eine Bestätigung für das zu erhalten, was er unlängst wusste. Allerdings gefiel es ihm nicht sonderlich, dass er sein Wissen ebenfalls mit den Terranern teilen musste. Nein, das gefiel ihm ganz und gar nicht.

„Ihr sollt nun etwas vom vierten Geheimnis der Geschichte erfahren. Das Gleichgewicht ist eine uralte Kraft, pfh, die weder von den Magelanern noch von den Terranern kontrolliert wird. Sie ist vollständig neutral und bevorzugt keine der beiden Parteien. Die jüngsten Veränderungen resultieren einzig aus den anhaltenden Konflikten zwischen den Welten. Es ist der Widerspruch zwischen Magie und Wissenschaft, der das Gleichgewicht zu immer drastischeren Mitteln treibt. Die Wissenschaft basiert auf festen Regeln und physikalischen Gesetzmäßigkeiten, die Magie dagegen auf Emotionen und den Gedanken der Ausübenden, sie nutzt die Strömungen dieser Welt, die alles und jeden miteinander verbinden. Ohne das Unbegreifliche gäbe es für die Menschen nichts zu erforschen, auf der anderen Seite ermöglicht allein die Existenz von Regeln das Regellose. Beide Seinsebenen können daher weder mit noch ohne einander auf Dauer Bestand haben. Beide Pole stoßen sich unwiderruflich ab und ziehen sich zugleich an. Seit einigen Jahren gerät dieses Gleichgewicht jedoch in eine entsetzliche Schieflage, die in den letzten Tagen ihren beinahe endgültigen Höhepunkt erreichte. Hier in Livius nahm die jüngste Entwicklung ihren Anfang. Ein jeder der nicht zuvor schon von rostigen Schwertern oder Zaubern zerstückelt und zersprengt worden war, starb binnen eines flüchtigen Augenblicks. Die Terraner verloren ihren Verstand, als die magischen Strömungen aus Magela ungehindert auf sie einwirkten."

Das verächtliche Schnaufen des Drachen verriet, dass er als Magelaner nicht verstand, wieso die Menschen damit nicht zurecht kamen. Torwai allerdings begriff überdeutlich, was der Leviathan damit meinte. Er war schließlich nicht ohne Grund der einzige Magier der Menschheit. Selbst ihm fiel es oft schwer, das Chaos und die wilden Strömungen zu ordnen.

„Eure Schwerter und Bolzen zerbrachen. Brchk." Der Glanz in den Augen des Drachen zeigte, dass er sein Glück bei diesem Gedanken kaum fassen konnte. „Aber auch unsere magischen Sprüche zerrannen, als sie mit der Luft in Berührung kamen."

Ein erneutes Pochen seines Herzens durchzog das Gebäude.

„Ihr verlort den Verstand, wir dagegen unseren magischen Kern. Beides würde man vermutlich als den Sitz der Seele bezeichnen. Das Sterben begann im Inneren dieses Turmes und setzte sich Tausende von Kilometer weit fort. Eine unsichtbare Linie wurde zwischen den Welten gezogen. Jeder Magelaner in terranischer Gefangenschaft starb zu demselben Zeitpunkt, da ihren streitenden Brüdern auf dem Schlachtfeld das Leben ausgehaucht wurde.“ Unweigerlich musste der Soldat an Milly denken. „Aber auch du müsstest eigentlich den Tod finden, Zeifos! Seit jener Schlacht darf schließlich kein Mensch mehr einen Fuß auf magelanisches Hoheitsgebiet setzen. Dein Verstand müsste sich wie der von Torwai unwiderruflich zersetzen, bis nur noch eine leere Hülle übrigbleibt!“

Vor dem inneren Auge des Soldaten blitzten plötzlich all jene Leichen auf, an denen er innerhalb der letzten Stunden vorbeimarschiert war. Schreiende Seelen umtanzten ihn. Sie waren frei von körperlichen Wunden oder sichtbaren Verletzungen. Konnte das wirklich der Wahrheit entsprechen, waren sie alle an dem gestorben, was der Drache als Gleichgewicht bezeichnete?

Dass der Magier sich dagegen zur Wehr zu setzen vermochte, war verständlich, nur was bemächtigte dann ihn, als General, nein, als einfachen Soldaten dazu? Oder war dies gar nicht der Fall, vollzog sich die Zersetzung des Geistes bei ihm einfach nur deutlich langsamer? Mehrfach hatte er schon zu hören bekommen, dass er verrückt geworden sei. Insbesondere von Quie’rasil. In der entsprechenden Situation nahm er dies allerdings stets als Bestätigung, dass er den richtigen Weg eingeschlagen hatte, nur war dies wirklich der Fall oder machte er sich nur etwas vor? Die Unsicherheit kroch tief in seine Seele. Ohne jemanden, der ihm einen Halt gab, drohten die Zweifel bald seinen Verstand zu regieren. *Liz, wo bist du?*

Die Stimme des Drachen wurde leiser und so etwas wie Trauer und Mitleid für diejenigen, über die er sprach, schwangen darin mit.

„Brchhh...pfh. Manche starben jedoch nicht auf der Stelle." Jetzt horchte der Soldat auf. „Man nennt sie auch die Boten des Nirwanas!"

Zeifos' Schultern senkten sich bedauernd. Der Magier dagegen begann jetzt erst richtig aufzuhorchen, mit solch einer Offenbarung hatte er ganz sicher nicht gerechnet.

„Habt ihr euch nicht gewundert, warum es seit der Schlacht von Livius plötzlich so viele Boten des Nirwanas gibt? Teilweise sind sogar ganz neue Arten entstanden. Sie alle stritten hier in Livius oder wurden anderorts von den Wellen des Gleichgewichts erfasst. Niemand von ihnen wollte sterben. Sie versuchten alles, um gegen diese Macht aufzubegehren. Nur wie sollte man mit Magie oder dem eigenen Verstand gegen das Gleichgewicht ankommen, wenn beides doch die Quelle jener Kraft darstellt? Ihrer aller Licht erlosch. Als Belohnung blieb ihnen bloß ihre ausgebrannte leere Hülle. Ich würde das jedenfalls nicht mehr als Leben bezeichnen. Lediglich ihr Überlebensinstinkt siegte. Allein dieser ist ihnen verblieben. Befreit von jeglicher Magie und jeglichem Wissen können sie sich endlich unbehelligt überall hinbewegen, ob in Magela oder Neu Terra, die Veränderung kann ihnen nun nichts mehr anhaben, sie duldet sie sogar."

Den gläsernen Pupillen des Leviathans sah man seine Furcht deutlich an. Ihn quälte offensichtlich die Angst davor, selbst zu einem Nirwa'than zu werden.

„Pfh. Sie erhielten ihr Leben zu einem entsetzlichen Preis zurück!"

Die Gefühllosigkeit und Rationalität, die Torwai beim Hören dieser Enthüllungen an den Tag legte, erschreckte den Soldaten.

„Äußerst faszinierend. Daher stammen also diese Bezeichnungen. Da sie weder über Magie noch irgendwelchen Verstand verfügen, bleibt ihnen also nur das Nichts! Demnach ist die Verbindung mit dem Nirwana doch nicht einfach nur aus der Luft gegriffen, und ich dachte bisher, es wäre ein bloßes Ammenmärchen. Etwas, mit dem man Kindern versucht noch mehr Angst vor diesen Kreaturen einzujagen."

Zeifos musste unwillkürlich an den Nirwam denken, den er in Heilbrunn geköpft hatte. Sicherlich mochte er ihn dadurch von seinem Leiden erlöst haben, im Wissen, das jener Mensch aber nichts weiter als unbedingt leben wollte, bekam seine Tat jedoch einen bitteren Beigeschmack.

Torwai war in seinen Gedanken bereits viel weiter. „Das erklärt allerdings nicht, warum es vor Livius nur Abkömmlinge aus euren Völkern und keinen einzigen Nirwam gab."

„Brchk, dich quälen Details, unwichtige Nebensächlichkeiten. Also gut …", holte der Drache aus. „… dies hat historische Hintergründe. Es gab lange Zeit auch keine Abkömmlinge der Feen unter den Boten, da sie sich stets in den tiefsten Winkeln Magelas verbergen. Doch mittlerweile gibt es, wenn auch sehr selten, auch diese. Umgekehrt fanden die Kriege stets auf terranischem Boden statt, zudem besaß das Gleichgewicht nie eine solche Stärke wie heute, nur an einzelnen versprenkelten Orten erschien es hin und wieder. Daher waren die Menschen auf ihrem eigenen, den Gesetzen der Wissenschaft unterliegenden Grund und Boden sicher. Du siehst doch selbst, dass die Grenzlinie innerhalb Neu Terras verläuft. Ihr Terraner seid uns nicht wirklich gewachsen." Eitelkeit sprach aus dem Drachen. „Mit der Zeit haben wir euch immer weiter zurückgedrängt, deshalb wütete das Gleichgewicht auch nur in unseren Reihen. Es versuchte, ein Gleichgewicht der Mächte wieder herzustellen. Zu euren Gunsten. Aber ihr unterliegt weiterhin. Zuletzt hat es dann ausnahmsweise auch euch erwischt. Brchk, nur was spielt das nun noch für eine Rolle? Egal, ich hoffe, damit ist dir deine Frage zur Genüge beantwortet, denn viel Zeit bleibt mir nicht mehr."

Ein Erzittern des Erdbodens, das allen wohl bekannt war, machte erneut die Runde. „Nur noch zwei", entfuhr es Torwai voller Sorge. Deutlich bemerkte er, wie das Drachenherz allmählich in sich zusammenfiel.

Der Magier wollte noch viel mehr erfahren. Er wollte sich nicht bloß mit den Symptomen auseinandersetzen, sondern den Ursprung all dessen erfahren. „Na schön, wir wissen jetzt, was das Gleichgewicht ist und dass es ein selektives Massensterben bewirkt. Aber woher kommt diese Kraft, und warum ist sie erst jetzt in derart extremer Form wirksam? Bisher konnte ich doch auch ungestört durch Magela spazieren, warum muss ich mich seit den jüngsten Vorfällen mit derart viel Magie umgeben, um nicht von ihr zersetzt zu werden? Sag mir endlich, was diese plötzliche Überreaktion ausgelöst hat und was man dagegen unternehmen kann?"

Dieser letzte Punkt war dem Magier wichtiger als alles andere, bedrohte das Gleichgewicht doch seine Existenz, ganz zu schweigen davon, dass es ihn von seinen magischen Quellen abschnitt.

Quie'rasil, der glaubte, viele der Antworten auf diese Fragen zu kennen, und der das Aufkommen des Gleichgewichts freudig begrüßte, empfand den Drachen allmählich als echtes Ärgernis. Sicherlich hatte der Leviathan ihm in dieser Schlacht gut gedient. Schließlich war der Dunkelelf derjenige, der auf

Drängen Schenigmas hin die Erstürmung von Livius befohlen hatte. Dass der Drache nun aber all seine Geheimnisse preisgab, gefiel dem Dunkelelfen ganz und gar nicht. *Wärest du doch wie all die anderen in der Schlacht verreckt! Solltest du ihnen noch mehr erzählen, wirst du schon sehen, was du davon hast!* Die Striemen in seiner Haut platzten wieder auf, derart fest ballte er seine Hände zur Faust.

„Brchhh. Für einen Gelehrten bist du aber erstaunlich ungeduldig. Genauso gut könntest du mich nach der Herkunft aller Drachen fragen. Oder danach, woher die Menschen, die Zwerge oder die Dunkelelfen stammen." Den letzten Begriff betonte der Leviathan mit zischelnder Stimme, wobei er seinen Blick schräg hinauf zu einem der Gerüste warf. „Oder frag mich doch am besten gleich nach dem Ursprung der Magie und der Wissenschaft an sich! Ich habe die Antworten darauf nicht, ich kann nur sagen, dass dies alles einhergeht. Die Frage, wer für den Ausbruch des Gleichgewichts verantwortlich ist, will ich dir dagegen gerne beantworten. Sieh selbst!"

Die bronzenen Schuppen des Leviathans wirkten auf einmal ungewöhnlich trüb. Der Tod zeichnete seine Züge. Dennoch erhob das mächtige Wesen gelenkig seinen Vorderleib und ließ seinen Schwanz auf die Mauer in seinem Rücken klatschen.

Quie'rasil drohte aufgrund der Schwingungen beinahe von seinem Gerüst zu fallen, und auch Torwai wankte sichtlich, lediglich Zeifos wahrte Haltung. Unzählige Risse breiteten sich im Mauerwerk aus. In einem Stück stürzte die Wand in die Tiefe.

Zeifos bestaunte die freigewordene Sicht hinab ins Tal. Er erblickte ewig währende Finsternis und anhaltende Zerstörung, den Kampf zweier Welten, Nirwase gegen Menschen. Pfeile, die die Luft pflügten, in der Hoffnung einen Seraphim oder einen ihrer dämonengleichen Abkömmlinge zu durchschlagen. Gleißende Blitze zuckten über das Firmament. Nichts Schönes vermochte der Soldat inmitten des steten Reigens der schreienden und wütenden Massen zu erkennen. Nie zuvor hatte er einen derart grässlich verschmierten Horizont gesehen.

Torwais Gewitterzauber löste sich abrupt auf. Einen Wimpernschlag später erstrahlte die Welt für den Soldaten wieder in sonnigem Tageslicht. Die Stadt wirkte mit ihren zerstörten Gebäuden, ihren roten Flüssen und überwucherten Plätzen auf einmal unendlich friedlich. Niemand würde diese Ruhe jemals trüben können.

An den Wolken kratzend, machte dieses Gebäude seinem Namen wahrlich alle Ehre. Viele der Hochhäuser, die nun zu sehen waren, versuchten gleichermaßen den Himmel zu erreichen, doch keines dieser Monumente, in diesem endlosen Friedhof, erreichte die Höhe dieses gigantischen Grabsteines, den der Drache allein für das Erleben dieses Momentes auserkoren hatte.

Nachdem die Mauer verschwunden war, peitschte der Wind noch stärker über das Dach.

„Brchk! Seht genau hin, und ihr findet das, was das Gleichgewicht zu solchen Taten antreibt."

Auf den Wink des Drachens hin, fanden sie das, was er ihnen zeigen wollte. Am Horizont brannte es. Zeifos brauchte eine Weile, um zu realisieren, dass sie aus dieser Richtung gekommen waren. Auf halber Distanz lag der See und einige Kilometer weiter Heilbrunn, das lichterloh in Flammen stand. Zeifos' Herz verkrampfte sich bei dem Anblick, Torwai dagegen ließ es kalt. „Die Magelaner haben einen weiteren Sieg errungen, na und! Wen kümmert's? Wenn es irgendetwas zu bedauern gibt, dann doch wohl den Verlust meiner kostbaren Schriftrollen." Die Geduld des Magiers neigte sich allmählich dem Ende.

Seine raue Art stieß bei dem Drachen allerdings auf wenig Verständnis.

„Pfh. Du bist ein solcher *Zeifosss*!"

Dem Drachen gelang es nur allmählich sich zu beruhigen.

„Verzeih Soldat, ich wollte deinen Namen nicht in deiner Gegenwart als Fluch missbrauchen, aber wie kann man in seinem hohen Alter, mit so viel Lebenserfahrung noch immer solch ein Ignorant sein. Welch sinnloser Versuch, euch das alles begreiflich zu machen. Versteht ihr denn überhaupt nichts?"

Eindringlich fuhr er fort. „Genau dies ist es, was das Gleichgewicht ausgelöst hat. Es ist eine Sache, einen Fehler zu begehen, doch ihn zu wiederholen, noch dazu derart oft, ist eine ganz andere."

Ein Hauch von Bewunderung, gepaart mit unsäglicher Trauer, lag in der Stimme des Leviathans. „Immerhin ist dieses entsetzliche Inferno nicht mein grandioses Werk. Rchk."

„Stimmt! Es ist meins! Mein Machwerk!", meldete sich plötzlich eine stolze Stimme, deren Ursprungsort schwer auszumachen war.

Der Drache, dessen Herz noch ein vorletztes Mal schlug, ließ sich davon nicht wirklich beeindrucken. Er fuhr ungehindert mit seiner Erklärung fort. „Das, was in diesem Dorf geschehen ist, unterscheidet sich nur in der Größenordnung von dem, was sich hier, in Livius, abgespielt hat. Ihr … nein, WIR haben es ausgelöst, allein durch unsere Taten. Nichts hat stärker dazu beigetragen, als das Aufeinanderprallen der Völker unserer beider Welten." Seine Stimme klang eindringlich. „Versteht ihr, wir haben die Grenze des Gleichgewichtes verschoben, statt jedoch damit aufzuhören, verlagern wir sie immer weiter, bis, ja bis …"

Die beiden hörten nur noch mit geteilter Aufmerksamkeit zu, ihnen war derjenige wichtiger, dessen Stimme sie soeben vernommen hatten. Zeifos wandte seinen Blick von dem Drachen ab, hinüber zu den stählernen Gerüsten. Er bemerkte, wie ein Schatten auf ihn zuschnellte, als er jedoch genauer hinsah, war dieser wieder verschwunden.

„Brch. Hört zu, hört doch endlich zu, bitte!“ Das Flehen der stolzen Gestalt erzielte tatsächlich eine Wirkung, Torwai und Zeifos wandten den Blick wieder dem Leviathan zu, während Quie'rasil umgeben von einem schwarzen Dunst aus seinem Versteck hervortrat.

„Rchh'pfh, ich kann euch zu nichts zwingen, nur hoffen, dass meine Worte und die des schlafenden Drachen Kajatans Gehör finden und dass ihr begreift, wohin euch euer Weg führen wird, wenn ihr nicht bald einlenkt. Ich bin hier, um euch eine Warnung zu überbringen. Ihr erhaltet eine zweite Chance, eine letzte Möglichkeit, so etwas nie wieder gesche... zu ...“ Die Worte des Drachen verklangen. Schwarzer Rauch umhüllte ihn und setzte seinem Versuch, seine Botschaft zu überbringen und seine Aufgabe zu erfüllen, ein jähes Ende.

Quie'rasil stand im Schatten einer steinernen Säule und grinste. Er hielt es nicht einmal für nötig, die drei anzugreifen. Gegen Zeifos' Klinge, Torwais herabregnende Meteoritenschauer und die Feuersbrünste eines Drachen vermochte selbst er nicht viel auszurichten. Doch das musste er auch nicht. Ihm genügte es vollkommen, den Leviathan solange zu bannen und am Reden zu hindern, bis dessen Zeit abgelaufen war.

Zeifos erhob seine Waffe und stellte sich zwischen den Dunkelelfen und den Drachen. Er suchte nach einem Weg zu ihm hinauf, fand aber keinen, dennoch war er zum Kämpfen bereit, und auch Torwai beschwor einen Feuerball in seiner ausgestreckten Hand.

Mit aufrichtigem Bedauern beobachtete der Leviathan die Entscheidungen, die jene drei Akteure soeben fällten. Allesamt waren sie auf eine Auseinandersetzung aus. Mit jeder ihrer Taten schwand ein wenig mehr der Hoffnung dahin, die der Feuerspeier in diese drei Personen gesetzt hatte, bis nichts mehr davon übrig blieb. Seine Pumpe schlug soeben zum allerletzten Mal, der Drache jedoch bedauerte es nicht einmal. Möglicherweise war es sogar besser, unvollendeter Dinge abzutreten.

Torwai wirkte dagegen sichtlich angefressen. Zwar verfügte er über keinerlei magische Reserven mehr. Für einen Feuerzauber genügte seine eigene Kraft aber durchaus noch. „Ich lass mir nicht gern dazwischen funken. … Stirb!“ Der Magier wollte unbedingt, dass der Drache seinen Satz beendete.

Die Feuerkugel, die er Quie'rasil entgegenwarf, besaß erschreckend mickrige Ausmaße. Selbst ihre Fluggeschwindigkeit konnte man allenfalls als ‚einschläfernd' bezeichnen. Der Dunkelelf wirkte aufgrund dieses jämmerlichen Versuchs eines Angriffs peinlich berührt.

„Ich verfolge euch, seit ihr in Livius angekommen seid. Ihr habt mich kein einziges Mal bemerkt. Und nun, nachdem ich mich euch endlich zu erkennen gebe, soll das das Einzige sein, was ihr mir entgegenzusetzen habt!? Mehr als diese billige Feuerkugel habt ihr mir nicht zu bieten? Äußerst peinlich!“ Vorsorglich trat der Dunkelelf schon einmal einen Schritt zur Seite. Er wollte dem Zauber hinterher winken, während dieser an ihm vorbeiflog.

„Aber was …!“ Sein Hohn verkam zu einem Entsetzensschrei, denn sein Leichtsinn trug verfaulende Früchte. Die winzige Magmasphäre wuchs in ihrem Durchmesser um das Hundertfache. Eilig verleibte sich die Kugel den Leib des Dunkelelfen ein und ließ ihn dahinschmelzen. *Derart rasch besiegt, ich fasse es nicht!*

„Egal, damit habt ihr nichts gekonnt. Trotz meines Todes bleibt der Drache für alle Zeit gebannt, ihr werdet nichts mehr von ihm erfahren. Keiner von euch wird diese Informationen gegen Magela einsetzen können."

Die Schmerzen übermannten ihn und erstickten jeden weiteren Fluch im Keim. Das Wissen, dass Felizia während ihres letzten Atemzuges ähnliches durchlitten haben mochte, ließ ihn eine Art Hochgefühl empfinden. Er genoss sein Ableben.

Der letzte Hall eines Schreies war alles, was von dem Dunkelelfen übrig blieb, die Kugel hatte ihn zu Asche vergehen lassen und riss den spärlichen Rest von ihm mit in den Abgrund.

Keine einzige Träne weinte der Magier seinem Gegner nach.

„Enttäuschend, ich hatte mir mehr von ihm erhofft." Er drehte sich bloß eilig zu dem Drachen um und verlangte von diesem, dass er weiter sprach, solange noch ein Hauch von Leben in ihm war. Zu seiner Verwirrung war der Leviathan jedoch noch immer von dem undurchdringlichen Nebel umgeben.

„Unmöglich!"

Zeifos verstand nicht, was den Magier derart aufbrachte. „Was ist mit dir? Quie'rasil hat doch gesagt, dass der Bann nicht so einfach verschwinden würde. Jetzt da er weg ist, wirst du doch sicherlich einen Gegenzauber wirken können."

„Derartige Worte können nur von einem Laien stammen. Du verstehst wahrhaftig nichts von Magie! Sicherlich könnte ich den Zauber von ihm nehmen. Aber leider erfordern Gegenzauber einige Zeit. Aus diesem Grund habe ich Quie'rasil lieber gleich vernichtet. Denn dadurch hätte der Zauber sich von selbst auflösen müssen, da dieser stets mit seinem Besitzer verbunden bleibt. Stirbt er, so vergeht seine Energie und somit auch jeglicher Zauber, den er noch zu Lebzeiten gewirkt hat. Dies war schon immer so und hat auch so zu bleiben!"

Leider änderte dies nichts an den Tatsachen. Denn offensichtlich blieb der Zauber des Dunkelelfen über dessen Tod hinaus wirksam. Schließlich kam Zeifos ein Verdacht. Mit gezogener Waffe näherte er sich dem Drachen und schritt an ihm vorbei. Hinter dem Rücken des Leviathans entdeckte er ein Wesen, das genau so aussah, wie der Dunkelelf. Auf Quie'rasils Zügen zeichnete sich ein ertapptes Grinsen ab.

Der Dunkelelf hielt beide Hände auf den Körper des Leviathans gerichtet. Allein auf diese Weise war es ihm gelungen, während des Ablebens seiner Schattengestalt die Kontrolle über seinen magischen Bann zu wahren. Da er sich ohne seinen Schatten nackt fühlte und keinen weiteren Kampf riskieren wollte, schritt er vorsichtig rückwärts auf den Abgrund zu.

„Ach menno. Ich bin also bereits aufgeflogen, wie schade. Dabei fing es gerade an, spaßig zu werden. Ich hätte den Magier gerne noch ein wenig länger dabei belauscht, wie er am Verzweifeln ist und sich fragt, wie ein Dunkelelf die ungeschriebenen Gesetze der Magie auszuhebeln vermag. Eine echte Blamage, mir derart auf den Leim zu gehen. Allzu lange habt ihr ja nicht um mich getrauert, eins, zwei Tränen wären doch wirklich nicht zu viel verlangt gewesen, oder? Schließlich habe ich doch auch Gefühle", spottete der Dunkelelf. „Ich bin allerdings beeindruckt, wie schnell du mir auf die Schliche gekommen bist. Gut, von einem General hatte ich nichts anderes erwartet. Vielleicht sollten wir unseren Streit doch lieber wieder beilegen? Allein Torwai trägt die Schuld an Felizias Tod, dir könnte ich dagegen verzeihen."

Nichts von dem, was der Dunkelelf sagte, wollte Zeifos hören. Mit diesem Kapitel seines Lebens hatte er längst abgeschlossen. „Ich bin kein General, sondern ein einfacher Soldat, begreif das endlich!"

„Ach komm schon, einmal General, immer General. Das wird man nicht über Nacht los. Du bist geboren, um zu führen, genau wie ich, nur dass wir auf unterschiedlichen Seiten stehen, nichts anderes unterscheidet uns. Wir beide wollen nur das Beste für unsere Völker. Dass wir dafür über Leichen gehen müssen, gehört nun mal zum Geschäft. Sicher, man verachtet uns dafür, doch irgendjemand muss derartige Entscheidungen treffen. Die Vereinbarung, die wir beide getroffen haben, besteht noch immer. Sicherlich habe ich mit der Vernichtung dieser Stadt gleich eine Menge von meinem Teil der Abmachung eingefordert. Es ist nur fair, wenn du den Verstorbenen nachtrauerst. Doch so wie ich weißt auch du, dass es die richtige Entscheidung war. Ein solches Opfer musste erbracht werden. Als Generäle tragen wir nun einmal eine schwere Bürde. Es muss Führungspersönlichkeiten wie uns geben, damit es den einfachen Leuten besser geht."

Er wollte Zeifos offenbar für den Tod Abertausender verantwortlich machen.

„Nein, das kann unmöglich wahr sein!" Mit erhobenem Schwert näherte er sich Quie'rasil, um ihn endlich zum Schweigen zu bringen.

„Komm schon, Kastriot, sei wieder der General, den ich einst achtete. Sei der Sadist, der du einst warst und den jeder fürchtete. Hasse mich und hasse ganz Magela, aber denke und handle endlich wieder taktisch. Sicherlich werden wir beide zur Hölle fahren, doch das ist es wert. Selbst wenn es eine weitere Stadt kosten wird und halb Neu Terra untergeht, so bin ich dennoch bereit, diese Bürde auf mich zu nehmen, und du sicherlich auch. Also, was ist, komm wieder zur Vernunft und besinne dich auf unser gemeinsames Ziel."

Zeifos holte mit seinem Schwert weit aus, um seiner Antwort besonderen Nachdruck zu verleihen. Geschickt wich Quie'rasil aus und schnipste mit dem Finger.

„So, damit wäre der Drache von dem Bann befreit, sieh es als Zeichen meiner Dankbarkeit. Ihm sollte sowieso nicht mehr allzu viel Zeit bleiben, um noch irgendetwas preiszugeben."

Zu seiner Rechten tauchte der Magier auf. Beide hatten den Dunkelelfen umstellt.

„Ich sehe schon, ich werde hier wohl nicht länger geduldet." Quie'rasil machte noch einen letzten Schritt nach hinten und stürzte sich dann in die Tiefe. Zeifos' Schwert schlug ins Leere.

„Teile mir deine Entscheidung mit, sobald du sie getroffen hast. Aber zögere nicht zu lange", hallte Quie'rasils letzte Anweisung aus dem Abgrund empor.

So wie der Dunkelelf es vorhergesagt hatte, lichtete sich der schwarze Rauch. Sehnsüchtig erwartete der Magier, dass der Drache endlich mit seinem Bericht fortfuhr, doch nichts dergleichen geschah. Das uralte Wesen starrte beide lediglich aus gläsernen Pupillen an.

Eine beängstigende Stille legte sich über diese Stätte. Niemand sagte etwas. Noch nicht einmal die Pumpe des Drachen schlug. *Sein Herz!*, erschrocken erkannte der Soldat, dass es aufgehört hatte zu schlagen. Zu viel Zeit war vergangen.

Nach seiner schwachen Atmung zu urteilen, blieben dem Leviathan nur noch wenige Atemzüge. „Genug um uns seine Botschaft mitzuteilen!", tobte der Magier. Doch das Maul des Leviathans blieb geschlossen.

„Verdammt, nun sprich endlich!", fluchte der Magier. „Ich weiß, dass deine Zeit noch nicht völlig um ist. Nun mach schon, bevor es zu spät ist."

Dem Drachen fiel mittlerweile selbst das Husten schwer, dennoch ließ er sich dazu herab, dem Magier eine Antwort zu geben. „Wozu denn?"

Torwai konnte nicht glauben, was er da hörte.

„Rch'pfh Was würde das denn jetzt noch nützen?"

Zeifos spürte die Hoffnungslosigkeit und Enttäuschung, die in der brummenden Stimme des Leviathans mitschwang.

„Ich hatte euch gewarnt, Brch'pfh die Veränderung gab mir und somit euch eine allerletzte Chance. Doch selbst nach all meinen Worten seid ihr nicht einmal dazu in der Lage, eure Streitigkeiten auch nur für ein paar Schläge meines Herzens einzustellen." Der Drache fühlte sich, als hätte man ihm erneut ein Schwert in die Brust gerammt. „Nein verzeiht, ich kann euch keine Schuld geben. Meine Erwartungen waren zu hoch, sie mussten einfach enttäuscht werden. Das, was in uns allen steckt, können wir nicht überwinden. Der Krieg ist unser Los und der Untergang unser wohl verdienter Lohn, den wir schon bald einfordern werden."

Unter der Last seines eigenen Körpers brach der Drache zusammen. Er raffte sich noch einmal auf und schleppte sich auf zwei Hinterläufen vorwärts. Torwai und Zeifos sprangen erschrocken zur Seite und mussten mit ansehen, wie sich der Leviathan von der Brüstung stürzte. Im Gegensatz zu dem Dunkelelfen verschwand er jedoch nicht einfach, sondern fiel wie ein schwerer Stein zu Boden.

Es dauerte eine ganze Weile, ehe der Drache endlich seine Flügel einsetzte. Ihm fehlte die Kraft. Doch dann, nachdem er schon fast im Tal angekommen war, fing er sich wieder. Er schwang sich empor. Ein zweiter und dritter Flügelschlag folgten. Immer näher kam der Leviathan der Sonne. Der Drache flog geradewegs ins Abendrot hinein.

Nichts vermochte diesen erhabenen Anblick zu trüben. Selbst als die Flügel des Leviathans steif wurden und seine Glieder erstarrten und er ungebremst zu Boden trudelte, änderte das nichts. Der Leviathan bedauerte es für keine Sekunde, zu diesem allerletzten Flug aufgebrochen zu sein. Stattdessen genoss er den Rausch der Freiheit.

Torwai dagegen wirkte nicht sonderlich beeindruckt. „Ja ja, runter kommen sie alle."

Eine Schuttwolke stob an der Stelle seines Einschlags empor und verbarg das Grab des Drachen unter sich. Mit seinem Tod veränderte sich alles. In den obersten Atmosphärenschichten bildete sich ein unglaublicher Sturm heraus, der schonungslos über das Dachgeschoss hinwegpeitschte. Nur mit Mühe gelang es Torwai und dem Soldaten sich dagegenzustemmen.

Der beißende Gestank, den der Wind mit sich führte, war jedoch weit schlimmer als der eigentliche Orkan. Der entsetzliche Geruch des Todes erinnerte sie wieder daran, in welchem Leichenmeer sie soeben schwammen. Zeifos starrte von der Kante des Wolkenkratzers in die Tiefe, alles wirkte auf einmal völlig verändert. Der Anblick war jetzt noch abstoßender. Die saftigen roten Flüsse sahen aus wie ein Höllenpfuhl.

„Ich denke, wir sollten von hier verschwinden", schlug der Magier vor.

Nur Sekunden später begann der Boden unter ihren Füßen zu beben. Zu Beginn ähnelten die schwachen Erschütterungen denen des schlagenden Drachenherzens, jedoch schwollen sie nicht wieder ab, im Gegenteil, sie wurden immer stärker, das gesamte Gebäude begann zu kippen.

Hilfe suchend schaute sich der Soldat um. Torwai war verschwunden. An der Stelle, wo dieser zuvor noch gestanden hatte, klaffte nun ein tiefer Abgrund.

Der Magier hatte sich mitsamt der östlichen Gebäudehälfte verabschiedet. Nun war Zeifos an der Reihe. Der Beton unter seinen Füßen gab nach. Sein Körper wurde für einen Augenblick schwerelos, ehe er mitsamt dem oberen Stockwerk in das riesige

Massengrab hinabstürzte. Seine Reise hatte an diesem Ort seinen Anfang genommen, und hier sollte es enden. *Welch ein krönender Abschluss!*

Zeifos schloss seine Augen, während er fiel. Er versuchte, dem Unausweichlichen etwas Gutes abzugewinnen, so wie der Drache. Nach dem, was er an diesem Ort erlebt hatte, war es vielleicht sogar das Beste, wenn er nun endgültig Abschied nahm und zu seinen Kameraden zurückkehrte, die in ihren Gräbern voller Ungeduld auf ihn warteten und in seinen Albträumen nach ihm riefen.

Entspannt gab er sich dem freien Fall hin. Er bemerkte nicht einmal, dass dieser viel zu lange währte und dass der Schutt längst an ihm vorbeigestürzt war. Anstelle des Windes verspürte er die Wellen des blauen Meeres auf seiner Haut. Seine Gedanken und Sehnsüchte verliehen ihm unsichtbare Schwingen. Er formte die astralen Energien auf eine Weise, wie nur er es zu vollbringen vermochte. Magische Energiepartikel durchflossen seinen Leib, um nach dem Austritt aus seinem Rücken in zwei kreisrunden Linien zu ihm zurückzufließen. Die vage Andeutung von zwei goldenen Flügeln zeichnete sich ab.

Inmitten des endlosen Meeres, in dem Entfernungen zur Bedeutungslosigkeit verkamen, bemerkte der Soldat Liz. Er fürchtete zu sterben, und rief sich daher ihr Gesicht in Erinnerung. Sie hetzte soeben durch den Wald und erwiderte zu seinem Erstaunen seine mentale Kontaktaufnahme, indem sie ihn ebenfalls ansah.

Der Soldat streckte eine Hand nach ihrem astralen Abbild aus. Er glaubte noch immer, dass es nur ein Traum war, was konnte schon passieren? Dafür, dass er sich all das bloß einbildete, fühlte sich ihre Wange erstaunlich lebensecht an. Zu seiner Erleichterung wich sie nicht vor ihm zurück. Sie schien sich zu genieren, kam ihm aber dennoch näher. Sie besaß eine zarte und vor allem warme Haut und ihr Haar schien mit den Wellen zu fließen.

Gern hätte er diesen Moment noch eine Weile länger genossen, doch als die Elfe unter seiner Berührung zusammenzuckte, schwand seine Konzentration dahin. Der ekelerregende Gestank, den sein Verstand eine Zeit lang ausgeblendet hatte, kehrte wieder. Er fragte sich, wie lange sein Fall noch andauern würde. Eigentlich müsste von ihm längst nur noch ein breiter Klecks auf dem Erdboden übrig sein.

Indem er die Augen öffnete, verbannte er nicht nur das blaue Meer und die goldenen Flügel aus seinem Bewusstsein, sondern verjagte auch Liz damit. Abrupt riss die Verbindung, die er zu ihr aufgebaut hatte, ab. Er fühlte einen stechenden Schmerz in seiner Brust.

Die Zeit um sich über seine Gefühle klar zu werden, blieb ihm jedoch nicht. Es ging abwärts, und das erstaunlich schnell. Zu seiner Verwunderung war es noch ein weiter Weg bis zum Erdboden. Der Schutt des Wolkenkratzers war bereits unten zum Erliegen gekommen, er dagegen stürzte erst jetzt hinterher. Sein Zeitgefühl schien ihn Lügen zu strafen. Doch dann ging alles sehr schnell. Die Stadt, die Gebäude und das Geröll rasten auf ihn zu. Fünfzig Meter … dreißig Meter … kantige Betonplatten direkt vor ihm, immer weiter anwachsend … fünf Meter … drei Meter … ein Meter.

Nichts geschah!

Sein Blick ruhte auf einer spitzen Felskante. Er schwebte direkt über ihr, den Tod um Haaresbreite vor Augen.

Als er zur Seite schaute, entdeckte er den Magier, der ihn verständnislos anstarrte.

Ein „Danke“ war alles, was der Soldat herausbrachte.

„Nicht nötig, deine Rettung geschah aus bloßem Eigennutz. Sag mir lieber mal, wo du die ganze Zeit über gewesen bist?“

Zeifos verstand die Frage nicht. „Wie? Was meinst du? Da oben natürlich, ich hab die Aussicht genossen. Wieso? Hast du dir etwa Sorgen gemacht?“

„Deinen Sarkasmus kannst du dir getrost schenken.“

Eine breite Stirnfalte stand dem Magier ins Gesicht geschrieben. Ohne weitere Umschweife ließ er seine Hand sinken, womit auch der Zauber verschwand, der den Soldaten in der Schwebe gehalten hatte. Erschrocken rollte Zeifos sich ab.

„Der hat doch Helium im Hirn!“, beschwerte sich der Magier. „Eine andere Erklärung kann es dafür nicht geben.“

Grummelnd stapfte Torwai davon und betrachtete seine dreckigen und aufgeschürften Finger, während er in der Entfernung verschwand.

„Fast drei Minuten in der Luft, wie ist das möglich, und ich Narr buddle hier umsonst den Schutt um.“ Mithilfe eines kosmetischen Zaubers verschwanden die gröbsten Spuren seiner ersten nicht vollständig eigennützigen Tat.

Zeifos rutschte den Schotterhaufen hinunter und folgte ihm. Versehentlich trat er dabei in einen am Boden liegenden Apfelgriebs. *„Ob das wohl derselbe ist, den ich vorhin verspeist habe?“* Direkt vor seinen Augen wurde aus dem grünlich roten Apfelrest ein schwarzer schimmelnder Klumpen. Zeifos wurde dabei schlecht. Mit einem mulmigen Gefühl im Magen hielt er sich eine Hand an den Bauch. Hoffentlich habe ich keine in der Zeit eingefrorene Made mitverspeist.“

Unter Bauchschmerzen bahnte sich Zeifos seinen Weg zwischen steinernen Schuttbergen hinaus aus der zerstörten und wiedererweckten Stadt Livius. Er hielt sich die Nase und den Mund zu, während er zwischen den Toden entlanglief.

Myriaden von Schmeißfliegen stürzten sich auf das lecker angerichtete Mahl.

Interludium der Wanderer

Kagul liefen Schweißperlen über die zerfurchte Stirn. Er hatte seine Engels- und Elfenkräfte bis zur Erschöpfung aufgebraucht, dennoch schaute er weiterhin ohne Unterlass durch das Teleskop.

Sein Tagebuch lag offen neben ihm. Über die letzte Seite stand groß und breit ein einzelner Vermerk geschrieben, der über Kaguls Schicksal entscheiden sollte. Liz hatte ihn aufgrund der magischen Tinte nicht sehen können, sonst wäre sie wahrscheinlich nicht zu ihrer strapazenreichen Reise aufgebrochen. Der Elphim dagegen vermochte die Zauber und Formeln in all ihrer Pracht und mit all ihren verheerenden Nebenwirkungen problemlos zu entziffern. Trotz allem was darin zu lesen stand, bereute er nichts. Er hatte sich längst mit seinem Schicksal abgefunden und würde das bevorstehende mit Würde hinnehmen.

Zögerlich streifte er seinen Mantel ab und breitete seine Flügel allmählich zu voller Spannweite aus. Zu Kaguls Verwunderung erklang dabei kein lautes *Ritsch*, vielmehr glitt die Robe sanft zu Boden.

„So ist es besser", atmete der Elfenmeister erleichtert auf, der sich kurz darauf wieder dem Fernrohr zuwandte, das auf die gleißende Hemisphäre der Sonne gerichtet war.

Die Schwingen des Elphims begannen zu leuchten. Mit seinem Finger verstellte er eines der Rädchen an dem langen zylindrischen Rohr, wodurch seine Sichtweite um das Tausendfache anstieg. Das gleißende Licht der Sonne brannte sich in seine Netzhaut. Mithilfe seines kristallinen Gefieders wandelte er die Strahlen zu Informationen. Er kombinierte Magie mit Wissenschaft und sprengte somit die technischen Beschränkungen, an die er sonst gebunden war.

Kagul entstieg seinem Körper. Er betrachtete die lodernde Sonnenoberfläche nicht länger aus der Ferne, sondern flog durch die endlosen Weiten des Weltalls. Mit einer winzigen Bewegung seines Zeigefingers verließ der Gelehrte die Atmosphäre des blauen Planeten. Nur einen flüchtigen Blick warf er zurück. Die Erde wirkte von hier oben ungewohnt friedlich. Die Flüsse und Seen schrumpften und wurden stetig kleiner. Aber die gigantischen Krater waren nicht zu übersehen. Unverkennbar hatte der Krieg seine Spuren auf der Oberfläche Neu Terras hinterlassen.

In seiner astralen Gestalt verließ Kagul schließlich die Umlaufbahn des Planeten. Sein Geist schwebte an allerlei Weltraumschrott vorbei. Eines der Trümmerteile war besonders groß. Das solare Sonnenlicht reflektierte sich auf den daran angebrachten Kollektoren, während im Inneren der internationalen Raumstation noch immer vier Skelette schwerelos in ihren Raumanzügen umhertrieben. Während der Vereinigungszeit mussten jene Männer und Frauen einen beeindruckenden Blick auf die Zerstörung ihrer Welt besessen haben. Leider war nach den Unruhen niemand mehr imstande gewesen, sie zur Erde zurückzuholen. So trieben sie bis heute durch die Röhren und Gänge und erfüllten tapfer ihren ewig wehrenden Dienst.

Kagul wollte die Ruhe der Skelette nicht weiter stören. Er flog stattdessen weiter. Nach einer erneuten routinierten Fingerbewegung schnellte nun auch der Mond, mit seiner von Kratern übersäten Oberfläche, an ihm vorbei. Der botanischen Station darauf schenkte Kagul keinerlei Beachtung.

Lange Zeit folgte nichts als gähnende Leere. Kagul war allein im Weltall. Er genoss seine Reise. Nichts war mit dem Gefühl des leibhaftigen Fliegens vergleichbar, außer vielleicht das, was er soeben empfand. In einigen Punkten vermochte es sogar den Seraphenflug zu übertrumpfen.

Sein Höhenrausch hielt jedoch nicht ewig an. Inmitten des luftleeren Raumes empfand er zugleich ein betäubendes Gefühl der Gleichgültigkeit. All das Leid, das sich tagtäglich auf Erden abspielte, wirkte aus dieser Distanz plötzlich bedeutungslos und unwichtig. In dieser Größenordnung spielte weder das Handeln der Menschen noch das seines eigenen Volkes irgendeine Rolle. Ob gut, ob schlecht, in den endlosen Weiten des Weltalls waren sie alle gleich. Unbedeutend und irrelevant. Schon früher hatten derartige Gedanken vielen den Lebenswillen geraubt. Unter ihnen auch einigen Dichtern und Denkern, Vagabunden und Tagträumern.

Jedoch unterschätzte Kagul die Fähigkeiten seines Volkes und die der Terraner. Zu einer Zeit, die noch nicht einmal mehr in den Legenden erwähnt wurde, war sowohl die Magie als auch die Wissenschaft dazu imstande, wahrhaft Großes zu vollbringen. Die Wesen jener Ära vermochten es nicht nur, eine Welt, sondern das gesamte Universum nachhaltig zu verändern. Sie erschufen einen ganzen Planeten. Der bis heute in Vergessenheit geraten war.

Die Venus tauchte vor Kagul auf, die dieser Tage auf einer Bahn mit der Sonne lag. Schon oft hatte Kagul seine kostbare Zeit den Studien der Patronin der Weiblichkeit gewidmet, heute war er jedoch nicht ihretwegen hier. Ungeduldig ließ er seinen Finger rotieren, um auf diese Weise seine Reise drastisch zu beschleunigen.

Direkt vor ihm tauchte die Oberfläche der Sonne auf. Tosende solare Stürme flossen durch seinen astralen Körper hindurch und versuchten ihn aufzuhalten, er aber ließ sich davon nicht beirren. Ein versteinerter Baum umkreiste den Stern in einigem Abstand und warf einen Schatten auf sein Gesicht. Letztlich ließ er jedoch auch diesen an sich vorbeisausen. Seine Flügel leuchteten heller, fast golden, ruckartig drehte er an dem Zahnrad und tauchte schließlich in die flüssige Oberfläche des Gasriesen ein. Hitze von mehreren Millionen Grad durchflutete ihn. Er aber wartete bloß geduldig ab, bis sich die Schärfe des Teleskops erneut verstellen ließ, woraufhin er im Rücken der Sonne wieder aus dieser austrat. Ungehindert setzte er seine Reise durchs All fort.

Noch oft musste Kagul an dem Rädchen drehen, während die Sonne in seinem Rücken immer kleiner wurde, bis er schließlich das erblickte, weswegen er diese geistige Wanderung auf sich genommen hatte. Ein winziger unscheinbarer blauer Planet tauchte vor ihm auf, um den sich ein einzelner Mond drehte. *Endlich, ich habe Magela erreicht.* Seit Äonen drehte sich die Welt der Elfen und Seraphen sicher im Schatten der Sonne verborgen parallel mit Neu Terra mit.

Beide Planeten umkreisten den leuchtenden Himmelskörper auf derselben Umlaufbahn. Selbst auf dem Höhepunkt ihres technologischen Schaffens war es den Menschen niemals gelungen, ihren Zwillingsplaneten zu entdecken. Zu sehr blendete sie die Schönheit der Sonne und ihre Arroganz, dass sie die einzigen denkenden Wesen im Universum seien, als dass sie es zu akzeptieren vermochten, dass da draußen, unmittelbar vor ihrer Haustür, direkt innerhalb ihres eigenen Sonnensystems, eine weitere Welt existierte, die der ihren nicht ganz unähnlich war.

Gravitative Ungereimtheiten wurden zumeist auf Anhäufung schwarzer Materie oder reine Messfehler zurückgeführt. Die Existenz eines zehnten Planeten im Sonnensystem hielt dagegen niemand für möglich.

Kagul musste sich allerdings eingestehen, dass auch sein Volk lange Zeit nichts von der genauen Position Neu Terras ahnte. Er selbst hatte eher durch Zufall davon erfahren, als ihn ein verschrobener Magier der Menschen in dieses Geheimnis einweihte.

Das Antlitz Magelas ähnelte in vielerlei Hinsicht Neu Terra. Auch auf dessen Oberfläche hatte der Krieg seine Spuren hinterlassen. Deutlich waren die Krater der Detonationen zu erkennen, die auf sämtlichen Kontinenten ihre Spuren eingebrannt hatten. In einigen der gigantischen Schluchten waren mittlerweile tiefe Seen entstanden, dennoch blutete Kagul bei diesem Anblick das Herz. Längst vergessen geglaubte Erinnerungen kamen in ihm hoch. Nur mit Mühe gelang es ihm, diese wieder zu verdrängen.

Er atmete tief durch und sog die Luft Magelas in sich ein. Immerhin wies seine Welt einen deutlich geringeren Verschmutzungsgrad auf als die der Terraner. Zudem musste er innerhalb Magelas nicht befürchten, mit irgendwelchem herumtreibenden Weltraumschrott zu kollidieren.

Die Berge wirkten höher, die Seen tiefer. Alles war durchflutet von der Magie der Zeit. Südlich des Arisees lag das Tal der letzten Hoffnung und weiter westlich Falmier. Mehr als einmal hatte Kagul diese Strecke bereits mit seinen Sinnen durchflogen. Trotz seines selbst auferlegten Exils war es für ihn stets ein Trost gewesen, jederzeit geistig zu seiner Heimat zurückkehren zu können. So blieb er stets auf dem Laufenden darüber, was in Magela gerade geschah.

Sein Blick schwebte knappe vierzig Meter über einer Schneise im Wald. Er suchte nach einer ganz bestimmten Stelle, korrigierte die Ausrichtung des Teleskops und sprach einen weiteren Zauber.

Seine gesamte Umgebung veränderte sich. Die Bäume und Sträucher verschwammen, und der Sternenhimmel wirkte plötzlich sonderbar verschmiert, beinahe Angst einflößend. Kagul aber konzentrierte sich ganz auf sich und den Zauber, den er soeben wirkte. Für gewöhnlich war es nur an dem Übergang möglich, zwischen Neu Terra und Magela hin und her zu wechseln. Sein Observatorium stand jedoch an einem ganz besonderen Ort. Kaguls Vorgänger hatte es direkt über einer Kultstätte erschaffen. In der gesamten Galaxis gab es neben der Schlucht der Geister nur noch wenige solcher Plätze, an denen die Welt noch immer eins war. Genau genommen konnte man diese an den Fingern abzählen, an Goblin Fingern, die nachweislich über lediglich drei je Hand verfügten.

Ein dauerhafter Wechsel von der einen in die andere Welt war auch an diesen heiligen Stätten nicht möglich. Kagul begnügte sich jedoch damit, vorerst nur teilweise nach Magela überzutreten. Er schloss die Augen und beendete seinen Spruch. Als er sie wieder öffnete, blickte er auf sich selbst hernieder. Sein Teleskop war nicht länger auf Magela hinter der Sonne gerichtet, es zeigte vielmehr auf Neu Terra hinter der Sonne.

Mithilfe dieses magischen Taschenspielertricks konnte er von seiner Sternwarte aus nicht nur auf Magela, sondern gleichzeitig auch auf Neu Terra blicken. Derjenige, der das Observatorium ausgerechnet im Zenit der Sieben Nachbarberge errichtet hatte, bewies damit eine erschreckende Weitsicht. Kagul, der im Laufe seines zurückgezogenen Lebens schon viel zu oft durch das Fernglas geblickt und andere bei ihren alltäglichen Tätigkeiten beobachtet hatte, musste sich dies wohl oder übel eingestehen. Bei den Menschen würde man ein solches Gehabe vermutlich als Spannertum abstempeln, schoss es Kagul durch den Kopf. *Ach was. In meinem Alter darf ich das Schicksal seinen Lauf nehmen lassen und ein wenig dabei zusehen, ob die Jugend es denn besser macht, als wir,* beschwichtigte sich der Gelehrte.

Kagul korrigierte die Stellung des Teleskops erneut. Er flog über das brennende Dorf Heilbrunn hinweg, vorbei an einem See, in dem sich das Tageslicht reflektierte, bis hin zu einem Weg, von dem der alte Meister wusste, dass er aus der Stadt Livius hinaus nach Teósix führte. Kagul fuhr die Straße mehrfach auf und ab, schließlich fand er das, was er suchte. *Endlich habe ich dich.* Aufgrund des weißen Steins, den sie bei sich führte, würde Kagul die Elfe überall wieder finden.

Liz war gerade aus einer Baumkrone auf die Schotterstraße gesprungen und sah sich ungeduldig um. Sie überlegte, ob sie nicht doch lieber einen Umweg über Livius riskieren sollte. Irgendetwas Schlimmes musste dort geschehen sein. Selbst bis hierher verirrte sich der beißende Gestank der Toten. Doch das war nicht das Einzige, was sie beunruhigte; denn jemand hatte nach ihr gerufen.

Mit dem Finger strich sich Liz über die Stelle an ihrer Wange, an der er sie berührt hatte. Unbewusst ahmte sie die Geste des Fremden nach.

„Was fällt diesem Strolch ein, mir derart auf die Pelle zu rücken", empörte sich die Elfe. Trotz dieser harschen Worte musste sie sich eingestehen, dass sie den Fremden nicht daran gehindert hatte, tiefer in ihre Intimsphäre einzudringen. Zu ihrer eigenen Verwunderung hatte sie ihm erlaubt, ihre Seele zu ergründen.

Sie hatte einfach nicht widerstehen können. Derjenige, der da nach ihr rief, hatte es mit einer derartigen Sehnsucht und mit derart viel Gefühl getan, dass sie mehr als nur neugierig geworden war. Sie selbst sehnte sich schließlich unbändig danach, zu erfahren, wer der mysteriöse Unbekannte sein mochte, der eine solch enge Bindung mit ihr eingehen wollte. Einen Hauch seines Aromas nahm sie bereits wahr. Sie fühlte sich einen Moment lang schwerelos und glaubte zu fallen. Sein Abbild stürzte zusammen mit allerlei Schuttmassen zu Boden.

Liz erschrak sich dabei und unterbrach unbeabsichtigt die Verbindung zu ihm.

„Nein, komm zurück! Wer bist du?", rief sie ihm zaghaft nach. Ihre zitternde Stimme erreichte den mysteriösen Fremden jedoch nicht mehr rechtzeitig. Unsicher fragte sich Liz, ob sie das, was soeben geschehen war, tatsächlich erlebt hatte.

Es gab nur einen einzigen Zauber, der es zwei Individuen ermöglichte auf eine derart innige Weise miteinander zu kommunizieren, und das war der Zauber der Bindung, den ihres Wissens nach nur Elfen beherrschten. Er wirkte zudem ausschließlich bei Pärchen, die einander versprochen waren. Umso aufgeregter war die Elfe soeben. *Ein Glück, der Soldat kommt schon mal nicht infrage!* Doch wem war sie in letzter Zeit sonst noch über den Weg gelaufen? Ihr wurde bange bei dem Gedanken, dass es sich bei ihrem mysteriösen Seelenpartner gar um einen völlig Fremden handeln könnte.

Auf alle Fälle musste es jemand mit magischen Fähigkeiten sein. *Sicherlich ein Hochelf, wer sonst könnte schon einen solch aufwendigen Zauber wirken*, dachte sie. Nach seiner Silhouette zu urteilen, war er zudem äußerst attraktiv gewesen. *Seine Ohren könnten aber ruhig ein wenig länger sein. Ob er wohl jünger als ich war?*

Liz war aufgewühlt, sie wusste nicht, ob sie sich freuen oder traurig sein sollte. Sie hatte von anderen Elfenpärchen in Falmier erfahren, dass sie von jenem Zauber erst umspült worden waren, als sie schon längst über die 120 hinaus waren, sie dagegen kratzte mit ihren noch jungen Jahren gerade einmal an den ersten Zehnerstellen. *Nein,* so schnell würde sie sich nicht einfangen und um den Finger wickeln lassen.

Sie versuchte erneut Kontakt zu ihrem Seelenpartner aufzunehmen, doch es gelang ihr nicht. Irgendetwas Schlimmes musste in Livius geschehen sein. Ein Schrei, der von Tausenden von Seelen zugleich stammte, durchflutete ihren Körper. Ihre Nase, Augen und Ohren begannen zu bluten. All die Verstorbenen brachen vereint zu ihrer letzten Reise ins Elysium auf, dabei war die Schlacht doch bereits seit Tagen vorbei. **Sie wurden in der Zeit eingefroren.**, erklärte ihr eine innere Stimme, die ihr beruhigend zuredete und den Schrei ein wenig dämpfte. Der Schmerz der Verstorbenen war unerträglich, und Liz saugte die Gefühle der Toten ungefiltert in sich auf. Allein die Stimme gab ihr die Kraft und den Halt, dieses Chaos heil zu überstehen. **Deine empathischen Fähigkeiten sind schon jetzt stärker ausgeprägt als die meinen. Mir ist es damals ebenfalls schwer gefallen, sie zu kontrollieren. Genau wie ich brauchst auch du jemanden, der dir hilft, sie zu kanalisieren, und der einen Ausgleich schafft. Lass dir bei deiner Suche nicht zu viel Zeit, sonst drohst du noch an deiner Gabe zugrunde zu gehen. Denn Empathie, Liebe und Mitgefühl drohen schnell ins Gegenteil zu verkehren, wenn man niemals etwas Vergleichbares von jemandem, der einem wichtig ist, zurückerhält.**

Liz musste unweigerlich an Milly denken. Nachdem die Schreie aus Livius verebbt waren, besann sich die Elfe wieder auf ihr eigentliches Ziel. Zwar wusste sie nicht, ob ihre Schwester überhaupt noch lebte, dennoch würde sie in Teósix der Sache auf den Grund gehen. *Ich gegen ganz Teos, das wird ein Kinderspiel.* Liz musste bei diesem wahnwitzigen Gedanken verlegen schmunzeln. Sie ging bereits einen jeden Zauberspruch durch, der ihr irgendwie dabei behilflich sein konnte, in der Hauptstadt der Menschen unerkannt zu bleiben. Noch war ihr jedoch nichts eingefallen. Sie vertraute ganz und gar in die Macht des Steins, der sie ebenfalls vor dem Gleichgewicht beschützen sollte.

Einzig Kagul kannte jedoch dessen wahre Kraftreserven und wusste, wie begrenzt diese waren. Mach nicht jetzt schon schlapp, sprach sich der Elfenmeister Mut zu, während er die Elfe dabei beobachtete, wie sie auf eine Ansammlung von toten Soldaten stieß, die über die Straße verstreut da lagen. In ihrem Rücken näherten sich unerwartet zwei weitere Terraner. Ungeduldig sehnte Kagul ihr Aufeinandertreffen herbei.

Liz bemerkte jedoch nichts von den Fremden. Sie blickte lediglich fassungslos auf die vor ihr liegenden Männer und Frauen. Es waren insgesamt neun an der Zahl. Obwohl sie das Gleichgewicht gespürt haben mussten, waren sie ohne Unterlass weiter geritten. Selbst als sich ihre Pferde aufbäumten und sie abwarfen, waren sie weitermarschiert. Die Elfe begriff einfach nicht, was sie dazu antrieb. Menschen waren für sie ein Rätsel und würden es vermutlich auch für immer bleiben.

Zudem wunderte sie sich, wieso die Scheidelinie zwischen den Welten derart weit in terranischem Gebiet lag, vorher war dies doch auch nicht der Fall gewesen. Ihr konnte es zwar recht sein, da sie auf diese Weise die Kraft des Steins noch nicht zu sehr beanspruchen musste, dennoch stimmte etwas nicht.

Liz stutzte. Jemand näherte sich. Es waren mindestens zwei Personen. **Gleich ist es so weit, warte nur noch ein wenig länger und ihr werdet euch wie versprochen wiedersehen.**

Selbst Kagul kam nicht umhin, das Teleskop vor Aufregung schärfer zu stellen. Liz dachte jedoch nicht daran, auf die Stimme zu hören. Sie beschloss stattdessen, dass es sicherer wäre, ihren Weg in den Baumwipfeln fortzusetzen. **Sie werden dir nichts antun. Dreh dich einfach zu ihnen um, schau nur ein einziges Mal über deine Schulter.**

Mit einem beherzten Sprung verschwand Liz im Dickicht. Traurig fand sich die Stimme mit der Entscheidung der Elfe ab. **Unsere Wege werden sich hier trennen. Du besitzt bereits einen Schutzengel, der über dich wacht und jeden deiner Schritte beobachtet, ich dagegen muss zu meinem eigenen Schützling zurückkehren. Ich habe ihn schon viel zu lange allein gelassen. Leb wohl, störrische Elfe!**

Das Abbild einer goldglänzenden Frau schälte sich aus Liz' Rücken. Ein Gefühl der Einsamkeit übermannte die Elfe, sie wollte nun doch umkehren. Etwas hielt sie jedoch davon ab. Ihre einmal getroffene Entscheidung ließ sich nicht rückgängig machen. **Du hast deine Wahl getroffen, nun steh dazu.** Liz verschwand im dichten Hain, woraufhin sich auch die Frau auflöste.

Nur ab und an, wenn sie mit zarten Schritten den Boden berührte, leuchteten ihre Konturen schwach auf. Sie verließ den Wald und traf direkt auf der Straße auf den Soldaten, der bereits auf sie zu warten schien. Direkt vor ihm drehte sie sich um und ließ sich mit dem Rücken voran in ihn hineinsinken.

Zeifos hatte die Hand ausgestreckt, er verspürte eine sinnliche Wärme, die von der Lichtgestalt ausging. Die Leere, die er während der letzten Tage verspürt hatte, war auf einmal verschwunden. Trotzdem fühlte er einen Anflug von Bedauern. Er ließ seine Sinne durch das Dickicht streifen, dennoch fand er nicht diejenige, nach der er eigentlich suchte. Dabei lag noch immer ihr zarter Duft in der Luft.

Torwai riss den Soldaten aus seinen Gedanken. „Hier fehlt einer!"

Zeifos brauchte eine Weile, um zu realisieren, was der Magier meinte. Ehe er sich versah, sprang ein Terraner aus dem Wald. Seine Kleidung war zerfetzt, und in seinem Maul schleppte er ein abgerissenes Bein mit sich herum.

Eilig wich der Soldat aus und schlug seinen Gegner mit der Handkante seines gezogenen Schwertes nieder. Zeifos wollte ihn nicht verletzen, Torwai besaß im Gegensatz zu ihm jedoch weit weniger Skrupel. Der Magier fackelte nicht lange und beschwor einen Ring aus Feuer, der sich um den Terraner herum ausbreitete. Der Nirwam verbrannte lebendigen Leibes. Schützend hielt Zeifos eine Hand vor Mund und Augen. Der solare Feuersturm im Inneren des Zirkels blendete ihn, und das verbrannte Fleisch stank bestialisch.

„Pass beim nächsten Mal besser auf“, ermahnte ihn der Magier vorwurfsvoll. Zeifos aber erwiderte nichts darauf. Angewidert beobachtete er Torwai dabei, wie dieser das lebende Brikett mit seinen Füßen umstieß und anschließend dessen Taschen und Rucksäcke durchsuchte.

„Hör auf, mich mit deinen Blicken zu verurteilen. Das war nur ein Nirwam und kein Mensch.“ Torwai grinste hämisch. „Falls du dich soeben fragst, ob ich ihn auch gar gekocht hätte, wenn er noch bei klarem Verstand gewesen wäre, sich aber geweigert hätte, mir das Siegel auszuhändigen, so gehst du recht in der Annahme. Selbiges gilt übrigens auch für dich, falls du mir nicht endlich die Antworten lieferst, die ich haben will … Na endlich, da ist ja der Brief, nach dem ich suche.“

Der Magier hielt ein Schreiben mit dem Siegel des Königs in der Hand, strich die Asche fort und ließ das halb angesengte Papier in seiner Mantelinnentasche verschwinden. Dies war nicht der erste Kundschaftertrupp, auf den sie gestoßen waren. Mindestens sieben hatte der Soldat bereits gezählt, oder waren es acht? Egal, jeder von ihnen bestand aus genau zehn Mann. Keiner mehr und keiner weniger. Dennoch hatte nicht einer von ihnen überlebt. Nicht ein einziger. Stets das gleiche Spiel, Torwai durchsuchte die Taschen der Toten nach dem Siegel, und sobald er dieses gefunden hatte, marschierten sie weiter gen Teósix.

Bei diesen Toten hier hatte die Leichenstarre jedoch noch nicht eingesetzt. Sie kamen der Scheidelinie zwischen Magie und Wissenschaft demach immer näher.

Zeifos fragte sich, wie viele seiner Untergebenen der König noch in den sicheren Tod entsenden würde, ehe er endlich einsah, dass niemand seiner Männer zurückkehren würde. „Das

Gleichgewicht breitet sich erstaunlich schnell aus“, murmelte der Magier, während er die eingravierten Datumsangaben der königlichen Siegel studierte. „Mehrere Kilometer pro Tag, soweit ich die römischen Zahlen noch richtig in Erinnerung habe. Falls das so weiter geht, wird es bald kein Neu Terra mehr geben.“

Sorgenvoll blickte der Magier zum Himmel.

Sein Blick wurde jedoch nicht erwidert, denn Kaguls Augenmerk galt allein der Elfe. Sie stand kurz davor, die Scheidelinie zu überqueren, deutlich spürte der Gelehrte, wie jede Faser seines Körpers aufzuschreien begann. Sicherheitshalber hatte er das Teleskop fixiert, damit es nicht versehentlich wegrutschte. Dennoch trafen ihn die ersten zersetzenden Energien des Gleichgewichtes unvorbereitet. Mit einer derartigen Intensität hatte selbst er nicht gerechnet.

Liz überquerte unbeschadet einen breiten Fluss. Kagul dagegen durchlitt entsetzliche Qualen. Sein Kopf schnellte in den Nacken, und ein Schrei, der halb elfischen, halb seraphischen Ursprungs war, entfuhr seiner Kehle.

Die Schwingen des Elphims färbten sich schwarz. Ihn verließ sämtliche Lebenskraft und er brach vorn über auf dem Tagebuch zusammen, auf dem mit magischer Schrift geschrieben stand, dass es nur mithilfe der Lebenskraft eines Dritten möglich sei, sich dem Gleichgewicht zu entziehen. Mit seinem Tod würde er Liz die nötige Zeit verschaffen, die sie brauchte, um Milly zu finden. Je näher sie der Hauptstadt des Teos kam, desto schwächer wurde seine Atmung.

Duellanten

Zeifos stieg die Treppen zu den prunkvollen Palast- und Burganlagen im Zentrum der Stadt Teósix hinauf. Obwohl die reich verzierten, fast kirchengleichen Gebäude auf dem künstlich angelegten Berg weitaus jüngeren Baujahres waren als die knapp tausend Jahre alten Wolkenkratzer ringsum, wirkten sie bei Weitem altertümlicher.

Nirgends zeigte sich der historische Kontrast deutlicher als in Teósix. Überall in der Stadt standen die Bauwerke der Vorvereinigungszeit direkt neben denen, die man erst während des Wiederaufbaus errichtet hatte. Bereits beim Durchschreiten der Stadtmauer, war es dem Soldaten aufgefallen. Die einzelnen Wachtürme im Vordergrund wirkten jämmerlich winzig im Vergleich zu den Bauten im Hintergrund. Sporadisch verschmolz die prähistorische Moderne mit den massiven Bauformen der Nachvereinigungszeit.

Solch eine Farce, murrte der Magier. All die altertümlichen Gebäude, die man hier in den letzten Jahren errichtet hatte, glichen Museen der Vergangenheit, nichts Modernes lag darin, dennoch hielten die Bewohner der Stadt sie für Prunkbauten. *Früher galt so etwas noch als Touristenattraktion.* Die Definition, was modern war und was nicht, wurde innerhalb von Teósix ad absurdum geführt. Allein der Auxillator war sich dieser Tatsache bewusst, alle anderen hingen offensichtlich noch im Mittelalter fest. Sie waren in dieser Epoche geboren, kannten nichts anderes und interessierten sich nicht für die zeitliche Verwerfung, die ihre Zukunft zur Vergangenheit werden ließ.

Einzelne Wolkenkratzer hatte man zu Wachtürmen umfunktioniert, und sobald der Magier in Sichtweite war, wurden Leuchtfeuer auf deren Dächern entzündet. Sein Eintreffen wurde unverzüglich an den nächsten Posten weitergemeldet, bis hin zum König. Ungehindert ließ man ihn und seinen Begleiter passieren. Niemand wagte es, den Magier an den Kontrollstationen zu durchsuchen. Einige der Wachen salutierten jedoch nicht vor Torwai, sondern vor Zeifos. Eilig starrte der Soldat zur Seite. Er fürchtete, dass ihn seine Vergangenheit eingeholt haben könnte. Nervös lief er weiter und versuchte sich nichts anmerken zu lassen.

Sie durchschritten den Torbogen und überquerten einen offenen Platz. Deutlich vernahm Zeifos das Klirren zweier stählerner Schwerter. Mehrere Männer und eine einzelne Frau standen im Kreis, jubelten, schrien und pfiffen wild durcheinander. Die Meute war jedoch mehr mit dem Eingehen irgendwelcher Wetten als mit dem eigentlichen Training beschäftigt.

„Fünfzig auf Karl."

„Ich sag's dir zum allerletzten Mal, du kannst nicht auf ihn setzen."

„Aber, wieso denn nicht?", beschwerte sich der Hüne.

„Langsam reicht's! Er ist dein Gegner. Auf den wettet man nicht! Sonst gibt's Stunk."

„Nicht einmal, wenn ich weiß, dass er gewinnt?" In der Stimme des Mannes schwang hörbare Enttäuschung mit.

„Ja! Selbst dann nicht!"

Zeifos versuchte einen Blick auf den Kampf zu erhaschen. Die Zuschauer umringten den Hünen und seinen schmächtigen Gegner jedoch derart, dass Zeifos kaum etwas erkennen konnte.

Enttäuscht schloss er wieder zu dem Magier auf, der bereits vorangegangen war. Der Kampf schien mittlerweile sowieso geendet zu haben. Nach den Jubelschreien zu urteilen, hatte der Hüne verloren. Allzu traurig schien der Kämpfer allerdings nicht über seine eigene Niederlage zu sein. „Boah, der hat mich besiegt! So ein Mist, ich sag's doch, hätte ich mal lieber auf Karl gesetzt."

„Übertreib's nicht, Bär! Solltest du absichtlich verloren haben, zahlst du die anderen aus."

„Ach, hab dich doch nicht so."

Gerade als sich ein neuer Kampf zwischen dem Buchmacher und dem Hünen anzubahnen drohte, kam den beiden ein anderer zuvor. Einer der Krieger stürmte mit gezogenem Schwert auf Zeifos zu. Heimtückisch griff er den Soldaten aus dem Hinterhalt an. Anfänglich wirkte die Meute noch verwirrt, doch schon bald darauf wurde die Wettbank neu eröffnet. „Fünfzig auf Fritz."

„Achtzig von mir!"

„Ebenfalls auf Fritz?"

„Natürlich, auf wen denn sonst. Ihn hat bisher noch keiner mit dem Schwert besiegt."

Dieser Spruch genügte, um die einzige Frau der Gruppe anzustacheln. „Na, wenn das so ist, zwanzig auf den Unbekannten."

„Du setzt gegen Fritz, ist das dein Ernst, Wanja?"

Sie spielte gerne die Rebellin. „Lass das mal meine Sorge sein, wäre doch langweilig, wenn alle nur auf einen setzen. Na gut, für den besonderen Kick, ich erhöhe auf zweihundert."

Es herrschte Stille.

„Das Limit liegt bei einem Monatssold. Mehr als einhundert sind daher nicht drin", erklärte der Buchmacher entschieden.

Die Walküre aber warf ihm bloß einen wütenden Blick zu.

„Ist ja schon gut", lenkte der Buchmacher ein. „Ach, scheiß drauf, wenn du unbedingt dein letztes Hemd versetzen willst, ich wäre bescheuert, solch eine sichere Wette abzulehnen. Flenn dich hinterher aber nicht bei mir aus, Wanja."

„Lass uns erst einmal das Ende des Kampfes abwarten."

„Vierzig auf Fritz."

„Diesmal aber! Ich setze fünfzig", warf der Hüne freudig ein.

Der Buchmacher wirkte genervt, trug die Wette aber dennoch ein. „Und auf wen, wenn ich fragen darf?"

„Na auf Karl!"

„Gleich setzt's eine, der kämpft doch überhaupt nicht mit."

„Du weißt auch nicht, was du willst. Entscheid dich endlich, als er vorhin gekämpft hat, durfte ich nicht auf ihn setzten, und nun wieder nicht? Was denn nun?"

Alle verstummten, als Fritz mit dem Schwert ausholte. Ein jeder wartete gebannt auf den Ausgang der Auseinandersetzung. Die meisten hatten auf den Burschen gesetzt und erhofften sich einen ergiebigen Geldsegen. Ihre Rechnung hatten sie jedoch ohne den Fremden gemacht. Der Soldat nutzte die plötzliche Stille, drehte sich um hundertachtzig Grad und wehrte mit seinem Schwert die Waffe seines Kontrahenten ab. Noch ehe Fritz reagieren konnte, setzte Zeifos nach und warf seinen Kontrahenten zu Boden, seine Klinge schlug er ihm im hohen Bogen aus der Hand.

Geschickt fing der Soldat die Waffe auf und stand seinem Gegner nun mit zwei zur Seite hin ausgestreckten Schwertern gegenüber. „Was machst du denn hier?" Zeifos war verwundert, den Burschen aus Heilbrunn hier wiederzusehen.

„Ich wusste ja, dass du gut bist, aber dass du mich so schnell besiegen würdest, damit hab ich wirklich nicht gerechnet. Ich muss wohl noch einiges dazulernen." Zögerlich erhob sich der Bursche. Die Meute war wie gelähmt. Es dauerte eine ganze Weile, bis die ersten ihr Geld einforderten.

„Na, was ist nun mit *meinen* zwei Monatsgehältern?"

Der Buchmacher wirkte ziemlich zerknirscht, dennoch übergab er Wanja die Münzen. „Der Profit aus drei Duellen mit einem einzigen Mal zunichte, wer konnte denn ahnen, dass dieser Neue da ein derartiger ... ach was soll's. Hier nimm schon!"

„Jup, von dem könnten wir uns alle noch 'ne Scheibe abschneiden", brummte Bär und schlug dabei seine muskulösen Arme übereinander. „Bei solch einem Wettverlust solltest du dir vielleicht lieber eine neue Nebentätigkeit suchen! Und? Wie schaut's aus? Was ist mit meinen fünfzig."

„Welchen fünfzig, du hast nicht auf den Richtigen gesetzt, also ist alles weg."

„Wieso, ich hab auf Karl gewettet, er hat nicht verloren, also muss er gewonnen haben, basta. Her mit meiner Kohle."

„Jetzt reicht 's."

Das Duell von eben war schnell wieder vergessen, stattdessen bahnte sich zur Freude aller bereits die nächste Auseinandersetzung an. Statt mit den Schwertern trugen der Buchmacher und Bär diese allerdings mit den Fäusten aus. Alle rückten enger zusammen und bildeten einen Kreis um die beiden Streithähne.

„Vierzig auf Bär. … Huhu vierzig, … halloooo."

„Blödian, der Buchmacher ist gerade beschäftigt. Also ist keiner da, der deine Wetten annehmen könnte."

„Gebt mal 'ne Anzeige auf: Buchmacher gesucht, für den Kampf des Buchmachers", kommentierte ein besonders Schlauer.

Eilig übernahm Wanja die Rolle des Geldeintreibers. Die muskulöse Soldatin fügte sich gut in das Bild der grobschlächtigen Kämpfer mit ein. Nicht umsonst trug sie den Spitznamen „Walküre".

„Macht eure Gebote, das Wettbüro ist wieder eröffnet."

„Ich setze vierzig auf den Buchmacher."

„Ich geh mit, fünfzig auf seinen Sieg."

Die letzte Ansage stammte direkt von Bär, womit er den Wetteintreiber endgültig zur Weißglut trieb. Der Buchmacher ging ohne Umschweife auf seinen Kontrahenten los.

„Was habe ich denn nun schon wieder falsch gemacht?", verlangte Bär der Bärtige zu erfahren und grinste dabei frech. „Ich hab doch extra nicht auf Karl gesetzt."

Zeifos und Fritz schlossen unterdessen zu dem Magier auf.

„Was macht denn der Bursche aus Heilbrunn hier?", fragte dieser. „Ich dachte sein Dorf wäre niedergebrannt?"

„Ja ist es", bestätigte ihm Fritz. „Sie haben alle niedergemetzelt. Nicht einmal die Frauen haben sie verschont." Er dachte ganz sicher an Elis. „Ein Animali ist in Panthergestalt über sie hergefallen." Der Bursche wirkte betrübt. „Ich habe als Einziger überlebt. Ein Goblin hat mich gerettet, allein dadurch konnte ich entkommen."

„Behalt das lieber für dich", riet ihm Torwai abfällig. „Sonst bekommst du noch ernste Probleme."

„Das ist mir egal." Fritz scherte sich nicht darum das andere ihn für einen Verräter halten könnten. „Schließlich hat sich alles so und nicht anders abgespielt. Warum sollte ich also lügen?"

Der Magier rümpfte die Nase. „Lass mich raten: Nachdem dein Dorf niedergebrannt wurde, hast du dich freiwillig zur Armee gemeldet und planst nun ebenfalls magelanische Siedlungen zu brandschatzen. Sehe ich das so richtig? Wie langweilig."

„Ja, ich habe mich dazu entschlossen, Soldat zu werden. Ich will ein genauso geübter Schwertkämpfer werden wie mein großes Vorbild." Nervös blickte Fritz zu Zeifos hinüber. „Aber nicht um mich an anderen zu rächen, sondern um stark genug zu sein, damit ich diejenigen beschützen kann, die schwächer sind als ich. Einen solchen Moment wie mit Elis will ich nie wieder durchleben müssen. Ich werde den Animali finden und ihm eigenhändig mein Schwert in sein stinkendes Fell rammen. Die werden schon sehen, zu was ein Bauerntölpel alles imstande ist."

Seine Wut flaute ab. „Bitte entschuldige, dass ich dich derart hinterrücks attackiert habe, aber ich wollte dich unbedingt noch einmal in Aktion erleben. Genauso wie in Heilbrunn mit den beiden Nirwams. Du musst mir bei Gelegenheit unbedingt zeigen, wie du das gerade gemacht hast. Erst schlägst du mir das Schwert aus der Hand und fängst es dann auch noch auf. Sag bloß, du beherrschst den Kampf mit zwei Waffen?"

Die Augen von Fritz strahlten, doch Zeifos wiegelte ab. „Ein Schild ist viel besser geeignet, um andere zu beschützen."

Es wurde für einen Moment still. Für Torwais Geschmack schwatzte der Bauerntölpel dennoch zu viel. Er wollte bereits weitergehen, als Fritz dann doch noch ein Thema ansprach, das ihn interessierte.

„Der alte Mann ist echt sonderbar. Sixtus meine ich! Ich weiß zwar nicht, was an den ganzen Gerüchten über das Gleichgewicht wirklich dran ist, aber nach dem, was ich in Heilbrunn erlebt habe, kann wohl nicht alles davon gelogen sein. Doch obwohl ich dem König alles haarklein berichtet habe, schenkt er mir keinen Glauben."

Torwai traute seinen Ohren nicht. „Er hat jemanden wie dich zu einer Audienz geladen?"

„Soweit ich weiß, hat sein Berater das eingefädelt. Ich sollte ihm von Heilbrunn berichten und aufzeigen, dass noch immer ernste Gefahr von Magela ausgeht. Der König sinnt offensichtlich über sein weiteres Vorgehen nach. Beide wollten aber weder vom Gleichgewicht etwas wissen, noch davon, dass keiner unserer Kundschafter bisher aus Livius zurückgekehrt ist. Niemand glaubt mir, und solange das Verbot bestehen bleibt, darüber zu sprechen, wird sich daran nichts ändern. Ihr müsst unbedingt verhindern, dass noch mehr Truppen in den Tod geschickt werden. Ich mache mir Sorgen um meine Kameraden. Denn unser

Aufbruch wurde für morgen angesetzt. Das ist doch Irrsinn! Bitte, vielleicht könnt ihr den Ordensführer von der Existenz des Gleichgewichts überzeugen! Oder zumindest davon, dass irgendetwas in der Nähe von Livius unsere Krieger dahinrafft. Wie habt ihr eigentlich überlebt? Vielleicht können wir damit all unsere Truppen beschützen und schon bald eine erste Gegenoffensive starten?"

Fritz setzte all seine Hoffnung in Torwai. Er war der einzige Magier der Menschheit. Als solcher musste er irgendeinen Zauberspruch kennen. Leider war dem nicht so, aber zumindest in Bezug auf den König konnte Torwai ihn beruhigen.

„Keine Sorge, bald wird niemand mehr die Veränderung anzweifeln können. Bei dem, was ich für ihn dabei habe, kann selbst Sixtus sich nicht mehr vor der Wahrheit verstecken. Es wird Zeit, dass der Schleier fällt, der seinen Geist vernebelt."

Mit diesen Worten kehrte Torwai dem Burschen den Rücken zu, und auch Zeifos verabschiedete sich kurz darauf. Er erhoffte sich ebenfalls noch etwas von dem König. Nur mithilfe des Auxillators würde er die Gelegenheit erhalten, bei ihm vorstellig zu werden.

Sie waren endlich an ihrem Ziel angelangt und standen vor dem Eingangstor ins Innere des Palastes, auf dessen Gebäudespitze ein übermannshohes steinernes Schwert angebracht war. Jeweils zwei Wachen standen zu beiden Seiten des monströsen Bogentores, von denen eine eilig vor dem Soldaten salutierte. Der Mann hatte General Kastriot selbst ohne seinen charakteristischen Helm wieder erkannt. Eilig stand der Wächter stramm. Es kümmerte ihn nicht einmal, dass ihn seine Kameraden schief anstarrten. Niemand verweigerte dem General seine angemessene Ehrerbietung.

Stöhnend öffnete sich das zweiflüglige Holztor, wodurch die beiden Kreise der liegenden Acht mittig entzwei geteilt wurden.

Das an der Tür dargestellte Symbol wies allerdings deutliche Unterschiede zu den Sinnbildern auf, die sich auf den Fahnen oder auf Zeifos' Schulteremblemen befanden. Lediglich Torwai kannte die volle Bedeutung dieses Symbols.

Das Schwert, welches die liegende Acht durchstach, war an diesem Tor beispielsweise nicht vollkommen mittig angeordnet. Das Gleiche galt für die gelbe Schlangenlinie, wodurch sich beide Kreise mit dem sich öffnenden Tor nun auf der jeweils einen oder anderen Seite der Flügeltür wiederfanden.

Torwais Antlitz verfinsterte sich beim Betreten der königlichen Hallen. Seine Schritte hallten dumpf von den steinernen Wänden wider. Hinter ihnen fiel das schwere Holztor in seine Angeln. Beide waren nun im Inneren des Palastes eingeschlossen.

Ungewöhnliche Audienz

Torwai und Zeifos schritten auf den Thron des Königs zu, geradewegs zwischen gigantischen Säulen hindurch. Mit jedem ihrer Schritte wehten die Banner des Teos stärker auf. Beinahe wirkte es so, als versuchten die Stoffbahnen nach den Fremden zu greifen.

Der Magier blieb an einem Absatz stehen. Der Mann auf dem steinernen Thron war in sich zusammengesunken. Seine Schultern hingen schlaff hernieder, und sein Blick wirkte leer, beinahe wie ausgestorben.

„Das soll der Herrscher über den Terranischen Endlos Orden sein?“, fragte Zeifos den Magier im Flüsterton.

„Der Begriff ‚Orden’ ist nicht mehr ganz stimmig!“, berichtigte Torwai ihn. „Es handelt sich vielmehr um eine Monarchie. Das klingt jedoch nicht besonders diplomatisch, weshalb man selbst heute noch von einem Orden spricht. Sixtus ist der oberste und im Grunde einzige Herrscher des Teos. Er befehligt über neunzig Prozent der Menschen. So, genug gefaselt. Sixtus mag dich vielleicht nicht hören, wenn du flüsterst, der Berater an seiner Seite dagegen belauscht jedes unserer Worte.“

Zeifos betrachtete den Mann ausgiebig. Er trug eine lange elegante Robe und verbarg sein Gesicht hinter einer Kapuze. Dennoch spürte der Soldat, dass auch er ausgiebig durchleuchtet wurde.

„Traue ihm nicht über den Weg“, warnte Torwai den Soldaten. „Niemand kennt ihn. Keiner kann sagen, wo er herkommt und wie er heißt. Dabei ist er der zweitmächtigste Mann in ganz Neu Terra. Allein ich stehe noch über ihm und Sixtus.“

„Natürlich“, bestätigte Zeifos ironisch.

Ungeduldig trat Torwai von einem Bein auf das andere. Der Leib des Königs wirkte völlig ausgemergelt. Nicht einen Zentimeter schien er sich bewegt zu haben. Zeifos war sich noch nicht einmal sicher, ob er überhaupt noch am Leben weilte, geschweige denn noch atmete.

„Ich habe nicht ewig Zeit“, murrte Torwai derart laut, dass es alle hören konnten. Jeder andere wäre für eine solche Unverfrorenheit längst auf dem Schafott gelandet, allein der Magier durfte sich dies herausnehmen.

Der Berater wirkte abgelenkt. Erst jetzt realisierte er, dass Sixtus offensichtlich noch schlief. Eilig legte er ihm eine Hand auf die Schulter, woraufhin sich der Leib des Königs aufbäumte. Kalte Luft strömte in seine Lungen. Er wirkte blass und erschöpft, dennoch erkannte er den Magier auf Anhieb.

„Was führt dich her mein alter Freund? Sicherlich nicht mein Bitten von vor Monaten. Dies war schließlich noch nie ein Grund für dich, bei mir zu erscheinen. Also? Sag schon, was begehrst du stattdessen? Ich bin schon sehr gespannt.“ Derart lebendig wie jetzt hatte sich Sixtus schon lange nicht mehr gefühlt. „Oder willst du mit mir den siegreichen Ausgang der Schlacht von Livius feiern? In dem Fall bist du herzlich willkommen.“

Torwai aber war nicht zum Feiern zumute.

„Deine Verblendung führt mich her“, gab er seinem einstigen Weggefährten ungeschönt zu verstehen. „Dein ewiges Versagen und das deines Beraters …“ Er warf dem Advokaten an der Seite des Königs einen vernichtenden Blick zu. „Du traust ihm offensichtlich mehr, als deinem eigenen Volk. Hast du denn nichts dazu gelernt! Willst du dieselben Fehler wieder und wieder begehen?“

Flehend versuchte Sixtus den Worten des Magiers Einhalt zu gebieten: „Das ist genug. Bitte, es reicht.“

Torwai aber fuhr ungerührt fort: „Selbst jetzt leugnest du noch immer das Offensichtliche. Die Menschheit steht vor dem Untergang. Livius ist gefallen, sieh es endlich ein.“

„Halt ein und hör mich an“, flehte Sixtus erneut.

„Du bist der Herrscher des Teos, und so solltest du auch handeln. Triff deine eigenen Entscheidungen und lass dich nicht von anderen manipulieren! Handle selbst oder es wird zu spät für die Menschheit sein.“

Zeifos Pupillen huschten ohne Unterlass zwischen Torwai und Sixtus hin und her. Er konnte nicht fassen, was hier soeben vor sich ging. Der Magier machte den König zur Schnecke. Sixtus wirkte bemitleidenswert. Immer tiefer sank er in seinen Thron. Die Rollen wirkten vertauscht. Der Herrscher legte gegenüber seinem Untergebenen Rechenschaft ab.

„Aber wieso? Noch gibt es keine Beweise dafür, dass wir in Livius bezwungen wurden. Ich habe meine besten Männer losgesandt. Sobald diese aus Livius zurück sind, wird sich alles aufklären. Dann wird keiner mehr all den Unsinn glauben. Mich nerven diese Ammenmärchen von einer unsichtbaren Kraft gewaltig. Du wirst solch einem Tobak doch sicherlich keinen Glauben schenken. Du kannst gern zusammen mit mir auf die Rückkehr meiner Abgesandten warten. Ich bin mir sicher, dass sie durch ihre Kunde das Gleichgewicht widerlegen werden.“

Torwai konnte sich das nicht mehr länger anhören. „Von welchen Truppen sprichst du alter Mann? Etwa von diesen!“ Er kramte in seiner Mantelinnentasche. Eine Bewegung, auf die hin der Berater nervös zusammenzuckte. Auch dieser fuhr nun mit einer Hand unter den Stoff seiner Robe. Als Torwai aber nur ein paar Briefe herauskramte, entspannte er sich wieder.

Der Magier warf Sixtus mehrere Schreiben zu, die sich überall auf dem Marmorboden verteilten.

„Was ist das?“, fragte Sixtus, dessen Augen sich vor Entsetzen weiteten, als dieser sein eigenes Siegel darauf wiedererkannte.

Jeder dieser Briefe stand stellvertretend für die Leben von jeweils zehn Terranern. Ein Trupp konnte abgefangen worden sein, vielleicht auch zwei, aber gleich alle? Alle elf Abteilungen, die er ausgesandt hatte? In seiner Verzweiflung zählte der König nach.

„Eins, zwei, ... sieben, acht, neun, zehn. ... Zehn!" Es waren nur zehn. „Ein Trupp ist demnach noch am Leben!" Erleichtert atmete der König auf. Verzweifelt klammerte er sich an die Hoffnung, dass diese letzte versprengte Meute ihm doch noch die Botschaft vom Sieg überbringen würde. Wenn nicht heute, dann eben morgen.

Torwai musste den König allerdings enttäuschen. In seiner Hand hielt er das elfte und letzte Siegel, das an einigen Stellen sichtlich angesengt war. Zum Hohn las der Magier daraus vor.

„Bürger von Livius vernehmt die Worte von Sixtus! Ihr habt schlimme Zeiten durchlebt. Ihr musstet viele Entbehrungen auf euch nehmen und schwere Opfer erbringen. Doch das alles war nicht vergebens, denn ihr habt für das Gute gekämpft. Ihr habt Großes vollbracht und werdet reich von eurem Ordensführer dafür belohnt werden. ...Pah."

Das Lachen des Magiers klang gequält. Nach dem, was er und Zeifos alles gesehen hatten, ekelten ihn derartige Lobpreisungen einfach nur an. „In jeder Epoche dieselbe Propagandascheiße." Dennoch fuhr Torwai fort und las weiter aus dem Brief vor. „Ihr habt diesen Sieg für die ganze Menschheit errungen. Beinahe eintausend Jahre besteht unser glorreiches Reich und dank euch wird es weitere eintausend Jahre Bestand haben. Selbst eure Kinder und Kindeskinder werden noch in Ehrfurcht von eurem Sieg berichten. Der Teos ist euch zu großem Dank verpflichtet. Bla, bla, bla, ... Möge der Stern von Livius hell erstrahlen."

Der König war kreidebleich geworden. „Ist ja gut! Bitte hör endlich auf!"

Geschlagen ließ er sich in seinen Thron zurücksinken. All die Jahre trug er die Last seines Lebens mit Würde. Doch das, was er soeben gehört hatte, war selbst für ihn zu viel.

Mögen ihre Seelen in Frieden ruhen und ihr schreckliches Schicksal als Warnung für alle Verbliebenen dienen. Niemals wieder darf sich das wiederholen , was in Livius vorgefallen ist. Oder das Ende ist uns allen gewiss.

Erst jetzt, nach einer solch langen Zeitspanne vernahm Zeifos endlich wieder die zarte Stimme jener Frau. Er fragte sich, wo sie all die Tage über gewesen war. Zwei knappe Worte hallten wie zur Entgegnung durch seinen Schädel. **Bei Liz** Mit ihr an seiner Seite fühlte er sich gleich viel stärker. Nur schwerlich vermochte der Soldat die Wandlung nach außen hin zu verbergen, die sich soeben in ihm abspielte.

Er spürte die bohrenden Blicke des Beraters auf sich. Irgendetwas stimmte mit diesem Mann nicht, er war mehr als ein bloßer Advokat, dessen war sich Zeifos sicher. Der Soldat wurde das Gefühl nicht los, dass sie beide irgendetwas miteinander verband. Zweifelnd schüttelte er den Kopf. *Solch ein Unsinn.* Mit seiner Robe ähnelte der Berater Torwai mehr als jedem anderen, dem er bisher begegnet war. Seine Augen leuchteten golden und sein Haar war lang und rot. Selbst sein Gesicht verbarg er hinter einer Kapuze aus Leinen, fast so wie der Magier.

Sieh ihn nicht an, sonst wird er dich erkennen! Die Stimme wirkte aufgewühlt. Ihr Säuseln war voll trauriger Melancholie, was Zeifos das Herz schwer werden ließ. **Sieh ihn nicht an, sieh weg. Schnell!**

Abrupt riss die Verbindung zwischen dem Berater und dem Soldaten ab. Nicht Zeifos, sondern die Stimme hatte soeben dafür gesorgt, dass der Soldat seinen Kopf abwendete. Sie hatte für einen flüchtigen Augenblick die Kontrolle über seinen

Körper übernommen, was dem Soldaten wenig gefiel. Er begriff zum ersten Mal, dass sie auch anders agieren konnte, wenn sie nur wollte.

Aber auch der Berater benahm sich mittlerweile seltsam. Er wirkte nervös und seine Fassade bröckelte. Der König brachte den Advokaten schließlich wieder zur Besinnung: *Das Gleichgewicht, was ist mit dem Gleichgewicht?*

Sixtus hielt sich für einen ehrbaren Mann. Seit seiner Kindheit wollte er nichts anderes als das Richtige tun. Er sehnte sich danach, die Menschheit einer besseren Zukunft entgegenzuführen. Doch die Realität hatte ihn während seiner Amtszeit schneller eingeholt, als er es für möglich hielt. Stets galt es Entscheidungen zu fällen, bei denen es weder ein Richtig noch ein Falsch gab. Gut und Böse verkamen zu einer breiigen nicht näher definierbaren Masse. Der einzige Grund, warum er dennoch weitermachte, war, dass er befürchtete, ein anderer Herrscher würde noch weit schlimmere Gräueltaten begehen als er. Inständig hoffte Sixtus bei allen seinen Entscheidungen wenigstens die stumpfe Seite des zweischneidigen Schwertes gewählt zu haben.

Sein Blick wurde gläsern. *Keiner meiner Männer hat überlebt. Torwai hat mir alle Siegel gebracht. Das Gleichgewicht muss demnach existieren. – Wie kommst du darauf? – Nein, natürlich hätte er sie niemals selbst ermordet, nur um an die Siegel zu kommen. – Hör auf damit, ja da bin ich mir sicher. Er hat sich innerhalb von acht Jahrzehnten nicht derart verändert. Egal, was du sagst, ich halte weiter zu ihm. Er würde mich nicht belügen. Immerhin weiß er, welche Folgen dies für Neu Terra und somit für die ganze Menschheit haben würde – Schluss! – Stimmt, du hast recht, die gefangene Seraphim widerlegt die Existenz des Gleichgewichtes! – Vielleicht ist sie eine Ausnahme – Was, wenn es wahr ist? Mithilfe dieser Scheidelinie könnten wir nicht mehr in Magela einfallen, doch auch sie könnten uns nicht länger angreifen. Ein Zwangsfrieden wäre die unausweichliche Folge. – Was ist so falsch daran, einem Traum nachzujagen? – Nein! Wie kannst du in diesem Augenblick an einen Gegenangriff denken? Es ist tragisch, dass derart viele bei Livius den Tod fanden. Das ist unverzeihlich. Aber Rache ist nicht der richtige Weg. – Ja an Heilbrunn musst du mich nicht extra erinnern, ich habe nicht vergessen, dass du diesen Bauernlümmel, diesen Fritz, angeschleppt hast. – Freund, dein Rat ist mir teuer. Ich sehne mich zu sehr nach dem Frieden und du dich zu sehr nach dem Krieg. Ein Königreich bedarf aber stets beidem.*

Gelangweilt nahm der Berater seine Hand von der Schulter des Königs.

Die zeitweisen Aussetzer des Herrschers hatten sich längst im gesamten Reich herumgesprochen. Zwei seiner Vasallen hatte er deswegen bereits hinrichten lassen. Die Gerüchte vermochte er dadurch jedoch nicht zu unterbinden. Sein Name stand seitdem nicht nur für Tyrannei und Willkür, sondern zugleich für Gemächlichkeit und Aufschub.

Ungeduldig zupfte Zeifos an Torwais Ärmel. „Frag ihn endlich nach der Seraphim! Bitte, ich muss es wissen."

Der Soldat erhielt nur ein unwilliges „Jetzt nicht!" als Antwort. Torwai hatte während ihrer gemeinsamen Reise zwar versprochen, alles zu versuchen, um herauszufinden, wo sich Milly aufhielt. Seine Zusage war jedoch alles andere als ernst gemeint, er wollte den Soldaten lediglich zum Schweigen bringen und ihn auf diese Weise an sich binden. Zeifos ließ sich jedoch nicht erneut mundtot machen.

Unaufhörlich zupfte er dem Magier am Ärmel, woraufhin Torwai ihn anfauchte: „Hör auf mir auf die Nerven zu gehen! Niemand interessiert sich für deine vermaledeite Seraphim. Du hast doch selbst gesehen, was das Gleichgewicht mit den Menschen in Livius angestellt hat. Ähnlich ist es deiner Freundin ergangen, sie ist sicher längst tot! Finde dich endlich damit ab! Verflucht, du kannst doch nicht tatsächlich so naiv sein und glauben, dass sie noch immer im Verlies ist und auf ihre Rettung wartet, wach endlich auf!"

Zeifos aber dachte nicht daran. Er wusste durchaus, wie schlecht die Chancen standen, Milly lebend zu finden, insbesondere, da er viel mehr über die Umstände ihres Verschwindens wusste, als er dem Magier erzählt hatte. Solange er nicht sie oder ihr Grab gefunden hatte, würde er jedoch nicht aufgeben.

Der Magier war aus seiner Haut gefahren, genau wie der Soldat es beabsichtigt hatte. Der König wurde dadurch hellhörig und mischte sich in den regen Wortwechsel ein.

„Habe ich dich richtig verstanden Torwai? Du interessierst dich für jemanden aus meinen Verliesen?"

Der Magier fühlte sich überrumpelt, nachdem ihm nun kaum eine andere Wahl blieb, kam er der Bitte des Soldaten nach. Seinem Tonfall war allerdings deutlich anzumerken, wie wenig Bedeutung er dem Ganzen beimaß.

„Na schön. Kennt Ihr zufällig den Aufenthaltsort einer Seraphim mit Namen Milly?"

Sixtus lehnte sich vor. „Es kommt nicht häufig vor, dass Terraner nach Magelanern fragen. Zufälligerweise haben wir derzeit tatsächlich …"

„… absolut niemanden in unserem Verlies." Der Berater war Sixtus ins Wort gefallen. Jeder andere wäre dafür aufs Schärfste gerügt worden, nicht aber jener Mann. Er fuhr stattdessen ungehindert fort: „Selbst wenn wir jemanden mit einem solchen Namen gefangen hielten, wären wir euch gegenüber keine Rechenschaft schuldig. Mich würde dagegen weit eher interessieren, woher ihr den Namen eines Wesens Magelas zu kennen glaubt."

Ich habe sie gefoltert. Der Soldat schwieg jedoch lieber, als dies offen zuzugeben.

„Ihr solltet euch lieber in acht nehmen und euch überlegen, was ihr nun sagt. Ein derart inniger Kontakt mit Magelanern erscheint mir äußerst verdächtig und besorgniserregend."

Das sagt der Richtige, schoss es Torwai durch den Kopf, der den Berater schon seit Längerem verdächtigte, seinerseits mit Magelanern oder womöglich einer anderen, dritten Partei in Kontakt zu stehen. Der Magier rätselte bereits, ob dieser Mann sich nicht womöglich sogar für die erstaunlich lange Lebensspanne des Königs verantwortlich zeichnete. Da er jedoch keinerlei Spur von Magie in dessen Umfeld entdecken konnte, schob er diesen Verdacht beiseite. Trotz allem war ihm der Mann einfach nicht geheuer. Etwas stimmte nicht mit ihm, und allein die Tatsache, dass Torwai nicht herauszufinden vermochte, was das war, brachte ihn zur Weißglut. Die Anspannung zwischen den beiden Kontrahenten war mit bloßen Händen zu greifen.

„Wer …", begann der Berater seinen Satz, den der König für ihn zu Ende sprach. „… ist eigentlich der Soldat, den du mitgebracht hast? Sollte ich deinen Freund vielleicht kennen? Es kommt nicht gerade häufig vor, dass du in Begleitung hier eintrudelst. Geschweige denn, dass du überhaupt jemanden neben dir duldest."

Torwai überlegte seine weiteren Worte mit Bedacht. Er versuchte von Zeifos abzulenken. Abschätzig gab er Sixtus zu verstehen, dass der Soldat kaum von Bedeutung sei.

„Jener Taugenichts ist der Aufmerksamkeit eines Königs nicht würdig."

Sixtus hätte sich wohl damit zufrieden gegeben, nicht aber dessen Berater.

„Lügner! Sprich die Wahrheit! Wer ist er?“, fuhr er ihn wütend an.

Torwai wirkte sichtlich überrascht. So sehr hatte sich der Berater noch nie gehen lassen. *Das kann noch interessant werden*, freute sich der Auxillator innerlich.

„Ich bin Zeifos“, warf schließlich derjenige ein, von dem alle nur in der dritten Person sprachen. Eine Antwort, auf die hin der Advokat unkontrolliert zusammenzuckte, fast so, als würde er den Namen nicht zum ersten Mal hören.

Torwai platzte nun endgültig der Kragen, von diesem Rechtsverdreher ließ er sich gar nichts sagen.

„Was geht dich das eigentlich an? Alle nennen dich nur den Berater. Du selbst bist ein Namenloser. Welches Recht hast du also, die Silben eines anderen zu erfragen? Glaub es oder auch nicht, wenn ich dir sage, dass er ein einfacher Soldat ist, ein völlig gewöhnlicher Mensch, genau wie du und ich.“

Der Magier schwieg und hoffte inständig, dass seine letzte Anspielung nicht zu viel des Guten war. Sein Gesagtes jedenfalls schien seine Wirkung zu erzielen, denn der Berater war plötzlich wie ausgewechselt. Er klang unerwartet freundlich und wandte sich direkt an den Soldaten.

„Mein Name ist Dariusz. Es freut mich sehr, dich kennenzulernen. Möge der Segen *Sairines* dich, *Zeifos*, auf deinem Wege sicher begleiten.“ Fast schon liebevoll klangen seine Worte, als er den Namen der Patronin Magelas aussprach.

Alle waren über das Verhalten des Beraters verwundert, selbst der König erkannte ihn nicht wieder. Ehe er jedoch darauf zu sprechen kommen konnte, öffnete sich das hölzerne Tor. Fünf Wachen und ein Bote eilten herbei. Mehrmals entschuldigte sich der Gesandte für die Störung. Er bestand jedoch darauf, dass der Ordensführer die Botschaft unverzüglich und persönlich lesen müsse. Mehrere Tage, Nächte und Monate sei er durchgeritten, habe ein Pferd nach dem anderen verschlissen, um nun kauernd und in höchster Ehrerbietung seine Botschaft an den Herrscher der Welt zu übergeben.

Mit wachsender Freude las Sixtus aus der Pergamentrolle vor. „Neu Terra ist geeint. Die letzten beiden terranischen Staaten, die sich gegen die Gemeinschaft stellten, sind gefallen. Laos und Neu Nepal haben sich nach Jahren des Widerstandes dem Teos angeschlossen." Der König war überwältigt. „Endlich habe ich mein Ziel erreicht. Alle Terraner sind nun unter einem einzigen Banner vereint. Gemeinsam können wir einer neuen Zukunft entgegengehen. All der Schweiß und das Blut der letzten Jahre zahlen sich endlich aus. Das war es doch, was auch du einst wolltest, Torwai?" Die Augen des Königs strahlten, doch je länger sie den Magier betrachteten, desto stärker verlor sich ihr Glanz. „Dies war doch auch dein Wunsch!" Der Magier aber verharrte regungslos. Sixtus wischte seine Zweifel mit einer Bewegung seiner Hand hinfort. *Egal.* „Nichts vermag diesen Moment zu trüben." Sein Blick schweifte über jedes der acht wehenden Banner, die, auch wenn der König es nicht wahrhaben wollte, noch nie so regungslos wirkten, wie an diesem historischen Tag.

Torwai verkniff sich einen spitzzüngigen Kommentar, wusste er doch von allen am besten, dass den König in seinem momentanen Höhenflug so schnell niemand mehr auf den Boden der Tatsachen zurückbefördern konnte.

Überschwänglich fuhr der König fort. „Ein derart historischer Augenblick muss gefeiert werden. Am heutigen Abend und am Abend jedes weiteren Jahres wird es ein glorreiches Fest geben. Torwai, ich hoffe, nein, ich verlange, dass du anwesend bist. Ruh dich bis dahin in deinen Gemächern aus, ich lass dich holen, sobald es so weit ist. Im Umkreis von eintausend Kilometern soll jeder von den Feierlichkeiten erfahren. Dein Begleiter erhält eines der besten Zimmer innerhalb der Burganlagen. Für euer leibliches Wohl wird gesorgt, und nun geht, ich habe viel vorzubereiten."

Sixtus winkte ihn fort. Zu seiner Verwunderung gehorchte der Magier.

Torwai gab seinen einstigen Freund endgültig auf. Er wusste, dass er nun nichts mehr für Sixtus tun konnte. Der alte Mann hatte vollständig den Verstand verloren. Livius war gefallen, und in Teósix wurden Festlichkeiten geplant. Langsamen Schrittes verließ der Auxillator die Hallen in Richtung des sperrangelweit geöffneten Tores. Torwai wusste, wenn er heute ging, dann ging er für immer. Für ihn gab es keinen Grund mehr, hierher zurückzukehren. All die Versuche der letzten Jahre, Sixtus zur Vernunft zu bringen, waren gescheitert, dies war der letzte Beweis, der ihm noch zur Einsicht gefehlt hatte. *Ich habe versagt, mein Experiment, einen ehrbaren Herrscher aus dir zu machen, ist gescheitert. Ich schätze, ich habe damals den falschen Jungen ausgewählt, womöglich wäre ein anderer besser für diese Aufgabe geeignet gewesen. Dabei sehnst du dich selbst heute noch nach dem Frieden. Leider versuchst du ihn durch Krieg zu erreichen. Mit dem Berater an deiner Seite hast du dir keinen Gefallen getan. Möglicherweise bist du auch einfach nur zu alt. Nein, das kann es nicht sein. Ich bin der lebende Gegenbeweis. Nicht das Alter, sondern wir selbst entscheiden, was aus uns wird!*

Morgen früh würde Torwai den König und mit ihm Teósix für immer verlassen.

Zeifos wollte dem Magier nach draußen folgen, dann aber hielt er inne. Der Widerhall seiner eigenen Schritte jagte ihm eine Heidenangst ein. Noch durfte er nicht gehen! Er war zwar nur ein Soldat, der den König nicht direkt anreden durfte, doch wenn er jetzt ginge, würde er nie das erfahren, weshalb er hergekommen war.

Bis vor Kurzem war er ohne ein Ziel durchs Leben gewandelt. Antriebslos irrte er umher. Der Kampf mit dem Drachen und alles, was er bisher erlebt hatte, vermochte ihn zwar abzulenken, doch die Leere in ihm und das sichere Wissen, dass es nichts gab, wofür er einstand, geschweige denn, wofür es sich zu leben lohnte, überwältigte ihn.

Besinn dich. Überdenke deine nächsten Schritte gut.

Doch er hatte seine Entscheidung bereits getroffen. Er würde nicht länger mit dem Strom schwimmen.

„Wo bleibst du? Zeifos, komm endlich!" Torwai wirkte ungeduldig, er wollte endlich gehen. Der Soldat aber blieb wie angewurzelt stehen. „Es tut mir leid, aber ich bleibe!"

Der Magier glaubte sich verhört zu haben. „Was soll der Blödsinn? Beweg dich endlich." Torwais Blick verfinsterte sich. Zeifos aber wandte sich von dem Magier ab, hin zum König. „Verzeiht Eure Majestät. Aber ich erwarte noch immer eine Antwort auf meine Frage!" In einer fließenden Bewegung zog er sein Schwert und hielt es gesenkt. „Sagt mir sofort, wo sich die Gefangene namens Milly aufhält."

Die Wachen konnten kaum glauben, was sie da hörten. Ihre Münder standen weit offen. „Gleich wird sein Kopf rollen", tuschelten sie hinter vorgehaltener Hand.

Es war beängstigend still geworden. Zeifos überkamen erste Zweifel, ob es wirklich klug war, was er soeben tat.

Nein, aber es ist das Richtige. Bestätigte ihm die Stimme, die ihm uneingeschränkt beistand. **Besonders weise war es jedoch nicht, da muss ich dir recht geben.**

Den König amüsierte der Soldat. Noch nahm er dessen Aufbegehren gelassen hin. Er befahl seiner Leibgarde lediglich mit einem Fingerzeig, den Hofnarren abzuführen. Ohne zu zögern, packte ihn einer der Männer am Arm.

Zeifos reagierte sofort. Er hatte seine Wahl getroffen. Ganz gleich, wie dumm und töricht sie auch sein mochte, für ihn gab es kein zurück mehr. Rasch befreite er sich aus dem Griff des Mannes. Er verdrehte ihm den Arm und hielt ihn nun seinerseits fest umklammert. „Zieht euch zurück, ich will kein Blutvergießen, doch wenn es sein muss, werde ich keine Sekunde lang zögern! Ich will nur wissen, wo die Seraphim ist, dann verschwinde ich.“ Er wandte sich direkt an den König. „Zeigt, dass Euch das Leben Eurer Untergebenen am Herzen liegt, und lasst Milly frei.“

Sixtus' Miene verfinsterte sich.

Zur Demonstration schnitt Zeifos dem Wächter mit seiner Klinge in den Hals. Es floss Blut. „Lege deine Hand auf die Kehle, und du überlebst lange genug, um dich behandeln zu lassen“, flüsterte Zeifos ihm von hinten ins Ohr, anschließend wandte er sich erneut an Sixtus. „Sagt mir endlich, wo die Seraphim ist, oder alle Anwesenden wird der Tod ereilen.“

Sixtus gefiel es nicht sonderlich, bedroht zu werden. „Wie kannst du es wagen! Schnappt ihn. Schlagt ihm den Schädel ein.“

Aus dem Handgemenge wurde ein ernster Schlagabtausch. Zeifos' Versuch, sich absichtlich gefangen nehmen und zu Milly ins Verlies bringen zu lassen, war gescheitert. Er hatte es wohl etwas übertrieben. *Verflucht!*

Ein Angreifer näherte sich ihm von hinten und zwei von vorne. Zeifos versetzte dem Wächter, den er angeritzt hatte, einen Tritt, sodass dieser den beiden entgegenstolperte, anschließend wirbelte er herum und attackierte seinen Hintermann. Ihre Klingen kreuzten sich. Spielend nahm er es mit ihm und den beiden anderen auf. Er nahm sie sich einer nach dem anderen vor und stieß sie von sich, sobald es zu viele wurden. Zeifos schlug den Männern unzählige Wunden, keine davon war jedoch tödlich.

„Pah, ich dachte du wolltest uns alle umbringen? Was wird denn nun daraus?“, tönte Sixtus. „Du magst zwar meine Leute verschonen, ich werde jedoch auf keinen Fall so gnädig mit dir umspringen. Torwai ist zwar mein Freund, doch das bewahrt dich auf keinen Fall vor der Hinrichtung.“

Zeifos knirschte mit den Zähnen. „Verflucht, ich wollte doch nur wissen, wo die Seraphim ist.“ Musste er wirklich erst einen von ihnen umbringen, um an sein Ziel zu gelangen? Er überlegte bereits, wie er sich Sixtus vorknöpfen konnte. Sein Blick streifte zuerst den königlichen Berater, der das Gefecht mit wachsender Neugierde beobachtete. Schließlich sah er zu dem fünften Mann im Bunde hinüber.

Dieser rührte sich kein Stück. Er stand nur regungslos da, obwohl ihm der König mittlerweile persönlich befahl, einzugreifen.

„Aber das ist Kastriot!“, stotterte der Mann unsicher.

Er war wie versteinert. Kalter Angstschweiß stand ihm auf der Stirn, er wusste nicht, ob er dem königlichen Befehl wirklich Folge leisten sollte oder nicht. Mehrfach wollte er bereits seine Waffe ziehen. Doch ein einziger flüchtiger Blick von Zeifos genügte, damit er das Schwert wieder in die Scheide schob. Der bloße Gedanke, sich dem General Kastriot entgegenzustellen, widerstrebte dem Mann zutiefst. Lieber wandte er seine Klinge gegen den König, als sich mit dem General anzulegen. Ein einziger Befehl von Kastriot genügte, und er würde auf der Stelle zum Vaterlandsverräter.

Der König bekam vom inneren Zwiespalt des Wächters allerdings nichts mit. Er versuchte sich daran zu erinnern, ob tatsächlich einst ein Mann mit Namen Kastriot in seiner Armee gedient hatte. Sein Reich war jedoch derart groß, dass er nur einen Bruchteil der Generäle kannte, die unter ihm dienten. Ausgerechnet den wichtigsten von ihnen hatte er niemals persönlich getroffen. Kastriot hatte sich schon immer auf dem Schlachtfeld wohler gefühlt, als in der Stadt Teósix. An vorderster Front traf er völlig eigenständig Entscheidungen, zu denen der introvertierte in seinem abgeschiedenen Palast residierende König nicht bereit war. Nur wenige bekamen ihn ohne seinen Generalshelm zu Gesicht. Er war zu einer Legende unter seinen Männern geworden. Sie kannten seine Schattenseiten und respektierten ihn dennoch.

Seiner Vergangenheit würde Zeifos wohl niemals entfliehen können. Immerhin musste er sich dadurch mit einem Gegner weniger auseinandersetzen. Die drei Wachen waren ihm zwar unterlegen, dennoch setzte ihm allein ihre Anzahl sichtlich zu.

Wo ist eigentlich der Bote abgeblieben? Nervös sah der Soldat zum Eingangstor hinüber. Der Eilbote war direkt nach Ausbrechen des Gerangels hinausgestürmt und hatte Verstärkung gerufen. Der Mann war dabei nicht gerade zimperlich vorgegangen. Fünfzig Soldaten fanden sich an der Pforte ein. Ein derartiger Trubel hatte schon seit Ewigkeiten nicht mehr in diesen Hallen geherrscht. Alle standen dicht an dicht, und selbst Fritz' Truppe befand sich unter ihnen.

Zehn Männer näherten sich dem Soldaten mit gezogener Waffe, der Rest beobachtete das Ganze aus der Ferne.

Dem König missfiel die Angelegenheit immer mehr. Seines Erachtens lief alles aus dem Ruder. Der Soldat verspottete ihn direkt vor seinen Untergebenen, das durfte nicht geduldet werden. *Dariusz, was ist mit dir? Greif ein! Du musst das unterbinden, entledige dich dieses Mannes. Spreng ihn hinfort – Was heißt, du kannst nicht? – Bis eben warst du doch derjenige, den er aus der Fassung gebracht hat. Ich habe deutlich gespürt, dass du ihn am liebsten tot sehen wolltest. Nun mach schon, nun schlägt deine Stunde. – Ja, mir ist sein Name bekannt. Wieso wiederholst du ihn denn immer und immer wieder? – Was soll das heißen, er ist aus dem Nichts erschienen und wurde niemals geboren? – Natürlich ist er mit Torwai aus Livius gekommen. Das haben sie doch vorhin gesagt. – Wieso soll dass nicht stimmen? Bis eben warst du doch ganz anderer Meinung. Egal, davon will ich nichts mehr wissen, unternimm endlich etwas!*

Der Kampf nahm seinen Lauf. Zehn Krieger stürzten sich auf den Soldaten. Hundert weitere standen bereit, und noch einmal mindestens so viele Schaulustige waren zusammengekommen. Sie alle beobachteten mit Erstaunen, wie hartnäckig der Fremde eine Welle nach der anderen abwehrte. Unter der Axt eines Kämpfers duckte er sich weg, nur um dem nächsten seinen Ellbogen in die Brust zu rammen. Er wechselte immer wieder die Position, um kein leichtes Ziel abzugeben, und schrie dabei den König an, ihm endlich seine Frage zu beantworten. Die ersten Wetten wurden bereits auf ihn abgeschlossen.

„Zehn darauf, dass er in fünf Runden zu Boden geht."

„Zwanzig, dass er nicht einmal mehr zwei Gegner übersteht."

Fleißig schrieb der Buchmacher mit. Er mochte zwar ein blaues Auge aus seinem letzten Kampf davongetragen haben, doch eine derartig lukrative Wette konnte er sich einfach nicht entgehen lassen. Zu seinem Leidwesen sah Bär der Bärtige das genauso.

„Fünfzig auf den Unbekannten", meldete er sich zu Wort. Im Gegensatz zu dem Buchmacher sah der Hüne weit weniger ramponiert aus.

Reflexartig entgegnete der Wetteneintreiber: „Verflucht, du kannst nicht auf ihn setzen." Doch dann dachte er darüber nach. „Bär. Ich gratuliere dir, deine Wette wurde akzeptiert! Es mag zwar irrsinnig sein, auf jemanden zu setzen, der allen zahlenmäßig derartig unterlegen ist, aber du hast tatsächlich deine allererste korrekte Wette abgegeben, daran gibt es ausnahmsweise mal nichts zu beanstanden.“ Sichtlich erleichtert sagte er daraufhin zu sich selbst: „Na endlich, vielleicht kommen wir ja doch noch miteinander aus.“

„Lob den Tag nicht vor dem Abend“, seufzte ein Dritter, der soeben bemerkte, dass der Hüne sich mit erhobenem Hammer auf denjenigen zubewegte, auf den er noch zuvor einen Teil seines Solds gesetzt hatte.

„Das kann doch nicht wahr sein“ Der Buchmacher kapitulierte endgültig.

„Ich setze ebenfalls fünfzig auf den Soldaten“, bemerkte Fritz, dessen Gebot von Wanja noch einmal um den gleichen Betrag erhöht wurde. Ein Raunen machte daraufhin in der Menge die Runde, es wurde plötzlich verdächtig still.

Bär stieß jeden zur Seite, der ihm im Weg stand. In Windeseile war er bei dem Soldaten angekommen und ließ seinen mächtigen Vorschlaghammer auf ihn niederprasseln. Mit seinem Schwert konnte Zeifos den Hieb zwar gerade noch abwehren, doch die Wucht, mit der der Hüne zuschlug, hinterließ deutliche Spuren. Seine Knochen knirschten und seine Handgelenke schmerzten.

„Ich bin beeindruckt“, kommentierte Bär kampfeslustig. „Normalerweise breche ich mit diesem Schlag meinen Gegnern alle Knochen. Einige Schwerter sind schon dabei zu Bruch gegangen. Auf deiner stählernen Klinge kann ich allerdings noch nicht einmal den Hauch eines Kratzers erkennen.“ Fassungslos stellte der Hüne fest, dass stattdessen sein eigener Hammer teilweise ramponiert war. Eilig ließ er ihn von unten nach oben schnellen.

Erneut wehrte der Soldat den wuchtigen Schlag ab. Der Zauber, den er an dem See gewirkt hatte, hielt noch immer an. Sein

Schwert war unzerstörbar, seine Knochen dagegen ächzten unter Bärs Hieben.

Der Hüne machte ernst und legte einen Schalter an dem Griff seiner Waffe um, woraufhin Stromschläge über den Kopf seiner Waffe züngelten.

„Jetzt ist er geliefert", war in den hintersten Reihen zu hören. „Sobald seine Klinge mit dem Hammer in Kontakt kommt, wird er geröstet."

Zuletzt hatte Zeifos etwas Vergleichbares im Arsenal des Mechanikus gesehen. Nervös überlegte er, wie er dagegen bestehen konnte. Doch zu spät. Der klobige Hammer senkte sich bereits über seinem Kopf nieder. Außer seinem stählernen Schwert besaß er nichts, mit dem er den Schlag abwehren konnte. Er erhob es und bereitete sich darauf vor, von den Stromschlägen gelähmt zu werden. Doch nichts dergleichen geschah. Sein Schwert stieß die züngelnden Blitze allesamt von sich, als besäße es sein eigenes antistatisches Feld.

Zeifos konzentrierte sich immer mehr, bis die Stromschläge schließlich vollständig verebbten.

„Ein Kurzschluss! Verflucht, ich hasse diese zweitklassigen Anfertigungen aus der fernöstlichen Schmiede."

Die anderen Soldaten wunderten sich ebenfalls. Sie gingen allerdings genau wie Bär von einem Defekt aus. Lediglich Torwai erkannte die wahre Ursache für den plötzlichen Stromausfall. Er dachte allerdings nicht daran, sich einzumischen. Der Magier beobachtete lieber alles aus sicherer Distanz. Er prägte sich den Gesichtsausdruck von jedem genau ein und streckte seine magischen Fühler nach jeglicher Veränderung der astralen Atmosphäre aus. Ganz besonders behielt er dabei Dariusz und den König im Blickfeld.

Letzterer war von Bär überwältigt. Wenigstens auf einen seiner Untergebenen war Verlass. Sixtus Augen strahlten mit jedem

Hieb, den der Hüne austeilte. Dennoch dauerte es dem König allmählich viel zu lange. *Dariusz unternimm endlich etwas! Dieser Schwächling verspottet mich und ganz Teos.*

Doch der Berater kam dem Wunsch nicht nach. *Ich versteh das nicht, wieso kannst du nichts gegen ihn unternehmen. Ich verlange es von dir.* Doch Dariusz reagierte nicht. *Dann werde ich eben eine andere Kraft bemühen.*

Zunehmend wurde es kälter im Inneren des Gemäuers. Das Licht floh aus den geheiligten Hallen, und ein beißender Gestank breitete sich aus. Die Menschen wurden unruhig.

„Was geht hier vor?“

Eine knöcherne Stimme sprach zu ihnen: „Tötet diesen Menschen! Seine Existenz widerstrebt den Gesetzen beider Welten. Tötet Zeifos! Er muss auf der Stelle sterben!“

Allen Anwesenden lief ein eiskalter Schauer über den Rücken. Sixtus war der Einzige, der die Worte mit sichtlicher Freude vernahm, die aus allen Richtungen zugleich widerhallten und deren Ursprung nicht auszumachen war.

„Lass ihn bezahlen“, bestätigte der Herrscher, der sich nun lieber auf das Versprechen dieser verzerrt klingenden Stimme verließ, als auf seinen Berater.

Die kehligen Laute wurden drohender und zugleich dröhnender. „Einer von euch unbedeutenden Menschlein soll meinen Willen vollstrecken.“ Der Schatten einer unförmigen Hand fiel auf Bär. „Du wirst mein Diener sein. Empfange mein Geschenk und verbreite damit Schrecken und Chaos unter deinen Feinden.“

Der Gestank verzog sich so rapide, wie er aufgekommen war. Innerhalb der Gemäuer wurde es allmählich wieder wärmer. Alle glaubten, der Spuk wäre damit vorüber. Dabei stand ihnen der eigentliche Wahnsinn erst noch bevor.

Bär war nicht mehr derselbe.

„Ahhhrgh!“

Er schrie derart laut, dass er seinem Rufnamen wahrlich alle Ehre machte. Seine Augen waren blutunterlaufen, und seine Muskulatur stand unnatürlich hervor. Das Blut in seinen Adern pulsierte derart stark, dass es herauszuquillen drohte.

Der Hüne holte mit seinem Hammer aus und zertrümmerte damit die Bodenplatten unter dem Soldaten. Nur mit Mühe gelang es Zeifos, noch rechtzeitig zur Seite zu springen.

Komm ihm nicht zu nahe oder der Zauber droht auf dich überzuspringen.

Der Hammer traf ihn in die Rippen, und Zeifos spuckte Blut. Bärs wuchtigen Hieben vermochte er nichts mehr entgegenzusetzen. Der Hüne stieß sein Schwert spielend zur Seite. Nichts Menschliches war mehr von seinem Kontrahenten übrig. Der Soldat blutete aus unzähligen Wunden, Bär dagegen aus seinen Augen und Ohren. Er hatte sich ganz und gar seinem Blutrausch hingegeben. Keine Sekunde vermochte er sich länger zu beherrschen. Von der Leichtfüßigkeit, mit der er sonst durchs Leben ging, war nichts mehr zu spüren. Selbst Fritz und seine eigene Truppe erkannten ihn nicht wieder.

„Besinn dich, oder du wirst diesen Kampf selbst nicht überstehen“, versuchte Zeifos ihn zur Vernunft zu bewegen, doch sein Gegner vernahm seine Worte nicht länger. Ihn lechzte es einzig nach dem Tod seines Kontrahenten.

Zeifos taumelte, er war erschöpft, und sein gesamter Leib schmerzte. Dennoch hielt er durch und stand aufrecht vor dem König, was ihm viel Bewunderung unter seinen Zuschauern einbrachte.

„Verschont ihn“, rief einer aus dem Publikum, womit er Sixtus zur Weißglut trieb.

„Wer war das?", verlangte der König zu erfahren. Die Treuebekundungen für den Soldaten begannen dennoch nicht abzuebben. „Verschont Kastriot", wiederholten mehrere, und Zeifos musste gequält lachen. Sein einstiger Name war also schon in aller Munde. Vielleicht war es dann ja doch besser, hier auf der Stelle gegen den Hammerschwinger zu unterliegen. Alles war besser, als sein eigenes Erbe anzutreten. Ganz gleich wie ausweglos die Umstände auch sein mochten.

Die Rufe wurden zunehmend lauter. „Verschont ihn. Er ist der Held von Livius."

Allerlei Gerüchte über seine Vergangenheit machten die Runde. „Keiner hat mehr Siege für den Teos errungen als er!"

„Hört auf", schrie Zeifos, der davon nichts hören wollte. „Ich will einzig wissen, wo die Seraphim ist. Alles andere ist mir gleichgültig. Werdet Ihr mir nun sagen, wo sie ist? Ja oder nein, Sixtus?"

„Träum weiter. Falls dies dein letzter Wunsch gewesen ist, so hast du ihn umsonst geäußert. Ich weiß nichts von einer Seraphim."

Zeifos ging resignierend auf die Knie. „Ist das wahr? Ist sie also doch nicht hier? Bin ich vergebens nach Teósix gereist?"

Dem König gefiel der Ausdruck der Verzweiflung, den der Soldat soeben zur Schau trug. Der Hammer schnellte auf seine Schädeldecke nieder. Ein Schock durchfuhr die Menge, als der General zu Boden ging. Das Blut floss direkt aus seinem Schädel und versickerte in den unzähligen Rissen des Marmorfußbodens.

„Na endlich!", zischte der König erleichtert. Dass sowohl der Berater als auch Torwai wenig erfreut waren, kümmerte ihn nicht. Die Meute schwieg andächtig.

Mit Schrecken mussten die Menschen feststellen, dass ihr Held besiegt worden war. Seine Finger bewegten sich zwar noch, doch dies waren vermutlich nur die letzten Zuckungen eines Sterbenden.

Zeifos umgriff mit einer Hand die Knöchel seines wild schnaufenden Kontrahenten. Selbst nach diesem Schlag dachte er nicht daran, aufzugeben. Nicht solange noch ein Hauch von Leben in ihm wohnte. In dem Augenblick, da er Bär berührte, veränderten sich seine Motive. Seine niederen Triebe begannen von ihm Besitz zu ergreifen. Er wollte nicht länger Milly finden, sondern sein Schwert in das schwache Fleisch seines Gegners rammen.

Die Prophezeiung der Stimme erfüllte sich. **Ich habe dich gewarnt.** Der Zauber, der auf dem Hünen lag, ging auf ihn über. In seinem Fall waren die Konsequenzen jedoch weit verheerender. Das Blut in seinen Adern begann schneller zu fließen und sein Herz zu rasen. Er verspürte eine alles verzehrende Kraft in sich pulsieren. Seine Augen waren blutunterlaufen, seine Adern traten wie bei Bär nach außen. Seine gesamte Statur wirkte nun viel markanter.

Der Soldat erhob sich von den Toten.

„Unmöglich!“ Der König war fassungslos. Aber auch der Menge war dies nicht ganz geheuer.

Bär und Zeifos standen sich schnaufend gegenüber. Beide ließen ihre Waffen fallen und belauerten sich mit rotglühenden Augen. Schließlich gingen sie mit geballten Fäusten aufeinander los.

„Was zum …“ Der König begriff gar nichts mehr. Die neun Krieger, die in unmittelbarer Nähe standen, wichen eilig zurück, als die zwei durch ihre Reihen wüteten. Selbst mit ihren Schwertern und Äxten wagten sie es nicht, den tobenden Bestien näher zu kommen.

Bär wurde gegen eine Säule gedrückt, die unter der Wucht seines Aufpralls zersplitterte. „Unternehmt endlich etwas“, flehte Sixtus, woraufhin eine der Wachen die Initiative ergriff.

Der Mann rammte dem Soldaten ein Schwert in die Schulter. Zu seiner Verwunderung störte sich Zeifos kein bisschen daran. Mit zwei Fingern zerbrach er die Klinge und zog sie aus seinem Fleisch. Den Angreifer fegte er mit einem Hieb seiner blanken Faust hinfort.

Torwai war beeindruckt. „Ich habe zwar schon viel von dem Blutrausch der Schamanen gehört, ihn aber noch nie in Aktion erlebt. Soweit ich weiß, beherrschen nur sehr wenige Orcs diesen Zauber. Er potenziert die eigenen Kräfte um ein Vielfaches, aber vernebelt dabei den Verstand. Bei Zeifos scheint dies wohl zu ungeahnten Wechselwirkungen zu führen. Ich will nicht wissen, was dadurch alles in ihm freigesetzt wurde." Vorsorglich trat der Magier ebenfalls ein paar Schritte zurück.

Der Boden unter Zeifos bekam erste Risse, und die Säulen in seiner Umgebung verbogen sich. Mit einem kräftigen Sprung stürzte er sich auf Bär und prügelte auf ihn ein. Er wollte dessen Blut spritzen sehen und miterleben, wie es sich über den weißen Marmorboden verteilte. So musste sich Kastriot gefühlt haben, als er die Seraphim quälte. Was für ein berauschendes Gefühl, warum nur hatte er sich so lange dagegen zur Wehr gesetzt?

Stöhnend hob er Bär empor und schleuderte ihn geradewegs in Richtung des Thrones.

In letzter Sekunde gelang es Sixtus aufzuspringen. Bär dagegen klappte regungslos auf dem steinernen Sitz zusammen.

Zeifos jedoch hatte längst noch nicht genug. Er lechzte förmlich danach, noch mehr Blut zu vergießen. Er überwand die ersten Stufen zum Thron, wo sich ihm ein Dutzend Soldaten in den Weg stellte. *Ein jämmerliches Aufgebot* dachte Zeifos und lachte verächtlich.

Die Stimmung im Saal kippte. Diejenigen, die ihm zuvor zugejubelt hatten, bereuten es mittlerweile. Mit einer bloßen Handbewegung schleuderte er vier der Männer fort, ohne sie überhaupt berührt zu haben. **Ausgerechnet jetzt vermagst du deine Kräfte zu kontrollieren.**

Immer mehr stellten sich ihm mit gezückten Schwertern in den Weg.

Ganz gleich, wie viele seiner Anhänger er auch verloren haben mochte, eine von ihnen war noch immer auf seiner Seite. „Bitte lasst Zeifos am Leben."

Die junge Frau, die in den hintersten Reihen stand, hatte alles von Anfang an mit angesehen. Eine Weile hatte sie schweigend zugesehen. Mittlerweile hielt sie es jedoch nicht länger aus.

Ihr Ruf drang bis zu der Seele des Soldaten durch.

„Bitte verschont ihn!" Seine animalische Wut und seine Rachegelüste schwanden dahin und wichen einer faden Enttäuschung. Zeifos drehte sich um und hielt nach Liz Ausschau. Statt der Elfe fand er eine aufreizende Dame mit langem blonden Haar. Ihre Züge waren weich. Sie erschrak, als sie seinen Blick auf sich spürte, und huschte mit wild pochendem Herzen davon.

Zeifos suchte weiter nach Liz, dennoch fand er sie nirgends. *Ich bin mir sicher, dass sie es war, ganz sicher!* Sein Leib war nicht wieder in seinen ursprünglichen Zustand zurückgekehrt. Er besaß noch immer das Zehnfache seiner Kraft. Dass er gleichzeitig bei klarem Verstand war, glich einem Wunder.

Doch was sollte er mit all der Macht anfangen, die er soeben verspürte? Bis eben wollte er noch den gesamten Thronsaal zerlegen, mitsamt allen Menschen darin. Was, wenn es ihn erneut danach gelüstete?

Einer der Männer näherte sich ihm von hinten. Der Wächter setzte dazu an, ihm den Kopf abzuschlagen, ehe es jedoch so weit kam, ging der Berater dazwischen.

Er stoppte die Klinge mit seiner bloßen Hand. „Es ist genug. Die Vorstellung ist beendet“

Keiner verstand, was hier soeben vor sich ging. Meinte Dariusz das etwa ernst? Sixtus konnte nicht glauben, was er da sah.

Zeifos verspürte die Hand des Beraters auf seiner Schulter. Eine unnatürliche Eiseskälte schnürte ihm die Atemzufuhr ab. Dariusz tat ihm jedoch kein Leid an, stattdessen lichtete sich der Schleier aus Blut, der Zeifos' Sinne trübte, und sein Herzschlag normalisierte sich. Der Soldat wurde wieder zu dem Mann, der er einst war. Er wirkte weder übermenschlich stark, noch allzu schmächtig.

„Geht zur Seite“, befahl Dariusz. „Bildet eine Gasse für den Sieger. Er ist der Held des Teos. Zeifos hat die Probe bestanden, auf die wir ihn gestellt haben, lasst ihn also passieren.“

Einige folgten unverzüglich, andere zögerten jedoch und warteten auf Sixtus' Zustimmung. Ohne die Einwilligung des Königs war es unmöglich, in diesem Teil der Welt Macht auszuüben, das begriff Dariusz überdeutlich.

Sixtus wusste weder ein noch aus. Noch nie hatte er etwas ohne den Willen seines Beraters unternommen und noch nie hatte – so glaubte er zumindest – Dariusz gegen den seinigen verstoßen. *Erkläre dich mir gegenüber. Wieso hilfst du dem Soldaten, was soll das? – Du übertreibst maßlos! Jemand wie er wird nicht so einfach zum Märtyrer. – Sag mir, weshalb du unbedingt willst, dass er überlebt, und ich werde sehen, was ich tun kann – Was? – Meinst du das wirklich ernst? – Bist du dir sicher? – Wie amüsant. Du überraschst mich. Das wusste ich ja noch gar nicht von dir. Na, wenn das so ist.* Sixtus lachte verschwitzt. *Wer hätte das gedacht. – Ist schon gut. Du musst mich nicht mehr überzeugen. Die Sache mit dem Märtyrer kaufe ich dir nicht ab, dein erstgenannter Grund genügt mir vollkommen.*

Sixtus bestätigte den Befehl des Beraters.

Eilig bildete sich eine Gasse heraus, wobei die Männer einer nach dem anderen vor dem Helden des Teos salutierten.

„Das war's, ich kann einfach so gehen?" Zeifos zögerte. Er hatte zwar Bär besiegt, doch was sein eigentliches Anliegen anging, war er kein Schritt weitergekommen. Ihm genügte ein Blick zum König, um zu wissen, dass dieser ihm nicht weiterhelfen würde.

„Du hast alles gegeben, was du konntest", tröstete ihn Dariusz. „Mehr wirst du heute nicht erreichen. Nun geh schon, oder glaubst du, dein Tod würde der Seraphim in irgendeiner Weise etwas nützen?"

Zeifos wusste nicht, was er von dem Advokaten halten sollte. Sobald er sich ihm näherte, entfernte sich die Stimme in seinem Herzen, dennoch sah er keinen Grund, ihm zu misstrauen. Dariusz gab ihm jedoch einen Rat mit auf den Weg.

„Gib von nun an mehr auf dich Acht. Hier in Teósix bist du nicht sicher. Das, was du verkörperst, stellt eine zu große Gefahr für einige Kräfte dar. Deine kleine Showeinlage hat sie endgültig auf deine Fährte geführt. Traue niemandem, hörst du! Weder Torwai noch mir." Er machte eine Pause. „Ganz besonders nicht mir! Denn wenn wir uns das nächste Mal wiedersehen, werden wir erbitterte Feinde sein."

Der Soldat erwiderte nichts darauf und lief Richtung Tür. Die Männer sahen ihm ehrfürchtig nach. Jeder jubelte ihm zu. Sie riefen und pfiffen seine Namen. „Zeifos", „General Kastriot", aber auch „Held des Teos" vermochte er herauszuhören. Ihn mutete eines schlimmer an als das andere.

Zu seiner Verwunderung war Torwai nicht einmal wütend auf ihn.

„Warum sollte ich? Dir ist es gelungen, den König endlich aus seinem siebenjährigen Schlaf zu reißen." Der Magier war stolz auf ihn. „Außerdem versuche ich schon seit Ewigkeiten den Berater aus seiner Reserve zu locken. Du dagegen vollbringst es bei deiner ersten Audienz. Dank dir habe ich nun einen Namen, nach dem ich in den Annalen der Geschichte suchen kann. Am besten wäre es wohl, wenn ich dich noch häufiger zum König mitnähme. Ach, ich vergaß, Sixtus und ich gehen von nun an getrennte Wege. Bevor ich Teósix aber für immer verlasse, muss ich noch ein paar Nachforschungen anstellen. Lass mich sehen, welchen Zaubern du alles ausgesetzt warst."

Torwai riss Zeifos ein Haar aus und verschwand damit, ehe dieser sich beschweren konnte.

Der Soldat versuchte, Liz inmitten der dichten Menschenmenge vor dem Palast zu finden. Doch weder sie noch die blonde Frau entdeckte er, stattdessen eilte Fritz auf ihn zu.

Er war völlig außer Puste und plapperte dennoch ungehindert drauf los.

„Eines muss man dir lassen, du hast den Laden ganz schön aufgemischt. Da drin steht kein Stein mehr auf dem anderen. Stimmt das, was die Leute sagen? Bist du wirklich ein General! Unglaublich, da hast du mich in Heilbrunn ja ganz schön an der Nase herumgeführt. Schade, dass du nicht dabei warst, als die Magelaner das Dorf überfallen haben." Fritz wollte nicht mehr darüber nachdenken und wechselte eilig das Thema. „Hier, das ist für dich."

Er reichte ihm einen Beutel voller Kupfer- und Silbermünzen.

„Wofür ist das denn?"

„Wir haben auf dich gesetzt und uns entschieden, den Gewinn mit dir zu teilen. Die Quoten standen 40 zu 1 gegen dich, entsprechend hoch ist unsere Ausbeute ausgefallen. Bär hat übrigens auch auf dich gesetzt. Nimm ihm seine rabiate Art bitte nicht krumm, der macht nie halbe Sachen. Ich sollte am besten gleich mal nach ihm sehen. Nach dem, was er einstecken musste, wird er sicherlich mit einem ziemlichen Brummschädel aufwachen. Ach, eh ich's vergesse: Der König will dich heute Abend beim Fest als Ehrengast dabei haben. Gratuliere, du randalierst in seinen geheiligten Hallen, und er spendiert dir zum Dank dafür eine Übernachtungsmöglichkeit. Jeder andere würde längst die Radieschen von unten wachsen sehen, du dagegen wirst hofiert. Machs gut, wir sehen uns auf dem Fest. Hau die Kohle auf den Putz. Die Damen hier sind absolut schnieke." Er zwinkerte Zeifos schelmisch zu. „Statt dem Fährmann deine letzte Münze zu überlassen, gib sie lieber einer Frau. Die zieht dich zwar auch bis auf die Knochen aus, aber immerhin hast du da noch etwas davon. Allemal besser als so 'ne blöde Gondelfahrt."

Mit diesen mehr oder minder schlauen Worten verschwand Fritz im Inneren des Palastes. Zeifos stahl sich ebenfalls davon, um nicht in den Menschenmassen unterzugehen, die allesamt ins Freie strömten.

Die Frau mit den blonden langen Haaren, die ihn aufmerksam beobachtete, bemerkte der Soldat jedoch nicht. Er lief stattdessen planlos durch die Gassen der weiten Palast- und Burganlagen. Ohne jedwedes Ziel vor Augen.

Schreie in der Dunkelheit

Die Sonne versank am Horizont, während in der Stadt Teósix die letzten Vorbereitungen für das Fest getroffen wurden. Bedienstete, Musikanten, Barden und Budenbetreiber hetzten hin und her, kreuz und quer über die Plätze, damit an diesem Abend alles bereit stünde. Nichts durfte an solch einem bedeutsamen Tag, der die Vereinigung aller Menschen unter einem einzigen Banner kennzeichnete, schief gehen.

Inmitten all des Trubels und der emsigen Geschäftigkeit erkannte niemand die wahre Identität der zarten Gestalt, die sich mitten unter den Menschen bewegte. Liz trug eine terranische Rüstung, die explizit für weibliche Kriegerinnen entworfen worden war. Sie hatte sie aus einer der Rüstkammern am Stadtrand entwendet und ausnahmsweise eine passende Kleidergröße herausgesucht, dennoch zog sie unweigerlich die Blicke vieler Passanten auf sich.

Die Rüstung war perfekt auf ihre Körperformen zugeschnitten. Gepanzerte mit schwarzem Stoff überzogene Platten lagen geschmeidig an ihrem Körper, wodurch ihre sanften Rundungen zusätzlich betont wurden. Es war daher kaum verwunderlich, dass ihr die Männer schmachtend hinterher starrten. Selbst Frauen waren von der Elfe angetan, insofern diese nicht gerade damit beschäftigt waren, ihre Männer zur Ordnung zu rufen.

Dass Liz trotz all der Aufmerksamkeit nicht auf der Stelle enttarnt wurde, verdankte sie dem weißen Stein. Mit seiner Hilfe hatte die Elfe einen Verschleierungszauber gewirkt, der sie ganz und gar wie einen Menschen erscheinen ließ.

Sie war anfänglich besorgt gewesen, ob der Zauber überhaupt gelingen würde. Doch erstaunlicherweise harmonierten ihre Energien mit denen des Steins auf beeindruckende Weise. Zeitweise fühlte es sich sogar so an, als würde ihr jemand seine Kraft leihen. Da ein Transport von Energien über tote Materie jedoch nicht möglich war, musste sie sich in diesem Punkt offensichtlich irren. Oder war das Artefakt womöglich lebendig? *Nein, unmöglich,* Liz schüttelte ihren Schopf. Blieb die Frage, woher der dreieckige Stein dann seine Energien bezog, die er noch dazu vor dem Gespür Fremder sehr gut zu verschleiern wusste.

Der Zauber verbarg nicht nur die spitzen Ohren der Elfe und ließ diese klein, rundlich und menschlich erscheinen, er veränderte auch – übervorsichtig, wie Liz war – andere Äußerlichkeiten. Ihre Gesichtszüge waren nun noch weicher. Ihr ansonsten schulterlanges Haar fiel ihr bis hinab zum Po und schwang mit jedem ihrer Schritte hin und her statt auf und ab, wie es bisher der Fall gewesen war.

Statt einer energischen Elfe schritt nun eine elegante Menschenfrau mit langem blonden Haar zwischen den Ständen einher, deren Stimme noch dazu deutlich höher und melodischer war. Wenn sie sprach, erkannte sich Liz selbst nicht wieder.

In dieser Verkleidung gelangte die Elfe ohne großen Aufwand in die dunklen feuchten Gänge, die in das Verlies von Teósix führten. Sie musste dazu die unebenen Stufen hinabsteigen, die sich spiralförmig ins Herz des Palastberges bohrten. Dass sie bisher nicht einem Wachmann auf ihrem Weg hinab begegnet war, verhieß nichts Gutes.

Unweigerlich musste Liz an Zeifos denken, der allein für sie den Thronsaal aufgemischt hatte. Dass er zu solch drastischen Mitteln greifen würde, um sein Versprechen zu halten, hätte sie niemals für möglich gehalten, und dass sie ihrerseits den König anflehen würde, ihn zu verschonen, ebenso wenig. Der Soldat ließ sie ständig neue Seiten an sich entdecken.

Leider war er mit seinem Vorhaben gescheitert. Sie musste es daher auf ihre Weise versuchen. *Warum fragen, wenn man auch einfach einbrechen kann?* Doch je feuchter und modriger die Luft wurde und je länger sie auf keinerlei Gegenwehr stieß, desto skeptischer wurde sie.

Die Treppe führte Liz geradewegs in die unterirdischen Verliese. Ein beißender Gestank stieg ihr in die Nase. Kein einziger Lichtstrahl drang in die unterirdischen Katakomben vor. Durch ihre elfischen Sinne vermochte sie dennoch genügend von ihrer Umgebung zu erahnen, um verängstigt zu sein. In den Zellen lagen Leichenteile. Ein an der Schulter abgerissener Arm hing noch an einer Eisenkette. Auf dem Boden waren schimmlige Brotkrumen verstreut, und die Wände waren voller neonfarbenem Blut. Am meisten überwog ein dunkles Rot, ein schillerndes Blau und ein klebriges Grün.

Schreckliche Dinge mussten hier unten in der Vergangenheit geschehen sein. Liz wollte sich nicht einmal vorstellen, was Milly hier alles durchgemacht haben mochte. Der viele Feenstaub in einer der Zellen verhieß jedenfalls nichts Gutes. In einer anderen lag der abgesägte Haarkamm eines Trolls. Liz wurde bei dem Anblick übel. Sie lief immer schneller zwischen den Gitterstäben entlang, rannte fast. Niemand hier unten weilte mehr am Leben. Doch wenn alle gestorben und ihre Leiber in Teilen abtransportiert worden waren, wo war dann Milly? Panisch hielt sie nach irgendeinem ihrer Körperteile Ausschau und wurde dabei nur noch unruhiger. Ein seltsamer Duft stieg ihr in die Nase.

„Jasmin“, flüsterte Liz leise. Sie fragte sich verwundert, wo der Duft auf einmal herkam.

Je mehr der Gitterstäbe an ihr vorbeischnellten, desto mehr verzweifelte sie. Liz weinte ein Meer von Tränen. An einer modrigen Wand blieb sie schließlich stehen. Hier ging es nicht weiter, der Kerker mündete in eine Sackgasse.

Liz schmiegte sich an den kalten Stein und drückte mit aller Kraft dagegen, doch der Fels war massiv. Nichts bewegte sich.

Sie schluchzte, wollte einfach nicht glauben, dass die Seraphim nicht hier war.

„Milly ich vermisse dich! Bitte zeig dich, ich will dich nicht länger suchen müssen, ich ertrag es nicht länger, von dir getrennt zu sein.“

Die Sternenscheibe unter ihrem Rock leuchtete bei diesen Worten silbern. Die kristalline Waffe spürte, dass die Seraphim in der Nähe war. Liz bekam in ihrer Verzweiflung jedoch nichts davon mit. Schritte hallten von der Treppe bis in die hintersten Gänge. Jemand war ihr hinunter in den Kerker gefolgt!

Die Elfe atmete so leise wie möglich, mit etwas Glück blieb sie in der Finsternis vielleicht unbemerkt. Auf keinen Fall wollte sie hier unten eingekerkert werden. Zwar besaß sie das Äußere eines Terraners, doch welche Rechtfertigung sollte es für eine Menschenfrau schon geben, unbefugt in diesen Gefilden umherzuwandeln. Nein, sie wollte sich nicht rechtfertigen müssen, geschweige denn mit irgendjemandem reden, nicht solange ihr Tränen im Gesicht standen und sie die Einsicht überwältigte, dass sie Milly womöglich nie wieder sehen würde.

Die Kälte des Ortes drang in alle ihre Glieder, und der Duft von Jasmin wurde immer intensiver.

In Liz näherer Umgebung ereignete sich weit mehr, als sie mitbekam. Direkt unter der Elfe befand sich ein weiterer geheimer Trakt, in dem eine elegante Frau umherwandelte. An ihrem Dekolleté haftete eine einzelne Jasminblüte, deren aromatischer Duft über die Lüftungsschlitze in die obersten Gänge drang.

Sie war unbekleidet und verdeckte ihre Blöße, indem sie ihre Arme verschränkte. Die Schönheit ihrer makellosen Haut wurde lediglich durch eine zarte Gänsehaut getrübt. Schon lange hatte dieser düstere Ort keine derart aufreizende Frau mehr gesehen.

Sie wirkte mit ihren langen schwarzen Haaren und den hochhackigen Schuhen völlig deplatziert zwischen all den Folterwerkzeugen.

Auch wenn sie mit ihrem ganzen Wesen den Beschützerinstinkt in jedem Mann zu wecken vermochte, bedurfte sie dergleichen keineswegs. Eine jede ihrer Gesten zielte darauf ab, die Männer um den Finger zu wickeln. Niemandem war es bisher gelungen, ihr zu widerstehen. Keinem – bis auf einen! Soeben gab es jedoch wichtigere Dinge, über die sie nachsinnen musste und die so gar nicht zu ihren weiblichen Reizen und ihrer angenehmen, zauberhaften Gestalt zu passen schienen.

„Die Schlachten werden zu weit weg von diesen Ignoranten geschlagen."

Ihre Stimme war rein und sinnlich, ihre Worte dagegen forsch und zerstörerisch.

Sie bekam den Satz ihres Untergebenen einfach nicht mehr aus dem Kopf. Der Dunkelelf hatte recht. *Sowohl die Führungselite in Falmier als auch die Menschen hier in Teósix bekommen den Krieg nicht nah genug am eigenen Leib zu spüren. Es wird Zeit, diesen Zustand zu ändern. Sixtus mag sich hinter den Mauern seines Palastes sicher wähnen. Zeigen wir ihm doch einfach, wie sicher er tatsächlich ist.*

Schenigma ärgerte sich, dass sie zu solch aufwendigen Mitteln greifen musste. Da aber selbst die Berichte dieses Dorflümmels – jenes Fritz – den König nicht von der Notwendigkeit eines Gegenschlags überzeugen konnten, blieb ihr nun kaum eine andere Wahl. Bisher hatte sie bei ihren Schachzügen nur Bauern geopfert, diesmal würden aber auch einige Läufer auf der Strecke bleiben.

Quie'rasil ich werde dich vermissen! Nun ja, zur Not habe ich ja noch diesen Fritz. Mit ein bisschen Führung könnte aus ihm eben-

falls ein stattlicher Krieger werden. Zumindest in einigen Jahren. Immerhin hat der Tod der Wirtstochter ihn bereits nachhaltig geprägt. Es bedarf also nicht mehr allzu viel, um ihn auf meine Seite zu ziehen. Sobald ich noch ein, zwei Personen aus seinem Umfeld getötet habe, sollte er mir ein gehöriger Schüler sein. Ihre Augen leuchteten. *Doch was mache ich mit dem anderen Soldaten?* Ihr Puls beschleunigte sich. Erregt nagte die schwarzhaarige Schönheit an einem ihrer blutroten Fingernägel. *Ob Zeifos sich überhaupt bewusst ist, welche Kräfte in ihm schlummern? Verflucht, selbst ich kann seine Fähigkeiten nicht völlig einschätzen.* Sie fragte sich, wo dieser Fremde überhaupt so plötzlich hergekommen war. *Die Geburt eines solch mächtigen Wesens hätte mir auffallen müssen. Dariusz könnte möglicherweise recht haben, vielleicht wurde er in Wirklichkeit nie geboren. Egal, das Einzige, was zählt, ist, auf wessen Seite er steht: auf der Neu Terras oder Magelas.* Sie lächelte erwartungsvoll. *Wer weiß, vielleicht kann ich ihn ja sogar dazu überreden, auf meine Seite zu wechseln.*

Plötzlich leuchtete ihre Außenhülle silbern. Ihre makellose Haut fiel in sich zusammen und wurde für einen flüchtigen Augenblick von Knochen und einer gallertartigen Substanz ersetzt. „Nein, das wirst du nicht! Es ist zu gefährlich! Seine Gabe, sich dem Gleichgewicht zu widersetzen, stellt ein zu großes Risiko für uns alle dar. Der Einfluss, den er auf den königlichen Berater ausübt, ist nicht zu unterschätzen. Noch nie hat Dariusz sich derart seltsam benommen wie am heutigen Tage. Uns bleibt keine andere Wahl, wir müssen uns seiner entledigen! Am besten auf der Stelle.“

Geduld nur Geduld. Das knorrige Gerippe verschwand, und die elegante Frau kam wieder zum Vorschein. *Dir fehlt das notwendige Feingefühl dazu. Ich werde das in die Wege leiten.* Sie biss sich auf die Unterlippe. *Schade, dabei gefiel er mir so sehr.*

Das Schluchzen einer kleinen zusammengekauerten Gestalt riss Schenigma aus ihren Gedanken. Milly saß direkt vor ihr und war mit einer Eisenschelle an die Wand gekettet.

„Na, mein Engel, hast du mich vermisst?"

Die Seraphim hob geschwächt ihren Kopf. Ihre Augen wirkten gläsern. Die elegante Frau stand direkt vor ihr, dennoch vermochte Milly sie nicht zu sehen. Als sie den süßlichen Duft von Jasmin roch, erinnerte sie sich jedoch wieder.

„Eifa, du bist spät."

Ihre Worte waren nur ein Hauchen, dennoch vernahm die elegante Frau sie klar und deutlich.

„Verzeih, ich wurde aufgehalten. Ist dein Augenlicht etwa bereits erloschen?"

Milly nickte beschämt, obwohl sie nichts dafür konnte. Sie sah elendig aus. Ihre Oberschenkel und ihr Flügelstumpf waren mit Bandagen umwickelt worden. Diese suppten so stark, dass man sie hätte schon längst wechseln müssen. Der König hatte zwar vor einigen Tagen befohlen, die letzte Gefangene zu schonen, doch die Verlieswachen waren dazu offensichtlich nicht imstande. Sie kannten sich nur damit aus, andere zu foltern und nicht sie zu heilen.

Immer dann, wenn es ihr besonders schlecht ging, versuchte die Seraphim ihren abgeschlagenen Flügel zu bewegen, was ihren Zustand noch mehr verschlimmerte. Auf diese Weise würde ihre Wunde niemals verheilen. Milly drohte jedoch nicht an ihren eiternden Verletzungen zugrunde zu gehen, sondern am Gleichgewicht, das sie von Stunde zu Stunde schwächte.

„Ach mein Engel, es tut mir so leid um dich." Nach ihrem Gesichtsausdruck zu urteilen meinte die Mistress es tatsächlich ernst. „Lass mich den Schleier des Todes von dir nehmen." Sie beugte sich zu der Angeketteten hernieder und nahm sie in die

Arme. Milly erwiderte die Liebkosung. Der Körper der Frau fühlte sich so schön warm an. In dieser Eiseskälte gab es nichts Angenehmeres. Das helle Licht, das von Eifa ausging, ließ die Seraphim wieder zu Kräften kommen. Die Wärme und das Leuchten vermochten jedoch nicht darüber hinwegzutäuschen, dass Eifa von dunklen Schatten umgeben war.

Es war nur ein einzelner schwarzer Fleck auf ihrer ansonsten anmutigen Schönheit, doch allein dieser vermochte all ihre Güte ins Gegenteil zu verkehren. Milly empfand Mitleid mit der eleganten Frau.

„Es tut mir leid für dich", flüsterte die Seraphim leise und drückte Eifa noch fester an sich.

Schenigma war verwirrt. Sie verstand nicht, was die Geflügelte damit meinte. „Wieso? Was ist, mein Engel?"

„Ich verspüre nur einen physischen Schmerz, deiner ist dagegen seelischen Ursprungs."

Der graue Schleier fiel von Millys Sinnen ab. Sie erkannte ihre Umgebung wieder klar und deutlich. Eifas Licht erhellte die Kanalisation mit all ihren finsteren Ecken. Ratten huschten davon, und Kakerlaken machten sich über das schimmlige Brot im Essensnapf her.

Zögerlich befreite sich Schenigma aus Millys Griff und blickte auf sie herab.

„Sorge dich nicht um mich. Dir selbst geht es dreckig genug. Ich würde dich gerne vollständig heilen, aber das kann ich leider nicht. Niemand darf erfahren, dass ich dir helfe. Sie müssen denken, dass du von dir aus überlebst. Damit sie an der Existenz des Gleichgewichts zweifeln." Sanft und beschwichtigend streichelte sie ihr über die Wange. „Wieso hast du nur so ein niedliches Äußeres? Das erschwert es nicht nur mir, dich friedlich sterben zu lassen. Selbst dem König wird es bei deinem zarten Gesicht schwer fallen, deinesgleichen den Krieg zu erklären.“

Schenigma scherte sich nicht darum, ob sie womöglich zu viel preisgab, Milly würde sowieso bald alles wieder vergessen haben. Sie wunderte sich jedoch darüber, wie schnell die Seraphim bereits wieder in jenen dämmerähnlichen Zustand verfiel. Nach solch einer Behandlung hätte sie normalerweise länger durchhalten müssen.

Ein grüner Lichtblitz huschte über Millys Stirnkristall. Die Seraphim jauchzte innerlich auf.

„Du träumst wohl gerade etwas Schönes?“

Milly nickte halb lethargisch. Sie verheimlichte Eifa jedoch, dass ihr Traum mehr als bloße Einbildung war. Deutlich spürte sie Liz’ Anwesenheit. Die Sternenscheibe sprach zu ihr. Bereits zuvor hatte diese versucht, mit Milly Kontakt aufzunehmen, doch erst jetzt erreichte die Botschaft die Seraphim. Die Worte, die ihr die Scheibe übermittelte, ließen das Herz der Kleinen höher schlagen. *Milly ich vermisse dich! Ich ertrag es nicht länger, von dir getrennt zu sein.* Am liebsten wollte die Seraphim laut aufschreien und antworten, doch solange Eifa hier war, traute sie sich nicht.

Allzu viel Zeit blieb ihr nicht, denn Liz entfernte sich immer mehr von ihr. Da sie Milly nicht gefunden hatte, gab es keinen Grund für die Elfe, länger im Verlies zu bleiben. Sie wollte diesem schrecklichen Ort so schnell wie möglich entfliehen, an dem alle ihre Hoffnungen gestorben waren.

„Du bist der Schlüssel, um den Krieg zwischen den Welten zu entfachen. Nur wenn du überlebst, wird Sixtus weiterhin an der Existenz des Gleichgewichtes zweifeln. Also stirb mir jetzt bloß nicht weg, hast du verstanden! Der Moment, an dem ich dich in einen friedlichen Schlaf abgleiten lasse, wird noch früh genug kommen. Bleib daher stark, mein Engel.“

Eifa hatte die Seraphim bereits mehrfach besucht, doch erst jetzt bemerkte sie die klaffende Wunde, die direkt über ihre Halsschlagader lief. Mit ihren Fingernägeln fuhr die Frau vorsichtig über den langen Schlitz, woraufhin Milly entsetzlich zusammenzuckte.

„Da hast du aber verdammt viel Glück gehabt. Wer hat dir denn diese schlimme Verletzung zugefügt?"

Milly musste an den Moment zurückdenken, als sie gegen Kastriot aufbegehrt hatte. Seinen finsteren Gesichtsausdruck würde sie niemals vergessen. In dem Augenblick, da ihn der eisige Splitter traf, war das Maß voll gewesen. Mit gezogener Waffe hatte er sich ihr genähert. Er schrie und fluchte und lechzte danach, ihr den Kopf vom Rumpf abzuschlagen. Milly spürte, dass ihre letzte Stunde geschlagen hatte und dass nichts imstande war, ihn zu stoppen. Mit voller Wucht holte Kastriot aus. Das Schwert zischte durch die Luft und donnerte mit der Spitze gegen eine der Gitterstangen hinter ihr, in welcher es eine breite Kerbe hinterließ.

Der gesamte Käfig vibrierte unter der Wucht seines Hiebes. Millys Blut floss aus der frisch entstandenen Halswunde. Sie war dem Tod nur knapp von der Schippe gesprungen. Die Mordlust des Generals vermochte dies jedoch keineswegs zu lindern. Mit der blanken Faust prügelte er die Seraphim schließlich bewusstlos.

Selbst in ihren Träumen verfolgte sie die entsetzlich grinsende Fratze dieses Mannes. Sobald sie ihre Augen schloss, sah sie den General vor sich. Leise flüsternd beantwortete sie die Frage Eifas mit einem einzelnen Wort: „Kastriot."

Die Mistress war überrascht. „Kastriot hat dir das also angetan. Interessant. Lautete nicht der zweite Name dieses Soldaten ebenfalls Kastriot?"

Milly vernahm keines ihrer Worte mehr. Gedanklich weilte sie längst bei Liz. Sie wartete lediglich noch darauf, dass Eifa endlich verschwand. Tatsächlich wandte sich die Frau soeben zum Gehen.

„Du dürftest nun über genug Kraft verfügen, um die nächsten zwölf Stunden zu überstehen. Ich werde mich derweil ein wenig auf dem Fest herumtreiben. Wollen wir doch mal sehen, ob wir dem Abend nicht die nötige Würze verleihen können. Niemand hier in Teósix soll diesen glorreichen Tag der Wiedervereinigung aller Menschen jemals vergessen."

Ihr hämisches Grinsen passte eher zu einem Untoten als zu jener aufreizenden Dame. Ihre Leibeshülle begann silbern zu leuchten. Unmittelbar daraufhin fiel Schenigma in sich zusammen.

Mit ihrem Verschwinden kehrte wieder Dunkelheit an diesem Ort ein. Dennoch war Milly froher Dinge. Aus tiefster Seele rief sie nach ihrer Schwester. „Liz! Ich bin hier unten. Hörst du mich! Ich hab dich auch vermisst. Hörst du mich!"

Doch ihrer zarten Stimme gelang es nicht, durch die Lüftungsschlitze bis in die obersten Gefilde vorzudringen. Milly verspürte starke Schmerzen. Sie spuckte Blut und hustete, dennoch gab sie nicht auf. Die Angst davor, allein gelassen zu werden, überwältigte sie.

„Liz, bleib hier, bitte."

Liz aber entfernte sich immer mehr von ihr. Die Elfe hetzte durch die oberen Gänge. Sie wollte nur noch raus aus diesem kalten Verlies. Sie ertrug die erdrückende Stille nicht länger. Sie lief geradewegs auf die zwei Soldaten zu, die mit Putzeimern die Treppe heruntergekommen waren.

„Exaestuare ventus de ani" Ein staubiger Wind wehte auf und pfiff ihr um das aufwallende blonde Haar. Die Fackeln der Männer erloschen. Gleichzeitig verschlang der tosende Sturm Millys dritten verzweifelten Ruf.

„Geh nicht, bitte!“

Die Seraphim fiel vornüber in den Dreck, während die Elfe zwischen den zwei Männern hindurchschlüpfte. Eines ihrer wehenden Haare streifte dabei unbeabsichtigt das Gesicht eines der beiden Soldaten.

„Fritz, mach mal ruhig, du wirbelst mit deinem Feger eindeutig zu viel Staub auf.“

„Bär, das war ich nicht!“

„Ist mir schon klar, derart betörend duftest du mit Sicherheit nicht.“ Der Hüne griente frech und boxte Fritz in die Flanke. „Du hast das hübsche Mädel offensichtlich vergrault. Na egal. Los, lass uns an die Arbeit gehen. Ein bisschen Schuften hat noch keinem geschadet.“

Fritz schaute verwundert.

„Hast du nicht vorhin noch gemeint, dass die Dreckskerle, die für die Sauerei hier unten verantwortlich sind, ihren Dreck lieber selbst wegmachen sollen?“

„Jup, hab ich. Einem dieser Sadisten hab ich bereits ganz masochistisch den Arm gebrochen, um ihm zu zeigen, was ich von dieser Schweinerei hier unten halte.“ Er verrollte die Augen ganz unschuldsbewusst. „Jetzt lass uns aber endlich anfangen.“ Mit einem unverschämten Lächeln wandte er sich seinen Putzutensilien zu. „Lass die Fackeln am besten gleich aus“, sprach er weiter. „Leg deinen Schrubber weg, und dann: Prost.“ Der Hüne kramte aus einem der Eimer ein Fass hervor und nickte Fritz frech zu.

„Nur weil der Haupti uns für die kleine Randale im Palast eine Strafe aufbrummen musste, ist das noch lange kein Grund, nicht ebenfalls mit zu feiern. Ist das eigentlich derselbe Lackaffe, von dem du mir erzählt hast? Derselbe Hauptmann, der angeblich die Bewohner aus Heilbrunn im Stich gelassen hat und einfach geflohen ist?“ Bär nahm einen kräftigen Schluck aus der Pulle und streckte seine Knochen. „Ich kann verstehen, dass Kastriot mit dem angeeckt ist und ihm im Streit eine geballert hat. Mit dem Ellbogen, hast du doch gesagt, oder? Nun, mir wird der Bursche immer sympathischer. Ich kann kaum glauben, dass der in seinem Alter schon General sein soll. Heutzutage werden die Offiziere auch immer jünger.“

„Du hättest doch längst selbst schon General sein können, wenn du dir nicht laufend die Vorgesetzten zur Brust nehmen würdest“, meinte Fritz.

„Lass mal. Ohne das Fußvolk gäbe es niemanden mehr, der die handfesten Jobs erledigt. Die da oben haben doch völlig den Kontakt zur Außenwelt verloren. Treiben uns von einem unsinnigen Krieg in den nächsten. Bär bleibt lieber Bär.“ Er schlug sich kraftvoll auf die Brust. „Ich sorge viel lieber für Stunk. Ich muss allerdings zugeben, dass dieser Kastriot tatsächlich die Ausnahme von der Regel zu sein scheint. Der hat mich echt mal anständig vermöbelt. Mir schmerzt jetzt noch der Kiefer. Das hat bisher noch keiner geschafft.“ Er verzog das Gesicht. „Genug gefaselt, du liegst bereits drei Humpen zurück.“

Den vierten flößte er Fritz gewaltsam ein. „So, noch zwei, und wir sind wieder gleich auf.“

Millys schwaches Schluchzen hallte noch eine Zeit lang durch die unteren Gänge. Sie weinte bitterlich und wiederholte hustend den stets gleichen Satz. „Liz, bitte geh nicht.“ Die Elfe aber war längst die spiralförmige Treppe hinauf und hinaus ins Freie gestürmt, wo sie zwischen seelenlosen Ständen umherwandelte und ebenso verzweifelte wie ihre jüngere Schwester unten im Verlies.

Liz' Windzauber hatte seine Finger bis in die untersten Gefilde des Gefängnisses ausgestreckt und einiges an Dreck aufgewirbelt, der sich nun als eine dicke Staubschicht auf den verblassenden Leib der zusammengesunkenen Seraphim legte. Nach einer Weile verebbte ihr Schluchzen. Das Einzige, was zurückblieb, war eine beklemmende Stille.

Zweisam einsam

Der große Lichtersaal machte seinem Namen alle Ehre. Entlang der gesamten Kuppeldecke waren Tausende filigraner Spiegel angebracht, in deren Mitte ein schillerndes Glaskonstrukt hing, das sich ununterbrochen drehte.

Stetig veränderte sich dadurch die Lichtstimmung im Inneren des Raumes.

Die Menschen auf der Tanzfläche waren in lange bunte Roben, Galauniformen, weite mit Schleifen verzierte Röcke oder Kostüme gekleidet und gaben sich ausgelassen den Feierlichkeiten hin. Liz dagegen saß mit gesenktem Haupt auf einer vollständig mit Gold verzierten Bank. In Gedanken versunken verfolgte sie die über den Boden streifenden Lichtstrahlen. Nach dem, was sie soeben erlebt hatte, wollte sie einfach nur in Ruhe gelassen werden.

Dennoch vermochten die Männer ihre Blicke nicht von der blonden Schönheit abzuwenden. Einer nach dem anderen versuchte sein Glück bei ihr.

„Mademoiselle, sehe ich richtig, dass Sie ganz allein hier sind? Hier, nehmen Sie, eine kleine Aufmerksamkeit meinerseits."

Das war bereits der dritte Adlige, der an diesem Abend offenkundig Interesse zeigte. Lockend reichte er ihr einen edlen Tropfen. Im Gegensatz zu den ersten beiden ließ die Elfe ihn nicht sofort abblitzen. Sie griff nach dem ovalen Gefäß, während sich ihr Blick schlaftrunken vom Parkettboden löste. Überrascht stellte sie fest, dass sie nicht nur das Weinglas, sondern zugleich auch eine rote Rose in den Händen hielt.

Der Casanova lächelte verstohlen. Mit diesem Trick hatte er schon viele Frauen um den Finger gewickelt. Enttäuscht musste Liz feststellen, dass der Blume jeglicher Stachel entrissen worden war.

„Kommen Sie doch hinüber, an meinen Tisch. Da ist es viel besinnlicher."

Erwartungsvoll beäugte sie den Mann. Seine Kleidung war äußerst prunkvoll. In seiner weißen Galarobe wirkte er nicht gerade unansehnlich, auch der dezente Bart verlieh ihm durchaus einen gewissen Charme. Einige Frauen waren ihm sicherlich Zeit seines Lebens zum Opfer gefallen und er erhoffte sich wohl, dass dies auch auf die Frau zutreffen würde, die sich ihm zaghaft als Liz vorstellte.

Der Adlige küsste ihre Hand. „Das samtblaue Kleid steht Ihnen wirklich vorzüglich."

Die Elfe hatte sich umgezogen, nachdem mehrere Bedienstete sie ermahnt hatten, dass sie nicht uniformiert zu den Festlichkeiten gehen könne. Um endlich in Ruhe gelassen zu werden, hatte sie sich ein festliches Kleid ausgesucht, das ihr gefiel. Es war eng ausgeschnitten, mit glitzernden Steinen verziert und besaß hinten eine weiße Schleppe. Am liebsten hätte sie es Milly gezeigt. Leider würde dieser Moment wohl niemals kommen.

Zwar ließen die Angestellten sie nun in Ruhe, dafür wurde sie von Männern belästigt. Die Elfe, die noch nie zuvor Alkohol probiert hatte, leerte das Glas mit einem Schluck.

„Langsam, langsam, der Abend ist noch jung." Trotz seiner Worte tauschte der Mann geschwind ihr Glas gegen das seinige aus, das noch randvoll war. Mit einem erwartungsvollen Lächeln stellte er fest, dass ihre Wangen bereits errötet waren. Noch ein, zwei Schlucke mehr, und sie würde ihm endgültig verfallen.

Der Wein vollbrachte bei Liz wahre Wunder. Er vermochte ihren Schmerz und die Erinnerungen an Milly zu betäuben. Die Worte des redegewandten Edelmanns trugen ihr übriges dazu bei, weshalb sie ihn gewähren ließ. Galant fasste er ihr unter den Arm, um sie wie ein Gentleman zu seinem Tisch zu führen.

„Kommen Sie, lassen Sie uns gemeinsam die Vereinigung Neu Terras feiern. Auf dass unsere Feinde vor unserer geballten Kraft kapitulieren werden. Welch glorreicher Gedanke! Und wer weiß, vielleicht gibt es ja heute Abend noch eine weitere sinnliche Vereinigung zu genießen." Scherzte der edle Herr, der Liz vornehmlich einen Stuhl anbot.

Seine neueste Flamme erwiderte seine Geste allerdings nicht wie erwartet. Statt sich zu fügen und sittsam Platz zu nehmen, bot sie ihm die Stirn und schüttete ihm das gefüllte Weinglas über die hellweiße Galarobe. Empörung und Häme zeichneten sich in den Gesichtern der Damen und Herren sowohl an diesem, als auch an den Nachbartischen ab. Etwas Derartiges war dem Adligen noch nicht untergekommen, er wusste nicht einmal, wie er reagieren sollte. Er wollte sie am liebsten anschreien, doch in Gegenwart der festlichen Gesellschaft musste er seine Contenance wahren.

Die Elfe hatte genügend Zeit gehabt, sich die höfische Art der Damen abzuschauen.

„Ich danke Ihnen für den Wein, er hat mir sehr gemundet, aber zwei Gläser geziemen sich nicht für ein edles Fräulein. Guten Tag, der Herr!"

Liz klangen ihre eigenen Worte fremd, und sie war froh darüber. Die verlogene Art der Menschen erinnerte sie eindringlich daran, dass sie eine Elfe war und hier nicht hergehörte. Sie wollte nichts mehr mit diesen Terranern zu schaffen haben. Sie kamen ihr alle falsch vor.

Auf der Stelle machte sie kehrt und kehrte zu ihrer Bank zurück. Ihre weiße Schleppe hob sie hoch, damit diese nicht auf dem Boden schleifte.

„Blödes Frauenzimmer!", fluchte der Adlige. „Was schaut ihr mich so an, lasst mich doch alle in Ruhe und kümmert euch um euren eigenen Kram."

„Ach komm schon, jeder hat schon mal 'ne Abfuhr erhalten", tröstete ihn das Fräulein zu seiner Rechten. „Wenn auch nicht derart spektakulär, wie ich zugeben muss", giggelte sie mit vorgehaltenem Fächer.

Die Elfe kümmerte sich nicht um die Blicke der anderen, sie lehnte sich zurück und warf die Rose auf den Boden. Sie wollte am liebsten alles vergessen. Dank ihres menschlichen Aussehens brachte ihr die soeben dargebotene Showeinlage noch nicht einmal Ärger ein. Am Hofe gehörten derartige Eskapaden zum Alltag, und nun wusste wenigstens jeder, woran er bei der holden Unbekannten war. Was alle fromm Abstand halten ließ.

Sie blieb dennoch nicht allein mit ihrer Trauer. Die Holzbank war mehrere Meter breit. Sie saß an einem Ende davon, trotzdem nahm ein Fremder direkt neben ihr Platz. *So dreist kann doch niemand sein! Er muss doch bemerkt haben, dass ich dem anderen gerade eine Abfuhr erteilt habe?* Im Gegensatz zu den anderen hatte ihr neuer Verehrer jedoch keinen wohlüberlegten Spruch auf Lager. Er schwieg stattdessen und sagte nichts. Dennoch brachte er die Elfe allein durch seine bloße Anwesenheit durcheinander, was sie rasend machte.

Die Elfe versuchte alles, um sich abzulenken. Sie starrte absichtlich auf ihre Zehen und maß die verrinnende Zeit anhand der wandernden Lichtstrahlen am Boden. Dennoch schweiften ihre Gedanken immer wieder zu dem Störenfried. Sie ertappte sich dabei, wie sich ihre Pupillen in seine Richtung verirrten. Was fiel diesem Terraner ein? Warum sprach er sie nicht einfach an? Dann könnte sie ihm wenigstens eine Abfuhr erteilen und sich endlich wieder ihrer Trauer hingeben.

Der Mann neben ihr ließ sie jedoch schmoren, als ahnte er, dass sie nur auf eine Gelegenheit wartete, ihn von sich zu weisen. Erst nach längerem Zögern und mehreren Anläufen hatte er es gewagt, sich neben sie zu setzen. In ihrem nachtblauen Kleid sah sie wirklich bezaubernd aus. Trotz allem sprach er sie nicht an.

So viel ging ihm durch den Kopf, einige recht nette Dinge waren darunter, doch er verwarf sie aus den unterschiedlichsten Gründen. Sei es, weil diese viel zu direkt, zu schmalzig, zu persönlich oder einfach zu ... geplant und gekünstelt waren. Er stellte sich vor, wie sie wohl reagieren würde. Leider wusste er, dass Hoffnungen und Sehnsüchte nur selten etwas mit der Wirklichkeit gemeinsam hatten.

Als der Fremde endlich die Initiative ergriff, zeigte Liz ihm absichtlich die kalte Schulter. Irgendwie musste sie ihm schließlich begreiflich machen, dass er bei ihr keine Chance hatte. Frustriert stellte Liz fest, dass der Fremde sie gar nicht ansprechen wollte. Er beugte sich lediglich nach vorne, um sich anschließend wieder zu setzen. Sie bereute es plötzlich, dass sie ihn nicht dabei beobachtet hatte. *Was sollte das eben? Was hat er gerade gemacht? Hat mir dieser Perversling etwa unter den Rock geschaut?*

Schnell sah sie ihren Irrtum ein. Die Rose war vom Boden verschwunden. Sie begriff gar nichts mehr. *Die gehört mir, was will er denn damit?* Allmählich obsiegte ihre Neugier. Für einen kurzen Augenblick schaute sie zu ihm hinüber. *Ein einzelner flüchtiger Blick kann unmöglich schaden.* Ihr unbekannter Verehrer wollte nicht so recht in diese Gesellschaft passen. Er trug noch immer die Kluft eines Soldaten, weswegen man ihn sicherlich – genau wie sie – mehrfach angesprochen und ermahnt haben musste. Die Rose hielt er sich genüsslich unter die Nase. Sein Gesicht konnte Liz jedoch nicht genau erkennen, da sie ihren Blick zu früh abgewendet hatte. Sie scheute sich davor, ihm in die Augen zu sehen. *Was fällt diesem Möchtegern-Soldaten eigentlich ein, mir meine Rose wegzunehmen?*

Solange hatte der Fremde Worte gewälzt, doch keine gefunden und die gerade gedachten eher versehentlich als mit Absicht ausgesprochen: „Welch wohl duftende Blume, wirklich hübsch anzusehen. Aber mit Stacheln gefällt sie mir viel besser.“

Liz glaubte, sich verhört zu haben. Sprach er nun mit ihr oder mit der Pflanze? Die unaufhörlich dudelnde Tanzmusik machte sie ganz konfus. Ihr fiel nichts ein, womit sie kontern konnte. *Ach was soll's.* Sie fasste Mut. *Ich sag ihm einfach klipp und klar, dass ich in Ruhe gelassen werden will. Soll er sich doch zum Teufel scheren!*

Energisch schwang sie ihren Kopf zur Seite und öffnete die Lippen. „Lass mich …!?“

Mehr brachte die Elfe nicht heraus. Kaum da sie in die klaren blauen Augen von Zeifos blickte, verstummten ihre harschen Worte zu einem gefühlvollen Wimmern.

Der Soldat bemerkte sofort, dass sich ihre Stimmung veränderte. Sie wirkte mit einem Male noch trauriger.

„So hübsch und doch so betrübt. Das steht Ihnen wirklich nicht“, vernahm sie aus seinem Munde. *Zeifos, bist du es wirklich?* Nach all dem, was geschehen war, traf sie ihn endlich wieder. Er lebte! Selbst die Auseinandersetzung beim König hatte er offenbar unbeschadet überstanden. *Ein Glück.* Endlich erhielten sie die Gelegenheit, sich auszusprechen, ohne andauernd gestört und unterbrochen zu werden. Ohne herunter stürzende Felsbrocken und ohne dass einer von beiden dem anderen den Tod wünschte. Sie hoffte, dass er ihr nun endlich erklären konnte, warum er Milly all dies angetan hatte, obwohl er kein grausamer Mensch war.

Liz pochendes Herz erfror inmitten klirrender Unsicherheit.

„Sprich nicht so seltsam mit mir, warum wirkst du so distanziert?“ Derart kannte sie ihn gar nicht. Es war fast so, als ob er mit einer Fremden redete. Liz' Gesicht verdunkelte sich auf einen Schlag, und ihre Freudentränen versiegten. Liz erkannte erst jetzt, dass sie gar nicht sie selbst, sondern eine völlig andere verkörperte. Eine menschliche Frau, ohne lange Ohren und mit blondem wallenden statt kurzem grünen Haar. Sie trug noch nicht einmal ihre eigenen Kleider, er konnte daher unmöglich wissen, dass sie es war. Die Erkenntnis ließ sie innerlich erkalten.

Der Soldat interessierte sich anscheinend nur für die blöde Blondine, der auch die ersten drei Verehrer verfallen waren. *Er ist nicht anders, als all die anderen, er ist lediglich der vierte! Dieser blöde Frauenheld wirft mit Schmeicheleien um sich. In diesem verdammten Wald am See hätte er sicherlich auch jede Dahergelaufene beschützt. Immer wieder falle ich auf diesen Betrüger herein. Wie konnte ich nur!* Sie verschloss ihr empfindsames Wesen vor der Außenwelt. *Über was denke ich hier eigentlich nach, er ist es doch gar nicht wert. Verflucht. Was soll das, so bin ich doch sonst nicht.* Ihre Gedanken überschlugen sich. Sie ertrug es nicht länger, wie Zeifos sie ansah. *Nicht mich schaut er an, sondern die Blondine!* Unter Tränen sprang Liz auf und rannte davon.

Sie ließ einen völlig verwirrten Soldaten zurück, der nicht wusste, ob er ihr sofort nacheilen sollte oder nicht. Anfangs hatte er nicht einmal vorgehabt, auf das Fest zu gehen. Erst auf das erneute Drängen von Fritz hin war er hierher gekommen. Der Bursche wollte ihm, genau wie in Heilbrunn, die Sehenswürdigkeiten und Festsäle von Teósix zeigen. Kaum auf Bär getroffen, der Eimer und Schrubber bei sich trug, war Fritz jedoch schon wieder verschwunden.

Seit diesem Augenblick, an dem die Feierlichkeiten noch nicht einmal im vollen Gange waren, irrte der Soldat von einem Festsaal zum nächsten, ohne wirklich all den Trubel zu suchen. Erst die Anwesenheit dieser hübschen jungen Frau hatte ihn schließlich aus seiner Insichgekehrtheit geweckt. Lange hatte er nicht mehr derartig innige Gefühle für jemanden empfunden. Er sah etwas in ihren Augen, das er sich nicht erklären konnte. Sie wirkte mit ihren Tränen noch viel hübscher als zuvor schon.

Er zögerte nicht länger und stürmte ihr hinterher. Ihre entschwindenden Haarspitzen zeigten ihm deutlich, in welche Richtung sie gerannt war.

Unerwartet schnell holte der Soldat sie ein. Liz war es in ihrer Eile völlig gleichgültig gewesen, wohin sie lief, und so war sie geradewegs in eine Sackgasse gestolpert. Vor und neben ihr war lediglich ein steinernes Geländer. Die Treppe befand sich ausgerechnet auf der anderen Seite des Balkons, und von einigen Türen abgesehen, die zurück in den Saal führten, ging es in dieser Richtung nicht weiter. Aus nächster Nähe musste der Soldat miterleben, wie die Frau der Mut verließ. Sie kapitulierte und trat näher an den Balkon heran. Sie verschränkte ihre Arme auf dem steinernen Geländer und vergrub ihr Gesicht darin. Sie wollte weder ihn noch irgendjemanden sonst sehen.

Der Balkon des Lichtersaals war für seine atemberaubende Aussicht berühmt. Von hier aus konnte man geradewegs den Hang des Palastberges hinab und hinunter ins Tal blicken, direkt zwischen den Wolkenkratzerschluchten hindurch. Im Augenblick stand beiden aber nicht der Sinn danach. Sie waren vielmehr miteinander beschäftigt.

Liz, die spürte, wie sich der Soldat ihr näherte, hegte nur einen Gedanken. „Geh doch einfach weg, bitte."

Ihre Worte gingen Zeifos sehr nah, sie klang richtig süß in ihrer Verzweiflung, dennoch blieb er bei ihr und lehnte sich an das Geländer neben sie. Er schwieg, und Liz lauschte dem säuselnden Wind, der ihr ums Haar strich und ihr somit ein Gefühl seiner Nähe vermittelte. Noch immer wollte sie vor ihm davonlaufen, so weit weg wie nur möglich. Mit aller Macht versuchte sie den Soldaten aus ihren Gedanken zu verdrängen und allmählich gelang es ihr auch. Beide waren sich körperlich so nah gekommen, wie nie zuvor und doch entfernten sie sich immer weiter voneinander. Das Stechen in Liz' Herzen schwoll unaufhörlich an. Endlich hatte sie ihn nach all der Zeit wieder gefunden und gleichzeitig für immer verloren. Sie fühlte sich ganz und gar alleingelassen. Zweisam und doch einsam.

Unterbrechungen der Feierlichkeiten

Quie'rasil starrte gebannt in den zähflüssigen gläsernen Spiegel, der auf einem einsamen Gipfel stand. Sein gesamtes Umfeld reflektierte sich darin, angefangen von den schneebedeckten Hängen bis hin zu Schenigmas anmutiger Gestalt, die ihn mit lockendem Finger dazu zu überreden versuchte, doch endlich hindurchzutreten. Sein eigenes Spiegelbild suchte er darin jedoch vergeblich. Ganz gleich, wie nahe er der wabernden Oberfläche auch kam, er vermochte es nicht, sich selbst darin zu erkennen.

Stattdessen starrte er in die zähnefletschenden Mäuler der Nirwase, die sich allesamt hinter ihm eingefunden hatten und die ebenfalls ungeduldig darauf warteten, dass er endlich hindurchtrat. Sie lechzten förmlich danach, endlich in den Kampf zu ziehen.

Der Dunkelelf traute der Sache nicht. Ihm war nicht wohl bei der Vorstellung, ganz allein mit den Boten des Nirwanas in den Krieg zu ziehen, ohne irgendeinen anderen denkenden und fühlenden Magelaner an seiner Seite. Zwar versprach ihm Schenigma, ihn vor den Auswirkungen des Gleichgewichtes zu beschützen. Sollte allerdings irgendetwas schiefgehen, wäre es endgültig um ihn geschehen. Die Nirwase waren vielleicht dazu in der Lage, Menschen abzuschlachten, in allen anderen Belangen war auf sie jedoch kein Verlass.

Die Mistress an seiner Seite wusste jedoch, wie sie ihn aller Zweifel berauben konnte. Lockend beugte sich Schenigma zu ihm vor. „Du vertraust mir doch, oder?“ Ihr Jasminduft verzauberte ihn. „Oder hat dir unsere gemeinsame Nacht etwa nichts bedeutet?“

Schmachtend erinnerte er sich an jenen Abend zurück. Niemals würde er diese erregende Vollmondnacht vergessen können, während der sie sich ihm ganz und gar hingegeben hatte. Selbst jetzt spürte er noch immer ihre Fingernägel auf seinem Rücken und ihre Bisse auf seinem Körper. Nach außen hin gab sie sich stets stark und unnahbar, dennoch war sie für einen flüchtigen Augenblick in seinen Händen vollends dahingeschmolzen. Sie hatte ihm alles von sich preisgegeben. Berauscht war er mit all seinen Sinnen über ihren nackten Körper hinweg und später in sie hineingeglitten. Ihr Stöhnen war liebreizend gewesen. Am meisten erregten ihn jedoch weder ihre gespreizten Schenkel noch ihr zarter Bauchnabel oder ihre wohlgeformte Oberweite, sondern einzig ihre spitzen Ohren.

Die ganze Zeit über hatte sie dieses Detail vor ihm verheimlicht und ihre elfischen Ohren hinter dunklen Nebelschleiern verborgen gehalten. Sie wollte offensichtlich so wenig wie möglich von ihrer Identität preisgeben. Auf ihrem gemeinsamen Höhepunkt hatte sie dem Dunkelelfen jedoch enthüllt, dass sie eine Elfe war. Sie war derart in Ekstase, dass sie ihm alles von sich verriet. Die Elfe schrie vor Erregung ihren eigenen Namen. „Ich heiße Eifa und bin die Schwester Sairines.“ Beide Geständnisse ließen Quie’rasil ihr endgültig verfallen. Erschöpft war er in einen tiefen und unnatürlichen Schlaf gefallen.

In seinem Traum sah er Felizia. Sie liefen nebeneinander her. „So, du hast dein Herz also doch noch an eine andere verschenkt, dabei dachte ich, du wärest dazu gar nicht fähig.“ Sie lächelte liebevoll. Der Dunkelelf getraute sich nicht, sie anzusehen. Felizia wirkte traurig. „Magst du sie denn wirklich? Und was ist mit ihr, mag sie wenigstens dich? Ich würde es dir jedenfalls wünschen. Leider kenne ich dich besser als du dich selbst und ich befürchte, dass du Liebe womöglich mit Lust und Verlangen verwechselst. Das ist eine trügerische Mischung.“

Quie’rasil kam allmählich wieder zu sich. Er war nach dieser Nacht splitterfasernackt und völlig allein unter dem Sternenhimmel erwacht. Niemand weilte an seiner Seite. Schenigma hatte ihm jedoch mit ihren Fingernägeln eine Botschaft in den Bauch geritzt. „Bezwinge die eisigen Gletscher nördlich Falmiers. Auf dem höchsten Gipfel sehen wir uns wieder."

Der Dunkelelf freute sich bereits auf eine heißblütige Wiedervereinigung mit der Mistress. Zu seinem Missfallen wollte sie ihn jedoch gleich wieder fort schicken. „Bitte sage mir, was ich falsch gemacht habe. Ich erfülle dir jeden Wunsch!", erklärte Quie'rasil wie in Trance, wobei Schenigma seine Worte mit sichtlicher Schadenfreude vernahm. „Du sollst den König für mich umbringen."

Der Dunkelelf glaubte sich verhört zu haben. „Etwa Sixtus?"

„Tu es, dann können wir für immer zusammen sein." Ihr Hauchen erregte ihn. „Du und ich, auf ewig vereint!" Sie stöhnte dabei. „Der Untote und der Orc halten mich gefangen, ich muss tun, was sie sagen, doch wenn du mir diesen Wunsch erfüllst, werden sie mich sicherlich gehen lassen, dann komme ich mit dir. Außerdem …" Zärtlich strich sie ihm über die Brust. „Ist es denn wirklich so schlimm, den Herrscher der Menschen für mich aus dem Weg zu räumen. Sehnt es dich denn nicht ebenfalls nach seinem Tod?"

Quie'rasil nickte verlegen. „Sehen wir uns auf der anderen Seite des Spiegels wieder?"

„Nein, nicht auf der anderen Seite. Aber sobald die Sache erledigt ist. Tritt hindurch und lass meinen Traum Wirklichkeit werden."

Ein allerletztes Mal sog Quie'rasil die kühle Abendluft Magelas und somit ihren Duft ein, ehe er durch den zähflüssigen Spiegel hindurchtrat, der alles und jeden reflektierte nur nicht ihn selbst. Seinen sonst so wachen Sinnen entging es dabei vollkommen, dass Eifas Spiegelbild nicht das einer bezaubernden

Frau, sondern das eines Untoten war, der genau wie sie freudig lachte.

Niemand empfing ihn auf der anderen Seite. Eine quecksilberähnliche Substanz floss seinen Körper hinab. Die Nacht war dunkel. Im Gegensatz zu dem Ort, von dem er aufgebrochen war, erhellte hier jedoch künstliches Licht sein Umfeld. Gigantische Betonbauten reckten sich hinter ihm in die Höhe, deren Fensterfassaden teilweise beleuchtet waren. Der Spiegel hatte ihn und seine kleine, aber schlagkräftige Armee an allen Abwehranlagen vorbei direkt in das Herz des Teos geführt. Geradewegs nach Teósix! So ausgelassen, wie die Menschen feierten, würde es für den Dunkelelfen ein Leichtes sein, sie alle abzuschlachten.

Dass er erst nach Falmier reisen musste, um dann wieder nach Neu Terra zu gelangen, war offensichtlich ein notwendiges magisches Beiwerk für den Zauber gewesen.

Geduldig wartete Quie'rasil ab, bis auch das letzte Ungeheuer durch den Spiegel getreten war. Ungeduldig und mordlüstern starrten sie den Hügel hinauf, auf dem die Festlichkeiten in vollem Gange waren. Selbst Quie'rasil konnte sich nun kaum mehr beherrschen. Ein einzelner Nirwas war imstande, bis zu zehn Terraner auf einmal in Schach zu halten, er dagegen befehligte über weit mehr von ihnen. Schenigma hatte ihm sogar Letos, den Herrn des Fleisches, mitgegeben. Bei ihm handelte es sich um einen Nirwa'troll, den sie laut eigener Aussage in der Nähe von Heilbrunn rekrutiert hatte.

Letos ähnelte allerdings eher einem wandelnden Fleischklumpen als einem Troll. Angewidert musste Quie'rasil feststellen, dass dessen Körper völlig zerstückelt war. Lediglich rot verfärbte Strippen hielten seinen Torso und die Gliedmaßen noch zusammen. Irgendjemand hatte sich anscheinend die Mühe gemacht, ihn wieder zusammenzunähen, wobei einige Körperteile entweder verrutscht waren oder in einer völlig falschen Position hingen. Ein widerlicheres Wesen hatte Quie'rasil noch nie zuvor gesehen. Er freute sich schon darauf, die Terraner reihenweise vor diesem Monstrum davonlaufen zu sehen.

„Es ist so weit!", schrie er. „Stürmt den Palastberg! Zerfleischt die Menschen und vergießt ihr Blut bis zum Morgengrauen. Sorgt dafür, dass sie diesen Tag niemals in ihrem Leben vergessen werden. Er soll als ein blutiger Sonntag in ihren Kalender eingehen. Auf dass sie sich selbst in den hintersten Winkeln Neu Terras nicht mehr sicher fühlen. Heute ist der Tag der Vergeltung für eintausend Jahre des Leids."

Zähnefletschend stürmten die Monster den Hügel hinauf. Niemand sollte ihnen lebend entkommen.

Dornen einer Rose

Einige Minuten vergingen, in denen der Soldat noch immer nichts sagte und in denen Liz ihre Gedanken ordnete. Warum hatte sie überhaupt derart überreagiert? Was war denn so schlimm daran, dass der Soldat etwas von einer anderen wollte? *Warum sollte mich das kümmern, ich will doch nichts von ihm ... oder etwa doch?* Hastig wischte sie sich ihre Tränen aus dem Gesicht. *Ach was, er ist mir völlig gleichgültig! Ich sollte mich lieber darüber freuen, dass er meine Verkleidung nicht durchschaut. Mein Zauber hat demnach hervorragend funktioniert.* Eine bessere Möglichkeit, ihre Fähigkeiten unter Beweis zu stellen, konnte es doch gar nicht geben. Nur weshalb fühlte sie sich dann so verwundbar?

„Sie sind wunderschön." Zeifos konnte seine Schmeicheleien einfach nicht unterlassen. *Merkt der denn nicht, wie unangebracht eine solche Anmache ist?*

Der Soldat fuhr jedoch unbeirrt fort. „Ich meine die Lichter der Stadt! Sind sie nicht wirklich atemberaubend!"

Enttäuscht stellte Liz fest, dass er überhaupt nicht von ihr sprach. Sein Blick war stattdessen gen Tal gerichtet, hin zu den beleuchteten Wolkenkratzerschluchten.

„Tagsüber mag die Stadt überfüllt und hektisch wirken, doch zu dieser späten Stunde erscheint sie einem plötzlich friedlich und entvölkert. Nur wenige Fenster sind noch beleuchtet. Zwischen den Türmen hindurch sieht man sogar den silbernen Mond. Zudem kann man den Wind dabei beobachten, wie er den Hügel hinaufweht und einem ums Haar streicht. Er vermittelt einem eine gewisse Nähe zur Natur, findest du nicht auch?"

Zärtlich lächelte der Soldat Liz an, so als erwarte er eine Bestätigung von ihr. Die Elfe ließ sich von ihm allerdings nicht täuschen. Sie war entschlossen, seinem Gesäusel zu widerstehen. Sie wendete ihre funkelnden Augen von ihm ab und ließ sie über den verschwommenen Horizont wandern. In ihrer Aufregung war ihr die Schönheit der Landschaft gar nicht aufgefallen. Sie war fast gewillt, ihm zuzustimmen.

„Pah, so toll sieht die Stadt auch wieder nicht aus“ Liz fühlte sich verletzlicher als jemals zuvor in ihrem Leben und gab sich redlich Mühe, zumindest nach außen hin ihre Unnahbarkeit aufrecht zu halten.

Sie versteckte sich hinter der Maske eines falschen Gesichtes und dankte dem Verwandlungszauber dafür, dass dieser ihre zitternde Stimme selbstbewusster und hochnäsiger wirken ließ. Nervös strich sie sich dabei die goldenen Strähnen zur Seite, die so gar nicht zu ihr passen wollten.

Teósix war neben Livius die einzige Stadt Neu Terras, in der es gelungen war, Jahre nach der Zerstörung wieder die Stromversorgung in Gang zu setzen. Da Livius nun gefallen war, behielt sich die Hauptstadt der Welt dieses Privileg allein vor – das Leid des einen bedeutete den Glanz des anderen.

Doch weder Liz noch Zeifos scherten sich im Augenblick um Technikgeschichte. Sie weilten in ihrer völlig eigenen Welt, die einzig aus einem Balkon und dem scheinbar endlosen urbanen Horizont bestand. Vom Mondlicht silbern geküsstes Grün breitete sich bis ins Tal hinab aus. Liz' Augen erfreuten sich an den durch Straßenlaternen beleuchteten Adern der Stadt, an den majestätischen Wolkenkratzern und an dem Sternenhimmel, der funkelnd über all den Dingen thronte.

Sowohl dem Soldaten als auch der Elfe entgingen dabei die schwarzen Gestalten, die bis an die Zähne bewaffnet den Berg hinaufhetzten. Selbst als diese tausend tanzende Schatten warfen, während sie unerwartet von grellen Lichtblitzen am Himmel beleuchtet wurden, blieben sie unbemerkt.

Sichtlich beeindruckt verfolgte Liz, wie von jedem Dach des endlosen Häusermeeres unten im Tal Raketen aufstiegen. Mit funkelnden Augen beobachtete sie, wie sich diese immer weiter in die Höhe schraubten, bis sie in einem unglaublichen Gewitter an Farben explodierten. Ein Schauer leuchtender Funken fiel zu Erden hernieder. Keiner der bedächtig gen Himmel starrenden Stadtbewohner war sich jedoch der Tatsache bewusst, dass ihre freudig erregten Jubelschreie schon bald echtem Entsetzen weichen sollten und dass sich ihr Blut über die Terrassen ergießen würde.

Noch nie zuvor hatte Liz ein Feuerwerk miterlebt. Sie genoss den Anblick, statt dies aber offen kundzutun, erklärte sie bloß völlig unterkühlt: „Ganz nett, mehr aber auch nicht."

Mit allen Mitteln versuchte sie ihre Tarnung aufrecht zu halten.

Zeifos schmerzte es, mit anzusehen, wie sie von einem Extrem ins Nächste verfiel. Ihre Trauer war einer erschreckenden Gefühlskälte gewichen. Derart einsam hatte er sich noch nie zuvor in ihrer Nähe gefühlt. „Habe ich etwas Falsches gesagt?" Viel Zeit zum Bereuen blieb ihm nicht. Harsch fuhr sie ihn von der Seite an und verstummte gleich darauf wieder, wie eine kalte winterliche Brise.

„Weshalb bist du überhaupt hier? Doch nicht etwa bloß wegen der Aussicht?"

Zeifos strafte sie mit Schweigen. Er beobachtete, wie ihr Profil immer wieder aufs Neue von den Lichtern am Firmament beleuchtet wurde. Jede einzelne Rakete setzte sie anders, faszinierend und geheimnisvoll, in Pose.

Endlich erbarmte sich der Soldat ihrer. Mit ängstlicher Erwartung lauschte Liz seinen ruhigen Worten, während am Firmament eine Explosion auf die nächste folgte und ein schrilles Pfeifen erklang.

„Meine Vergangenheit führte mich in diese Stadt. Es gibt hier etwas, das ich in Erfahrung bringen muss.“ Er räusperte sich. „Obwohl, eigentlich ist das gelogen. Der eigentliche Grund ist eine Frau.“ Er klang zögerlich, schien mit seinen Worten zu ringen. „Ich habe ihr ein Versprechen gegeben und bin nun hier, um es einzulösen.“

„Wer ist sie?“, entfuhr es der blonden Schönheit, die über sich selbst erschrak.

Liz' Maske der Gleichgültigkeit zerbrach in Scherben. Zwar ahnte sie, von wem er da sprach, dennoch wollte sie es direkt aus seinem Munde hören. *Damit ist er längst nicht rehabilitiert!* Sie hoffte jedoch, ein wenig Trost in seinen Worten zu finden.

„Sie ist eine Freundin.“ Er lächelte verlegen. „Ich empfinde sehr viel für sie. Leider will sie nichts von mir wissen. Sie würde sicherlich ausrasten, wenn sie erfahren würde, dass ich sie als eine Freundin betrachte.“

Geduldig wartete er ihre Reaktion ab. Seine Worte zeigten ihre erhoffte Wirkung. *Hat er mich tatsächlich als seine Freundin bezeichnet, meint er das ernst?* Sie wirkte peinlich berührt und errötete. Ihre Schüchternheit war jedoch nur von kurzer Dauer. Ihre Gefühle schwangen rapide um, als sie sich wieder daran erinnerte, mit wem er soeben sprach und wen sie selbst verkörperte. *Pah, flirtet mit einer Blondine und schwärmt von einer Elfe, der hat sie wohl nicht alle.*

Nach außen hin ließ sie sich nichts von ihrer Empörung anmerken. Sie trat ihm stattdessen stolz entgegen: „Ich wollte nicht wissen, warum ihr hier in Teósix seit, sondern was ihr auf dem Balkon zu suchen habt. Gibt es keine andere, die ihr mit euren Flirtversuchen belästigen könnt?“

Das, was der Soldat daraufhin zu ihrer menschlichen Gestalt und nicht zu der Magelanerin sprach, ließ ihr das Herz bluten. Schmerzhaft erkannte Liz, dass er ihr doch nicht völlig gleichgültig war.

„Es gibt keinen Ort, an dem ich heute Abend lieber wäre. Nirgends außer hier bei dir."

Diese zwei kleinen Sätze aus seinem Munde veränderten alles. Sie vermochten ihr stärker zuzusetzen, als es das Gleichgewicht je gekonnt hätte. Liz war innerlich völlig aufgewühlt. Sie zitterte. Erst jetzt begriff sie, dass sie sich mit Leib und Seele zu ihm hingezogen fühlte. Doch diesem Drängen durfte sie nicht nachgehen. Sie war eine Elfe und er ein Terraner, ganz davon zu schweigen, dass er nichts für sie, sondern lediglich für ihr liebreizendes Abbild empfand. Sie war völlig durcheinander.

„Du hast übrigens deine Rose vergessen."

„W… was?", stotterte sie gedankenabwesend.

„Deine Rose, von Menschenhand gepflückt und gebrochen, ihrer Dornen beraubt, dazu verdammt, auf dem Boden zertrampelt zu werden! Bitte gib dem armen Pflänzchen nicht die Schuld daran, für welchen Zweck man es missbrauchte."

Zuvorkommend reichte Zeifos ihr die Blume. Liz versuchte weiterhin distanziert zu wirken, obwohl alles in ihr aufschrie und ihr erhitzter Körper all ihre Sinne trübte. Nein, sie würde sich nicht ihren verräterischen Gefühlen hingeben. Sie hatte endgültig genug von diesem Frauenheld.

„Wenn das alles ist, nach was es dir verlangt, dann erfülle ich dir diesen Wunsch! Aber keinen einzigen mehr!", lautete ihre deutliche Abfuhr.

Sie rückte näher an ihn heran und griff nach der roten Rose. In dem Augenblick, da sie ihre Finger um den Stängel legte, umschloss Zeifos ihre Hand. Sein Griff war fest, vor Schreck wehrte sich Liz nicht dagegen.

Der Soldat, der die Wärme ihrer zarten Hand fühlte, nutzte die Gelegenheit schamlos aus und zog sie näher an sich heran.

Liz' Herz raste. „Was soll das, was hast du vor?"

„Gib der Rose nicht die Schuld daran, wofür man ihre Zerbrechlichkeit missbrauchte“, wiederholte der Soldat seine eigenen Worte.

Ein verwirrtes Hauchen entfuhr Liz. Zeifos war ihr derart nah gekommen, dass sein Gesicht und seine Lippen nun direkt vor ihren ruhten. Deutlich spürte die Elfe seinen Atem auf ihrer Haut. Sie hielt die Anspannung kaum mehr aus und wartete ungeduldig darauf, dass er ihr noch näher kam. Der Soldat aber harrte geduldig aus. Liz spürte deutlich, wie sein warmer Körper sich gegen den ihren presste, dennoch ging er einfach keinen Schritt weiter. *Küss mich*, schrie sie aus tiefster Seele. *Ich ertrage es nicht länger.* Ausgerechnet in dem Augenblick, als sie selbst die Initiative ergreifen wollte, ertönte eine ohrenbetäubende Explosion, die nie und nimmer von einer Feuerwerksrakete stammen konnte. Erschrocken wankte Liz nach hinten.

Ein sakrales Bauwerk stürzte in der Nähe des Palastes in sich zusammen. Die Erschütterungen waren bis hierher zu spüren. Kurz darauf ging der Lichtersaal in Flammen auf. Überall herrschte Aufruhr.

„Alarm. Die Boten des Nirwanas sind hier, sie stürmen den Palastberg.“

„Flieht schnell! Wo bleibt die Garde?“

„Nein, nicht, bitte!“ Das letzte verzweifelte Flehen eines sterbenden Mannes ging inmitten des aufbrausenden Lärmes unter.

Zeifos und Liz bekamen jedoch nur einen Bruchteil all dessen mit, was sich soeben auf dem Palastberg abspielte. Die kleine Streitmacht, die ohne jegliche Vorwarnung in Teósix eingefallen war, sorgte für reichlich Chaos und Zerstörung. Keine der Wachen war auf solch einen Überfall vorbereitet, nicht einmal in ihren schlimmsten Albträumen hatten sie damit gerechnet, dass Magela es wagen würde, einen Angriff auf die Hauptstadt des

Teos zu wagen. Ihre Sinne waren bereits vom Alkohol vernebelt. Met und Blut flossen in Strömen durch die Gassen.

Liz genügte der kurze Schreck, um wieder zu Sinnen zu kommen. Schlagartig wurde ihr wieder bewusst, dass Zeifos überhaupt nicht sie küssen wollte, sondern eine völlig andere. Unwiderruflich entfernten sich Liz' geöffnete Lippen von den seinen. Erneut drehte sie sich um und wollte davonlaufen, raus aus dieser Stadt, in der es für sie nun absolut keinen Grund mehr zum Bleiben gab. *Elender Betrüger! Soll er sich doch zum Teufel scheren! Menschen und Elfen passen halt nicht zusammen! Ich hätte es besser wissen müssen.*

Der Soldat vereitelte jedoch ihren Fluchtversuch. Hastig ergriff er ihre Hand und hielt sie fest. „Musst du denn nicht deinen Kameraden zu Hilfe eilen?", fragte die Elfe.

Bedauernd entgegnete ihr der Soldat, dass er kein Schwert bei sich trug. Man hatte ihm verboten, es auf die Festlichkeiten mitzunehmen.

Zeifos überlegte tatsächlich, ob er den Menschen zu Hilfe eilen sollte. Dass der Überfall derart genau getimt war, dass er mit dem Feuerwerk zusammentraf, bedeutete jedenfalls nichts Gutes. Der Angriff musste lange im Voraus geplant gewesen sein. Sicherlich ging es um weit mehr als nur darum, Unruhe zu stiften.

Die ortsansässigen Soldaten würden sich der Sache aber bestimmt bald annehmen, versuchte sich Zeifos zu beruhigen. Sie brauchten vermutlich nur eine Weile, um von ihren Bierkrügen loszukommen und ihre Reihen zu ordnen. Zeifos fühlte sich im Augenblick jedoch außerstande, irgendjemandem beizustehen.

Er war für niemanden von Nutzen, wenn es ihm nicht einmal gelänge, sich selbst zu helfen. Erst recht nicht, wenn er die Elfe nun einfach in die kalte Nacht entschwinden ließe. Nein, sie durfte nicht gehen, nicht jetzt, nicht ohne ihn.

„Bitte, geh nicht!“, flehte er sie an.

Liz wollte sich aus seinem Griff befreien, doch seine eindringliche Stimme ließ sie innehalten. Ihre Beine wurden weich. Zögerlich schwang ihr Kopf herum. Mit funkelnden Augen betrachtete sie ihn. Ihre Sinne glitten über seinen rechten Arm und fuhren seine stattliche Schulter hinauf. Ihr fiel wieder ein, wie stark sie ihn mit der Sternenscheibe an dieser Stelle verwundet hatte. *Mir doch egal! Er hat mich weit schlimmer verletzt.* Liz machte ihrem Herzen endlich Luft. „Was findest du eigentlich an dieser Blondine?“ Sie zupfte sich nervös an ihren Haaren. „Die Frisur ist doch abscheulich, ständig fallen mir die langen Haare ins Gesicht. Ich kann kaum etwas sehen“, provokant pustete Liz eine Strähne zur Seite. Ihr schien völlig entfallen zu sein, dass sie das auch als Elfe schon des Öfteren getan hatte. „Außerdem sind die Ohren von euch Menschen viel zu kurz. Ich komme mir vor, wie mit zehn Jahren. Noch dazu klingt ihre Stimme viel zu hoch und empfindsam. Derart hilfsbedürftig und schwach werde ich niemals sein, ist es wirklich das, was du willst. Findest du das wirklich anziehend? Sag mir endlich was ich habe und sie nicht – nein, was sie hat und ich nicht.“ Liz verhaspelte sich mehrfach und klang dabei richtig süß. „Ach, wie auch immer.“ Die Worte brodelten förmlich aus ihr heraus, und als das Gesagte für sie selbst keinen Sinn mehr ergab, verstummte sie endgültig.

Zeifos erwiderte das Erstbeste, was ihm in den Sinn kam.

„Ich schätze, ich habe mich an deinen Dornen geschnitten!“ Sein Herz pochte wie wild, während er verlegen weitersprach. „Bereits an dem See war ich dir verfallen, *Liz*!“

Nannte er soeben tatsächlich ihren Namen? Die ganze Welt um sie herum drehte sich auf einmal. Lediglich an ihm vermochte sie sich noch festzuhalten.

„Ich kann dir nicht erklären, warum ich mich zu dir hingezogen fühle. Ich weiß nur, dass ich immer in deiner Nähe sein will, egal in welcher Gestalt. Ich liebe deine störrische selbstbewusste Art und dass du dich so gegen deine eigenen Gefühle sträubst und dich selbst jetzt um Kopf und Kragen redest."

Liz schlug das Herz fast bis zum Halse. Sie wusste nicht, ob sie ihn dafür umarmen oder ihm eine Ohrfeige verpassen sollte.

„Das stimmt überhaupt nicht. Ich weiß immer genau, was ich will." Sie war derart in Rage, dass sie noch nicht einmal die gesamte Tragweite seiner Worte erfasste. „Gib es gefälligst zu, dass du bloß etwas von dieser Blondine willst."

Trotz seiner eigenen aufgewühlten Gefühle, versuchte Zeifos so gelassen wie möglich zu bleiben. Er wollte sie jetzt auf keinen Fall mehr verlieren, und so gestand er ihr alles:

„Es stimmt, ich habe dich nicht auf Anhieb wieder erkannt." Er wirkte über sich selbst beschämt. „Doch als du dem Edelmann das Weinglas über die Robe geschüttet hast, überkam mich ein erster Verdacht. Ich war regelrecht eifersüchtig, dennoch war ich mir nicht völlig sicher. Daher saß ich auf der Bank derart lange wortlos neben dir. Ich hatte Schuldgefühle, verstand nicht, wieso diese hübsche Frau mich derart innerlich aufwühlen konnte, wo ich doch längst einer anderen verfallen war. Doch dann, als du mich auf der Bank mit derart tränenüberfluteten Augen angesehen hast, wusste ich, dass ich die ganze Zeit über dich in ihr gesehen habe."

Zeifos spürte den sanften Druck ihrer Hand, während er weiter sprach. „Ich weiß nicht genau, was dann geschehen ist. Ich kann mich nur noch daran erinnern, dass ich in einem endlos blauen Ozean schwamm und dass ich durch erhitzte Luftbalken hindurch dich in deiner ganzen Schönheit erkennen konnte, genau so wie jetzt. Mit deinem zarten Stupsnäschen und dem widerspenstigen Haar."

Zeifos strich ihr eine ihrer Strähnen aus dem Gesicht. Ihr Haar war nicht länger lang und blond, sondern kurz und leuchtend grün wie ein Smaragd. „Ich dachte, du hättest dich mir absichtlich zu erkennen gegeben." Das hatte sie jedoch ganz und gar nicht. „Umso ängstlicher war ich, als du plötzlich vor mir davongelaufen bist. Nun habe ich dich aber endlich eingeholt, und ich lasse dich nie wieder los, denn ich liebe dich."

Ihr Herz zögerte. Sollte es tatsächlich Purzelbäume schlagen? Doch was, wenn er sie erneut verletzen würde. Sie war völlig hin und her gerissen.

„Was fällt dir eigentlich ein!" Liz war wie ausgewechselt. „Du hast mich bereits in diesem Augenblick wieder erkannt und sagst mir nichts davon? Stattdessen faselst du etwas von blöden Rosen und Dornenbüschen. Gefällt es dir etwa, mich zu quälen?" Endlich war sie wieder ganz sie selbst, aufbrausend und hitzig.

Zu Zeifos' Leidwesen ließ Liz ihn nun ihrerseits über ihre Gefühle völlig im Unklaren.

„Verflucht, hast du mir überhaupt zugehört?" Er packte sie mit beiden Händen. „Ich liebe dich, was willst du denn noch von mir hören. Ich liebe dich über alles!"

Eilig riss Liz ihre Hand los. Erschrocken ließ der Soldat es geschehen. Falls sie nun davonlief, würde er ihr nicht erneut nacheilen. Liz dachte jedoch nicht daran, einfach zu verschwinden. Sie schmiegte ihren Körper stattdessen an seinen und ließ ihre geballten Fäuste auf seine Brust einprasseln.

„Mistkerl, Mistkerl, Mistkerl."

Zeifos glaubte zuerst, falsch gehandelt zu haben, doch dann besann er sich. Er umarmte sie so innig, wie er nur konnte, bis ihre Schläge und all ihre Gegenwehr schließlich verebbten. Liz lehnte ihren Kopf an seine Schulter und blickte fordernd zu ihm hinauf. Ihr zartes Hauchen kribbelte auf seiner Haut. Die Elfe wirkte endlos verführerisch. Sie schloss ihre Augen und forderte den Kuss ein, den sie zuvor nicht erhalten hatte. Beide verschmolzen in ewiger Glückseligkeit.

Die Welt brach über ihnen zusammen. Gebäude stürzten ein, und Menschen starben, während die Boten des Nirwanas durch die Paläste hetzten, verfolgt von wütenden Soldaten. Selbst der Himmel über ihnen brach in Tränen aus und versuchte die lodernden Flammen zu ertränken, während gleißende Feuerwerksraketen gen Firmament sausten.

Die Lippen der beiden lösten sich nicht für eine noch so flüchtige Sekunde voneinander, ganz gleich wie sehr das Chaos auch anwuchs. Stattdessen wurden ihre Liebkosungen nur noch inniger und liebevoller. Selbst die Stimme in Zeifos' Innerem, die auch Liz zeitweise ein guter Begleiter gewesen war, musste still und leise schluchzen, wobei sie alles versuchte, um möglichst nicht zu stören.

Ein ungebetener Gast

Quie'rasil stand auf dem Dach des königlichen Palastes und lehnte sich gegen das steinerne Schwert, das wie ein Kirchenkreuz auf der Spitze des Gebäudes angebracht war. Die Skulptur war doppelt so groß wie er, dennoch brachte der Dunkelelf dem Sinnbild für Neu Terras Stärke keinerlei Beachtung entgegen.

Er konnte sich nicht sattsehen an all dem Chaos, das seine Untergebenen anrichteten. Die Feier verkam zu einem einzigen Schlachtfest. Unten in den Straßen und Sälen spielte sich ein herrliches Spektakel ab, und er besaß einen Platz in der ersten Reihe.

Ob Kastriot wohl ebenfalls in der Nähe ist und mein Werk bestaunt? Nach dem, was an diesem Abend geschehen wird, muss er einfach wieder zu Sinnen kommen. Seine Amnesie kann schließlich nicht ewig andauern. Bestimmt wird er bald erkennen, wie nötig die Terraner seine Führung haben. Ich hoffe, dass er die Elfe dann endlich in den Wind schießt und seine Führungsrolle wieder annimmt.

Einige Adlige stürmten die Pelta Katharsis hinab, die Treppe der Könige. Sie hofften, weitab des Palastes sicher zu sein. An deren Fuße wartete jedoch bereits Letos, der Herr des Fleisches, auf sie. Einem nach dem anderen jagte er seine stacheligen Wurfgeschosse in den Leib. Lautlos gingen die edlen Herren in ihren hübschen Kostümen zu Boden. Freudig lachend schlurfte das Monstrum die Treppe hinauf und stieg über die Leichen hinweg.

Der Dunkelelf hatte von Anfang an geahnt, dass er in ihm einen wirklich unvergleichlichen Diener gefunden hatte. Auf den Rest seiner Gruppe war dagegen weit weniger Verlass. Die Nirwanimalis jagten ihre Zähne in die Leiber Unschuldiger und zerrissen sie lebendig in Stücke. Die Nirwaze rollten in breiter

Formation durch die Straßen und zerquetschten einen jeden Flüchtenden, während die Nirworcs mit ihren metallenen Axthänden direkt an den Ausgängen Wache schoben und jeden, der herausstürmte, zersäbelten. Ausgerechnet vor den Baracken und Rüstkammern stand jedoch keines der Ungeheuer.

Mit Sorge bemerkte Quie'rasil, dass sich die Terraner allmählich bewaffneten.

Egal, sie werden noch einige Stunden beschäftigt sein. Für ein Attentat sollte ich noch genügend Zeit haben.

Allein mithilfe der Kraft seiner Gedanken beorderte er drei Nirworcs vor die Tore des Palastes. In Windeseile zogen diese die Aufmerksamkeit der Wächter auf sich. Eiserne Hände trafen auf blank polierte Schwerter. Gemeinsam tanzten sie das wilde Lied des Todes. Die Symphonie des Stahls ebbte über den historischen Platz hinweg. Das war die Gelegenheit auf die Quie'rasil gewartet hatte.

Der Dunkelelf zerschlug das steinerne Kreuz auf der Gebäudespitze, welches krachend herabstürzte und das Eingangstor von außen versperrte.

„So, nun wird mich niemand mehr stören."

Quie'rasil vollführte einen Handstand und sprang in die Tiefe. Er drang über eine der sakralen Fensterscheiben in das Palastinnere ein. Tausende Scherben stürzten mit ihm zusammen zu Boden.

Sixtus wollte nicht wahrhaben, was soeben direkt vor seinen Augen geschah. Die Magelaner wagten es, in seinen Palast einzudringen. Mit Entsetzen beobachtete er, wie sich ein dunkelhäutiges Wesen mit spitzen Ohren direkt vor ihm aufrichtete. Es stand inmitten eines scharfkantigen Schauers aus Glasscherben und näherte sich dem König mit einem erwartungsvollen Grinsen.

„Verzeiht mein unerwartetes Eindringen in Euren Palast, ehrwürdiger König. Ich fürchte die Tür klemmt ein wenig. Bei Gelegenheit solltet Ihr Euch darum kümmern."

Sixtus war allerdings nicht zum Scherzen aufgelegt. „Was willst du von mir, was versprichst du dir von diesem Auftritt?"

Quie'rasil blickte zu dem Berater des Königs hinüber, ehe er weitersprach. „Man hat mich davon in Kenntnis gesetzt, dass in Teósix ein großes Fest zu Ehren der Toten von Livius gefeiert wird. Ich wollte mir das auf keinen Fall entgehen lassen. Ich habe extra ein paar Freunde zum Spielen mitgebracht, um der Party so richtig einzuheizen. Ihr könnt Euch gar nicht vorstellen, wie bestürzt ich darüber war, dass man offensichtlich vergessen hat, mir eine Einladung zu schicken." Er setzte ein beleidigtes Gesicht auf. „Dabei bin ich es doch gewesen, der die Offensive angeführt hat. Auf meine Initiative hin fielen wir in der zweitgrößten Stadt der Menschheit ein, und nun stehen wir direkt vor den Toren des Teos. Ach was erzähle ich da, es wird schon bald keinen Teos mehr geben."

Der König erwiderte nichts darauf. Man sah seinem faltigen Gesicht die Sorge jedoch deutlich an.

„Darf ich mich vorstellen. Ich bin Quie'rasil, Oberbefehlshaber der magelanischen Streitkräfte. Meines Zeichens General. So würdet Ihr jedenfalls den Titel des ersten Abgesandten Sarines nennen."

„Nun, ich fühle mich geehrt Euch kennenzulernen." Der König fand allmählich seine Fassung wieder. „Livius zu unterwerfen war eine strategische Meisterleistung, die ich gezwungenermaßen anerkennen muss. Das heutige Fest findet allerdings aus einem anderen Grund statt." Sixtus' Augen glänzten. „Wir feiern den Zusammenschluss der Menschheit unter einem einzigen Banner."

Der Dunkelelf glaubte sich verhört zu haben. „Soll das heißen, ihr Terraner habt euch trotz des Krieges zwischen unseren Welten die ganze Zeit über untereinander bekriegt? Ist das tatsächlich euer Ernst? Ihr seid ein wahrhaft jämmerliches Volk."

Sixtus blieb beherrscht. „All das gehört nun endlich der Vergangenheit an. Vom heutigen Tage an regiert der Teos über ganz Neu Terra."

„Oder über das, was noch davon übrig ist!", warf der Dunkelelf ironisch ein.

Sixtus ließ sich von diesem Einwand jedoch nicht beirren. „Es ist gut, dass Ihr hier seid, edler General. Nun da ich für die gesamte Menschheit spreche, ist es an der Zeit, neue Verhandlungen mit Magela zu führen." Die Tatsache, dass der Dunkelelf nur hier war, um ihn zu ermorden, ignorierte Sixtus geflissentlich. Er fühlte sich in der Nähe des Beraters offenbar sehr sicher. „Bitte hört mich an. Seit vielen Jahrhunderten bekriegen wir uns nun schon. Lasst uns damit endlich Schluss machen."

Die Banner des Teos wehten kräftiger. Etwas Lächerlicheres hatte Quie'rasil noch nie zuvor gehört. „Ist das Euer Ernst, Ihr wollt wahrhaftig in Friedensverhandlungen eintreten?"

Der Dunkelelf versuchte es sich vorzustellen, doch es gelang ihm nicht. Quie'rasil sah stattdessen Felizia vor seinem geistigen Auge, die in all ihrer Pracht und mit angesengten Beinen vor ihm zu Boden stürzte. „Vergiss es! Es wird niemals Frieden zwischen unseren Welten geben. Nicht auf diese Weise. Der Verrat, den ihr Terraner an unserem Volk begangen habt, ist zu groß. Torwai war zur Vereinigungszeit der Erste, Kastriot der Zweite, und Ihr, Sixtus, würdet unter Garantie nicht der Letzte sein."

Der König schenkte den Worten keinerlei Beachtung. Dariusz dagegen horchte aufmerksam zu. Er verstand, auf was der Dunkelelf anspielte.

„Ich sehe schon, Ihr gedenkt auf diese Weise die Heilsbringerin zu rächen. Glaubt Ihr wirklich, dass Sairine das gewollt hätte?“

Quie'rasil wirkte überrascht. „So, Ihr kennt also unsere Legenden. Das erstaunt mich. Der König scheint in Euch wirklich einen ausgezeichneten Berater gefunden zu haben.“

„Ich verkörpere auch seine Leibgarde“, erklärte Dariusz unverhohlen. Eine Offenbarung, die den Dunkelelfen ins Schwitzen brachte. Eine Einmannleibgarde und das für den König der Könige! Das konnte nichts Gutes bedeuten.

„Wie dem auch sei, ich bin keiner von Sairines Anhängern. Dennoch bin ich nicht so verrückt, an eine Versöhnung zwischen unseren Völkern zu glauben. Die einzige friedliche Möglichkeit, einen Waffenstillstand herbeizuführen, bestünde darin, den Übergang zwischen unseren Welten zu verschließen.“ Viele hatten dies bereits vergeblich versucht, selbst Quie'rasil gehörte einst dazu. „Da dies jedoch nicht möglich ist, bleibt nur die endgültige Auslöschung aller Terraner oder Magelaner. Sicherlich könnt Ihr euch vorstellen, was von beidem ich bevorzuge. Alles andere ist Irrsinn und bloßes Wunschdenken.“

Statt Sixtus antwortete ihm Dariusz. „Ihr habt wahrlich nichts dazu gelernt. Ich frage mich, ob Ihr genauso handeln würdet, wenn die Reinkarnation Sairines vor Euch stünde. Ich fürchte, die Geschichte wird sich über kurz oder lang auf dieselbe tragische Weise wie damals wiederholen, und Ihr werdet es geschehen lassen. Nein, Ihr werdet es durch Euer engstirniges Handeln noch verschlimmern. Bereits jetzt zitiert Ihr die Legenden und rechtfertigt damit die schlimmsten Gräueltaten. Erst wenn es zu spät ist, werdet Ihr erkennen, was Ihr damit zerstört habt, und diese ewige Farce geht von vorne los.“

Quie'rasil glaubte, der Berater sei verrückt geworden. Als ob Sairine so einfach wieder auferstehen könnte. Seine verworrenen

Worte gaben dem General dennoch zu denken.

„Unsinn, sie starb vor Äonen. Als Gottheit mag sie noch lange über diese Welt gewacht haben, doch seit der Vereinigungszeit sind ihre Essenzen endgültig versiegt. Jeder weiß das. Immerhin war es der eigentliche Auslöser für den Krieg zwischen unseren Völkern."

„Ich weiß davon nichts!", schrie der König wütend. „Mein ganzes Volk weiß davon nichts! Niemand hat auch nur den Hauch eines Schimmers davon, weshalb unsere Töchter und Söhne auf dem Schlachtfeld sterben müssen." Der alte Mann war derart aufgebracht, dass er sich, zum ersten Mal seit achtzig Jahren, aus seinem Stuhl erhob. „Rache und der Wunsch zu überleben ist das Einzige, was uns antreibt." Tränen standen dem Greis in den Augen, als er die ramponierten Stufen herabstieg. Er wirkte schwach und kränklich. Zögerlich folgte ihm der Berater. „Nach all den Jahren sagt Ihr mir plötzlich, dass es Euch einzig um den Tod einer einzigen Frau geht! Soll das wirklich Euer Ernst sein? Wisst Ihr, wie viele allein in den letzten Monaten gestorben sind?" Vor seinen Augen blitzte das Gesicht des namenlosen Mädchens auf, das ihn jede Nacht in seinen Träumen heimsuchte – sie war seine Felizia. „All der Schmerz und das Leid – nur für diese eine Frau?"

Der König wirkte erschüttert. In einem letzten Anflug von Aufbegehren griff er nach dem Kragen des Dunkelelfen. „Wer ist diese Sairine? Sag es mir! Ich will wissen, welche Frau in unserem Blut badet und wer das alles wert ist."

„Sie ist eine Gottheit!", gab der Dunkelelf ihm nur knapp zu verstehen.

„Die Göttin von was?" Sixtus genügte die Antwort nicht. „Etwa des Krieges und der Zerstörung?"

Dariusz klärte ihn schließlich auf. „Sie ist eine Priesterin und keine Gottheit. Sie wollte niemals zur Göttin emporgehoben werden. In den Legenden stellte man sie jedoch als ein übernatürliches Wesen hin. Sie sollte der Welt die Heilung bringen. Es dauerte jedoch nicht lange, bis alles, wofür sie einstand, in Vergessenheit geriet. Alles, was sie zu Lebzeiten erreicht hatte, wurde ins Gegenteil verkehrt."

Den König verließ die Kraft. Er ging vor Quie'rasil auf die Knie. *Warum erzählst du mir das erst jetzt, Dariusz?*

„Weil es nichts geändert hätte!"

„In diesem Punkt muss ich deinem Berater recht geben, Eure Unwissenheit ist nur ein weiterer Beweis für Eure Ignoranz. Es wird niemals Frieden zwischen uns geben können", erklärte der Dunkelelf.

Dennoch wiederholte der König sein Angebot. „Es wird Zeit, es auf einen Versuch ankommen zu lassen." Innerhalb dieser vier Wände war er jedoch der Einzige, der daran glaubte. Selbst Dariusz war gegen einen Frieden zwischen ihren Völkern. Sixtus hoffte jedoch, dass sein Berater irgendwann einlenken würde, genau so wie Quie'rasil.

Der Dunkelelf lehnte diesen absurden Vorschlag jedoch kategorisch ab. „Falls Ihr Euch auf diese Weise Euer Leben erkaufen wollt, vergesst es. Ich habe für Feiglinge nichts übrig." Er spuckte auf den Boden vor Sixtus. „Ich kann nicht glauben, dass Ihr der Herrscher über ganz Neu Terra seid." Der König widerte ihn nur noch an. Eilig zog Quie'rasil Felizias' Dolch und ließ ihn nach vorne schnellen. „Sterbt!"

Zur gleichen Zeit streckte der Berater rettend seine Hand aus, so als wolle er einen Zauber wirken. Ehe es jedoch so weit kam, erstarrten alle Anwesenden zu Stein. Keiner von ihnen rührte sich mehr. Sowohl Quie'rasil, Dariusz als auch Sixtus waren in der Zeit eingefroren. Ein schwarzer undurchdringlicher Nebel lähmte ihre Körper.

Quie'rasil versuchte, sich gegen den Zauber zu wehren, doch es gelang ihm nicht. Eine ungeheure Kraft hielt ihn gefangen, lediglich seine Pupillen vermochte der Dunkelelf noch zu bewegen. *Das ist unmöglich.* Nicht einmal zum Sprechen war er noch imstande. Fassungslos wohnte er der Ankunft eines weiteren ungebetenen Gastes innerhalb dieser Hallen bei. Direkt hinter Dariusz und dem König entstieg eine dunkelhäutige Gestalt aus lichten Schatten. *Teraklios?*, zischte Quie'rasil, der nicht glauben konnte, wer da soeben vor ihm stand. *Ihr dürftet überhaupt nicht hier sein! Eure Zeit ist längst vergangen. Ihr habt vor Äonen gelebt. Ihr, der Erbauer des dunklen Hains und der Erste unter den Schattenwandlern.*

Der Angesprochene, der seine Gedanken gelesen hatte, lächelte.

„Wie gut, dass man mich in meinem eigenen Volk nicht vergessen hat. Ich gehe jedoch davon aus, dass du dich lieber mit jemand anderem als mir unterhalten willst."

Die Haut des Dunkelelfen Teraklios wurde gläsern. Seine gesamte Leibeshülle veränderte sich. An seine Stelle trat ein ähnlich dürres, aber deutlich aufreizenderes Geschöpf.

Eifa schritt mit wiegendem Gang an Dariusz vorbei. Sie streichelte dem königlichen Berater um die Schulter und näherte sich Quie'rasil. Sie liebkoste die Wange des Dunkelelfen und flüsterte ihm leise etwas ins Ohr.

„Schön, dass du es bis hierher geschafft hast. Ich habe dich schon vermisst."

Feuer und Flamme

Liz' Lippen waren unglaublich zart und warm. Sie ließ nicht von Zeifos ab und zog ihn noch näher an sich heran. Ihren frierenden und vom Regen durchnässten Körper schmiegte sie ganz nah an ihn. Je mehr die Welt um sie herum in Trümmern zerfiel, desto heißblütiger wurden ihre Küsse.

Zeifos wurde schwindlig, er streichelte ihr durch das smaragdfarbene und zugleich blonde Haar und erwiderte ihre Zärtlichkeiten. Er wollte für immer bei ihr bleiben.

Doch auch dieser zauberhafte Moment musste einmal zu Ende gehen. Zaghaft taumelte Liz nach hinten. Ihre Knie waren weich. Regentropfen flossen ihre Wange und ihren Körper hinab. Sie sah Zeifos mit funkelnden Augen an, der ihr liebevoll eine Strähne aus dem Gesicht strich, während er noch immer ihre Hand festhielt. Er begehrte Liz so sehr und wollte sie am liebsten auf der Stelle wieder an sich heranziehen, um erneut die Wärme ihres Körpers zu spüren. Liz empfand genauso, jedoch kamen ihr bereits erste Bedenken.

„Ich sollte jetzt lieber gehen", sagte sie betrübt.

Zeifos verstand jedoch nicht, was sie meinte. „Wieso, was ist? Habe ich etwas falsch gemacht?"

„Nein, absolut nichts", entfuhr es ihr hektisch. „Überhaupt nichts." Ihre Stimme wurde hauchender. „Du bist genau so, wie du sein musst." Sie sah ihm tief in die blauen Augen. „In deiner Gegenwart gelingt es mir, die Vergangenheit zu vergessen. In deiner Nähe kann ich sein, wie ich bin."

„Du meinst sturköpfig und starrsinnig?", neckte er sie, und Liz blinzelte ihn gereizt an.

„Ja, auch das! Es gibt noch einiges, was du mir erklären musst, über dich und Milly."

Die Elfe stockte, sie wusste, dass sie damit einen wunden Punkt ansprach. Zeifos aber nickte verständnisvoll, was sie innerlich noch mehr aufwühlte.

„Schön, denn ich will wirklich alles über dich erfahren." Ihre Blicke glitten seine Brust hinab. „Wirklich alles!" Sie hielt jedoch inne. „Leider weiß ich nicht, wann wir dafür Zeit haben werden. Es ist besser, wenn ich jetzt wirklich gehe."

Liz versuchte sich aus Zeifos' Griff zu befreien, doch er ließ sie nicht los.

Ihre Stimme klang eindringlicher, flehender. „Bitte, ich kann nicht bei dir bleiben."

Ihr nasser Körper drohte seinen Händen zu entgleiten. Sie wand sich und versuchte sich aus seiner Umklammerung zu befreien, dennoch vermochte er es immer wieder, sie an sich zu ziehen. Eine Hand hatte er um ihre Hüfte geschwungen mit der anderen hielt er ihre Handgelenke überkreuzt. Fast war es wie der Zweikampf am See, nur deutlich inniger und körperbetonter. Ihre Atmung beschleunigte sich.

„Nenn mir erst den Grund, dann lass ich dich gehen."

„Du weißt, dass ich die Regentropfen vereisen lassen könnte, wenn ich wollte, oder?", antwortete sie starrköpfig. „Du könntest dich dann keinen Schritt mehr bewegen."

„Nur zu", bot Zeifos ihr Paroli. „Dann erstarren wir beide zu einer Skulptur aus ewigem Eis."

Seltsamerweise jagte Liz diese Vorstellung keinerlei Angst ein. Sie sehnte sich beinahe danach. Im Gegensatz zu Zeifos hörte sie jedoch aus all den Rufen und Schreien deutlich heraus, dass die Terraner allmählich die Gewalt über den Palastberg zurückerlangten. Sobald sie den letzten Boten des Nirwanas besiegt hätten, wäre sie hier nicht länger sicher. Nach all dem Trubel würden die Terraner ihre Kontrollen bestimmt um ein Vielfaches verschärfen. Laut Kaguls Büchern gab es am Hofe sogar technische Geräte, die Magie aufzuspüren vermochten. Selbst ihre Verkleidung würde Liz dann nichts mehr nützen.

Nein, sie konnte unmöglich noch länger bleiben. Sie musste unverzüglich die Stadt verlassen, wenn sie Zeifos nicht mit hineinziehen wollte.

Als der Soldat sie noch immer nicht gehen ließ, verlieh Liz ihren Worten mehr Nachdruck. „Hörst du nicht, lass mich gefälligst los!", schrie sie ihn an. „Wenn du glaubst, dass dieser eine Kuss irgendetwas ändert, dann irrst du dich aber gewaltig!"

Sie versetzte Zeifos einen Stich, der nicht nur sein Herz durchbohrte. Liz fiel es schwer, ihn derart anzulügen. Je ernster Zeifos' Blick wurde, desto elender fühlte sich die Elfe. Sie spürte, was er verspürte, dennoch blieb ihr keine andere Wahl, sie konnte ihm kaum sagen, dass sie nur um ihn besorgt war.

Liz wusste, dass er sich für sie ohne zu zögern jeglicher Gefahr aussetzen würde. Das hatte er schon viel zu oft bewiesen, und vermutlich liebte sie genau das an ihm. An jeden einzelnen Moment konnte sie sich noch erinnern und an die Empfindungen, die sie dabei überkamen. Sei es Liebe, Erregung, Zuneigung, aber auch Mitgefühl und die Furcht davor, er würde den Kampf beim nächsten Mal womöglich nicht überleben. Nein, sie konnte ihn nicht erneut derartigen Gefahren aussetzen. *Ich werde nicht zulassen, dass er sich meinetwegen erneut mit Sixtus und ganz Neu Terra anlegt.* Zeifos hatte ihr derart oft das Leben gerettet, jetzt war sie an der Reihe. Selbst wenn das bedeutete, dass sie ihn dafür verlassen musste.

Leider gab es da nur ein Problem. Zeifos hielt sie noch immer fest und er schien nicht gewillt, sie gehen zu lassen.

„Verflucht, was muss ich denn noch machen, dass du endlich verstehst, dass du mir nichts bedeutest!" An der Reaktion seines Körpers konnte Liz erkennen, dass sie endlich ihr Ziel erreicht hatte. Seine Umarmung wurde schwächer. *Ich habe es geschafft!* Aber warum fühlte sie sich dann so schrecklich dabei? „Ich war verzweifelt, in dieser Situation wäre mir jeder recht gewesen. Es war bloßer Zufall, dass ich ausgerechnet dir über den Weg gelaufen bin", setzte sie noch einen drauf.

Zeifos sah ihr tief in die Augen. Er forderte sie auf, ihm dasselbe noch einmal zu sagen. Sie aber wendete eilig ihren Blick ab. *Nein, das kann ich nicht.*

„Das will ich nicht, und das muss ich auch nicht, ich will jetzt endlich gehen!" Sie dankte dem Regen, dass dieser wenigstens ihre Tränen hinfort spülte.

„Lass mich los, bitte", flehte die Elfe Zeifos an und klang dabei herzallerliebst. „Ich kann nicht bleiben! Es ist wirklich besser, wenn ich gehe", wiederholte sie den ständig gleichen Satz gebetsmühlenartig, so als würde sie darin Rettung finden.

„Ist es besser, wenn du gehst, oder lediglich sicherer?", fragte Zeifos unbeirrt.

Treffer und versenkt! Ihrer Reaktion merkte er deutlich an, dass er sie durchschaut hatte und dass sie lediglich um ihn besorgt war. Zugeben durfte Liz es deswegen aber noch lange nicht.

„Das ist doch völlig irrelevant!" Aufgebracht schüttelte sie ihren Kopf, wobei ihr schulterlanges Haar Zeifos durchs Gesicht streichelte. „Ich will nicht bei dir bleiben, das ist alles, was zählt. Warum sollte ich auch, nach allem …" Sie log, dass sich die Balken bogen. Besonders gut war die Elfe darin jedoch nicht. Allein die Tatsache, dass sie ihn noch immer nicht anzusehen vermochte, verriet sie.

Erleichtert liebkoste Zeifos ihren Hals, von dem aus er sich zu ihrer Wange und weiter bis hin zu ihren …

„Entlarvt!" In dem Augenblick, da sie ihn ihrerseits küssen wollte und dem Drang nicht mehr widerstehen konnte, zog er eilig seine Lippen zurück.

„Das war unfair“, beschwerte sich die Elfe und lächelte ihn böse an. Deutlich spürte Zeifos, dass sie bereits dabei war, Rachepläne wegen des Kusses zu schmieden, den er ihr verwehrt hatte.

„Bitte belüg mich nicht noch einmal“, sagte er mit ernster Stimme. „Der sicherste Platz ist für mich der an deiner Seite. Egal, wie viele Hindernisse mir auch begegnen werden, ich werde sie alle überwinden.“ Genau das befürchtete und liebte Liz an ihm. „Der sichere Weg ist leider nur sehr selten der richtige. Je schwerer du es mir machst, mit dir zusammenzukommen, umso mehr begehre ich dich. Auf diese Weise wirst du mich niemals los.“

„Na, dann wollen wir doch mal hoffen, dass ich es dir nun nicht zu einfach mache. Nicht, dass du noch das Interesse verlierst.“ Der Rauch und der Gestank des Todes stiegen ihr in die Nase. „Ich fürchte allerdings, dass die Welt uns noch genügend Steine in den Weg legen wird.“

„Ich werde dich niemals verlassen.“ Zeifos' Stimme klang derart rein und ehrlich. Niemals würde sie das vergessen können, was er ihr an diesem Abend gesagt hatte. „Ich werde bis zuletzt an deiner Seite bleiben, egal was passiert. Selbst wenn beide Welten untergehen würden, könnte mich das nicht davon abhalten, dir nahe zu sein.“ Allein das mitternächtliche Abendrot am Firmament bot ihnen einen zarten Vorgeschmack auf das, was ihnen noch alles bevorstünde. „Ohne dich gäbe es keinen Grund für mich, weiter zu leben. Allein du vermagst meiner Existenz einen Sinn zu geben. Deshalb verlass mich bitte niemals.“

Liz nickte bloß zaghaft. Die Ehrlichkeit seiner Worte verstörte sie. *Egal*, rasch fing sie sich wieder. Nachdem ihre Tarnung nun endgültig aufgeflogen war, konnte sie sich ihm nun auch ganz und gar hingeben und mit ihm die wenige Zeit genießen, die ihnen noch blieb.

Eilig legte die Elfe ihre Arme um seine Schulter. „Na, mein edler Beschützer, wie gedenkst du mich nun eigentlich aus der Stadt zu schmuggeln, während all die Soldaten unterwegs sind?"

„Kommt darauf an. Wie hattest du denn eigentlich vor, zu entkommen? Da du ja anfangs ohne mich aufbrechen wolltest, wirst du dir doch ganz bestimmt schon selbst einen Plan zurecht gelegt haben, oder etwa nicht?"

An ihrer Nasenspitze konnte Zeifos jedoch erkennen, dass sie sich darüber noch gar keine Gedanken gemacht hatte. Ihre Pupillen wanderten immer mehr in die rechte obere Ecke ihres Sichtbereichs. Ihre einzige Intention bestand darin, ihn außer Gefahr zu bringen, sie selbst kam erst an zweiter Stelle.

„Nun", druckste sie herum. „Ich wollte sämtliche terranische Soldaten mit meinem Charme um den Finger wickeln."

„So wie mich, meinst du? Das wäre niemals gut gegangen, die anderen haben bestimmt alle einen besseren Geschmack als ich", lautete seine Retourkutsche.

„Ach, der Herr hat also einen besseren Plan? Lass hören!" Sie hoffte inständig, dass ihm etwas einfiel, obgleich ihre verspielt beleidigte Art nicht sofort darauf schließen ließ.

„Ich würde sagen, wir verstecken uns an einem sicheren Ort und verschwinden erst, wenn sich all die Aufregung gelegt hat und die Wachen weniger auf der Hut sind."

„Ach, und wo soll sich dieser geheimnisvolle Ort befinden, an dem mich angeblich niemand finden wird und an den du mich entführen willst?"

Der Soldat konnte sich eines Grinsens nicht erwehren, während er Liz' Frage beantwortete und gebannt ihre Reaktion abwartete. „Ich nehme dich heute Nacht mit zu mir."

„So viel zum Thema ‚sicher'!", antwortete Liz prompt, die ihm dennoch vertrauensvoll ihre Hand reichte, welche Zeifos sanft lächelnd ergriff.

„Immerhin werden dich in meinem Schlafzimmer keine Wachen suchen."

„Warum nur werde ich trotz allem das Gefühl nicht los, dass ich dennoch eine Leibesvisitation über mich ergehen lassen muss?" Ihr Blick war unglaublich verführerisch. Er spürte deutlich den Druck ihrer Hand. „Den Wunsch will ich dir nicht abschlagen. Ich hätte es allerdings weniger militärisch ausgedrückt." Gemeinsam hetzten sie die Balkontreppe hinab.

„Halt, warte!", mahnte die Elfe ihn. Zögerlich ließ sie ihre Finger aus den seinen gleiten. „Keine Sorge, ich renn dir nicht wieder davon." Obwohl sie keineswegs kleiner war als er, hielt sie ihren Kopf leicht gesenkt und blickte neckisch nach oben. Ihre Arme behielt sie dabei auf dem Rücken verschränkt. „Es sei denn, du willst es! … Bitte warte hier, ich bin gleich zurück." Um seine Bedenken auszuräumen, stahl sie sich einen Kuss, denselben, den seine Lippen ihr zuvor verwehrt hatten.

Ehe er reagieren konnte, lief sie zum Balkon zurück und verschwand im Inneren des halb eingestürzten Lichtersaals. Zeifos lief ihr nicht hinterher. Er wartete stattdessen im strömenden Regen auf ihre Rückkehr. Nach einer Zeitspanne, die marternder und länger nicht sein konnte, erschien sie wieder im Türrahmen.

„Na? Hast du mich schon vermisst", neckte sie ihn, während sie ihm mit einem Bündel Sachen entgegenhetzte.

„Ich glaube nicht, dass du diese heute Abend benötigst", lächelte er frech.

„Ach, du willst wohl, dass ich mich erkälte? An dem See warst du weit zuvorkommender, da hast du mir wenigstens noch dein Hemd angeboten."

„Das kannst du gerne haben!“ Er wollte sich gleich hier auf der Stelle ausziehen.

„Spinner“, antwortete Liz und hielt ihn davon ab. Sie griff nach seinem Shirt und zog ihn vor sich her. „Komm endlich und entführe mich, mein edler Beschützer!“

Blieb die Frage, wer hier soeben wen entführte …

Liz erkannte sich selbst nicht wieder. Bis eben war sie noch zutiefst unglücklich gewesen, und nun fühlte sie sich plötzlich derart berauscht und liebestrunken. Mit ganzer Seele hoffte, sie diesen Moment noch ein wenig länger auskosten zu können.

Milly, verzeih mir, doch ich muss dich auf diese Weise vergessen.

Sie sehnte sich ganz und gar nach der Wärme seines Körpers und schmiegte sich im Gehen an ihn.

Reinkarnation und Tod

Eifas Finger glitten über die Brust des Dunkelelfen. Sie umgarnte ihn wie eine Schwarze Witwe ihr Opfer. Ihre Fingernägel schlugen tiefe Wunden in sein Fleisch. Lilafarbenes Blut floss über seinen Körper, dennoch genoss Quie'rasil jeden einzelnen ihrer Stiche.

„Du hast unsere gemeinsame Nacht offensichtlich noch immer nicht vergessen", säuselte die schwarzhaarige Elfe, die dabei spöttisch lachte. „Es schmeichelt mir, zu hören, dass ich so gut war. Du dagegen warst leider nur guter Durchschnitt. Ach komm schon, sei nicht traurig, du hast dir doch hoffentlich nicht mehr erhofft. Was ist, wieso schweigst du?"

Schockiert bedeckte sie ihren Busen. „Oh verzeih, ich vergaß, dass du im Augenblick gar nicht sprechen kannst." Sie wedelte mit der Hand, woraufhin der schwarze Nebel von Quie'rasil abfiel, der ihn die ganze Zeit über gefangen hielt und all seine Glieder lähmte.

Der Dunkelelf ging erschöpft vor Schenigma auf die Knie und hustete stark. Schwarzer Rauch entströmte seinen Lungen.

„Was ist mit dem König und dem Berater?", fragte er verwirrt.

„Oh, mach dir um sie keine Sorgen. Die beiden bekommen momentan von ihrer Umgebung absolut nichts mit. Sie merken nicht einmal, dass die Zeit vergeht. Sobald sie wieder aufwachen, werden sie sich an nichts mehr erinnern können. Oder zumindest an fast nichts."

„Dann lass sie mich lieber auf der Stelle umbringen!" Der Dunkelelf sprang eilig auf. Er spürte, dass er nie wieder eine solche Gelegenheit bekäme. Er musste Schenigma unbedingt vor vollendete Tatsachen stellen, wenn er sie zurückgewinnen wollte. Sie hielt ihn jedoch mit einer bloßen Handbewegung von seinem Vorhaben ab.

„Na, nicht so ungestüm. Mir schwebt etwas ganz anderes mit ihnen vor. Sei daher schön artig." Der Duft von Jasmin ließ ihn auf der Stelle Platz nehmen. Selbst in dieser Situation war er ihr noch immer hörig und das, obwohl er bereits ahnte, dass sie kurz davor stand, ihn abzuservieren.

Sie vernebelte ihm noch immer alle Sinne. Er empfand ihre Ablehnung als einen süßen und bitteren Schmerz.

„Aber ich sollte die beiden doch für dich umbringen", klagte er und schnitt sich daraufhin mit Felizias Dolch in sein eigenes schwaches Fleisch.

„Stimmt, so lautete dein Auftrag." Erregt beobachtete Schenigma, wie er die Klinge erneut ansetzte. „Mittlerweile verfolge ich jedoch andere Pläne."

Allmählich kam der Dunkelelf wieder zu Verstand. „Bitte *Felizia*, was auch immer du vorhast, es muss nicht so ablaufen."

Schenigma verstand es als ein Kompliment, dass er sie mit einem anderen Namen ansprach und mit seiner großen Liebe verwechselte.

„Ich fürchte, du warst etwas zu oft dem Duft der Verführung ausgesetzt. Ich habe es wohl ein wenig übertrieben. Aber das spielt nun sowieso keine Rolle mehr", ihr aufreizendes Lächeln wurde finster, beinahe hämisch und knöchern.

Der Dunkelelf aber wollte sie noch nicht aufgeben. „Bitte wehr dich gegen den Untoten", flehte er sie an. „Er besitzt keine Macht über dich. Du kannst ihn besiegen, du musst das hier nicht durchziehen. Lehne dich gegen ihn auf, und dann fliehen wir beide von hier."

Schenigma versuchte die Beherrschung zu bewahren, doch es gelang ihr nicht. Seine Worte waren einfach zu amüsant. Das Gelächter der Frau hinterließ tiefe Spuren in seiner Seele. Er ahnte, zu was diese Mistress in Schwarz alles imstande war. Allein die Vorstellung davon jagte ihm einen eiskalten Schauer über den dunkelelfischen Rücken.

„Gib mir den Dolch“, forderte sie ihn ohne Umschweife auf.

Quie’rasil zögerte jedoch. „So sehr ich es auch will, doch ich kann ihn dir nicht geben.“ Seine Seele durfte sie gerne für sich beanspruchen, aber nicht diese Waffe.

„Du willst doch sicherlich wissen, was ich mit dem König vorhabe, oder? Also sei lieb und gib mir den Dolch.“ Sie näherte sich ihm bis auf wenige Zentimeter und hauchte ihm Zärtlichkeiten ins Ohr. „Ich verspreche auch, ganz lieb zu dir zu sein. Noch mehr als du es dir in deinen kühnsten Träumen auszumalen vermagst.“ Ihr Versprechen war wie ein Sonett aus tausend Stimmen. Sie umgriff den Dolch an der Klinge und wollte ihn an sich nehmen, doch Quie’rasil ließ noch immer nicht los.

Erst als der Dunkelelf bemerkte, wie sich Schenigmas Lebenssaft mit dem Stahl der Klinge verband, lockerte er seinen Griff. Mitsamt der Waffe stolperte die geheimnisvolle Frau nach hinten. Ihr Blut bestand aus einem seltsamen Farbgemisch. Es leuchtete in den Schattierungen Hunderter verschiedener Edelsteine. Von saphirblau über smaragdgrün bis hin zu rubinrot und schillerndem Perlmutt. Triumphierend leckte sich die schwarzhaarige Schönheit ihre Wunden, die auf der Stelle wieder verheilten.

„Ich danke dir für deine Dienste“, sagte sie galant. „Ohne dich, Quie’rasil, wäre der Sieg über Livius niemals möglich gewesen.“ Sie fuhr mit der Klinge über seine Brust, entlang der Stelle an der sein Herz vor Verlangen pochte.

Quie’rasil glaubte, seine letzte Stunde hätte geschlagen, plötzlich drehte sich Schenigma jedoch um und stach stattdessen auf Sixtus ein. Für den Bruchteil einer Sekunde schrie der alte Mann auf und krümmte sich. Kurze Zeit später gefror er erneut zu Stein, so als wäre nichts vorgefallen.

Die Wunde war tief, und der Dolch stak noch immer darin, dennoch würde Sixtus daran nicht zugrunde gehen.

„Das Herz liegt bei den Menschen weiter links", bemerkte Quie'rasil, der sich durchaus mit der Anatomie der Terraner auskannte.

„Ich weiß", antwortete Eifa, die sich erheitert zu ihm umdrehte. „Ich kenne die Anatomie der Menschen ebenfalls sehr gut." Obgleich sie diese im Gegensatz zu Quie'rasil eher am lebenden als am toten Objekt studierte.

„Dein Attentat sollte niemals von Erfolg gekrönt sein!", gestand sie ihm. „Ich wollte dem König lediglich einen Schrecken einjagen."

Quie'rasil blickte schockiert zu Boden.

„Ach nun komm schon, tu nicht so, als hättest du das nicht schon von Anfang an geahnt."

„Aber wozu dann all das?", fragte der dunkle General mit bitterer Miene.

Ihm war heiß und kalt zugleich. Etwas stimmte hier nicht. Oder anders ausgedrückt: Es stimmte absolut nichts! In seiner Aufgewühltheit bemerkte Quie'rasil allerdings nicht, dass seinem Körper mit jeder vergehenden Sekunde ein Großteil seiner Kraft entströmte. Farbige Fäden flossen aus seinem Rücken und ballten sich still und leise zu einer in der Luft schwebenden Energiesphäre zusammen. Der Dunkelelf merkte zwar, dass er schwächer wurde, die Ursache dafür blieb jedoch vor ihm verborgen.

„Muss es denn unbedingt für alles einen Grund geben?" Schenigma versuchte Zeit zu schinden. „Du würdest dich vermutlich nicht damit zufrieden geben, wenn ich dir sage, dass Schenigmas Wege unergründlich sind, oder?" Aus ihren Augenwinkeln beobachtete sie, wie die Energiekugel weiter wuchs, während Quie'rasil sämtliche Kraft verließ. „Lass mich mal überlegen: Welche irdischen Gründe könnten mich Schenigma wohl wirklich antreiben?“ Sie musste tatsächlich erst darüber nachdenken.

Quie'rasil begriff allmählich, welch mächtiges Wesen ihm soeben wahrhaftig gegenüberstand. Selbst ihre Art zu denken unterschied sich von der eines jeden anderen. Ihre Worte waren fein säuberlich zurecht gelegt. Eine jede ihrer Gesten zielte darauf ab, andere zu manipulieren, seien es Terraner oder Magelaner. Sie betrachtete beide Welten offensichtlich als ein riesiges Schachbrett. Abwechselnd zog sie mal mit den Schachfiguren der einen und dann wieder der anderen Seite. Zwischen Schwarz und Weiß unterschied sie dabei nicht im geringsten. Als Strippenzieher kam ihr ein jeder Bauer gelegen. Sie scheute nicht einmal davor, Könige in ihr Spiel mit einzubeziehen.

„Nachdem ich bereits derart viele Ländereien der Terraner erobert habe, gelüstet es mich nun danach, meine Krallen nach Magela auszustrecken. Du erinnerst dich doch hoffentlich noch an das, was du mir in der Nähe von Heilbrunn sagtest. Du meintest, die Schlachten würden zu weit weg von denjenigen geschlagen, die das Sagen haben! Nun, dem Herrscher des Teos haben wir heute Abend gezeigt, dass er hinter seinen Mauern nicht sicher ist. Jetzt …“ Sie bemerkte, wie sich sein Gesicht versteinerte. „… ist es endlich an der Zeit, den Mächtigen in Falmier ebenfalls einen Besuch abzustatten.“

Quie'rasil wollte nicht glauben, was er da hörte. „Soll das heißen, ich trage die Schuld an allem, was nun geschieht?“

„Im Grunde schon“, säuselte Schenigma, die voller Freude feststellte, dass die energetische Sphäre in seinem Rücken bis zum Bersten gefüllt war.

Erschöpft folgte Quie'rasil ihrem Treiben. Das, was sich dann abspielte, konnte widerlicher nicht sein. Eifas lange elegante Beine begannen zu verschimmeln. Ihre Haut leuchtete silbern. Statt der aufreizenden Elfe stand nun der Gevatter Tod vor Quie'rasil. Der wandelnde Leichnam wollte es sich nicht nehmen lassen, sich nun seinerseits von dem Dunkelelfen zu verabschieden. Er lechzte voller Vorfreude nach dessen magischen Energien.

Quie'rasil versuchte nach der magischen Sphäre zu greifen. Seine Arme waren jedoch nicht lang genug, um sie zu erreichen. Er war nicht einmal mehr imstande zu gehen. In einem weiten Bogen umkreiste die energetische Kugel Quie'rasil und schoss geradewegs auf den Untoten zu. Der wandelnde Leichnam renkte seinen Kiefer aus und öffnete sein Maul sperrangelweit. Er verschlang die riesige Kugel in einem Stück und schluckte sie würgend herunter.

„Na wie fühlst du dich", spottete der Untote, der zweifelsfrei wusste, dass sich der Dunkelelf kaum mehr auf den Beinen halten konnte. „Bist du schon bereit, den Kontrakt des Todes zu unterschreiben? Ich jedenfalls bin schon sehr gespannt darauf, welcher Art von Wesen du angehörst."

Kraftlos ging Quie'rasil vor ihm auf die Knie. Mit jeder Faser seines Körpers wollte er gegen den Untoten aufbegehren, doch seine Glieder gehorchten ihm nicht länger. Sein magischer Kern stand kurz davor, zu erlöschen. Statt ihn mit einem Zauber vor den Auswirkungen des Gleichgewichtes zu beschützen, hatte Schenigma das genaue Gegenteil verfolgt.

„Aber ich habe doch einen Exorzismus-Zauber gesprochen, bevor ich nach Teósix aufgebrochen bin. Die Flüche eines Untoten dürften mir keinerlei Leid zufügen können."

Der wandelnde Leichnam lachte frech. „Du bist dir aber schon darüber im Klaren, dass ich nicht nur auf die Kräfte der Untoten zurückgreifen kann, sondern auch auf die der Zwerge, Elementl,

Schamanen, Elfen, Feen und ..." Seine Haare verfärbten sich lila. „... der Dunkelelfen."

In diesem Moment tauchte Teraklios, der Erbauer des dunklen Hains, auf.

„Ich muss gestehen, dein Schutzbann war wirklich hervorragend. Niemand wäre imstande gewesen, diesen zu durchbrechen. Glücklicherweise gibt es aber keinerlei Bannflüche gegen dunkelelfische Künste. Daher ..." Teraklios breitete demonstrativ die Arme aus. „... habe ich das einfach übernommen."

„Du stammst doch aber aus meinem eigenen Volk."

„Falsch!", korrigierte ihn Teraklios wütend. „Wenn überhaupt, dann stammst DU aus MEINEM Volk."

Beschämt blickte Quie'rasil zu Boden. Er hatte den höchsten aller Dunkelelfen beleidigt. „Bitte, Teraklios", flehte er ihn an. „Du musst den Untoten aufhalten und mir zur Flucht verhelfen."

Seine Worte blieben jedoch unbeachtet. Quie'rasil ließ alle Hoffnung fahren. Zu Tode erschöpft sackte er auf dem marmornen Fußboden zusammen.

„Da...f...ür wirst du bü...ß...en!", stotterte der Dunkelelf am Ende seiner Kräfte.

„Nicht mehr in diesem Leben", lautete die Antwort des Untoten. „Ganz im Gegenteil, du wirst schon bald mein willenloser Diener sein, noch mehr als du es unter Eifa bereits warst. Und nun stirb endlich, uns bleibt nicht mehr ewig Zeit, denn wie du sicherlich bereits bemerkt hast, versuchen die Terraner mit Rammböcken in den Palast einzudringen."

„König Sixtus, könnt Ihr uns hören?" Die Rufe der Wachen waren mittlerweile deutlich zu vernehmen. „Geht es Euch gut? Wir eilen zu Eurer Rettung."

„Hör auf, so sturköpfig zu sein und verwandle dich gefälligst." Ungeduldig trat der Untote Quie'rasil in die Rippen. Nach seinem Gesicht zu urteilen, wusste dieser noch nicht einmal, wovon er sprach.

„Oh, sieh an. Du weißt also noch gar nicht, woher all die Boten des Nirwanas stammen, die ich mir untertänig mache." Der Lord des Todes grinste in hämischer Vorfreude. „Sie alle sind auf terranischem Grund gestorben, genau wie du jetzt."

„Blödsinn." Quie'rasil fand kurzzeitig seine Sprache wieder. „Es sind schon so viele an den Auswirkungen des Gleichgewichtes zugrunde gegangen, und keiner von ihnen ist als Nirwas wieder auferstanden." Ein stechender Schmerz durchzuckte seine linke Herzkammer und strafte ihn Lügen. Er spürte deutlich, dass ihm nur noch wenige Atemzüge übrig blieben.

„Das glaubst aber auch nur du. Es stimmt, das Gleichgewicht verwandelt nicht jeden in einen Nirwas. Nur die Widerstandsfähigsten und Kräftigsten sind davon betroffen. Allein diejenigen, die sich mit aller Kraft gegen den Tod stemmen, werden zu Dienern des Nichts, alle anderen verrecken jämmerlich. Den wenigen ‚Auserwählten' schenkt das Gleichgewicht jedoch das Leben. In Anbetracht der Tatsache, dass es sie dennoch ihrer Seele und ihres magischen Kerns beraubt, bleibt allerdings die Frage, wie ersehnenswert dieses Los wirklich ist. Mir scheint, bei dir ist es auch gleich so weit. Nun ich bin gespannt, zu welcher Sorte du gehörst." Der Untote setzte sich auf einen unsichtbaren Stuhl, verschränkte die Beine wie eine Frau und wartete geduldig ab.

„Ich hoffe, du wirst meinen Erwartungen gerecht. Ich benötige schließlich ein neues Alphatier für meine Herde. Selbstverständlich wirst du mir dann nur noch als Kanonenfutter dienen können, das verstehst du doch, oder?"

Quie'rasil war jedoch nicht mehr dazu imstande, auf jenen Frage zu antworten. Der Leib des Dunkelelfen bäumte sich entsetzlich auf. Seine Gliedmaßen krümmten sich widernatürlich, und seine Augen färbten sich pechschwarz. Quie'rasils Leib zuckte noch ein paar Mal, ehe er schließlich regungslos am Boden liegen blieb und starb.

„Du enttäuschst mich." Dem Untoten war die Lust vergangen. „Ich hätte mehr von einem General Magelas erwartet." Verärgert stand der wandelnde Leichnam auf. „Was soll ich denn nun mit dir anfangen." Er überlegte für einen flüchtigen Augenblick, den Körper des Dunkelelfen den Wachen auszuhändigen, die soeben mit ihren Rammböcken durch das Tor gestürmt kamen und Schenigma mit gezogenen Schwertern umstellten. Nach ein wenig hin und her entschied er sich jedoch dagegen.

Geflissentlich ignorierte er die Terraner und beugte sich zu dem Verstorbenen hernieder. Er legte ihm eine knorrige Hand auf die Stirn, woraufhin plötzlich wieder Leben in dessen Leib einkehrte. Seine Glieder zuckten, und der dunkelelfische General stand von den Toten auf.

Zwei der Wachen gingen schockiert auf Abstand. Eine andere, die sich dem Untoten näherte und dessen Fäulnisabsonderungen einatmete, stürzte leblos zu Boden. Ihr gesamter Körper verweste binnen von Sekundenbruchteilen, und selbst das Schwert in der Hand des Mannes verrottete unverzüglich.

Quie'rasil fror wie Espenlaub. Er spürte noch immer den allgegenwärtigen Tod in jeder Zelle seines Körpers. Der Schmerz überwältigte ihn. Entsetzt schrie er auf.

„Was mache ich hier? Wieso lebe ich noch?"

„Hör auf zu jammern. Verwandle dich endlich, dann hast du es hinter dir. Oder hast du etwa vergessen, wem du gegenüberstehst und über welche Kräfte ich als Untoter verfüge? Ich kann dich sooft ins Leben zurückholen, wie es mir beliebt, und glaube mir, wenn ich dir sage, dass ich das so lange mache, bis du endlich zu einem Nirwas wirst."

Quie'rasils Sinne drifteten erneut ins Jenseits ab. Das, was soeben geschah, konnte unmöglich wahr sein. Es spottete jeglicher Moral und widersetzte sich allen Regeln. Selbst beim Wirken von Magie gab es Gebote und Gesetze, an die man sich halten musste. Die Kraft des Untoten widerstrebte allem, was gut und heilig war.

„Hab dich nicht so. Tausende andere haben vor dir dasselbe durchlebt."

Quie'rasil wollte sich gar nicht vorstellen, was die früheren Opfer Schenigmas alles durchlitten haben mochten. Nicht einmal den Terranern wollte er etwas derartiges zumuten. Niemand sollte dazu verdammt werden, den Gang ins Jenseits mehr als einmal anzutreten.

Mit jedem Mal wurden die Schmerzen intensiver und Quie'rasils Schreie lauter.

„Lass mich gehen. Bitte!"

Der Untote aber dachte nicht daran. „Was glaubst du, wie oft ich diesen Spruch wohl schon gehört habe? In Heilbrunn hat mich jeder zweite Terraner um Gnade angebettelt, ehe er sich schließlich verwandelte. Spätestens nach dem siebenten Mal hält niemand den Schmerz mehr aus. Sobald dieser Punkt erreicht ist, wirst auch du dein Schicksal als Nirwas akzeptieren."

Ein weiterer Wachmann zerfiel bei dem Versuch, den König zu schützen, zu Staub. Quie'rasil unterdessen kehrte bereits zum zwölften Mal von den Toten zurück. Niemals hätte der Untote es für möglich gehalten, dass jemand derart hartnäckig sein könnte. Mit Schrecken bemerkte der Lord der Finsternis, dass der Dunkelelf den Vorgang allmählich genoss. Er schrie zwar noch immer wie am Spieß, dennoch wirkte es beinahe so, als stürbe er mit einem Lächeln auf den Lippen.

Ein Blick auf die Schnittwunden des Dunkelelfen verriet ihm schließlich den Grund für dessen Wehrhaftigkeit.

„Verdammter Masochist, hör endlich auf, es zu genießen.“

In dem Augenblick, als einer der Soldaten es wagte, dem Herrn der Finsternis seine Waffe entgegenzuwerfen, riss dem Untoten endgültig der Kragen. Schenigma spuckte den etwa zwanzig Terranern eine gallertartige Substanz entgegen, die sich klebrig auf deren Leiber legte und ihnen die Haut bis zu den blanken Knochen wegätzte. Die Hälfte von ihnen war auf der Stelle tot, und der Rest würde ihnen schon bald folgen.

„So, das sollte vorerst genügen, um mich dir wieder ganz in Ruhe widmen zu können, Quie'rasil.“

Doch der Dunkelelf war verschwunden.

„Das ist jetzt nicht dein Ernst, oder?“ In einem der sakralen Fenster klaffte ein großes Loch. „Mir scheint, dass ich dir etwas zu viel deiner Kraft zurückgegeben habe.“ Seine Ungeduld hatte den Untoten achtlos werden lassen. „Ach was soll's, weit wirst du sowieso nicht kommen. Es sind mehrere Tagesreisen von hier nach Magela. Dich aber wird das Gleichgewicht noch heute Nacht richten, ich wette, dir wird es nicht einmal gelingen, die Stadtgrenze zu erreichen. Schade nur, dass ich nicht mitbekommen werde, wenn du dich doch noch verwandelst. Ach, ehe ich es vergesse.“ Schenigma hoffte, dass der Dunkelelf zumindest noch in Hörreichweite war. „Ich war übrigens derjenige, der die Offensive von Livius an die Terraner verraten hat. Du hast dir derart viel Mühe gegeben, sie geheim zu halten. Für mich war es dagegen ein Leichtes, diese Informationen einfach auszuplaudern. Es hat mir viel Freude bereitet, dich anschließend dabei zu beobachten, wie du versucht hast, einen Schuldigen dafür zu finden. Hast sogar diesen Gorgo anschwärzen wollen. Nun gut, ich wünsche dir noch einen angenehmen Tod. Leb wohl, mein langjähriger Begleiter.“

Das Krächzen des Untoten verstummte. Sein Leib zerfiel zu

einem Haufen klebriger Knochen, die klappernd zu Boden fielen und sich auflösten.

In der Ferne hatte Quie'rasil jedes einzelne Wort vernommen. Genau wie von Schenigma angekündet, brach er auf einer Treppenstufe zusammen. Er schleppte sich auf dem Boden kriechend weiter vorwärts. Die Wut über den doppelten Verrat, den Eifa und der Untote begangen hatten, setzte ihm beinahe mehr zu, als die zersetzende Kraft des Gleichgewichts. Sein Leben zerrann in einem Stundenglas, das brüchig war.

„Niemals werde ich zu einem Nirwas!"

Ein heftiger Hustenanfall ließ ihn irgendwo auf offener Straße zusammenbrechen.

Der Qualm, der Sixtus und Dariusz bis eben noch gefangen gehalten hatte, lichtete sich. Mit schmerzender Brust ging der König auf die Knie. Der Berater stützte ihn, während sich der alte Mann den blutenden Dolch aus den Rippen zog und die verätzten Leichen seiner Untergebenen betrachtete.

„Es wird Krieg geben!", schrie er außer sich. „Lass mich los, Dariusz. Finde lieber einen Weg, wie wir unsere Armeen vor den Auswirkungen des Gleichgewichtes schützen können. Du hattest recht, wir haben uns zu lange bloß verteidigt. Findet und bringt mir alle Magelaner, die sich noch auf dem Palastberg aufhalten. Ganz gleich, ob es sich bei ihnen um Elfen, Orks, Feen oder sonst was handeln mag. Niemand darf uns entkommen! Sie sollen dafür büßen, dass sie königliches Blut vergossen haben!"

Nachspiel

Die Elfe und der Soldat beeilten sich, ihr Zimmer noch rechtzeitig zu erreichen. Sie überquerten leer gefegte Plätze und hetzten von einer Gasse zur nächsten. Der Mond verbarg sich hinter dunklen Wolken, und nur das zarte Licht der Laternen spiegelte sich auf den rutschigen regennassen Pflastersteinen.

Zeifos führte die Elfe sicher durch die Straßen der Stadt. Mehrfach bogen sie ab, um keinem Terraner in die Hände zu laufen. Ihr Ziel war nicht mehr fern. Das Eingangsschild zu ihrer Herberge war schon von Weitem zu erkennen. Unaufhörlich wiegte es sich im Wind, so als wolle es die beiden ruhelosen Nachtwanderer hereinbitten.

Der Schrei eines älteren Mannes stoppte sie jedoch, bevor sie eintreten konnten.

„Da sind die Betrüger! Haltet sie auf und nehmt sie fest." Zeifos und Liz schauten sich nervös um. Sie hatten mit vielem gerechnet, aber nicht damit, derart rasch aufzufliegen.

„Ist dein Tarnzauber noch aktiv?", fragte der Soldat, der zu der schlanken Elfe hernieder schaute.

„Frag nicht so blöd, das wirst du doch hoffentlich selbst beurteilen können, oder hast du bereits vergessen, wie ich sonst aussehe?"

Zeifos amüsierte es, dass ihre Stimme aufgrund des Zaubers selbst dann noch unnatürlich lieblich klang, wenn sie mit ihm schimpfte. Seine Frage war damit aber noch immer nicht beantwortet.

„Ich sehe dein wirkliches Antlitz durch Luftbalken hindurch. Leider kann ich nicht beurteilen, ob das auch für andere gilt oder nur mich betrifft."

„Du siehst mich also wirklich, so wie ich bin?" Liz verstand nicht, wie das möglich war. „Dabei habe ich den Zauber doch gar nicht abgeschwächt. Im Gegenteil, ich bin damit mittlerweile viel geübter als noch zu Beginn."

„Pst! Sei leise", brachte der Soldat sie geschwind zum Schweigen. Der alte Mann stand nun direkt vor ihnen und bedrohte die beiden mit seinem Stock.

„Ha, endlich habe ich euch, ihr verlausten Diebe. Ihr dachtet wohl, ihr könntet ungeschoren davonkommen, doch nicht mit mir. Ich bin zwar alt, aber noch längst nicht verkalkt." Unaufhörlich fuchtelte er mit seinem Stock herum und piekste zuerst die Elfe dann den Soldaten an.

„Ihr seid ein Diener des Teos", stellte der kurzsichtige Greis erst jetzt aus nächster Nähe fest. „Wie könnt ihr es wagen, mit einer solchen Betrügerin gemeinsame Sache zu machen. Ich wusste doch, dass ich euch erwischen würde, wenn ich nur lange genug an meinem Verkaufsstand für Tand, Schmuck und Prinzessinnenkleider ausharre. Als ob ich mich von ein paar Nirwasen aufhalten ließe, ich, Rufus Sinneman, habe noch nie meinen Laden geschlossen." Ehe der Soldat etwas erwidern oder sich verteidigen konnte, schrie der Alte erneut los. „Wachen, beeilt euch. Ich habe einen Verräter samt seiner Gespielin gestellt!"

Zeifos, der noch immer nicht verstand, was hier eigentlich vor sich ging, wollte den Mann einfach niederstrecken. *Der ist robust, der steckt das schon weg.* Er musste ihn schließlich irgendwie zum Schweigen bringen, ehe sie aufflogen. Ein flüchtiger Schlag mit der Breitseite seines Schwertes würde sicherlich genügen. Zeifos war sich nicht darüber im Klaren, dass ein solches Vorgehen eher dem Gedankengang eines Kastriots entsprach, als dem seinen. Seine Überlegungen zogen verheerende Bahnen.

In dem Augenblick jedoch, als ihn eine zarte Gestalt am Ärmel zupfte und er in Liz' Augen schaute, verebbte seine Mordlust. Mit einem einzigen Wimpernschlag spülte sie alle seine gewalttätigen Fantasien hinfort. Zumal er seine Waffe sowieso nicht dabei hatte.

„Ich fürchte, der Opa hat recht." Bekannte sie beschämt. „Ich habe ihn wirklich bestohlen."

Zeifos wirkte verdutzt, derart diebisch kannte er die Elfe noch gar nicht. „Nun sag schon, was war so wichtig, dass du deine Tarnung aufs Spiel setzen musstest." Seine Stimme klang vorwurfsvoll. Im Grunde war er aber nur neugierig.

Unschuldig schaute Liz an sich herab. Ihre Blicke glitten über den samtenen Stoff ihres Kleides hinweg. „Ich hatte doch nichts anderes zum Anziehen, und die Bediensteten bestanden darauf, dass ich mich umziehe", verteidigte sie sich. „Anders kam ich doch nicht auf das Fest. Außerdem wollte ich es doch zurückbringen!" Der unsichtbare Stein in ihren Händen, der sich für einen flüchtigen Augenblick materialisierte, erinnerte sie daran, dass dies nicht das einzige war, was sie sich ausgeliehen hatte. Liz schämte sich bis auf die Knochen, wie hatte sie bloß eine solche Dummheit begehen können.

„Vielleicht hätte ich dich doch lieber verlassen sollen, ich bringe dich nur unnötig in Gefahr."

„Hör auf, so etwas zu sagen! Das Kleid steht dir wirklich gut."

„Ha, na endlich!" Der Greis war wie ausgewechselt. „Jetzt seid ihr geliefert!", zischte er, als ein Trupp bewaffneter und hochgerüsteter Soldaten anrückte. „Gleich seid ihr fällig."

Der Mann wusste gar nicht, wie recht er behalten sollte, denn an der Spitze der kleinen Armee ritt der Hauptmann aus Heilbrunn. Er hatte in Teósix offensichtlich einen neuen Gönner gefunden.

Schützend versteckte sich die Elfe hinter dem Rücken des Soldaten. „Ich will nicht ins Verlies", flüsterte sie leise. „Da unten ist es entsetzlich dunkel und kalt, und überall liegen Leichenteile."

In Wirklichkeit fürchtete sie sich jedoch einzig davor, allein zu sein und über Milly nachdenken zu müssen.

Zeifos besann sich, noch waren sie nicht aufgeflogen, irgendeinen Ausweg musste es einfach geben. Irgendwie musste er Liz doch beschützen können. In seiner Hosentasche wurde er schließlich fündig. *Fritz ich bin dir ewig zu Dank verpflichtet.* Der Soldat förderte mehrere Gold- und Silbermünzen ans Tageslicht und legte sie dem rüstigen Herrn in die Hand, der auf der Stelle verstummte.

Nach einer Weile fand er jedoch seine Stimme wieder. „Wie könnt ihr es wagen, mich derart zu beleidigen! Ich bin doch nicht bestechlich. Mein ganzes Leben lang bin ich ein ehrwürdiger Bürger gewesen, das werde ich auf meine alten Tage ganz sicher nicht mehr ändern, nicht für solch ein läppisches Sümmchen."

Zeifos bemerkte, dass die Soldaten ihre Waffen zogen. Hektisch drückte er dem Greis weitere Münzen in die Hand – alle, die er besaß. Der Mann verlor plötzlich kein Wort mehr über Pflicht und Ehrgefühl, stattdessen streckte er seine zweite Handfläche hin.

„Das ist viel zu wenig." In seinen Augen blitzten Goldnuggets auf. „Das Kleid hat meine Tochter angefertigt. Sie ist oberste Schneiderin am Hofe und verwendet nur die feinsten Stoffe. Ihre Kleider sind die modernsten Neu Terras. Man schaue sich nur einmal die Rüschen an, die ausschließlich in einen der beiden Ärmel eingestickt wurden, etwas derart Raffiniertes werdet ihr nur hier in Teósix finden. Noch dazu dieser verruchte Ausschnitt." Liz bedeckte nervös ihre Blöße, als sie die Blicke des Greises auf sich spürte. „Das ist echte Wertarbeit. So etwas hat seinen Preis."

Zu seinem Leidwesen waren Zeifos' Taschen völlig leer. Der Alte hatte ihn bis aufs Letzte geschröpft. Nach dem Getrampel der Pferde zu urteilen, war es aber sowieso zu spät.

„Was geht hier vor?“, verlangte der Hauptmann zu erfahren. „Ach, wen haben wir denn da?“ Dem Offizier stand die Schadenfreude ins Gesicht geschrieben. „So, du willst also ein General sein. Alter Mann, sagt schon, was hat er verbrochen? Ich werde ihn mit Freude für den Rest seines Lebens hinter Gitter wandern lassen.“ Der Blick des Hauptmanns schweifte begierig zu Liz hinüber. „Keine Sorge, blonde Schönheit, Euch wird nichts geschehen. Ich werde mich persönlich um Euch kümmern, während Euer Freund im Verlies vergammelt.“

Der Greis handelte jedoch nicht so, wie es sich der Hauptmann wünschte. „Alles in Ordnung. Ich wollte nur mal sehen, wie lange ihr braucht, um mir zu Hilfe zu eilen.“ Beiläufig steckte er das Geld ein. „Ganze drei Minuten! Ihr seid eine echte Blamage für den gesamten Teos, wenn der König davon erfährt, seid ihr dran. Im Ernstfall hätte so ein Nirwas meinen Stand längst zu Kleinholz verarbeitet. In dem Fall hätte ich euch dazu verdonnert, ihn eigenständig wieder aufzubauen, das kann ich euch aber garantieren! Grinst nicht so frech, ihr Lümmel, ihr seid noch nicht einmal halb so alt wie ich. Zeigt gefälligst Respekt.“ Ohne Umschweife drehte sich der alte Mann um und verschwand hinter seinem Verkaufsstand, so als ginge ihn die Sache nichts mehr an.

Der Hauptmann dachte aber keineswegs daran, aufzugeben. „Weist euch aus! Nur weil jeder erzählt, dass du ein General seiest, muss das noch lange nicht stimmen. Ich will eure persönlichen Siegel sehen. Solltet ihr diese nicht bei euch haben, werde ich euch auf der Stelle hinrichten lassen.“

Ein Leutnant äußerte jedoch Bedenken. „Er ist der Ehrengast des Königs, das hätte für uns alle Konsequenzen.“

Der Hauptmann aber ließ den Einwand nicht gelten. „In dem Fall behaupten wir einfach, dass ihn ein Nirwas gemeuchelt hat. Wo ist da das Problem? Das ist das Gute am Krieg, da geht schnell mal einer verloren."

Liz verkroch sich nach diesen Worten noch weiter hinter Zeifos' Rücken. „Ich halte zu dir." Ihre Lippen ruhten direkt an seinem Ohr. „Zusammen können wir sie bezwingen." Es war nun an der Zeit, ihm zu beweisen, dass sie nicht völlig unnütz war.

„Lass es uns versuchen", antwortete ihr der Soldat, der keinen anderen Ausweg mehr sah. „Ich übernehme das Kämpfen, und du heizt ihnen mit deiner Magie ein."

„Aber du hast doch gar kein Schwert."

„Dann besorge ich mir halt eins. Immerhin sind mehrere auf meinen Hals gerichtet, irgendeines davon wird mir schon genügen."

Liz bereitete sich auf den Angriff vor und umfasste ihre Sternenscheibe fester. Als jedoch ein weiterer Krieger anrückte und zu der Gruppe hinzu stieß, hielt sie inne.

„Jeder, aber nicht er!"

Bär der Bärtige war offensichtlich auf den Soldaten aufmerksam geworden und ließ es sich nicht nehmen, ihm Hallo zu sagen. Gelassen lehnte er sich auf seinen Schrubber und bluffte den Hauptmann an.

„Das ist jetzt nicht euer Ernst oder? Ihr führt hier nicht wirklich Personenkontrollen durch? Falls doch, habt ihr offensichtlich endgültig nicht mehr alle Kronen im Leuchter."

„Das geht dich gar nichts an", wehrte sich der Offizier. „Ich habe dir und Fritz befohlen, die Verliese zu säubern. Also, was hast du hier verloren?"

„Schon klar. Der Palastberg brennt lichterloh, aber ich soll die untersten Gefilde blitzeblank polieren, während ihr jeder ernsten Konfrontation aus dem Weg geht. Das könnte euch so passen. Genug jetzt, verschwindet endlich und krallt euch den nächstbesten Nirwas. Haut den Magelanern die Hucke voll, aber steht hier bloß nicht so angewurzelt in der Gegend rum und verschandelt die Landschaft. Verdient euch gefälligst euren Sold."

Zeifos staunte nicht schlecht. Der Obergefreite kommandierte soeben einen Hauptmann und mehrere Leutnants herum. Noch ehe der Kommandant sich beschweren konnte, versetzte Bär dessen Pferd einen kräftigen Klaps. Der Hauptmann, der seinen Gaul nicht zügeln konnte, verschwand daraufhin in der Dunkelheit, auf Schritt und Tritt verfolgt von seiner ganzen Kompanie.

„Jetzt sind nur noch wir zwei übrig." Der Hüne schmunzelte frech. „Oh, verzeiht My Lady, ich meine natürlich drei. Keine Sorge, ich schlage deinen Verehrer schon nicht zu Brei."

Den mordsgefährlichen Schrubber warf er demonstrativ weg, woraufhin hinter einem der Verkaufsstände ein Stöhnen hervorhallte: „Aua. Was soll das? Ich habe selbst schon was zum Putzen."

„Du willst den Kampf von heute Mittag also nicht fortsetzen?", fragte der Soldat.

„Lass mal! Mir tut noch vom letzten Mal alles weh. Irgendwann musst du mir aber erklären, was überhaupt alles passiert ist." Bär kratzte sich am Kopf. „Ich weiß ehrlich gesagt nichts mehr. Ich erinnere mich nur noch daran, dass wir den gesamten Palast fein säuberlich zerlegt haben, folglich muss es ein spitzen Fight gewesen sein. Mich ärgert es nur, dass ich diese hässliche Katzenstatue am Eingang nicht mit zu Klump gehauen habe. So 'ne tolle Gelegenheit bekomme ich vermutlich nicht so schnell wieder."

Der Hüne war wirklich ein seltsamer Geselle. Liz und Zeifos waren ihrem Retter mit staubiger Weste und Bierfahne aber dennoch äußerst dankbar.

„Doch was ist, wenn die Personenkontrolle in unser beider Fälle durchaus gerechtfertigt war?"

Liz konnte nicht glauben, was Zeifos da sagte, glücklicherweise reagierte Bär erstaunlich gelassen auf dieses unverhoffte Geständnis.

„Pfh. Und wenn schon!“ Der Hüne zuckte mit den Schultern. „Ich bestimme noch immer selbst darüber, wen ich festnehme und wen nicht. Du, Zeifos, bist selbst als General noch in Ordnung.“

Schlurfend näherte sich ihnen ein Wesen, dessen Haut von allerlei Hieb- und Stichwunden gezeichnet war und dem zwei riesige abgebrochene Hauer aus dem Maul ragten. Der Nirworc wirkte nicht besonders agil, dennoch bewegte er sich steten Schrittes auf sie zu.

„Überlasst den mir und verschwindet endlich.“ Ein breites Grinsen stand dem Hünen ins Gesicht geschrieben. „Macht schon, ihr seid schließlich unbewaffnet und würdet mir nur im Weg herum stehen.“

„Aber du hast doch ebenfalls keine Waffe bei dir.“ Liz Stimme klang besorgt. „Können wir ihn wirklich hier alleine lassen, nachdem er uns geholfen hat?“

Bär, der ihre geflüsterten Worte deutlich hören konnte, wiegelte jedoch ab: „Ich brauch kein Schwert. Ich kann mir auch so ganz gut aushelfen.“ Der Hüne stolzierte zu einer der wackligen Buden. „Tut mir leid, beschlagnahmt.“ Riss einen tragenden Pfeiler heraus und überhörte absichtlich den flüchtigen Schrei von Beschwerde. Der Pfosten war am oberen Ende gesplittert und sah nun aus wie ein überdimensionierter Pflock.

„Du denkst also wirklich, dass du es alleine schaffst?“

„Sonst will ich nicht mehr ‚Bär der Bärtige‘ heißen! So und nun schnapp dir endlich dein hübsches Fräulein, und dann macht, dass ihr wegkommt.“

Liz gefiel es nicht, ihn hier zurückzulassen. „Pass aber gut auf dich auf, versprochen?“

„Keine Sorge, My Lady." Elegant küsste er die Dame auf die Hand. „Eine wirklich nette Freundin hast du da, recht junges Glück, stimmt's? Kümmere dich gut um sie, ein solch liebreizendes Mädel findet man nur noch selten."

Liz errötete. „Das macht nur das Kleid." Ganz sicher würde er nicht so reden, wenn er wüsste, dass sie in Wirklichkeit eine Elfe war.

„Ich meinte aber eure innere Schönheit", präzisierte er seine Aussage. „Am Hofe gibt es genug Damen, die zwar schön anzusehen sind, denen man aber lieber nicht in die Seele schauen möchte. Bei ihnen würde ich da allerdings gerne eine Ausnahme machen. … Sei unbesorgt Zeifos, ich nehme sie dir schon nicht weg", wiegelte Bär eilig ab, als er den Blick des Soldaten auf sich spürte. „Ich sehe schon, eure Liebe ist wirklich noch taufrisch. Jetzt macht aber endlich, dass ihr Land gewinnt. Falls ihr Fritz seht, sagt ihm, wo ich bin. Der Kleine muss hier nicht unbedingt allein rumrennen."

Mit seiner Zweimeterlatte näherte sich der Hüne dem schlurfenden Nirworc. „Ich wünsch euch beiden noch eine aufregende Nacht. Lasst euch bloß nicht von all dem Trubel hier ablenken, die Welt geht auch morgen noch unter. Aber diese Nacht gehört allein euch."

„Viel Glück." Der Soldat ergriff Liz' Hand und lief mit ihr zusammen davon.

„Weißt du, was er mit seinem letzten Kommentar gemeint hat?", neckte Liz den Soldaten. „Denkst du wirklich, dass wir ihn allein lassen können?"

„Keine Sorge, mit einem Gegner wird er spielend fertig. Bär ist mindestens genauso stark wie dieser Nirworc."

„So, jetzt gibt es nur noch uns beide." Ein breites Grinsen zeichnete sich in Bärs Zügen ab. „Genau diese Art von Ablenkung habe ich heute Abend gebraucht. Lass uns sehen, wer der Stärkere ist! Auf einen fairen Zweikampf."

Mit seiner Latte im Anschlag stürmte der Hüne auf das Ungetüm zu. Sein Kriegsschrei durchpflügte die ewige Nacht. Feuerwerksraketen explodierten über ihm, deren Reflexionen von den nassen Pflastersteinen unter ihm widergespiegelt wurden.

Ehe er jedoch den Orc erreichte, hörte Bär ein Zischen. Der Krieger stockte und stürzte röchelnd zu Boden. In seiner Kehle steckte ein etwa zwanzig Zentimeter langer Splitter. Letos, der Herr des Fleisches, hatte den mächtigen Krieger mit einem einzigen seiner Geschosse niedergestreckt. Der Nirwa'troll stand auf einem weit entfernten Dach und genoss die Aussicht auf die dunklen Gassen. Blitze zuckten vom Firmament und beleuchteten das unheimliche Wesen auf beängstigende Weise. Auf sein Konto sollten an diesem Abend die meisten Tode gehen.

Mit zuckenden Augen bemerkte das Ungetüm, wie ein weiterer Soldat um die Ecke bog und neben seinem toten Kameraden niederkniete.

Es war Fritz.

Mädchen ohne Namen

Ein eisiger Wind wehte durch die königlichen Hallen. Man hatte das Loch in dem sakralen Fenster noch nicht repariert, und auch die Spuren von Zeifos' morgendlichem Wutausbruch waren noch immer deutlich in den Rissen am Fußboden zu erkennen.

Den Magier aber ließ all dies kalt. Er scherte sich nicht länger um die Belange des Königs. Er war lediglich hier, weil Sixtus ihn zu sich gebeten hatte unter dem Vorwand, eine alte Schuld zu begleichen. Allein diese hatte Torwai all die Jahre über an den Terranischen Endlos Orden gebunden. Sollte der König nun wahrhaftig dazu bereit sein, ihn ziehen zu lassen, so musste etwas wirklich Außergewöhnliches geschehen sein. Torwai aber scherte sich nicht mehr darum. Es mochte eine Zeit gegeben haben, während der er sich in alle terranischen Belange eingemischt hatte, doch das lag lange zurück. Mittlerweile kümmerte er sich nur noch um sich selbst. Es interessierte ihn nicht länger, in welch miserablem Zustand der Teos war. Er schritt auf den Thron zu und trat in einen Scherbenhaufen.

Eine Blutlache breitete sich über den Fußboden aus. Erschöpft beugte sich der König auf seinem Thron vor und begrüßte seinen alten Freund.

„Torwai, freut mich, dass du doch noch gekommen bist, ich war mir nicht sicher, ob du meinem Aufruf wirklich folgen würdest."

Das Reden fiel dem König schwer. Sixtus zitterte am ganzen Leib, und Schweiß stand ihm auf der Stirn. Torwai brauchte nicht lange, um zwei und zwei zusammenzuzählen. Die Vermutung lag nahe, dass der Angriff auf den Palastberg nur der Ablenkung diente, um Sixtus zu ermorden. Der Magier verlor jedoch kein einziges Wort darüber. Ihn ging all das längst nichts mehr an.

„Sag schon, weswegen hast du mich herbestellt? Mir wurde mitgeteilt, dass es um eine alte Schuld ginge. Sag, bist du wirklich gewillt, dich darauf zu berufen? Du weißt, dass du diese Karte nur einmal ausspielen kannst!“

„Ich sehe schon, du bist noch immer der Alte.“ Sixtus hustete und spuckte Blut. „Du lebst schon so lange und bist doch ständig in Eile.“ Dass der Magier ihn nicht auf seinen gesundheitlichen Zustand ansprach, war kein gutes Ohmen. Er und Torwai würden von heute an wohl tatsächlich getrennte Wege gehen. Zumindest Sixtus bedauerte dies.

„Na schön, ich werde versuchen, mich kurz zu fassen. Bevor ich aber auf mein eigentliches Anliegen zu sprechen komme, will ich noch eins von dir wissen. Sag mir, warum du damals verschwunden bist.“ Der König klang wie ein Kind, dessen Vater sich aus dem Staub gemacht hatte. „Du schuldest mir darauf eine Antwort! Eher lasse ich dich nicht gehen, hast du verstanden!“

Torwai hatte geahnt, dass dies zur Sprache käme. „Du warst alt genug, um alleine über den Teos zu regieren“, sagte er unwirsch.

„Verdammt, Torwai, ich war zwölf Jahre!“ Sixtus war aufgebracht. „Ich war noch ein Junge, und du bist an meinem Geburtstag einfach spurlos verschwunden. Ich war von einem Tag auf den nächsten auf mich allein gestellt. Alles, was du mich gelehrt hattest, stellte sich als falsch heraus.“

Der Magier wollte sich das nicht länger anhören, dieses Thema hatte er längst für sich abgehakt. „Ich habe dir jedenfalls niemals aufgetragen, den Orden in eine Monarchie umzuwandeln.“

„Aber das musste ich doch.“ Sixtus klang verzweifelt, und er versuchte sich zu rechtfertigen. „Sonst wäre mein Reich endgültig zerfallen. Sämtliche Gemeinschaften wollten aus dem Bund austreten. Dabei hast du mir doch gesagt, wie wichtig es sei, dass alle Terraner zusammenhalten. Diesem Ziel habe ich mein gesamtes Leben gewidmet. Ich habe versucht, nach deinen Regeln zu handeln, aber niemand wollte auf einen Zwölfjährigen hören. Spätestens als du erfahren hast, dass sich der Übergang zwischen den Welten neu gebildet hat, hättest du zurückkehren müssen, aber vermutlich hat es dich dadurch bloß noch weiter in die Ferne getrieben. Du hast mir stets nur Geschichten darüber erzählt. Ich wusste nicht einmal, was das ist und was mich erwartet." Vor Sixtus' geistigem Auge blitzte der abgeschlagene Kopf eines Mädchens auf. „Ich fürchte, du bist dir noch immer nicht dessen bewusst, was du damals getan hast, Torwai. Du hast das Schicksal aller Terraner in die Hände eines unerfahrenen Kindes gelegt. Doch gerade in dieser angespannten Lage hätte ich deinen Rat benötigt."

„Stattdessen hast du dir diesen magelanischen Winkeladvokaten angelacht", fuhr ihm Torwai dazwischen.

„Na und? Dariusz hat mich im Gegensatz zu dir nicht einfach im Stich gelassen, als es darauf ankam. Bis heute ist er mir ein treuer Begleiter. Gemeinsam vermochten wir es, dem Teos zu neuer Stärke zu verhelfen."

Torwai war anderer Ansicht. Dieser Mann hatte etwas zu verbergen, dessen war er sich sicher. Er allein war seines Erachtens für die ungewöhnlich lange Lebensspanne von Sixtus verantwortlich. Ohne Magie war dies nicht zu bewerkstelligen, folglich konnte er kein Mensch sein. Der König regierte immerhin schon in der dritten, fast vierten Generation.

„Sieh nach draußen, die Festlichkeiten sind der Beweis. Selbst von einem Attentatsversuch lassen wir uns nicht einschüchtern. Mit Dariusz' Hilfe ist es mir gelungen, die Menschheit zu einen. Das musst selbst du zu würdigen wissen. Er war da, als ich dich gebraucht habe, also wage es nicht, ihn zu beleidigen. Seine Reputation ist makellos. Er ist ganz sicher kein Magelaner, das kann ich dir versichern."

„Was ist er dann?" Die beiden Mantelträger sahen einander mit stechenden Blicken an. Keiner wollte dem anderen nachgeben.

„Er ist ein Magier, genau wie du! Mich wundert es, dass du das bisher noch nicht selbst erkannt hast."

„Unmöglich", zischte Torwai. „Ich bin der einzige Terraner, der über diese Kräfte verfügt."

Sixtus lachte. „Dein Stolz macht dich also noch immer blind. Du selbst beherrschst, obwohl du ein Mensch bist, die Magie. Warum soll er dann nicht ebenfalls dazu in der Lage sein?"

Torwai zögerte, schließlich sprach er aber seine Überlegungen offen aus. „Er besitzt kein Transfusionsset. Ich habe ihn niemals irgendwelche Ampullen oder dergleichen schlucken sehen, und dennoch scheint er magisch begabt zu sein."

Dariusz grinste unter seiner Kapuze. Sixtus winkte allerdings ab.

„Davon verstehe ich nichts. Finde dich einfach damit ab, dass du nicht länger der einzige Magier der Menschheit bist. Soweit ich es einschätzen kann, ist er sogar der Stärkere von euch beiden."

Torwai schwieg. Er war Dariusz noch nie zuvor begegnet. Nicht ein einziges Mal während seines tausendjährigen Lebens. Nicht während der Vereinigungszeit oder den 900 Jahren danach. Erst hier am Hofe war er auf ihn gestoßen, und nun sollte ausgerechnet er ihm seinen Rang streitig machen. Der Auxillator musste sich eingestehen, dass ihm das nicht besonders schmeckte.

Sixtus blieb hartnäckig. „Sag mir endlich, warum du an meinem zwölften Geburtstag verschwunden bist. Was war der wirkliche Grund dafür?"

„Ich hatte es satt." Torwai fuhr aus seiner Haut. „Ich saß bereits vor dir auf diesem Stuhl."

Das war selbst für Sixtus neu. Er war immer davon ausgegangen, dass er der erste Regent war. Keiner seiner Diener hatte ihm etwas von einem Vorgänger erzählt. Ganz zu schweigen davon, dass außer ihnen beiden sowieso niemand mehr aus dieser Zeit am Leben weilte.

„Für Jahrzehnte habe ich deine Stellung innegehabt." Torwai nahm nun kein Blatt mehr vor den Mund. „Ich habe versucht, meine früheren Taten durch heutige abzugelten. Dennoch werden die Menschen irgendwann misstrauisch. Meine lange Lebensspanne erregte Aufmerksamkeit. So wie deine jetzt, nur blieb ich noch dazu jung. Indem ich dich, ein unschuldiges Kind, auf den Thron setzte, wollte ich endgültig alles ungeschehen machen. Damals habe ich all meine Hoffnung in dich gesetzt."

„Aber die habe ich doch erfüllt!" Sixtus versuchte Torwai und sich selbst von der Richtigkeit seiner Taten zu überzeugen. „Die Menschheit ist geeint, was spielt es für eine Rolle, ob dies in einer Ordensgemeinschaft oder unter einem Monarchen geschehen ist."

Der Magier aber schüttelte bloß resignierend seinen Kopf. „Du hast nichts dazu gelernt. Das hätte ich auch alleine hinbekommen, sogar in der Hälfte der Zeit, dazu hätte ich dich nicht auf den Thron setzen müssen."

Sixtus wurde immer verzweifelter. Er konnte Torwais Worte einfach nicht akzeptieren.

„Du solltest stattdessen deinen eigenen Weg finden, einen, zu dem ich selbst nicht in der Lage gewesen wäre! Einen Weg des Friedens und nicht der Waffengewalt. Darum habe ich dich verlassen. Du wärest sonst zu sehr wie ich geworden. Genau das wollte ich jedoch vermeiden. Offensichtlich bist du aber unfähig, auf eigenen

Beinen zu stehen. Du hast dich stattdessen lieber von dem Berater korrumpieren lassen. Toll gemacht, ich bin stolz auf dich."

Der Mentor erklärte seinem einstigen Schüler gerade, dass er in seiner letzten, alles entscheidenden Prüfung versagt hatte.

Sixtus ertrug es nicht länger. Wie ein Kind hielt er seine Ohren zu, um nicht länger den Worten des Magiers lauschen zu müssen.

„Sag schon, fühlt es sich gut an, sich hinter seinem Berater zu verstecken, oh erhabener König? Ist es nicht beruhigend, wenn man für keine seiner Entscheidungen Verantwortung übernehmen muss, da man sie nicht selbst gefällt hat? Es erleichtert das Gewissen doch ungemein, oder? Sag, willst du wirklich aus diesem Leben scheiden, ohne jemals selbst etwas vollbracht zu haben?"

„Hör auf", befahl ihm der König. „Du warst damals schließlich nicht dabei."

Sixtus driftete in seine Erinnerungen ab. Dinge, die er längst verdrängt hatte, kamen wieder ans Licht.

Die Schreie verzweifelter Frauen und Männer drangen bis an das Ohr des jungen Königs, der allein auf seinem steinernen Thron saß. Die Tage und Nächte vergingen, ohne dass er sich auch nur von der Stelle bewegte. Regungslos starrte er lediglich auf den leeren Fleck neben sich, als würde er auf die Rückkehr von jemandem warten.

Bittsteller kamen und gingen. Längst konnte sich das Kind nicht mehr an all die verschiedenen Gesichter und Namen erinnern. Fürsten, Technikjäger, Archäologen und selbst Bauern waren darunter.

Sie erzählten ihm etwas von entsetzlichen Kreaturen, von Plünderern und Räubern und von Übergriffen der Milizen.

Manche baten um militärische Unterstützung, andere verlangten den Abzug selbiger. Hungersnöte, Missernten und rar gewordene Hightech-Güter standen auf der Tagesordnung. Stets kam etwas Neues hinzu, und Sixtus schob alle Entscheidungen auf. Einen jeden von ihnen speiste er mit dem Satz ab: „Sobald Torwai wieder da ist", ganz gleich wie dringlich ihre Anliegen auch waren.

Dieser Tag sollte jedoch niemals kommen.

Eines Abends, es war bereits die zwanzigste Audienz, wurde ein Mädchen bei ihm vorstellig. Ihr Haar war zerzaust und ihr Gesicht dreckig. Überall auf ihrer Kleidung befanden sich rote Flecken. Sie war nur unwesentlich jünger als der König, den sie um Hilfe bat.

„Die Magelaner haben meine Familie ausgelöscht", begann sie mit zitternder Stimme. „Ich habe einen von ihnen erledigen können." Mit verstörtem Blick starrte das Mädchen auf seine blutverschmierten Hände. „Mein Bruder war zu dem Zeitpunkt im Nachbardorf. Bitte, Eure Majestät, schickt Truppen und rettet ihn."

Ein Wachmann trat neben das Mädchen und informierte Sixtus darüber, dass laut Berichten von der Front das besagte Dorf bereits gefallen sei.

„Das ist nicht wahr." Das Mädchen war außer sich. „Bitte. Ich flehe Euch an, schickt mich mit ein paar Soldaten zurück, und ich werde selbst nachsehen." Für ihr zartes Alter war sie bereits äußerst pfiffig, ganz im Gegensatz zu dem jungen König auf dem Thron. „Die Bewohner sind ganz sicher in die nächste Ortschaft geflüchtet. Gebt ihnen Waffen, dann kämpfen sie mit Euch! Bitte, erlaubt ihnen wenigstens, sich zu verteidigen."

Der Zwölfjährige wusste weder ein noch aus. Er wollte ihr gerne helfen, doch er konnte es nicht. Es oblag den Herren der neutralen Burg Rinnfels, den Übergang zu verteidigen und die ihnen unterstellten Dörfer und ihre Bewohner zu beschützen. Das Angebot, ihnen beizustehen, welches Sixtus bereits unlängst unterbreitet hatte, lehnten sie rigoros ab, mehr lag nicht in seiner Macht. Jedenfalls nicht, wenn er eine Auseinandersetzung mit dieser Burg und seinen Fürsten vermeiden wollte.

Das Tor zur Hölle, wie man den Übergang auch nannte, kannte der Junge lediglich aus Geschichten. Man hatte dieses Mahnmal vor mehreren Jahrhunderten versiegelt. Ohne das Zutun von Menschenhand sollte es auf ewig verschlossen bleiben. Doch wieso hatte es sich dann erneut geöffnet und wieso ausgerechnet jetzt, da er auf sich allein gestellt war?

So wie Torwai es ihn gelehrt hatte, versuchte er sein Reich zu formen und zu gestalten. Doch egal wie behutsam und vorsichtig er seine Hände auch nach der Welt ausstreckte, unter seinen Fingern schien sie nur noch mehr zu Asche und Staub zu zerfallen.

Nein, der Junge ertrug es nicht länger. Das Mädchen sah ihn derart traurig und zugleich gefasst an. Für Sixtus aber war ihr Anblick eine Qual.

„Führt sie ab und sperrt sie ein."

„Nein, nicht! Ich kann auch für die Hilfe bezahlen." Sie trug die Kette ihrer Mutter bei sich, die sie ihr nach ihrem Tod abgenommen hatte. Flehend hielt sie diese dem jungen König hin. „Nehmt sie! Hier." Sie kramte in ihrer Bluse herum. „Das sind ihre Ohrringe." Ein Fleischfetzen hing noch an einem davon. „Ihr könnt alles haben, selbst mich, wenn Ihr wollt, aber bitte helft meinem Bruder. Er ist jünger als ich und kennt sich noch nicht in dieser Welt aus. Er weiß noch nicht, welche Opfer man erbringen muss, um am Leben zu bleiben."

Diese Beschreibung traf durchaus auch auf Sixtus zu. Wäre er nur ein wenig selbstsicherer gewesen, sie beide hätten unter anderen Umständen gute Freunde werden können, doch so nahm das Schicksal einen anderen, verheerenden Verlauf.

So eindringlich und gefühlvoll ihre Worte auch waren, ihr Anliegen unterschied sich kaum von denen der neunzehn Bittsteller zuvor. Es gab Sixtus dennoch den Rest: „Führt sie endlich ab, ich will sie nicht mehr sehen."

„Seid ihr Euch sicher, Eure Majestät?", fragte einer der Wachmänner noch einmal nach. Er wartete demütig auf den Wink des Königs und schleifte das wehrhafte Mädchen schließlich hinaus.

Deutlich sah der junge König die Tränen, die ihr über das Gesicht liefen. Auf ewig brannte sich ihr Anblick in sein Gedächtnis ein.

An jenem Abend suchte ihn die junge Maid in seinen königlichen Gefilden auf. Sie saß eine Weile auf seinem Bett neben ihm und schaute den schlafenden König einfach nur an, bis er schließlich erwachte. Sixtus schaute sie verängstigt an, sie dagegen blieb ruhig an seiner Seite sitzen. Ihr Mund öffnete sich, doch es drang kein Laut heraus, als ob sie stumm wäre. Sanftes Mondlicht schien durch das Fenster und reflektierte sich auf ihrer hellen zerschrammten Haut.

Sie war ausgehungert, dennoch ließ sie sich von ihrem Schicksal nicht unterkriegen, tapfer bot sie der Welt die Stirn. Schweigsam reichte sie dem Jungen ihre Hand, so als wolle sie sich ihm vorstellen. Sixtus stieß sie jedoch zur Seite. Eilig rief er nach den Wachen. Mit wedelnden Armen versuchte sie ihn verzweifelt davon abzuhalten. Sie fiel vornüber und lag im Bett auf ihm. Noch immer sagte sie kein Wort und ließ allein ihre Gefühle sprechen. Es war, als ahnte sie, dass nichts, was sie ihm hätte, sagen können, ihn zur Vernunft bringen würde. Noch immer standen ihr Tränen in den Augen. Zaghaft beugte sich das Mädchen zu ihm hernieder. Verzweifelt versuchte sich der

Junge zu wehren, doch sie war stärker als er. Schluchzend raubte sie ihm seinen ersten Kuss.

Ihre aufgeplatzten Lippen waren hart und weich zugleich. Sie schmeckte nach Flieder und Erde. Ein zarter Duft von Jasmin entströmte zudem ihrem Atem.

Mit dem Eintreffen der Palastwachen verließ das Mädchen die Kraft, sie sank auf ihm zusammen. Seit Tagen hatte sie nichts mehr gegessen. Gewaltsam befreite sich der Junge aus ihrem Griff. Irritiert blickte er zwischen ihr und den Wachen hin und her, die auf seine Befehle warteten. „Wie konnte sie entkommen?", fragte der Junge aufgewühlt, woraufhin ihm einer der Männer Rechenschaft ablegte.

„Sie ist so dürr, möglicherweise ist sie durch die Käfigstangen geschlüpft." Das erklärte aber noch immer nicht, wie sie hier eindringen konnte und warum sie ihn zwar mit tränennassen Augen anschaute, aber kein Wort sagte. Erneut ließ er sie unter Waffengewalt entfernen. Zappelnd und tretend ließ sie sich davonschleifen, ohne einen einzigen Laut von sich zu geben.

Fröstelnd legte sich der König in sein mit Blut und Dreck beschmiertes Bett. Er glaubte noch immer die Anwesenheit des Mädchens zu spüren. Statt des Aromas von Flieder überwog nun jedoch der zarte Duft von Jasmin. Es dauerte bis in die Morgenstunden, bis er endlich einschlief. Aus den Schatten einer Kommode trat eine aufreizende Frau hervor, die an das Bett des Kindes herantrat und sich mit entblößten Beinen zu ihm setzte.

„Schade, du hättest sie bei dir aufnehmen sollen." Eifa wirkte betrübt. Es stimmte sie traurig, dass nun doch alles anders gekommen war. „Gemeinsam hättet ihr über den Teos regieren können. Du hättest viel Spaß mit ihr haben können. Sie hätte alles für dich getan, wirklich alles", ihre Stimme war wie ein flüchtiger Hauch der Nacht. Zärtlich strich sie dem König über den

Arm. „Jeder Junge wird schließlich einmal erwachsen. Sicherlich hätte sie dir gut getan, und für mich wäre sie zu einer zuverlässigen kleinen Informantin geworden. Du hättest ihr Gesicht sehen sollen, als ich sie mit ihrem Bruder zusammenbrachte. Es gefiel ihr nicht sonderlich, dass ich diesen bereits in einen Boten des Nirwanas verwandelt hatte. Auf einmal war sie handzahm. Sie bot mir bereitwillig an, mir jeden Wunsch zu erfüllen, wenn ich ihn verschonen würde." Eifa tat bei diesem Anblick das Herz in der Brust weh. „Bestimmt wäret ihr ein hübsches Paar geworden. Schließlich braucht jeder König seine Grande Dame. Ich dachte, wenn ich ihr die Stimme raube und ihr ein wenig meines Duftes einflöße, würdest du ihre weiblichen Vorzüge weit eher erkennen. Aber da habe ich mich wohl in dir getäuscht. Dich sehnt es offensichtlich eher nach Leid anstelle von Freude."

Sie legte ihm eine Hand auf die Stirn. Kurze zeit später wand sich der König im Schlaf. Seine Träume setzten ihm schwer zu. „Noch gebe ich dich nicht auf. Du willst also lieber eine andere Art von Spion an deiner Seite haben, einen der dir sagt, wo es lang geht, na schön, dann sei es so." Sie wirkte betrübt. „Es ist nur sehr schade um das arme Kind."

In seinen Albträumen sah Sixtus das Mädchen, wie es vor dem Leib ihrer Mutter zusammenbrach. Sie riss die blutige Kette von ihrem Hals und starrte den König mit rotglühenden Augen an. Ihr Mund öffnete sich zu einem Schrei, doch kein Laut drang daraus ins Freie. Heftig schreckte er in seinem Bett auf.

Er war allein. Schweiß stand ihm auf der Stirn, dennoch ängstigte er sich nicht länger vor dem namenlosen Mädchen. Er hatte lange gebraucht, doch endlich war er wieder zu Sinnen gekommen.

Er würde alles in seiner Macht Stehende tun, um dem Mädchen und allen, die seine Unterstützung brauchten, zu helfen.

Sixtus befahl einer Wache, sie zu holen. Doch als der Soldat zurückkam, war das Mädchen verschwunden.

„Verzeiht Eure Majestät, aber sie ist entkommen."

„Habt ihr sie etwa wieder in die Zelle gebracht, aus der sie zuvor schon ausgebüxt war?"

„Nein, sie war in einem separaten Raum untergebracht. Es ist uns unerklärlich, wie sie entkommen konnte."

Sixtus war betrübt über ihre Flucht, dennoch kam er ihrer Bitte nach. Noch am selben Tag zog er samt seiner Armee aus. Der junge König, der seinen Palast seit Tagen nicht verlassen hatte, ritt an vorderster Front und erklärte der neutralen Burg Rinnfels den Krieg, weil diese sich weigerte, ihre Landbevölkerung zu beschützen.

Überall ließ er nach dem Mädchen suchen, doch nirgends fand er sie.

Binnen weniger Tage gelang es den königlichen Soldaten, Rinnfels zu erobern. Leider endeten die Auseinandersetzungen damit längst noch nicht, vielmehr erreichten sie ganz neue Dimensionen des Schreckens. Die Fürsten der Burg waren geflüchtet und verschanzten sich in den umliegenden Dörfern, wo sie ohne Rücksicht auf die Bevölkerung noch immer regen Widerstand leisteten. Sie nahmen Kontakt mit anderen Herzogtümern und Ländereien auf, die sich ihrem Feldzug gegen den Teos anschlossen. Der Terranerkrieg nahm von da an seinen Lauf.

Sixtus' Armee geriet zwischen die Fronten. Die Truppen versuchten, die Bevölkerung vor den Magelanern zu beschützen, und wurden zugleich aus dem Rücken von den einstigen Verbündeten angegriffen.

Sixtus erstarkte mit jeder Schlacht, die sie schlugen. Aus dem schwachen Kind wurde ein kräftiger Krieger. Seine Seele stumpfte jedoch an dem Erlebten mehr und mehr ab. Worte wie „Kollateralschaden“ brannten sich ätzend in seinen Wortschatz ein. Immer mehr zweifelte er an seinen Taten. Schließlich brachte man ihm den Kopf des Mädchens. Ihren Namen erfuhr er dennoch nicht. Lediglich eine Axt hatte neben ihrem Leichnam gelegen. In den Schaft jener Waffe war das Zeichen des Teos eingeritzt. Gerüchte machten die Runde, dass sie durch seine Truppen umgekommen sei.

In Wahrheit hatte sie die Axt jedoch von einem Sonderkommando aus Sixtus' Gefolge erhalten. So wie sie es gefordert hatte, verteilten sie Waffen an jeden, der zum Kämpfen bereit war. Zusammen mit anderen verteidigte sie sich tapfer gegen die einfallenden Magelaner und Rinnfelser. Sie hielt wacker durch und riss selbst einen mächtigen Orc mit in den Tod. Sixtus' Feinde legten die Spuren jedoch so, dass es danach aussah, als hätten die Truppen des Teos Unschuldige niedergemetzelt.

In seiner Trauer glaubte der König diese Lüge. Die Wahrheit war für ihn viel zu abwegig. Nie und nimmer konnte ein dürres Mädchen eine schwere Axt führen. Lieber glaubte er, für ihren Tod verantwortlich zu sein. In seinen Träumen suchte ihn das Mädchen von da an heim. Jede Nacht sah er ihren abgeschlagenen Kopf und ihren stummen zu einem Schrei geöffneten Mund.

Sixtus war wie gelähmt. Er verkroch sich in der hintersten Ecke seines steinernen Sessels. Seine geheiligten Hallen wurden zu einem goldenen Käfig, den er sein Leben lang nicht mehr zu verlassen wagte.

Die Vereinigung des Ordens zerfiel, bis nur noch ein traumatisiertes Kind übrig blieb. Zwei Jahre lang wurden die Schlachten ohne die geistige Anwesenheit des Führers des Terranischen Endlos Ordens geführt. Mehr als tausend Audienzen gingen ins Land, ohne dass Sixtus irgendjemandem seine Aufmerksamkeit schenkte.

Eine Audienz unterschied sich jedoch von allen anderen davor.

Auf dem Tiefpunkt des Teos tauchte ein Pilger am Hofe des Königs auf.

„Verzeiht Eure Majestät, Ihr müsst diesen Mann nicht anhören. Es ist ihm irgendwie gelungen, an uns vorbeizukommen."

Etwas an dem unbefugten Gast vermochte jedoch, nach all der Zeit, die Neugier des jungen Königs zu wecken. Fast hätte er es als Magie beschrieben, jedenfalls spürte Sixtus eine Vertrautheit, wie er sie seit dem Entschwinden des Auxillators nicht mehr empfunden hatte. Der König ernannte diesen Pilger namens Dariusz schließlich zu seinem Ratgeber.

Das Antlitz des Teos und ganz Neu Terras sollte sich dank seiner Ratschläge drastisch verändern. Dariusz vermochte ihm zu zeigen, dass Skrupel manchmal doch fehl am Platz waren, vor allem, wenn es um das Wohl der Menschheit ging. Was dieser Mann ihm erzählte, war so verständlich. Viel klarer und deutlicher als die Worte von Torwai, der ihm stets eingeredet hatte, dass es stets galt, das richtige Mittelmaß zu finden. Nein, es bedurfte keines Ausgleichs oder halber Sachen, sondern eines erstarkten Reiches, das mächtig genug war, der Macht der Magelaner entgegenzuwirken. Allein dem Teos hatten sich alle anderen zu unterwerfen.

Die Erfolge in den darauffolgenden Jahren rechtfertigten dieses Vorgehen in vielerlei Hinsicht. Selbst Torwai kehrte schließlich in den Dienst des Teos zurück, obgleich es dazu einer Erpressung bedurfte. Sixtus aber genügte dies als Beweis für Dariusz' Loyalität.

Torwai war entnervt. „Sag schon, weswegen hast du mich herbestellt? Du trauerst doch hoffentlich nicht immer noch deiner

Vergangenheit nach? Wach endlich auf! Du wirst niemals herausfinden, wie das kopflose Mädchen hieß.“

Sixtus ignorierte Torwais Spitzzüngigkeiten. Er verschloss seine Erinnerungen in eine graue Schatulle und hoffte, dass sich diese erst wieder öffnen würde, wenn er schliefe. In seinen Gedanken wandte er sich an Dariusz. *Bist du dir sicher, dass du seinen Tod wünschst? Sobald ich den Befehl gebe, gibt es kein Zurück mehr. Überleg es dir also gut.*

Seine Antwort ließ ungewöhnlich lange auf sich warten. Der König erkannte den Berater beinahe nicht wieder. Solange Sixtus damit jedoch den Magier zur Weißglut treiben konnte, geduldete er sich gerne noch etwas länger.

Die Stille im Raum war erdrückend. Unzählige Gedanken wechselten von einem Bewusstsein zum anderen. *Er soll mächtiger sein als du und Torwai zusammen? Aber das ist doch unmöglich! – Aus welchem Grund sollte er denn zu den Magelanern überlaufen? Genauso gut könnte er das Gleichgewicht doch auch zu unseren Gunsten kippen lassen. – Du hast recht, das Risiko ist zu groß. – Es stimmt, es kann kein Zufall sein, dass die Magelaner an demselben Tag hier einfallen, da er auf der Bildfläche erscheint. Womöglich ist er bereits mit ihnen im Bunde. – Ich bin über dich erstaunt, Dariusz. Nicht einmal ich würde mir ein solches Opfer abverlangen. Es ist also entschieden?!*

Dariusz besiegelte die Vereinbarung mit einem flüchtigen Nicken, womit die Tragödie ihren Lauf nahm.

„Töte Zeifos!“, befahl Sixtus mit fester unnachgiebiger Stimme. „Töte ihn noch heute! Ich will seinen leblosen Körper hier vor mir liegen haben, noch ehe das Fest seinem Ende entgegengeht.“

Torwai wirkte wie gelähmt, nicht weil er womöglich um den Soldaten besorgt wäre, nein, das ganz gewiss nicht. Er fragte sich vielmehr, woher das plötzliche Interesse des Königs an seinem Begleiter herrührte.

Ehe Torwai etwas erwidern konnte, fuhr ihm Sixtus dazwischen: „Nein! Ich gedenke keineswegs, dir mitzuteilen, warum es mich nach seinem Kopf gelüstet. Dass wir uns verstehen: Das ist in keiner Weise verhandelbar.“ Sixtus’ Tonfall machte mehr als deutlich, wie ernst es ihm war. „Danach sollst du von deinen Pflichten entbunden sein, doch nicht eher.“

Zumindest das Letztere vermochte Torwai die Sache dann doch schmackhaft zu machen. Zähneknirschend fand er sich damit ab, dass ihm soeben seine Laborratte weggenommen wurde, solange er jedoch seine Freiheit zurückerhielt, war dieser Verlust durchaus tragbar. Seltsamerweise schien der Berater weit mehr Skrupel zu besitzen. Er strauchelte und stand mehrfach kurz davor, die Angelegenheit abzublasen, so als wäre er mit sich selbst uneins. Seine Hand schwebte knapp über Sixtus’ Schulter, stets zog er sie jedoch wieder zurück und besann sich eines Besseren.

Obwohl Torwai sich damit abgefunden hatte, wollte er den König nicht so schnell aus seiner Pflicht entlassen. Irgendetwas musste ihm doch noch zu entlocken sein.

„Warum ausgerechnet ich? Du müsstest doch genug Assassinen in deinem Gefolge haben, die einen solchen Auftrag mit mordlüsterner Freude annehmen würden.“

„Ich dachte, du hättest vielleicht ein persönliches Interesse daran, mich in diesem einen ganz besonderen Fall zu unterstützen. Immerhin scheint er dein neuester Schützling zu sein. Sollte ich mich in dir geirrt haben, reiche ich die Aufgabe gerne an einen anderen weiter. Sterben wird der Soldat heute Abend so oder so, du allerdings bliebest dann an deine Pflichten gebunden.“

Torwai blieb demnach kaum eine andere Wahl. „In Ordnung, ich kümmere mich darum. Aber nur unter einer Bedingung.“

„Die wäre?“

„Nachdem ich ihn dir vorgeführt habe, händigst du mir seinen Leichnam aus.“ Torwai hoffte, wenigstens auf diese Weise noch irgendetwas über ihn in Erfahrung bringen zu können. Die DNA-Probe seines Haars war sehr aufschlussreich gewesen, der Rest seines Körpers würde sicherlich zu noch weit vielversprechenderen Erkenntnissen führen. „Lieber eine tote Laborratte im Sack als eine freilaufende Katze auf dem Dach.“

Sixtus erwiderte nichts darauf, deshalb glaubte Torwai, dass sie sich zumindest in diesem Punkt einig wären. Er wollte die Halle gerade verlassen, als ihn Dariusz auf die Knie zwang. Eine unsichtbare Kraft hielt ihn an den Schultern fest und drückte ihn auf den Boden.

„Das ist unmöglich, so stark kann der Berater nicht sein.“

Statt seiner sprach Sixtus zu ihm. „Oh doch, er ist noch viel stärker, als du es dir vorzustellen vermagst.“

„Aus welchem Grund tust du das? Ich habe mich doch dazu bereit erklärt, dir den Soldaten zu bringen.“ Mit einer Muskelkontraktion warf Torwai das Transfusionsset an, das er unter seinem Ärmel verborgen hielt. „Gleich werde ich dir zeigen, wie mächtig ich bin.“ Doch das anfängliche Zischen des Apparates verstummte ohne jeglichen ersichtlichen Grund. Allein Sixtus' Stimme war nun noch zu vernehmen.

„Ich will dir bewusst machen, dass ich keinesfalls bluffe!“

Dariusz schien es Spaß zu bereiten, dem Magier vor Augen zu führen, wie jämmerlich seine gesamte Existenz war, die einzig davon abhing, ob ein einzelner Bolzen fest in seiner Vertiefung saß oder locker hin und her wackelte.

„So etwas schimpft sich heutzutage Magier. Dabei nutzt du doch auch bloß die Technik, so wie all die anderen Menschen. Versteh mich nicht falsch, mich erstaunt deine erfinderische Leistung. Magie abgefüllt in Dosen, wirklich nett, mehr aber auch nicht. Hör endlich auf, dich für etwas Besseres zu halten, und gewöhn dich an deine Beschränkungen."

Ich zeig dir gleich, was ich von Schranken halte! Entgegen seines Aufbegehrens nahm der Druck auf Torwais Körper stetig zu. Statt Dariusz ergriff nun wieder Sixtus das Wort, so als hätten sie sich einander abgesprochen.

„Falls du irgendeinen Trick versuchst, Torwai, werde ich keine Sekunde lang zögern und die Welt davon in Kenntnis setzen, was du mir damals in einem Moment der Schwäche anvertraut hast. Jeder Bauer und jede Magd wird von deinen Verfehlungen erfahren. Alle werden wissen, was du der Menschheit angetan hast. Nicht einmal in den hintersten Winkeln Neu Terras wärest du sicher. Überall würden die Menschen Jagd auf dich machen."

Der Auxillator kauerte am Boden und stellte es sich gedanklich vor. Trotz seiner misslichen Lage bot er dem König weiterhin Paroli.

„Nie und nimmer ist dein Freund stark genug, um eine astrale Verbindung mit der gesamten Welt einzugehen. Dazu ist selbst er nicht fähig."

Dariusz ließ sich kein zweites Mal bitten. Er ballte seine ausgestreckte Hand zur Faust, woraufhin sich Torwai vor Schmerzen krümmte. Mit geöffnetem Mund starrte der Magier zur Decke. Alles um ihn herum drehte sich. Schwarzes Blut tropfte von den Wänden und verband sich mit dem seidenen Stoff der wehenden Banner. Eine der Fahnen wurde davon so schwer, dass sie sich von ihrer Halterung losriss und den Auxillator unter sich begrub.

Eine ewige Finsternis brach über Torwai herein. Er sah einzig noch das geschwungene Symbol der Unendlichkeit vor seinen Augen, das sich frontal auf ihn zubewegte.

Erst jetzt erkannte der Magier, dass es sich bei dem Blut in Wahrheit um Tinte und Druckerschwärze handelte. Torwai hielt einen Vertrag in der Hand. Das Papier fühlte sich spröde an. Im Kopfbereich war deutlich das Symbol des Teos zu erkennen. Er dagegen setzte sein Signum in die untere rechte Ecke. Alle Anwesenden gratulierten dem ehrenwerten Torwai. Ein Riesentrubel wurde um das Dokument und seine Person veranstaltet. Mehrere Anwälte hatten es tage- und nächtelang geprüft und gegengeprüft, bis es endlich zur Unterzeichnung kam. Die Kameras und Fotoapparate waren jedoch nicht länger auf den Vertrag, sondern auf Torwai selbst gerichtet. Jeder wollte wissen, wie ein derart junger, charismatischer Mann, sich binnen eines Jahres zum Firmenmonopolisten aufschwingen konnte.

„Stimmt es, dass Sie über 75 Prozent der Internationalen Raumstation ISS für Ihre Forschungen beanspruchen? Es heißt, Sie würden damit absichtlich verhindern wollen, dass auch andere Einrichtungen und Ländereien wissenschaftliche Fortschritte machen?"

Statt des Magiers antworte ein Pressesprecher. „Faktisch sind es nur 72 Prozent, bei den Toiletten haben wir den restlichen Parteien leider Mitbenutzungsrechte einräumen müssen." Alle im Saal lachten. Keiner interessierte sich mehr für die laut gewordene Kritik.

„Fast vierzig Prozent der in diesem Jahr angemeldeten Patente gingen auf das Konto Ihrer Firma. Ist das überhaupt noch steigerbar."

„Traut man den Prognosen der Aktionäre, dann mit Sicherheit", mischte sich der Pressesprecher erneut ein. „Wir hören erst auf, wenn es nichts mehr zu erforschen gibt." Erneutes Schmunzeln. „Unser Engagement an den Universitäten und Hochschulen beweist es. Unsere Mitarbeiter rekrutieren wir aus allen

Ländern der Welt. Die Terraplanar Engineering Organisation of Science, kurz Teos, versteht sich als Wissenschaftsvorreiter und besitzt daher Einrichtungen selbst in den abgelegensten Gebieten."

„Aber ist das nicht mit immensen Kosten verbunden?"

Bei dieser Frage schnürte es dem Pressesprecher die Atemzufuhr ab. Eilig rückte er seine Fliege wieder zurecht. „Allein unsere Monatsausgaben übersteigen die Neuverschuldungen der meisten bekannten Staaten um ein Vielfaches, das ist wohl wahr. Doch obwohl wir im Gegensatz zu besagten Ländern nicht das Recht zum Gelddrucken besitzen, sind unsere Bilanzen ausgeglichen. Allein die von uns neu angemeldeten Patente sichern uns für die nächsten Jahrzehnte neue Märkte und ermöglichen uns weiter zu expandieren."

„Sprechen sie etwa von den Allroundkugeln und deren neue Holoprojektionstechnik? Angeblich soll diese planare Eingabetechniken völlig überflüssig machen?"

„Dies ist nur ein Teilbereich, an dem wir forschen. Auch bei der künstlichen Intelligenz und im Bereich der Nanotechnologie sind uns Durchbrüche gelungen."

„Oder der Waffenherstellung!" Der Ruf kam aus der hintersten Reihe. „Es heißt, Sie würden an der Entwicklung einer neuartigen Rüstung arbeiten."

„Ich weiß leider nicht über all unsere Projekte Bescheid", erklärte der Anzugträger. „Eine solche Rüstung würde aber, wie es der Name schon sagt, eher der Verteidigung dienen, als dem Angriff. Der Teos hat sich bisher an keinerlei militärischen Entwicklungen beteiligt, und gedenkt dies auch in Zukunft nicht zu tun." Der Pressesprecher bereute seine Worte bereits, als er sie aussprach. Vor seinem geistigen Auge sah er bereits den Verlust an den Aktienmärkten.

Torwai hörte längst nicht mehr hin. Heute wie damals widerte ihn die falsche Art der Leute einfach nur an. Keiner interessierte sich wirklich für das, an was er forschte. Es ging ihnen lediglich um den neuesten Klatsch und Tratsch oder aber um Renditen und Kurssteigerungen. Aber weder dem einen noch dem anderen konnte er etwas abgewinnen. Torwai hantierte mit Scheinen und digitalen Währungseinheiten, als wären sie nur ein Mittel zum Zweck. Nutzlos, solange das Geld nicht ausgegeben wurde. Für Luxus zu schade und für die Forschung ein wohl oder übel benötigtes Beiwerk. Gewinne zählten nicht, nur Forschungsergebnisse. Vielleicht war gerade dies der Schlüssel zu seinem Erfolg. Seinen Finanzberatern trieb er bei jeder seiner Entscheidungen Tränen in die Augen, einer nach dem anderen kündigte ihm, dennoch behielt er stets recht.

„Sie sollen Millionen für den Erwerb eines alten Observatoriums ausgegeben haben." Auf die Frage jener Reporterin antwortete der Auxillator ausnahmsweise persönlich. „Meine Organisation besitzt überall in der Welt Hunderte von Observatorien und Planetarien. Aus welchem Grund interessiert Sie ausgerechnet dieses eine, das nicht einmal besonders groß ist, geschweige denn teuer war?"

„Angeblich gedenken Sie dort einzuziehen. Da es laut altertümlicher Legenden auf magischem Boden stehen soll, wollte ich gerne Ihre Meinung als Wissenschaftler zu diesem Thema hören."

„Zu was?" Die Fotoapparate wurden gezückt. „Zu den Legenden oder zur Magie?"

Kaum da er das Wort aussprach, setzte ein hektisches Blitzgewitter ein. Seit geraumer Zeit rankten sich bereits Gerüchte um den charismatischen Firmenchef. Eines ausgefallener als andere. Einige Karikaturen existierten bereits, die Torwai mit einer Robe und langen roten statt kurzen Haaren zeigten, in der einen Hand das Symbol der Unendlichkeit, in der anderen ein Pentagramm, oder etwas Vergleichbares, je nach Kulturregion und aktueller Mode.

„Ein Leben ohne Magie ist öde", begann Torwai seine Rede. „Die Wissenschaft ist derart berechenbar, nichts vermag einen mehr zu überraschen. Man nehme ein Science-Fiction Buch aus den Fünfzigern in die Hand und lese nach, was man damals bereits über das Jetzt wusste. Alles, an was meine Organisation soeben forscht, haben wir aus diesen alten Schinken. Nichts davon ist neu. Allein die Realisierung all dessen war erst jetzt möglich. Ein technologischer Fortschritt ist nur durch die Zusammenarbeit vieler möglich. Bei der Magie zählt jedoch das Individuum. Einer kann über alles hinauswachsen. Was gibt es noch, das ersehnenswerter wäre?"

Das rote Leuchten in seinen Augen verschreckte viele im Publikum. Eilig intervenierte der Pressesprecher.

„Schön, dass wir das geklärt hätten. Gibt es noch weitere Fragen? Vielleicht zu dem eigentlichen Thema des Abends?" Unzählige Arme schnellten empor, zweien davon erteilte der Pressesprecher das Wort. „Erst Sie, dann Sie!"

„Es heißt, Sie wurden für den Nobelpreis vorgeschlagen. Angeblich würde die von Ihnen entdeckte Strahlung jedweden Teilchengesetzen und physikalischen Grundlagen widersprechen."

Keine Sekunde wartete der Mann auf dem Podium die Antwort ab. „Der Nächste!"

Aber auch die Frage des zweiten Reporters gefiel dem Pressesprecher nicht sonderlich.

„Gibt es schon einen offiziellen Namen für jenes Phänomen? Torwai-Strahlung vielleicht? Meinen Recherchen zufolge ist insbesondere die Bezeichnung der *Magical Wave Particles* schon sehr verbreitet. Insbesondere im Internet erfreut sich dieser Begriff reger Beliebtheit. Die dazu verfassten Einträge bei Wikipedia wurden jedoch wegen Unwissenschaftlichkeit wieder entfernt. Zu welcher der beiden Varianten würden Sie denn am ehesten tendieren?“

„Diese Entscheidung liegt nicht in meiner Hand. Schon bald wird die Welt sich ihr eigenes Bild davon machen können. Dann soll jeder für sich selbst entscheiden, was er als angemessen empfindet.“ Mit dieser uneindeutigen Antwort beendete Torwai die Pressekonferenz.

Erneut floss Blut von den Wänden. Torwai sah vor seinem geistigen Auge das Labor entstehen, in dem sich später alles ereignen sollte. Bagger und Baukräne stampften den Gebäudekomplex förmlich aus dem Erdboden. Ein Anbau nach dem anderen wurde hochgezogen. Dariusz hatte es offensichtlich eilig. Torwais Firmenlogo prangte hoch über den Dächern. Autos und Kamerateams fuhren vor. Erneut wurden die Objektive scharf gestellt. Plötzlich erklang ein Knall. Eine Totenstille lag über dem Ort. Der Boden bebte und die Fassade des Labors begann zu bröckeln. Entsetzliche Laute hallten aus dem Inneren hervor. Ein wildes Geschrei setzte ein. Der Himmel verfinsterte sich und die Welt verfiel ins Chaos. Kontrastiert wurde dieser Augenblick allein durch die besinnlichen Strophen eines Liedes, das über die Lautsprecher hallte. „Berühr mich sanft, umhülle mich mit eisgem Hauch, mit steter Trist, alles, aber verlass mich nicht.“ Die Stimme jener Frau brannte sich tief in Torwais Herz ein. Doch gerade als der Schrecken seinen eigentlichen Lauf nehmen wollte, verblassten die Bilder von Torwais Vergangenheit, abrupt. Alles verschwamm und löste sich im Nichts auf.

Torwai war wieder zurück in der Gegenwart. Schwer atmend richtete sich der Magier auf. Er versuchte sich daran zu erinnern, wie viele Menschen an diesem Tage und an den Tagen darauf umgekommen waren. Die Zahl war zu groß, als dass man sie sich vorstellen konnte.

„Na schön, du sollst deine verdammte Leiche haben. Ich bringe dir den Soldaten. Kann ich nun endlich gehen, oder will Dariusz mir noch eine Kostprobe seiner Fähigkeiten geben."

Ohne sich umzudrehen, schritt Torwai Richtung Ausgang. Er war erschöpft, dennoch öffnete er das Palasttor mit einer bloßen Bewegung seines Armes. Das Transfusionsset funktionierte plötzlich wieder. Beide Türen schwangen mitsamt des Symboles der Unendlichkeit, welches darin eingeritzt war, auf. Der linke Kreis repräsentierte den Planeten der Menschen – dezent angedeutet durch ein Schwert, der rechte die Welt Magelas – ebenfalls angedeutet durch eine Schlangenlinie – beide waren lediglich durch einen dünnen Türspalt miteinander verbunden. Direkt vor Torwais Augen öffnete sich der Übergang.

Sein einstiges Firmenlogo wehte mittlerweile auf allen Fahnen, selbst in der hintersten Ecke Neu Terras. Damals war es nur ein Symbol unter vielen gewesen, heute zogen dagegen ganze Völker unter diesem Banner in den Krieg. *Welche Ironie. Dabei kennt niemand mehr die wirkliche Bedeutung des Begriffes Teos und des Emblems.* Sixtus starrte Tag ein Tag aus auf das Symbol, dennoch kannte auch er nur einen Teil der Wahrheit.

Stolz und gebrochen schritt Torwai hinaus. Direkt in seinem Rücken verschloss sich das Tor zwischen den Welten wieder. Er würde nur noch ein einziges Mal zurückkehren und zwar, um den Leichnam des Soldaten zu präsentieren. Anschließend würde er den Palastberg und seine Vergangenheit für immer hinter sich lassen.

Die einzge Nacht

Liz löschte sämtliche Kerzen, die im Zimmer brannten. Aufmerksam beobachtete der Soldat sie, wie sie an der Bettkante entlang lief und ihn mit erwartungsvollen Blicken anfunkelte. Verführerisch strich sie sich die Haare nach hinten. Sie hatte nicht nur ihren Tarnzauber, sondern auch all ihre Zurückhaltung abgelegt.

„Kannst du die Kerzen nicht einfach mit einem Windzauber auspusten?“, fragte der Soldat ungeduldig, woraufhin ihn Liz frech anlächelte. „Nur nicht so eilig, wir haben dafür noch die ganze Nacht Zeit.“ Sie mochte es, ihn zu quälen.

Eilig dimmte sie das Licht der einzigen Petroleumlampe im Raum. Auf unterster Stufe ließ sie diese jedoch weiter brennen.

„So, du willst also noch etwas sehen?“, zog der Soldat sie auf.

„Du etwa nicht?“, neckte sie ihn zurück.

Trotz dieser offenkundigen Aufforderung folgte sie ihm noch immer nicht ins Bett, sie stellte sich stattdessen direkt ins Licht. Der Schein der Lampe fühlte sich angenehm warm auf ihrem vom Regen durchnässten Körper an. Nach den Regungen des Soldaten zu urteilen, gefiel ihm, was er sah. Er sagte kein Wort und beobachtete Liz stillschweigend dabei, wie sie die Schnüre ihres Kleides lockerte und es langsam zu Boden gleiten ließ.

Der samtene Stoff rutschte ihre Schultern hinab und entblößte ihren zarten Busen. Sanft glitt das Kleid ihren Bauchnabel hinunter, weiter bis zu ihrer Hüfte und schließlich ihre langen eleganten Beine hinab. Zum Vorschein kam ein weißes Höschen mit Spitze.

„Du dachtest doch nicht etwa, ich würde auch unten rum nichts tragen?“, zog sie ihn auf. Statt Zeifos jedoch weiter schmoren zu lassen, öffnete sie den Slip mithilfe einer Schleife an der Seite und ließ diesen ebenfalls zu Boden gleiten.

Nackt stand die Elfe vor ihm und schaute den Soldaten verführerisch an. Sie gewährte ihm einen flüchtigen Blick auf ihre intimsten Stellen. Sie war wunderschön. Schillernd reflektierte sich das gedimmte Licht auf ihrer feuchten Haut. Beschämt bedeckte die Elfe ihre Blöße mit ihren Händen. Deutlich merkte sie Zeifos an, wie sehr er sie begehrte.

Der Soldat wollte auf der Stelle aufspringen und sie in die Arme nehmen, doch die Elfe kam ihm zuvor. Eilig schlüpfte sie zu ihm unter die Decke und schmiegte ihren nackten Körper ganz nah an ihn.

„Hilfe, bist du kalt“, stöhnte der Soldat auf, der die Elfe noch stärker an sich presste und sich dabei so drehte, dass er auf ihr lag.

„Dafür bist du schön warm!“, erwiderte Liz, die ihn im nächsten Augenblick innig und heißblütig küsste. Mithilfe seiner Lippen brachte Zeifos sie zum Schweigen. Nicht einmal ihren bissigen Kommentar, dass er doch selbst einen Striptease hinlegen solle, wenn er glaubte, es besser zu können, vermochte sie nun mehr zu äußern. Sie war ihm ganz und gar erlegen und schmolz unter seinen Liebkosungen dahin. Seine Lippen waren längst zu anderen Regionen aufgebrochen. Ihre Haut kribbelte vor Ekstase, als seine forschenden Hände tiefer glitten und sie entlang der Schenkelinnenseiten streichelten.

Liz zitterte nicht länger vor Kälte, sondern vor Erregung.

„Wo willst du hin?“, beschwerte sie sich, als sie seinen Kopf unter der Decke verschwinden sah. Ihre Atmung beschleunigte sich, als sie spürte, wie seine Zunge um ihren Bauchnabel kreiste. „So bekommst du mich niemals trocken.“

Er glitt noch tiefer, und Liz’ Herz begann schneller zu schlagen.

„Stopp! Bitte nicht da. Nicht an dieser Ste...“ Sie stieß einen lustvollen Schrei aus. Liz zog ihr Becken zurück, nur um es ihm kurze Zeit später wieder hinzustrecken. Sie genoss es, von ihm verwöhnt zu werden, und formte ihren Rücken zu einem Hohlkreuz.

Liz schloss ihre smaragdgrünen Augen und gab sich ihm ganz und gar hin. Mit einer Hand krallte sie sich im Bettlaken fest, mit der anderen versuchte sie ihr Stöhnen zu dämpfen. Zaghaft biss sie sich vor Erregung in ihre Finger, um den Höhepunkt noch ein wenig hinauszuzögern. Doch ihr ganzer Körper zitterte bereits vor Ekstase.

„Halt!“ Ehe sie die Erregung vollständig überwältigte, griff sie unter die Decke und zog Zeifos wieder zu sich hinauf. Schweigend sahen sich beide in die Augen.

„Bist du es wirklich, bist du mein Seelenpartner?“

Liz hatte nie zuvor derart begehrenswert ausgesehen wie in diesem Moment. Am liebsten wollte Zeifos einfach nur ja sagen und sie küssen, doch er konnte es nicht. „Ich will alles für dich sein! Doch was meinst du damit? Ich habe den Begriff Seelenpartner noch nie zuvor gehört.“

Die Elfe blickte betrübt zur Seite. „Natürlich nicht. Du bist schließlich ein Mensch. Du kannst unmöglich mit mir Kontakt aufgenommen haben, als ich auf dem Weg nach Teósix durch den Wald gehetzt bin. Ich bin demnach einem anderen versprochen.“

Liz blutete das Herz bei diesem Gedanken. Zeifos aber ließ sich nicht beirren. Er versuchte sich an den Augenblick zurückzuerinnern, als er in Livius auf dem Wolkenkratzer gestanden hatte und dieser unter ihm zusammengebrochen war.

„Ich habe von dir geträumt“, gestand er der Elfe. „Ich bin tief gefallen und glaubte, gleich zu sterben. Mit aller Kraft habe ich nach dir gerufen, und du bist mir tatsächlich erschienen.“

Liz horchte gebannt auf. Sie wollte ihm mit Leib und Seele glauben. Leider fehlte ihr der Beweis, dass er die Wahrheit sprach.

„Ich habe dein hübsches Antlitz direkt vor mir gesehen und deine Wange gestreichelt, genau so wie jetzt. In meinem Traum bist du allerdings zusammengezuckt, wodurch ich die Verbindung zu dir verloren habe und aufgewacht bin." Er klang erleichtert. „Es ist schön, dass du mir diesmal nicht ausweichst."

„Das genügt mir!" Überstürzt umschlang die Elfe ihn mit ihren Armen. „Lass uns nicht mehr davon reden. Ich weiß, dass Menschen keine Magie wirken können und dass du daher unmöglich mein Seelenpartner sein kannst, doch ich will einfach daran glauben."

Sie streichelte ihm durchs Haar und zog ihn stärker an sich heran. Er spürte ihren zarten Busen an seiner nackten Haut und ihre Schenkel, die sich gegen seine pressten. Trotz ihrer forschen und heißblütigen Art befreite er sich wieder aus ihrem Griff. Etwas stimmte nicht mit ihr.

„Was ist? Willst du etwa nicht?" Die Elfe klang verdutzt.

„Nicht so, nicht, wenn du mir nicht glaubst." Sie rekelte sich lustvoll unter ihm, und obwohl es ihm schwerfiel, von ihr abzulassen, blieb er hart. „Dieser Moment sollte perfekt sein, ich kann nicht mit dir schlafen. Nicht solange du mich mit derart traurigen Augen ansiehst. Nicht solange du noch Zweifel hegst."

„Bitte sag das nicht!" Sie setzte sich ebenfalls auf und streichelte ihm über die sanfte Wölbung seines Rückens. „Du kannst nichts dafür, dass du ein Mensch bist." Sie suchte verzweifelt nach einer Rechtfertigung für das, was sie mit ihm anstellen wollte. „Es gibt bei uns in Magela viele Erzählungen. Einige davon handeln von einer Elfe und einem Terraner, die trotz aller Hindernisse zueinander finden. Es ist also nichts Ungewöhnliches, was uns verbindet. Ich brauch mir also gar keine Sorgen zu machen."

Zweifelnd drehte sich Zeifos zu ihr um. „Von wie vielen solcher Märchen reden wir denn soeben?"

Liz blickte beschämte zur Seite. „Es gibt nur eine einzige Legende, die sich um einen Terraner und eine Elfe rankt.“ Liz’ Augen funkelten. Sie freute sich riesig darüber, dass ihr diese wieder eingefallen war. „Meine Mutter hat mir diese Geschichte früher oft erzählt. Ich war noch ein Kind und lag jede Nacht in ihrem Schoß.“ Entschlossen zog sie Zeifos nach hinten. „Genau so wie du jetzt!“

Liz’ Herz schlug höher, als sie ihn erneut zwischen ihren Beinen spürte. Sie war nicht einfach nur erregt, sondern fühlte sich auf magische Weise mit ihm verbunden. Eine derart behagliche Wärme und Vertrautheit hatte sie seit ihrer Kindheit nicht mehr empfunden. Zärtlich blickte sie zu ihm hinab und tadelte ihn.

„Na aber! Du schaust mir doch nicht etwa auf den Busen oder?“ Allzu vorwurfsvoll sah sie jedoch nicht aus, ganz im Gegenteil. „Mir scheint, du hast deine Meinung geändert, was uns beide und diese Nacht anbelangt.“

Der Soldat aber zierte sich noch immer. „Erzähl mir erst eine Geschichte“, verlangte er von ihr. Schmunzelnd gab die Elfe nach.

„Na schön.“ Sie versuchte genauso warmherzig wie ihre Mutter zu klingen. „Es war einmal vor langer, langer Zeit. In einer Welt, in der es keinen Krieg und keinen Zwist zwischen den Völkern gab und in der Elfen, Zwerge und Menschen friedlich zusammen lebten.“

„Ist das möglich?“, fragte der Soldat neugierig. „Kann es eine solche Welt wirklich geben?“

„Genau dasselbe habe ich meine Mutter damals auch gefragt“, antwortete Liz überglücklich und rezitierte sie eins zu eins. „Ja, mein Schatz, das ist es. Eine einzige Frau war der Garant für diesen scheinbar ewig währenden Frieden. Sie war eine Elfe!“, betonte Liz. „Sie war noch sehr jung, als sie Priesterin wurde.

Anfangs kannte sie niemand, jedoch pilgerten immer mehr zu ihrer Abtei, die im Herzen des damals noch unbekannten Waldes Falmier lag. Mit ihrer Wärme und Güte zog sie jeden in den Bann, sowohl Menschen, Elfen als auch Zwerge und Untote. Immer mehr sehnten sich nach ihrer Nähe. Ihre heilenden Kräfte überstiegen alles bis dahin Bekannte. Bereitwillig teilte sie ihre Gabe mit jedem. Egal ob es sich um ein körperliches oder seelisches Gebrechen handelte. Sie opferte sich mit Leib und Seele für ihre Kinder auf. Doch ganz gleich, wie vielen sie half und wie stark sie auch ihre Kräfte beanspruchte, sich selbst vermochte sie nicht zu heilen."

Noch ehe der Soldat fragen konnte, wie sie hieß, antwortete die Elfe ihm. „Ihr Name war Sairine!" Liz' Stimme klang sanft. „Sie besaß viele Verehrer. Jeder, der sie sah, war von ihr hingerissen. Einige hochrangige Elfen waren darunter, doch sie wies jeden höflich, aber bestimmt ab. Sie war einsam, das sah man ihr an, und als das Gerücht die Runde machte, dass sie endlich ihren Seelenpartner gefunden hätte, freute sich das Volk mit ihr. Eilig wurden Vorbereitungen für die Zeremonie getroffen. Keiner ihrer Anhänger erkannte jedoch, dass in diesem Augenblick für sie eine Welt zusammenbrach." Liz wirkte betrübt. „Sie muss sich genauso gefühlt haben wie ich jetzt. Sairine wusste weder ein noch aus. Obwohl man in der gesamten Welt gespannt war, zu erfahren, wem es denn gelungen sei, sie zu erobern, fürchtete sie sich vor den Reaktionen ihrer Anhänger. Die Priesterin hatte sich derart für ihre Kinder aufgeopfert, dass sie es mittlerweile als Sünde ansah, selbst Glück zu erfahren. Außerdem wusste sie, dass ihr Liebhaber nicht vorzeigbar war." Liz streichelte dem Soldaten durchs Haar. „Im Gegensatz zu ihr besaß dieser eine finstere Vergangenheit. Er war keinesfalls so selbstlos wie sie. Man könnte ihn sogar als einen Egoisten bezeichnen, dennoch liebte sie ihn. Gerade weil er ihr absoluter Gegenpart war und eine dunkle unheilvolle Seite an sich besaß, fühlte sie sich zu ihm hingezogen. Sie nahm all ihren Mut zusammen und offenbarte ihn schließlich der Welt. Er hieß Zeifos, und sein Name machte wie ein Lauffeuer die Runde.“

Gebannt wartete Liz die Reaktion des Soldaten ab. Er erwiderte jedoch nichts darauf und schien wie gefesselt von ihren Worten. Ein flaues Gefühl lag ihm dabei im Magen.

Liz dagegen lächelte, während sie weiter erzählte. „Sairine hatte sich umsonst wegen seiner Herkunft Sorgen gemacht! Zwar wunderten sich ihre Anhänger über ihre ungewöhnliche Wahl, dennoch akzeptierte ein jeder ihre Entscheidung. Keiner störte sich daran, dass er ein Terraner war. Deutlich spürten ihre Kinder, wie glücklich sie in seiner Gegenwart war. Ihre Güte strahlte von da an bis in die hintersten Winkel der Welt und noch viel weiter. Jeder vermochte ihre Warmherzigkeit zu spüren. Binnen eines Tages änderte sich jedoch alles.“

Die heitere Stimmung der Elfe war dahin. Liz hatte ganz vergessen, wie tragisch die Geschichte endete. Erst jetzt erinnerte sie sich wieder an die genauen Worte ihrer Mutter. „In dem Augenblick, als Sairine ihn am dringendsten brauchte, betrog er sie. Nicht mit einer anderen, sondern durch seine Taten. Er zerstörte all das, wofür sie einstand und was ihr etwas bedeutete. Ihr Licht erlosch für immer, und ein Schleier der Trauer legte sich über die gesamte Welt. Seither steht der Name Zeifos für einen hinterhältigen Betrüger und Mistkerl, einfach für den schlimmsten vorstellbaren Menschen.“

Im Gegensatz zu ihrer Mutter klang Liz’ Stimme weiterhin äußerst liebevoll. Statt sich von ihm abzuwenden, beugte sie sich zu dem Soldaten nieder und küsste ihn. „Meine Mutter hat mir diese Geschichte bestimmt erzählt, damit ich mich von jemandem wie dir fern halte!“ Ihr Hauchen war zart, als sie ihm in die Augen blickte. „Heute weiß ich jedoch, warum Sairine so gehandelt hat. Sie ist lieber das Risiko eingegangen, enttäuscht zu werden, als für immer einsam zu sein.“ Liz wirkte verlegen. „Ich wollte mein Leben lang so sein, wie das Licht der Lichter. Genau so schön und gütig. Niemals hätte ich mir jedoch vorgestellt, einmal genauso zu empfinden, wie sie. Bitte sei für diese eine Nacht mein Zeifos, und ich bin dafür deine Sairine!“

Statt der erhofften Reaktion erntete sie jedoch ein: „Nein!“

Kurz darauf flog ihr ein Kissen ins Gesicht, und sie lag der Länge nach im Bett. Er griff nach ihren Händen und hielt sie fest, sodass sie sich nicht wehren konnte. Bebend vernahm sie seine raue Stimme.

„Nicht bloß für diese eine Nacht, sondern für immer! Aber nicht als Sairine, sondern als Liz. Ich will dich genauso stürmisch, wie du immer bist. Außerdem bin ich nicht wie jener Zeifos aus deiner Legende, denn ich würde dir niemals ein Leid zufügen!“

Die Elfe versuchte sich zu befreien. „Ach nein, und was tust du mir dann soeben an? Ähnlichkeiten zwischen dir und dem Zeifos aus der Vergangenheit sind nicht von der Hand zu weisen. Das musst du zugeben.“ Seltsamerweise wirkte Liz davon eher angetan als abgestoßen. Je kraftvoller er sie fest hielt, desto hauchender wurde ihre Stimme.

„Du bist für mich noch immer ein Mysterium. Ich verstehe einfach nicht, wie du zum einen derart liebevoll und zum anderen so abscheulich zugleich sein kannst.“ Liz versuchte sich zärtlich bei ihm zu entschuldigen. Sie streckte sich zu ihm empor, doch sein Griff war zu fest, und sie erreichte ihn nicht.

Zeifos’ Blick wurde gläsern. „Sprichst du von Milly?“

Schweigend nickte die Elfe. Nun da sie ihm nicht mehr weglaufen konnte, erzählte er ihr alles. Alles, was er wusste. Angefangen von seinem Erwachen auf der Lichtung. Über seine Albträume von einer blutigen Schlacht, ihr gemeinsames Zusammentreffen und seiner anfänglichen Zerrissenheit zwischen seiner früheren Existenz und seinem jetzigen Sein.

Selbst von der Stimme berichtete er ihr. Zu seiner Verwunderung gestand ihm Liz, dass auch sie die unbekannte Stimme mehrfach vernommen hatte. Im Gegensatz zu ihm hatte sie jedoch ihre Ratschläge getrost ignoriert.

„Mir war die Sache nicht ganz geheuer. Ich mag es nicht, wenn mir jemand im Kopf rumspukt."

Zeifos beendete seine Erzählung mit den jüngsten Vorfällen am Hofe und damit, dass er es sich mit einer sinnlichen Frau in seinem Bett bequem gemacht hatte, die stürmisch über ihn hergefallen war.

„Eine schöne Geschichte", sagte Liz. „Und wenn sie nicht gestorben sind, dann liegen sie noch heute eng umschlungen auf durchgeschwitzten Bettlaken."

Zaghaft entglitten ihre Hände denen von Zeifos. Er wusste nicht, ob ihr das Wenige genügte, was er ihr beichten konnte, dennoch ließ er sie los und wartete gebannt ihre Reaktion ab.

„Keine Sorge, ich laufe dir nicht noch einmal davon, nie wieder!" Ihre Hand streichelte seinen Körper, während sie ihn von oben bis unten abküsste. Bereits während sie gefesselt unter ihm lag, hatte sie ihn auf diese Weise trösten wollen, doch er hatte sie nicht gewähren lassen, nun dagegen holte sie alles umso leidenschaftlicher nach. Seine Sorgen konnte sie auf keine liebreizendere Art und Weise zerstreuen, als damit, dass sie mit ihm eins werden wollte.

Auf ihrer heißblütigen Forschungsreise streifte sie die Narbe an seinem Hals. Nervös zuckte Zeifos zusammen, während sie das ausgelaufene Blut fortküsste. Ihr heißer Atem prickelte auf seiner Haut, und obwohl er ihre sanften Bisse überall sonst auf seinem Körper sichtlich genossen hatte, so empfand er sie nun als eine Qual und als eine Bestrafung für das, was er Milly alles angetan hatte. Grässliche Bilder blitzten vor seinen Augen auf, dennoch ließ er sie gewähren, das war er ihr einfach schuldig.

Liz faszinierte die Narbe. Sie wusste, dass diese ihn nicht nur physisch, sondern auch seelisch zeichnete. Indem sie das eitrige Gewebe ableckte, versuchte sie das beklemmende Gefühl loszuwerden, was sie mit dem verband, für was diese Verletzung stand. Doch obwohl sie mit weiblicher Zärtlichkeit vorging, minderte es die Tortur kein bisschen. Erst jetzt bemerkte sie, wie sehr Zeifos wirklich litt. Seine Hände waren zu einer Faust geballt, dennoch gab er keinen Laut von sich und unterdrückte jeglichen Aufschrei.

Liz fühlte sich schuldig und stoppte ihre Streicheleinheiten – jedenfalls an dieser Stelle. Es dauerte nicht lange, bis sie seine Lippen mit heißblütigen Küssen um Entschuldigung bat.

„Keine Sorge, ich habe dir längst alles vergeben. Ich sehe doch, wie du darunter leidest. Du wirst bestimmt niemals so werden, wie jener Zeifos aus den Legenden. Das geht schon rein logisch nicht." Sie lächelte schelmisch. „Er war schließlich ein Magier, du dagegen bist einfach nur mein Soldat."

Sein Atem und ihrer flossen ineinander. „Aber ich kann ebenfalls zaubern", gab er ihr kleinlaut zu verstehen.

Liz schaute ihm ungläubig in die Augen. „Ist das dein Ernst?" Ihr schlug das Herz im Halse, sie wusste einfach nicht, was sie davon halten sollte.

„Es ist mir damit genauso ernst, wie mit dir. Ich weiß nicht warum und wie ich es mache, doch ich kann es einfach."

Liz' Herzschlag beruhigte sich allmählich wieder. Selbst wenn er magische Fähigkeiten besaß, musste dies nicht gleichzeitig etwas Schlimmes bedeuten. *Er und der Zeifos von damals haben ganz sicher nichts miteinander gemeinsam*, beschwichtigte sich die Elfe.

„Na schön, dann beweise es mir“, forderte sie ihn auf und streichelte ihm dabei über den Nacken.

Eilig griff Zeifos nach dem Schwert, das neben dem Bett lag, und hielt es vor sich.

Liz beobachtete ihn unruhig. „Ach, du sprichst von dem Moment am See, als du die Waffe wieder instand gesetzt hast?“ Mit ihrem Oberkörper presste sie sich gegen den kalten Stahl. Sie versuchte ihm auf diese Weise zu beweisen, dass selbst sein Schwert sie nicht davon abhalten konnte, ihm näher zu kommen. „Das hätte genauso gut die Stimme gewesen sein können! Zumal wir nicht wirklich wissen, wer sich hinter ihr verbirgt. Es ist also nicht sicher, ob wirklich du der Urheber des Zaubers warst“, säuselte sie sanft, während die Klinge zwischen ihrem Busen auf und ab rutschte. „Falls aber wirklich du das vollbracht hast, dann kannst du mir doch auch einfach etwas Nettes vorführen.“

Zärtlich entwaffnete sie ihn. Flüchtig berührte sie dabei den blauen Saphir, der in das Waffenkreuz des Schwertes eingelassen war, woraufhin ein seltsames Gefühl ihren Körper erfasste. Für den Bruchteil einer Sekunde glaubte sie, dass es sich dabei um mehr als nur ein lebloses Objekt handelte. Ihr war fast so, als spürte sie einen Teil von Zeifos’ Seele im Inneren der Waffe. Aus diesem Grund legte sie das Schwert nicht allzu weit weg, sondern direkt neben sich.

„Nun mach schon, immerhin habe ich dir vorhin eine Geschichte erzählt, jetzt bist du an der Reihe, ich lache auch nicht, wenn etwas schiefgeht.“

Sanft ließ sie ihren Oberkörper zurücksinken und wartete geduldig ab. Einladend streckte sie ihre Hände von sich, mit nichts weiter als einer seidenen Decke zwischen ihren Beinen.

Sie sabotiert mich, dachte der Soldat bei sich. Trotz dieser atemberaubenden Aussicht versuchte Zeifos sich zu konzentrieren und schloss seine Augen. Eine Geste, die Liz schmollend zur Kenntnis nahm. Alles um ihn herum veränderte sich. Er schwamm zusammen mit der Elfe in einem endlosen blauen Ozean. Seine gesamte Wahrnehmung war verändert. Die Rose auf dem Tisch schillerte in einem grellen Grünton, und obwohl man ihr alle Stacheln ausgerissen hatte, glaubte Zeifos, diese ebenfalls erkennen zu können.

Am stärksten nahm der Soldat aber noch immer Liz' Gegenwart wahr. Sie wirkte plötzlich noch tausendmal schöner als zuvor schon. Helle Strahlen gingen von ihrem Körper aus. Ihre gesamte Silhouette leuchtete gülden wie die Oberfläche der Sonne. Das Tuch zwischen ihren Beinen musste aufgrund der Hitze ihres Körpers hinweggeschmolzen sein, jedenfalls verdeckte es Zeifos nicht länger die Sicht. Er sah sie in ihrer ganzen Pracht, ohne dass irgendetwas seine Sinne trübte. Die Elfe wirkte genauso rein, wie die Priesterin aus ihrer Geschichte. Nicht einmal störende Luft- oder Atmosphärenpartikel existierten in dieser Welt, die ihm alle Dinge so aufzeigte, wie sie tatsächlich waren.

Nicht einmal Liz vermochte es, sich selbst so zu sehen wie er gerade. *Ein Glück, sonst wird sie womöglich noch hochnäsig,* dachte er und streckte eine Hand nach ihr aus. Er konnte ihr nicht länger widerstehen. Mit Leib und Seele wollte er ihr nahe sein. Sie und das Licht beschützen. Auf dass sie niemals ihre Unschuld verlöre.

Sein eigener Leib schillerte bläulich, wobei ein einzelner dunkler Fleck darin eingeschlossen war. Zaghaft berührte der Soldat sie, woraufhin die Elfe laut aufstöhnte. Er hatte lediglich ihren Arm gestreift, dennoch geriet ihr astraler Körper in Wallung. Samt ihrer Lichtgestalt bäumte sie sich auf und fiel ihm um den Hals.

„Ist schon gut, du kannst aufhören, du hast mich längst verzaubert!“

Zeifos' Geist kehrte wieder in die Wirklichkeit zurück, und obwohl diese im Vergleich zu dem lichtdurchfluteten blauen Ozean weitaus schlichter wirkte, fühlte er sich in ihrer Gegenwart lebendiger als je zuvor.

„Aber ich habe doch noch gar nichts gemacht!“, wunderte er sich.

„Das musst du auch nicht, ich bin dir längst verfallen. Bitte, ich halte es nicht länger aus, nimm mich endlich“, sie klang richtig süß, wenn sie bettelte.

Zeifos konnte sich kaum mehr beherrschen, dennoch zog er sie noch ein wenig auf. „Vorher sagst du mir aber, was du mit meiner Liz angestellt hast. Sie ist eine Elfe, circa eins achtzig groß, schulterlanges Haar mit einem süßen Stupsnäschen. Sie benimmt sich häufig ziemlich biestig oder trachtet mir nach dem Leben. Hast du sie zufällig irgendwo gesehen?“

Bei dem Wort „biestig“ quoll das Fass endgültig über.

„Na schön. Du willst es also nicht anders. Wenn du es lieber auf die Tour magst, dann meinetwegen.“ Sie griff nach dem Schwert und stürzte sich auf ihn. Sie warf ihn derart kraftvoll nach hinten, dass die Beine des Bettes nachgaben. Die Laken schmiegten sich noch stärker an ihre Körper. Liz war nun diejenige, die oben auf saß. Ihr Körper war mit Schweißperlen bedeckt. Sie atmete schwer und hielt das Schwert direkt auf seinen Hals gerichtet. „Erinnert dich das an etwas?“, keuchte sie angestrengt, während sie seine Beine zwischen ihren Schenkeln spürte und dabei schwach wurde.

„Sprichst du von unserem Kampf am See?“ Zeifos hob und senkte sein Knie ein wenig.

Erschöpft ließ sie die Waffe sinken. „Sag nicht, du hast auch damals schon derart unartige Sachen mit mir anstellen wollen.“

Das Reden fiel ihr immer schwerer, und auch Zeifos fasste sich nun wesentlich kürzer.

„Vielleicht."

Die Elfe sah ihn mit funkelnden Augen an. „Ich wusste zwar damals noch nicht, was ich für dich empfinde, dafür bin ich mir nun umso sicherer!", hauchte sie voller Verlangen. „Ich will dich und zwar hier und jetzt!" Er war ihr ganz und gar ausgeliefert, und sie würde ihn auf keinen Fall mehr gehen lassen. Nicht dieses Mal, nie mehr. Sie wollte mit ihm unbedingt den nächsten Schritt wagen.

Liz wirkte unendlich nervös und zitterte am ganzen Leib. Sie stützte sich auf seinem Oberkörper ab und hob ihr Becken an. Mit einer heftigen Bewegung wich all ihre Anspannung. Sie stieß einen leisen Schrei aus, während sie tiefer auf ihn niedersank.

Sie verspürte einen süßen intensiven Schmerz, der nicht abzuschwellen begann, sondern stetig stärker wurde. Liz versuchte alles, um dieses Gefühl möglichst lange auszukosten. Solange er es war, den sie spürte, würde sie alles über sich ergehen lassen. Behutsam begann sie ihre Hüfte zu bewegen. Anfangs tat es noch weh, doch dann veränderte sich der Schmerz, und sie begann es zu genießen.

In dem Augenblick, als sie Zeifos' heißen Atem und seine Lippen auf ihrer Haut spürte, war sämtliches Leid vergessen. Zärtlich küsste er all ihre Tränen hinfort. Ängstlich öffnete die Elfe ihre Augen und blickte in die seinen. Sie schämte sich, lief knallrot an und starrte zur Seite.

Zeifos drehte sie jedoch wieder zu sich und gab ihr einen langen Zungenkuss. Sie waren nun ganz und gar eins. Immer weiter beugte er sich zu ihr vor, bis Liz rückwärts in die Kissen sank. Ihre Lippen waren zart und warm. Nicht einmal zum Luftholen hielt er inne. Deutlich vernahm er ihren Herzschlag, dessen Rhythmus sich mit dem seinen vereinigte.

Liz wurde schwindlig. Zeifos war derart tief in ihr, dass sie ihn vollständig fühlen konnte. Sie rang nach Atemluft und riss ihren Kopf nach hinten. Statt eines leisen Schmerzensschreis entfuhr ihr ein lustvolles Stöhnen.

Sie wollte ihre Hände auf ihren Mund legen, Zeifos kam ihr jedoch mit einem Kuss zuvor. „Du brauchst deine Stimme nicht zu dämpfen. Ich mag es, wenn du vor Lust schreist." Seine Finger glitten in die ihren. Auf Kissen gebettet sahen sie sich einander in die Augen und genossen die körperliche Nähe des anderen. Liz' Stöhnen schwoll an, und auch Zeifos' Atmung beschleunigte sich.

Die Elfe hielt es nicht länger aus. Sie umschlang seine Hüfte mit ihren Schenkeln und drückte ihn noch stärker an sich heran. So tief, dass sie glaubte, für immer mit ihm eins zu werden.

Im Inneren des Zimmers tobte ein gewaltiger Orkan, der immer stärker wurde, je mehr sich die Elfe aufbäumte. Liz' Kleidung und ihr Höschen wirbelten zusammen mit Zeifos' Sachen durch den Raum. Bücher fielen aus den Regalen. Ohne sich dessen bewusst zu sein, hatte die Elfe in ihrer Ekstase einen Zauber gewirkt, ohne dazu die Worte einer Schülerin zu benötigen. In seiner Gegenwart wuchs sie über sich hinaus. Sie verlor sich in seinen Armen. Liz musste weinen.

„Bitte versprich mir, deinem Namen nicht in allen Belangen gerecht zu werden! Versprich es mir, bitte!"

Seine Antwort ging in ihren eigenen Jauchzern unter. Ihre Emotionen überwältigten sie. Liz presste ihr Becken mit aller Kraft gegen das seine und genoss die heißen Wellen, die ihren Leib durchströmten. Sie verspürte einen Moment absoluten Glücks.

Schwer atmend ließ sie sich nach hinten fallen, und Zeifos folgte ihr. Nicht einmal jetzt vermochte er seinen Blick von ihr abzuwenden. Ihr Unterleib zuckte noch immer. Erschöpft sank er neben ihr in die Kissen. Liz hielt weiterhin seine Hand fest. Sie drehte sich in einer fließenden Bewegung zu ihm und schmiegte sich an seinen Oberkörper. Liz fühlte sich sicher und geborgen in seiner Nähe.

Für einen flüchtigen Augenblick blitzte vor ihren Sinnen Millys Antlitz auf. Doch die Elfe verdrängte die Erinnerung an ihre Schwester. Zumindest für diese Nacht wollte sie Zeifos' Wärme noch ein wenig länger genießen und sich ganz und gar dem Rausch hingeben. Allein in ihrer Erregung fand sie eine Zuflucht. *Bitte verzeih mir Milly, aber gerade jetzt brauche ich ihn mehr als alles andere.*

Sie fühlte sich kraftlos, trotz allem begann sie erneut damit, Zeifos' Brust abzuküssen. Dem Soldaten entfuhr dabei ein verwirrtes Stöhnen.

„Was hast du vor?" Ihre Bisse wurden zunehmend heftiger. Mit ganzer Seele sehnte sie sich nach dem Gefühl von eben zurück.

„Sag mal, hat uns deine Stimme eigentlich die ganze Zeit über zugesehen?", fragte sie ihn und blickte ihm dabei tief in die Augen, während ihre Hand tiefer glitt.

Dem Soldaten stockte bei dieser Frage der Atem, Liz dagegen wusste nur zu gut, wie sie ihn noch mehr anstacheln konnte. „Ob sie wenigstens weggesehen hat, als wir beide, … du weißt schon?" Schamlos legte sie ein Bein um ihn und lächelte schelmisch. „Ich hoffe, wir haben ihr wenigstens eine heiße Show geboten."

Mit derartig Unartigem aus Liz' Munde hatte der Soldat ganz sicher nicht gerechnet.

„Dass du mir ja nicht mit ihr fremd gehst, hast du verstanden?"

Zeifos war perplex. „Du kannst doch nicht wirklich eifersüchtig auf sie sein, nicht nachdem was wir beide gerade miteinander gemacht haben."

Liz' Blick sprach jedoch Bände. „Ich meine es ernst! Ich habe dich zwar in mir gespürt." Ihr entfuhr ein Stöhnen, während sie dies sagte. „Im Gegensatz zu ihr werde ich jedoch niemals deine Seele ergründen können. Sie ist dir viel näher als ich."

Zeifos versuchte, ihren Argwohn zu beschwichtigen. „Ich weiß nur eins, und zwar dass du und nicht sie im Augenblick bei mir bist. Um nichts in der Welt würde ich dich gegen eine andere eintauschen." Besänftigend stupste er Liz auf die Nase.

Der Elfe aber genügte das nicht. „Beweise es mir!", forderte sie ihn auf und ließ dabei ihren Kopf tiefer gleiten. Aus Liz' Nachspiel wurde ein Vorspiel.

„Nicht! Ich kann nicht mehr!", stöhnte der Soldat, der noch immer völlig außer Atem war.

„Na, das wollen wir doch erst einmal sehen." Liz zog alle Register. Sie kauerte zwischen seinen Beinen und verwandelte sich von einem Moment zum nächsten in eine hübsche Terranerin. Sie wollte ihn unbedingt noch einmal spüren, selbst wenn sie dazu auf Magie zurückgreifen musste. Ganz und gar gab sie sich ihrer Erregung hin. Verführerisch strich sie sich ihr vormals grünes und nun blondes Haar nach hinten, das ihr bis zum Po hinunter lief.

„Hör auf, das ist unfair", beschwerte sich der Soldat.

Nach der Reaktion seines Körpers zu urteilen, schien ihm dieses kleine Rollenspiel aber durchaus zu gefallen.

„Keine Sorge, das zählt nicht unter Fremdgehen", beruhigte sie ihn und nutzte ihren Mund nun auf ganz andere Weise. Mit ihren Lippen wischte sie sämtliches Schamgefühl hinfort. Einige Minuten vergingen, ehe er sie genau so zu sich hinaufzog, wie sie es noch vor einer Stunde mit ihm getan hatte.

Innig küssten sie sich. Diese Nacht gehörte ihnen. Noch ein drittes und viertes Mal fiel die Elfe über ihn her, ehe sie schließlich völlig erschöpft an seiner Schulter einschlief.

Zeifos dagegen blieb noch eine Weile wach. Er hielt sie fest in den Armen und streichelte ihren Rücken. Ihr Haar kitzelte auf seiner Haut, dennoch weckte er die Elfe nicht. Zu sehr fürchtete er sich davor, diesen perfekten Augenblick durch eine unüberlegte Tat zu zerstören. Nein, an das Morgen wollte er noch nicht denken. Für diese Nacht sollte sie friedlich und ruhig schlafen dürfen.

„Ich liebe dich“, flüsterte er ihr zärtlich ins Ohr, ehe ihn ebenfalls die Müdigkeit übermannte und er mitsamt der Elfe in den Armen von einem bezaubernden Traum in den nächsten abglitt.

Abschiedslied

Der stille Gesang einer Frau drang an das Ohr des schlafenden Soldaten. Zögerlich drehte er sich zur Seite. Ihr Lied ging ihm nahe. Ihre Stimme war zart, lieblich und wehklagend zugleich. Alles untermalt von einer gleichermaßen traurigen Melodie.

Bleib so kalt, so kühl wie du bist,
aber ignorier mich nicht.
Berühr mich sanft, umhülle mich mit eisgem Hauch,
mit steter Trist,
alles, aber verlass mich nicht.

Die Welt wird sich auch ohne mich wandeln,
wie soll ich in diesem Wissen handeln?
Grau und leer dein Leben, längst hab ich mich dir ergeben.
Die Zeit möge vergehen und du in mir bestehen.

Mein Gesang vermag dich nicht zu erreichen,
meine Liebe nicht, dich zu erweichen.
Ach wär ich nur ein Teil von dir,
mit meinem Verlangen tief in mir.
Doch dein Schwert in meiner Brust
ist mir viel lieber als all diese Lust.

Ich muss dich ignorieren,
oder zu totem Gestein erfrieren.
Allein die Nacht erhört mein Klagen,
dich zu verlassen, muss ich wagen.

Ein einzger Weg führte mich fort von dir,
gegangen bin ich ihn, und er endete hier.

Eisig der Wind über meine Leiche weht,
zeigt, wie es auch deinen Erinnerungen einst ergeht.
Die Einsamkeit über mich wacht,
was hätte ich nicht alles für dich gemacht?

Die Zeilen der unbekannten Frau brannten sich tief in Zeifos' Seele. Ihrem Lied und ihrer Stimme wohnte so viel Schmerz inne, dass es ihn überwältigte. Solange Liz jedoch bei ihm war, ertrug der Soldat eine jede ihrer leidvollen Strophen. Impulsiv streckte er seinen Arm nach der Elfe aus, doch seine Hand griff ins Leere.

Sein Herz verkrampfte sich, zaudernd richtete er sich auf. Es war dunkel im Zimmer. Selbst die Petroleumlampe, die sie die ganze Zeit über hatten brennen lassen, war mittlerweile erloschen.

Liz' betörender Duft lag noch immer in der Luft, dennoch entdeckte der Soldat sie nirgends. Zeifos wurde unruhig. Das Zimmer machte einen kargen und entseelten Eindruck.

„Liz, wo bist du nur hin?", seine zaghaft gehauchten Worte verklangen zusammen mit dem Refrain des melancholischen Liedes. *Alles, aber verlass mich nicht.*

Der Soldat war so beunruhigt, dass er sich nicht einmal Gedanken darüber machte, wo der allmählich verstummende Gesang denn überhaupt herkam. Erst als draußen vor dem Fenster eine Feuerwerksrakete explodierte, bemerkte er die vermummte Gestalt, die in einer dunklen Ecke seines Zimmers saß. Der Eindringling hielt es offensichtlich nicht für nötig, sich vorzustellen. Stattdessen summte er die leidvolle Melodie eines Liedes, das längst geendet hatte, während an der Wand neben ihm Zeifos' Schwert lehnte. In seiner Hand hielt der Fremde eine runde Sphäre, die der Technokugel aus Heilbrunn zum Verwechseln ähnelte.

Es handelte sich dabei jedoch um eine Allroundkugel, mit deren Hilfe der ungebetene Eindringling zuerst das melancholische Lied abgespielt hatte und nun die miniaturisierte Projektion einer Frau in den Raum warf.

„Ist sie nicht wunderschön?“, fragte der Fremde wie in Trance. Zeifos dagegen schwieg. *Torwai bist du das?* Seine Konturen und die tiefe Stimme passten zu dem Magier, doch irgendetwas stimmte nicht mit ihm. Sein Blick haftete starr an dem Antlitz jener Frau.

Auch Zeifos fand sie sehr hübsch. Das Holobild besaß einige digitale Fehler und wirkte unscharf, dennoch strahlte die Frau in der Aufzeichnung ihren ganz eigenen Charme aus. Mit ihrem langen schwarzen Haar und der dezenten silbernen Brille wirkte sie äußerst belesen, fast wie eine Bibliothekarin. Gleichzeitig ließ das ramponierte Brillengestell sie aber auch sehr verletzbar und zerbrechlich erscheinen.

„Ihr Name ist Lilia“, erklärte der Magier, der noch immer halb abwesend klang. „Sie hat das Lied geschrieben, das du gerade eben gehört hast. Sie hat sich zwar nie getraut, es selbst zu singen, dennoch zerreißt es mir jedes Mal das Herz, wenn ich ihren Strophen lausche.“

Die Frau in der holografischen Aufzeichnung lächelte, trotz allem wurde Zeifos bei ihrem Anblick schwer ums Herz. Je länger er sie ansah und ihre Mimik studierte, desto trauriger wurde er. Im Bewusstsein, dass ihn Liz ohne ein Wort des Abschieds verlassen hatte, lauschte er Torwais verhängnisvollen Worten.

„Das Lied des Leids wird wohl niemals verklingen. Ich habe nun schon genug Generationen kommen und gehen sehen, um zu wissen, welche Wahrheiten die Zeiten überdauern und welche nicht. In deinem Fall ist es die Trauer, die du soeben verspürst. Alles, was man erlebt, fühlt sich nur beim allerersten Mal richtig intensiv an. Sei es körperlicher Schmerz oder Lust. Das zweite Mal ist stets nur eine schlechte Wiederholung des ersten Aktes. Lebendiger als an diesem Abend wirst du dich nie wieder fühlen, glaube mir! Wozu sollte man das Leben also unnötig in die Länge ziehen, wenn man das Beste bereits hinter sich hat und nie wieder etwas Vergleichbares empfinden wird? Ob du nun hier und jetzt den Tod findest oder erst im hohen Alter, was würde das schon für einen Unterschied machen?"

Der Magier ließ die Kugel vorsichtig in seine Tasche gleiten, bevor er aufstand. „Ich habe in meinem ersten Leben Schmerz, Trauer und unendliche Macht verspürt. Selbst in den 900 Jahren danach habe ich nie wieder etwas Vergleichbares empfunden. Dir würde es nicht anders ergehen. Insbesondere, da dir vermutlich nur ein Zehntel dieser Zeit bliebe. Im Grunde tue ich dir also einen Gefallen, wenn ich dich hier und jetzt von deinem Leid erlöse."

Torwai versuchte, sich verzweifelt von der Richtigkeit seines eigenen Handelns zu überzeugen, und obwohl es ihm nicht wirklich gelang, hielt er weiterhin an seinen Plänen fest.

„Ich verstehe nicht, auf was du hinaus willst", sagte Zeifos, der mit sichtlicher Skepsis den Magier dabei beobachtete, wie dieser sich auf ihn zubewegte.

„Ach nein? So wie ich das sehe, hast du heute Nacht viel Spaß mit der Elfe gehabt."

Heftig sprang der Soldat auf und drohte Torwai mit seinen Fäusten. „Untersteh dich, etwas Falsches über sie zu sagen. Und woher willst du das überhaupt wissen, hast du sie etwa entführt?" Er wusste, wie lächerlich diese Unterstellung war, doch in seiner Verzweiflung krallte er sich an jeden Strohhalm.

„Langsam, langsam", beschwichtigte ihn Torwai, dem das astrale Flackern um Zeifos' geballte Faust nicht entgangen war.

Umsichtig trat der Magier einen Schritt zurück. „Ich glaube, diese Situation hatten wir schon einmal, beruhige dich. Mit dem Verschwinden deiner Gespielin habe ich nichts zu tun. Genau wie beim letzten Mal. Schau dich doch nur mal hier um. Eure Sachen liegen überall verstreut, dazu noch dieser miefige Geruch im Zimmer, das ist ja kaum mehr auszuhalten. Bei all diesen Indizien liegt die Vermutung doch mehr als nahe, dass du auf die ein oder andere Weise mit dem Feind kollaboriert hast." Genauer führte Torwai dies allerdings nicht aus. „Sag mal, wäre es eigentlich zu viel verlangt, wenn du dir erst einmal etwas anziehen würdest? So toll finde ich deinen nackten Körper nämlich wirklich nicht."

Zeifos aber plagten momentan ganz andere Sorgen. Ihm fiel erst jetzt auf, dass zwar Liz' samtenes Kleid noch auf dem Fußboden lag, nicht jedoch ihre magelanischen Kleidungsstücke. *Sie wird doch nicht so auf das Fest zurückgegangen sein? Sucht sie etwa Milly? Aber warum trägt sie dann ihre elfischen Sachen? Damit wird man sie doch sofort erkennen! Oder will sie ohne mich nach Magela zurück?*

„Nun mach schon. Zieh dir endlich etwas an!" Der Magier wurde immer ungeduldiger. Obgleich er nicht viel von Sitte und Anstand hielt, konnte er Zeifos so auf keinen Fall töten. Dennoch aktivierte er vorsorglich das Transfusionsset und ließ zwanzig Milliliter des grünen Äthers sich mit seinem Blut vermengen.

„Überleg es dir, Zeifos, du hast einen Moment absoluten Glücks erlebt. Du hast nach jemandem gesucht, der weit vollkommener war als du, frei von Fehlern und Makeln, in der Hoffnung, damit deinem Leben einen Sinn zu geben. Ich gratuliere dir, du hast offensichtlich jemanden gefunden, der all diese Kriterien erfüllt und der noch dazu hübsch und rein ist. Oder sollte ich besser sagen: war? Denn wie mir scheint, ist sie nicht länger bei dir."

„Sie hat sicher ihre Gründe!", wiegelte der Soldat ab.

„Vielleicht ja, vielleicht aber auch nicht. Nehmen wir aber einfach mal an, ihre Liebe wäre aufrichtig und sie würde nicht im Laufe der Tage oder Jahre dahinwelken. Aber was dann? Ab diesem Punkt kann es für euch beide nur noch bergab gehen. Eure innige Liebesnacht ist eine Sache, die Wirklichkeit eine andere. Bedenke, in welcher Zeit ihr lebt. Nirgends würdet ihr einen Unterschlupf finden. Ihr hättet sowohl den Teos als auch die magelanische Führung gegen euch. Ihr wäret Gejagte in zwei Welten." Hinter seinem Rücken bereitete Torwai einen Zauber vor. „Wäre es da nicht besser, deinem Leben hier und jetzt ein Ende zu bereiten, ehe alles noch schlimmer wird und du die Elfe mit dir in den Abgrund reißt?"

„Genug jetzt!" Zeifos wollte Torwai nicht anschreien, doch er ertrug seine Worte nicht länger. Zu viel Wahrheit ruhte darin. Dennoch würde er sich von nichts und niemandem aufhalten lassen. „Ich muss Liz finden, ich muss einfach." *Ehe ihr etwas zustößt.* Anschließend konnte er sie immer noch fragen, warum sie ihn derart überstürzt verlassen hatte, obwohl sie ihm doch versprochen hatte, nie mehr vor ihm davonzulaufen.

Noch bevor Torwai reagieren konnte, hob der Soldat seine Sachen vom Boden auf und rannte Richtung Ausgang. Er wollte gerade nach seinem Schwert greifen, als der Magier es geschwind mithilfe eines Zaubers davonschwirren ließ.

„Da, wo du gleich hingehst, brauchst du es unter Garantie nicht mehr." Trotz dieses deutlichen Hinweises begriff Zeifos noch immer nicht, was Torwai ihm damit zu sagen versuchte. Der Soldat war viel zu gutgläubig für diese Welt.

Unbewaffnet stürmte er zur Tür hinaus. Er hielt es in dem Zimmer nicht länger aus. Zu sehr schmerzte ihn der Anblick des leeren Betts und das Wissen, dass er Liz hatte einfach so gehen lassen. Nein, er musste sie finden, ganz gleich wie groß Teósix oder ganz Neu Terra auch sein mochte.

Torwai folgte ihm mit einem hämischen Grinsen.

„Nun gut, ein stickiges Gemach ist sowieso kein angemessener Ort für solch eine grausame Tat. Im Freien habe ich viel mehr Möglichkeiten, meine Kräfte zu entfalten.“ Beim Durchschreiten der Tür gab er dem Schwert einen erneuten telepathischen Klaps, woraufhin sich die Waffe in die gegenüberliegende Wand spickte. Nachdem er die Tür zugeschlagen hatte, legte sich eine erdrückende Stille über den Raum, der noch kurz zuvor Schauplatz einer heißblütigen Vereinigung gewesen war.

Zwei sich Suchende

Obwohl schreckliche Kreaturen über den Palastberg hergefallen waren, hatten die Feierlichkeiten bereits vor Stunden wieder eingesetzt. Die Menschen feierten in den verwüsteten Straßen und inmitten noch immer qualmender Bauten, als wäre nichts vorgefallen. Sie alle verdrängten, dass sie nur knapp dem Tod entronnen waren. Sie wussten, dass sich ein solches Grauen von eben jederzeit wiederholen konnte, ganz gleich, wie viele Wachen Sixtus auch zu ihrem Schutz abstellte, dennoch wollten sie es nicht wahrhaben.

Zeifos bereitete die verstärkte Militärpräsenz allerdings Sorgen. Hoffentlich würde man die Elfe nicht vor ihm finden. „Liz, wo steckst du bloß?“ Er mied absichtlich die Massen und suchte nach der Elfe in dunklen Seitengassen. Schnurstracks bog er in die nächste Einmündung ein, dicht gefolgt von seinem ungebetenen Begleiter, der ihm nicht von der Pelle rückte.

Dem Magier fiel es schwer, mit dem Soldaten Schritt zu halten. „Wo willst du hin?“, fragte er Zeifos außer Atem.

„Da hinten, da ist sie lang.“

Torwai aber konnte dort nichts Auffälliges erkennen. „Woher willst du das wissen?“

„Ich weiß es einfach.“ Ihr Duft lag noch immer in der Luft. „Außerdem sehe ich sie deutlich vor mir.“

Der Magier dagegen roch überhaupt nichts. Im Gegensatz zu dem Soldaten vermochte er auch nicht, Liz astrale Körperlinien zu erkennen, die ihre bloße Anwesenheit an diesem Ort hinterlassen hatte. Zeifos sah die Silhouette der Elfe klar und deutlich vor sich. Er sah, wie sie beim Einbiegen in die Gasse mit ihrer Hand die Gebäudeecke gestreift hatte, wie sie an deren Ende erst auf eine Tonne und dann auf ein Schuppendach gesprungen war, um von da aus geduckt zu einem anderen Vordach weiter zu schleichen. Je intensiver er an Liz dachte, desto detaillierter wurden die Bilder. Zeifos begriff nun auch, wohin sie unterwegs war. *Aber warum hat sie mich nicht einfach geweckt, wir hätten uns doch gemeinsam auf die Suche nach Milly machen können?* Egal, im Augenblick zählte nur, dass er sie vor den Wachen fand.

„Da müssen wir hoch." Gerade als er sich an den Aufstieg machen wollte, kam ihm der Magier zuvor.

„Schluss jetzt! Ich bin weit genug mit dir gegangen. An diesem Ort endet unsere gemeinsame Abenteuerreise."

Mit fester Hand umgriff er die Kehle des Soldaten und hob ihn spielend in die Luft. Zeifos begriff nicht einmal, was vor sich ging. Er starrte in die kalten Augen des Magiers und rang nach Atem.

„Was soll das?" Als seine Frage unbeantwortet blieb, schlug Zeifos mit der blanken Faust in Torwais Gesicht. Statt des Magiers schrie der Soldat laut auf. Er hatte auf massiven Felsen geschlagen. Seine Knöchel bluteten und seine Haut war aufgeschürft, zudem hatte er sich mehrere Finger dabei gebrochen. Dennoch versuchte er es noch einmal mit der anderen Hand. Nur um feststellen zu müssen, dass sich das Antlitz des Magiers kurz vor dem Einschlag erneut zu Stein verwandelte.

Zeifos zappelte mit den Füßen und schrie, so laut er nur konnte, doch niemand kam ihm zu Hilfe. Niemand vermochte ihn zu hören, denn auf dem Platz, nur wenige Meter von ihm entfernt, erreichten die Feierlichkeiten soeben ihren Höhepunkt. Die Menschen tobten und jubelten, während sie dem Harlekinsspiel folgten, das ihnen auf der Bühne dort geboten wurde. Keiner von ihnen interessierte sich dafür, was sich in dieser dunklen und stickigen Gasse abspielte, in der sich soeben ein Mord ereignete.

„Gib es auf, ich habe lange gesucht, um eine Kraft zu finden, die deiner ebenbürtig ist. Ich musste mir extra die Energien dieses Planeten borgen, um sicherzustellen, dass du mir nichts entgegenzusetzen vermagst."

Der Palastberg begann zu erbeben, während sich Torwais Leib vollständig in Granit verwandelte. Erst nach einigen Sekunden beruhigte sich der Erdboden wieder.

„Dagegen bist selbst du machtlos. Also füge dich in dein Schicksal!"

Mit dem Verebben der Schwingungen begann auch Zeifos' Widerstand dahinzuschwinden. Gegen den Auxillator, der einen Pakt mit der Erde eingegangen war, war der Soldat machtlos. Zeifos war allein! Niemand stand ihm in seinem Todeskampf bei. Selbst die Stimme schwieg und überließ ihn seinem Schicksal.

Liz ahnte nichts von all dem. Sie spürte lediglich die Erschütterungen des Bodens und lief unentwegt weiter.

„Es tut mir leid, Zeifos, aber ich kann noch nicht bei dir bleiben." Sie sprang von einem Dach zum nächsten, hielt in alle Richtungen Ausschau und belauschte die Gespräche der umstehenden Adligen in der Hoffnung, irgendeinen Hinweis auf ein zweites Verlies oder Millys Verbleib aufzuschnappen.

Es war der Elfe sehr schwer gefallen, den Platz an Zeifos' warmer Schulter zu verlassen, doch ihr blieb keine andere Wahl – oder zumindest redete sie sich das ein. Noch fehlte ihr etwas, um sich endgültig vollkommen zu fühlen. *Ich muss Milly unbedingt finden. Hoffentlich ist sie noch am Leben? Sie darf nicht tot sein.* Der letzte Gedanke stimmte sie traurig, genauso wie die schwindende Erinnerung an die Nacht mit Zeifos.

Sie spürte noch immer seine Küsse auf ihrem erhitzten Körper. Sicherlich hätte der Soldat ihr bei der Suche nach ihrer Schwester geholfen. Aber Liz hatte sich nicht getraut, ihn darauf anzusprechen. Ganz zu schweigen davon, dass es keine gute Idee gewesen wäre. Vor nicht allzu langer Zeit hatte sie dem Soldaten selbst noch einen grausamen Tod gewünscht. Und nun? So viel war seither geschehen. Nur wie sollte sie Milly all das beibringen, wenn sie es doch selbst kaum verstand? Nein, sie musste die Seraphim unbedingt allein finden, ehe sie ihr Zeifos vorstellen konnte. Liz musste ihr irgendwie erklären, dass Kastriot nicht mehr existierte. Mit ganzer Seele hoffte sie, dass ihre Schwester sie und ihre Entscheidung für den Soldaten dann vielleicht verstehen würde.

Ein kalter Wind umwehte den Rock der Elfe und ließ sie sich erneut nach der Wärme von Zeifos' Körper und nach dessen Bett sehnen. *Ganz bestimmt schläft er noch seelenruhig darin. Bitte warte auf mich! Ich werde schon bald zurück sein.*

Bisher sah es allerdings nicht danach aus. Der Palastberg war groß, und sie wusste nicht einmal, wo sie ihre Suche beginnen sollte. Sie hatte bereits einige Hallen, Bäder, Küchen, Kasernen und Trainingsplätze abgeklappert. Doch wo sollte sie als Nächstes nachsehen? Den Wegweiser „Zum geheimen Verlies links" suchte sie vergeblich. Im Vergleich dazu war es weit ergiebiger, die Wachen oder Angestellten bei ihren Hinterhofgesprächen zu belauschen. Deren Diskussionen drehten sich häufig um den König und dessen zwielichtigen Berater. Keiner wusste so wirklich, wo dieser eigentlich hergekommen war und welche Ziele er verfolgte. Auch die Randale des Soldaten in den königlichen Hallen war Thema Nummer eins an diesem glorreichen Tag, der die Vereinigung der Menschheit unter einem Banner verkörpern sollte.

Klatsch und Tratsch vom Feinsten also. Jedoch sprach niemand über eine eingekerkerte Seraphim oder darüber, warum das Verlies völlig leer gewesen war. Auch über das Gleichgewicht wurde allenfalls hinter vorgehaltener Hand gemunkelt. Sobald es jedoch zur Sprache kam, wechselte man stets zu einem anderen unverfänglichen Thema, wie dem Wetter oder dem bezaubernden Feuerwerk. Anstelle des Wortes „bezaubernd“ benutzten die Menschen jedoch „beeindruckend“, da ersterem seit dem Krieg mit Magela ein zu bitterer Beigeschmack anhaftete.

Ungeduldig überquerte Liz das leicht abgeschrägte Dach einer Kaserne. Aufgrund des Nieselregens waren die Schindeln darauf noch immer nass und rutschig. Silbernes Mondlicht spiegelte sich auf der glatten Oberfläche. Dennoch tänzelte die Elfe geübt darüber hinweg, bis sie schließlich innehielt. Sie wollte das Gespräch der Männer im Hinterhof der Kaserne erst ignorieren, doch etwas daran, weckte ihr Interesse. Sie flüsterten fast ausschließlich. Allein dadurch, dass einer von ihnen versehentlich seine Stimme erhoben hatte, wurde die Elfe auf sie aufmerksam. Rutschend näherte sich Liz dem Dachsims. Obwohl sie ihre elfischen Ohren spitzte, gelang es ihr nur bruchstückhaft, dem Gespräch der Männer zu folgen.

Sie beugte sich so weit wie möglich vor. Als selbst das nicht genügte, stützte sie ihr Knie auf die Dachrinne, die ein leises Ächzen von sich gab. Im Wissen, dass sie der weiße Stein beschützen würde, und im Nichtwissen, dass dies dem weit entfernt residierenden Kagul neue Schmerzen zufügen würde, sprach sie leise: „Exaestuare ventus de ni“, wodurch der Wind verstummte, der mit stetigem Rauschen störend zwischen die Worte der Soldaten gefahren war.

Die Truppe hatte sich offensichtlich aus einem ganz bestimmten Grund hier versammelt. Sie stand auf Abruf bereit und wartete nur noch auf das Eintreffen eines geheimen Befehls oder Zeichens.

„Gab’s denn keinen besseren Sammelpunkt als direkt neben den stinkigen Abfällen der Kantine?“, maulte einer von ihnen, der aufgrund des ausbleibenden Luftstromes angewidert die Nase rümpfte.

An einer der Wände lehnten zwei Holzbalken, die mit einem Stück Stoff überzogen und verbunden waren. Erst im Zuge des fortschreitenden Gespräches, würde Liz erfahren, dass es sich dabei um eine Trage handelte.

„Verflucht, ich bin nicht Arzt geworden, um Leichen abzutransportieren!“ Der Mann mit dem roten Kreuz an seiner Schulter klang äußerst aufgebracht. Er war es, der Liz’ Aufmerksamkeit erregt hatte.

„Sei still, du sollst schließlich nur seinen Tod feststellen, um den Rest kümmern wir uns. Ich weiß zwar nicht, warum der König solch einen fähigen Kämpfer unbedingt tot sehen will, aber das hat uns überhaupt nicht zu kümmern. Wichtig ist nur, dass niemand auf dem Fest von der Aktion etwas mitbekommt. Habt ihr die Abdeckplane für den Leichnam dabei?“

Aufs Äußerste gespannt lehnte sich Liz noch etwas weiter nach vorn.

„Ja, hier ist sie. Fein geschmückt mit allerlei Partygirlanden und unnötigem Klimbim, also wenn wir damit nicht unbemerkt bleiben, dann weiß ich auch nicht.“

„Deinen Sarkasmus kannst du dir getrost schenken. Wir haben nicht die Zeit, noch etwas Besseres zu besorgen, das muss genügen. Der Auxillator sollte uns schon bald das Zeichen geben, dass er Kastriot exekutiert hat. Bis dahin verhaltet euch gefälligst still. Sonst bekommt noch jemand davon Wind.“

Liz zuckte vor Schreck zusammen, woraufhin die Dachrinne unter ihren Füßen nachgab. Quietschend und scheppernd stürzte die rostige Konstruktion herab.

„Ist da jemand?“ Einer nach dem anderen zückten sie ihre Schwerter. Die Männer vernahmen jedoch bloß den erneut aufheulenden Wind und das Poltern von Schritten, die sich entfernten.

„Verflucht, warum musstet ihr auch so laut sein! Ihr wisst doch, dass in Teósix selbst die Wände Ohren haben!“

„Daran können wir nun auch nichts mehr ändern.“

„Hey, sieh mal, unser Schwerenöter hat vor Schreck eingemacht!“

Die vier Männer lachten plötzlich laut auf.

„Haltet gefälligst die Klappe, oder ich verpass euch allen eine.“

Ein Fünfter trat direkt unter der tropfenden Dachrinne hervor. Liz hatte ihn zuvor nicht bemerkt. Erst jetzt trat er ins Licht, nachdem er sich von oben bis unten durchnässt hatte. Dem Mann fehlten einige Zähne, und auch sonst sah er ziemlich ungepflegt aus.

„Die Dusche hat dir wirklich gut getan.“

„Ich sagte, halt's Maul!“

Liz konnte den aufgebrachten Schrei des Fremden noch von der anderen Seite des Daches aus hören. Sie war sofort losgeeilt, nachdem sie den Namen Kastriot vernommen hatte. *Zeifos, es tut mir schrecklich leid, ich hätte dich niemals verlassen sollen!* Sie achtete nicht auf ihre Schritte. Das eigene Leben war ihr mittlerweile völlig egal, der Einzige, an den sie jetzt noch denken konnte, war Zeifos. *Bitte, ich will dich nicht verlieren. Halte nur noch ein klein wenig durch.* Ihre Tränen verloren sich im Wind. *Bitte halte durch!*

Der Soldat schnappte nach Luft, doch Torwai gewährte ihm diesen Moment der Erleichterung nicht. Stattdessen drückte der Magier noch fester zu. „Gib dich geschlagen. Damit machst du es uns beiden leichter. Ich sagte dir doch, dass es aus dieser steinernen Umklammerung kein Entrinnen gibt. Selbst jemand wie du kann nichts gegen die geballte Macht der Erde ausrichten. Unbelebter Fels ist immun gegen jegliche Art der magischen Beeinflussung. Selbst in Magela ist niemand dazu in der Lage, massives Urgestein zu manipulieren. Die Elfen können zwar Pflanzen sprießen lassen, aber das war es auch schon. Ich dagegen habe einen Weg gefunden, die Kraft der Erde selbst anzuzapfen. Da diese Beschwörung einmalig und auch nur für eine begrenzte Zeit möglich ist, habe ich mich bisher gescheut, von ihr Gebrauch zu machen. Ursprünglich wollte ich sie gegen Dariusz einsetzen, da ich aber bald die Stadt für immer verlassen werde, ist das wohl nicht mehr nötig. Ich kann dir jedoch eines sagen, die Macht, die meinen Körper soeben durchströmt, ist wirklich überwältigend, sie ist fast so gut, wie das, was ich damals verspürt habe."

Torwais steinernes Antlitz verformte sich unaufhörlich. Verzweifelt versuchte Zeifos sich am Arm des Magiers hochzuziehen, doch er rutschte immer wieder an den sich verändernden Felsstrukturen ab. Die schroffen Finger des Magiers schnitten sich in den Hals des Soldaten und brachten die Narbe zum Aufplatzen. Der Schmerz hämmerte in seinem Schädel. Zeifos wollte schreien, allein ihm fehlte der Atem dazu.

„Einer von uns beiden muss hier und jetzt sterben, so lautet der Pakt, den ich mit der Erde eingegangen bin. Daran ist nichts verhandelbar, denn die Kraft, die ich mir von dem Planeten geborgt habe, muss von einem von uns beiden ersetzt werden, oder wir gehen alle zusammen mit Teósix unter. Entweder du oder ich! Und glaube mir, wenn ich dir sage, dass ich es ganz bestimmt nicht sein werde."

Die Kraft des Soldaten ließ allmählich nach. Dennoch sah er den Magier mit verständnislosem Blick an und versuchte seinen Mund zum Sprechen zu öffnen.

Torwai verstand das Gurgeln des Soldaten nicht wirklich, doch er ahnte, was dieser ihn hatte fragen wollen.

„Du willst wissen, warum ich mich dazu entschlossen habe, dich zu töten?“ Normalerweise hielt der Magier nicht viel von Gefühlsduselei und langen Reden, doch wenn es jemand verdient hatte zu erfahren, warum er starb, dann war er es. „Na schön, ich will dir zeigen, was mich zu dieser abscheulichen Tat antreibt. Im Gegensatz zu Sixtus wirst du es kaum weiter erzählen können.“

Das Gesicht des Magiers verformte sich erneut. Ein grüner Schädel schnellte aus seinem Kopf, der sich schreiend und kreischend auf Zeifos zubewegte. Der Seelenfluch starrte Zeifos Aug in Aug, ehe er wie an einem Gummiseil hängend von dem Auxillator zurückgerufen wurde.

„Noch habe ich dich nicht freigegeben. Deine Stunde schlägt noch früh genug.“ Die Fratze versuchte sich loszureißen, um endlich über den Soldaten herfallen zu können, doch es gelang ihm nicht. Der Schädel zog eine Grimasse, während Torwai die Worte sprach, die Zeifos schließlich zum Verhängnis werden sollten.

„Öffne deinen Geist und lass den Fluch in dich eindringen, dann gewähre ich dir noch ein paar Sekunden deines kostbaren Lebens.“ Alles, was Torwai sagte, gestikulierte der Schädel in tonloser Weise nach. Erschreckend synchron bewegten sich die Gesichtszüge des Magiers und die Fratze des Fluches. „Vielleicht verstehst du dann die Motive meines Handelns?“

Zeifos wusste nicht, was ihn erwarten würde. Die gesamte Szene mit dem steinernen Mann und dem geifernden Schädel wirkte derart grotesk, dass er glaubte, bereits tot zu sein. Entsprechend ließ er den Magier gewähren.

Auf einen unsichtbaren Befehl hin, ließ der Magier die Fratze frei. Spiralförmig rotierte der Schädel um Torwais Arm, bis er schließlich in Zeifos' Kopf abtauchte, wo er nichts als Schmerz, Trauer und den ewigen Tod hinterlassen würde.

„Vernimm nun die Botschaft des zweiten Geheimnisses der Geschichte", sprach der Magier wie zum Abschied. „Mögest du sie im Gegensatz zu Sixtus mit ins Grabe nehmen."

Das Leben selbst ist das traurigste aller Lieder

Die Augäpfel des Soldaten färbten sich schwarz. Der Seelenfluch drang in die hintersten Winkel seines Gehirns vor und hinterließ dort nichts als gähnende Leere. Eine Erinnerung nach der anderen löschte der Fluch aus, bis nichts mehr von dem Soldaten übrig blieb. Zugleich zeigte ihm die Fratze aber auch Ausschnitte aus Torwais Leben. Der Magier hatte ihm nur ein paar Erinnerungsfetzen übermitteln wollen, Zeifos sah jedoch weit mehr.

Der Student unterdrückte den aufkommenden Brechreiz und schluckte den Saft beherzt hinunter. Brennend bahnte sich die zähflüssige Substanz einen Weg seine Speiseröhre hinab. Das Gefühl war überwältigend. Es war wie eine Mischung aus absolutem Chaos und geordneter Unordnung. Eine sich aufbäumende Kraft, die nach außen strömen wollte, doch er allein entschied darüber, auf welche Weise dies geschehen würde.

Zaghaft nahm er die Ampulle von seinen Lippen und betrachtete die neonfarbene Flüssigkeit darin. Es waren nur noch ein paar Tropfen übrig, dennoch leuchtete das gesamte Gefäß im schillerndsten Blau.

In seinem Rucksack befanden sich auch Reagenzgläser mit einer grünen Substanz, eine seiner neuesten Kreationen. Doch obwohl diese ihre Wirkung weit besser entfaltete und zu weit weniger Nebenwirkungen führte, versuchte er weiterhin die Macht der Magie durch diese ungepanschte Mischung zu erleben. Das blaue Meer jedoch, nach dem er sich so sehr sehnte und von dem das im Gras neben ihm liegende Buch „Mythologie der zwei Welten" berichtete, würde ihm auf ewig verwehrt bleiben – hier in der einen Welt.

Er war kein gewöhnlicher Student, sondern ein Magier. Jedenfalls nach dem Ahnenbaum zu urteilen, auf den er gestoßen war.

Doch was nützte ihm das, wenn das Meer diese Welt schon seit Ewigkeiten nicht mehr durchströmte und seine Zunft mit ihm, dem letzten Zauberer, aussterben würde?

Ihn widerte das ganze Leben an. Er saß hier unter einer Weide inmitten eines Parks nicht weit entfernt von seiner Hochschule. Allerlei Autoverkehr, Fußgänger und Radfahrer passierten hier sein Sichtfeld. Doch niemand von ihnen interessierte sich für den Magierazubi. Dabei waren einige von ihnen seine Kommilitonen.

Er aber störte sich nicht länger daran. Die restlichen neun Semester würde er spielend abreißen. Sollten sie ihn doch alle in Ruhe lassen. Auf diese Weise konnte er wenigstens weiterhin ungestört seinen Studien des Übernatürlichen nachgehen.

Ein Weidenblatt löste sich von dem Baum und fiel sacht zu Boden. Der Student fixierte es mit seinem Blick und hob dabei seinen Zeigefinger, wodurch das chlorophyllhaltige Objekt wieder deutlich an Höhe gewann und in der Luft schweben blieb. Auf ein Zucken seines Fingers begann das Weidenblatt zu rotieren. Ein älterer Herr, der mit seinem Hund spazieren ging, beobachtete ihn dabei. Nach einer Weile lief der Mann aber gelangweilt weiter – vermutlich nur der Wind.

„Pah, selbst wenn hier alles in Flammen stünde, würden diese Narren nichts begreifen." Ohne es zu wollen, wurden seine töricht ausgesprochenen Gedanken Realität. Anfänglich stieg nur Rauch von dem Weidenblatt auf, schließlich fing es jedoch Feuer und verbrannte in einer riesigen Stichflamme. Überstürzt sprang der Hobbymagier auf, griff nach seinem Rucksack und eilte davon – bloß weg von hier.

Bei seiner hektischen Flucht rannte er ein Mädchen über den Haufen, der ein flüchtiges Keuchen entfuhr. Sie schlug hart auf dem Boden auf und lag nun der Länge nach vor ihm. Die Brille war ihr vom Gesicht gerutscht. Der Student nahm sie zaghaft an sich und reichte sie der jungen Frau. „Ich fürchte, der Rahmen ist ein wenig ramponiert“, entschuldigte sich der Erstsemestler bei der schlichten Schönheit und half ihr hoch.

Das Mädchen mit den schwarzen, nach hinten zu einem Zopf gebundenen Haaren ergriff zögerlich seinen Arm. Es gelang ihr nur mühsam, sich aufrecht zu halten. Sie fühlte sich von dem Aufprall noch immer ein wenig schwach auf den Beinen, ihre Hände suchten nach einem Halt. Unglücklicherweise bekam sie dabei den Rucksack des Jungen zu fassen. Mehrere der Reagenzgläser, die der Student darin verstaut hatte, zerbrachen unter ihrer innigen Umarmung.

Im Affekt stieß der Student das Mädchen von sich und schrie sie an. „Pass doch gefälligst auf! Dumme Pute.“ Sie fiel erneut zu Boden, und er stürzte aufgewühlt davon. Er rannte geradewegs zur Toilette und versuchte verzweifelt, so viel wie möglich von der ausgelaufenen Substanz zu retten. *Was fällt diesem elenden Miststück ein? Was hatte sie überhaupt in der Nähe der Weide zu suchen!* Für gewöhnlich mieden die Menschen ihn doch.

Zitternd setzte Lilia ihre Brille auf. Durch die vielen Sprünge im Glas betrachtete sie die Welt auf einmal wie durch einen Zerrspiegel. Nichts war mehr so wie vorher. Mit zaghaften Schritten näherte sie sich dem Stamm des Baums. Sie schwankte noch immer ein wenig. Sobald sie es sich jedoch unter der Weide erst bequem gemacht hätte, würde es ihr sicherlich wieder besser gehen, beruhigte sie sich.

Bereits seit sieben Semestern kam Lilia in der Mittagspause hierher und genoss das Rauschen der Blätter im Wind. Sie studierte Musik, und im Schatten der Weide kamen ihr stets die besten Einfälle. Seit einigen Wochen war ihr jedoch immer dieser Grünschnabel zuvorgekommen. Lilia beobachtete ihn schon eine Weile. Sie hatte sich aber nie getraut, sich einfach neben ihn zu setzen. Jedenfalls nicht bis zum heutigen Tag. Seine Art verwunderte sie irgendwie. Und was war das eigentlich für ein feuriges Lodern in seinen Augen? Er hatte etwas Forderndes und Verzehrendes an sich.

Neugierig hob sie das aschefarbene Skelett des Blattes auf, das eben noch vor ihren Augen, ohne jeglichen ersichtlichen Grund, in Flammen aufgegangen war, und strich mit einem Finger darüber. Sie verstaute es vorsichtig zwischen zwei ihrer Notenblätter und setzte sich zackig hin. Anschließend griff sie nach der Ampulle, die ebenfalls umgekippt im Gras lag, und führte sie an ihre Lippen.

Lilia schluckte die letzten Tropfen des zähflüssigen Äthers hinunter und wartete ab, bis der brennende Schmerz in ihrem Hals nachließ. Schließlich nahm sie das Buch an sich, das der Junge in aller Hektik zurückgelassen hatte, und las darin.

Die steinerne Faust löste sich für einen flüchtigen Moment um Zeifos' Hals. Der Magier war so gnädig, ihn für einige wenige Minuten weiterleben zu lassen, damit er dem Rest seiner Lebensgeschichte lauschen konnte. Zeifos' Augäpfel zerrannen zu siedendem Öl. In schwarzen Bächen floss die Substanz über seine Wangen.

Der Professor hielt seine Vorlesung ab, schrieb physikalische Formeln an die Tafel und erklärte das, was er von seinem beschränkten Wissensgebiet alles wusste und von dem er meinte, dass es auch sie, die zukünftigen Diplomanden, unbedingt beherrschen mussten. Die Fragen, die der unter den Studierenden sitzende junge Magier bereits in der ersten Woche an ihn gerichtet hatte, hatte der Professor ihm allesamt nicht beantworten können, und so saß der Student nun, den Kopf in ein Buch „Das

Universum in der Nussschale“ versunken da und blickte nur ab und zu noch nach oben, um zu prüfen, ob es nicht doch irgendetwas Relevantes gab, das er besser mitschrieb. Bisher waren die Seiten seines Hefters jedoch noch immer völlig jungfräulich weiß. Lediglich ein paar verhöhnende Karikaturen hatten ihren Weg hineingefunden.

Die große Tür zum Vorlesungsraum öffnete sich – nicht selten kamen Studenten zu spät. Diesmal allerdings ging ein lautes Raunen durch die Reihen. Der Hobbymagier allerdings dachte nicht daran aufzusehen. Ihm war es gleichgültig, dass sich eine neue Kommilitonin zu der Veranstaltung hinzugesellte. Keiner der Anwesenden war ihm gewachsen. Niemand, nicht einmal die Professoren, vermochten ihm irgendetwas Neues beizubringen, und so las er unbeeindruckt weiter in seinen eigens mitgebrachten Büchern. Zu seinem Leidwesen wurde er in seinen Studien jedoch von jemandem gestört.

„Hier, das hast du verloren“, soufflierte die schwarzhaarige Schönheit, die in der Sitzreihe vor ihm stand und ihn erwartungsvoll anschaute. Ihr Brillenrahmen war noch immer verbogen, nur die Gläser hatte sie offenbar ausgetauscht. „Ich bin Lilia und du?“, stellte sie sich lächelnd vor, während sie ihm das Buch hinhielt, das er im Park vergessen hatte.

Nur schwerlich gelang es ihm, einen Anflug von Freude zu unterdrücken. Verzweifelt hatte der Student bereits danach gesucht. Von allem, was er besaß, war dies sein kostbarstes Stück. Die Medien hatten das Buch direkt nach Erscheinen zerrissen, seither war es nur noch sehr schwer zu beschaffen, und selbst wenn es ihm gelungen wäre, einen Ersatz dafür aufzutreiben, so wären doch zumindest all seine darin hinterlassenen Notizen für immer verloren gewesen.

Er verstand allerdings nicht, warum ihm das Mädchen, dessen Namen ihm längst wieder entfallen war, das Buch überhaupt zurückbrachte. Was versprach sie sich davon? *Pah, vermutlich will sie es einfach nur loswerden. Sie wird den Inhalt nicht verstanden haben und empfand es sicher als zu unwürdig, damit den Papierkorb zu belasten.*

Ohne ein einziges Wort zu erwidern, nahm er das Buch an sich. Er nannte ihr noch nicht einmal seinen Namen.

Lilia wirkte betrübt, dennoch unternahm sie einen erneuten Versuch ihn kennenzulernen. „Macht nichts, nenn ich dich von nun an eben Torwai."

Woher kannte sie? Die Antwort auf seine stumme Frage erhielt er prompt.

„Torwai, Kurzform für Torwächter. Ich dachte mir, das wäre vielleicht passend."

Als sie seinen geschockten Gesichtsausdruck bemerkte, sprach sie weiter. „Na, der Mann in deinem Buch! Der, der die Macht über das Tor zwischen den Welten innehat. Hast du etwa noch nicht so weit gelesen? Ups!" Sie hielt sich eilig die Hand vor den Mund. „Ich dachte, du wärest damit schon durch. Dann habe ich dir wohl zu viel verraten, Mr. Torwai."

„Ruhe da oben." Im Saal herrschte andächtige Stille. „Solltet ihr der Meinung sein, den Vorlesungsstoff besser lehren zu können als ich, so könnt ihr gerne zu mir runterkommen und von hier vorne weiter erzählen, ansonsten seid gefälligst still."

Lilia setzte sich schleunigst hin und versank mit verschränkten Armen auf ihrer ausgeklappten Tischunterlage. *Mist.* Voller Scham biss sie sich auf die Unterlippe. So hatte sie sich ihr erstes Wiedersehen nicht vorgestellt.

Der Professor beendete seine Drohgebärde mit einem entschiedenen „Na endlich!" und verfiel daraufhin wieder in einen monotonen Monolog. Er rezitierte dieselben Sätze, die er schon seit 30 Semestern aufsagte. Nur jedes Schaltjahr variierte er diese ein wenig.

Nichts von alledem drang zu Torwai durch. Er, der das Buch schon einige Male durchgelesen hatte, vorwärts und in einigen verzweifelten Augenblicken gar rückwärts, war sich absolut sicher, dass darin nichts von einem Torwächter stand. *Aber weshalb ergibt es dann Sinn, was sie gesagt hat?* Außerdem hatte sie von dem Buch gesprochen, als handele es sich dabei um einen Roman, dabei war diese bloße Ansammlung von Wissen nichts dergleichen. Aber weshalb konnte er dann ihre Worte nicht einfach abtun?

Sicher nahm sie ihn nur auf den Arm. Seinen Namen konnte sie auch anderweitig aufgeschnappt haben. Trotzdem, das, was sie gesagt hatte und was noch nicht einmal er zwischen den Zeilen zu lesen vermochte, geschweige denn unter Hinzunahme von Extrawissen, hatte sie binnen einer Woche herausgefunden. Wie war das nur möglich?

Die Studenten hinter ihm begannen sich aufgeregt über die Neue zu unterhalten, und obwohl der erneut auf den Namen Torwai Getaufte versuchte, ihr Gefasel zu ignorieren, gelang es ihm nicht.

„Meine Fresse, hast du die gesehen. Die ist vielleicht hübsch! Ist die etwa neu bei uns?"

„Das glaube ich kaum, wir befinden uns immerhin am Ende des ersten Semesters, da stößt doch keiner mehr hinzu."

„Frauenanteil auf vier angestiegen!"

„Ja, nachdem uns letztens bereits zwei verlassen haben. Aber damit muss man sich wohl abfinden, angewandte Physik hat's halt in sich. Ob sie den Stoff der ersten zwölf Wochen überhaupt noch aufholen kann?"

„Nie und nimmer!"

„Das Beste wisst ihr ja noch gar nicht. Sie hat bis vor Kurzem noch Musik studiert."

„Stimmt, mit Mikrofon in der Hand könnte ich sie mir gut vorstellen, aber was macht sie dann hier?"

„Sie stand kurz vor ihrem Abschluss und hat vor einer Woche alles hingeschmissen."

„Sie hat's wohl nicht gepackt?"

„Im Gegenteil, sie war 'ne ziemliche Streberin. Hatte 'nen durchgängigen Einserschnitt. Der Dekan hat sogar versucht, mit ihr zu sprechen, um sie davon abzuhalten. Selbst im Universitätschor ist sie seither nicht mehr tätig. Dabei hatte sie einige Lieder und Klavierstücke eigens für deren Auftritte geschrieben. Dennoch hielt sie an ihrem Vorhaben fest. Sie hat ihm weder eine Begründung für ihren plötzlichen Abbruch noch sonst irgendwas genannt. Die Sache hat sich ziemlich schnell herumgesprochen, besonders als sie sich kurz darauf für angewandte Physik eintragen lassen hat."

„Das ergibt doch keinen Sinn, warum hat sie nicht einfach noch ein Semester abgewartet? Nach ihrem Abschluss hätte sie doch immer noch ein Physikstudium dran hängen können. Dann hätte sie doch wenigstens schon mal was sicher gehabt."

„Soweit ich weiß, hat sie Mythologie als Nebenfach belegt."

„Hör auf! Du willst uns doch verschaukeln? Solch eine abstruse Fächerkombination kann man doch gar nicht wählen."

Und ob das möglich war! Torwai hatte von Anbeginn seines Studiums ebenfalls diese zwei Schwerpunkte gewählt. Allerdings war er ebenfalls davon ausgegangen, der Einzige mit dieser ungewöhnlichen Fächerkonstellation zu sein. Offensichtlich war er doch nicht ganz so außergewöhnlich, wie er es bisher angenommen hatte. Für Musik hatte er allerdings wenig übrig. Was scherte es ihn also, dass diese Ex-Musikerin nun dasselbe wie er studierte. Sollte sie doch!

Mit einem gemeinschaftlichen Klopfen auf die Tische – welchem sich Torwai stets verweigerte und welches Beifall kundtun sollte – beendeten die Studenten die Veranstaltung. In einer großen Traube leerte sich der Saal allmählich. Der selbst ernannte Magierazubi blieb noch einen Moment sitzen und folgte erst, als die Aula völlig leer war. Völlig leer, jedenfalls bis auf die an der Tür wartende Lilia, die er keines einzigen Blickes würdigte.

Alles, aber ignorier mich nicht!

Zu Hause angekommen kramte Torwai das Buch aus seinem Rucksack und öffnete es. Mit Schrecken erkannte er, dass sie seine Notizen mit ihren ergänzt hatte. Eilig blätterte er es durch. Noch größer war der Schock, als er feststellen musste, dass sich unter den Ergänzungen und Schlussfolgerungen, von denen er die wenigsten verstand, sich einige befanden, die ihm absolut korrekt und richtig erschienen.

Die unverständlichste Randnotiz auf der letzten ansonsten völlig leeren Seite des Buches lautete: „Wann erscheint die Fortsetzung? Die Vernichtung der uns bekannten Zivilisation kann doch nicht das Ende sein?"

Welche Vernichtung, welche Zivilisation? Von all dem steht hier drin gar nichts!

Ihre Zeilen wurden noch viel abstruser. „Außerdem kann ich mich nicht damit abfinden, was der kühlen Gestalt des Torwächters widerfahren ist. Wieso stirbt er am Ende des Buches? Er darf doch nicht tot sein, er ist mir nämlich sehr ans Herz gewachsen."

Dass sie diese Zeilen ganz klein an den Rand geschrieben hatte, obwohl ihr so viel Platz auf dieser unbeschriebenen Seite zur Verfügung stand, beachtete Torwai nicht. Leichenblass stand er mit dem Buch in der Hand inmitten seines Zimmers.

Nach den Zuckungen des Soldaten zu urteilen, war es nur noch eine Frage der Zeit, bis dessen Körper endgültig erschlaffen würde. Sein Geist war mittlerweile vollständig in Torwais Gedankenwelt abgeglitten. Den Punkt, von dem aus er noch hätte umkehren können, hatte er längst überschritten. Es gab für ihn kein Entkommen mehr, dessen war sich der Magier absolut sicher.

Er hob seine Hand und gab damit dem Leichenkommando das Zeichen zum Abtransport. Unmittelbar nachdem die Soldaten das glühende Kreuz am Firmament bemerkten, setzten sie sich in Bewegung.

„Der Auxillator konnte sich wohl kein unauffälligeres Symbol aussuchen oder wie muss ich das verstehen“, maulte der Arzt.

„Er hat uns vorher nicht gesagt, auf welches Zeichen wir achten sollten, er hat uns nur befohlen, dass wir nach oben sehen sollen. Eines ist sicher, zu Missverständnissen kommt es so auf keinen Fall. Das X markiert die Stelle, auf geht's.“

„Keine Sorge, zwischen all den Feuerwerksraketen fällt das doch eh keinem auf. Ich wette, die meisten werden es für eine Spezialrakete aus den Beständen der Vorvereinigungszeit halten.“

„Makaber ist es dennoch.“

Zumindest einer Person fiel das Kreuz am Himmel jedoch überdeutlich auf, und zwar Liz. Ihr stockte der Atem, als sie das Symbol der Menschen sah, das für gewöhnlich die Grabesstätte eines Verstorbenen markierte. Eilig änderte sie ihre Richtung. *Oh bitte, Zeifos! Du darfst noch nicht tot sein.* Die Elfe fürchtete sich davor, Zeifos' Leichnam unter dem lodernden Kreuz vorzufinden. Sie beschleunigte ihre Sprünge. Einige Wachen wurden bereits auf ihren Schatten aufmerksam, der über ihre Köpfe hinweghuschte.

Der totgesagte Zeifos driftete derweil in den nächsten Traum ab, den ihm der Schädel zeigte.

Es war Nacht, und Lilia, die auf dem Beifahrersitz ihres Wagens saß, blickte aus dem Fenster. Die Landschaft sauste nur so an ihr vorbei. Oft war sie die Strecke von ihrer Unterkunft bis zu ihrer Arbeitsstätte schon gefahren, und mit jedem Mal fiel es ihr schwerer. Vergeblich versuchte sie ihre Gedanken und Sehnsüchte unter Kontrolle zu bringen, doch heute gelang es ihr noch weniger als sonst. Die Stille im Auto war erdrückend, und zu allem Überfluss war ausgerechnet er überall. Selbst wenn sie aus dem Fenster blicken wollte, sah sie ihn vor sich und ertappte sich dabei, wie sie statt auf die Landschaft auf die Reflexion des Fahrers achtete. Sie verfolgte jegliche seiner Bewegungen. So wie Luft ihre Lungen füllte, raubte das Verlangen nach diesem Mann ihr jegliche Hoffnung auf inneren Frieden. Kein Platz existierte mehr in ihrem Herzen und ihrem Geiste, den nicht er für sich beanspruchen konnte.

Das Studium lag lange hinter ihr, sie besaß bereits zwei Doktortitel, genau wie der Mann am Steuer neben ihr. Ihre Intelligenz, die Torwai nicht leugnen konnte, ließ ihm nichts anderes übrig, als Miss Lilia zu den Forschungen seiner Organisation hinzuzuziehen. Direkt nach ihm etablierte sie sich als Leiterin an allen Projekten.

Viele hielten die beiden für ein heimliches Liebespaar, besonders als man erfuhr, dass sie gemeinsam dieselbe unorthodoxe Fächerkonstellation studiert und promoviert hatten. Doch zu Lilias Unmut war nichts dergleichen jemals zwischen ihnen vorgefallen. Zwar besuchte er sie stets des Nachts, wenn sich die kalte Abendluft in zarten Fäden zu ihr ins Bett gesellte, allerdings erlebte sie all dies nur in ihren Träumen, die ihr oftmals Dinge vorgaukelten, die in ihr nur noch mehr die Sehnsucht weckten. Die Angst davor, einzuschlafen, war zu ihrem Ein und Alles geworden, die Angst, zu erwachen, nicht minder.

Es stimmte zwar, dass sie ihm näher war, als jede andere, und vielleicht wollte Torwai ihre Gegenwart nicht missen, doch auch wenn es ihr zu Beginn genügt haben mochte, so genügte es ihr jetzt nicht mehr. Lilia wollte ihn ganz und gar bei sich spüren und nicht bloß in seiner Nähe sein.

Sie fragte sich mittlerweile, ob er überhaupt zu irgendwelchen Empfindungen fähig war. Schließlich hatte er auch zu keiner anderen Frau jemals irgendeine Beziehung gehabt. Seine Art mit ihr zu reden, sie zu berühren: Eisiger konnte sich auch ein von Frost durchzogenes Gletscherverlies im tiefsten Winter nicht anfühlen. Doch das Lodern in seinen Augen, das sie von Zeit zu Zeit zu erhaschen glaubte, ließ sie sich weiterhin nach dem Kältetod in seinen Armen sehnen.

In der Vergangenheit war er nur selten aufgetaut und nun, nach ihrer Kündigung von vor einem Monat, hatte sie sich wenigstens irgendeine Reaktion erhofft. Irgendeine, egal welche, alles war besser als nichts. Torwai hatte sie schließlich angerufen, angeblich brauche er sie. Erwartungsvoll hatte Lilia den erstbesten Flieger genommen, und obwohl er sie sogar persönlich vom Flughafen abholte, sagte er kein Wort. Nur dass man ohne sie aufgeschmissen sei. Davon, dass er aufgeschmissen war, erwähnte der Mann ihres Begehrens jedoch nichts. Ihre Fantasie musste ihr am Telefon wohl einen süßen und zugleich üblen Streich gespielt haben.

Deprimiert schaltete sie das Radio ein, um darin Ablenkung zu finden. Derweil reichte Torwai seine Kennungskarte dem Wächter, der die Schranke bediente. Zur Rechten und Linken sausten die Bauten mit Torwais selbst kreiertem Firmenlogo vorbei. Bis zum Zentralkomplex waren es trotz allem noch mindestens fünf Minuten Fahrt.

Das Lied, das unerwartet im Radio erklang, jagte Lilia einen eiskalten Schauer über den Rücken. Sie versank vor Scham in ihrem Sitz, doch das bis zum Zerreißen gespannte Leder gab ihrem Drängen nicht nach.

Die ersten Sekunden verstrichen, der Moment, in dem sie noch schnell den Sender hätte wechseln können, war vorüber. Die Melancholie, die den Klängen innewohnte, war mit bloßen Händen greifbar. Zwar formten Membranen anstelle menschlicher Lippen Laute zu Worten, dennoch ging nichts von dem Schmerz dieser tragischen Zeilen verloren. Die im Takt vibrierende Karosserie des Wagens verstärkte eine jegliche Strophe des Leids, als würden diese Lilia verspotten. Sich davor abzuschotten hieße, sich selbst und ihr gesamtes Leben zu leugnen.

Es war dasselbe Lied, das Zeifos im Halbschlaf vernommen hatte, und wenngleich Torwai es im Augenblick noch nicht ahnte, so würde er es doch zu Lebzeiten nie mehr vergessen können. Lilia zitterte, als die unbekannte Frau im Radio die von ihr verfassten Strophen sang. Niemals hatte Lilias Abschiedslied an die Öffentlichkeit gelangen sollen. Lediglich ihrer Freundin, die sie noch von ihrem abgebrochenem Musikstudium her kannte, hatte sie in ihrem Kummer die Zeilen gezeigt und sie gebeten, sie nicht weiter zu reichen. Vermutlich hatte ihre Kommilitonin, die meinte: „Es wäre aber schade, solch ein Werk im Schubfach verfaulen zu lassen", es nur gut mit ihr gemeint.

Für Lilia zählte im Augenblick aber nur eins: Wie würde Torwai auf jene Textzeilen reagieren, die von einer unerwiderten Liebe handelten? Die letzte Strophe verklang. Sein Schweigen war nie so ohrenbetäubend wie in diesem Moment, nichts vermochte es stärker die Stille zu betonen, als das ständige Rauschen des Fahrtwindes und das sanfte Poltern der Reifen auf dem geflickten Asphalt.

Lilia hielt es nicht länger aus. „Sag doch was! Wie fandest du das Lied? Was hast du gefühlt? Was hast du empfunden? Hast du überhaupt etwas empfunden? Bitte! Sag doch endlich etwas! Irgendetwas!"

Schnell bereute sie ihren Ausbruch. Woher sollte er denn wissen, dass es ihr Lied war, wenn die Frau, die da sang doch eine völlig andere war? Er hatte vermutlich nicht einmal hingehört, und wer weiß, vielleicht war es auch besser so.

Doch Torwai hatte hingehört, sogar ziemlich genau. Seine Antwort hätte er ihr gern erspart, wenn er doch damals bereits das gewusst hätte, was er tausend Jahre später mit trauriger Sicherheit wusste. „Liebesschmerz, welch überflüssiges Gefühl. Wenn jene Sängerin glaubt, dass sie nur im Tod die Erlösung von ihrem Liebsten finden kann, dann soll sie doch jenen Schritt wagen. Soll sie doch Selbstmord begehen! Allemal besser, als auch noch uns mit ihrem Leid zu belasten."

Ein flüchtiges Keuchen entfuhr Lilias Lippen. Es war nur ein kurzer Atemzug, doch allein mit diesem und der daraufhin durch die Klimaanlage verwehenden Luft verging der letzte Rest an Kraft, den ihr geschundener Körper noch preiszugeben vermochte. Überstanden war damit aber noch lange nichts, denn Torwai fasste seine Gedanken weiter in Worte. „Das wäre wahrlich mal ein Zeichen, aber vermutlich ist sie selbst dazu nicht in der Lage, singt nur davon, statt sich in den Tod zu stürzen."

Der Pfeil, der sich soeben in Lilias Brust bohrte, saß tief. Torwai sprach selten, doch wenn, dann waren seine Worte treffend und tödlich, jedenfalls für die empfindsame Frau auf seinem Beifahrersitz. Sämtliche Farbe wich aus ihrem Antlitz. Zittrig legte sie ihre Handfläche auf die Wunde ihres rechten Unterarms. Verzweifelt versuchte sie, die Striemen vor Torwai zu verbergen. Niemals durfte er davon erfahren!

Sie waren an ihrem Ziel angekommen, der Terraplanar Engineering Organisation of Science, dem Hauptgebäude des Teos. Schon von Weitem war die riesige Glaskuppel zu erkennen, in deren Zentrum ein Strahlungsgenerator stand. Torwai stieg als Erster aus und ging schon einmal vor.

Er verlangte nicht von ihr, dass sie ihm folgen sollte – ein Glück – denn zum Laufen war sie längst nicht mehr imstande. Ihr Zittern hatte aufgehört, dafür war ihr Körper wie erstarrt. „Ich bin also feige, so schrecklich feige?“ Dem Leben so fern, doch dem Tod noch nicht nah genug. „Er hat recht, nicht mal dazu bin ich fähig.“

Ihr rechter Unterarm fühlte sich feucht an. Kalter Schweiß und Eiter lagen darauf. Die Narbe war wieder aufgeplatzt, in kleinen Schüben spritzte das Blut daraus hervor. Lilia drückte die Schnittwunde ab, dennoch fühlte sie sich elend. Ihr blieb nur eins, ihr Körper verlangte danach. Sie öffnete die Beifahrertür, streckte den Kopf raus und … übergab sich auf den Bordstein.

Pechschwarze Tränen quollen aus den Augenhöhlen des Soldaten. Er konnte nicht glauben, was er da sah. Obwohl er nur ein unbeteiligter Zuschauer in dieser tragischen Geschichte war, wurde ihm das Herz schwer wie Blei.

Er wollte sich nicht vorstellen, wie es war, diese Erinnerungen ein Leben lang mit sich herumtragen zu müssen. Dabei hatte er noch nicht einmal das ganze Ausmaß dessen gesehen, was Torwais Seele belastete. Die eigentlichen Verfehlungen des Magiers verblassten gegenüber dem, was Zeifos bisher gesehen hatte.

Die Stimme im Herzen des Soldaten schien nun doch zu ihm zu sprechen. Statt ihn zu wecken, lullte sie ihn aber nur noch tiefer in den Schlaf. **Der Tod wird dich von allem erlösen, was deine Seele plagt. Bald ist dein Leidensweg zu Ende. Lass den Seelenfluch sein Werk vollenden. Dies ist deine einzige Chance, für immer erlöst zu werden.**

Der Soldat verstand nicht, was sie ihm damit zu sagen versuchte. Das Chaos in seinen Gedanken suchte nach Ordnung, doch die Stimme wühlte ihn nur noch mehr auf, wodurch sie dem Fluch bereitwillig in die Hände spielte.

Einen allerletzten Atemzug gewährte ihm der Magier noch, damit Zeifos dem nächsten Akt in seinem Leben beiwohnen konnte. Bei all den Bildern, die ihm Torwai zeigte, entging dem Soldaten jedoch, dass sich auch seine eigene Lebensgeschichte, mit dem Herannahen der Elfe allmählich ihrem tragischen Höhepunkt näherte.

Lilia schrammte mit ihrem Fahrzeug an einer Felswand entlang. Das Blech der Karosserie stöhnte laut auf, und der Motor qualmte, dennoch trat sie noch stärker aufs Gaspedal. Sie fuhr wie eine Geisteskranke und ignorierte jedes Stoppschild. „Achtung Gefahrenstelle." „Vorsicht Steinschlag." Sie scherte sich nicht um ihr eigenes Leben. Sie musste Torwai einfach zur Vernunft bringen, koste es, was es wolle.

Lilia parkte auf dem Bordstein, schlug die quietschende Fahrertür hinter sich zu und stürmte wie eine Besessene die Treppe zu seinen Gemächern hinauf, nur um auf dem obersten Absatz plötzlich voller Zweifel stehen zu bleiben.

„Er wird mich niemals anhören", sagte sie zu sich selbst. „Es ist alles vergebens." Dennoch öffnete sie die Tür mit der persönlichen Kennungskarte, die der Magier für sie hatte anfertigen lassen, und trat ein. Sie durchschritt einen ovalen Flur, unter dessen Decke mehrere 3D-Projektoren hingen, die allesamt die aktuelle Planetenkonstellation an die Wand warfen.

Lilia hatte fast das Gefühl, den Gang entlang durchs Universum zu wandeln. Nur wenigen zeigte der Magier diesen Raum. Ein jeder, der ihn sah, war der Meinung, dass hier ein Planet zu viel zu sehen sei. Torwai klärte keinen der Zweifler auf.

Der Sternenvorhang lichtete sich, und Lilia trat in den Raum dahinter. Sämtliche Wände waren mit Regalen vollgestellt, während die Fächer links mit Büchern und Schriften gefüllt waren, die aus Pergament, Papier oder gar Papyrus gefertigt worden waren, befanden sich zu ihrer rechten die digitalen Äquivalente dazu. Sprach- und gestengesteuerte Geräte der neuesten Generation verstaubten neben berührungsempfindlichen Eingabegeräten der mittleren und älteren Generation, allesamt angefüllt mit mehreren Terabyte an Wissen.

Torwai musste hier irgendwo sein. Die letzten Tage hatte er sich an diesem Ort eingeschlossen, ohne Nahrung zu sich zu nehmen oder Besuch zu empfangen.

„Torwai, bist du da?“ Niemand reagierte auf Lilias zarten Ruf. Sie schlich auf Zehenspitzen durch den Raum und fürchtete jederzeit, irgendwo anzuecken. Sämtlicher Mut hatte sie verlassen, dabei musste sie ihn unbedingt finden.

Auf dem leeren Glastisch, der in der Mitte des Raumes stand, entdeckte sie etwas, das ihr Herz höher schlagen ließ. Sie sah sich um und griff dann zaghaft nach der Kugel.

„Er hat sie also doch nicht weggeworfen“, zwitscherte sie freudig erregt. Lilia hatte sie ihm zu seinem Geburtstag geschenkt. Er hatte allerdings gemeint, dass er damit nichts anfangen könne. Angeblich hatte er sie direkt darauf entsorgt. Lilia war glücklich darüber, dass er sie offenbar diesbezüglich angelogen hatte.

Neugierig schaltete sie die Allroundkugel ein. Lilia erwartete Musik, wissenschaftliche Abhandlungen oder dergleichen vorzufinden, stattdessen empfing sie nur der Initialisierungsbildschirm. Bitte nennen Sie Ihren Nickname! Möchten Sie Ihre Position anderen Sphärennutzern mitteilen? …

Lilia begann am ganzen Leib zu zittern. Nervös kratzte sie die Wunde an ihrem rechten Unterarm auf. Sie hatte mehrere Bandagen darum gewickelt – angeblich schon der zweite Fahrradunfall in diesem Jahr.

Torwai hatte die Allroundkugel nicht einmal benutzt. Er hatte sie einfach auf dem Tisch abgestellt und dann nie wieder eines Blickes gewürdigt. Nicht anders sprang er auch mit Lilia um.

„Bist du etwa auch so einsam wie ich?“ Traurig flüsterte die Wissenschaftlerin dem Kügelchen Mut zu. „Immerhin haben wir uns. Lass mich deinen Datenspeicher füttern, wenn sich sonst niemand um dich kümmert.“ Lilia hob die Sphäre an und ließ ein Holobild von sich einscannen. Sie redete sich ein, Torwai würde zusammen mit ihr auf dem Foto zu sehen sein. Lilia drehte sich zu ihm um und warf dem Magier ein zärtliches Lächeln zu. So glücklich wie in diesem Moment war sie seit ihrem abgebrochenen Musikstudium nicht mehr gewesen.

Die Fantasien, die sie nicht länger nur des Nachts, sondern auch am Tag heimsuchten, wurden immer mehr zu einem Teil ihrer Wirklichkeit. Sie war nicht mehr imstande, Traum von Wirklichkeit zu unterscheiden, oder zumindest versuchte sie es nicht länger.

Vergnügt sah sie sich das aufgezeichnete Bild an: Es war makellos, nicht ein digitaler Fehler war darin zu erkennen. Gerade als sie die Sphäre wieder auf dem Tisch abstellen wollte, fand sich der echte Torwai hinter ihr ein. Nervös ließ Lilia die Kugel aus der zittrigen Hand gleiten. Die Sphäre prallte von der Glasplatte des Tisches ab und stieß unsanft auf dem glatten Marmorfußboden auf. Mehrere Dellen entstanden dabei.

Torwai fackelte nicht lange und schlug Lilia nieder. „Ich habe dir tausendmal gesagt, dass du meine Sachen nicht anfassen sollst.“ Die Wissenschaftlerin stürzte taumelnd zu Boden. Ihr leiser Aufschrei verhallte unbeachtet. Benommen hielt sie sich die gerötete Wange, während der Glanz in ihren Augen verblasste.

„Was hast du hier überhaupt zu suchen?", schrie Torwai sie an. „Ich habe dir doch verboten, mich zu stören. In zwei Tagen werden wir endlich so weit sein, bis dahin kann ich dich nicht gebrauchen. Ein jeder, der dann noch behauptet, es würde keine Torwai-Strahlung geben, wird endlich eines Besseren belehrt werden. Sie alle werden erschaudern. Sobald Magie diese Welt durchfließt, werden sie ihren Irrtum einsehen. Auch ich werde dann endlich zu jemandem, der die Bezeichnung ‚Magier' auch wirklich verdient hat. Dann werde ich nicht mehr diese ekligen Substanzen schlucken müssen, sondern meine Zauber ohne dieses störende Beiwerk wirken können." Er machte eine Pause. „Bis dahin solltest du mir lieber nicht mehr in die Quere kommen, hast du verstanden!"

Zögerlich stand Lilia auf. Sie redete sich ein, dass allein die vielen Chemikaliencocktails an Torwais Benehmen schuld waren. Je weiter sich das Experiment dem finalen Stadium näherte, desto mehr schluckte er von den grünen Ampullen. Selbst körperlich veränderte ihn das zusehends. Seine Haut wirkte viel welliger und seine Augen stechender. Sein Fanatismus und diese ungezügelte Magie waren eine ungesunde Mischung.

Seine Tat entschuldigte dies aber bei Weitem nicht. Torwai hatte früher schon oft zu viel des grünen Äthers über den Sturz getrunken, doch stets vermochte er es, sich ihr gegenüber zu beherrschen und seine Wut im Zaum zu halten. Falls er also damals noch etwas für sie empfunden haben mochte, so gehörte dies längst der Vergangenheit an.

Obwohl ihre Wange noch immer furchtbar schmerzte, vergaß sie keineswegs, weswegen sie hier war. Sie musste ihn einfach stoppen, ihm zuliebe. „Bitte verschiebe das Experiment, ich habe ein ungutes Gefühl dabei. Du wirst die Welt in den Abgrund stürzen. Bitte, zögere es nur für ein paar Tage hinaus, bis ich mehr über den Übergang in Erfahrung gebracht habe, danach können wir es erneut versuchen."

Doch Torwai lachte nur über ihre Worte. „Du weißt ganz genau, dass wir das Experiment nicht mehr verschieben können. Der Übergang lässt sich nur morgen und an keinem anderen Tag herstellen. Du hast den Zeitpunkt schließlich selbst berechnet. Allein deinen Forschungen ist es zu verdanken, dass wir heute so weit sind. Ohne deine Randnotizen, die du damals während unseres Studiums in das Buch geschrieben hast, wäre all das nicht möglich gewesen. Sie waren simpel und genial zugleich."

„Aber ich habe mich geirrt!" Lilia klang weinerlich, und Torwai schüttelte sie.

„Reiß dich gefälligst zusammen. Wir können jetzt unmöglich noch umkehren, nicht nach all den Jahren. Selbst du musst doch neugierig auf das sein, was uns erwartet."

Lilia wusste jedoch bereits, was die ganze Welt am morgigen Tag erwarten würde, und es gefiel ihr überhaupt nicht. Sie fasste all ihren Mut zusammen und schrie die Wahrheit hinaus: „Bitte, du musst es stoppen! Es wird ein Unglück geben. Du wirst morgen sterben. Glaub mir doch, ich habe es gesehen!"

Lilias Blick wurde gläsern. Ihre Gedanken drifteten zu dem Moment ab, da sie heute früh in ihrer Badewanne gesessen hatte. Einmal mehr war sie an den Punkt der Resignation gelangt, an dem sie ihrem Leben ein Ende setzen wollte. Das Badewasser war kalt geworden, trotz allem saß sie noch immer regungslos darin und genoss die eisige Umarmung auf ihrem nackten Körper.

Umhülle mich mit eisgem Hauch, mit steter Trist, alles, aber verlass mich nicht.

Sie sann über all die verschwendeten Jahre nach und über die Träume, die sie einmal gehabt hatte und die nun, wie offene Wunden, in ihrem Denken klafften.

„*Leben*, was bedeutet das eigentlich?“ So viel Wohlklang lag in diesem Wort, wenn es ihr über die Lippen kam. In Wirklichkeit war es aber nichts anderes als eine lose Aneinanderreihung lieblich klingender Buchstaben, die nichts mit dem gemeinsam hatten, was sie versprachen. Es hieß, den Mutigen gehört die Welt, doch sobald Lilia ihre Hände nach den Dingen ausstreckte, die sie begehrte, zerrannen sie zwischen ihren Fingern. All diese versteckten Möglichkeiten und Gelegenheiten stellten sich für sie als Lug und Trug heraus. Ihr Leben war trist und einsam. Es vermochte ihr keine Freude, Liebe oder gar Romantik zu bieten. Nichts Bezauberndes ruhte diesem Wort inne.

Sie versank tiefer im Wasser. *Sterben* dagegen, Sterben hatte etwas Endgültiges, war keine hohle Phrase, kein Versprechen, das einem etwas vorgaukelte, was nicht war. Es stellte vielmehr einen rettenden Notausgang aus dem verhassten Leben dar, einen Weg, der zu Erlösung und Befreiung führte. „Warum bin ich diesen Weg nicht früher bis zu seinem verheißungsvollen Ende gegangen? Weshalb habe ich mich die ganze Zeit so davor gefürchtet? Im Jenseits gibt es doch nichts, wovor man Angst haben müsste.“

Torwais Worte hallten durch ihre Gedanken. *Soll sie doch Selbstmord begehen, aber vermutlich ist sie selbst dazu nicht in der Lage, singt nur davon, statt sich in den Tod zu stürzen.*

Damals mochte er damit vielleicht recht gehabt haben. Doch heute würde sie diesen Schritt wagen. Aus welchem Grund sollte sie schon an einem Leben festhalten, das ihr keinerlei Liebe zu geben imstande war.

In ihrer Hand hielt sie die zerbrochene Ampulle, die sie als Andenken die ganze Zeit über aufbewahrt hatte. Zitternd setzte sie die aufgesplitterte Kante des Gefäßes an ihr zartes Fleisch. Sie versuchte sich Torwais Gesichtsausdruck vorzustellen, wenn er ihre Leiche in der Badewanne finden würde.

Die Welt wird sich auch ohne mich wandeln.

Mit einem kräftigen Ruck schnitt sie sich die Pulsadern auf. Die Ampulle rutschte ihr aus der Hand, und Lilia sank erschöpft nach hinten. Sämtliche Qualen, Sehnsüchte und Hoffnungen, fielen nach und nach von ihr ab. Je mehr des roten Lebenssaftes aus ihrer Arterie schoss, desto leichter und beschwingter fühlte sie sich. Das Zittern, das sie die ganze Zeit über plagte, verging. Das Badewasser färbte sich blutig rot, und ihre Lider begannen sich allmählich zu schließen. „Ich hätte diesen Schritt viel eher wagen sollen. Torwai verzeih mir, doch ich kann nicht länger bei dir sein."

Ihre Tat war endlich vollbracht. Ihr Kopf tauchte unter Wasser. Lilia atmete Blut. Erst ein, dann ein zweites Mal, doch das, was die Todgeweihte beim dritten Mal sah, war nicht das, was sie erwartete. Das Ende hatte sie sich ganz anders vorgestellt, jedenfalls sollten darin keine Monster, Drachen oder andere Bestien vorkommen, welche über den Planeten herfielen. Ihr Seelenfrieden schwand endgültig dahin, als sie tausenden Menschen beim Sterben zusehen musste, darunter ausgerechnet Torwai. Nein, etwas Derartiges wollte sie nicht sehen. Noch dazu war dies nicht das erste Mal, dass sie genau diese Vision heimsuchte, was den Schrei, den sie in ihrer Wanne ausstieß, ins Unermessliche verstärkte. „Neeeeein!"

Selbst als sie wieder bei Bewusstsein war, ließen diese entsetzlichen Bilder nicht von ihr ab. Sie stolperte aus der Wanne hinüber zum Badspiegel. Die Angst verlieh ihr neue Kraft. Sie riss sämtliche Utensilien von der Ablage und stürzte zu Boden. Sie musste mit allen Mitteln verhindern, dass ihre Vision zur Realität werden würde. Dieser neu entfachte Eifer und das medizinische Wissen, das sie sich bereits bei ihrem ersten Selbstmordversuch angeeignet hatte, retteten ihr schließlich das Leben. Noch oft sollte sie die verhängnisvolle Szene vom Untergang der Welt zu Gesicht bekommen. Ihr erneuter Aufschrei brachte sie schließlich wieder zur Besinnung.

Mit blutendem und verbundenem Arm stand sie wieder vor Torwai, der eine Erklärung von ihr forderte, warum er sein Projekt stoppen sollte.

„Bitte, du wirst bei dem Versuch, den Übergang zu formen, umkommen", wiederholte sie mit zitternder Stimme.

„Erzähl keinen Blödsinn."

„Doch ich habe es gesehen. Es wird geschehen."

Torwai aber winkte nur genervt ab. „Für so etwas habe ich jetzt keine Zeit. Der Termin morgen steht fest, falls du mir also keine bessere Begründung liefern kannst, dann verschwinde."

Lilia blickte benommen zu ihrem Arm hinunter. Sie überlegte, was sie sagen sollte. Die Bandage und all das Blut, das bereits auf den Fußboden getropft war, wären genug Beweis für das, was sie erlebt hatte. Sie aber versteckte die Hand lediglich hinter ihrem Rücken. Er würde ihr sowieso nicht glauben, wenn sie ihm mitteilen würde, dass der neonfarbene Saft, der mit der zerbrochenen Ampulle korrodiert war, sie zur Seherin hatte werden lassen, und dass der direkte Kontakt mit ihrem Blut diesen Effekt um ein Vielfaches verstärkt hatte.

Ganz davon zu schweigen, dass sie nicht imstande wäre, zu ihrem Selbstmordversuch Rede und Antwort zu stehen. Niemals durfte das ans Tageslicht kommen.

„Warum trägst du eigentlich noch immer diese ramponierte Brille, zahle ich dir denn nicht genug, damit du dir eine ordentliche kaufen kannst?"

Er wollte sie einfach nicht verstehen. Benommen wendete sich Lilia von ihm ab. Sie unterdrückte einen aufkommenden Brechreiz und verließ seine Wohnung. Es gelang ihr noch, in den schrottreifen Wagen einzusteigen, ehe sie vor Erschöpfung zusammenbrach. In ihren Träumen wohnte sie erneut dem Untergang der Welt und Torwais Tod bei. Immerhin, so hoffte sie, würde auch sie mit dem morgigen Tag Erlösung finden.

Die längst überfällige Atempause blieb aus. Der Magier wollte es nun endlich zu Ende bringen. Nach und nach erschlafften die Glieder des Soldaten. Die letzte Anspannung wich von seinem Körper, und seine Hände, die sich bis eben noch gegen Torwais Arm gestemmt hatten, lösten sich und hingen schlaff herunter.

Liz war nicht mehr weit entfernt. Sie fürchtete das Schlimmste und sprang noch waghalsiger von einem Dach zum nächsten. Sie beschwor selbst den Wind, damit dieser sie schneller zu ihm trug. Unbewusst ahnte sie jedoch, dass sie viel zu spät kommen würde. Sie fühlte tief in ihrem Herzen, wie seine Präsenz immer schwächer wurde. Mit ganzer Seele rief sie nach ihm. Ihre gefühlvollen Worte sollten Zeifos' Bewusstsein jedoch niemals erreichen. All sein Denken wurde ganz und gar vom letzten Akt der Vorvereinigungszeit überschattet.

Endlich war es so weit! Der Tag, an dem das Experiment stattfinden würde, war gekommen. Am heutigen Abend sollte sich alles ändern, sowohl für die Welt als auch für Torwai. Endlich würde aus ihm ein wahrer Magier werden! Einer, der nicht länger auf diese eklig schmeckenden Chemikaliencocktails angewiesen wäre und dessen Macht nicht allein durch die Dosis bestimmt wurde. Das Wissen, welches auf der anderen Seite auf ihn wartete, musste unermesslich sein.

Sicherlich würde auch Lilia schon bald zur Vernunft kommen. Sie musste einfach. Schließlich war sie die Einzige, die ihn verstand. Torwai vertraute keinem einzigen Menschen da draußen, jeder von ihnen war falsch, verlogen und absolut unbedeutend. Lilia dagegen war anders. Ihr Eifer und ihr Intellekt entsprachen dem seinen. Allein mit ihr konnte er über seine Pläne sprechen, und allein sie war imstande, das wahre Ausmaß seiner Bemühungen zu begreifen. Unmöglich konnte sie all das, was sie beide zusammen aufgebaut hatten, wegen irrationaler Gewissensbisse hinschmeißen. Nein, sie musste einfach zur Vernunft kommen. Immerhin würde das, was sie hier und jetzt erreichen sollten, die technischen Errungenschaften des gesamten letzten Jahrtausends in den Schatten stellen.

Die letzten Vorkehrungen wurden getroffen. Im Inneren der Glaskuppel rannten die Wissenschaftler hektisch auf und ab. Sie trugen weiße Kutten und gingen eifrig ihre Checklisten durch, verstellten Räder und hämmerten auf holografische Tasten ein, die sich glücklich schätzen konnten, lediglich auf Photonenbasis zu existieren.

Selbst die Reporter und Kamerateams, die sich in den hintersten Reihen zusammendrängten, waren der Kleidungsordnung unterworfen. Alle trugen sterile weiße Umhänge, wodurch der Magier in seiner schwarzen Lederkluft auffiel wie ein bunter Hund.

Er allein besaß das Recht, sich so zu kleiden, wie er wollte. Außerdem war er derjenige, der das Zeichen gab, auf das hin hier alles anspringen würde. Bereits zum zweiten Mal wiederholte er den vereinbarten Satz, dennoch setzte sich die Maschine im Zentrum des ovalen Gebäudes einfach nicht in Bewegung. Nervös betastete Torwai den kleinen leberfleckähnlichen Punkt, der knapp unter seinem rechten Ohr angebracht war. Doch das Mikrofon funktionierte einwandfrei, es musste also einen anderen Grund für die Verzögerung geben.

Ungeduldig brüllte der in Schwarz gekleidete Mann seinen verheißungsvollen Satz quer durch den Raum: „Mögen die Welten sich vereinen!“ Alle horchten auf. Die Kameramänner knipsten ihre ersten Bilder. „Welch abgedroschener Spruch“, scherzte manch einer. „Genau das Richtige für uns“, kommentierte ein anderer, womit die Headline des Tages feststand. Dabei ahnten sie noch nicht einmal, was ihnen noch alles bevorstünde.

Forschungsprojekte waren für gewöhnlich nicht besonders schlagzeilenträchtig, es sei denn, der Auxillator leitete sie. Der Satz, den er soeben quer durch den Raum schrie, war allerdings nicht für die Leute von der Presse gedacht gewesen, sondern für die Frau hinter dem Kraftfeld.

Für den Fall, dass irgendetwas schiefging, war es Lilias Aufgabe, die Maschinen herunterzufahren. Sie befand sich zusammen mit ihrer Assistentin im sichersten Raum des gesamten Laborkomplexes. Hinter einer dicken Panzerglasscheibe und dem ersten experimentellen Prototypen eines Schutzschildes konnte ihr absolut nichts passieren. Allerdings sorgte sie sich nicht um sich, sondern um alle anderen.

Torwai wollte von ihr, dass sie die Maschinen hochfuhr, sie aber dachte nicht daran. Mit klobigen Kopfhörern stand sie hinter ihrer Konsole und wiegte sich zu den Zeilen des Songs, den sie auf Autorepeat gestellt hatte. Einige ihrer Kollegen hatten sie bereits dafür belächelt, dass sie noch immer diese altertümlichen Kopfhörer besaß. Selbst Torwai hatte sie bereits mehrfach aufgefordert, sich doch endlich einen Schallfrequenzrichter zuzulegen, sie aber weigerte sich. Er sollte endlich begreifen, dass sie nicht daran dachte, Dinge wegzuwerfen, die sie lieb gewonnen hatte, ganz gleich, wie ramponiert, veraltet oder verkorkst diese auch waren.

Der Magier konnte noch so beharrlich seinen Satz aufsagen. „Mögen die Welten sich vereinen!“ Sie reagierte nicht. Selbst als Larissa ihrer Vorgesetzten nervös auf die Schulter tippte, lenkte sie nicht ein. Lilias Finger lagen auf dem Hebel, auf dessen Einsatz hin alles anspringen sollte und das Schicksal seinen schrecklichen Lauf nehmen würde.

Konnte sie denn wirklich nichts mehr unternehmen, um das Unausweichliche aufzuhalten? Gab es denn nichts, das Torwai noch hätte umstimmen können?

Noch standen die Zahnräder der Zeit still. Lilia hielt soeben die Zukunft der Welt in den Händen. Sie war der Akteur, der innerhalb dieser Zeitepoche über das Hier, das Jetzt und das Kommende richtete.

Larissa flehte sie an. „Bitte, der Auxillator wird ungeduldig, er hat mir aufgetragen, dass ich auf dich aufpassen soll. Er wird mir die Schuld geben. Bitte, schalte die Maschine ein. Es wird schon alles gut gehen."

Die Last der Welt wog schwer auf ihren Schultern. Zaghaft legte Lilia den Hebel um, sie gab sich dem hin, was ihr die Visionen diktierten. Indem sie Torwai hörig war, hoffte Lilia sich von ihrer Schuld freisprechen zu können. Nicht sie, sondern ein diffuses Abbild ihrer selbst gebot von nun an über ihre Seele und ihren Körper. Sie war nicht stark genug, gegen ihre Albträume aufzubegehren. Es war weit leichter, die Zukunft geschehen zu lassen, als sich gegen sie zu stellen.

Die Lichter an ihrem Pult blinkten unkontrolliert auf. Zaghaft ertönte Lilias Stimme. „Larissa, ganz gleich, was geschieht, du darfst das Kraftfeld nicht verlassen! Hast du verstanden!"

Ihre Assistentin begriff nicht, was sie ihr damit hatte sagen wollen, dennoch fügte sie sich und nickte unterwürfig.

Torwai stellte unterdessen erleichtert fest, dass Lilia endlich zur Vernunft gekommen war. Mit einem Rattern sprangen die Maschinen an. Von da an lief alles reibungslos. Die Monitore und holografischen Darstellungen spuckten Messdaten am laufenden Band aus, und der Strahlengenerator lief von Minute zu Minute zu neuen Höchstformen auf. Er transferierte Unmengen an magischer Strahlung in die Welt der Wissenschaft. Lediglich Torwai und Lilia wussten, um welche Art von Energien es sich dabei wirklich handelte und woher diese stammten.

Das rotierende Ringsystem gelangte schon bald an sein Limit. Torwais Berater hatten ihm vorhergesagt, dass die koaxiale Bewegung ab einem gewissen Level an ihre Grenzen stoßen würde und dass jegliche Abweichung davon unvorhersehbare Folgen nach sich ziehen konnte. Torwai war jedoch der Meinung, dass die Konsequenzen durchaus tragbar wären. Erst jetzt schlug seine Stunde. Während alle anderen von dem Gerät zurückwichen, schritt er näher heran, mitten in den elektrostatischen Schauer hinein. Mit bloßen Händen veränderte er die Rotation der Platten und hebelte damit das Sicherheitssystem aus.

Lilia wohnte dem Ganzen mit wachsender Nervosität bei. Die Schnittwunden, die quer über ihre Pulsadern verliefen, waren ohne ersichtlichen Grund aufgeplatzt. Ihr gesamter Körper schrie vor Schmerzen, dennoch blieb sie ruhig und beobachtete die Geschehnisse weiterhin wie eine völlig Unbeteiligte. Auf ihrem Monitor war das Innere des Reaktors zu sehen. Ein kleiner etwa nussgroßer Spalt, dessen Ränder weiß leuchteten, hatte sich aufgetan, der im Nanobereich zu wachsen begann. Die ersten grünen Fäden drangen durch ihn hindurch. Selbst von der Stahlummantelung des Generators ließen sie sich nicht aufhalten. Schon bald waren die pestgrünen Fäden mit bloßem Auge sichtbar.

Sie wirbelten scheinbar unkontrolliert durch den Vorraum des Labors und zogen ihre endlosen Bahnen. Als wären sie völlig materielos, durchdrangen sie alles und jeden. Einige der Zuschauer erschraken. Sie meinten, ein Prickeln wahrzunehmen, in dem Moment, als die Strahlen in sie eindrangen.

Lilia musste nicht einmal hinsehen, um die Bewegung der Fäden und die Reaktion der Menschen vorhersagen zu können. All das hatte sie genauso schon einmal miterlebt, zu ihrer Linken sprach jemand von einem einzigartigen Bühnentrick, ein anderer machte fluoreszierende Gase für das Leuchten verantwortlich, während ein Dritter Stoßgebete zum Himmel entsandte. Verwunderung, Faszination und Ehrfurcht hielten sich die Waage. Für Lilia lief dagegen alles eins zu eins wie in der Wiederholung eines schlechten Filmes ab, den man weder vorspulen noch stoppen konnte und dessen Inhalt derart grässlich und zugleich fesselnd war, dass es einem nicht gelang, den Blick abzuwenden, selbst wenn man es aus tiefstem Herzen wollte.

Lilia suchte verzweifelt nach einem Ausweg aus dieser Endlosschleife ihres Lebens, doch sie fand keinen. Ein allerletztes Mal würde sie diesen Schrecken von Anfang bis zum bitteren Ende ertragen müssen, komme, was wolle. Schon bald würde sie ein für alle Mal erfahren, ob ihre Visionen real oder bloße Phantasmen waren.

Lilia schloss die Augen und zählte von zehn an rückwärts. „10..9..“ Larissa starrte sie verwundert an. „8..7..“ Der Spalt wurde größer. „6..5..“ Die Strahlungsmenge überschritt einen kritischen Punkt. „4..3..“ Der Hebel zum Ausschalten klemmte. „2..1..“ Die Wissenschaftler schrien nervös durcheinander. „0“ Eine Explosion erfasste den gesamten Laborkomplex.

Lilias Augen waren noch immer geschlossen, dennoch vermochte sie wie eine Dirigentin ganz genau vorherzusagen, was wo, wie und wann geschehen würde. Die Druckwelle hatte sich kreisrund vom Zentrum der Maschine ausgebreitet und einen jeden von den Füßen gerissen. Einige der Zuschauer hatten sich bei dem Sturz Schürfwunden und Prellungen zugezogen, schwerere Verletzungen hatte jedoch niemand davongetragen. Sie alle standen weit genug entfernt, um die Detonation weitestgehend unbeschadet zu überstehen.

„Was ist mit Torwai?“, fragte Larissa völlig panisch, die inmitten des Rauchs nichts erkennen konnte.

„Keine Sorge, ihm ist nichts zugestoßen“, beruhigte sie Lilia.

„Aber woher willst du das wissen?“

„Ich weiß es einfach. Es ist noch zu früh für ihn, um zu sterben. Der Übergang ist noch nicht groß genug. Erst wenn der Spalt mehrere Kilometer breit ist, wird er den Tod finden.“

„Aber das ist doch schrecklich“, erwiderte die junge Assistentin, die mit geweiteten Augen mitverfolgte, wie sich der Qualm allmählich lichtete.

Der Magier stand tatsächlich wie ein Fels in der Brandung. Nicht eine Schramme hatte ihm die Druckwelle zugefügt.

Lilia sah ihn selbst mit geschlossenen Lidern noch immer deutlich vor sich. Je mehr der magischen Strahlen in diese Welt übertraten, desto größer wurden ihre seherischen Fähigkeiten. Ob sie es nun wollte oder nicht, sie konnte die Augen nicht mehr von den aktuell stattfindenden Ereignissen abwenden, weder vor dem, was auf dieser Seite geschah, noch vor dem, was sich auf der anderen Seite abspielte.

Lilia vermochte als Einzige die fremdartigen Wesen zu erkennen, die sich mitten unter den anderen Wissenschaftlern bewegten. Ihre Anwesenheit war für niemanden spürbar, dennoch waren sie da. So wie Torwai hatten auch sie sich mit ihrem Gefolge innerhalb Magelas versammelt, und obwohl beide Welten Millionen von Kilometern entfernt waren, würde schon bald niemand mehr vor dem anderen sicher sein.

Allein durch die synchron stattfindenden Anstrengungen auf beiden Seiten hatte Torwais Unterfangen glücken können. Dies war die wichtigste Voraussetzung dafür, den Übergang zu erschaffen.

Im Gegensatz zur Wissenschaftswelt verrichtete auf der Gegenseite jedoch keine leblose Maschine ihren Dienst. Stattdessen hatten sich die höchsten aller Völker in der Nähe eines Steinkreises versammelt. Sowohl Elfen, Schamanen, Animali als auch Elementl befanden sich unter ihnen. Die Angesehensten von ihnen standen in der vordersten Reihe, während sich weiter hinten das Fußvolk aufhielt.

Sie alle streckten ihre Hände empor und entsandten ihre magischen Energien gen Nachthimmel, dahin, wo die Sterne nur noch verschmiert am Firmament hingen. Sie erschufen eine gigantische Säule aus purer Energie, die selbst aus dem Weltall noch sichtbar war. Im höchsten Punkt knickte der Strahl ein, um im Inneren der Säule den Weg zurück zur Erde anzutreten, wo sie von einem etwa nussgroßen Spalt im Zentrum des Steinkreises verschluckt wurden.

Der Strudel, der dabei entstand, begann immer schneller zu rotieren. Er sog alles ein, was er zu fassen bekam. Die Äste der umstehenden Bäume verbogen sich bereits in die Richtung des Spalts. Ein Orkan aus reinster astraler Energie zeichnete sich auf der nördlichen Halbkugel Magelas ab, er war jedoch noch nicht so stark, dass er die Anwesenden umzureißen drohte. Noch bewahrte ein jeder von ihnen sein Gleichgewicht.

So wie die Menschen besaßen auch sie Mythologien und Legenden den Übergang betreffend. Die Magelaner hatten diese allerdings keineswegs derart in Vergessenheit geraten lassen wie die Terraner, aus diesem Grund waren weit mehr von ihnen zu der Zeremonie erschienen, als es auf der Gegenseite der Fall war.

Sie alle beobachteten die Anstrengungen der höchsten ihrer Völker mit sichtlicher Spannung. Sie hofften auf eine friedliche Vereinigung, genau wie Lilia, die es eigentlich besser wissen musste. Doch selbst für den Fall, dass es anders käme, waren sie gewappnet. Ein mächtiges Heer an Kriegern stand für den Notfall bereit.

Ausgerechnet zu diesem kritischen Zeitpunkt sollte sich das ereignen, was alles aus der Bahn werfen würde. Torwai wurde ungeduldig, er wollte nicht länger warten. Er konnte die Energien bereits spüren, die auf der anderen Seite auf ihn warteten. Tröpfchenweise zwängten diese sich durch den Spalt, doch ihm genügte dies längst nicht mehr.

Lilia presste ihre Kopfhörer fester an die Ohren und flehte ihn verzweifelt an, dass er damit aufhören solle.

„Bitte Torwai, tu das nicht! Du wirst diese Welt in den Untergang stürzen und dich zusammen mit ihr!"

Er aber dachte nicht daran, sich jetzt noch stoppen zu lassen, weder von ihr noch von irgendjemand anderem, nicht nachdem er bereits von dem süßen Nektar der Macht gekostet hatte. Er sehnte sich so sehr nach dem blauen stillen Ozean auf der anderen Seite, dass er keine Sekunde länger warten wollte.

Der Magier streckte seine Hände zur Seite hin aus und erschuf eine Sphäre unglaublicher astraler Gravitation um sich. Sämtliche Fäden veränderten dadurch ihre Flugbahnen und kehrten auf der Stelle zu Torwai zurück, der sie alle auf einmal in sich aufsaugte.

Seine Leibeshülle wuchs merklich. Seine Konturen wurden markiger. Jeglicher Schimmer wich aus dem Laborinneren, allein der Übergang spie noch ab und an winzige Mengen der schillernden Fäden aus. Aber auch diese absorbierte der Magier umgehend.

Seine Adern pulsierten. Torwai hatte noch nie zuvor eine solche Kraft verspürt. Er konnte das gesamte Labor in den Himmel entschweben lassen, wenn er es nur wollte. Selbst seine Umgebung nahm er auf einmal viel intensiver wahr. Obwohl ihn mehrere Schichten Panzerglas von Lilia trennten, vermochte er ihr Schluchzen klar und deutlich zu hören.

„Bitte hör damit auf!“, flehte sie ihn an.

Torwais Gedanken kreisten jedoch längst in ganz anderen Sphären. „Sieh mich an! Sieh, was wir zusammen erreicht haben.“ Seine Worte ließen die Erde erbeben, keiner der Wissenschaftler vermochte ihn zu verstehen, allein Lilia war imstande, seine bassähnlichen Worte zu entschlüsseln. Sie aber weigerte sich, sein Gesagtes zu akzeptieren.

„Nein, ich hab dich nicht zu dem gemacht, was du nun bist! Ich wollte dich aufhalten, dich vor diesem Schicksal beschützen, doch ich habe versagt.“ Larissa stand schockiert hinter ihr. „Niemand kann dich nun mehr retten.“

Die Gestalt, die zu Lilia und Larissa hinüber sah, besaß nichts Menschliches mehr an sich. Aus Torwais Rachen floss zähflüssiger grüner Äther, und selbst seine Augen strahlten in dieser pestähnlichen Farbe. Allein der Durst nach mehr Macht gebot nun noch über ihn, und die Kameras fingen all das ungeschönt ein.

„Seht mich an. Seht, welch eine beeindruckende Macht auf der anderen Seite auf euch wartet.“

Der Boden unter seinen Füßen bekam Risse, als Torwai sich wieder zu dem winzigen Spalt umdrehte. Ein entsetztes Brüllen entfuhr dem Magier, als er erkannte, dass der Strom nicht zugenommen hatte. Diese winzigen Tropfen, die sich durch den Übergang quetschten, genügten ihm nicht mehr. Es bedurfte keines Nieselregens, sondern einer Sintflut, um den Durst des Magiers zu stillen. Ohne Rücksicht auf die Konsequenzen verstärkte er den Strudel.

Der Sturm, der daraufhin durch das Innere des Labors pfiff, war nichts im Vergleich zu dem, was sich auf der anderen Seite ereignete. Der Trichter wurde zum Auge eines verheerenden Orkans, der den nahenden Weltuntergang ankündigte. Ein Magelaner nach dem anderen geriet ins Taumeln. Die Magie floss derart rapide aus ihren Körpern, dass sie sich kaum mehr zu regenerieren vermochten.

„Wir müssen die Zeremonie stoppen", schrien einige von ihnen, die verzweifelt versuchten, den Kreis zu verlassen. Ihr Unterfangen misslang jedoch, denn der einmal in Gang gebrachte Magiestrom ließ sich nicht mehr stoppen. Unaufhörlich wollte der Spalt und damit Torwai mit neuer Energie gefüttert werden.

Jeder, der daraus auszubrechen versuchte, verbrannte von innen heraus, wodurch nun auch andere ins Straucheln gerieten. Der Fluss geriet dadurch in solch heftige Wellen, dass selbst die Stärksten unter ihnen diese Schwankungen nur schwerlich wieder auszugleichen vermochten. Die Elfen, Schamanen und Feen gaben alles, was sie konnten, dennoch wollte sich der Übergang einfach nicht vergrößern.

Lilia sog die Schmerzen der Wesen auf wie ein Schwamm. Sie schrie vor Entsetzen, dennoch dachte Torwai nicht daran einzulenken. Stattdessen beschleunigte er den Strudel nur noch mehr. In seinem Wahn ging er davon aus, dass die Quelle auf der anderen Seite endlos sei, entsprechend verschwenderisch ging er damit um.

Im Gegensatz zu Lilia bemerkte er nichts von dem Sterben, das in der vordersten Reihe einsetzte und sich bis ganz nach hinten ausbreitete. Eine leer gebrannte Hülle nach der anderen kippte um, bis niemand mehr übrig war und der Magiefluss auf ewig versiegte. Keiner derjenigen, die sich freiwillig an der Zeremonie beteiligt hatten, war mehr am Leben. Sowohl ihre Leiber als auch ihre Energien waren vollständig verschwunden, so als hätten sie nie existiert, fort, verweht in eine ferne Welt, vor der ihre Legenden sie vergeblich zu warnen versucht hatten. In eine Welt, deren

Bewohner die Schuld an Sairines Tod trugen und die nun erneut gemordet hatten.

In ganz Magela wurde der Ruf nach Rache laut. Alle, die dem Ableben ihrer Liebsten tatenlos hatten zusehen müssen, lechzten nun nach Vergeltung. Es war ihre Art, mit der Trauer um ihren Verlust umzugehen. Aber selbst diese Genugtuung sollte ihnen verwehrt bleiben, da sich der Spalt direkt vor ihren Augen wieder zu verschließen begann.

Im Inneren des Forschungskomplexes herrschte eine Totenstille. Mit dem Versiegen der letzten magischen Strahlen verebbte der Orkan innerhalb der Einrichtung des Teos. Ein beklemmendes Schweigen lag über dem Labor. Erst mit einiger Verzögerung getrauten sich die Wissenschaftler und Presseleute, einer nach dem anderen, wieder auf die Beine zu kommen. Keiner von ihnen wagte es jedoch, irgendetwas zu sagen, sie alle warteten gebannt auf die Reaktion des Mannes, der von einer modrigen Aura umgeben war und der mittlerweile um sieben Fuß gewachsen war.

„Nun ist es so weit, gleich wird der erste Mensch sterben." Lilias Stimme klang eiskalt, während sie Larissa in die Augen sah. Ihre Assistentin wollte sich damit nicht abfinden.

„Wie kannst du nur so etwas sagen. Wenn du doch all das schon weißt, warum unternimmst du dann nichts dagegen?" Sie war jung und voller Illusionen. „Ich jedenfalls werde das nicht zulassen." Eilig stürmte sie aus dem Sicherheitsbereich, woraufhin ihr Lilias Worte entgingen. „Aber ich habe doch versucht, dich zu retten, indem ich dir befahl, bei mir zu bleiben."

Aufgewühlt rannte Larissa dem Magier entgegen, mit wedelnden Armen versuchte das junge Ding ihn zu stoppen. Sie tat das, wozu Lilia nicht imstande war. Offensichtlich hatte sie aus den chaotischen Worten ihrer Chefin ihre ganz eigenen Schlussfolgerungen gezogen. Trotz ihres empfindsamen Äußeren schien sie mehr Mumm in den Knochen zu haben, als Lilia ihr anfänglich zugetraut hatte.

Mit einem einfühlsamen Lächeln versuchte Larissa Torwai einzulullen. Unauffällig griff sie dabei in ihre Tasche und zückte eine Infusionsnadel. In einer fließenden Bewegung wollte sie ihm die Spritze mit dem Beruhigungsmittel in den Hals rammen, doch noch bevor sie dazu die Gelegenheit erhielt, sackte ihr Körper vor dem Magier zusammen. Ihren abgetrennten Kopf schleuderte es geradewegs in Lilias Richtung. Langsam rutschte dieser an der Panzerglasscheibe hinunter.

Ihr Tod war es schließlich, der Lilia zu der Einsicht brachte, dass es zwecklos war, gegen die Zukunft aufzubegehren. Sie setzte sich auf ihren Drehstuhl und versuchte Trost in den Strophen ihres Lieds zu finden.

Sie weinte Larissa keine Träne nach. Die Assistentin war für sie schon vor vielen Tagen gestorben. Bereits bei ihrem ersten Zusammentreffen hatte Lilia ihr direkt ins Gesicht gesagt, dass sie eine wandelnde Tote sei, was Larissa bloß als einen Spleen ihrer neuen Vorgesetzten abgetan hatte.

Die Presseleute schienen noch nicht begriffen zu haben, was da gerade vorgefallen war, selbst die Wissenschaftler waren mehr verwirrt als schockiert.

An der Stelle, wo Larissas Torso lag, war der Fußboden zerdrückt, zerbarsten unter Torwais Kraft, die lediglich von seiner schwachen physischen Hülle im Zaum gehalten wurde. Erst allmählich begriff der Auxillator, dass die Quelle seines Saftes versiegt war, und als wäre dies noch nicht genug, schrumpfte der Spalt direkt vor seinen Augen dahin. Seine einzige Verbindung in die Welt der Magie drohte für immer zu kollabieren. Unaufhörlich schwoll sein Stöhnen an. Der Magier geriet in Panik und begann wie ein Junkie auf Entzug zu toben. Das durfte nicht geschehen! Erst jetzt, da der Strom abgerissen war, kehrte sein Geist wieder in die Realität zurück. Das, was er dort vorfand, gefiel ihm nicht. Diese Welt war viel zu trist und leer, als dass er ihr noch irgendetwas abzugewinnen vermochte. Nicht, nachdem er gemordet hatte und einem Hauch von etwas Wildem und Unbändigem ausgesetzt gewesen war. Längst spielte es für ihn keine Rolle mehr, ob die Energien positiven oder negativen Ursprungs waren. Er wollte einfach nur mehr davon.

„Viel mehr!" Sein Brüllen ließ die nördliche Hemisphäre des Planeten erbeben.

Tobend griff er mit seinen Händen nach dem Spalt und versuchte ihn aufzureißen. Seine Finger glühten, dennoch öffnete sich der Übergang viel zu langsam. Mit jeder Sekunde verbrauchte er mehr seiner Magie. Der Übergang begann allmählich zu wachsen, während sein Körper zu schrumpfen anfing. Schließlich setzte er die in sich angestaute Kraft auf einmal frei. Torwai sprengte ein tiefes Loch ins Universum. Er riss den Übergang auf, wie einen Fetzen Papier.

Erschöpft und völlig ausgelaugt sackte der Magier auf die Knie.

Zwischen den Wissenschaftlern und Journalisten tauchten plötzlich wie aus dem Nichts die seltsamsten Wesen auf. Sie hatten es sich nicht zu träumen gewagt, noch in diese Welt übertreten zu können. Den Anstrengungen des Torwächters verdankten sie es jedoch, dass sie ihre wohlverdiente Rache nun doch noch erhalten sollten.

Bei ihrer Ankunft wuchsen gigantische Mammutbäume aus dem Erdboden. Der Laborkomplex stand nun nicht mehr auf einem gerodeten Firmengelände, sondern inmitten eines Urwalds. Beide Welten durchdrangen einander. Die Flora und Fauna beider Planeten vermischte sich, allerdings ohne dass dabei irgendjemandem ein Leid widerfuhr. Alles geschah fließend. Ranken wuchsen an den Laborwänden empor. Selbst der Steinkreis verschmolz mit dem Fußboden, beinahe so als hätte der Architekt dies so und nicht anders beabsichtigt.

Unaufhörlich zeichneten die Kameras diese stattfindende Veränderung auf. Ihre Objektive waren direkt auf die rotglühenden Augen der verschiedensten Fabelwesen gerichtet. Keiner rührte sich. Selbst hart gesottene Reporter bekamen keinen Ton heraus.

Es hatte allerlei Spekulationen darüber gegeben, was Torwai, der immerhin ein Forschungsimperium leitete, ihnen am heutigen Abend präsentieren würde. Großmäulig hatte der Wissenschaftler und Monopolist ihnen ein Ereignis versprochen, das niemand so schnell vergessen sollte. Zweifelsfrei sollte er damit recht behalten. Obgleich er zu diesem Zeitpunkt noch nicht wissen konnte, wie richtig er damit tatsächlich lag und dass er auf groteske Art und Weise auf ewig in die Weltgeschichte eingehen würde.

Die Münder aller Anwesenden standen sperrangelweit offen, und draußen waren sieben Milliarden weitere Menschen, die live am Fernseher alles mitverfolgten. In mulmiger Erwartung beobachteten sie den Ausgang der gruselig anmutenden Show, die ihnen hier geboten wurde.

Außerdem war da noch etwas, das sich keiner so recht erklären konnte. Benommen starrten die Menschen überall auf der Welt einen Augenblick gen Himmel. Ein jeder da draußen verspürte seit seiner Geburt eine gewisse Leere in sich. Es war kein besonders schlimmes Gefühl, dennoch war es nicht zu leugnen. Es suchte einen stets in besonders besinnlichen Momenten heim und überwältigte einen von Zeit zu Zeit. Man konnte es als eine Art flüchtige Depression bezeichnen. Eine Art Fernweh oder Sehnsucht. Etwas, mit dem sich jeder Erwachsene arrangiert hatte, das aber dennoch allgegenwärtig war.

Mit der Erschaffung des Übergangs war dieses Gefühl jedoch plötzlich vollständig verschwunden. Statt der Leere und Einsamkeit empfanden die Menschen nun ein warmes Gefühl der Ruhe und Gelassenheit. Ein jeder fühlte sich wieder eins mit dem Universum und mit sich selbst. Als ob eine alte Wunde endlich verheilt wäre.

Jener Moment der Besinnung, so kostbar er auch war, vermochte es jedoch nicht, über das hinwegzutäuschen, was kurz darauf folgen sollte. In Anbetracht all der Magelaner, die gestorben waren, half auch keinerlei innere Besinnung und unverhoffte Vervollkommnung.

Mit Torwais Triumph über den sich schließenden Übergang hatte die Vereinigung gesiegt, doch der Frieden war für immer verloren.

Ein Wissenschaftler, der unter seinen Kollegen auch scherzhaft Mr. Spock genannt wurde, versuchte den ersten Kontakt herzustellen. Der Mann, der gern und viel Filme schaute, richtete unbekümmert sein Wort an eines der Fabelwesen. Für seinen „Ersten Kontakt" hatte er sich eine Seraphim ausgesucht.

„Grüß Gott, wir kommen in Frieden", sprach er und lächelte dabei sanft. Nach allem, was geschehen war, hätte er jedoch genauso gut mit einem zähnefletschenden Orc-Häuptling sprechen können, denn die Magelaner, die dem Massensterben ihrer Liebsten beigewohnt hatten, sannen ausnahmslos nach Rache.

Die Seraphim entfaltete ihre Sternenscheibe. Fließend glitt der Diskus durch die Luft und enthauptete den verwirrten Trekkie.

Hunderte Kameras zeichneten den mörderischen Akt auf. Ihre Objektive waren frontal auf den Engel gerichtet. Sie zeichneten Bilder auf, die um die Welt gingen. Auf digitalem Wege wurde das Signal direkt ins mediale Netz eingespeist und über Satelliten weitergeleitet. Auf Channel 4 konnten die Menschen die schönste Blutfontäne bewundern, während Kamera 2 das Gesicht des Wissenschaftlers in Großaufnahme zeigte. Kamera 7 und 8 fingen dagegen die Reaktionen der verschiedensten Fabelwesen ein.

Alle Vorbereitungen waren abgeschlossen. Nach Meinung der Reporter durfte das Sterben nun endlich beginnen. Der Auftakt jedenfalls besaß schon viel Schönes und versprach tolle Einschaltquoten. Kamera 4 schwenkte direkt auf einen Orc, der lauthals eine Parole rief: „Für Sairine!", woraufhin alle anderen mit einstimmten. „Für Sairine!" Die Wesen frohlockten und entfachten einen verheerenden Sturm an Zaubern.

„Tolles Bild, halt weiter drauf."

Das Blut spritzte nur so durch die Luft. Ein Wissenschaftler nach dem anderen stürzte zu Boden. Erst als die Fabelwesen damit begannen, auch durch die Reihen der Reporter zu wüten, wurden die ersten Beschwerden laut.

„Bitte nicht, wir sind neutrale Berichterstatter." Für die tobenden Feen, Nymphen und Orcs waren jedoch alle Menschen gleich, ein jeder von ihnen trug weiße Mäntel, auf denen das Blut richtig schön zur Geltung kam. Bis zu den Knöcheln wateten die Magelaner im Blut.

Keiner der Anwesenden würde überleben. Lediglich Lilia war hinter ihrem Schutzschild sicher. Dabei fürchtete sie sich gerade davor am meisten: vor dem Leben.

„Tötet mich!", schrie sie, doch niemand erhörte ihr Flehen. Ein Orc warf sich mit aller Wucht gegen die Panzerglasscheibe, dennoch gelang es ihm nicht, zu ihr vorzudringen.

Erst nach mehreren Hitze- und Kältezaubern in Folge ließ sich das Panzerglas mit der bloßen Faust zertrümmern. Zusammen mit dem Orc drang eine Sylphe in die äußere Sicherheitsbarriere vor. Die luftige Gestalt wollte Lilia gerade in einer Blase aus Vakuum ersticken, als ihr Zauber von dem Kraftfeld zurückgeschleudert wurde. Gegen ein derart geballtes Wissenschaftsniveau, wie es die Schutzbarriere verkörperte, vermochte selbst die Windgestalt mit ihrer Magie nichts auszurichten.

Beide Frauen standen sich gegenüber, einzig durch einen flirrenden Vorhang aus reiner elektrischer Energie getrennt. Lilia war traurig. Sie bedauerte es, dass der Luftgeist nicht imstande war, sie von ihrem Leid zu erlösen.

Die Mehrzahl der Angestellten lag bereits blutüberströmt und zerstückelt am Boden. Mit jeder verstreichenden Sekunde folgte ihnen ein weiterer in den Tod. Einige setzten ihre Hoffnungen in den Magier und rotteten sich um diesen zusammen. Lilia wusste jedoch, dass Torwai bei seinem Unterfangen, den Spalt zu öffnen, alle seine Kräfte aufgebraucht hatte. Er war weder zum Gehen, noch zum Zaubern imstande. So wie der Rest wartete auch er bloß auf sein unausweichliches Ende.

Lilia blutete das Herz, während sie die schrecklichen Szenen auf sich einwirken ließ. Ihr langes schwarzes Haar wog sich mit jeder ihrer Bewegungen. Sie schaute nach rechts und verfolgte mit, wie der Torso eines Reporters von innen heraus explodierte.

„Noch vier werden den Tod finden, ehe das Schicksal das Band meiner Liebe endgültig zerschneidet“, flüsterte sie leise.

Direkt neben dem kollabierenden Leib pickte ein Schattenadler einem Wissenschaftler die Augen aus. Seine Krallen hinterließen blutige Abdrücke auf dem Boden.

Ihr Kopf schnellte wieder zurück, vorbei an der geduldig wartenden Sylphe. Links von ihr beobachtete sie einen Elf dabei, wie dieser eine Praktikantin zu einer Skulptur aus Eis verwandelte. Kurz darauf zerfiel Torwais engster Berater zu Asche. Alles geschah so, wie von ihr vorhergesagt. Das grausige Rad der Zeit drehte sich ohne Unterbrechung weiter. Sie allein wusste, wann wer auf welche Art und Weise sterben würde, noch bevor sowohl die Opfer als auch die Täter es selber wussten.

Selbst dass sie von vielen der Zauber, die hier gewirkt wurden, nicht einmal die Namen kannte, änderte nichts an den Folgen. Die Welt sollte noch weit schlimmere Todesarten kennenlernen.

Immer mehr Blut spritzte auf den sterilen Marmorfußboden. Karmesinrote Tinte tropfte auf eine weiß gebohnerte Leinwand hernieder. Ein jeder gab sein Leben für das gemeinsame Kunstwerk.

„Gleich ist es vorbei, gleich wird es still“, versuchte sich Lilia singend zu beruhigen. „Mein Geliebter wird nun bald von mir gehen. Das Band, das uns vereinte, wird nicht mehr sein.“ Sie ließ den Tod des Vierten ungeachtet geschehen und gab sich ganz der Melodie hin, die sie in diesem Augenblick kreierte. Die Musen sprachen wieder zu ihr. Erst jetzt, da Torwais Ende derart nah war, besann sie sich wieder auf das, was sie so sehr liebte. Sie fügte ihrem Abschiedslied eine weitere Strophe der Trauer hinzu.

„Ich liebte dich an jedem Tag! Mit dir will ich sterben. Möge dein letzter Atemzug der meinige sein. Auf dass ich durch dich Unsterblichkeit erlange.“

Endlich! Die Nebel der Verzweiflung lichteten sich. Erst jetzt verstand Lilia den Sinn hinter ihren Visionen, den Grund hinter all diesem Chaos, das sie mehr als einmal verflucht hatte. Bisher war sie sich nur ein einziges Mal so sicher gewesen wie in diesem Augenblick. Und das war, als sie zum ersten Mal auf diesen verträumten Studenten getroffen war, der in seiner Freizeit mythologische Bücher las und der es vermocht hatte, sie durch seine kühle distanzierte Art in den Bann zu ziehen.

Sie musste sich beeilen, denn die Magelaner hatten Torwai bereits umstellt. Eilig tippte sie auf ein paar Knöpfe an einer gesonderten Konsole. Abrupt fiel das Kraftfeld des Sicherheitsbereiches in sich zusammen.

Sanftmütig lächelte Lilia erst der Sylphe, dann dem Magier zu, während die letzten Sekunden ihres Lebens verrannen. Ihr Gesicht und ihre letzten Worte brannten sich auf ewig in Torwais Gedächtnis ein.

„Liebe heißt, sich dem anderen mit Leib und Seele hinzugeben, ohne jegliche Gegenleistung einzufordern! Mit dem heutigen Tag vermache ich dir alles, was ich noch zu geben imstande bin. Ich lege mein Leben in die Waagschale. Es soll für immer dir gehören."

Noch während sie sprach, breitete sich das Kraftfeld um Torwai aus. Die Sylphe erwiderte das Lächeln der fremden Frau, woraufhin tausende von Luftpartikeln zugleich frohlockten. Die Atmosphäre um Lilia erwachte zum Leben. Ein warmer Wind umspülte die Sterbende. Der Luftdruck in ihrem Umfeld veränderte sich rapide. Die Wunden an ihren Armen platzten auf. Das Blut strömte ungehindert aus ihrem geschwächten Körper. Ihre Augenhöhlen verfärbten sich rot, und ihr Herz kollabierte. Innerlich ausgelaugt stürzte Lilia zu Boden.

Ihre Kopfhörer lösten sich von ihrem Haupt und rollten über den Marmorfußboden bis zu der Leiche eines Reporters, der als einer der ersten gestorben war. In seiner Hand hielt er noch immer ein eingeschaltetes Mikrofon.

Das Gerät hatte alles aufgezeichnet, was bisher geschehen war, und fuhr ohne Unterlass damit fort. Mit ihrem Tod erlangte Lilia eine Bekanntheit, die sie nie angestrebt hatte, denn über unzählige Lautsprecher hallte ihr Lied durch die Hallen des endlosen Laborkomplexes hinweg. Sie – der Torschlüssel – hatte ihr Leben für den Torwächter hingegeben. Auf dass dieser seiner ewig währenden Bestimmung nachgehen konnte.

Niemand außer dem Magier überlebte das Massaker.

Entsprechend verwirrt waren die Magelaner, als trotz allem noch immer eine Frauenstimme durch die endlosen Korridore bis in die hintersten Winkel des Laborkomplexes hallte. Obwohl die Strophen jener Toten in Wirklichkeit von einer unerwiderten Liebe statt vom drohenden Weltuntergang handelten, passten sie auf erschreckende Weise zu dieser schrecklichen Atmosphäre des Grauens. Auf ewig würde Lilias Lied durch diese Hallen klingen, denn sowohl ihre Kopfhörer als auch die Sprechanlage wurden durch neuartige Solarzellen betrieben. Lediglich die Lautstärke schwankte abhängig von der Tageszeit.

Torwai sog ein jedes der Worte in sich auf. Erst jetzt verstand er, warum Lilia im Auto derart aufgebracht gewesen war. Er hatte sein Lebensziel erreicht. Der Übergang zwischen den Welten hatte sich gebildet. Dennoch war der Magier gebrochen. Nicht einmal mehr eines Schreies fähig, brannte sich die Farbe des Blutes derart stark in seine Kleidung und in sein Inneres, dass er von nun an nur noch einen Mantel in der Farbe der Flüssigkeit tragen würde, die an diesem Abend im Übermaß vergossen worden war. Die Zeit, die noch vor ihm liegen würde, war lang, sehr lang! Denn seinen Körper hatte eine solche Menge an Magie durchströmt, dass er keinen einzigen Tag mehr altern würde.

Das Schauspiel, das sich all den Menschen darbot, die in nächster Nähe des Firmengeländes wohnten, war atemberaubend. Der Himmel verdunkelte sich, als tausende Drachen und Engel sich auf einmal in die Lüfte erhoben. Über den Erdboden fegte zudem eine Lawine all derer hinweg, die auf den Rücken der fliegenden Streitmacht keinen Platz mehr gefunden hatten.

Die Menschen, die alles live von ihrem Sofa aus im Fernseher beobachtet hatten, waren sich noch immer nicht im Klaren darüber, wie sie mit dem Gesehenen umgehen sollten. Sie saßen apathisch in ihren Sesseln und Stühlen und ließen das melancholische Lied, das die einzige noch funktionierende Kamera aufzeichnete, wie im Abspann eines Filmes über sich ergehen. Ein Sprung im Objektiv vervollkommnete das Bild der Zerstörung.

Die meisten hielten es für einen verspäteten Aprilscherz, für eine Werbeaktion oder für die moderne Version von „Krieg der Welten", und selbst als wenige Stunden darauf auch andere Nachrichtensender von in Flammen stehenden Großstädten berichteten, über die in Massen seltsame Fantasiegestalten herfielen, selbst da zweifelten noch immer viele am Wahrheitsgehalt dieser Neuigkeiten.

Zitat: Die Menschen hatten sich an Elfen, Orks und Drachen gewöhnt, und als diese über ihre Bauten und Städte die Vernichtung brachten, schaute die Welt nur zu, so als würde man auf der Leinwand dem Untergang Gondors beiwohnen, nur dass dieses Schauspiel etwas neues Atemberaubendes bot. Etwas, das die Konsum liebende Masse zu begeistern vermochte, das kribbelnde Versprechen, dass die Ungeheuer bald auch vor ihren Haustüren wüten würden. Und dass diese weit mehr als bloße Hirngespinste eines kranken Autors waren.

Bis zur ersten nennenswerten Gegenwehr sollten noch Wochen vergehen. Unzählige Metropolen sollten dem Vernichtungsfeldzug der Armeen Magelas noch zum Opfer fallen. Drei Jahre würde es dauern, bis es schließlich gelingen sollte, das Tor zwischen den Welten wieder von beiden Seiten zu versiegeln. Drei Jahre der Verwendung des gesamten Waffenarsenals der Menschheit, drei Jahre des Krieges und der atomaren Vernichtung, welche den halben Planeten unbewohnbar zurücklassen und die gesamte Zivilisation von einem Augenblick zum Nächsten zurück ins Mittelalter befördern würde.

Obgleich die Erde, die fort an nur noch selten unter diesem Namen bekannt sein würde, der Hauptkriegsschauplatz der Auseinandersetzungen zwischen beiden verfeindeten Parteien war, so sollte auch eine einzige verheerende Offensive der Menschheit ihre Spuren innerhalb Magelas hinterlassen, was den endgültigen Schwund der höheren Magie nach sich ziehen würde.

Mit den verblassenden Bildern des Weltuntergangs driftete Zeifos' Geist in die Dunkelheit ab. Seine Lungen kollabierten, und der Tod empfing sein neuestes Opfer mit offenen Armen. Statt ewigem Frieden fand er jedoch ein zum Himmel schreiendes Entsetzen vor.

Der Soldat stand inmitten eines endlos schwarzen Raumes, in dessen Mitte nur ein Spiegel zu erkennen war. „Sag schon, wie sieht die Bilanz deines elendigen Lebens aus?" Zeifos stand regungslos da, dennoch grinste ihn sein Ebenbild verächtlich an. „Glaubst du wirklich, dass deine jämmerlichen Bemühungen, der Elfe beizustehen, irgendetwas an dem änderten, was ich getan habe?" Der General verhöhnte den Soldaten. „Hast du wirklich gehofft, durch deine edelmütigen Taten Erlösung zu finden? Dass ich nicht lache!"

Zeifos aber wollte nichts von alledem wahr haben. „Du bist nicht echt, du bist nicht wirklich." Mit seinem Schwert schlug er auf Kastriot ein, der ihn bloß weiter auslachte. „Vergiss es, wir werden gemeinsam zur Hölle fahren. Keiner wird uns nachtrauern. Keiner!!!" Sein verrottendes Spiegelbild lachte schrill auf, während es in sich selbst zusammenfiel. Das Klirren von eintausend Scherben hallte durch Zeifos' verblassende Welt.

Eine eisige Kälte ergriff von dem Leib des Soldaten Besitz. Bis in die hintersten Winkel seiner Seele drang der Tod vor. Nichts als regungsloses und vermoderndes Fleisch blieb von ihm zurück. Sein Herz hörte auf zu schlagen.

Wozu weiterleben?

Fassungslos hielt die Elfe den Atem an. Liz stand auf einem alten Schuppendach und wollte nicht glauben, was sie sah. Der Magier würgte Zeifos zu Tode. Schon von Weitem konnte sie erkennen, dass Zeifos' gesamter Körper schlaff herunterhing. Liz aber weigerte sich, die Wahrheit einzusehen. Sie wollte ihm entgegenlaufen, ihn auffangen, ihn in die Arme nehmen und ihn mit der Hitze ihres Körpers wiederbeleben. Stattdessen erstarrte sie zu einer Statue aus Glas. Eiskalter Schweiß lag auf ihrer Stirn. Ihre Lippen waren zu einem stillen Schrei geöffnet, den allein der frostige Wind zu vernehmen imstande war.

Ihre Blicke hafteten an seinen leblosen Augen und an seinen spröden, aufgeplatzten Lippen. Ach, könnte sie ihren Geliebten doch nur noch ein allerletztes Mal küssen und seinen wohligen Atem in sich aufsaugen und die Erinnerung an ihre gemeinsame Nacht zum Leben erwecken.

Doch Zeifos weilte längst nicht mehr in dieser Seinsebene. Alles Leben war aus seinem Leib entflohen. Torwai lockerte seinen Griff. Langsam rutschte Zeifos' Kopf nach hinten. Das Herz der Elfe verkrampfte sich, und der Schmerz schnürte ihr die Kehle ab. Gebannt sah sie sein wundervolles, aber totes Gesicht vor sich.

Ungebremst schlug Zeifos' Kopf auf dem Wackersteinboden auf.

Danksagung

Ich danke allen, die den Roman im Nu verschlungen haben. Allein für euch habe ich „Der Erbe der Zeit: der letzte Krieg, die letzte Liebe“ geschrieben! Ich hoffe, euch hat das Lesen des ersten Bandes genauso viel Spaß bereitet, wie mir das Schreiben.

Zudem möchte ich Sonja Kraushofer, Marco Heubaum und Holly D. dafür danken, dass sie von meiner neuartigen Romanidee überzeugt waren und mir die Nutzung ihrer Lieder gestatteten. Denn noch bevor der Roman „Der Erbe der Zeit“ als klassisches Buch erschien, war er als multimediales eBook im iTunes und Android Store zu erwerben. Falls ihr also ein iPhone/iPad oder ein Android Handy besitzen solltet und Zeifos' und Liz' tragische Liebesgeschichte mit einer musikalischen- und geräuschvollen Untermalung erleben wollt, schaut einfach mal im App- bzw. Android-Store vorbei.

Auch allen anderen Künstlern gilt mein aufrichtiger Dank, ihr habt meinem Roman mit euren Stimmen und Klängen eine ganz besondere Klang-Note verliehen, die melancholisch, kraftvoll und schonungslos zugleich ist.

Ihr habt mich zum Schreiben inspiriert und inspiriert mich noch immer.

Mein Dank gilt:

L'Âme Immortelle

Letzte Instanz

Nigthwish

Xandria

Der Tod mag Liz und Zeifos entzweit haben,
doch die Geschichte um den Erben der Zeit
ist damit längst noch nicht zu Ende.

Bleibt mir treu.